AF204810

DUMONT

Berlin, Ende 1918: Die drei Freunde Carl, Isi und Artur haben sich bis in die Hauptstadt durchgeschlagen und erleben die Zeit des Umbruchs alle auf ihre Weise. Der Kaiser ist gestürzt – Träume von Freiheit liegen in der Luft. Carl beobachtet das Treiben der Aufständischen mit Sympathie, aber auch mit Sorge. Eigentlich will er nur noch eins: echten Frieden. Und Kameramann sein, bei der berühmten UFA! Artur hat sich derweil in kürzester Zeit zum König der Berliner Unterwelt hochgearbeitet. Doch Erfolg lockt Neider an – und Neider bedeuten Gefahr. Isi wiederum sucht im politischen Kampf die Herausforderung und freundet sich mit Leuten aus dem linken Umfeld an. Als sie allerdings den Adelssprössling Aldo von Torstayn kennenlernt, geraten ihre Prinzipien ins Wanken ...

In ›Revolution der Träume‹ zeigt Andreas Izquierdo die Abgründe der jungen Weimarer Republik. Kenntnisreich und fesselnd erzählt er von drei Freunden, die versuchen, in einer Welt im Wandel zu bestehen: ein spannender historischer Roman für Herz und Kopf.

Andreas Izquierdo ist Schriftsteller und Drehbuchautor. Er veröffentlichte zahlreiche Romane, unter anderem ›Das Glücksbüro‹ (2013), den SPIEGEL-Bestseller ›Der Club der Traumtänzer‹ (2014) und ›Fräulein Hedy träumt vom Fliegen‹ (2018). Zuletzt erschienen ›Schatten der Welt‹ (2020), ausgezeichnet mit dem bronzenen Homer, Revolution der Träume‹ (2021) und ›Labyrinth der Freiheit‹ (2022). Andreas Izquierdo lebt in Köln.

ANDREAS IZQUIERDO

REVOLUTION DER TRÄUME

Roman

DUMONT

Von Andreas Izquierdo sind bei DuMont außerdem erschienen:

Das Glücksbüro
Der Club der Traumtänzer
Schatten der Welt
Labyrinth der Freiheit

Dieses Buch wurde klimaneutral produziert.

ClimatePartner.com/17531-2110-1001

November 2022
DuMont Buchverlag, Köln
Alle Rechte vorbehalten
© 2021 DuMont Buchverlag, Köln
Umschlaggestaltung: Lübbeke Naumann Thoben, Köln
Umschlagabbildung: © Getty images/shomos uddin;
© Trevillion Images/CollaborationJS
Karte: © Rüdiger Trebels
Satz: Fagott, Ffm
Gesetzt aus der Garamond und der Scala
Druck und Verarbeitung: CPI books GmbH, Leck
Gedruckt auf säurefreiem und chlorfrei gebleichtem Papier
Printed in Germany
ISBN 978-3-8321-6642-7

www.dumont-buchverlag.de

*Para Pilar,
por todas las cosas que no
te he podido contar.*

Revolution

I

Der Kaiser weilt gerade in Spa, als sein Volk ihn stürzt.

Es ist der Morgen des 9. November 1918, als die Untertanen Seiner Majestät endlich genug haben von Krieg, Hunger und Schmerz: Sie stürmen die Straßen.

Frieden soll sein!

Frieden muss sein!

Der Werkportier der AEG in der Ackerstraße sieht sie herankommen: graue Menschen mit grauen Jacken, Röcken und Mützen. Panisch stürzt er hinaus und versucht noch, die schweren Tore zu verriegeln, aber tausend graue Hände stoßen sie wieder auf.

»Auf die Straße! Mit uns, Brüder!«

Maschinen stoppen.

Einem Sog folgend zieht es die Arbeiter aus den Werkhallen hinaus, wo sie mit den Schwartzkopffwerklern aus der Zinnowitzer Straße und der Scheringstraße zusammenlaufen. Im Berliner Norden bäumt sich eine Welle auf und rollt der Voltastraße entgegen: noch ein AEG-Werk. Ein Backsteinbau mit blinden Fenstern, überzogen von Ruß, Staub und der Hoffnung auf ein Leben ohne Not, ohne Krieg.

Zehntausend sind es jetzt.

Sie drängen an den Mietskasernen vorbei, am Stettiner Bahnhof, hin zur Invalidenstraße. Plötzlich wehen rote Fahnen über den Köpfen der Entschlossenen, drängen Frauen und Kinder an die Spitze des Zuges und halten Plakate hoch: *Brüder! Nicht schießen!* Oder: *Frieden!* Auf einmal bleiben alle Straßenbahnen stehen. Die Lichter in den Geschäften erlöschen. Für einen Atemzug schauen sich die Aufständischen verwundert um, dann rumort es unter ihnen: Die Elektrizitätswerke wurden gestürmt.

Es ist wirklich Revolution!

So erreichen sie die Chausseestraße, Ecke Kesselstraße.

Vor ihnen: dreistöckige Kasernenblocks. Bedrohlich und stumm. Die Bogenfenster der Mannschaftsstuben mit Ketten gesichert, die Tore verschlossen. Das weiß-rote Wachhäuschen am Eingang verwaist. 1915 saß hier ein junger Soldat und schrieb in der Nacht zum Ostersonntag unmittelbar vor seiner Abfahrt an die Ostfront ein Lied, das ihn viele, viele Jahre später weltberühmt machen würde: »Lili Marleen«.

Jetzt starren zehntausend auf die Tore der Maikäferkaserne.

Wie niedlich das klingt: Maikäfer.

Aber es ist das Garde-Füsilier-Regiment.

Die Treusten der Treuen.

Sie sind die mit den bunten Regimentsuniformen: rote Ärmel- und gelbe Schulteraufschläge, weiße Litzen, braune Paspelierungen.

Maikäfer.

Gewehrläufe schieben sich vor.

Aus den Kellerschächten.

Den Schießscharten.

Und oben auf dem Dach: Maschinengewehre.

Jedes von ihnen feuert vierhundert Schuss in der Minute, und die Arbeiter stehen vor den Häuserwänden der anderen Straßenseite. Keine Möglichkeit zu fliehen.

Da tritt eine junge Frau vor, steht mit einem Mal zwischen Revolution und Armee. Sie trägt einen zerschlissenen Mantel, alte Schuhe und ist doch schön wie eine Königin. Mit strahlend blauen Augen blickt sie furchtlos hinauf in den Lauf eines Maschinengewehrs: Sie muss wahnsinnig sein.

Aber sie ist nicht wahnsinnig.

Nur verrückt.

Luise Beese.

Genannt Isi.

Dramatische Auftritte liegen ihr.

Sie atmet ein, sie atmet aus.

Und dann löst sich aus ihrer Brust ein langer, dunkler Schrei.

Laut, lauter, immer lauter.

Sie schreit, als ob sie die Mauern und Tore der Kaserne zum Einsturz bringen wollte.

Die Soldaten beugen sich über ihre Waffen und nehmen sie ins Visier.

Da sind noch mehr. Ein nicht enden wollender Strom treibt an diesem milden, grauen Samstag gegen das Brandenburger Tor, wälzt sich durch die sechs kannelierten Säulen hinein in den Prachtboulevard Unter den Linden, dem Schloss entgegen. Rechts und links der Häuserreihen drängen sich Menschentrauben in Fenstern, auf den Balkonen des *Adlon* klicken die Kameras der ausländischen Presse, während die Türen des Hotels verschlossen sind.

Der Monarchie letztes Geleit.

Dennoch geben sich einige Offiziere standhaft, stellen sich ebenso mutig wie sinnlos vor die Protestierenden: Man reißt ihnen die Schulterstücke ab. Die Kokarden. Zerbricht ihre Degen und nimmt ihnen ihre Waffen weg.

Es gibt keine Vorgesetzten.

Keine Befehlshaber.

Es gibt überhaupt kein Oben und Unten mehr, Reich und Arm, Adel und Proletariat. Alle sind gleich – endlich!

So zieht die Menge dann weiter – die Zerrissenen bleiben gedemütigt zurück als das, was sie sind: Uniformen ohne Funktion.

Ein feldgraues Auto mit dem kaiserlichen Adler braust vorbei, ein feldgrauer Lastwagen. Soldaten, Zivilisten, Frauen lassen rote Fahnen im Wind flattern. Zeitungshändler laufen mit Extrablättern durch die Straßen und schreien: »*Der Kaiser hat abgedankt! Der Kronprinz verzichtet auf den Thron! Ebert zum Reichskanzler ernannt!*«

Noch steht die Absperrung um das Schloss herum, aber im nächsten Moment drängen die Menschen daran vorbei, sickern schreiend und johlend ein, bis sich Schlossplatz und Lustgarten geradezu schwarz färben von ihren Mänteln und Hüten, bis kein freier Zentimeter mehr frei ist.

Das Schloss!

Ein barocker Prachtbau mit königlichem Sinn für Dramatik mitten auf die Spreeinsel gesetzt: fünf Tore, zwei Innenhöfe und eine sechzig Meter hohe Kuppel über dem Eosanderportal. Einst ritt von hier der Kaiser über die Linden hinaus in den Tiergarten. Zeigte sich in den schillerndsten Uniformen, gelangweilt von seinen Untertanen, die ihm dienernd auswichen. Jetzt gerade aber verzichtet Seine Majestät dankend auf den von seinen Offizieren anempfohlenen Heldentod an der Front und flieht lieber von Belgien nach Holland ins Exil.

Seine Untertanen dagegen wollen das Schloss. Denn es ist nicht nur ein Schloss: Es ist *das* Schloss. Es gehört dem Kaiser. Dem Mann, der die ganze Welt ins Unglück gestürzt hat.

Dieses Schloss ist ein Symbol.

Keiner hier draußen hat es je von innen gesehen.

Seine Tore waren auch vorher schon verschlossen und verriegelt.

Doch dann tritt einer vor, der hineinwill: Harry Neumann.

Harry ist Conférencier, zumindest war er es, gerade ist er arbeitslos, jedenfalls kennt Harry sich gut aus mit Bühnen. Mit Publikum. Mit Schauen.

Und Harry macht sich bereit für die Schau seines Lebens.

Hinter ihm stehen fünf Matrosen.

Die Art Männer, die in Kiel die Revolution entzündet haben, um sie anschließend über das ganze Reich hinwegbrennen zu lassen.

Harry hämmert gegen eines der Portale – ein Guckloch öffnet sich: Er blickt in die nervösen Augen eines einfachen Soldaten.

»Öffnen!«, befiehlt Harry, der im Gegensatz zu den anderen nur einen einfachen Anzug anhat.

Der Soldat im Innern starrt ihn erschrocken an.

»Öffnen!«, wiederholt Neumann. »Wir sind hier, um das Schloss zu übernehmen!«

»D-das Schloss … übernehmen?«, stammelt der Soldat.

Sein Blick springt zwischen Harry und den Matrosen hin und her.

»Es ist ganz einfach: Entweder *wir* kommen rein und retten das Schloss. Oder …«, er macht eine Geste, die den zigtausend in seinem

Rücken gilt. »Oder *die* kommen rein und plündern es! Und jetzt bringen Sie mich zu Ihrem Vorgesetzten!«

Das Guckloch schnappt zu.

Endlose Minuten vergehen.

Dann taucht wieder ein Gesicht auf.

Ein Offizier, so viel kann Harry sehen.

»Nur Sie! Und Ihre Leute!«, zischt er.

Das Portal öffnet sich ein Stück, einer nach dem anderen schlüpft hinein.

Kurz darauf stehen sie vor den Verteidigern des Schlosses, und Harry weiß sofort, dass er leichtes Spiel haben wird. Es ist unübersehbar: Dies sind Männer, die der Belastung des Krieges nicht mehr gewachsen sind, zermürbt von den Aufregungen, an Körper und Geist erkrankt. Sie versuchen, es zu verbergen, aber Harry hat ein gutes Auge für Menschen und erkennt seinen Vorteil sofort.

Er wendet sich dem ranghöchsten Offizier zu: »Herr General, ziehen Sie Ihre Leute zurück. Ich kann sonst nicht mehr für die Sicherheit des Schlosses garantieren!«

Harry geht nicht weiter darauf ein, wie er mit seinen fünf mitgebrachten Matrosen überhaupt irgendjemandes Sicherheit garantieren will, er behauptet einfach, dass er es kann. Und das mit einer Selbstsicherheit, die den ohnehin schon schwer angeschlagenen General in weitere Verzagtheit stürzt.

Er starrt Harry an.

Und der zurück.

Neben dem General steht dessen Frau, eine weinende Matrone, daneben ein Oberst und der Polizeimajor, immerhin stolzer Träger des Roten Adlerordens vierter Klasse. Dahinter etwa ein Dutzend weiterer Offiziere und Mannschaften. Und hinter denen noch eine ganze Reihe blau uniformierter Polizisten.

Alle warten auf die Antwort des Generals.

Er könnte Harry und die Matrosen im Eosanderhof einfach an die Wand stellen und erschießen lassen. So viel Autorität hat er noch, dass man diesem Befehl augenblicklich nachkäme. Und vielleicht denkt er gerade darüber nach, als Harry zu dessen Frau schaut und der General es ihm nachtut. Als sich ihre Blicke wieder treffen, nickt ihm Harry zu, als würde er sagen: *Denken Sie doch auch mal an Ihre Frau!*

Da trifft der General eine Entscheidung.

Er dreht sich zu seinen Leuten um, auch zu den Polizisten, und ruft: »Abrücken!«

Heimlich atmet Harry durch.

Die Soldaten und Polizisten werfen Waffen und Munition auf das Pflaster des Eosanderhofs, degradieren sich selbst, indem sie ihre Schulterstücke abschneiden, die jetzt nur noch bunte Stofffetzen sind. Dann verschwinden sie so schnell durch das Portal II, als hätte Sturm Laub durch eine Tür gejagt.

Nur einer bleibt vor Harry stehen.

In der Livree eines Dieners.

Er will nicht gehen.

Sein Leben war das Schloss, wenn er jetzt flieht, hat er keines mehr.

»Wer sind Sie denn?«, fragt Harry.

»Oberkastellan Joseph Digmann.«

»Ich nehme an, Sie kennen sich im Schloss aus?«, fragt Harry.

Er nickt.

Harry wendet sich den Matrosen zu: »Holt den *KaLeu*!«

Die Matrosen eilen davon, zurück zu dem Portal, durch das sie hineingelassen worden sind. Sie öffnen das Tor einen Spalt: Sechs weitere Matrosen schlüpfen hindurch und als Letzter ein großer, muskulöser Mann in der Uniform eines Kapitänleutnants.

Er folgt den Matrosen in den Hof.

Gibt Harry die Hand.

Sieht den Diener an, der vor ihm zurückschreckt: Der Mann hat nur ein halbes Gesicht. Die andere Hälfte ist auf ein hauchdünnes hautfarbenes Kupferblech gemalt: Auge, Augenbraue, Wangenknochen, ein Stück des Mundes. Kurz über dem Kinn biegt das Blech wieder ab zum rechten Ohr, hinter dem ein dünnes Lederbändchen hervorspringt. Um den Kopf des Mannes herum führt es zum oberen Teil der Bedeckung und hält das gemalte Gesicht fest. Digmann weiß nicht, was schlimmer ist: das gezeichnete Auge, das ihn mitleidlos anzustarren scheint, oder das echte, in dem nichts als Entschlossenheit schimmert. Aber eines weiß er doch – er wird diesem Mann gehorchen, was immer er auch will.

Dieser Mann ist niemand anderes als Artur.

Die Soldaten zielen immer noch auf Isi, aber sie zögern.

Isi spürt die Zweifel in den Maschinengewehrnestern und ballt ihre Fäuste, bis sie hart wie Eisen sind.

Wenn sie schießen, gibt es ein furchtbares Blutbad.

Sie schreit nicht mehr, versucht, sich auf nur einen von ihnen zu konzentrieren. *Wo der Mensch zu denken beginnt, hört der Soldat auf,* heißt es, darauf hofft sie jetzt. Sie hält den Blick dieses einen fest, zieht ihn zu sich herab, lässt ihn in sich hinein: Sieh *mich* an!

Sieh! Nur! Mich!

Und plötzlich hakt er den Patronengürtel aus der Führung und wirft ihn auf die Straße.

Direkt vor ihre Füße.

Sie lächelt erleichtert.

Jubel bricht aus.

Schießt aus tausend Kehlen empor und überspült die Mauern der Kaserne.

Zehntausend geraten in Bewegung, queren die Straße und stürmen die Maikäferburg. Da sind plötzlich Leitern, von denen niemand weiß, wo die so schnell herkommen. Schon klettern Mutige die Sprossen hinauf, schlagen die Fenster der Mannschaftsstuben ein. Ketten werden gelöst, von drinnen reichen Soldaten ihre Waffen nach draußen. Als Nächstes steigen Uniformierte aus ihren Quartieren herab und werden euphorisch von den Aufständischen begrüßt: »Kameraden! Brüder!«

Die Kasernentore öffnen sich – Menschen preschen hinein.

Isi taumelt vor Glück, vor Erleichterung, Demonstranten laufen an ihr vorbei in die Kaserne, rempeln, stoßen, johlen.

Auf dem Kasernenhof: Soldaten.

Lastautos.

Kriegsgerät.

Alle legen ihre Waffen nieder.

Es ist genug.

Doch dann brechen Schüsse los!

Mitten hinein in die Welle der Begeisterung.

Jemand hat vom nördlichen Tor in die Menge geschossen, man kann die Pulverwölkchen hinter einer Schießscharte noch sehen. Eine Gruppe springt auseinander, Revolutionäre fliehen ringförmig nach außen.

Drei bleiben liegen. Zwei verwundet, einen traf der Schuss ins Herz.

Er hat die zweifelhafte Ehre, der Erste zu sein, den die Revolution mit sich nimmt. Die beiden anderen werden ihm bald folgen.

Isi hat alles mit angesehen und spürt erneut den Hass auf das Militär.

Auf das Elend, das es ihnen gebracht hat.

Auf die Arroganz der Macht, die sie einst ins Gefängnis befördert und darüber hinaus das Leben von Millionen Unschuldigen zerstört hat. Und während noch alle aufgeregt um den Toten und die Schwerverletzten herumspringen, sie aufnehmen und in eine Stube tragen, geht sie zu einem der Lastautos, auf dessen Trittbrett der Fahrerseite ein junger Soldat steht und die Ereignisse aus einigermaßen sicherer Distanz beobachtet.

Sie stellt sich vor ihn und lächelt kokett.

Es ist dasselbe Lächeln, das schon Artur bezaubert hat und sowieso alle, denen es je geschenkt worden ist: Isi, die Unwiderstehliche. Die Jagdgöttin, die sie sein kann, wann immer sie will.

»Na, wen haben wir denn da?«, gurrt sie.

Der Soldat ist überrascht: Meint sie ihn? Er sieht sich um, aber neben ihm ist sonst keiner. Als er sich ihr wieder zuwendet, kann er sein Glück gar nicht fassen: Sie meint wirklich ihn! Diese charismatische Schöne, neben der UFA-Stern Henny Porten wie ein übergewichtiger Bauerntrampel aussieht.

Verlegen räuspert er sich, springt vom Trittbrett des Lastautos und rupft sich gleichzeitig das Krätzchen vom Kopf.

»Oh, äh, guten Tag … Fräulein …«

Isi mustert ihn amüsiert: Viel hätte nicht gefehlt und er hätte stotternd gefragt, was so ein hübsches Ding wie sie an einem gefährlichen Ort wie diesem zu suchen habe.

»Das ist ein Mulag, oder?«

Erstaunt zieht er die Augenbrauen hoch: »Stimmt.«

Wieder gurrt sie: »Was hat er denn geladen?«

»Nun … so, so … äh, Dinge …«

»So Dinge?«, fragt sie belustigt zurück.

Er läuft rot an.

»I-ich meinte: Waffen, Munition. So Dinge.«

»Gefährliche Dinge«, antwortet sie mit anzüglichem Unterton und reicht ihm ihre Hand: »Lotte.«

Er verbeugt sich galant: »Es ist mir eine Ehre, Fräulein Lotte.«

Mir nicht, denkt Isi, aber sie schenkt ihm einen weiteren tiefen Blick, bevor sie sagt: »Ich bin so einen auch schon gefahren!«

Sie meint den Mulag. Der Soldat schaut erst verblüfft und bricht dann in schallendes Gelächter aus: »Der war gut!«

Isis Augen funkeln so kalt, dass ihm die gute Laune schnell einfriert.

»Sie meinten das ernst?«

Isi wendet sich von ihm ab: »Hat mich gefreut, Soldat …«

Den Frost in ihrer Stimme hätte man mit einem Eisen abkratzen müssen.

Sie kommt keine zwei Meter weit, da berührt er sie schon an der Schulter und stammelt: »Verzeihen Sie mir, Fräulein Lotte. Ich wollte nicht … Ich meine, ich, ich …«

»Ich! Ich!«, äfft Isi. *Ich* weiß nur, dass der Armee offensichtlich die Ehrenmänner ausgegangen sind.«

»Ich bitte um Vergebung!«

»Warum? Sie glauben mir ja doch nicht!«

»Es ist nur sehr ungewöhnlich: eine Frau auf einem Lkw. Dazu noch so eine schöne wie Sie, Fräulein Lotte! Wenn Sie mir gesagt hätten, Sie wären eine Fürstin, ich hätte es Ihnen sofort abgenommen.«

Isis Blick wird weich, was der Gefreite als gutes Zeichen wertet. Vielleicht verzeiht sie ihm ja noch, scheint er zu denken. Sie dagegen seufzt in Gedanken: Gott, die sind alle so blöd in diesem Alter! Sie, die im selben Alter ist.

Dann aber nickt sie und bestimmt munter: »Kommen Sie! Ich beweise es Ihnen!«

»Beweisen? Was denn?«

»Dass ich diesen Lkw fahren kann!«

Er sieht sich hektisch um, aber obwohl hier Hunderte herumlaufen, beachtet sie sonst keiner.

»Aber ... das ... das ...«, stammelt er und fügt dann schnell an: »Ich glaube es Ihnen auch so, Fräulein Lotte!«

»Das tun Sie nicht, Soldat!«

Bevor er antworten kann, warnt sie ihn mit einer Geste, die er genau so deutet, wie sie gemeint ist: Er sollte jetzt lieber mal den Mund halten.

Dann geht sie zum Angriff über: »Werfen Sie den Motor an, oder muss ich das etwa selbst tun?«

Hilfe suchend hält er nach jemandem Ausschau, aber da ist keiner, und in seinem Nacken hört er nur ihren eisigen Spott: »Suchen Sie jemanden, Soldat? Vielleicht einen Vorgesetzten, der Ihnen sagt, dass der Krieg wirklich vorbei ist? Der Ihnen sagt, dass Sie einen Laster ganz alleine starten dürfen? Ohne jeden Befehl?«

Er wäre jetzt gerne woanders, das kann Isi spüren, aber sie hebt ihn wie ein Kätzchen am Genick hoch und pustet ihm den nächsten Satz förmlich ins Gesicht: »Und ich dachte doch tatsächlich, der hübsche junge Soldat dort ist besser als die anderen!«

Das hat richtig wehgetan, sie sieht es ihm an.

Dann aber, in seiner Männlichkeit gekränkt, strafft er sich, löst entschlossen die Andrehkurbel von seinem Lkw und wirft energisch den Motor an, während Isi hinter das Steuer klettert und einen Gang einlegt. Langsam kommt der Lkw ins Rollen, umsichtig steuert sie ihn an den vielen Zivilisten vorbei, durch das Tor, hinaus auf die Chausseestraße.

Dann gibt sie Gas.

Erst grinst der Soldat noch, dann aber geht ihm ein Licht auf, und er rennt mit wild wedelnden Armen panisch hinter dem Lastkraftwagen her.

Allein: Es ist zu spät.

Isi biegt kichernd vom Hof der Kaserne und bricht dann in schallendes Gelächter aus: Nicht zu fassen! Sie hat soeben der Armee einen Lkw mit Waffen und Munition gestohlen. Und weiß nicht einmal, warum.

Aber Isi braucht keinen Grund: Sie tut Dinge, weil sie es kann.

Weil sie verrückt ist.

Unwiderstehliche Jagdgöttin.

Sie biegt sich geradezu vor Lachen, als sie über die Chausseestraße einfach verschwindet.

Im Eosanderhof bittet Harry Oberkastellan Digmann, ihn zum Portal IV zu bringen, hinauf in den ersten Stock, während Artur und seine Männer in alle Richtungen davoneilen.

Harry dagegen folgt dem alten Diener.

Als sie in den großen Säulensaal eintreten, bekommt er ein Gefühl dafür, wie verschwenderisch die Hohenzollern waren: Seidentapeten, eine perlfarbene Kassettendecke, ein gewaltiger Kristallkandelaber in der Mitte des Raumes. Die Säulenschäfte an den Wänden sind aus ockerfarbenem Stuckmarmor, kunstvoll verzierte Edelhölzer wie Nussbaum, Palisander, Zeder oder Rosenholz dienen als Fußboden.

Und das ist nur ein Zimmer von Hunderten.

Harry sieht Statuen aus Marmor, Bilder und Reliefs, die Alexander den Großen zeigen, und ahnt, in welchen Sphären sich der Kaiser selbst wähnte. Digmann und er gehen dem Balkonfenster entgegen, als Harry unverhofft eine herrliche goldfarbene Decke entdeckt, mit dem deutschen Adler obenauf. Interessanter jedoch ist ihre Rückseite, denn die ist mit rotem Samt ausgeschlagen. Einer Eingebung folgend nimmt er sie und legt sie sich über die Schultern, die rote Seite nach außen.

Digmann protestiert: »Bitte nicht anfassen!«

Harry schüttelt den Kopf und herrscht: »Aufmachen!«

Er steht vor den Flügeltüren des Balkons.

Digmann schiebt die Vorhänge zur Seite und öffnet die Türen.

Von hier aus sieht Harry nur die Brüstung, aber dahinter hört er das geradezu elektrische Brummen und Summen der vielen Tausend, die dort warten.

Ein paar Schritte nur.

Dann steht er dort, wo der Kaiser einst stand.

Dort, wo nur Kaiser stehen dürfen!

Ein paar Schritte bloß, dann wird er, Harry Neumann, arbeitsloser Conférencier, erreicht haben, was niemand vor ihm erreicht hat: Er wird Kaiser sein anstelle des Kaisers.

Währenddessen eilen Arturs Männer durch die Räume.

In der Kürze der Zeit ist dieses riesige Schloss mit seinen insgesamt drei Stockwerken gar nicht zu durchmessen, daher halten sie sich an das, was Artur ausgeheckt hat, denn wenn es etwas gibt, das Artur besser kann als jeder andere, dann Entwicklungen zu deuten und daraus die richtigen Schlüsse zu ziehen.

Deswegen ist dieser Coup auch nicht das Wagnis eines Hasardeurs, sondern allein kühle Berechnung desjenigen, der nur verknüpft, was jedem bekannt ist. Denn keine Information, die dieses Husarenstück überhaupt möglich macht, ist geheim.

Alles liegt vor den Augen aller.

Artur hat die Puzzlestücke nur *gesehen* und zusammengesetzt.

Am 4. Oktober bittet das Deutsche Reich seine Gegner um einen Waffenstillstand. Der Schock ist groß, denn nachdem der Osten im Gewaltfrieden von Brest-Litowsk zur großen Zufriedenheit des Oberkommandos erobert worden ist, richtet sich der Blick nach Westen, wo kein Feind je seinen Fuß auf deutschen Boden setzen konnte. Und während Kaiser und Generäle sich noch von Ludendorff und Hindenburg betrogen fühlen und gleichsam denken, dass die beiden doch immer *ehrlich* waren, weiß Artur längst, dass der Krieg verloren ist.

Dann, als der Kaiser Ende Oktober nach Spa abreist, ahnt Artur, dass er nicht mehr nach Berlin zurückkehren wird. Nicht nur, weil die Fahrt überstürzt wirkt, sondern auch, weil er wie alle, die den Kaiser in den letzten Jahrzehnten beobachten durften, genau weiß, was für ein unfähiges, feiges Großmaul er ist.

Schließlich meutern die Matrosen in Kiel.

Ein unerhörter Vorgang in einer Armee, die den Kadavergehorsam praktisch erfunden hat. Plötzlich steht das Reich in Flammen. Die Befehlshaber sind fassungslos darüber, dass niemand mehr gehorchen will, und sehen erstmals, wie viel Macht sie über Menschen haben, wenn die sich nichts mehr sagen lassen: nämlich gar keine.

Der Kaiser ist also fort.

Das Militär gebrochen.

Und das Schloss verwaist.

Das sind die Fakten – das ist, was jedermann weiß.

Artur fertigt daraus einen Plan.

Er stiehlt die Uniform, die er gerade trägt, und überzeugt ein gutes Dutzend Männer, an ihn zu glauben, darunter auch Harry Neumann, den er kennenlernt, als der sich in einer Diele seinen Frust mit vielen Mollen runterspült.

Artur, der geborene Anführer, versammelt alle hinter sich, und als dann nach einigen Tagen des Schwelens, des Pulsierens, des Aufkochens auch in der Reichshauptstadt die Revolution endlich ausbricht, ist er längst bereit.

Gerade marschiert er mit einigen seiner Männer über das schlütersche Treppenhaus hinauf in den zweiten Stock, und genau wie Harry klappt ihm der Kiefer runter angesichts des Reichtums der Hohenzollern. Säle wie ein goldenes oder silbernes Barockgewitter, an Pracht, Glanz und Detailreichtum explosiver und schillernder als Versailles: Königszimmer, Drap-d'Or-Kammer, Rittersaal, Rote-Samt-Kammer, Schwarze-Adler-Kammer, Kapitelsaal, Königin-Zimmer und als krönender Abschluss der Weiße Saal, dreißig Meter lang, fünfzehn breit und dreizehn hoch.

Und in jedem Zimmer, jeder Kammer, jedem Saal gibt Artur ein kurzes Zeichen, und einer derer, die ihn begleiten, fällt von der Gruppe ab und beginnt, Silber und Gold in einen großen Sack zu packen. Alles, was sich leicht transportieren lässt. Und davon gibt es genug, auch wenn das meiste Gold an den wulstigen Verzierungen der Wände und Decken klebt.

Über die Kapelle in der Schlosskuppel und die Weiße-Saal-Treppe eilt er hinab ins Erdgeschoss und trifft dort die, die in den Königskammern und in der kaiserlichen Wohnung waren. Alle haben fette Beute gemacht, einer zeigt ihm Korrespondenzstücke des Kaisers und fragt, ob sie die nicht wegwerfen sollten, doch Artur schüttelt nur den Kopf. »So was kaufen Ausländer. Briefe vom Kaiser. Dafür gibt es einen Markt.«

Ein anderer läuft ihm entgegen und ruft: »Wir brauchen einen Lastkraftwagen!«

Er war in der Küche, und was er berichtet, macht fassungslos: achthundert Säcke ukrainisches Mehl, ungezählte Säcke mit Kaffee, Tee, Konserven, Tausende Eier, Töpfe mit Schmalz und würzigen Tunken, Zuckerhüte, Hülsenfrüchte, Schokolade, Zigarren, Zigaretten. Und noch unzählige weitere Kisten, bauchige Krüge, Töpfe. Alles bis zum Rand gefüllt.

Artur nickt: Draußen stehen Lkws. Er wird einen kraft seiner gestohlenen Uniform *requirieren*.

Aber dann hören er und seine Männer, wie es laut gegen das Portal II hämmert. Und bevor sie es verhindern können, öffnet ein übrig gebliebener Diener. Schon aus der Entfernung kann Artur sehen, wer dort steht: Karl Liebknecht.

Artur weiß, dass man ihm, dem ehemaligen Reichstagsabgeordneten, vier Jahre Zuchthaus aufgebrummt hat, weil er gegen den Krieg gewesen ist, gegen den Militarismus, weil er immer von einer brüderlichen und gerechten Gesellschaft unter Gleichen geträumt hat. Zusammen mit Rosa Luxemburg führt er die Spartakusgruppe an, benannt nach dem berühmten Sklaven, der sich einst gegen die Weltmacht Rom auflehnte. An diesem 9. November sehen sich er und seine Mitstreiter endlich am Ziel ihrer Träume.

Aber dazu braucht er dieses Schloss.

Artur ahnt, was er vorhat: Portal IV. Genau da, wo der Kaiser einst die Welt in den Abgrund gestürzt hat, wird Liebknecht über ihn triumphieren und die sozialistische Republik ausrufen wollen.

Und er ist nicht allein. Hinter ihm stehen revolutionäre Obleute, doch was viel entscheidender ist: Sie sind alle bewaffnet.

Einer von Arturs Männern ruft: »Lass uns abhauen!«

»Nein!«, bestimmt Artur. »Nicht ohne die Lebensmittel!«

Er weist seine Männer an, sich zu verstecken und bereitzuhalten. Und eilt selbst über das Eosanderportal nach draußen.

Harry tritt auf den Balkon und blickt hinab. Der Lustgarten ist schwarz vor Menschen. Da sieht einer auf und schreit, und gleich darauf gerät die Menge in Bewegung.

Harry tut das einzig Richtige. Er zieht die Decke von seinen Schultern und hebt sie vor sich: rot.

Die rote Flagge!

Was dann passiert, lässt seine Sinne förmlich schwinden: Ein einziger gewaltiger Schrei eruptiert, ein Jubel, wie ihn, und da ist sich Harry sicher, kein Mensch je erleben durfte.

Zehntausend lassen die Luft beben.

Die Mauern zittern.

Die Fenster klirren.

Ein flirrender, überschäumender, unbeschreiblicher Moment der Begeisterung.

Harry steht da und weint mit einem Mal Tränen der Rührung, denn er weiß, dass er gerade Geschichte schreibt: Er hat das Schloss eingenommen.

Die Monarchie gesturzt.

Den Kaiser zum Teufel gejagt.

Er ganz allein.

Er legt die rote Decke über die Brüstung und reißt die Fäuste in den Himmel: noch mehr Jubel! Oh, wie er ihre Liebe spüren kann! Er fühlt sie in jeder Faser seines Seins! Es ist, als hätte Gott seinen Finger gegen ein teures Weinglas geschnippt, so sehr summt das Glück in seinem Herzen.

Hier steht er: auf der größten Bühne der Welt!

Was für ein Publikum!

Hinter ihm räuspert sich jemand, und Harry denkt, dass nur einer, der dreißig Jahre für den Kaiser gearbeitet hat, sich so räuspern kann, dass man ihn selbst im Toben einer Revolution noch hört. Er dreht sich um, und zu seiner Überraschung sieht er einen anderen livrierten Diener vor sich stehen als zuletzt.

»W-wer sind *Sie* denn?«

»Schlossdiener Hildebrand. Königlicher Frotteur.«

Harry starrt ihn an: Bilder rasen durch seinen Kopf, die diesen einzigartigen Moment vollkommen ruinieren.

Hildebrand deutet seinen Gesichtsausdruck und fügt ruhig an: »Bodenpolierer, mein Herr.«

Harry nickt und grinst.

In seinem Rücken hört er immer noch die tosende Menge – wie gerne würde er diesen Augenblick noch auskosten! Doch Hildebrand sagt ohne weitere Regung: »Herr Liebknecht ist im Haus. Er ist vermutlich auf dem Weg hierhin.«

Harry blickt ihn unverwandt an.

Dann flucht er wütend: »Verdammte Kommunisten!«

Und eilt in Richtung Tür.

Von draußen hört er laute Stimmen.

Nicht seine Leute.

Harry schluckt und denkt: Das ist nicht gut.

Arturs Männer sehen Liebknecht und knapp dreißig seiner Begleiter davoneilen und tauchen aus ihren Verstecken wieder auf, jeder mindestens einen großen Sack über der Schulter. Sie legen ihre Beute in die Hofmitte, zwei eilen zum Eosanderportal, der Rest zurück ins Schloss, zur Küche.

Artur ist bereits da. Mit dem Lastkraftwagen.

Er musste ihn nicht einmal requirieren. Verlassen stand er an der nahen Schlossbrücke, wohl ursprünglich, um die Zufahrt zu blockieren, bevor die von Tausenden überrannt worden war.

Langsam fährt er vor, während die beiden anderen die Torflügel wieder schließen und eine Menge Neugierige aussperren.

Er hält an und beginnt, mit den beiden anderen die Säcke aufzuladen, als die Ersten eilig mit Mehl und schweren Krügen zurückkommen.

»Was ist mit Harry?«, fragt einer.

»Ich habe so eine Ahnung«, antwortet Artur.

Harry starrt auf die Tür vor sich und hört das Getrappel von vielen Füßen.

Hektisch blickt er sich um, hastet dann nach links, zwei weiteren Ausgängen entgegen, schlüpft gerade dann hinaus, als hinter ihm die Haupttür auffliegt und Liebknecht am Diener vorbei in den Raum drängelt.

Harry steht im roten Thronzimmer, irritiert von der Intensität der Farben, während hinter ihm die Tür zum Säulensaal im Durchzug zuschlägt. Einen Moment sieht er noch Liebknechts erstauntes Gesicht, dann nimmt er die Beine in die Hand, stürzt durch die nächste Tür in den Bunten Gang, einen farbenfrohen schmalen Flur mit Tonnengewölbe, und entscheidet sich für links.

Rechts wäre richtig gewesen.

Hinter sich hört er, wie Liebknecht seine Leute anschreit, ihm nachzueilen. Ausgerechnet Liebknecht, dessen Traum er mit dem Hissen der roten Flagge auf dem Balkon ruiniert hat. So etwas kann auch die sanfteste Natur auf ganz üble Ideen bringen.

Harry springt die Treppen hinab und reißt die nächste Tür auf: Es ist der Schlüterhof. Fluchend blickt er sich um, während er oben auf der Treppe schon wieder das Getrappel von Füßen hört. Diesmal jedoch im Laufschritt. Vor ihm eine weitere Tür – zu der stürzt er: die Treppen wieder hinauf.

Ein doppelflügeliges Portal.

Dann steht er im Alabastersaal, und langsam beginnt er, den Prunk und Protz des Kaisers aufrichtig zu hassen. Der verdammte Saal ist etwa fünfundzwanzig Meter lang, sechzehn breit und vierunddreißig Meter hoch. Es gibt jede Menge Stuck und Marmor, aber dem Namen zum Trotz keinen Alabaster. Der Saal diente offenbar mal als Theater, jetzt eher als Möbel- und Bilderlager. So wird der Sprint zur nächsten Tür schräg gegenüber zu einem einzigen Hindernislauf, bei dem er beiläufig wahrnimmt, wie ausgesucht schlecht der Geschmack der Hohenzollern ist: ein Ölschinken neben dem nächsten und die Möbel wuchtige Trümmer aus edelsten Hölzern.

Hinter ihm hört er wütende Stimmen, die ihn auffordern, stehen zu bleiben.

Einer gibt einen Warnschuss ab.

Endlich erreicht er den Ausgang.

Wieder geht es die Treppen runter, dann endlich steht er im Eosanderhof.

Artur und seine Männer laden gerade die letzten Säcke auf, als er ihnen schon von Weitem zuruft: »LOS! LOS! LOS!«

Artur springt in den Lkw und startet durch, während Harry hinten auf die Ladefläche hechtet und alle anderen aus dem Eosanderportal stürmen.

Die Torflügel schwingen auf – Artur fährt hindurch und ruft den draußen Wartenden zu, dass das Schloss jetzt ihnen gehöre.

»Geht rein und holt euch euren Teil!«

Dann biegt er ab zur Schlossbrücke.

Innerhalb von Sekunden strömen die Menschen in den großen Hof und spülen die Spartakusleute zurück ins Schloss.

SPARTAKUS

2

Die Menschen träumten.

Und während sie träumten, erwachten die Ungeheuer.

Für kurze Zeit taumelte das Reich zwischen Unglauben und Euphorie, alles schien plötzlich möglich und nichts mehr verboten. Brüder und Schwestern waren sie jetzt, es gab keinen Adel, kein Militär, keinen Standesdünkel, keinen Befehl und Gehorsam mehr. Es war, als hätte man einen schweren Deckel angehoben, und wo eben noch ewige Nacht war, stach jetzt das Licht einer neuen Zukunft hinab auf die, die sich nach einem gerechten Utopia sehnten, in dem es keinen Stahl mehr gab, keine Ketten und keine Riegel.

Für einen Moment blickten sie in einen freien und vorurteilslosen Himmel: Arbeiter bekamen ihren Achtstundentag, Gewerkschaften vertraten ihre Rechte. Die Zensur wurde aufgehoben, die Gesindeordnung abgeschafft, Frauen durften endlich wählen. Politische Häftlinge wurden freigelassen, und Pressefreiheit war garantiert. Kaisertreue Beamte wurden verhaftet, Direktoren abgesetzt, und es wurde sogar darüber debattiert, wie man die Macht der großen Industrien brechen und den Besitz sozialisieren könnte.

Das Reich beherrschten nicht mehr alte Eliten, sondern Räte nach russischem Vorbild: Arbeiter wählten ihresgleichen zu politischen Vertretern, Soldaten taten es ihnen gleich. Statt des Kaisers mit einem marionettenhaften Parlament bestimmten jetzt der Rat der Volksbeauftragten und der Vollzugsrat der Arbeiter- und Soldatenräte.

Alles durfte gedacht, diskutiert, gefordert werden.

Es gab kein Denkverbot und keine Grenzen mehr.

So träumten sie.

Und erwachten am 6. Dezember 1918, gerade mal einen Monat

nach dem großen Sturz, mit dem Geschmack von Blut auf ihren Lippen.

An diesem Tag stolperte ich gegen Mittag mit meinen beiden Koffern und einem Stativ unter dem Arm aus dem Anhalter Bahnhof, irrte über den dreieckig anmutenden Askanischen Platz und fragte mich, ob und in welche Elektrische ich steigen sollte. In alle vier Himmelsrichtungen fuhren sie hier davon. Es war laut, die Straßenbahnen bimmelten, und es hätte nicht viel gefehlt, dass mich eine von ihnen erwischt und mein neues Leben in der Hauptstadt des Reichs schon nach zehn Minuten beendet hätte. Ich konnte gerade noch ausweichen und beschloss, zu Fuß zu gehen, auch weil ich das wenige Geld, das ich noch besaß, lieber sparen wollte.

Über die breite, von knorrigen, kahlen Winterbäumen flankierte Königgrätzer Straße landete ich bald am Potsdamer Platz, der mich mit seinem Chaos schockierte. Es war, als hätte Gott hier sämtliche Fahrzeuge, Fuhrwerke und Passanten Berlins aus einem Sack ausgeschüttet und sie alle angewiesen, gleichzeitig die gigantische Kreuzung zu passieren. Ein wuseliges Gedränge, Geschrei, schrilles Klingeln oder genervtes Tröten, je nachdem, wer gerade auf Vorfahrt pochte und sie nicht bekam.

Und dann kamen Unter den Linden und das Brandenburger Tor.

Hier hatte sich vor bald vier Wochen Weltgeschichte abgespielt.

Hier waren Hunderttausende aufgestanden und hatten den Kaiser gestürzt.

Hier hatte Preußens Herz zu schlagen aufgehört.

Jetzt lagen Boulevard und Wahrzeichen trist und grau im Schneematsch eines nasskalten Tages da, huschten Männer mit hochgeschlagenen Revers und tief in die Stirn gezogenen Hüten an mir vorbei, standen Frauen an Bretterbuden fliegender Händler auf dem Mittelstreifen. Soldaten mit roten Armbinden lungerten herum, und empört sah ich zwei Damen von sehr zweifelhaftem Ruf über die Gehsteige flanieren – und das am helllichten Tag!

Was einst weltberühmte Prachtstraße war, hatte jeden Glanz verloren.

Ich kam mir wie der verspätete Gast des größten Feuerwerks aller Zeiten vor, der auf nasses Konfetti, leere Flaschen und zerbrochenes Glas schaute, den alkoholschwangeren, schweißigen Muff der verschwundenen Gäste in der Nase.

Die Arme wurden mir schwer.

Und gleich danach auch das Herz.

Wie sollte ich in einem solchen Moloch Isi finden? Oder Artur? Wo sollte ich überhaupt anfangen zu suchen? Um eine Unterkunft für die Nacht musste ich mich auch noch kümmern. Ich war so überstürzt losgefahren, dass ich weder Plan noch Vorstellung hatte, wie ich hier überleben konnte.

Nasse Schneeflocken landeten in meinem Gesicht, meine Hände färbten sich blau und fühlten sich taub an. Ich musste raus aus diesem Wetter, und so stieg ich schließlich doch in eine Elektrische, denn die war wenigstens trocken und in gewisser Weise beheizt – von den Körpern der Mitfahrenden.

Ruckelnd und schaukelnd fuhr ich durch die Stadt, starrte aus dem Fenster und fragte mich, wie die Menschen hier auf den Sohn eines einfachen Schneiders aus Thorn reagieren würden. Auf einen weiteren heimatlosen ostelbischen Flüchtling, dessen Gesicht sich gerade staunend gegen die Scheibe presste, während sein Atem das Glas rhythmisch beschlug.

Irgendwann blickte ich gedankenverloren zu dem vielleicht siebzehnjährigen Mädchens schräg gegenüber von mir. Offenbar ertappt wirbelte ihr Kopf schnell zur anderen Seite herum, um wenig später erneut zu mir herüberzuschielen: Ich lächelte sie an, und sie grinste keck. Unter normalen Umständen hätte ich es schon aus Schüchternheit bei diesem Getändel belassen, aber ich fühlte mich so verloren in dieser Stadt, dass ich unbedingt mit jemandem sprechen wollte. Und wäre es auch nur für die Dauer von zwei Haltestationen.

»Hallo!« Ich nickte ihr freundlich zu.

»Neu inne Stadt?«, fragte sie vorwitzig.

Ich nickte: »Erster Tag.«

»Uffrejent, wa?«

»Sehr.«

»Wat machste denn hier?«, fragte sie.

»Was meinst du?«

»Na, watte so machen tust?«

»Beruflich?«, fragte ich vorsichtig zurück.

»Na, ditte inne Elektrische sitzt, se ick selba. Klar, beruflich!«

Sie wollte offenbar keine Zeit mit Geplänkel verschwenden.

Waren die hier etwa alle so?

»Ich bin Fotograf.«

»Na, kiek ma an! Denn bin ick wohl de Jräfin Koks vonne Jasanstalt?«

Sie glaubte mir nicht. Dennoch blieb ihr Gesichtsausdruck amüsiert – offenbar war das ihre Art, mit einem Mann zu schäkern. Ziemlich rau, wie ich fand. Jedenfalls öffnete ich einen meiner Koffer und zeigte ihr meine Kamera und die unbelichteten Glasplatten darin.

»Djibsonich! Du bist ja wirklich 'n richtja Fotojraf!«

Ich nickte wieder.

Sie hielt kurz inne, dann fragte sie kokett: »Findtse mir schön?«

»W-was?«, fragte ich verdattert.

»Na, ob de mir schön findest?«

»Nun, äh, schon …«

»Nun, äh, schon?!« Sie schnaubte übertrieben. »Fängst dir jleich ne Schelle!«

Ich schluckte.

Da grinste sie wieder: »Ick mach doch nur Spaß! Ick weeß selba, dit ick keen Modell bin, aber wie de siehst, sitzt allet anne richtijen Stellen!«

Sie rückte mit einem kurzen Griff ihre Oberweite zurecht.

Fassungslos starrte ich sie an.

»Jertrud!«, sagte sie und gab mir die Hand. »Jertrud Komrowski.«

»Carl Friedländer.«

Sie nickte zufrieden: »So, Carl Friedländer, jetz wower uns so jut kennen, kannste et dir ja mal übalejen mitten Foto. Weeste denn, wo de heute übernachten tust?«

»Nein«, gab ich seufzend zu.

»Na, da wüsst ick vielleicht wat! Mutter sucht noch 'n Bettjänger …«

»Wie bitte?«, rief ich empört.

»Mensch, een Schlafburschen! Eener, der 'n Bett fürn kleenet Jeld braucht. Wat dachtest du denn, wat 'n Bettjänger is'?«

»Nichts, nichts«, antwortete ich schnell.

»Jibst wohl keene, da wo de herkommst, wa?«

Bevor ich verneinen konnte, fuhr sie auch schon fort: »Na, ejal. Jedenfalls könnt ick mir vorstellen, det Muttern ooch mit uffs Bild will. Denn kricht doch jeda, wat er will: du ne warme Stube und ick een echtet Foto.«

»Hm, ja, klingt gut.«

»Nu tu ma bloß nich' so bejeistert!«

»Entschuldige, ich wollte nicht …«

»Ejal, lass man jut sein! Wir wohn' inne Lynarstraße fuffzehn. Issen bissken Jottwehde, abba dafür ruhig. De Revolution hat et nich' bis nach Spandau jeschafft.«

Quietschend hielt die Straßenbahn.

Von draußen waren laute Stimmen zu hören, skandierend, ein Protestmarsch, der offenbar zum Stehen gekommen war. Es mussten Hunderte sein, die plötzlich um die Straßenbahn herumstanden und Plakate über die Köpfe hielten.

»Kiek se dir an, Carl. Spartakusleute«, sagte Gertrud und blickte nach draußen. »Den Ärjer haste bei uns nich'!«

Plötzlich splitterte Glas.

Ein langer entsetzter Aufschrei ging durch die Protestierenden.

Im nächsten Moment spritzte mir warme Flüssigkeit ins Gesicht.

Dann erst nahm ich das aus dem Krieg so vertraute Rattern eines Maschinengewehrs wahr, hörte das Pfeifen der Geschosse und warf mich auf den Boden.

TakTakTakTakTakTak.

Splitter rieselten auf mich herab.

Den Kopf schützend unter meinen Armen.

Die Bahn schaukelte wild. Ein paar Passagiere stürzten heraus, während sich andere von draußen gegen die Wagen zu werfen schienen.

Noch mehr Schreie!

Dreißig Sekunden, eine Minute.

Endlich stoppte der Beschuss.

Gespenstische Stille.

Einige Atemzüge noch blieb ich liegen, dann rappelte ich mich vorsichtig auf.

Draußen war die Straße wie leer gefegt.

Ich sah die Toten.

Die zahlreichen Verletzten. Sie stöhnten schwer, ihre Arme fuhren kraftlos durch die Luft: Sie winkten nach Hilfe. Gegenüber in einem Hausflur kauerten gut ein Dutzend Menschen, die sich noch nicht herauswagten.

Gertrud saß immer noch auf ihrem Platz.

Ihr Gesichtsausdruck fast überrascht.

Die Augen leer.

In ihrem Kopf eine tiefe Wunde.

Es war ihr Blut, das ich auf meinen Lippen schmeckte.

Fast vier Wochen hatten die Menschen geträumt.

Davon, dass die Revolution denen gehören musste, die sie angeführt hatten. Denen, die mutig in die Mündungen der Gewehre geblickt und nicht ausgewichen waren. Denen, die alles gewagt hatten.

War es nicht an ihnen, die Zukunft zu bestimmen?

Aber während sie träumten, hatte Reichskanzler Ebert in aller Heimlichkeit bereits einen Tag nach der Revolution einen Pakt mit dem Teufel geschlossen: dem Militär.

Er hätte es besser wissen müssen.

3

Vor nicht einmal vier Wochen waren sie zu Brüdern der Revolution geworden. Sie hatten einander umarmt, die Waffen abgelegt und sich geschworen, sie nie wieder anzurühren. Hatten den Offizieren die Schulterstücke und Kokarden abgerissen, den Gehorsam verweigert und sich rote Armbinden umgebunden. Vor nicht einmal vier Wochen waren aus strengen Gardefüsilieren bunte Maikäfer geworden.

Jetzt standen sie da, eine waffenstarrende menschliche Mauer in der Chausseestraße. Dieselben Soldaten. Vor ihnen lagen vierzehn zerschossene Körper, schrien Dutzende vor Schmerzen. Zögernd lösten sich die Ersten aus den Hauseingängen und Unterschlupfen, versuchten zu helfen, während die Soldaten stumm auf das blickten, was sie angerichtet hatten.

Sie hatten gehorcht.

Ihren Treueschwur erneuert.

Die Leichen bezeugten es.

Ich blickte durch den durchlöcherten Straßenbahnwagen. Gertrud und ich waren die letzten verbliebenen Fahrgäste. Zusammengesunken und mit einem ungläubigen Ausdruck im Gesicht saß sie da, während ich zu ihren Füßen niederkniete, um Balgenkamera sowie Glasplatte aus einem meiner Koffer zu holen.

Ich fühlte weder Wut noch Trauer.

Im Krieg hatte ich jedes nur denkbare Entsetzen gesehen und gelernt, meine Emotionen wie hinter einem Theatervorhang zu verstecken, um mich auf das zu konzentrieren, was ich mit einer Fotografie erzählen wollte. Nur Dokumentar sein. Nichts weglassen, nichts erfinden.

Zurück auf der Straße baute ich die Kamera auf, suchte nach dem Winkel, der das Bild schuf, das zukünftigen Generationen als Guckloch in die Vergangenheit dienen sollte: Sie sollten nicht nur sehen – sie sollten vor allem *verstehen*.

Abseits der Straßenmitte fand ich eine Strecke, in deren Flucht sich die Toten fast schon geometrisch verteilten, während im Hintergrund die Täter in Reih und Glied standen. Eine Komposition der Einsamkeit: die Toten, die nackte Straße, die gesichtslosen Soldaten im Hintergrund. Keiner von ihnen hatte einen Namen, eine Identität.

Ein anonymes Stillleben.

»Carl?«

Ich zuckte zusammen.

Diese Stimme.

Da drehte ich mich um: Isi.

Ungläubig starrten wir einander an.

Um uns dann in die Arme zu fallen.

»Du bist es wirklich!«

Zwei Jahre hatten wir uns nicht gesehen.

Zwei Jahre, in denen wir beide auf brutale Art und Weise erwachsen geworden waren. In denen für mich aus einem inszenierten Krieg ein realer wurde und ich glaubte, nie wieder glücklich sein zu können. Und doch war es plötzlich, als sähe ich uns alle, Artur, Isi und mich, wieder an Papas Zuschneidetisch sitzen, wie wir gerade ein Vermögen mit einem hinreißenden Schwindel verdient hatten und uns das erste Mal mit Wein zuprosteten. Damals, als wir unsterblich waren und wussten, dass das, was uns verband, nicht einmal ein Krieg würde trennen können.

Hier stand ich nun, hielt sie und sah all unsere gemeinsamen Erinnerungen wie Fotografien an: ihr selbst gebauter Verkaufstisch für die Kometenpillen und die geklauten Arztkittel, der Rote Hirsch, ihr Hund Kopernikus, das Feuerwerk am Ufer der Weichsel und Arturs Heiratsantrag. Selbst unser allererstes Kennenlernen, Papas blaues Kleid und ihr denkwürdiger Auftritt im Modewarenladen Seelig – alles da, so frisch, als wäre es eben erst passiert. Und ja, ich gestehe, auch dieser eine Moment auf dem Kosackenberg, wo sie aus dem gleißenden Licht eines Scheunenfensters vor mir aufgetaucht war und mir einen Blick in ihre Seele erlaubt hatte.

Wie vertraut das alles war!

Als wären wir nie getrennt gewesen.

Mittlerweile heulte ich wie ein Schlosshund, während sie meine Wangen in ihre Hände nahm und mein Gesicht mit Küssen bedeckte.

»Carl! Mein Carle!«

Wieder Küsse.

Dann hielt sie mich vor sich und grinste: »Gott, du heulst ja immer noch wie ein Mädchen!«

»Und du bist immer noch da, wo es Ärger gibt«, antwortete ich halb schluchzend, halb lachend.

»Tja, dann haben wir uns beide nicht groß geändert … Carle, ich kann dir gar nicht sagen … ich …«

Jetzt liefen auch ihr Tränen der Rührung über die Wangen.

»Was machst du hier?«, fragte ich.

»Protestieren, Carl. Wir hatten hier eine Revolution, weißt du?«

»Ist mir nicht entgangen …«

»Gut, dann weißt du auch, dass hier mittlerweile ein paar Sachen ziemlich schieflaufen. Seit Tagen schwirren Gerüchte, dass das Militär putschen möchte. Diese Bastarde!«

Ich wischte mir die Tränen aus den Augenwinkeln: »Können wir trotzdem von hier weg? Bevor sie uns auch erschießen?«

Isi hielt scheinbar nach jemandem Ausschau, den sie in dem Chaos nicht ausfindig machen konnte. Dann nickte sie mir zu: »In Ordnung. Nur kurz noch, bitte …«

Sie marschierte den Soldaten entgegen, stellte sich vor einen Leutnant, hielt seinen Blick und spuckte ihm dann vor die Füße. Vor lauter Überraschung unfähig, sich zu rühren, sah er, wie sie wieder zu mir zurückkehrte und sich bei mir unterhakte.

»Wollen wir?«

Gemeinsam verließen wir die Straße der Toten.

4

Nicht weit von der Chausseestraße, mitten im Wedding, lebte Isi in der Voltastraße, und schon auf dem Fußmarsch dorthin fiel das überlebensgroße kaiserliche Berlin zu tristen, kalten Mietskasernen zusammen, in denen Menschen wie Vieh zusammengepfercht worden waren: schmutzige Kinder ohne Schuhe, gebeugte Mütterchen in Trauer und bettelnde Kriegskrüppel, die ihre Hüte vor sich hielten.

Wir erreichten Haus Nummer fünfundzwanzig, über dessen Torbogen *Erster Hof* prangte und in dessen Tiefe zwei weitere Plätze schwach auszumachen waren, über deren Torbögen *Zweiter Hof* und *Dritter Hof* geschrieben stand.

»Ich wohne im ersten Haus«, sagte Isi. »Weiter hinten hast du weder Licht noch frische Luft. Dafür ist es da aber billiger.«

Ich nickte und hörte gleichzeitig aus der Dunkelheit das laute Fluchen eines Mannes, gefolgt von wildem Hufgeklapper. Dann torkelte ein dürrer Gaul in den Lichtkegel einer Laterne, einen schmalen Wagen ziehend, auf dem ein Kutscher hektisch die Peitsche schwang.

Es nutzte nichts.

Das Pferd brach auf dem Pflaster zusammen und rührte sich nach zwei schweren letzten Atemzügen nicht mehr. Einen Moment saß der Alte noch auf dem Kutschbock, dann stieg er von seinem Wagen, befreite das Pferd von seinem Geschirr und kratzte sich ratlos am Kopf.

Dann aber kamen sie.

Schatten aus rußigen Hofeingängen.

Abgerissene Gestalten.

Wo eine Gaslaterne brannte, konnte man für kurze Zeit ihre zerfurchten, leeren Gesichter sehen.

In ihren Händen blitzten Messer.

Der Kutscher versuchte noch, sie zu verscheuchen, riss sich die Kappe vom Kopf und schlug nach den Ersten, aber da machten sich die anderen schon über den Kadaver her: Sie stachen in das Pferd, schlitzten es auf, schnitten dampfende Fleischstücke aus ihm heraus und verschwanden damit in der Dunkelheit. Es roch nach Blut, und je intensiver der Geruch wurde, desto mehr Menschen tauchten im Lichtkegel der Gaslaterne auf, rammten ihre Messer ins Fleisch und nahmen sich ihren Anteil. Der Kopf des Pferdes dagegen ruckte und zuckte, während der Ausdruck in seinem Gesicht unbeteiligt blieb. Es starrte ins Nichts, löste sich dabei Stück für Stück auf.

Und so schoss ich die Fotografie, die das Leben hier erklärte, ohne dass dafür auch nur eine einzige Silbe hätte ausgesprochen werden müssen: grauschwarze Rücken und blutige Hände im gelben Licht einer Gaslaterne. Eine menschliche Traube des Hungers, aus der ein Pferdekopf herausragte.

Ich empfand weder Ekel noch Verwunderung, sondern hatte mir im wahrsten Sinne des Wortes ein Bild dessen gemacht, was hier in den letzten Kriegsjahren an Leid und Tod passiert sein musste. Armut war schon immer eine strenge Herrin: Was sie dir an Leben ließ, nahm sie dir an Würde wieder ab.

Isi zog an meinem Ärmel, sie wollte gehen.

Wir stiegen im ersten Haus die dunkle Treppe hinauf, auf der es nach Kohl, Schimmel und Hoffnungslosigkeit roch, bis in den vorletzten Stock, wo Isi die Tür zu einem kleinen, aber gemütlichen Zimmer aufschloss.

Dort entzündete sie zwei Gaslaternen.

»Das Klo ist auf der halben Treppe. Waschen geht ganz gut hier am Becken«, erklärte sie.

Immerhin hatte es einen Wasseranschluss, womit sich der Luxus auch schon erschöpfte. Es gab noch ein Bett, einen gusseisernen Ofen, auf dem man kochen konnte, einen Schrank, einen Tisch, zwei Stühle und einen Spiegel. Unwillkürlich grinste ich: Isi hätte in einem Erdloch leben können, aber auf einen Spiegel würde sie nicht verzichten.

»Normalerweise leben in einer Wohnung wie meiner fünf oder sechs Leute. Ich hoffe, du weißt die Annehmlichkeiten zu schätzen.«

»Das ist alles viel übler, als ich dachte.«

Sie nickte: »Viele sind verhungert, noch mehr an der Spanischen Grippe gestorben. In Thorn hatten wir es auch schwer, aber es war nichts verglichen mit dem, was hier ist. Darum ist es ja so wichtig, dass wir für eine bessere Gesellschaft kämpfen, Carl. Der Tod ist nicht das Schlimmste, glaub mir.«

»Ich will nicht mehr kämpfen, Isi.«

Sie kam auf mich zu, hob mit zwei Fingern mein Kinn an und lächelte: »Du willst! Und du wirst, Carl *Schneiderssohn*. Sie wollen uns die Revolution stehlen. Ich fühle es.«

Ich seufzte.

»Hunger?«, fragte sie.

Ich nickte zaghaft.

»Wie lange hast du nichts mehr gegessen?«

Ich zuckte mit den Schultern: »Zwei Tage.«

»Dann mache ich lieber ein bisschen mehr, hm?«

Wieder nickte ich.

Zu meiner Verwunderung hatte sie Bohnen, Speck und Kartoffeln. Auch Mehl, Zucker, Butter und Salz.

»Wie machst du das bloß?«, fragte ich sie mit Blick auf die Lebensmittel.

Doch sie lächelte nur.

Ich aß, als gäbe es kein Morgen mehr. Danach gab es Kaffee – natürlich hatte sie welchen! Wir saßen zusammen da und sprachen bis tief in die Nacht. Es war viel passiert in den letzten beiden Jahren, und so hörten wir einander schweigend zu. Ich erzählte von meiner Arbeit beim K.-u.-k.-Kriegspressequartier, von Masha und davon, wie ich Isis Hinweis auf das Ziel ihrer Flucht in unserem Versteck in Papas Schneiderstube gefunden hatte.

Sie von ihrer restlichen Zeit im Gefängnis, vom Tod ihrer Mutter und der Rache an ihrem Vater. Und wie ihr Polizeikommandant Adolf Tessmann auf die Pelle gerückt war und sie in der Nacht des großen Brands nach Berlin verschwunden war.

»Warst du das eigentlich?«, fragte ich sie.

»Der Brand?«

Sie zuckte gelangweilt mit den Schultern, was alles hätte heißen können: ja, nein, vielleicht.

Dann schwiegen wir eine Weile, und ich sah ihrem Gesicht an, dass sie nach Artur fragen wollte und es nicht wagte: Die mutige Isi fürchtete die Antwort.

Da nahm ich ihre Hand: »Artur lebt.«

Tränen schossen ihr in die Augen.

»Wirklich?«, würgte sie hervor.

»Jedenfalls hoffe ich das. Aber wenn, dann nicht unter seinem Namen Artur Burwitz, sondern als Anton Reimann.«

Sie sah mich stirnrunzelnd an.

»Ich glaube, er ist desertiert und hat seine Identität mit der eines toten Soldaten getauscht.«

Dann berichtete ich ihr, was Artur mir in seinem letzten Brief geschrieben hatte, von seiner Zeit in Lettland, von Larissa und dem Kind. Und natürlich von Falk Boysen, der Arturs und Larissas Tod gewollt und Isi ins Gefängnis geschickt hatte.

»Falk lebt also auch?«, zischte Isi wütend.

»Sieht so aus, ja.«

Wieder Schweigen.

Dann rief sie munter: »Morgen suchen wir nach Artur.«

»Gern.«

»Wir fangen in den Krankenhäusern an. Vielleicht finden wir da seine Spur.«

»In Ordnung.«

In jener Nacht übernachtete ich auf dem Boden und war mir sicher, noch nie besser geschlafen zu haben.

5

Wir erwachten früh am Morgen, immer noch beseelt davon, dass wir uns gefunden hatten, immer noch fest entschlossen, den Dritten im Bund auch aufzuspüren. Wir aßen nicht viel, redeten wenig, und als wir die Voltastraße betraten, war von dem Pferd nicht mehr viel übrig. Noch ein paar Knochen, der Schweif, drei Hufe, der Kopf und ein dunkler Fleck auf dem Boden.

Den Rest des Tages verbrachten wir mit Suchen.

Dem Durchkreuzen der Stadt.

Den immer gleichen Fragen nach einem Artur Burwitz oder Anton Reimann.

Dabei blieben uns die Sanitätskasernen grundsätzlich verschlossen, während alle anderen Krankenhäuser und Sanatorien, in denen wir vorsprachen, sich wenig begeistert zeigten, dass sie unseretwegen in den Archiven nach der Aufnahme eines Burwitz oder Reimann suchen sollten. Gleich der erste Rezeptionist im Lazarus-Krankenhaus in der Bernauer Straße fauchte uns an, dass es immer noch unzählige arme Teufel gebe, die von der ehemaligen Front zurückkämen, die jede Hilfe benötigten und sicher wenig Verständnis dafür aufbrächten, wenn wertvolle Mitarbeiter im Keller nach Patientenakten suchten.

»Wieso wertvolle Mitarbeiter?«, schnippte Isi zurück. »Es reicht doch, wenn *Sie* danach suchen!«

Das verbesserte unsere Position nicht gerade.

Mit Anbruch der Dämmerung gaben wir auf. ·

Zwar wollten wir auch in den nächsten Tagen noch unser Glück versuchen, aber es zeichnete sich jetzt schon ab, dass unser Ansatz zum Scheitern verurteilt war. Nicht nur die vielen Verletzten waren der Grund, sondern auch, dass sich niemand mehr mit dem Krieg beschäftigen wollte. Hinzu kam, dass wir nicht wussten, ob Artur überhaupt in Berlin war. Zwar hatte mir damals die Krankenschwester in Riga versichert, dass *Anton Reimann* mit seinen schweren Verletzungen nach Berlin verlegt werden würde, aber was, wenn er doch noch verstorben war?

»Er lebt!«, beschied Isi und klang dabei trotzig.

Wir kehrten zurück in die Voltastraße, aßen zu Abend, bevor Isi sich erneut vor dem Spiegel zurechtmachte.

»Gehst du noch aus?«, fragte ich.

»Wir gehen noch aus.«

Sie kniff sich in die Wangen, die sich zart röteten, drehte sich zu mir um und kündigte ruhig an: »Es gibt da etwas, das ich dir noch sagen muss …«

Ich seufzte: »Was hast du angestellt?«

Sie blieb unbeirrt: »Als du mir gestern erzählt hast, wie viele Fotos und Filme du für das KPQ gefälscht hast … und dass du in gewisser Weise auch Masha wegen diesem ganzen Irrsinn verloren hast … da meintest du doch, dass du eines gelernt hast: Nichts ist so gefährlich wie die Lüge.«

»Ja.«

»Das, was hier gerade passiert, ist auch eine Lüge.«

»Was meinst du?«

»Dass wir eine neue Gesellschaft bekommen. Dass endlich Gerechtigkeit ist. Dass alle die gleichen Chancen haben und alle glücklich sein dürfen. Alles Lügen.«

»Und?«

»UND?!«

Sie war plötzlich so wütend, dass ich unwillkürlich vor ihr zurückwich. Dann aber atmete sie tief durch: »Ich will, dass diese Lügen aufhören. Und deshalb habe ich der Armee Waffen gestohlen.«

Bei ihr musste man immer auf so einiges gefasst sein, aber das war einer dieser Sätze, bei denen man froh war, wenn man schon saß.

»Suchen Sie dich?« Ich schluckte.

Sie zuckte mit den Schultern: »Keine Ahnung. Eher nicht.«

»Eher nicht?«

»Ich werde bestimmt nicht nachfragen, Carl!«

Ich schnaubte.

Dann aber sagte ich versöhnlicher: »Na ja, ist in diesen Zeiten vielleicht gar nicht so schlecht, ein paar Gewehre zu besitzen.«

»Ich habe Maschinengewehre, Handgranaten, Gewehre, Pistolen und auch ein paar Minenwerfer. Und natürlich Munition für alles.«

Ich starrte sie an.

»War 'ne Gelegenheit«, lächelte sie entschuldigend.

Dann berichtete sie mir haarklein von der Eroberung der Maikäferkaserne und der plötzlichen Eingebung, sich den Lastkraftwagen unter den Nagel zu reißen.

»Ich dachte einfach, was ich ihnen abnehme, können sie nicht mehr gegen andere einsetzen. Und wie es aussieht, lag ich ja wohl nicht so schlecht mit meiner Einschätzung.«

Ich hob die Hand: »Schon gut! Sag mir lieber, was du damit vorhast.«

Sie nickte: »Komm! Ich will dich ein paar Leuten vorstellen.«

Wir verließen ihre Wohnung und erreichten wenige Minuten später eine Gießerei namens *Keiling & Thomas* in der Gartenstraße. Ein dunkles Fabrikgebäude mit blinden Fenstern, das Ruß und Staub zu atmen schien.

Drinnen wurde in kleinen Kupolöfen Gusseisen gegossen, und es war unerträglich heiß. Die Arbeit hier war hart, die Menschen, die sie taten, dreckig und durch die Hitze und Belastung sichtlich gereizt. Ich versuchte, mir nicht auszumalen, was passierte, wenn einer von ihnen versehentlich eine Ladung geschmolzenes Metall abbekam.

In sicherer Entfernung von den Maschinen sah ich gut dreißig Männer versammelt, allesamt in groben, schmutzigen Arbeitsanzügen, verschwitzt und müde. Eine kleine Gruppe, die, wie Isi mir zuflüsterte, ausnahmslos aus Spartakusleuten bestand, hatte sich mit einem Tisch und ein paar Stühlen vor ihnen aufgebaut. Unter ihnen war keine einzige Frau, und als wir zu den Leuten traten, konnte kaum jemand den Blick von Isi lassen.

Ein Kerl, den Isi mir als Obmann Wilhelm Lange vorstellte, sprach gerade zu den Männern und hielt sichtlich ungehalten inne, weil sich die Arbeiter die Hälse verrenkten und ihm niemand mehr zuhörte. Isi und ich traten neben ihn und einen blutjungen Matrosen. Lange konnte weiterreden.

»Genossen, ihr wisst alle, was da gestern passiert ist. Es sind nicht nur unsere Leute erschossen worden, die Regierung hat uns verkauft.«

Der Matrose neben uns unterbrach ihn: »Das ist *unsere* Revolution! *Wir* haben alles riskiert! WIR! Ebert und Scheidemann haben sie uns gestohlen! Was haben die denn schon gemacht in den letzten vier Jahren? Genossen, sagt mir: Was haben die für uns getan?«

Lautes Murren war die Antwort. Ich wusste nicht recht, ob ich einstimmen sollte oder nicht.

Einige riefen: »Nieder!«, andere: »Feiglinge!«

»So ist es, meine Freunde! Sie haben rumgesessen, während unsere Kameraden verreckt und eure Frauen und Kinder verhungert sind! Wir sind aufgestanden gegen den Kaiser! WIR!«

Die Männer jubelten.

Ich war erstaunt, wie gut dieser junge Matrose sprach. Er konnte keine zwanzig Jahre alt sein, aber er traf den Ton und die Herzen seiner Zuhörer.

Lange nickte: »Genosse Theo hat recht: *Wir* haben den Kaiser gestürzt und die Kasernen erobert. Doch was passiert gerade? Das Militär ist zurück! Und Reichskanzler Ebert hat einen Pakt mit ihnen geschlossen. Sie stehlen vor unseren Augen das, was *wir* erkämpft haben!«

Einer der Arbeiter trat vor und rief: »Genossen, Ebert und Scheidemann stehen doch auf *unserer* Seite! Die SPD und USPD sitzen in der Regierung – Spartakus könnte mitmachen, will aber nicht.«

Theo schrie: »Bist du wirklich so blind, Genosse? Sie haben gestern auf uns geschossen! Auf Unbewaffnete, Frauen und Kinder. Wie, glaubst du, ist es möglich, dass die das einfach so tun können? Wer gab dazu den Befehl? Polizeipräsident Eichhorn war es nicht!«

Wieder große Zustimmung unter den Arbeitern.

»Reichskanzler Ebert war es auch nicht!«, rief der Mann zurück.

»Aber er hat es nicht verhindern können! Richtig?«

Der Mann schwieg.

»Ist das richtig, Genosse?!«, schrie Theo jetzt.

Darauf wusste der Arbeiter nichts zu sagen, doch sein schmerzlicher Gesichtsausdruck sprach Bände: Auch ihm war klar, dass Ebert die Militärs nicht unter Kontrolle hatte.

Theo heizte seinen Zuhörern jetzt richtig ein: »Ich sage euch: Wir müssen uns wehren! Wir müssen ihnen zeigen, dass sie das nicht mit uns machen können. Liebknecht und Luxemburg sind für ihre Überzeugungen ins Gefängnis gegangen. Sind Ebert und Scheidemann je für irgendwas wirklich eingestanden?«

Wieder große Zustimmung, wieder einige, die »Feiglinge!« riefen.

»Aber sie werden! Alle Arbeiterverräter kommen ins Gefängnis! Wir sorgen dafür, Genossen!«

Heftiger Applaus.

Da trat ein anderer vor und fragte: »Und wie willst du das anstellen? Was sollen wir tun? Uns zusammenschießen lassen wie die gestern?«

Theo schüttelte den Kopf: »Nein, wir werden kämpfen!«

»Womit?« Der Mann ließ nicht locker. »Zum Kämpfen braucht man Waffen!«

Theo nickte. »Wir werden Waffen bekommen!«

»Tatsächlich?«

Theo nickte: »Ich verspreche es dir!«

Einen Moment schwiegen alle.

Ich starrte Isi an, bis sie meinen Blick erwiderte, und schüttelte unmerklich den Kopf.

Sie sah unentschlossen aus.

Obmann Lange rief: »Wichtig ist jetzt, dass wir alle zusammenstehen. Daher frage ich euch: Wollt ihr an unserer Seite sein?«

Ein lang gezogenes »Jaaaa!« war die Antwort.

»Dann, bitte, hört, was Genossin Luise euch zu sagen hat!«

Alle Blicke wandten sich Isi zu, die keine Anzeichen von Nervosität zeigte.

»Genossen, ihr habt alle schon mitbekommen, dass unser Heer in drei Tagen zurück nach Berlin kommt. Was ihr aber nicht wisst, ist, dass es ernst zu nehmende Gerüchte gibt, dass sie nicht heimkehren, sondern einmarschieren. Sie wollen zurück an die Macht. Und sie haben gestern bewiesen, dass sie den Kontrollverlust vom 9. November überwunden haben!«

Sie legte eine kleine Kunstpause ein und rief dann: »Genossen, wir sind sicher, dass die Truppen einen Putsch vorbereiten. Und das bedeutet für uns das Ende des Sozialismus. Das Ende der Freiheit!«

Die anfängliche Unruhe fiel zu einem betroffenen Schweigen zusammen.

»Woher willst du das wissen, Schwester?«, rief jemand.

»Um Berlin herum liegen viele Divisionen, Zehntausende Soldaten, die nur darauf warten, dass man ihnen sagt, was sie zu tun haben. Gestern, so wurde uns berichtet, haben Gardepioniere versucht, den Rat der Volksbeauftragten, unsere momentane Regierung, zu verhaften. Am Dienstag werden sie voll bewaffnet in die Stadt kommen, und es braucht nur einen Befehl, *einen einzigen Befehl*, um die Revolution auszulöschen. Wir haben also gute Gründe, um wachsam zu sein.«

Den Gesichtern der Männer sah man an, dass sie das nicht als *hysterische* Spinnerei abtaten.

»Bitte seid an diesem Tag an unserer Seite. Wir haben so viel geschafft, lasst nicht zu, dass sie uns alles wieder wegnehmen!«

»Es lebe die Revolution!«, schrie Theo.

Die Männer antworteten ihm mit einem lauten: »Es lebe die Revolution!«

»Für ein geheimes Deutschland!«

Sie antworteten auf gleiche Art.

»FREIHEIT ODER TOD!«

Es gab Hochs, Hurras und zustimmende Pfiffe – Stimmen schwirrten im aufgeregten Gespräch durch die Werkhalle, als ich mich aus der wogenden Gruppe löste und Isi zur Seite zog: »Bitte sag mir, dass du ihnen noch nicht von dem Lkw erzählt hast!«

Sie schüttelte den Kopf.

»Tu es nicht! Bitte!«

Sie flüsterte: »Wir werden uns nicht zusammenschießen lassen, Carl.«

»Das verstehe ich, aber bitte greift nicht an!«

Sie sah mich überrascht an: »Nein, natürlich nicht!«

Ich blickte zu Theo, der euphorisch die Hände der Arbeiter schüttelte. »Kannst du für *ihn* garantieren, Isi? Kannst du garantieren, dass *er* keinen Bürgerkrieg anzettelt?«

Sie folgte meinem Blick und schwieg.

Theo hatte die Zuschauer durch seine Jugend, seine forsche Art und seinen unverfälschten Idealismus für sich eingenommen. Und die Uniform der Marine gab ihm genügend Autorität und Glaubwürdigkeit, um sie auch für einen möglichen Kampf zu begeistern: Die Matrosen hatten die Revolution begonnen, gewonnen und würden sie wieder gewinnen, wenn es nötig sein würde. So seine Botschaft.

»Gib ihm nicht die Waffen, Isi. Es ist genug Blut geflossen.«

Sie sagte nichts und sah nur zu Theo, der, von sich selbst berauscht, jeden in den Arm nahm. Die Arbeiter der Gießerei glaubten an seine Sache.

Sie würden kämpfen.

Wenn sie denn nur an Waffen kämen.

6

Der darauffolgende Sonntag blieb revolutionsfrei.

Der Montag nicht.

Isi traf sich mit Theo und einigen anderen Spartakusleuten in einer schummrigen Budike und stellte mich den Männern, die ich noch nicht kannte, als einen der Ihren vor. Ich schwieg die meiste Zeit und fragte mich, was Isi so vorantrieb, denn dass sie schon immer eine Sozialistin gewesen war, konnte man nicht gerade behaupten.

Vor dem Krieg hatten wir in Thorn gemeinsam ein Fuhrunternehmen aufgebaut. Sie hatte zwar als Chefin stets darauf bestanden, dass jeder Mitarbeiter gut behandelt und gerecht entlohnt werden musste, aber von *Sozialisierung* unseres Besitzes konnte nicht die Rede sein. Da war sie dann doch Unternehmerin und nicht Kommunistin gewesen, hatte sich deswegen bei ihrem Kampf für die Rechte der Frauen auch nicht auf Rosa Luxemburg bezogen: Sie wollte keine Diktatur des Proletariats.

Sie wollte überhaupt keine Diktatur.

»Warum machst du dann bei denen mit?«, fragte ich sie, als die Besprechung für eine Pause unterbrochen wurde.

»Weil ich das Militär hasse. Weil wir jetzt die Chance haben, es für immer zu verbannen. Wenn nicht jetzt, wann dann?«

Der ewige Skeptiker in mir meldete, dass sich das Heer nicht einfach auflösen würde und schon gar nicht die Herren Generäle und Oberste. Dennoch musste ich einräumen, dass gerade tatsächlich die historisch einzigartige Möglichkeit im Raum stand, den Militarismus im politischen Spiel zurückzudrängen.

Theoretisch. Schuldeten wir es den Millionen, die im Krieg ihr Leben gelassen hatten, diese Chance zu ergreifen? Oder würde ein Aufstand alles nur noch schlimmer machen?

Isi zog mich ob meiner Bedenkenträgerei auf, aber immerhin behielt sie ihr Waffengeheimnis erst einmal für sich, während die Beratungen fortgesetzt wurden. Möglicherweise auch, weil sie selbst wahrnahm, dass Theo ein bisschen zu sehr darauf brannte, Kriegsgerät in die Finger zu bekommen. Nach langen Diskussionen schlug er den anderen schließlich vor, bei seinen Kameraden vorstellig zu werden, die seit dem 9. November den Marstall direkt gegenüber dem Schloss besetzt hielten.

Sie wollte er um Waffen bitten.

Doch als er am Abend zur Versammlung zurückkehrte, kam er mit leeren Händen. Er verriet nicht viel über die Unterredung, wirkte aber so gedemütigt, dass es keiner großen Fantasie bedurfte, um zu erraten, dass man ihn wohl ausgelacht hatte. Mochten die Arbeiter von *Keiling & Thomas* beeindruckt von ihm gewesen sein, die Volksmarinedivision im Marstall war es wohl nicht: Theo hatte gewiss eine große Klappe, aber keine Kampferfahrung. Hatte er wirklich damit gerechnet, dass die Männer ihm Waffen geben würden? Ihm, dem neunzehnjährigen Heißsporn, der noch nicht einen Schuss auf einen Gegner abgefeuert hatte?

Während die anderen Theo mit aufmunternden Worten und vereinzelt auch Spötteleien bedachten, erzählte Isi mir Theos Geschichte: In den letzten Kriegswochen hatte er sich freiwillig gemeldet, aber sein erster geplanter Kampfeinsatz gegen England, der natürlich ebenso selbstzerstörerisch wie sinnlos gewesen wäre, hatte erst zu einer Kette von Befehlsverweigerungen, dann zur Revolution durch die Matrosen geführt.

So war aus dem patriotischen Soldaten eben ein glühender Revolutionär geworden.

Gut für ihn, dachte ich, denn in einem Kampfeinsatz wäre er sicher der Erste gewesen, der vollkommen vergebens fürs Vaterland gefallen wäre.

Schlussendlich trennten sich die Revolutionäre am späten Abend, und ich hätte nicht sagen können, dass ihre Pläne, was sie dem morgigen Einzug der Truppen entgegensetzen sollten, besonders ausgereift gewesen wären. Genau genommen verabredete man nur, Gruppen zu bilden und strategisch Stellung zu beziehen, um Entwicklungen rechtzeitig absehen zu können. Was genau zu tun war, wusste niemand, aber für mein Dafürhalten war das allemal besser, als sich in eine aussichtslose Schlacht mit bewaffneten Divisionen zu stürzen.

Gegen Mitternacht waren wir wieder in der Wohnung in der Voltastraße. Kurz bevor ich das Licht in Isis Stube löschen wollte, stand sie
auf und warf sich noch einmal in ihren Wintermantel.

»Wo willst du hin?«

»Lebensmittel organisieren«, gab sie zurück.

»Jetzt?«

»Schieber arbeiten meistens nachts – und du möchtest doch gerne
etwas essen, oder?«

Kurz hielt ich inne.

Dann fragte ich: »Sag mal, wie bezahlst du das eigentlich alles? Die
Wohnung für dich allein. Das gute Essen?«

Isi zuckte mit den Schultern: »Mit Geld.«

»Wirklich?«, grinste ich.

»Jaaa, wirklich«, grinste sie zurück.

»Gut, dann lass mich anders fragen: Wie kannst du dir das leisten?«

»Mit diesem und jenem«, gab sie trocken zurück.

»Möchtest du mir das vielleicht näher erklären? Damit ich nicht
dumm sterbe?«

»Nein«, lächelte sie.

»Warum nicht?«, fragte ich zurück.

Sie kniff mir in die Wange: »Weil du so süß bist, wenn du absolut
keine Ahnung von gar nichts hast!«

Ich seufzte.

Dann sagte ich: »Dann möchte ich wenigstens meinen Teil beitragen.«

»Und wie?«

»Ich dachte, ich geh mal bei der PAGU vorbei …«

Sie runzelte die Stirn: »PAGU?«

»Die Projektions-AG Union. Ich hab mal für die gearbeitet. In
Brest-Litowsk.«

Ihr Blick wurde finster: »Die Sache mit Masha?«

Ich nickte.

»Jedenfalls sitzen die hier in Berlin. Vielleicht hat Herr Davidson
ja mal von mir gehört?«

»Ist das der Chef?«

»Ja.«

Sie nickte: »Finde ich gut. Mach das!«

Sie griff bereits nach der Türklinke.

»Soll ich nicht lieber mitkommen?«, rief ich schnell.

Sie drehte sich wieder zu mir um.

»Warum?«

»Ich kann doch helfen?«, antwortete ich zögernd, um dann überzeugter hinzuzufügen: »Was, wenn dich jemand überfällt?«

Sie lächelte wieder.

»Und dann willst ausgerechnet *du* mich beschützen?«

Ich kniff ein wenig die Augen zusammen: »Wenn du so freundlich wärst, mir einen letzten Rest Männlichkeit zu belassen?«

Da gab sie mir einen kurzen Kuss auf die Lippen.

»Ach, Carle, ich beschütze doch *dich*, nicht du mich. Aber wenn das hier alles einmal vorbei ist und wir Artur gefunden haben, werden wir wieder glücklich sein. Du wirst ein großer Fotograf oder Kameramann werden und uns alle überflügeln. Und dann lasse ich mich liebend gern von dir beschützen. Einverstanden?«

Bevor ich darauf antworten konnte, schlüpfte sie schon durch die Wohnungstür und hastete die Treppen hinab.

Irgendwann in der Nacht kehrte sie endlich zurück.

Ohne Lebensmittel.

7

Früh am Morgen erwachte ich mit einer Idee.

Zwar hatte ich weder Auftrag noch Reputation, aber ich hatte eine Kamera und die Fähigkeiten, die Ankunft der Soldaten fotografisch festzuhalten. Vielleicht würde mir eine Zeitung eine Fotografie abkaufen? Bei der *Berliner Illustrirten Zeitung* hatte ich schon Fotografien auf den Titelseiten gesehen, vielleicht gab es noch andere Zeitungen im Ullstein-Verlag, die jemanden wie mich brauchen konnten? Auch die

Verlage Scherl- und Mosse mit ihren vielen Presseerzeugnissen hatten doch sicher Interesse an einem Fotografen.

Überhaupt war die Presselandschaft in Berlin außerordentlich, wenigstens ein Dutzend Blätter standen in direkter Konkurrenz zueinander. Was für ein Unterschied zu unserem beschaulichen Thorn, wo es gerade mal zwei Zeitungen gegeben hatte, eine davon polnisch. Und in aufregenden Zeiten wie diesen, an denen jeden Tag etwas von Bedeutung passierte, brauchte es Menschen, die Nachrichten in unvergessliche Bilder verwandeln konnten.

Mit einem Mal wurde ich ganz euphorisch: Hier konnte ich wirklich etwas werden! Ganz gleich ob Film oder Zeitung. Diese Stadt offerierte unendlich viele Möglichkeiten aufzusteigen! Dass es unglücklicherweise auch genauso viele gab unterzugehen, bedachte ich in diesem Moment nicht.

So kontrollierte ich nervös meine Ausrüstung, fragte mich, ob ich an diesem Morgen Rivalen haben würde, und hoffte, dass Isi mir gleich ein bisschen Mut machte. Zu meiner heimlichen Enttäuschung aber sagte sie den ganzen Morgen so gut wie gar nichts. Schließlich war ich es sogar, der *sie* antrieb, endlich loszugehen, um den Einmarsch ja nicht zu verpassen.

Draußen war es grau, diesig, aber trocken, und als wir endlich über die Wilhelmstraße die Linden erreichten, waren schon Tausende dort. Enttäuscht kletterte ich ein Stück an einer der Bogenlaternen hinauf, um mir einen Überblick zu verschaffen, und entdeckte eine mit Tannengrün verzierte halbrunde Ehrentribüne direkt neben dem Adlon, das Brandenburger Tor zur Linken, die Linden zur Rechten.

Ansonsten sah ich nur Hüte.

Tausende, Zehntausende.

Sie wogten mal zu einer, mal zur anderen Seite wie Korken in einem unruhig schaukelnden Wehr.

Ich sprang herab und wischte mir die Hände an der Hose ab: »Wir sind zu spät!«, sagte ich enttäuscht.

Auch darauf antwortete Isi nicht, sondern starrte konzentriert an mir vorbei, bis sie jemanden entdeckte und ihm hektisch zuwinkte:

Theo drängelte sich aus den vielen Rücken heraus, hinter ihm ein paar der Spartakisten, die ich gestern kennengelernt hatte.

Sie nickte den Männern zu, führte sie zurück in die Wilhelmstraße, kramte dann hinter einer Nische, vor neugierigen Blicken geschützt, einige Pistolen aus Mantel und Unterrock und gab sie Theo und den anderen.

»Vorsicht!«, zischte sie leise. »Die sind alle geladen!«

»VERDAMMT, ISI!«, fluchte ich laut.

Sie sah erst zu mir, dann zu Theo: »Die sind nur zur Selbstverteidigung! Hast du verstanden, Theo?«

»Woher hast du die?«, fragte er verwundert und wog die Pistole in der rechten Hand.

»Nur zur Selbstverteidigung!«, wiederholte Isi.

»Ich werde sicher keine Division mit einer Pistole und acht Schuss angreifen, Isi!«, konterte Theo.

»Gut. Dann sind wir uns ja einig.«

»Woher hast du die?«, fragte er erneut.

»Gefunden«, antwortete Isi.

Seine Augen funkelten vor Angriffslust: »Hast du noch mehr?«

»Nein«, log Isi.

Einige Sekunden musterte er sie misstrauisch, dann schien er sich mit der Antwort zufriedenzugeben.

»Was machen wir, wenn wir angegriffen werden?«, fragte einer der Männer.

»Ziel auf die Offiziere!«, befahl Isi. »*Nur* die Offiziere! Verstanden? Je höher im Rang, desto besser. Keiner schießt auf einfache Soldaten. Ist das klar?«

Die Männer nickten und kehrten zurück in den Pulk der Schaulustigen: Innerhalb eines Wimpernschlages waren sie zwischen den Mänteln verschwunden.

»Das hättest du nicht tun dürfen, Isi!«, warf ich ihr vor.

Sie sah mich kalt an: »Wenn du damals in Brest-Litowsk eine Waffe gehabt hättest – was hättest du getan? Hättest du dich nicht auch gewehrt?«

»Dann wäre ich heute nicht mehr hier«, antwortete ich.

»Die Frage ist ganz leicht, Carl: Wenn du damals eine Waffe gehabt hättest, hättest du versucht, die Militärs niederzuschießen und Masha zu retten oder nicht?«

Ich schwieg.

Sie umarmte mich.

Und flüsterte mir ins Ohr: »Wir suchen uns unser Schicksal nicht aus, Carl. Aber wir müssen nichts akzeptieren, was wir nicht akzeptieren wollen.«

Dann gab sie mir einen schnellen Kuss auf die Wange und sagte knapp: »Komm!«

Ich legte mir den Lederriemen um, an dem mein Köfferchen mit den unbelichteten Glasplatten hing, klemmte mir das Stativ unter den Arm und legte die Kamera in die Beuge des anderen Armes. Am Ende der Wilhelmstraße prallten wir auf die wartende Menschenwand, und während ich noch nach einer Lücke suchte, schrie Isi laut: »PRESSE! PRESSE!«

Eine ganze Reihe Männer drehte sich neugierig um.

Isi schob sie einfach auseinander und drängte hinein: »LOS, LOS, VAFATZ DIR MA', DU FLITZPIEPE!«

Offenbar war das die Ansprache, die in dieser Stadt verstanden wurde, denn sie teilte die Menge wie Moses das Meer, rannte hindurch, kassierte Kanonaden von Flüchen und schoss in gleichem Maße zurück. Ich dagegen schipperte schweigend in ihrem Fahrwasser und lächelte hier und da entschuldigend, was niemanden interessierte, weil mich niemand wahrnahm.

In verblüffend kurzer Zeit erreichten wir tatsächlich das kleine wie ein kugeliger Schiffsbug anmutende Ehrenpodest für Reichskanzler Friedrich Ebert und Oberbürgermeister Adolf Wermuth, beide Plätze noch leer. Bereits anwesend waren Kriegsminister Heinrich Scheüch und General Arnold Lequis, beide in Uniform und mit Pickelhauben. Gleich nebenan gab es eine weitere Empore, überraschend spärlich besetzt. Dort kletterte ich mit Isi hinauf, und auch zwei Blaumänner der Berliner Polizei hinderten uns daran nicht.

Endlich betraten Ebert und Wermuth das Podium, während sich ein Spalier am Brandenburger Tor auftat, durch das die Truppen marschieren sollten.

Sie kamen.

An ihrer Spitze die Garde-Kavallerie-Schützen-Division.

Doch kurz hinter dem Tor stoppte der Trupp, und nur zwei berittene Offiziere trabten behäbig der Tribüne entgegen, während ihnen die vielen Neugierigen ehrfürchtig auswichen. Die Männer neben mir auf der Tribüne informierten sich flüsternd: Generalstabsoffizier Waldemar Pabst und Generalleutnant Heinrich von Hofmann. Ich machte eine Aufnahme von ihnen, und schon im Sucher sah ich die Überheblichkeit, den herablassenden Ausdruck ihrer Gesichter, den Unwillen, sich hier dem Oberhaupt des Deutschen Reichs präsentieren zu müssen. Diese Männer waren nicht gekommen, um sich unterzuordnen oder gar Befehle entgegenzunehmen.

Das konnte jeder sehen.

Ich spürte, wie Isi neben mir in ihren Mantel griff.

Sie wartete nur darauf, dass einer der beiden eine falsche Bewegung machte. Oder etwas sagte, dass ihr einen Grund geben würde, sie vor den Augen aller abzuknallen.

Ebert hielt eine vorbereitete Rede, der beide mit augenfälligem Desinteresse und kalter Verachtung folgten. Ich schoss eine Fotografie vom Reichskanzler: ein gedrungener, kleiner Mann mit einem gestutzten D'Artagnan-Bart in einem gut sitzenden schwarzen Wintermantel, auf dem Kopf einen Zylinder. Gleich neben ihm die beiden Militärs, die Pabst und von Hofmann ein Lächeln zu schenken schienen.

Dann hörte ich auch den fatalen Satz, ausgerufen und am nächsten Tag in jeder Zeitung der Hauptstadt gedruckt, der ungewollt einer Entwicklung Vorschub leistete, die noch Tausende das Leben kosten würde: *Kein Feind hat euch je überwunden!*

Es gab einiges mehr, das Ebert in dieser Rede sagte, vieles erschien mir versöhnlich, konstruktiv und zukunftsgewandt, aber für Männer wie Pabst schrumpfte diese Rede nur auf diesen einen Satz zusammen: *Kein Feind hat euch je überwunden* … Und alle, die waren wie er, fügten in Gedanken an: … *bis die eigenen Leute uns mit einer Revolution den Dolch in den Rücken stießen.*

Plötzlich zupfte Isi an meinem Ärmel.

Ich blickte auf und sah drei weitere Kavalleristen an Pabst und Hofmann heranreiten. Isi ließ sie nicht aus den Augen, bis sie ihre Kommandeure fast erreicht hatten. Da erst schwenkten die beiden vorderen Reiter zur Seite und gaben den Blick frei auf den hinteren: Es war niemand anderes als Falk Boysen.

Ich starrte ihn ungläubig an.

Genau wie Isi.

Spürte dabei, wie sie langsam die Hand aus ihrem Mantel zog.

»Nicht!«, zischte ich.

Die beiden anderen flüsterten ihren Vorgesetzten etwas ins Ohr: Die nickten, grüßten nur den Kriegsminister und den General neben Ebert und wendeten dann die Pferde.

Falk schaute zu uns herüber.

Er schien nicht einmal überrascht zu sein, dass wir hier waren.

Dann glaubte ich, für einen Moment goldene Zähne in seinem Mund zu sehen.

Er grinste.

Und mir wurde kalt.

8

Für Isi war es entschieden: Die Garde-Kavallerie-Schützen-Division war für sie die Armee des Bösen, auch wenn sie bis zu diesem Zeitpunkt noch nie von Waldemar Pabst oder Heinrich von Hofmann gehört hatte. Genauso wenig wie ich. Aber die Tatsache, dass sich Falk Boysen der GKSD angeschlossen hatte, ließ sie das Schlimmste ahnen.

»Vielleicht nur ein Zufall«, wandte ich schwach ein, als sie mir später auf dem Heimweg ihre Meinung auseinandersetzte. »Du weißt doch, was für ein Pferdenarr er ist …«

»Nichts von dem, was Falk macht, ist zufällig. Außerdem: Hast du nicht mit eigenen Augen gesehen, was diese Scheißkerle von Ebert hielten?«

»Du hältst auch nicht gerade viel von ihm«, erwiderte ich schwach.

»Ich mag nicht mit allem einverstanden sein, was er tut, aber Ebert war immer ein Demokrat. Dazu von der SPD. Glaubst du, dass Pabst oder von Hofmann von der SPD sind? Oder Demokraten?«

Ich schüttelte den Kopf.

»Pack findet Pack, Carl! Das war schon immer so. Falk ist ein reaktionärer Junker aus dem Osten. Hast du schon vergessen, wie das war unter seinem Vater Wilhelm? Wie die Boysens uns alle gedemütigt haben?«

»Nein, habe ich nicht.«

»Ich hab gesessen wegen den Boysens, Carl! Und was Falk Artur angetan hat, davon will ich gar nicht erst anfangen!«

Ich atmete tief durch.

Sie hatte mit allem recht.

Schließlich schnaubte ich: »Ich hoffe, dass Artur es war, der ihm die Zähne ausgeschlagen hat.«

»Ich wünschte, er hätte ihn umgebracht.«

Stille senkte sich über uns.

Nach einer Weile sagte sie bestimmt: »Sie werden putschen, Carl. Du wirst es sehen.«

»Ich verstehe dich doch, Isi. Aber bitte versteh auch mich: Ich habe im Feld so viel Leid gesehen, so viel Elend – ich kann das nicht mehr. Ich will es auch nicht. Dieser Krieg hat alle und alles zerstört. Weißt du, wie viele aus unserer alten Schulklasse übrig sind?«

Sie schüttelte den Kopf.

»Niemand. Nur Artur und ich. Sie sind alle tot. Ich weiß genau, was die Boysens uns angetan haben, aber vielleicht ist ihre Macht doch endlich. Thorn wird wohl, nach allem, was man so hört, polnisch werden.«

»Ist mir egal, Carl. Diese Schweine haben uns alles zerstört, wir dürfen sie jetzt nicht davonkommen lassen.«

»Das will ich auch nicht, aber es muss einen besseren Weg geben.«

»Was, wenn *die* keinen besseren Weg wollen?«

»Was«, konterte ich, »wenn *ihr* keinen besseren Weg wollt?«

»Auf welcher Seite stehst du eigentlich, Carl?«, schnappte Isi.

»Auf der, wo es kein Blutvergießen mehr gibt. Und ich sehe gerade nur Spartakisten und Militärs. Und ein Volk dazwischen, das die Schnauze gestrichen voll hat.«

»Dann sollen die anderen endlich abschwirren, damit wir alle neu anfangen können.«

»Glaubst du wirklich, dass die das einfach so machen?«

»Natürlich nicht!«, zischte sie. »Aber eines ist klar: Wenn die nicht verschwinden, wird es keinen Frieden geben.«

Ich schwieg, ohne ihr zu sagen, dass es für Frieden immer zwei brauchte, für Krieg dagegen nur einen. Vielleicht der Grund dafür, dass sich die Menschen seit Jahrtausenden bekämpften: Krieg war so verdammt leicht. Und Frieden nur die Blumenwiese zwischen zwei Totenackern.

Auch Isi schien die Lust am Streit vergangen zu sein: Sie nahm mich in den Arm und sagte leise: »Lass uns Artur finden, Carle. Ich möchte, dass alles wieder so ist wie früher. Nur wir drei!«

»Das möchte ich auch«, antwortete ich.

Was ich nicht sagte, war, dass zwischen früher und heute etwa siebzehn Millionen Tote lagen und gut vier Jahre des Horrors und der Entbehrung.

Konnte man da noch derselbe sein?

Am nächsten Morgen erwachten wir beide so gut gelaunt, als hätte es gestern weder Falks Auftauchen noch unseren Streit gegeben. Wir frühstückten zusammen, verließen die Wohnung, doch während Isi sich auf die Suche nach Artur begab, machte ich mich auf den langen Weg in den Süden der Stadt.

Endlich erreichte ich das Tempelhofer Feld, eigentlich kaum mehr als eine riesige Wiese, ehedem als Exerzierplatz genutzt, mit alten Schießständen und der großen Paradepappel in der Mitte, an der die Truppen am Kaiser vorbeimarschiert waren, als es dem noch so gefiel.

Wie lange schien das schon zurückzuliegen!

Am Ende der Tempelhofer Chaussee, am südlichen Rand, wo die Brache auf die Gleise der Ringbahn traf, fielen zwei riesige Industriehochbauten ins Auge, die mich mehr als Staunen machten. Denn ihre obersten Stockwerke waren aus Glas. Wände wie Dächer. Vollkommen durchsichtig. Schon von Weitem konnte ich darin Menschen wuseln sehen, erkannte ich, wie hier elektrisches Licht aufblitzte, dort eine Kulisse verschoben wurde.

Darunter lag ein wuchtiger Unterbau aus Stein, in den ich eintrat und wo mir gleich der chemische Geruch der angrenzenden Kopieranstalt und Trocknungsräume in die Nase stieg. Ständig lief jemand geschäftig von links nach rechts, verschwand in einem der Büros oder trat aus ihnen heraus. Und zu meinem unendlichen Erstaunen sah ich in der Tiefe des Raumes einen großen Möbelwagen in einen Lastenaufzug fahren: Er wurde hinauf in das Glashaus gezogen.

Ich stand einfach nur da und war fassungslos.

Nie hätte ich damit gerechnet, auf ein Studio dieser Größe zu treffen!

Irgendwann zupfte ich eine der geschäftig hin und her laufenden Damen am Ärmel, fragte nach Paul Davidson und erhielt zur Antwort, dass der sich gerade oben befinden würde. So stieg ich über die Treppe hinauf in den dritten Stock und öffnete die Tür in ein anderes Universum: Vierzig Meter tief, zwanzig breit und zwölf hoch eröffnete sich mir eine bunte Märchenwelt auf achthundert Quadratmetern. Eine Kulissenwelt im Glas, in der sich nicht nur ein herrschaftlicher Salon, eine bürgerliche Küche und ein feudaler Tanzsaal verbargen. Es gab Wasserbassins, Versenkungen, eine fahrbare Kranbrücke und einen glänzenden Lampenpark. Und natürlich Menschen in Kostümen, Kameras samt Kameramännern sowie Schauspieler, die entweder gerade pausierten, in Skripten lasen oder eine Szene drehten, die von einem Regisseur beaufsichtigt wurde.

Gab es einen besseren Ort, um Kino zu beschreiben, als das Union-Glashaus? Während sich draußen trist und kalt eine Tempelhofer Winterwiese von dem an Berlin grenzenden Neukölln bis hin zur Gneisenaustraße ausstreckte, wurden drinnen – genau wie in dem baugleichen Literaria-Glashaus nebenan – wilde Fantasiewelten gezüchtet, für die es in der Realität weder Nährboden noch Wärme gab.

Es begann zu regnen.

Zunächst zaghaft, dann jedoch trommelten innerhalb zweier Atemzüge Millionen Tropfen gegen die Scheiben des Studios, so laut, dass das Geklapper und Gebimmel der Ringbahn und das Tröten der Automobile davon fast übertönt wurden.

Hier aber war es warm und trocken.

Tiefer im Raum lief ich in die Kulisse eines chilenischen Gutshauses. Täuschend echt, wenn einen die Kakofonie der Geräusche auch immer daran erinnerte, dass man in Berlin war, am Rand des Tempelhofer Felds. Am Rand einer Revolution und vielleicht auch am Rand eines Putsches.

Draußen war das Elend.

Drinnen das Fernweh.

Im Film würden die Menschen später nur das ferne Chile sehen. Ich hörte, wie ein Bühnenbauer dem anderen zuraunte, dass er die Kulisse der Einfachheit halber *spanisch* angelegt habe, denn es würde ohnehin niemand den Unterschied bemerken: Wer hatte schon je seinen Fuß auf spanischen Boden gesetzt, geschweige denn auf chilenischen? Es spielte keine Rolle.

Nein, es war wie bei meiner allerersten filmischen Kriegsfälschung für das K.-u.-k.-Kriegspressequartier: Ich hatte den Menschen damals mit Bildern weisgemacht, dass jemand namens Oberstleutnant Draxler gefallen war. Sie glaubten nicht nur daran, sondern machten gleichsam einen Mann zum Helden, den es nie gegeben hatte.

Nicht anders hier, nur dass dieser Schmu keine Unschuldigen animierte, jubelnd in den Tod fürs Vaterland zu rennen. Hier durften die Zuschauer in einem dunklen Vorführraum träumen, berührt nur durch die Musik des Pianisten oder der kleinen Kapelle. In ihren Köpfen und Herzen eilten sie ihren Sehnsüchten nach, während der Regen pladderte, die Straßenbahnen klapperten, die Garderobiere kicherte, die Kulissenschieber fluchten oder die Regisseure Anweisungen gaben.

Aber das hörten die Zuschauer natürlich nicht. Sie sahen und fühlten. Nichts sonst.

So stand ich unbeachtet von den Emsigen am Rand der Dekoration, als eine junge Frau an mir vorbeirauschte, dunkle kurze Haare und verführerisch duftend. Erst mitten im Bühnenbild stehend drehte sie sich um – und mir setzte einen Moment der Herzschlag aus.

Das war doch Pola Negri!

Mein Herz klopfte jetzt wie wild. Zwar hatte ich gestern mit Friedrich Ebert bereits einen Prominenten aus nächster Nähe fotografieren können, aber sein Gesicht war mir bis dahin nur sehr vage vertraut gewesen. Pola Negri hingegen hatte ich schon in einigen Filmen bewundert. Sie war ein richtiger Stern, und ihr so nahe zu sein, ihr Gesicht, das ich von unzähligen Bildern und Plakaten her kannte, vor mir zu sehen, versetzte mich in große Aufregung. Sie rief jemandem etwas zu, was mich zusammenzucken ließ. Ich grinste über mich selbst: Die Negri hatte ja eine Stimme! Wie Millionen andere hatte ich sie noch nie gehört, sodass ich auch ein wenig über ihren polnischen Akzent überrascht war.

Etwas abseits stand: Harry Liedtke.

Harry Liedtke! Der nächste funkelnde Stern am Filmhimmel!

Ich konnte es kaum glauben!

In seinen Händen hielt er ein Skript, dessen Titel ich aus der Entfernung gerade so entziffern konnte: *Karussell des Lebens*. Offenbar der Film, der gerade gedreht wurde. Er trug einen eleganten Anzug und sah, so musste ich neidlos anerkennen, in natura sogar noch besser aus als im Film. Je länger ich ihn beobachtete, desto mehr versuchte ich, seine lässige Art zu kopieren, stellte wie er einen Fuß auf einen Stuhl, stützte mich mit dem Ellbogen meines Arms auf meinen Oberschenkel und fragte mich, ob mein Profil auch nur annähernd so perfekt war wie seines. Gott, wie verwegen der rauchte! Allein dafür hätte man schon Eintritt nehmen müssen!

»Vergessen Sie's!«, sagte jemand hinter mir.

Ertappt wirbelte ich herum: Ein kleiner, dicker Mann mit borstigem Schnauzbart stand dort. Gutmütiges Gesicht, um die fünfzig.

»W-was?«

»Haben schon viele versucht, aber wie Harry Liedtke sieht eben nur Harry Liedtke aus!«

»Stimmt.« Ich nickte.

Er musterte mich fragend: »Wer sind Sie? Hab ich Sie etwa angestellt?«

»Nein«, antwortete ich.

»Was machen Sie dann hier?«

»Ich wollte Herrn Davidson sprechen.«

»Ich hoffe, Sie sind jemand Wichtiges. Wir reden schon eine Minute, und der Tag hat nur vierundzwanzig Stunden.«

Ich begriff und sagte kleinlaut: »Ich fürchte nicht, Herr Davidson.«

»Wer zum Teufel sind Sie dann?«

Er sprach mit ostpreußischem Akzent, den Ton der Stadt dagegen hatte er übernommen. Doch im Gegensatz zu den waschechten Berlinern, die mir zuletzt begegnet waren, klang er nicht unfreundlich, sondern nur ungeduldig.

»Verzeihung. Ich bin Carl Friedländer.«

»Friedländer. Irgendwie sagt mir das was …«

»Ich habe mal für Sie gearbeitet. In Brest-Litowsk.«

»Ah, das *Tagebuch des Dr. Hart*. Sie waren der, der seinen Auftrag nicht erledigt hat, richtig? Warum nicht?«

Ich überlegte, doch da fügte er auch schon warnend hinzu: »Es sollte besser ein verdammt guter Grund sein, Friedländer! Denn sonst will ich, dass Sie von hier verschwinden und nie wiederkommen, verstanden?«

Ich schluckte.

Und antwortete schließlich scheu: »Ich sollte hingerichtet werden.«

Ich weiß nicht, womit er als Antwort gerechnet hatte, damit jedenfalls nicht. Jeden Tag wurden ihm sicher unzählige Geschichten und Geschichtchen und vor allem *Ausreden* aufgetischt, meine schien ihn jedoch wirklich zu überraschen.

»Mitkommen!«, befahl er da.

Ich folgte ihm aus dem chilenischen Gutshaus hinüber in ein herrschaftliches Wohnzimmer, in dem im Moment niemand arbeitete. Dort setzten wir uns in zwei Ohrensessel an einen falschen Kamin.

»Erzählen Sie!«

Die Erinnerungen waren viel schmerzhafter als gedacht, und zu meiner Schande begann ich, mitten in der Erzählung um Masha und Major von Bühling zu heulen, und hatte große Schwierigkeiten, meine Geschichte überhaupt zu Ende zu bringen. Ich schämte mich derart, dass ich danach nicht aufsah, sondern meinen letzten Worten nur schniefend und auf den Boden starrend nachhing.

Irgendwann reichte mir Davidson sein Taschentuch, mit dem ich mir über das Gesicht wischte, und zu meiner Überraschung konnte ich sehen, dass auch ihm Tränen über die feisten Wangen gelaufen waren.

»Sie sind 'ne ziemliche Heulsuse, Friedländer.«

Ich nickte: »Hör ich dauernd.«

Er räusperte sich.

»Wissen Sie, dass alles hier ist eine große Schau. Und alle wollen Teil dieser großen Schau sein. Jeden Tag kommen sie zu mir und zeigen sich von ihrer besten Seite. Je spektakulärer, desto besser, meinen sie. Und irgendwie muss das auch so sein. Sie, mein lieber Friedländer, haben so ziemlich alles falsch gemacht, was man bei einem Bewerbungsgespräch falsch machen kann, aber noch nie war jemand so aufrichtig wie Sie. So was ist in meinem Geschäft verdammt selten: Aufrichtigkeit.«

Dann räusperte er sich erneut und fragte: » Also: Was können Sie?«

Ich griff nach einer kleinen Mappe, die ich mitgebracht hatte, und zeigte ihm die Fotografien meiner Jugend. Und auch einige, die ich beim Kriegspressequartier gemacht hatte, aber nicht die verlogenen, sondern die, die das KPQ sofort unter Verschluss genommen hatte.

Er sah sie durch und sagte dann: »Sie haben Talent, Friedländer.«

»Danke, Herr Davidson.«

»Sie würden gerne Kameramann werden?«

»Ja, Herr Davidson.«

Er schien nachzudenken, dann nickte er: »Vielleicht lässt sich da was machen. Sie fangen als Assistent an. Lernen bei den Großen. Und wenn Sie sich bewähren, sehen wir weiter. Einverstanden?«

Erfreut sprang ich auf und schüttelte ihm die Hand: »Vielen Dank, Herr Davidson!«

»Sie werden nicht mehr so erfreut sein, wenn Sie sehen, was ich Ihnen bezahle. Kommen Sie, ich bring Sie noch zur Tür.«

Wir verließen die Kulisse.

Heimlich lugte ich durch das Glasdach in den Himmel und dachte glücklich: *Siehst du Papa! Siehst du?*

»Wir brauchen das Licht!«, sagte da Davidson, der meinem Blick gefolgt war. »Darum ist alles aus Glas. Ohne Licht geht nichts.«

»Verstehe.«

Hinter einer Kulissenwand hörten wir eine lautstarke Diskussion, und dank des Akzents erkannte ich sofort die Stimme der Negri. Eine Männerstimme versuchte, sie zu beruhigen, während Davidson um die Kulisse herumkurvte und im nächsten Moment im chilenischen Gutshof stand. Genau wie Pola Negri und ein Mann, der offensichtlich der Regisseur dieses Films war.

»Paul, Schatz, gut, dass du da bist!«, rief sie dramatisch.

»Was ist denn los?«

Sie warf die Arme in die Höhe: »Ich kann so nicht arbeiten!«

Davidson und der Regisseur warfen sich vielsagende Blicke zu.

Dann zeigte sie auf den Regisseur und fauchte: »Du kannst Georg sagen, dass er so was im *Schwabenmädle* machen kann. Aber nicht hier!«

»Worum geht es denn?«, fragte Davidson sanft.

»Um meine künstlerische Integrität. Nichts weniger!«

»Es ist ihr zu komödiantisch!«, merkte der Regisseur an.

»Ich bin Pola Negri, verstanden? Nicht Ossi Oswalda.«

Davidson seufzte.

»Pola …«

Sie wehrte mit erhobener Hand ab und sagte mit zittriger Stimme: »Warum besetzt du mich nicht einfach um?« Um mit Tränen in den Augen bissig anzufügen: »Nimm Ossi! Die macht eh alles.«

Damit wandte sie sich um und rannte schluchzend davon.

Die beiden sahen ihr etwas ratlos nach.

»Und jetzt?«, fragte der Regisseur.

Davidson seufzte: »Ernst soll das machen …« Dann wandte er sich zu den anderen am Set. »Fünfzehn Minuten Pause! Und damit meine ich genau fünfzehn Minuten, Herrschaften!«

Er kam auf mich zu und entschuldigte sich: »Sie sehen, man hat nie frei. Ich suche jetzt mal Lubitsch, und Sie fangen am 1. Januar an. Na, sagen wir, am 2. Januar. Nach dieser ganzen Kriegsscheiße haben wir uns alle eine große Sause verdient, was?«

Wir schüttelten uns die Hände.

»Danke, Herr Davidson!«

»Schon gut.«

Ich wandte mich ab und ging gerade Richtung Ausgang, als ich seine Stimme im Rücken hörte: »Friedländer?«

Ich drehte mich um.

»Nächste Woche Freitag ist Premiere von *Carmen*. Haben Sie Lust?«

»Natürlich!«, rief ich erfreut.

»Das U. T. am Ku'damm. Zwanzig Uhr. Ich stelle Sie dann ein paar Leuten vor.«

»Gern!«

Geradezu betäubt vor lauter Glück stolperte ich hinaus und bemerkte erst auf Höhe der Paradepappel, dass ich vollkommen nass geregnet worden war.

9

War ich auch schon zuvor ein wenig politischer Mensch, allenfalls einer, der darauf hoffte, dass Frieden wäre, sich die Menschen verstünden und jeder seinem Traum nachgehen dürfte, so sank in jenen unruhigen Tagen mein Interesse daran, wer mit wem und warum was wollte, auf einen absoluten Tiefstwert.

Dabei war alles, was sich abspielte, historisch, allein ich dachte nur an *Carmen*. An eine Premiere, die vollgepackt sein würde mit berühmten Schauspielern und Regisseuren. An eine schillernde Veranstaltung, der ich beiwohnen durfte, ja, vielleicht würde ich sogar Teil von ihr werden! Ich würde sicher Lubitsch kennenlernen! Oder Pola Negri! Vielleicht auch Emil Jannings oder Henny Porten! Mir schwindelte förmlich bei der Vorstellung, dass diese fernen Menschen mit mir sprechen könnten.

Und während im preußischen Abgeordnetenhaus vierhundertneunzig Arbeiter- und Soldatenräte, darunter immerhin zwei Frauen, über die Zukunft des Reichs debattierten, spielte ich im Kopf alle möglichen Varianten von Gesprächen durch, die ich mit den vielen Berühmten führen wollte, damit ich im entscheidenden Moment nicht vor lauter Nervosität wie ein stummer Idiot dastünde.

Isi trieb ich damit förmlich in den Wahnsinn.

Jeden Tag informierte sie mich über die politische Lage, berichtete von tumultartigen Streitereien im Plenarsaal und dem Bericht eines gewissen Otto Brass, der wohl detailliert nachwies, wie das Militär im Rheinland systematisch die Revolution torpedierte. Noch beunruhigender erschien ihr, dass die Oberste Heeresleitung bewaffnete Divisionen zusammenstellte.

Ich nickte zu alldem und murmelte reichlich unkonzentriert so etwas wie: »Hm, klingt wirklich nicht gut!«

Was einen Wutausbruch Isis zur Folge hatte, die mir eindringlich klarmachte, dass mich eine Militärdiktatur genauso betreffen würde wie jeden anderen im Reich auch.

»Du hast recht. Tut mir leid«, antwortete ich schnell und verursachte einen weiteren Tobsuchtsanfall, weil sie allein an meiner Stimmlage wahrgenommen hatte, dass ich in Gedanken schon wieder bei *Carmen* war.

Fünf Tage ging das so.

Dann endete der Arbeiter- und Soldatenkongress mit einer Ankündigung, die wie ein großes Versprechen klang: Am 19. Januar 1919 würden die ersten wirklich freien Wahlen sein! Männer *und* Frauen. Frei und geheim. Kein preußisches Klassenrecht würde die Stimme der Mittellosen schwächen: An der Urne waren alle gleich! Das fand selbst ich dann außerordentlich, wenn auch dieser 20. Dezember 1918 noch eine solche Wendung nehmen sollte, dass selbst diese Errungenschaft verblasste.

Ich trieb mich bereits weit vor der Einlasszeit des großen Union-Theaters auf dem Kurfürstendamm herum, bewunderte wie ein Tourist die prächtige neoromanische Gedächtniskirche, die der Kaiser zu Ehren seines Vaters hatte bauen lassen. Über hundert Meter hoch ragte der Hauptturm, flankiert von vier kleinen Türmchen, die mich ein wenig an die unseres Rathauses in Thorn erinnerten. Straßenlaternen setzten den Bau auf dem Königin-Auguste-Platz in der Abenddämmerung in Szene, und ich hörte viele Menschen Russisch sprechen, was wohl daran lag, dass sich um den Kurfürstendamm herum eine vor der Revolution im Osten geflohene Gemeinde gebildet hatte. Eine Kommune, die Woche für Woche größer wurde.

Nicht weit davon dann das Union-Theater, von allen nur U.T. genannt. Ein Bauwerk ganz nach dem Geschmack des Kaisers: im Eingang Rundbögen, darüber kannelierte Säulen, die ein wuchtiges Spitzdach trugen. Ich versuchte, mir vorzustellen, wie ein Kino aussehen mochte, das über achthundertfünfzig Sitzplätze verfügte, wie groß die Leinwand wäre und wie prächtig es eingerichtet sein musste.

Im Erdgeschoss konnte man in das berühmte *Café des Westens* hineinsehen, für das ich kein Geld hatte, sodass ich draußen vor der Schaufensterscheibe stehen blieb in der Hoffnung, unter den gut gekleideten Gästen vielleicht einen prominenten Dichter oder Künstler zu sehen. Dass die das von den Berlinern nur spöttisch *Café Größenwahn* betitelte Lokal bereits aufgegeben hatten und sich jetzt im *Romanischen Café* trafen, wusste ich zu diesem Zeitpunkt nicht. So stand ich dort und hielt Ausschau nach Berühmtheiten, die es nicht gab, und merkte nicht einmal, dass sich hinter mir zwei große Typen aufgebaut hatten. Sie starrten mich so lange an, bis ich mich langsam zu ihnen umdrehte.

»Kann ich Ihnen irgendwie helfen?«, fragte ich verunsichert.

»Carl Friedländer?«, fragte einer von ihnen zurück.

»Ja?«

Er machte eine einladende Geste in Richtung eines Automobils, das am Kurfürstendamm angehalten hatte und dessen Fondtür sich gerade wie von Zauberhand öffnete.

»Bitte nach Ihnen!«

Ich sah die beiden verwirrt an: »Wer sind Sie?«

Da schüttelte der andere den Kopf und antwortete nur: »Ist nicht wichtig.«

Mittlerweile klopfte mir das Herz bis zum Hals. Die beiden trugen zwar saubere Anzüge und neue Hüte, womit sich aber ihre Seriosität bereits zu erschöpfen schien.

»Sind Sie vielleicht von der PAGU?«, fragte ich eingeschüchtert.

»Wenn Sie sich damit besser fühlen: gern!«, antwortete der Erste und wiederholte seine Geste, diesmal energischer.

»Lassen Sie mich in Ruhe!«, zischte ich und drehte mich demonstrativ zum Schaufenster.

Im Spiegelbild konnte ich beobachten, wie sich die beiden kurz ansahen.

Dann spürte ich zwei eisenharte Fäuste an meinen Oberarmen, die mich mit einem Ruck von den Füßen hoben und in aller Seelenruhe zum Auto trugen.

Ich schrie wie am Spieß, was beide nicht besonders zu beeindrucken schien, und von den neugierigen Passanten, die uns so sahen, machte keiner Anstalten, mir zu helfen oder wenigstens die Polizei zu rufen.

Schließlich landete ich auf dem Rücksitz eingeklemmt zwischen den beiden Männern, während ein dritter am Steuer saß und losfuhr. Selbstredend hatte ich eine ganze Menge Einwände, was meine Entführung betraf: So beschwor ich die drei, dass es sich um eine Verwechslung handeln müsste. Ich sei doch Gast der *Carmen*-Premiere! Aber als niemand auf dieses und vieles andere mehr antwortete, gab ich irgendwann auf.

Wir fuhren in den Osten.

Bis an die Stadtgrenze zu Lichtenberg.

Irgendwann bogen wir in die Eldenaer Straße ein, vorbei an einer nicht enden wollenden Ziegelmauer. Ich konnte deutlich das Geblöke von Vieh hören, und ein vager Geruch von Blut drang ins Auto, sodass ich nicht raten musste, was hinter den Mauern lag: die Schlacht- und Viehhöfe. Auf dem Trottoir zerstreuten gerade blau uniformierte, pickelhäubige Polizisten eine große Menschenansammlung. Die Leute gaben nur widerwillig ihre Plätze auf.

»Was ist hier los?«, fragte ich neugierig.

Zum ersten Mal während meiner unfreiwilligen Fahrt bekam ich Antwort: »Die stehen hier für morgen an. Fleischration. Die Polizei will aber nicht, dass sie schon so früh hier warten. Später am Abend kommen die Leute wieder, und morgen werden es zweitausend oder mehr sein.«

Es war eine Armee der Zerlumpten.

Frauen, Alte, Kriegskrüppel.

Inmitten eines Arbeiterquartiers, das noch bedürftiger wirkte als das Haus in der Voltastraße, in dem ich mit Isi wohnte.

Wir hielten eine Ecke weiter in der Voigtstraße vor einem recht hübschen Gründerzeithaus, das zwar ein wenig verwahrlost schien, aber verglichen mit den anderen Gebäuden geradezu mondän.

Dort geleitete man mich an die Tür.

Klopfte.

Drinnen flammte Licht auf, es wurde geöffnet, wir traten ein.

Sie führten mich in die gute Stube des Hauses, ein einfaches, aber geschmackvoll eingerichtetes Wohnzimmer. Es gab elektrisches Licht, und in einer Ecke stand ein Grammofon, aus dem Musik herausknisterte. Es klang ausländisch, jedenfalls hatte ich diese Art von Musik noch nie gehört.

»Gefällt es dir?«, fragte jemand, der aus einem Schatten herausgetreten war.

Ich starrte ihn an.

Verwirrt nahm ich wahr, dass er nur ein halbes Gesicht hatte.

»Erkennst du mich nicht mehr, Carl?«

»Artur!«, würgte ich hervor. »Artur!«

Ich stolperte ihm entgegen, umarmte ihn: »Artur!«

Es schien, als könnte ich nichts anderes mehr sagen. Nur seinen Namen.

Wir hielten uns.

Und ja, ich weinte. Schon wieder. Die letzten beiden Wochen hatten mir emotional einiges abverlangt, dennoch nahm ich mir vor, mich in Zukunft nicht mehr so oft als *Heulsuse* zu präsentieren. Papa hatte oft geweint, wenn er an Mama dachte, und langsam beschlich mich das Gefühl, dass ich seinen Hang zum Sentimentalen geerbt hatte.

»Es ist schön, dich wieder bei mir zu haben!«, sagte er leise und klopfte mir aufmunternd auf die Schulter.

Endlich beruhigte ich mich, und so lösten wir uns wieder voneinander. Er schien zu bemerken, welche Mühe ich mir gab, *nicht* in sein Gesicht zu starren. *Nicht* erneut in Tränen auszubrechen. *Nicht* zu fragen, was ihm nur widerfahren war.

»Danke, dass du mich gerettet hast!«, sagte er lächelnd.

Irritierenderweise bewegte sich dabei nur eine Hälfte des Gesichtes, während die andere reglos blieb. Ich musste an die allererste Fotografie meines Lebens denken. Wir waren fast noch Kinder, und ich hatte ein Bild von Artur gemacht. Aus irgendwelchen Gründen hatte ich nur eine Hälfte seines Gesichts abgelichtet. Es war erstaunlich, wie ausdrucksstark das Foto später wurde, wie künstlerisch es war. Ihn jetzt so zu sehen erschütterte mich, und sein halbes Gesicht war auch nicht künstlerisch.

Es war starr.

Fremd.

Unheimlich.

Es war der Unterschied zwischen Kunst und Realität.

»Ich glaube, damit steht es immer noch ungefähr hundert zu eins für dich!«, antwortete ich. »Womit habe ich dich eigentlich gerettet?«

»Im Lazarett in Riga. Als Boysen nach mir suchen ließ. Ich war wach damals.«

»Du warst wach?«, rief ich erstaunt.

»Was man so wach nennt. Ich habe deine Stimme erkannt. Sehen konnte ich nichts. Und sprechen auch nicht. Aber ich habe gemerkt, dass du mich erkannt und der Schwester meinen richtigen Namen nicht verraten hast.«

Ich schüttelte den Kopf: »Ich habe dich nicht erkannt, Artur. Da war nur so ein Gefühl … Ich hätte dich liebend gerne auch mal absichtlich gerettet.«

»Jetzt sind wir jedenfalls wieder zusammen.«

»Ich bin so froh, dich zu sehen. Und weißt du, was? Isi ist auch in Berlin. Wir wohnen zusammen!«

»Das weiß ich.«

»Das weißt du?«

Er nickte: »Sie ist hier.«

Vollkommen verblüfft starrte ich ihn an.

»W-was?«

»ISI!«

Artur hatte in den Raum hineingerufen, und ein paar Sekunden später öffnete sich eine Tür, und Isi trat ein. Sie lief uns entgegen und umarmte uns.

»Wie hast du uns gefunden?«, fragte ich, nachdem wir uns wieder voneinander gelöst hatten.

Artur winkte einem seiner Leute zu und ließ sich eine Flasche Rotwein geben.

»Ich habe gehört, was Isi in Thorn angestellt hat, bevor sie nach Berlin fliehen musste. Und da war mir klar, wenn es eine Revolution gibt, wird *sie* nicht weit weg sein. Also habe ich meine Männer ausschwärmen lassen, um sich bei den Spartakisten umzuhören. Und natürlich waren sie auch bei den Demonstrationen und im Abgeordnetenhaus. Da haben sie Isi entdeckt, aber leider wieder verloren. Gestern Abend haben wir sie wiedergefunden, und heute wollte ich euch beide holen lassen, aber da warst du schon weg.«

Er hielt die Flasche hoch. »Erinnert ihr euch noch an unseren ersten gemeinsamen Abend? In der Schneiderstube? Mit Carls Vater?«

Wir nickten.

Wie damals drückte er den Korken mit dem Daumen in den Hals, bis der mit einem kleinen Plopp in den Wein hineinplumpste. Dann nahm er einen kräftigen Schluck und reichte die Flasche an mich weiter: »Auf uns!«

Ich tat es ihm nach, genau wie Isi.

»Auf uns!«

Wir legten die Hände aufeinander.

Und es war, als wäre keine Zeit vergangen, als wären wir wieder die drei Halbwüchsigen aus Thorn, die zusammen die Welt erobern wollten. Als hätten wir unseren Pakt erneuert, immer füreinander da zu sein. Den jeweils anderen im Herzen zu tragen und immer bei ihm zu sein.

Wir, die auf einem Kometen geritten waren.

Die Unsterblichen.

Isi gab uns einen Kuss auf die Wange und nickte: »Wir drei! Sonst niemand!«

Nur wir drei.

10

Isi bestand darauf, uns zum Essen einzuladen.

Zu feiern, als gäbe es kein Morgen.

In Champagner wollte sie uns ertränken und mit Kaviar vollstopfen, was uns staunen machte, denn sie wollte zu all dem auch noch ins *Adlon*.

»Du scheinst gut bei Kasse zu sein«, sagte Artur anerkennend.

»Dabei ist sie hauptberuflich Revolutionärin«, fügte ich hinzu.

Doch Isi winkte nur ab und sagte: »Ach was, das wird nicht teuer. Kostet nur eine Blume.«

Was sie mit dieser rätselhaften Antwort meinte, verriet sie uns nicht, aber sie zeigte es uns und beantwortete damit auch das kleine Rätsel, wie sie sich zu Hause so manches leisten konnte, was für viele andere schlicht unerreichbar war.

Offenbar besaß Artur noch ein weiteres Automobil: ein herrliches rotes Benz-Coupé mit geschwungenen Kotflügeln, einem Chauffeursitz im Freien vorne, den er selbst einnahm, sowie einer geschlossenen Kabine hinten, in die Isi und ich hineinschlüpften.

»Fahrer!«, rief ich gut gelaunt. »Ins *Adlon!* Aber presto!«

»Sehr wohl, der Herr!«, antwortete Artur.

Schon nach wenigen Metern bereute ich meinen munter vorgetragenen Wunsch zur Eile, denn Artur trat das Gaspedal durch und raste bald über die Frankfurter Straße in Richtung Innenstadt.

»Artur!«, rief ich. »Nicht so schnell!«

»Ist doch nicht schnell!«, rief er zurück. »Mehr als siebzig bringt er nicht!«

»Siebzig! Bist du verrückt?! Du wirst uns alle umbringen!«

Doch da lachte er nur.

Wir passierten in einem Affenzahn den herrlichen Alexanderplatz mit seinem wunderschönen Grandhotel und dem mondänen *Kaufhaus Tietz*, die ich beide nicht wirklich würdigen konnte, weil sich Artur wie ein Wahnsinniger zwischen diversen bimmelnden Elektrischen, Fuhrwerken und Automobilen hindurchschlängelte und sich auch vom wütenden Pfeifen eines Schutzmannes nicht aufhalten ließ. Bald erreichten wir die Linden, scheuchten Passanten von der Straße und bremsten in der Nähe des *Adlon*.

Ich atmete durch: überlebt.

Isi beugte sich vor und tippte Artur über die halb geöffnete Trennscheibe an die Schulter: »Gibst du mir mal fünfzig Pfennige?«

»Aha«, seufzte Artur. »Uns groß ausführen wollen zu Champagner und Kaviar, aber keine fünf Groschen in der Tasche.«

Sie grinste: »Ich kann zaubern, Artur. Schon vergessen?«

Er gab ihr die Münzen, sie stieg aus und ging zu einem Blumenmädchen, das auf dem Pariser Platz in respektvollem Abstand zum Hotel darauf hoffte, dass wohlhabende Gäste ihren Ehefrauen oder Geliebten eine Rose kauften.

Isi erstand eine Blume und wartete anschließend geduldig im Dunkeln.

Vor dem hell erleuchteten Eingang wachte ein livrierter Portier, der neuen Gästen die Tür aufhielt und den ebenfalls livrierten Pagen Anweisungen gab. Endlich verließ ein teuer gekleideter Geschäftsmann das *Adlon*, ließ sich vom Portier erst die Tür öffnen und dann eine Kraftdroschke rufen.

Jetzt setzte sich Isi zügig in Bewegung, und während der Portier noch nach einer Fahrgelegenheit suchte, geriet sie vor dem Herrn ins Stolpern und fiel ihm dann mit einem kleinen Schrei förmlich in die Arme. Aus der Entfernung konnten wir sehen, wie sie den bedauernswerten Tropf um den Finger wickelte: Er stellte sich vor, lüftete den Hut und sie schenkte ihm im Gegenzug die Art Blick, der ihn förmlich in das Turmzimmer seiner Begierde hineinstieß. Alles, was sie jetzt noch tun musste, war, die Tür hinter ihm zuzuknallen und den Schlüssel wegzuwerfen.

»Ich wette, sie braucht keine fünf Minuten!«, lächelte Artur.

Drei Minuten später hielt die Droschke.

Der Mann überreichte Isi nach angeregtem Plausch eine Visitenkarte, und ich las von seinen Lippen, dass er sich sehr über ein Wiedersehen freuen würde. Isi überreichte ihm die Blume, die er mit einem Diener annahm. Dann verabschiedete er sich mit einem Handkuss, Isi winkte ihm versonnen nach.

Wir stiegen aus und gingen zu ihr.

»Und was sollte das Ganze?«, fragte ich sie verwirrt.

Sie zog seine Brieftasche aus ihrem Wintermantel, warf einen Blick hinein und grinste anerkennend: »Das wird 'ne Sause!«

»D-du hast ihm sein Geld geklaut?«

»Gott, Carl!«, stöhnte Artur. »Vier Jahre Krieg, und du bist immer noch empört über solchen Kleinscheiß?«

»A-aber …«

»Ach was, Diebstahl!«, winkte Isi ab. »Er fährt davon, wird die Rose ansehen und wissen, dass es mehr gibt als nur Geld.« Sie sah mich keck an: »Ich habe ihm eine neue Welt gezeigt, Carle, dafür hat er bezahlt. Nutzen muss er seine Chance schon selbst. So! Wollen wir? Er ist zum Lehrter Bahnhof unterwegs und wird gleich bemerken, dass er etwas klamm ist.«

»Und was, wenn er zurückkommt? Er wird *dich* verdächtigen!«, sagte ich besorgt.

»Mich? Die verliebte Maid, die ihm eine Rose geschenkt hat?« Sie grinste: »Wirklich, Carl. Du musst endlich mal erwachsen werden. Ich kann nicht ewig auf dich aufpassen!«

Ich war sprachlos.

Isi gab uns beiden einen Kuss und beschied: »Na gut, schonen wir deine Nerven und gehen ins *Bristol*.«

Sie hakte sich ein, und während die Menschen in der Voltastraße sich über ein Stück Pferdefleisch freuten, in der Eldenaer Straße die Armen die ganze Nacht im fahlen Licht der Gaslaternen für ein minderwertiges Stück Rind oder Schwein anstanden, versanken wir an diesem Abend in Kaviar und Champagner. Genau so, wie es Isi angekündigt hatte.

Wir hatten uns viel zu erzählen.

Vor allem Artur.

So staunten wir über sein unglaublich dreistes Gaunerstück im Schloss. Was uns weniger verwunderte, war, dass er zuvor eine Bande von Männern um sich geschart hatte, die ihn als ihr Oberhaupt respektierten. So wie jeder, dem Artur je begegnet war, hatten sie in ihm den geborenen Anführer gesehen. Was mit seinem Gesicht passiert war, sagte er uns auch: eine explodierende Granate im falschen Moment. Im allerfalschesten aller denkbaren Momente, denn die Explosion verletzte ihn nicht nur schwer, sondern rettete auch Falk Boysens Leben.

»Falk ist hier!«, sagte Isi finster.

Artur sah kurz auf und nickte.

Für einen Augenblick herrschte Stille an unserem Tisch.

Ein bedrückendes, unangenehmes Schweigen.

Ich sah Arturs Gesicht, das durch das bemalte Blech so rätselhaft, so emotionslos wirkte, und wusste, dass er an Falk dachte.

Und daran, wie er ihn töten würde.

II

Isi und Artur waren im Reinen miteinander.

Wir waren fast noch Kinder, als Artur beschlossen hatte, sie eines Tages zu heiraten, und in gewisser Weise waren sie eine Zeit lang ein Ehepaar gewesen, wenn sie beide auch schon früh ahnten, nicht füreinander gemacht worden zu sein. Die Trennung schmerzte, aber die Wunde war schnell geheilt. Zurück blieben zwei, die sich liebten, aber eben nicht wie Mann und Frau, sondern eher wie Bruder und Schwester.

So lag auch kein Schatten über unserem Wiedersehen, es war, als wären wir wieder die, die wir immer gewesen waren, außer dass ein Weltkrieg uns vor der Zeit gezwungen hatte, endgültig erwachsen zu werden. So kam es mir zumindest vor.

Artur überraschte uns mit dem Angebot, bei ihm leben zu können – mietfrei.

»Stören wir dich auch nicht?«, fragte Isi vorsichtig.

»Aber nein. Ihr habt das Haus für euch allein.«

»Für uns?«, staunte ich. »Und du?«

»Ich wohne ein paar Häuser weiter.«

»Du besitzt zwei Häuser?«, fragte Isi.

»Drei«, antwortete Artur schlicht.

Gerade mal sechs Wochen waren seit dem Krieg vergangen, aber Artur hatte seine Schäfchen offenbar längst ins Trockene gebracht. Er hatte schon immer gewusst, wie man funkelnde Sterne am Himmel in klimpernde Münzen im Portemonnaie verwandelte, während andere noch damit beschäftigt waren, darüber nachzudenken, wie sie eigentlich den nächsten Tag überstehen sollten.

»Und du kannst das alles bezahlen, weil du das Schloss ausgeräumt hast?«, fragte ich beeindruckt.

Artur zuckte mit den Schultern: »Das Schloss war nur der Grundstock.«

»Der Grundstock von was?«, hakte ich nach.

Artur machte eine unbestimmte Geste, die wohl zweierlei bedeutete: einerseits *von diesem und jenem* und andererseits, dass es nichts nutzte, ihn weiter danach zu fragen, denn er würde darauf nicht antworten.

Auch in diesem Punkt war er ganz der Alte geblieben.

Schon am nächsten Tag packten wir das wenige, was wir besaßen, um uns auf den Weg in die Voigtstraße zu machen.

Da klopfte es leise an die Tür zu Isis Stube: Theo trat ein.

»Ich hab gehört, du ziehst um?«, fragte er vorsichtig.

»Du meine Güte!«, staunte Isi. »Im Wedding kann man echt die Flöhe husten hören.«

»Stimmt also?«, fragte Theo.

»Ja. Stimmt.«

»Und unser Kampf?«, fragte Theo.

»Hab ich nicht vergessen. Aber jetzt kommt erst mal Weihnachten, und im neuen Jahr sehen wir, wo wir stehen.«

»Glaubst du, wir haben so viel Zeit?«

Isi runzelte die Stirn: »So viel? Das sind gerade mal zehn Tage.«

»Liebknecht und Luxemburg wollen kämpfen!«

»Für was?«, mischte ich mich ein.

»Für ein Rätesystem nach russischem Vorbild.«

»Ich verstehe nichts von Rätesystemen, aber ich verstehe etwas vom Krieg. Und was man so liest über Lenin und die Bolschewiki ist, dass sie das Land in einen Bürgerkrieg geführt haben. Und dass es bei ihnen kein Pardon gibt.«

»Eine Gewaltherrschaft kann nur mit Gewalt beendet werden.«

Ich schüttelte den Kopf: »Wir hatten auch eine Gewaltherrschaft. Und wir haben sie ohne Gewalt beendet.«

»Das ist nicht dasselbe!«, beharrte Theo.

»Für mich schon.«

»Vielleicht kommt die Gewalt ja wieder!«, warnte Theo. »Ebert und Scheidemann haben alles an sich gerissen und nichts dafür getan. Jetzt fehlen nur noch die Militärs, dann haben wir wieder das, was wir gestürzt haben. Nur ohne Kaiser.«

»Dann werden wir sie eben wieder stürzen«, beharrte ich. »An der Wahlurne!«

»Pah! Wahlurne? Gegen Maschinengewehre?«, rief Theo wütend.

Ich nickte: »Ja. Daran glaube ich.«

Für ein paar Sekunden schwieg Theo.

Wütend.

Dann wandte er sich demonstrativ von mir ab und fragte Isi: »Hast du noch mehr Waffen?«

Für eine verräterische Sekunde flog ihr Blick erst zu mir, dann wieder zu ihm zurück: »Nein.«

Sie hatte gelassen geklungen, aber es war offensichtlich, dass sie sich vor ihrer Antwort für die Dauer eines Wimpernschlages bei mir rückversichert hatte.

»Fällst du der Revolution gerade in den Rücken, Isi?«, fragte Theo kalt.

»Ich falle niemandem in den Rücken, du dummer Junge!«, fauchte sie wütend. »Wenn ich kämpfen muss, werde ich kämpfen. Aber zuerst werde ich wählen!«

Einen Moment starrte er sie an.

»Ihr wisst nicht, was ihr anrichtet!«

Ebenso enttäuscht wie angewidert drehte er sich um und verließ unser Zimmer.

»Puh!«, seufzte ich. »Er ist verrückt!«

»Er ist jung«, antwortete Isi.

»Das sind wir auch. Gerade mal drei, vier Jahre älter.«

»Drei, vier Kriegsjahre älter. Das ist wirklich etwas anderes. Theo weiß nicht, wie das ist. Wir schon.«

Ich nickte.

»Und was machst du jetzt mit den Waffen?«

Sie schwieg.

Dann sagte sie: »Vielleicht gebe ich sie Artur.«

»Du willst sie nicht mehr einsetzen?«

»Nein.«

»Warum?«

Sie räusperte sich und vernuschelte ihre Antwort.

»Hm?«, hakte ich nach.

»Weil du recht hast!«, rief sie überdeutlich.

Ich sah sie erstaunt an: »Ach, wirklich?«

Sie verschränkte die Arme vor der Brust: »Ja, ja, genieß nur deinen Triumph. Aber ein Bürgerkrieg ist das Letzte, was das Reich jetzt braucht.«

»Sehe ich auch so.«

»Das bedeutet nicht, dass es nicht vielleicht doch nötig sein könnte, Einzelne zu … entfernen.«

»Du meinst Falk?«

»Ich meine die, die das Volk nicht zur Ruhe kommen lassen. Wenn im Sommer 1914 jemand Wilhelm erschossen hätte, wäre uns vielleicht viel erspart geblieben.«

»Du meinst, der Kronprinz hätte dann keinen Krieg begonnen?« Sie seufzte.

»Lass uns nicht mehr über den Krieg reden. Lass uns nur noch darüber reden, was wir aus uns machen wollen.«

»Sehr vernünftig«, antwortete ich väterlich.

Sie grinste: »Halt die Klappe, Carl Schneiderssohn!«

»Sehr wohl, gnädige Frau.«

Sie verschloss ihren Koffer, sah sich im Zimmer um: Es war leer. Unten wartete bereits einer von Arturs Männern mit dem Auto. Weihnachten stand vor der Tür, und wir hatten vor, es zusammen zu verbringen. Mit Essen, mit Wein, ein bisschen Musik und lautem Gelächter.

Wir wollten Frieden.

Und bekamen Krieg.

12

Der Anlass war nichtig.

Geradezu kindisch.

Wenn er auch als Beweis dafür dienen mochte, dass die, die keine Ruhe wollten, die nach Macht strebten und niemals aufgaben, im Verborgenen nur darauf gewartet hatten, dass sich ihnen einmal eine Gelegenheit böte.

Irgendeine Gelegenheit.

In diesem Fall entzündete sich der Streit an einer Truhe.

Einer einfachen Lade aus dem Schloss.

Dies hielt die revolutionäre Volksmarinedivision seit dem 9. November besetzt, genau wie den gegenüberliegenden Marstall. Gleichsam standen die Matrosen im Sold des Deutschen Reichs, und an diesem 23. Dezember 1918 verlangten sie ihren Sold, der bereits seit zwei Tagen überfällig war. Stadtkommandant Otto Wels, der genau wie der Rest der SPD die Matrosen gerne losgeworden wäre, versprach die Löhnung nur unter einer Bedingung: dass die Volksmarinedivision die Schlüssel zum Schloss herausrückte. Gemeint war eigentlich, dass sie Marstall und Schloss räumten, auch weil man im Allgemeinen wütend darüber war, dass im Schloss geplündert worden war. Der Bequemlichkeit halber machte man diese Vergehen den Matrosen zum Vorwurf, die diese wiederum energisch von sich wiesen.

Jedenfalls verlangte Wels die Schlüssel.

Und die Matrosen gaben sie ihm.

In besagter Truhe.

Randvoll mit *allen* Schlüsseln des Schlosses.

Wer auf die alberne Idee gekommen war, ließ sich später nicht mehr sagen, aber als sie dem überrumpelten Stadtkommandanten Otto Wels die gewünschten Schlüssel vor die Füße stellten, reagierte der auf eine Weise, die im Reich der Untertanen zwar Tradition hatte, aber bei den Matrosen nicht gut ankam: Er wusste plötzlich nicht mehr, ob er diese Schlüssel überhaupt annehmen durfte. Es brauchte einen Vorgesetzten, der ihm erlaubte, den Handel zu vollziehen, auch wenn die Matrosen ihren Teil bereits erfüllt hatten. Nach Wels' Meinung konnte das allein Reichskanzler Ebert entscheiden, aber der war wie vom Erdboden verschluckt. Den Matrosen war dieses Verwaltungschaos im Prinzip vollkommen gleichgültig, aber Wels verweigerte aus diesem vorgeschobenen Grund weiterhin die Löhnung. Und so nahmen die Dinge dann ihren unglückseligen Lauf.

Isi und ich hatten an diesem späten Nachmittag zur knarzigen Musik des Grammofons getanzt, sie mit einem paillettierten Kleid und ellbogenhohen Handschuhen besonders schön herausgeputzt, ich immerhin mit einem flickenfreien Straßenanzug und einem weißen Hemd mit Krawatte. Beides Geschenke von Artur, der währenddem am Fenster stand und sich von undurchsichtigen Gedanken tragen ließ.

Plötzlich brach draußen im Flur Geschrei aus und zerstörte die vorweihnachtliche Stimmung. Der Stimme nach verlangte Theo Einlass, den ihm einer von Arturs Männern nicht gewähren wollte, bis Isi ihm zurief, den Aufgebrachten hineinzuführen.

Theo marschierte schnurstracks ins Wohnzimmer und rief: »Die Waffen, Isi! Ich brauche sie! Jetzt!«

Artur schob sich vor Isi: Es verfehlte seine Wirkung nicht. Verglichen mit Theo war er riesig, geradezu wuchtig, und sein halbes Gesicht schüchterte den jungen Matrosen sichtlich ein.

»Möglicherweise lässt du es etwas ruhiger angehen!«, warnte er ihn, was Theo mit einem sichtbaren Schlucken beantwortete.

»Ich möchte mit Isi sprechen!«, forderte er daraufhin deutlich zurückhaltender.

»Was ist denn passiert?«, fragte die.

Theo berichtete in knappen Worten, was sich am Schloss gerade zusammenbraute.

»Die kriegen sich auch wieder ein«, antwortete Isi ruhig.

»Ich glaube nicht. Ein paar von uns haben Otto Wels gefangen genommen.«

»Bitte? Seid ihr verrückt geworden?!«

»SIE HABEN DREI VON UNS ERSCHOSSEN!«, schrie Theo wütend.

Artur stieß ihn unsanft gegen die Schulter: »Es reicht mir langsam!«

»Die haben drei von uns erschossen!«, wiederholte Theo etwas ruhiger.

»Wer hat geschossen?«, fragte ich neugierig.

»Die Armee.«

Wir schwiegen einen Moment, während aus dem Grammofon munter Ragtime erklang. Es hätte kaum unpassender sein können!

»Ist das sicher mit der Armee?«, fragte Artur.

»Ich schwöre es. Ich habe gesehen, wie meine Kameraden gefallen sind. Niemand von uns hat etwas getan. Wir wollten nur unseren Lohn!«

»Und Wels sitzt fest?«, fragte Artur.

»Ja. Zusammen mit zwei anderen.«

Wir blickten uns an und wussten, dass sich die Regierung das nicht gefallen lassen konnte. Aber was noch viel schwerer wog: Für das Militär wäre es geradezu ein willkommener Anlass, seine Macht zurückzuerobern.

Theo sagte: »Die werden kommen! Es heißt, dass sie die Truppen von außerhalb der Stadt einmarschieren lassen! Die Garde-Kavallerie-Schützen-Division soll die militärische Führung übernehmen!«

»Diese Bastarde!«, zischte Isi.

»Das muss nicht heißen, dass sie putschen wollen«, wandte ich ein.

Isi schüttelte den Kopf: »Falk ist bei der GKSD, Carl! Die werden es versuchen!«

»Gib mir die Waffen!«, forderte Theo. »Ich weiß, dass du noch welche hast.«

Isi schwieg.

Alle schwiegen.

Und endlich stoppte auch das Grammofon, sodass nur noch vier Menschen stumm in einem Raum standen und von einem zum anderen sahen.

»Nein«, antwortete Isi schließlich.

»NEIN?«, schrie Theo.

»Nein«, wiederholte Isi ruhig.

»Die werden uns schlachten!«, zischte Theo.

»Das werden sie – wenn ihr Waffen gegen sie einsetzt!«

»Waffen sind die einzige Sprache, die sie verstehen! Gib sie mir!«

Artur trat einen Schritt nach vorn und sagte ruhig: »Ich denke, du hast deine Antwort bekommen.«

Theo schien abzuwägen, ob er noch etwas sagen oder tun wollte, aber ein weiterer Blick in Arturs Gesicht belehrte ihn eines Besseren.

Er rannte hinaus.

Dann wandte sich Artur mit einer fragenden Geste Isi zu.

Die räusperte sich und antwortete dann: »Ist eigentlich 'ne ganz witzige Geschichte …«

»Uneigentlich ist sie nicht besonders witzig!«, warf ich ein.

»Die Kurzversion, bitte!«, forderte Artur.

»Ich habe der Armee Waffen gestohlen.«

Artur schwieg.

»Sie wollte sie dir geben«, half ich nach endlosen stummen Sekunden.

Artur schwieg immer noch.

»Es ist nur …«, begann Isi zögernd. »Dass ich mich gerade frage, ob ich nicht einen Fehler gemacht habe. Was, wenn sie die Matrosen zusammenschießen?«

Artur antwortete: »Waffen haben nur *eine* Funktion: Sie töten. Möchtest du töten, Isi?«

Sie schüttelte den Kopf.

»Dann war es auch kein Fehler.«

Erneut Stille.

Dann aber lief Isi zur Garderobe, warf sich einen Wintermantel über, steckte noch einmal ihren Kopf durch die Tür zur guten Stube und sagte: »Ich muss dahin! Das versteht ihr doch?«

»Isi, bitte, du bringst dich nur in Schwierigkeiten!«, mahnte ich.

»Tut sie das nicht immer?« Artur lächelte.

»Schon, aber …«

»Kein Aber, Carl. Komm! Nimm deine Kamera mit! Vielleicht erleben wir heute den Beginn einer Nation. Oder deren Ende.«

Ich zögerte mit der Antwort, dann aber überwand ich mich und nickte: »Ja.«

Ich sah fragend zu Artur: »Was ist mit dir?«

Er zuckte gelangweilt mit den Schultern. »Ist nicht mein Kampf.«

Die gesellschaftlichen Verhältnisse hatten Artur schon in Thorn nicht interessiert – er gehörte zu den Menschen, die überall ihren Weg machten. Er wollte vorankommen, und ein Gedanke war ihm wesentlich näher als der Wunsch nach einer gerechten Gesellschaft: Wer oben war, musste sich über Ungerechtigkeit und Chancengleichheit keine Gedanken mehr machen. Er gewährte Freiheit. Oder auch nicht.

Er ließ sich von uns nicht überreden, bat aber immerhin einen seiner Männer, uns in die Innenstadt zu fahren.

Ich sah Artur durch das Heckfenster auf der Straße stehen und mit seinen Männern sprechen. Im Grunde war es nicht seine Angelegenheit. Und doch war da einer, der sie dazu machte.

Falk Boysen.

13

Sie kamen in der Nacht.

Im Schein matter Gaslaternen sickerten sie leise über die Budapester, Leipziger und Wilhelmstraße, über die Linden und die Französische Straße in das schlafende, ein friedliches Weihnachtsfest erwartende Berlin ein, besetzten Universität, Reichskanzlei und Kriegsministerium, das Haupttelegraphenamt und das Wolffsche Telegraphenbüro, die Reichsbank, Notendruckanstalt, Reichsdruckerei, das Fernsprechamt sowie die Gas- und Elektrizitätswerke.

So hörte ich das leise Getrappel ihrer Stiefel, sah sie in Straßen abbiegen und Türen eintreten, wenn ihnen nicht sofort geöffnet wurde. Haus um Haus, Kommandantur um Kommandantur einnehmend, leise und zielstrebig, geschmeidig wie von langer Hand geplant. Das hier war nicht die Niederwerfung aufmüpfiger Matrosen – das hier war tatsächlich ein Putsch.

Insgeheim hatte ich es wohl doch geahnt, vielleicht auch erwartet, dennoch war es ein Schock, es mit eigenen Augen zu beobachten. Vor allem deswegen, weil Isi und ich kurz zuvor noch am Marstall und Schloss gewesen waren, dort aber nichts als nächtliche Reglosigkeit hinter erleuchteten Fenstern gesehen hatten.

Lustgarten und Schlossplatz waren frei, ein paar Matrosen, die Wache hielten, nicht mehr. Alles wirkte so friedlich, dass wir kaum glauben konnten, dass die Volksmarinedivision hinter den Mauern des Marstalls ein Mitglied der Regierung festhielt. Wir dachten, Theo hätte, nicht zum ersten Mal, mächtig übertrieben, um vielleicht einen Kampf zu erzwingen, in dem er sich endlich beweisen konnte. Wir dachten, er hätte diese Geschichte möglicherweise sogar erfunden, um endlich an Waffen zu kommen. Wir dachten, es wäre bloß die Nacht vor dem Heiligen Abend.

Wir dachten falsch.

Denn als wir außer Atem zurückkehrten, sahen wir die Garde-Kavallerie-Schützen-Division Stellung beziehen, rund neunhundert Mann, die sich vor Schloss und Marstall aufbauten und beides mit Maschinengewehrnestern sowie sechs Geschützen ins Visier nahmen. Unwillkürlich hielt ich nach Falk Ausschau und fand ihn am Rande des Geschehens gleich neben seinem Kommandeur Waldemar Pabst und zwei anderen Offizieren bei einer Lagebesprechung. Die Gruppe wirkte ruhig, kontrolliert, während im Schloss und Marstall die Lichter verloschen und sich gleichzeitig Gewehrläufe aus den Fenstern schoben.

»Fotografier sie!«, zischte Isi.

»Es ist zu dunkel«, seufzte ich. »Wir müssen bis zum Morgengrauen warten.«

Isi starrte auf die GKSD und sagte dann: »Ich muss los!«

Sie sprang davon, während ich vergeblich hinter ihr herrief: »Isi!«

Sie antwortete nicht und war nach wenigen Schritten in der Dunkelheit verschwunden. So hielt ich mich auf meinem Posten in tiefer Dunkelheit versteckt und beobachtete, wie sich die einen bereit machten zum Sturm, die anderen dagegen, so viele wie möglich von denen mitzunehmen, die es versuchen wollten.

Die einen draußen, die anderen drinnen.

Fronten so erstarrt wie einst die in Frankreich.

Ich verbrachte Stunden damit zuzusehen, wie die Situation für die Matrosen immer aussichtsloser wurde. Zwar bewahrten die Mauern sie vor Maschinengewehren oder Handgranaten, aber nicht vor den Geschützen, die drohten, Schloss und Marstall in Trümmerberge zu verwandeln.

Mit Anbruch des Tages lud die GKSD durch, und um Punkt sieben Uhr dreißig erging die Aufforderung an die Marinedivision, sich innerhalb von zehn Minuten zu ergeben. Pabst lief nervös zwischen seinen Leuten hin und her und redete auf sie ein. Aus der Entfernung machte es den Eindruck, dass er sich selbst nicht sicher war, ob seine

Männer wirklich auf die Matrosen und damit auf eigene Kameraden schießen würden.

Um sieben Uhr vierzig wusste er es: Die Gardedivision feuerte aus allen Rohren. Und gleich einer der ersten Schüsse traf ausgerechnet den Balkon über Portal IV, von dem der Kaiser einst den Krieg befohlen hatte. Jetzt lag er in Trümmern auf dem Boden, während sich Pabsts Soldaten auf die Erstürmung des Schlosses vorbereiteten.

Aus meinem sicheren Versteck sah ich, dass auch Falk eine Gruppe anführte. Er hielt die Attacke wohl für nicht allzu gefährlich. Ein guter Zeitpunkt, sich seinem Kommandanten als furchtloser Hasardeur zu zeigen, der er nicht war. Was er allerdings nicht wusste, was ihn garantiert davon abgehalten hätte, den Helden zu geben, war, dass nicht allein die Truppen der GKSD und die der Marinedivision das Spiel bestimmten.

Da war noch ein weiterer Akteur.

Ein einzelner Mann, der diesen Moment des Atemholens, diese Minuten vor der Erstürmung genutzt hatte, die Lage zu sondieren, um dann etwas zu tun, was niemand, nicht einmal Falk Boysen, für möglich gehalten hätte. Mit Beginn der Kanonade stieg er zwischen blitzenden Scherben und explodierendem Mauerwerk heimlich in das Schloss ein.

Dieser Mann war Artur.

Erneut in Uniform.

Bewaffnet mit nur einem Gewehr und zwei Revolvern.

Isi war unterdes losgezogen, um ihre Leute zu alarmieren.

Nicht nur die Spartakisten, sondern alle Arbeiter im Wedding. Sie lief von Haus zu Haus, von Hof zu Hof und schlug mit einem Schraubenschlüssel gegen einen alten Kochtopf, was in den engen Schächten der Mietskasernen einen höllischen Lärm verursachte.

Gaslichter flammten auf, Fenster wurden geöffnet, doch bevor die Bewohner sie mit üblen Beschimpfungen oder einem Eimer Wasser verjagen konnten, schrie sie: »Auf die Straßen, Brüder! Auf die Straßen, Schwestern! Sie putschen!«

Den Momenten großer Irritation folgten jene großer Entschlossenheit.

Wie schon am 9. November verließen die Menschen ihre Wohnungen und gingen auf die Straße. Sammelten sich. Warteten auf die, die sie anführen sollten, während Isi mit einigen ihrer Spartakuskameraden weiter in die Betriebe lief, deren Nachtschichtarbeiter im Schweiße ihrer Angesichter schufteten.

Bald schon waren Betriebsräte benachrichtigt, Telefonketten geschlossen und war allen mitgeteilt worden, was sich vor dem Schloss gerade zusammenbraute.

»Legt alle die Arbeit nieder! Streikt, meine Brüder und Schwestern!«, rief Isi den Menschen zu. So sprang das Wort *Streik* von Wohnblock zu Wohnblock, von Straße zu Straße, und ehe der Morgen graute, standen zehntausend in der Volta-, Acker- und Gartenstraße, legten die Beschäftigten der Schwartzkopffwerke und der AEG erneut ihre Arbeit nieder, so wie sie es vor sechs Wochen schon einmal getan hatten, um den Kaiser zu stürzen.

Und wieder zog ein grauer Strom dem Schloss entgegen.

Bald schon hörten die Menschen die Geschütze wummern, das widerwärtige Tackern der Maschinengewehre. Sie eilten voran, und als die Waffen kurz schwiegen, weil die Matrosen im Schloss aufgaben, während die im Marstall weiterkämpften, heulten die Fabriksirenen der Stadt auf. Der Zug der Protestierenden wurde breiter und tiefer, denn von überall drängten jetzt Leute heran und schlossen Schritt für Schritt die Garde-Kavallerie-Schützen-Division ein, die ihrerseits einen Ring um die Marinedivision gezogen hatte.

Als Waldemar Pabst sich umdrehte, sah er in die Gesichter von hunderttausend: Männer, Frauen, Kinder. Und ganz vorne, mit offenem Wintermantel, sodass man ihr irritierend glamouröses Abendkleid sehen konnte: Isi. Ich konnte überhaupt nicht anders und machte eine Fotografie von ihr.

Sie, der schillernde Schmetterling unter all den grauen Gestalten.

Rasch verließ ich mein Versteck, lief zu ihr und hakte mich unter, so wie sich alle in der ersten Reihe untergehakt hatten.

Sie lächelte mich an.

O ja, tatsächlich: Sie lächelte wirklich!

Gab mir einen Kuss auf die Wange und sagte mild: »Wehe, du zuckst, Carl Schneiderssohn!«

Ich seufzte: »Ich habe mehr Angst vor dir als vor denen, du verrücktes Weib!«

»Gut!«, grinste sie frech. »Dann sieh ihnen ins Gesicht. Wenn wir heute sterben, dann mit offenen Augen!«

Im Gegensatz zu Falk und seinen Kameraden der GKSD kannte sich Artur im Schloss bestens aus. Es gab Hunderte von Zimmern, fast ebenso viele Gänge und Flure und unzählige Möglichkeiten, Eindringlinge in den sicheren Tod zu locken, wenn man ihnen nur an den richtigen Stellen auflauerte.

Falk befehligte seine Truppe an der nördlichen Lustgartenseite über die Polnischen Kammern in das Schloss, schickte den Großteil von ihnen durch das Erdgeschoss hin zu den Portalen V und IV, um selbst mit einer viel kleineren Gruppe hinauf in den ersten Stock zu steigen, dort, wo weniger Gegenwehr und auch kein versehentlicher Beschuss durch die eigenen Truppen zu erwarten war.

Wie ein Geist folgte ihm Artur und fand die Gruppe im Garde du Corps, einem sechzehn Meter langen, acht Meter breiten und sechs Meter hohen, für des Kaisers Verhältnisse bescheiden eingerichteten Festsaal mit viel Eiche statt Blattgold, zwei mächtigen Kronleuchtern und einigen Konsoltischen sowie mit Seide bezogenen Stühlen. Eine Räumlichkeit wie ein Präsentierteller für einen heimlichen Schützen.

Sie waren zu neunt, mit dem Rücken zu ihm, und Artur hatte Zeit anzulegen. Schon tauchte Boysen im Visier von Kimme und Korn auf. Falk würde tot und er verschwunden sein, bevor sich Boysens Kameraden wieder aus ihrer Deckung hervorgewagt hätten. Doch Falk entdeckte ihn in einem Spiegelpfeiler, und so geschahen zwei Dinge fast gleichzeitig: Falk sprang hinter einen seiner Kameraden, während der Schuss brach und den unglückseligen Soldaten, der Falk unfreiwillig als Deckung gedient hatte, aus dem Leben wischte.

Der Rest der Truppe wirbelte herum und eröffnete das Feuer.

Artur erschoss zwei weitere Gardisten, bevor die anderen aus ihrer misslichen Lage fliehen konnten. Er jagte sie durch die Rotdamastene Kammer, das Grüne Zimmer, traf in jedem der Räume einen, sprang über ihre Leichen hinweg, Boysen und seinen verbliebenen drei Untergebenen hinterher.

Der Thronsaal, ein Traum in Rot mit schimmerndem goldeingefasstem Samt an den Wänden, poliertem Parkett aus Edelhölzern, Marmor und Kristalllüstern, war zwei weiterer Soldaten letztes Erlebnis, bevor sich unter ihren getroffenen Körpern das Blut purpurn ausbreitete.

Artur wusste genau, wo er war, die vor ihm Hergetriebenen hasteten nur zur nächsten Tür in der Hoffnung, sie würden endlich auf Verstärkung oder wenigstens auf Deckung treffen. Vor ihnen lag der Säulensaal, auf dessen Balkon Harry sich noch vor ein paar Wochen von einem entfesselten Publikum hatte feiern lassen. Boysen und sein verbliebener Kamerad bogen jedoch in den Bunten Gang ein und hatten Glück: Sie fanden Schutz in einer der Nischen des schmalen Flurs mit dem Tonnengewölbe und nahmen jetzt ihrerseits Artur unter Beschuss.

Verputztes Mauerwerk spritzte auf, einer Marmorbüste flog der Kopf weg, aber keine der beiden Parteien konnte einen Treffer landen.

Ein Patt.

Und Artur ging die Munition aus.

Das Gewehr hatte er bereits fortgeworfen, ein Revolver war leer.

Und es würde nicht mehr lange dauern, da würden die Gardisten, die vom südlichen Teil des Schlosses eingedrungen waren, hier auftauchen. Es nutzte nichts: Er musste Falk davonkommen lassen.

Während einer kurzen Feuerpause seiner Gegner verschwand er durch eine Tür, lief die Treppe hinab in den Schlosshof, querte ihn und war im Begriff zu verschwinden, als er hinter sich einen Schrei hörte.

»ARTUR!«

Er drehte sich um und sah Falk an einem geöffneten Fenster im ersten Stock stehen.

»Ich finde dich!«

Artur sah zu ihm hinauf, nickte und rief: »Gut, dann muss ich dich ja nicht suchen!«

Für einen Moment sahen sich die beiden hasserfüllt an.

Dann sprang Artur durch eine Tür und war fort.

Für Pabst und die gesamte Oberste Heeresleitung kehrte sich unterdessen innerhalb weniger Minuten die geschickt geplante und entschlossen durchgeführte Operation in ein totales Fiasko um, denn von allen Seiten begannen die Arbeiter, die Soldaten der stolzen GKSD zu entwaffnen. Überall entstanden Handgemenge, Geschubse und wütendes Geschrei, wurden Gewehre aus Händen gerissen, weil die Gardisten nicht wussten, wie sie sich verhalten sollten.

Ich sah Pabst in nicht allzu weiter Entfernung wütend mal zur einen, mal zur anderen Seite blicken, dann blies er laut in eine Trillerpfeife: Er hatte die Matrosen in Schloss und Marstall unterworfen. Offensichtlich war er nicht bereit, sich diesen Sieg von ein paar zerlumpten Zivilisten nehmen zu lassen.

»ACHTUNG!«, schrie er durch seine Reihen.

Die Soldaten machten sich los und rissen ihre Gewehre in die Höhe.

»LEGT AN!«

Sie gingen in den Anschlag – auch die Besatzungen der Maschinengewehrnester nahmen die Protestierenden ins Visier.

Entsetzen verschluckte augenblicklich jeden Ton.

Für Sekunden war es vollkommen still.

Ich fühlte, wie Isi mich nah an sich heranzog.

Vor mir eine ganze Reihe Gardisten, in deren Gewehrläufe ich blickte. Es brauchte jetzt nur ein einziges Wort, und es würde uns ergehen wie den Demonstranten am Nikolaustag, die man erst vor drei Tagen unter großer Anteilnahme begraben hatte. Wir würden niedergemäht. Nur würden dieses Mal nicht sechzehn sterben, sondern Hunderte. Vielleicht Tausende.

Da hörte ich plötzlich das Gebell eines anderen Mannes.

Eine Delegation dunkel gekleideter Offizieller schob sich hektisch durch die Menschenmenge und die eingeschlossenen Gardisten. Ich hörte, wie sie Pabst im Namen von Reichskanzler Ebert die Einstellung der Kämpfe sowie den Rückzug befahlen. Ich erkannte Emil Barth, ein Mitglied der momentanen Regierung, der vor Pabst tobte und ihm mit Erschießung drohte. Pabst lächelte ihn daraufhin nur kalt an und antwortete, dass er bis zum letzten Mann kämpfen würde samt hunderttausend Schuss Munition.

Für jeden der Anwesenden eine Kugel.

Schließlich aber gab er doch auf.

So endete dann der Tag mit unserem Überleben und der Versicherung der Regierung, dass die GKSD mit allen militärischen Ehren die Stadt wieder verlassen durfte. Der Putsch war niedergeschlagen worden durch das Volk.

Und doch nur Auftakt zum Bürgerkrieg.

14

Weihnachten.

Hatten wir am Morgen noch Sekunden vor unserer Erschießung gestanden oder – wie in Arturs Fall – eine Treibjagd durch das Schloss veranstaltet, so saßen wir am frühen Abend um einen geschmückten Tannenbaum und sahen auf flackernde Kerzen.

War das Leben nicht absurd?

Endlich war Frieden – und doch nicht Frieden. Draußen starben Tag für Tag Menschen an Hunger oder an der Spanischen Grippe, lag eine ganze Nation am Boden, kämpfte mit harten Waffenstillstandsbedingungen und einer anhaltenden Hungerblockade durch die Engländer, und dennoch hatte das alles nicht gereicht, um zusammen neu anzufangen. Der Wille zu herrschen saß so tief in der menschlichen Natur, dass einige lieber Fürst eines nackten Felsens sein wollten als gar kein Fürst. Die Ideale der Revolution hatten sich in kürzester Zeit in ein Sammelsurium des Schreckens verwandelt. Denn Freiheit, Brüderlichkeit und Gleichheit hätten Verzicht bedeutet: Verzicht auf Macht,

Verzicht auf Rache, Verzicht auf Egoismus. Aber niemand wollte verzichten, denn sie alle hatten ihre Gründe. Und fühlten sich alle im Recht.

Und wir?

Wir tranken Wein an diesem Abend.

Viel Wein.

Währenddessen hörten wir Arturs Bericht von seinem Ausflug ins Schloss, dem wir staunend und auch ein wenig fassungslos folgten. Natürlich verstand ich Artur in dem, was er tat, aber vielleicht weil Heiliger Abend war, versuchte ich, ihn von seinen Racheplänen abzubringen, denn ich hatte Angst, ihn zu verlieren. Die Vorstellung, Falk Boysen könnte am Ende obsiegen, machte mir so große Angst, dass sich alles in mir sträubte, wenn ich nur an diese Möglichkeit dachte.

»Womöglich«, begann ich vorsichtig, »ist es Zeit, die Vergangenheit ruhen zu lassen, Artur? Und nur noch in die Zukunft zu blicken!«

»Wer sind wir denn – ohne unsere Vergangenheit?«, fragte er zurück.

»Aber …«

»Kein Aber, Carl: Falk wird sterben. Oder ich werde sterben.«

»Aber … es ist nur … die sind so viele.«

»Mach dir keine Sorgen, Carl. Heute hatte er Glück. Nächstes Mal vielleicht nicht.«

»Oder du hast keins!«

»Ich habe keine Angst vor dem Sterben, Carl. Er schon. Seine Kameraden werden nicht immer da sein. Ich schon.«

Ich schwieg.

Er nahm mich freundschaftlich in den Arm: »Lass uns nicht darüber nachdenken, was morgen ist, Carl. Heute haben wir uns. Nur das zählt!«

»In Ordnung«, antwortete ich zögernd und versuchte ein Lächeln.

»Außerdem«, sagte Isi, »bekommt Artur einen Haufen Waffen von mir. Genug, um sich die GKSD vom Leib zu halten.«

»Diese verdammten Waffen«, seufzte ich.

»Die haben Waffen – wir haben Waffen. Das ist nur gerecht«, antwortete Isi bestimmt.

»Übrigens: Wo sind diese Waffen eigentlich?«, fragte Artur.

»Im Wedding«, antwortete Isi. »Es gibt da eine alte Werkhalle in der Kolberger Straße, die seit Jahren niemand mehr nutzt.«

Artur nickte: »Wir sollten sie holen.«

»Jetzt?«

»Ja, jetzt. Bevor sie jemand anderes findet.«

Zusammen mit zwei von seinen Männern fuhren wir in die Kolberger Straße, die dunkel und traurig dalag, die Bürgersteige menschenleer und nur wenige Fenster erleuchtet. Für viele gab es an diesem Weihnachtsabend nichts zu feiern, keine Geschenke und wenig zu essen.

Wir bogen in einen Hof, der so dunkel war, dass er nur das enthüllte, was in die Lichtkegel unseres Wagens geriet. Wir hielten, stiegen aus und rieben uns die Arme: Es war eisig kalt geworden. Im Licht der Scheinwerfer glitzerte der Frost auf dem gestampften Boden, während aus unseren Mündern rhythmisch weiße Atemwölkchen sprangen. Isi führte uns zu einer Schiebetür, deren Vorhängeschloss sie knackend mit einem Schlüssel öffnete.

Drinnen: noch mehr Finsternis.

Artur startete seinen Wagen erneut, fuhr vor, bis sich ein Lastkraftwagen der Armee aus der Nacht schälte: Frost funkelte auf Abdeckplane und Schutzblechen in Millionen Kristallen. Artur stieg auf, schob die knirschende Plane zurück und inspizierte mit den beiden anderen den Inhalt: Es war noch alles da.

»Werft ihn an!«, befahl Artur.

Doch sosehr sich die beiden Männer und anschließend auch Artur, Isi und ich uns mühten, den Wagen mithilfe der Drehkurbel ans Laufen zu bringen, so sehr scheiterten wir daran. Vielleicht war es zu kalt, vielleicht war der Motor defekt – es ließ sich nicht klären, sodass Artur schließlich sagte: »Wir besorgen einen anderen Lkw und kommen morgen wieder. Dann laden wir alles um.«

Isi verschloss die Halle.

Wir stiegen ein und fuhren zurück.

An einem geparkten Auto vorbei, dessen Scheiben und Motorhaube nicht mit Eis bezogen waren. Ich weiß nicht, warum es mir auffiel, vielleicht aus dem simplen Grund, weil man in einer Gegend wie dieser keine Automobile erwartete, jedenfalls maß ich meiner Beobachtung keine Bedeutung zu.

Erst als am nächsten Morgen Arturs Männer mit einem leeren Lastkraftwagen zurückkehrten, wusste ich, dass ich besser etwas gesagt hätte, denn unser Transporter war fort.

Und die Waffen ebenfalls.

15

Niemand von uns hatte auch nur den geringsten Zweifel daran, wer uns hatte beobachten lassen und damit auch hinter dem Diebstahl steckte. So verbrachte die wutentbrannte Isi die restlichen Feiertage mit dem Versuch, Theo im Wedding ausfindig zu machen. Doch der hatte sich offenbar in Luft aufgelöst, denn jeder einzelne seiner Freunde vom Spartakusbund, den Isi nach seinem Verbleib fragte, schwor, keine Ahnung zu haben, wo er sein könnte. Manche wollten kaum zugeben, dass sie ihn überhaupt näher kannten.

Sie logen natürlich alle.

Dennoch blieb uns nichts anderes übrig, als die Tatsache zu akzeptieren, dass die Waffen weg waren, während sich die politische Situation weiter zuspitzte. Die Regierung brach auseinander, weil Reichskanzler Ebert nach tagelangem, hartnäckigem Leugnen schließlich zugab, dass er doch von der Beschießung des Marstalls und des Schlosses gewusst, sie möglicherweise sogar angeordnet hatte, aus Angst um das Leben seines Parteifreundes Otto Wels.

Darauf trat die von der SPD belogene USPD aus der Regierung aus.

Artur nickte anerkennend: »Das war aber verdammt schlau von Ebert.«

Das war es wohl.

Denn jetzt war die von Ebert wenig geliebte USPD aus dem Weg geräumt, und die Staatsgewalt lag ganz in den Händen der SPD. Und die wartete nicht lange und besetzte die frei gewordenen Positionen mit eigenen Leuten. Erwähnt sei nur einer, weil er verantwortlich sein sollte für alles, was noch geschehen würde: Gustav Noske. Neuer *ziviler* Oberbefehlshaber des Militärs und der Marine.

Aber es gab auch Schönes in jenen Tagen.

Rechtzeitig zu Silvester wurde das Tanzverbot aufgehoben, sodass die Berliner, ganz gleich, ob mittellos, wohlhabend, hungerleidend oder überfressen, nur eines im Sinn hatten: Sie würden das neue Jahr begrüßen wie keines zuvor. Wir alle hatten furchtbare Monate hinter uns und lebten in gefährlichen Zeiten. Der Wille, das alles zu vergessen, es mit Alkohol und Musik hinwegzuschwemmen, sich zu vergnügen, und wäre es nur für ein paar Stunden, war so ausgeprägt, dass die Stadt an diesem Tag geradezu vibrierte vor Lust.

Artur hatte versprochen, sich um unser Silvesterprogramm zu kümmern, versprach uns einen unvergesslichen Abend in höchst interessanter Umgebung, und so fragten wir uns natürlich, was er mit uns vorhatte. Isi war überzeugt davon, dass wir an einen Ort voller Glitter und Glanz, in einem Ballsaal voller eleganter Menschen feiern würden, zur Musik einer großen Kapelle davonschweben und erst wieder zu uns kommen würden, wenn uns das Licht des Neujahrsmorgens wieder in die Realität zurückzwang.

»Wie kannst du eigentlich solche Überlegungen mit den Idealen einer wahren Spartakistin verbinden?«, fragte ich sie.

Sie machte nur *Pffft!* und belehrte mich, dass es ihr ein Rätsel wäre, wie jemand, der sich *nicht* vergnügen konnte, wissen wollte, wie man eine gerechte Gesellschaft erschüfe. Wie konnte man denn von Glück sprechen, ohne je gelacht, getrunken und geliebt zu haben?

»Gerechtigkeit«, rief sie, und es klingt mir bis heute noch im Ohr, »ist eine Mischung aus Anstand und Humor. Und ehrlich gesagt gehen mir die diversen Ismen dieser Welt gewaltig auf die Nerven.«

Wie hätte man sie nicht lieben können?

Jedenfalls verbrachte sie den ganzen Nachmittag damit, sich herauszuputzen wie eine Prinzessin, und als sie dann am frühen Abend in unser Wohnzimmer trat, blieb mir, ich gebe es gerne zu, ein bisschen die Luft weg, so schön sah sie aus. Ich hatte mir einen Frack geliehen, der mich wie einen an einen Pfahl geklebten Pinguin aussehen ließ, auch wenn Isi nicht müde wurde, mir zu versichern, dass ich darin wirkte wie ein echter Graf. Vor allem mit dem dazugehörigen Zylinder. Ich weiß nicht, ob sie damit auf die Geschichten von Papa und meiner Mutter anspielte, aber ich nahm es mit einem Lächeln und der Gewissheit hin, dass Isi die charmanteste Schwindlerin Berlins war.

Endlich kam auch Artur, zu Isis Enttäuschung in einem einfachen Straßenanzug, aber er sah keinen größeren Sinn darin, sich schick zu machen, wenn ihm gleichzeitig ein bemaltes Kupferblech das halbe Gesicht verdeckte. Wieder fuhren wir mit dem Mercedes, wieder mit Artur als Chauffeur, wieder die Frankfurter hinab Richtung Alexanderplatz, doch diesmal bogen wir in die Andreasstraße Richtung Schlesischer Bahnhof ab, und ich konnte Isis Kinnlade nach unten klappen sehen, als sie einen Blick aus dem Fenster riskierte: Auf dem Bürgersteig patrouillierte gut sichtbar eine ganze Reihe von Prostituierten. Teils in grotesk lächerlichen Aufmachungen, mit einer umgeworfenen Federboa etwa oder einem Hut mit Straußenfedern.

»Artur?«, fragte Isi leicht perplex.

»Die tun nur ihre Arbeit«, gab der ungerührt zurück.

Wir bogen in die Breslauer und hielten vor einer Tür.

Dort stand eine ganze Menge Menschen, die alle auf etwas zu warten schienen. Wir stiegen aus, und gleich sprang ein gut gekleideter Mann vor, der Artur die Hand gab.

»Das ist Emil!«, erklärte Artur und stellte uns ihm vor. »Er ist hier der Spanner.«

Unseren fragenden Gesichtern sah Emil an, dass wir nicht die geringste Ahnung hatten, was das war.

»Ick pass uff, wejen die Polente«, sagte er. »Un' wer rinnwill.«

»Familie!«, nickte Artur Emil zu und meinte damit uns.

»Allet klar, Scheff!«

Emil ging mit uns zur Tür, öffnete sie und sagte: »Willkomm' im *KaLeu*!«

Ich lächelte: Artur hatte in der Uniform des Kapitänleutnants das Schloss ausgeräumt und mit dem Gewinn nicht nur Häuser gekauft, sondern offensichtlich auch, ganz ohne unser Wissen, einen Amüsierbetrieb eröffnet – es war wohl seine Art von Sentimentalität.

Wir traten in eine schmale Gasse zwischen zwei Häuserwänden, die zu einer weiteren Tür und zu einem weiteren Türsteher führte. Der öffnete uns mit einer gewissen Ehrerbietung, und kurz darauf standen wir im bereits randvollen *KaLeu*: Dicht an dicht jonglierten hier die Feierwütigen mit Mollen oder Sektschalen, drängten aneinander vorbei oder unterhielten sich, lachten, tranken, tanzten gegen die im Hintergrund aufspielende vierköpfige Kapelle an. Der Lärm war ohrenbetäubend, die Stimmung ausgelassen, und hinter dem Tresen hatten der Budiker und zwei Animiermädchen alle Hände voll zu tun, den Durst der Gäste zu löschen.

Groß war das *KaLeu* nicht, vielleicht hundert Quadratmeter.

Dennoch fiel es mir schwer zu sagen, was es eigentlich war: Der Tresen war der einer typischen Berliner Budike, die Bühne am Kopfende, auf der die Musiker ihr Bestes gaben, die eines kleinen Varietés, der maritime Schmuck an den Wänden erinnerte an eine Hafenkneipe und natürlich auch an die Revolution.

Dazu gab das rot schimmernde Licht der elektrischen Wandbeleuchtung, an der ganze Schwaden von Zigarettenrauch vorbeizogen, dem Ganzen den verruchten Anstrich einer Flüsterkneipe, in der krumme Geschäfte getätigt wurden oder leichte Mädchen ihre Kunden bezirzten.

So eigen das *KaLeu* aussah, so eigen waren auch seine Gäste. Es gab einfache Leute in schlichten Straßenanzügen oder Kleidern, es gab ein paar Uniformierte und ein paar, die aussahen, als würde sie ehrliche Arbeit nicht besonders interessieren. Männer in ledernen Chauffeursjacken neben welchen im Frack. Damen in Pelzmänteln und andere, die wirkten, als könnten sie auf der Andreasstraße oder der Lange Straße arbeiten.

Es gab von allem.

Und es gab natürlich uns.

Nach anfänglichem Staunen fiel Isi Artur um den Hals: »Es ist fantastisch hier!«

»Danke«, lächelte Artur.

»Seit wann hast du es?«, fragte sie.

»Seit heute.«

»Wirklich?«, staunte ich.

»Ist doch ein guter Eröffnungstag, oder?«, fragte Artur zurück.

Ich nickte: »Scheint ganz so, als würde der Laden ein Riesenerfolg werden! Wie schaffst du das bloß immer?«

Er machte eine einladende Geste, so wie ein Zirkusdirektor die große Schau eröffnet, und gab damit den Abend für uns frei. Aus den Augenwinkeln sah ich noch, wie Artur dem Budiker hinter dem Tresen zu verstehen gab, dass wir nichts zahlen mussten, dann schon verschwand er im Gemenge.

Isi und ich bestellten Getränke.

Wir fanden schnell Anschluss – vielmehr: Isi fand schnell Anschluss und zog mich von einem neuen Gesicht zum nächsten. Der Alkohol floss in Strömen. Ein Mann stieg auf die Bühne, der das Publikum mit frechen Kommentaren und Witzen anheizte, bis alle johlend vor Vergnügen *Harry! Harry!* riefen. Er genoss sichtlich den Applaus, die begeisterten Pfiffe, das Grölen und Kreischen und schien mit ausgebreiteten Armen die ganze Kneipe umarmen zu wollen. Grinsend stellte ich ihn mir mit rotem Umhang auf dem Balkon des Portals IV des Schlosses vor, wo er für diesen einen magischen Moment Kaiser anstelle des Kaisers gewesen war.

Auftritt auf Auftritt folgte, meist Gesangseinlagen von hübschen Damen mit roten Lippen und keckem Lächeln, die sich gekonnt die Kerle vom Leib hielten. An einen Zauberer erinnere ich mich auch noch – und an Isi, die bei einem gut aussehenden Mann stand, der ihr ein weißes Pulver auf der Theke zusammenschob, das sie, ein Nasenloch zuhaltend, hochzog. Es schien ihr zu gefallen, aber kurz darauf stand Artur neben dem Kerl und flüsterte ihm etwas ins Ohr. Er verschwand und kehrte an diesem Abend auch nicht mehr zurück.

Kurz vor Mitternacht zählte Conférencier Harry die Sekunden herab: Schlag zwölf gab es erst Jubel, dann die große Verbrüderung. Küsse, meist unzüchtige, Umarmungen, manch melancholische Träne, gefolgt von fast schon wieder hysterischem Gelächter.

Das Ensemble spielte erneut auf.

Und auch ich lag plötzlich in den Armen einer Frau.

Eben hatten wir beide noch gelacht.

Jetzt starrten wir einander stumm an.

Konnten die Augen nicht voneinander lassen, während wir langsam begannen, uns im Takt der Musik zu wiegen. Nur einmal, in Brest-Litowsk, hatte ich einen Moment wie diesen erlebt: als würde man aus einem Traum hochfahren und sich mit zerspringendem Herzen bewusst werden, dass man im Schlaf geweint hatte.

Masha.

Aber diese Frau sah nicht aus wie Masha, war weniger auffällig, dafür feiner in den Zügen: dunkle Haare, kluge dunkle Augen, die mich zu ihr hinabzogen, bis ich vollkommen darin versunken war.

Wir küssten uns, bevor wir ein Wort gesagt hatten.

Isi sprang mir vergnügt auf den Rücken und rief: »Frohes Neues, Carl! Wer ist denn die bezaubernde Dame?«

Ich lächelte und sah meine Tanzpartnerin entschuldigend an: »Ich weiß es nicht!«

»Na, du gehst aber ran!«

Isi streckte ihre Hand aus – die Frau ergriff sie: »Ich bin Luise, aber das vergiss schnell wieder: Isi!«

»Marlies!«, rief sie durch den Lärm zurück.

Eine schöne, helle Stimme.

»Carl!«, rief ich.

Marlies nickte grinsend.

»Lass uns tanzen, Carl!«, drängte Isi.

Sie war total aufgedreht.

»Ich tanze doch schon – mit ihr!«

Da zog sie einen Schmollmund, küsste erst mich, dann Marlies auf die Wange: »Dann turtelt mal weiter, ihr Langweiler!«

Und schon war sie fort.

Unnötig zu erwähnen, dass es im ganzen *KaLeu* niemanden gab, der *nicht* mit ihr tanzen wollte.

Ich dagegen tanzte nur mit Marlies.

Und als der Morgen graute, wachte ich neben ihr auf.

Glücklich.

16

Mit dem Finger fuhr ich die Konturen ihres Körpers ab, spürte die spitzen Knochen ihres Beckens und jeden einzelnen Rippenbogen. Sie wusste, was Hunger war, aber sie sprach nicht darüber, so wie sie überhaupt nur sehr wenig sagte.

Wir liebten uns noch einmal, und ich hätte mir nichts sehnlicher gewünscht, als den ganzen Tag mit ihr im Bett zu verbringen, damit wir unter der warmen Decke einander erkunden konnten. Aber sie stand auf, zog sich an und gab mir einen letzten Kuss, bevor sie sich auf den Weg nach draußen machte.

»Sehe ich dich wieder?«, fragte ich bang.

»Möchtest du das denn?«

»Ja.«

»Dann siehst du mich wieder, Carl.«

Sie hatte die Türklinke der Schlafzimmertür bereits in der Hand.

»Wann?«, fragte ich schnell.

»Ich werde im *KaLeu* anrufen und fragen, ob du eine Nachricht für mich hinterlassen hast.«

»Dann werde ich jeden Tag eine für dich schreiben.«

Sie lächelte, schlüpfte leise durch die Tür und verschwand.

Den Rest des Tages war ich damit beschäftigt, die vielen neugierigen Fragen von Isi möglichst einsilbig abtropfen zu lassen, was sie zunehmend nervte und mit noch mehr Fragen beantwortete. Dass ich sie überdies frech angrinste, hob ihre Stimmung nicht gerade. Und so nahm sie mir nicht ab, dass ich nicht wusste, wer Marlies eigentlich war. Nicht einmal ihren Nachnamen kannte ich.

»Bist du jetzt auch so ein Geheimniskrämer wie Artur?«, fragte sie gereizt.

»Ich weiß es wirklich nicht.«

»Aber verliebt biste schon?«

Ich räusperte mich: »Ist privat.«

»Privat? Du spinnst wohl! Und hör sofort auf, so blöd zu grinsen! Du grinst schon den ganzen Vormittag wie ein schwachsinniges Mondkalb.«

»Gut, dann grinse ich eben nicht mehr.«

Sie verschränkte die Arme vor der Brust.

»Du grinst ja immer noch!«

»Ich kann nichts dafür!«

»Doofmann!«

Sie blies sich eine Haarsträhne aus der Stirn, stand auf, ging und knallte ordentlich mit der Tür.

Einen Tag später knallte jemand anderes mit der Tür: An meinem ersten Arbeitstag bei der PAGU erlebte ich noch vor der Mittagspause einen von Pola Negris legendären Wutanfällen. Zwar bemühten sich alle sehr darum, sie bei Laune zu halten, aber offenbar musste sie einfach ab und an Dampf ablassen. Ein Kulissenschieber raunte mir zu, dass Pola Negris gefürchtete Ausbrüche sich mit ausnehmenden Liebenswürdigkeiten abwechselten, was mich ganz unwillkürlich an Machiavelli denken ließ, dessen Erkenntnisse über den *Fürsten* auch auf die Negri zuzutreffen schienen.

Mehr Aufregung gab es allerdings nicht.

Ich war in aller Herrgottsfrüh angetreten, weil ich nicht wusste, wann offizieller Arbeitsbeginn war, und hatte dann stundenlang in den fast menschenleeren Kulissen herumgelungert, bis irgendwann Paul Davidson aufgetaucht war, den ich mit heruntergerupfter Schiebermütze begrüßte.

»Ah, Friedländer! Schön, dass Sie da sind! Wie hat Ihnen *Carmen* gefallen?«

»Ich … ähm …«

»Überwältigend, nicht?«

»Ganz sicher sogar …«

»Es war großartig! Ein Riesenerfolg!«

Er blinzelte schelmisch und rieb Zeigefinger und Daumen gegeneinander.

»Also dann, Friedländer, frisch ans Werk!«

Er war schon im Begriff weiterzumarschieren, als ich schüchtern rief: »Gern, nur … was?«

Er drehte sich um und sah mich fragend an: »Friedländer, ich mag Sie. Aber wenn Sie sich hier nicht nützlich machen, dann kann ich Sie nicht gebrauchen. In Ordnung?«

Ich nickte und schluckte.

Den Rest des Tages strich ich wie ein Vagabund von Kulisse zu Kulisse und bot meine Arbeitskraft an. So hämmerte ich hier, baute da, malte sogar. Ich machte so ziemlich alles, nur in die Nähe von Kameras traute ich mich nicht. Die Kollegen wirkten so beschäftigt, so einschüchternd, dass ich nicht einmal wagte, mich vorzustellen.

Den halben Tag ärgerte ich mich darüber, dass Arturs Männer mir die Premiere von *Carmen* versaut hatten, denn anderenfalls, so versicherte ich mir selbst, hätte ich bestimmt schon den einen oder anderen gekannt und in einem zwanglosen Gespräch an unser Treffen anknüpfen können. Die andere Hälfte war ich trübsinnig, weil sich wirklich niemand für mich interessierte, nicht einmal die Handlanger, Statisten oder Sekretärinnen, mit denen ich mich unterhielt. Alle schienen so beschäftigt zu sein, so wichtig und vor allem: so argwöhnisch einem Neuen gegenüber, dass ich nicht wusste, wie ich jemals Teil dieser Welt würde sein können.

So ging mein erster Arbeitstag zu Ende, ohne dass ich etwas wirklich Sinnvolles getan hätte, ohne dass mir jemand das Gefühl gegeben hätte, willkommen zu sein. Ich lief quer durch die Stadt, hinterließ im *KaLeu* eine Nachricht für Marlies und schmollte anschließend im heimischen Wohnzimmer, nicht nur, weil dieser Tag so unbefriedigend verlaufen war, sondern auch, weil ich Furcht hatte, dass Davidson schnell die Geduld mit mir verlieren würde und mich entlassen könnte.

»Das ist ein Test!«, stellte Isi fest, die sich mein Gejammer geduldig angehört hatte.

»Was denn für ein Test?«, fragte ich zurück.

»Ob du in dieses Geschäft passt oder nicht!«

»Aha. Und was, wenn ich da nur arbeiten will? Einfach *nur* arbeiten?«

Isi runzelte die Stirn: »Würdest du, wenn du, sagen wir, ein Fuhrgeschäft hättest, nicht auch jemanden auf Probe arbeiten lassen, um zu sehen, ob er es überhaupt kann?«

»Ja, würde ich. Aber ich würde ihm auch zeigen, was er zu tun hätte!«

»Ach sooo«, antwortete Isi, und die übersatte Ironie in ihrer Stimme ärgerte mich.

»Was ist so schlimm daran, jemandem zu zeigen, was er zu tun hat?«, fragte ich gereizt zurück.

Sie blieb ruhig und antwortete: »Was ist so schlimm daran, jemandem zu zeigen, was man kann?«

»Und wie soll ich das, wenn mich keiner lässt?«

»Hast du es denn versucht?«

»Hörst du mir nicht zu? Es l-ä-s-s-t mich keiner!«

»Warum m-a-c-h-s-t du es nicht einfach?! Das ist ein Schaugeschäft, weißt du?«

Mit verschränkten Armen und einem beleidigten Schnauben ließ ich mich in den Sessel zurückfallen: »Mit dir kann man ja nicht diskutieren!«

Isi seufzte und setzte sich zu mir auf die Sessellehne: »Du hast eine große Begabung, Carl. Aber ehrlich gesagt stehst du dir ständig selbst im Weg!«

Ich schwieg.

»Soll ich vielleicht mal mitkommen?«, fragte sie.

»Untersteh dich!«, warnte ich.

Sie grinste: »Na, sieh mal einer an: Da ist ja doch noch ein bisschen Kampfgeist in dir!«

»Isi, ich kann nicht einfach an eine Kamera gehen und eine Szene drehen. Wie stellst du dir das vor?«

»Hab ich das gesagt?«

Ich runzelte die Stirn: »Was hast du dann gesagt?«

»Ich habe gesagt, dass du eine große Begabung hast. Ich weiß das. Artur weiß das. Selbst Davidson weiß das. Jetzt musst du nur noch dafür sorgen, dass es alle anderen auch mitbekommen.«

»Und wie mache ich das?«, antwortete ich bockig.

»Also, bitte, eben hast du noch gesagt, dass ich *nicht* mitkommen soll. Jetzt willst du meinen Rat?«

Draußen klopfte es an der Haustür.

»Hatte ich schon gesagt, dass man mit dir einfach nicht diskutieren kann?«

Sie kniff mir in die Wangen: »Wie gut, dass ich dich so lieb hab, Carl Sch…«

»Wehe, du sagst Schneiderssohn!«

Sie grinste, aber schwieg.

Ich stand auf und ging an die Haustür: Marlies.

Mein Herz tat einen Hüpfer!

Sie lächelte, gab mir einen zarten Kuss auf die Wange, huschte dann an mir vorbei die Stufen hinauf ins Schlafzimmer. Ich sah ihr nach, überglücklich, dass sie da war, verwirrt, dass sie offenbar immer noch wenige Worte verlor.

Und Zeit.

Isi stand noch im Eingang zum Wohnzimmer und seufzte mürrisch: »Frag wenigstens mal nach ihrem Nachnamen!«

Dann schloss sie die Tür hinter sich.

17

Sie verriet ihn mir nicht – und es war mir egal.

Ich wollte bei ihr sein, es gab sonst nichts, was wichtig gewesen wäre, denn die Spanne ihrer Umarmung bemaß meine Welt. Und die war mir groß genug.

Alles schien so vertraut!

Ihre Haut und ihr Atem, ihre Lippen, die immer kühl waren, und auch die aufgerissenen Augen, wenn sich ihr ganzer Körper im Höhepunkt wand. Nachdem die letzten süßen Seufzer dieser Nacht verklungen waren, klammerte sie sich an mich, als befürchtete sie, eine Böe könnte sie wegreißen, ihren federleichten, viel zu dünnen Körper aus dem Zimmer wehen, fort von mir.

Sie hielt sich fest, aber dann fehlte ihr doch die Kraft.

Leise schlüpfte sie zurück in ihr Kleid, verschwand wie ein Schatten in der Nacht und ließ mich ratlos zurück.

Am Morgen traf ich Artur auf meinem Weg zur Arbeit und fragte ihn über Marlies aus: ob er sie kenne, ob er wüsste, woher sie käme, ob er sie Silvester vielleicht eingeladen oder gesehen hätte, mit wem sie gekommen sei.

Artur sah mich lange an.

Dann sagte er: »Nein.«

»Hat sie jemanden?«, fragte ich.

»Das weiß ich nicht.«

»Aber sie ist doch bestimmt nicht alleine gekommen? Welche Frau geht denn ohne Begleitung in ein Lokal?«

Artur seufzte.

Dann antwortete er: »Carl, ich weiß es nicht.«

Ich nickte und wurde das Gefühl nicht los, dass Artur mir nicht alles gesagt hatte. Immer verschwieg er etwas, um im richtigen Moment noch einen Trumpf in der Hand zu halten.

So startete der Tag frustrierend.

Besserte sich in seinem Fortgang nicht.

Und endete schließlich genau, wie er begonnen hatte.

Um nicht zu sagen: noch schlechter. Denn obwohl ich eine Nachricht hinterlassen hatte, tauchte Marlies an jenem Abend nicht mehr auf. Sie ließ mich, den Sehnsüchtigen, auf dem Sofa hocken, nach jedem Geräusch auf der Straße horchen, jedem Klopfen an der Tür, jedem Schritt im Flur.

Nichts.

Und auch am nächsten Tag: nichts.

So kam der Sonntag mit eisigem Wetter und noch kälterer Laune. Nach diversen emotionalen Achterbahnfahrten zwischen Wunsch, Verzweiflung, Wut und Frustration gammelte ich am Vormittag im Wohnzimmer herum und wehrte jeden Versuch Isis ab, mich mit der sich zuspitzenden politischen Lage in der Stadt abzulenken. Es interessierte mich schlicht nicht, dass sie besorgt war, weil sich schon wieder etwas zusammenzubrauen schien, weil sich ihre Bekannten vom Spartakusbund auf verstörende Art immer kämpferischer gerierten und Theo weiterhin verschollen blieb. Dass sich am 1. Januar die KPD gegründet hatte oder dass der beliebte und linksliberale Polizeipräsident Emil Eichhorn gestern von seinem Posten entlassen worden war. Ja, nicht einmal, dass Gustav Noske, neuer politischer Herr des Militärs, offenbar die Bildung von Freikorps billigte – paramilitärische Freiwilligenverbände, gespickt mit rechtsnationalen Männern, verroht durch den Krieg, wütend wegen der Waffenstillstandsbedingungen und voller Hass auf die, denen sie die Schuld an der Niederlage gaben: den Revolutionären.

Es klopfte.

Marlies stand vor der Tür, blasser als sonst, schweigsam wie zuvor, küsste mich auf die Wange und versuchte, wieder an mir vorbeizuhuschen, die Stufen hinauf ins Schlafzimmer, doch diesmal hielt ich sie fest.

»Warte!«

Sie sah mich halb fragend, halb verunsichert an.

Sie wirkte übernächtigt, angeschlagen und hatte sich bestimmt auf ein Bett gefreut, aber diesmal zog ich sie wieder zur Tür hinaus und sagte: »Wir gehen aus!«

Ich wollte sie kennenlernen, wollte hören, was sie zu sagen hatte, und wäre es nur über das Wetter. Und sie sollte wissen, dass die Stunden im Bett wunderbar für mich waren, aber ich mir mehr als das wünschte.

Einer von Arturs Männern fuhr in die Stadt und ließ uns am Alexanderplatz raus. Zu unserer Überraschung war alles voller Demonstranten. Jemand verriet uns, dass Polizeipräsident Eichhorn sich nicht einfach entlassen ließ, was zu den größten Demonstrationen führte, die Berlin je gesehen hatte. Schon seit dem Morgen bewegten sich Hunderttausende von der Siegesallee über die Linden bis zum Alexanderplatz. Ein Aufruhr, gewaltiger als der vom 9. November.

Und doch: Was hätte in diesem Moment wichtiger sein können, als mit Marlies zu sprechen? Zu flüstern, während die anderen skandierten? Sich zu lieben, während die anderen sich hassten? Zwei zusammenzufügen, statt Hunderttausende auseinanderzureißen?

Was kümmerte mich denn eine zweite Revolution?

So führte ich sie in ein Café, wo wir die einzigen Gäste waren, die einzigen Unpolitischen, die Einzigen, die es wagten, sich dem historischen Treiben draußen zu widersetzen. Ich bestellte Kuchen, den sie langsam aß, obwohl ich sehen konnte, wie viel Mühe es sie kostete, nicht darüber herzufallen. Sie hatte großen Hunger und versuchte, ihn vor mir zu verbergen.

Ich stellte viele Fragen: Woher sie käme? Wo sie wohnte? Was sie in den letzten Tagen so unternommen habe? Und erhielt auf nichts eine Antwort.

Stattdessen legte sie ihre Hand in die meine und fragte leise: »Carl, können wir nicht einfach nur zusammen sein?«

»Ich will doch mit dir zusammen sein!«

Sie lächelte: »Ich bin sehr froh, dass du das sagst!«

»Aber verstehst du nicht, dass ich mehr über dich wissen will?«

»Reiche ich denn nicht?«

»Schon, nur . . .«

»Alles, was du wissen musst, Carl, ist, dass du etwas ganz Besonderes bist. Dass du in meinem Herzen bist und ich nichts tun möchte, was dich verletzt. Ist dir das genug?«

Ich zögerte mit der Antwort, dann aber nickte ich: »Es soll mir genug sein.«

In ihren Augen schimmerten plötzlich Tränen.

»Dann ist es gut, Carl.«

Eine Weile rang sie noch mit ihrer Fassung, dann aber tupfte sie sich verstohlen die Tränen fort und lächelte fortan nur noch. Genau wie ich.

Wir vertraten uns die Beine, ignorierten die Protestler genau wie die Rede, die Liebknecht vom Balkon des Polizeipräsidiums hielt. Doch auch auf den Linden standen sich ungeheure Menschenmassen gegenüber. Zwei Fronten: Spartakusanhänger und Unabhängige. Zwischen den Kampflinien, auf Höhe der englischen Botschaft: ein leerer Platz.

Niemandsland.

Redner auf beiden Seiten. Mal schrien die einen: *Hoch auf Ebert! Hoch auf Scheidemann!* Mal die anderen: *Nieder mit Ebert! Nieder mit Scheidemann!*

Demonstrationszüge bis hinunter zum Potsdamer und Belle-Alliance-Platz: die Straßen schwarz vor Menschen, die Stimmung aufgeheizt. Gewalt brodelte wie Magma in der hauchdünnen Kammer eines Vulkans.

Dann sah ich den kleinen blonden Jungen.

Jemand rief: »Der junge Liebknecht! Das ist Liebknechts Sohn!«

Ich wusste, dass Liebknecht zwei Söhne hatte, aber die waren schon fast erwachsen. Der zarte Bursche vor mir war irgendjemandes Sohn, aber er war ganz sicher nicht der von Liebknecht.

Doch den aufgepeitschten Mob interessierte das nicht.

Plötzlich war der kleine Kerl von einer Menschenmenge umringt: Ich erkannte die Angst, die pure Panik, als ihn der Erste mit der Faust ins Gesicht schlug. Plötzlich waren sie über ihm, sein blonder Schopf zwischen ihren grauen Leibern flog mal hier-, mal dorthin. Fäuste wirbelten durch die Luft, prügelten auf den Jungen ein.

»Carl!«, schrie Marlies. »Sie schlagen ihn ja tot!«

Ich dachte nicht lange nach, sprang vor, stürzte mich zwischen die entfesselten Protestanten, drängte sie zur Seite, haute nach links und rechts und kriegte den Jungen irgendwie zu packen. Entsetzt blickte ich in sein Gesicht: blutig, geschwollen, zerfetzt. Dann zog ich ihn an mich, schützte ihn mit meinem Oberkörper. Schon prasselten Fäuste auf mich ein. Hektisch kämpfte ich mich aus der Menschentraube heraus, sah Spartakusleute zu mir hinspringen, die mir den Jungen aus den Armen nahmen.

»Danke, Genosse!«, rief einer.

So etwas kommt dabei raus, wenn einem die Menschen egal sind und nur die eigene Überzeugung zählt! Die Worte blieben mir im Hals stecken.

Marlies nahm mich in den Arm, küsste mich.

Wir waren wieder allein.

Allein unter hunderttausend.

Und ich wusste: Es würde Krieg geben.

18

Hätte man die Geschichte aufhalten können?

Hätte man die vielen Leben retten können?

Noch am selben Tag eskalierte die Situation, sodass Liebknecht und Luxemburg alles auf eine Karte setzten: Spartakus erhob sich. Ihre Leute griffen die Regierung an, überzeugt von der Kraft ihres Bundes und entschlossen in ihrem Willen. Aber: Hatten sie wirklich gedacht, sie könnten im Handstreich ein neues System schaffen? Eine Gesellschaftsordnung nach russischem Vorbild?

Im November waren den Anführern der Spartakisten die Herzen zugeflogen, weil sie beide für etwas standen, weil sie beide für ihre Überzeugungen ins Gefängnis gegangen waren, weil überwältigend viele die Idee begeistert hatte, über Arbeiter- und Soldatenräte direkt auf eine Demokratie einwirken zu können.

Mitbestimmen zu können.

Gestalten zu dürfen.

Freie Bürger zu sein statt nur Befehlsempfänger.

Sie glaubten.

An Liebknecht und Luxemburg, vielleicht weil sie die Einzigen waren, die eine schnelle, einfache Lösung bereithielten: Sozialisierung. Ein kleines Stück des unermesslichen Reichtums der Krupps, der Thyssens oder der Stinnes für jedermann! Hatten die Spartakisten ernsthaft geglaubt, dass jemand wie Gustav Krupp, August Thyssen oder gar Hugo Stinnes tatenlos dabei zusah? Hatten sie ernsthaft geglaubt, dass die Oberste Heeresleitung sich von ein paar Revolutionären die Schulterstücke und Kokarden abreißen lassen würde, um sich dann wie ein Rudel geprügelter Hunde davonzutrollen?

Die geglückte Revolution nach dem bis dahin schlimmsten Krieg der Menschheitsgeschichte ließ solche Träume blühen. Ließ die Zahl der eigenen Truppen unendlich groß erscheinen und die der Gegner winzig klein. Ließ sie glauben, dass die, die für ihre Idee demonstrierten, auch für die gute Sache zu den Waffen greifen würden. Die Volksmarinedivision war dazu aber nicht bereit. Und ein kriegsmüdes, ausgelaugtes Arbeitervolk auch nicht.

Doch das Militär war bereit zu kämpfen – für *seine* Sache.

Genau wie die Freikorps.

Die GKSD.

Und ich?

Ich verbrachte die Woche des Aufstandes im Liebesrausch.

Jeden Abend führte ich Marlies aus.

Einmal besuchten wir das berühmte, ständig überfüllte *Café Vaterland* am Potsdamer Platz, grüßten die freundliche Dame im Zigarettenhäuschen, bestellten Tee und Kuchen und genossen die munter aufspielende Wiener Kapelle. Wir hielten uns an den Händen, lächelten und blickten dann und wann aus dem großen Fenster hinaus auf den wuseligen Platz: Da waren Lichter und Automobile, hektische Betriebsamkeit, Gehupe und manchmal auch gedämpftes Geschrei. Auf der gegenüberliegenden Seite des Platzes sahen wir einen Spartakisten schießen, während ein Regierungstreuer mit einer Handgranate antwortete: Es machte *TakTakTakTak* und rummste, dass das Porzellan auf unserem Tisch leise klirrte. Wir hoben unsere Tassen an und nippten vorsichtig vom heißen Tee.

An einem anderen Abend flanierten wir über den oberen Teil der Linden, vorbei an den Auslagen teurer Geschäfte, den süßen Gerüchen der Konditoreien genauso widerstehend wie den Lockrufen der fliegenden Händler, deren Buden den Boulevard seit der Revolution verschandelten, während nur ein paar Hundert Meter entfernt Spar-

takus auf dem Brandenburger Tor ein Maschinengewehrnest eingerichtet hatte und seine Gegner bestrich.

Dann wieder lauschten wir im Lichthof des arg zerschossenen Polizeipräsidiums der Kapelle der republikanischen Sicherheitswehr, die
Lohengrin gab, und waren wie die anderen verärgert darüber, dass draußen der Lärm der Kämpfenden die schöne Musik störte. So gingen wir
dann auch ein wenig enttäuscht nach Hause und stolperten ungewollt
in ein Gefecht in der Leipziger Straße, die dunkel und scheinbar verlassen im schmutzigen Regenwetter dalag. Für gewöhnlich waren Straßenzüge oder Viertel, in denen gekämpft wurde, abgesperrt: Ganz so,
als ob die Kämpfe auf einem großen Abenteuerspielplatz stattfänden,
wenn der Tod dabei auch sehr real war.

So suchten wir rasch Deckung in einem Hauseingang und warteten.

In der Düsternis dieses pladdrigen Winterabends konnte man schnell
von einer der Parteien für einen Gegner gehalten werden. Damit wir
nicht beschossen wurden, verhielten wir uns ruhig. Marlies drehte sich
zu mir, und wir verbrachten die nächsten Minuten mit wildem Ge-
knutsche, während Schüsse brachen, Querschläger pfiffen und eine
verdunkelte Straßenbahn durch das Gefechtsfeld fuhr, deren Fun-
kenschlagen in der umkämpften Nacht eine Szenerie von surrealer
Schönheit entzündete.

Tage später besuchten wir ein Kabarett in der Bellevuestraße und
bewunderten gerade eine rassige spanische Tänzerin, als mitten in der
Vorstellung ein Schuss in den Saal hineinkrachte. Niemand achtete
darauf, niemand wandte sich um. Der Tanz ging weiter, und die Künstlerin erntete stürmischen Applaus.

Was Aufstand für die einen war, Bürgerkrieg und erbitterter Kampf
um Bahnhöfe, Straßen, Proviantamt, Reichskanzlerpalais, Polizeipräsidium und Reichspatentamt für die anderen, war für mich und Marlies eine Woche des Glücks und der Zweisamkeit. Eine Woche, in der
wir nur müde mit den Schultern zuckten, als wir hörten, dass die Spartakisten sogar die Druckerei des *Vorwärts* besetzt hatten, der Zeitung
der von ihnen verhassten SPD. Immerhin erfuhr ich in diesen Tagen

Marlies' Nachnamen und einiges andere mehr. Aber es war auch eine Woche, in der wir zwar jede Nacht zusammen verbrachten, sie allerdings niemals bis zum nächsten Morgen blieb und ihre Geheimnisse immer mit sich nahm.

Wir lachten miteinander, während andere weinten.

Wir fühlten uns lebendig, während andere auf dem Trottoir verbluteten.

Wir entsagten der Politik und genossen das Verliebtsein.

Während dieser sieben Tage fand ich weiterhin keinen Anschluss in der PAGU, was mir aber zunehmend gleichgültiger wurde, denn wenn *die* mich nicht wollten, dann wollte ich *sie* auch nicht. Sieben Tage, an denen ich Paul Davidson geradezu aufforderte, mir die Chance, die er mir gegeben hatte, wieder zu entziehen.

Isi und Artur sah ich kaum in dieser Zeit.

Zwar hatte ich Isi beschworen, sich an diesem Aufstand nicht zu beteiligen, und sie hatte es mir auch versprochen, aber in diesen Dingen war ihr nicht wirklich zu trauen, und so wunderte ich mich nicht, als sie sechs Tage nach Beginn der Kämpfe in unser Wohnzimmer stürzte und rief: »Wo ist Artur?«

»Ich weiß es nicht. Draußen sicher nicht.«

Es regnete in Strömen.

»Hilf mir, ihn zu suchen!«

Mehr sagte sie nicht, aber ihre alarmierte Stimme verhieß nichts Gutes. Wir fragten seine Männer, die nach ihm telefonierten und Isi schließlich den Apparat weiterreichten: »Artur? Du musst mir helfen! Sofort!«

Einen Moment hörte sie zu, dann nickte sie: »Wir treffen uns vor dem *Vorwärts*. Nimm deine Männer mit. So viele, wie nur geht.«

Als wir endlich die Lindenstraße drei im Zeitungsviertel erreichten, bot sich uns ein Bild der Verwüstung: Die Fassade des vierstöckigen Geschäftshauses mit dem schmalen Spitzgiebel war von Artillerie, Haubitzen und Granaten zerstört worden. Von drinnen winkten Spartakisten bereits mit weißen Taschentüchern. Wie so vieles während ihres Aufstandes war auch die Besetzung des *Vorwärts* und einiger anderer

Redaktionen schlecht geplant und genau genommen reichlich sinnlos gewesen. Es hatte nur zur Folge, dass Militärs und Freikorps noch mehr darauf brannten, an ihnen ein Exempel zu statuieren.

Sieben Spartakusparlamentäre verließen mit erhobenen Händen das Haus, um die Übergabe des Gebäudes zu verhandeln. Sie wurden noch an Ort und Stelle furchtbar mit Fäusten und Gewehrkolben zusammengeschlagen, bis sie alle mit gebrochenen Knochen und geschwollenen Gesichtern blutend auf dem Boden lagen. Man warf sie auf einen Lastkraftwagen. Später erfuhren wir, dass man sie in der Dragonerkaserne vor eine Wand gestellt und erschossen hatte.

»Artur!«, flehte Isi. »Theo ist dadrin!«

Wir sahen sie beide stumm an.

»Bitte! Unternimm etwas!«

»Er wollte diesen Kampf, Isi.«

»Er ist ein dummer Junge, Artur!«

»Das weiß ich, aber was willst du, dass ich tue? Ich kann die nicht aufhalten.«

»Dir fällt schon etwas ein. Dir fällt immer etwas ein! Bitte! Mir zuliebe!«

»Warum willst du ihm überhaupt helfen?«, fragte ich sie vorsichtig. »Er hat dich bestohlen und …«

Sie schnaubte: »Und habe ich nicht gestohlen? Oder Artur? Und habe ich nicht gegen das Militär gekämpft? Oder Artur?«

»Das ist was anderes, Isi!«, behauptete ich.

»Das ist dasselbe. Theo ist neunzehn Jahre alt. Und die da werden ihn umbringen. Helft ihr mir jetzt oder nicht?«

Im Hintergrund hörten wir, wie der Sturm auf den *Vorwärts* losging; Schüsse, Schreie, sogar ein Flammenwerfer wurde eingesetzt. Warum hatten sie es nur so weit kommen lassen? Wie hatte Luxemburg in den vergangenen Tagen in der *Roten Fahne* mit Durchhalteparolen weiterhin Gegenwehr propagieren können, wissend, dass die Lage vollkommen verzweifelt war und jeder Tag nur weitere Todesopfer mit sich bringen würde?

Jetzt brach alles zusammen.

Da nickte Artur Isi zu, nahm sich zwei seiner Männer, näherte sich dem *Vorwärts*-Haus und suchte den Blick des kommandierenden Offiziers, dem er schließlich ein verstecktes Zeichen gab. Aus der Entfernung konnten wir sie miteinander tuscheln sehen, bis sich der Offizier irgendwann verstohlen umblickte und Artur ihm einen ganzen Packen Geld zusteckte.

Als der Abend die Lindenstraße und das restliche Zeitungsviertel in tiefe Schatten hüllte, war der Sturm beendet. Die Gefangenen verließen den *Vorwärts*, passierten mit hängenden Köpfen und erhobenen Händen die auf sie zielenden Soldaten und auch Artur und uns, die wir ganz in ihrer Nähe standen: Theo war nicht unter ihnen.

»Das sind alle!«, sagte der Offizier.

Artur fragte: »Kann ich ins Gebäude?«

Der Offizier zögerte mit der Antwort, dann nickte er und gab seinen Leuten zu verstehen, dass man mit den Gefangenen abrücken und nur eine Nachtwache dalassen sollte.

Artur und ein paar seiner Männer gingen hinein, Isi und ich warteten draußen. Drinnen bot sich ihnen ein Bild des Schreckens: Überall fanden sie Tote zwischen Putz, Scherben und herumfliegendem Papier. Einige getroffen von Granaten, andere durch Geschosse und nicht wenige durch aufgesetzte Schüsse. Hier und da funktionierte noch das Licht. Artur und seine Begleiter begannen, die Räume zu durchsuchen, riefen Theos Namen, in der Hoffnung auf ein Zeichen.

Endlich hörte Artur in einem der Zimmer ein Geräusch, schlich einem großen Aktenschrank entgegen, lauschte an der Tür und vernahm ein leises Wimmern. Als er die Hand an die Tür legte, meinte er, ein Zittern zu spüren.

Langsam öffnete er den Schrank und fand darin Theo.

Zusammengekauert wie ein Kind.

Er schrie auf, als er bemerkte, dass die Tür sich geöffnet hatte, heulte dann Rotz und Wasser, als er Artur erkannte. Der hob ihn behutsam aus dem Schrank auf die Arme.

Und trug ihn hinaus.

19

Ich hatte im Krieg viele junge Männer wie Theo gesehen, und ich war mir nie sicher, was mich daran am meisten aufwühlte: ihr durch einen erlittenen Schock herbeigeführter Zustand oder die Ignoranz der Ärzte, die in ihnen nichts als Drückeberger und Schwächlinge sahen. Für mich lag auf der Hand, dass diese Art Nervenreaktion eine Folge des elenden Schlachtens war. Es gab nicht nur unvorstellbar grausame äußere, sondern auch ebenso entsetzliche innere Verletzungen. Der menschliche Verstand ließ sich genauso in Fetzen sprengen wie der menschliche Körper.

Theo jedenfalls zitterte am ganzen Leib, schrie, wimmerte, brach immer wieder in Tränen aus, und das wenige Sinnvolle, das man seinen Worten entnehmen konnte, war, dass es offensichtlich die Artillerie war, die ihn in dieses Stadium versetzt hatte. Vielleicht aber auch ein Flammenwerfer, denn besonders in der ersten Nacht wachte er immer wieder auf und schrie: »Feuer! Feuer!«

Wie unbedingt hatte er sich doch beweisen wollen! Seinen Teil dazu beitragen, dass es gerechter zugehen und die Revolution denen gehören sollte, die sie mutig gestartet und gewonnen hatten.

Jetzt lag er in Isis Bett, den Kopf auf ihrem Schoß, und klammerte sich um ihre Beine, wenn sie nur einmal kurz aufstehen wollte, um etwas zu trinken oder einem menschlichen Bedürfnis nachzukommen. So blieb ihr nichts anderes übrig, als die ganze erste Nacht bei ihm zu sein, seinen Kopf zu streicheln und leise zu murmeln: »Mein armer Junge!«

Er schlief ein, erwachte schreiend, schlief wieder ein. Und immerfort das einer Schüttellähmung gleichkommende Zittern. Es ließ nicht von ihm ab, selbst im Schlaf nicht.

Am Morgen betraten Artur und ich zusammen mit einem jungen Mädchen Isis Zimmer, die immer noch, vollkommen übernächtigt, Theo tröstend im Arm hielt.

»Er braucht einen Arzt!«, sagte sie und rieb sich müde über das Gesicht.

»Die Ärzte können ihm nicht helfen, Isi. Jedenfalls nicht die, die ich kennenlernen durfte«, antwortete ich.

»Aber man muss ihm doch helfen?«

»Er braucht viel Ruhe und Zuwendung«, antwortete ich. »Dann wird es vielleicht besser. Und möglicherweise sollten wir ihm etwas Opium besorgen.«

»Das macht ihn nur süchtig«, warf Artur ein. »Er hört auf zu zittern und beginnt damit wieder, wenn der Entzug kommt.«

»Dann versuchen wir es erst mal mit Ruhe«, antwortete Isi erschöpft. »Wen hast du mitgebracht?«

Artur machte eine Geste zu dem jungen Mädchen: »Sie wird dich ablösen.«

Das Dienstmädchen tat einen Schritt auf Isi zu, gab ihr die Hand, stellte sich vor und knickste dabei.

Isi nickte nur: »Ich bin Isi. Und wehe, du knickst noch einmal vor mir.«

»Tut mir leid, gnädiges Fräul…«

Isi sah sie scharf an.

»Tut mir leid, Fräulein Isi.«

Sie tauschten die Plätze, jetzt war es an dem Dienstmädchen, den schlafenden Theo zu beruhigen und ihm gut zuzureden.

»Ich besorge noch eine andere«, sagte Artur und verließ wieder den Raum.

Die Kämpfe endeten – Hunderte waren tot.

Aber das Schlimmste sollte erst noch kommen.

Artur hatte dank seiner Spitzel recht schnell erfahren, dass die Garde-Kavallerie-Schützen-Division zurück in der Stadt war. Nach dem großen Sieg begann nun offenbar das große Aufräumen. Die Ordnung sollte wiederhergestellt, die Zivilbevölkerung entwaffnet werden, und so begann die Jagd auf die verbliebenen Spartakisten, vor allem aber die auf Karl Liebknecht und Rosa Luxemburg.

Artur kümmerte das Schicksal der beiden wenig, er ging davon aus, dass keiner von ihnen überleben würde, wenn sie nicht aus der Stadt, besser noch: aus dem Land, flüchteten. Ihn kümmerten auch nicht Freikorps, Bürgerwehren oder verbitterte Soldaten – er wollte nur einen: Falk Boysen.

Und so bat er mich am Abend des 15. Januar um einen Gefallen.

»Du musst in den nächsten Nächten mein Auge sein, Carl.«

»Warum?«

»Geh zur Nürnberger, Ecke Ku'damm.«

»Ich verstehe nicht ...«

»Dort ist das *Hotel Eden.*«

Wir saßen uns im Wohnzimmer gegenüber, Isi war oben bei Theo. Artur hatte ruhig geklungen, aber trotz der Maske in seinem Gesicht konnte ich sehen, dass es in ihm arbeitete.

»Und?«

»Die GKSD hat dort Stellung bezogen. Ich muss wissen, ob Falk da ist. Jemand muss das Hotel für mich überwachen.«

»Artur ...«

»Ich kann nicht selbst dorthin gehen mit meiner Maske, und von meinen Leuten kennt ihn keiner. Du schon.«

»Artur ...«

»Willst du das für mich tun?«, fragte er eindringlich.

Er ließ mir keine Ausflucht.

»Natürlich. Aber bitte versprich mir, dass du da nicht einfach reinmarschierst, sollte Falk sich dort aufhalten. Die sind einfach zu viele, und nicht einmal du würdest das überleben!«

Er lächelte, während eine Hälfte seines Gesichtes starr blieb: ein Bildnis des Janus.

»Ich werde da keinesfalls einfach reinmarschieren.«

Ich nickte beruhigt.

»Du musst mir nur sagen, ob er da ist. Mit allem anderen hast du nichts zu tun. Versprochen.«

Ich wusste, dass ihn meine Bitten, von seiner Rache abzulassen, nicht kümmern würden. Er glaubte an das, was er mir Weihnachten gesagt hatte: Einer von ihnen *musste* sterben.

So machte ich mich noch am selben Abend auf den Weg, nahm

meine Kamera und meine Glasplatten mit, um, sollte ich von Mitgliedern der Garde angehalten werden, unschuldig kundzutun, dass ich den journalistischen Auftrag hätte, Sehenswürdigkeiten rund um den Kurfürstendamm zu fotografieren. Insgeheim betete ich auf dem gesamten Hinweg, dass es nicht dazu kommen würde, denn ich war ein erbärmlicher Lügner.

Das *Eden* erstreckte sich erhaben und schlank in einem Dreieck zwischen Nürnberger Straße, Kurfürstenstraße und Kurfürstendamm, gleich dem Aquarium und Tiergarten gegenüber. Das Gebäude selbst war nur schwach erleuchtet, ganz im Gegensatz zum mit steinernen Bögen überdachten Eingang. Ich fand Schutz unter einem Baum vor dem geschlossenen Aquarium, dessen tiefe Schatten mich in der aufziehenden Nacht geradewegs unsichtbar machten.

Eine ganze Weile trat ich frierend von einem Bein aufs andere, beobachtete vor dem Eingang einige Soldaten, von denen ich annahm, dass sie der GKSD angehörten, als plötzlich ein Wagen mit hoher Geschwindigkeit heranfuhr und scharf bremste. Die Türen flogen auf, und ich sah deutlich Liebknecht und Luxemburg, umringt von weiteren Soldaten, die sie ins Hotel schubsten.

Dann war wieder alles ruhig.

Ich stand da und starrte mit klopfendem Herzen auf die hell schimmernden Steinbögen des Eingangs und dachte an Arturs Prophezeiung, aber auch an den Artikel, der heute in der *Roten Fahne* erschienen war: Liebknechts *Trotz alledem!* Darin deutete er die Niederlage in einen in der Zukunft liegenden Sieg um und betonte, dass es gleichgültig wäre, ob sie alle diesen Sieg noch erlebten, denn dieser Sieg würde die Menschheit erlösen.

Mein Magen war ganz flau.

Er war in den Händen der GKSD, was seine Worte in eine geradezu unheimliche Vorsehung verwandelte, einen gruseligen Abgesang auf das eigene Leben. Ob es ihm klar geworden war, während er diesen Artikel verfasst hatte? Ob er gewusst hatte, dass seine Tage gezählt waren?

Und dann ging es zu Ende.

Liebknecht verließ, eingerahmt von Soldaten in Mannschaftsuniformen, wieder das Hotel. Ein junger Feldgrauer sprang mit einem Mal vor und schlug ihm den Gewehrkolben gegen den Kopf. Liebknecht taumelte, während ihm ein anderer bereits seine Faust ins Gesicht hämmerte. Zusammen zerrten sie den schmächtigen Revolutionär ins Auto und rasten Richtung Charlottenburger Chaussee und Tiergarten davon.

Nach ihm schubsten sie Rosa Luxemburg aus dem Hotel.

Derselbe Soldat schlug erneut mit dem Gewehrkolben zu, und sie sank wie vom Blitz getroffen zu Boden. Sie packten und schleiften die Ohnmächtige zu einem weiteren wartenden Wagen, warfen sie dort auf die Rückbank wie ein totes Tier. Als der Wagen anfuhr, sprang ein Mann auf das Trittbrett, zog eine Pistole und schoss ihr in den Kopf.

Ich war starr vor Entsetzen.

Einen Moment noch sahen die anderen Soldaten dem davonfahrenden Auto nach, dann kehrten sie sichtlich beschwingt in das Foyer zurück. Das Hotel lag wieder ganz ruhig da, und wie zum Spott strahlte im kleinen Spitzgiebel der Name des Hauses: *Eden*.

Das Paradies.

Ich wagte mich aus meinem Versteck, querte die Straße und näherte mich vorsichtig dem Eingang: Da lag ein Schuh auf dem Trottoir.

Ein Frauenstiefel, kaum größer als der eines Kindes.

Rosa Luxemburgs Schuh.

Ich baute rasch die Kamera auf und machte ein Foto.

20

Mir war nicht ganz klar, in welcher Gefahr ich plötzlich schwebte, und ich danke Artur noch heute dafür, dass er bei meiner Rückkehr am Morgen derart ernst mit mir sprach, dass ich begriff, was für mich auf dem Spiel stand.

Zuvor hatte ich noch die ganze restliche Nacht vor dem *Eden* Wache gestanden, schockiert über das, was ich gesehen hatte, und doch gehorsam Arturs Bitte nachkommend. Einmal sah ich Waldemar Pabst, Falk dagegen nicht.

Als ich dann am frühen Morgen heimkehrte, aufgewühlt und hellwach, da dauerte es nicht lange, bis Artur an die Tür klopfte und eintrat. Im Wohnzimmer setzte ich mich in den Sessel, während er sich ans Fenster stellte, hinaussah und sich Bericht erstatten ließ. Dass ich Falk nicht gesehen hatte, schien ihn sichtlich zu enttäuschen, aber als ich dann schilderte, wessen ich Zeuge geworden war, da kam er zu mir und beugte sich tief über mich, sodass ich in diese gespenstische Maske sehen musste, während sein gesundes Auge mir förmlich ein Loch in den Kopf brannte.

»Ich möchte, dass du mir jetzt ganz genau zuhörst, Carl. Denn dein Leben hängt davon ab!«

Ich schluckte und nickte stumm.

»Du wirst mit niemandem, und damit meine ich: N-I-E-M-A-N-D-E-M, über das sprechen, was du gesehen hast! Hast du mich verstanden?«

Wieder nickte ich.

Eingeschüchtert.

»Liebknecht ist auch tot.«

»Liebknecht auch?«

»Ja, es steht auf der Titelseite der *Vossischen Zeitung*. Liebknecht wurde angeblich im Tiergarten bei einem *Fluchtversuch* erschossen. Über Rosa Luxemburg schreiben sie, dass sie von einer aufgebrachten Menge vor dem *Hotel Eden* halb zu Tode geprügelt und dann umgebracht worden ist.«

»Was? Kein Wort davon ist wahr!«

Artur nickte: »Und darum wirst du mit niemandem über diese Sache sprechen!«

»Aber dann kommen die ja davon, diese Mörder!«

»Ja. Du wirst das nicht ändern und ich genauso wenig. Doch wenn sie erfahren, dass es einen Zeugen gibt, dann werden sie den auch töten wollen. Verstehst du das, Carl?«

Zögernd nickte ich.

»Du wirst auch Isi nichts sagen, verstanden? Die muss man manchmal vor sich selbst schützen.«

»In Ordnung. Ich sage nichts.«

»Schwöre es!«

Ich hob die Finger zum Schwur.

Und brach ihn schon am nächsten Tag.

An diesem Donnerstag nach Liebknechts und Luxemburgs Ermordung trat ich wie gewohnt meinen Dienst im Glashaus der PAGU an, stand im Zwielicht eines grauen Januartages zwischen den Kulissen, hörte das leise Trommeln eines einsetzenden Regens auf den Scheiben, sah ein Schauspielerpaar in einer Kulisse agieren, während die Kamera ihre Bewegungen verfolgte, der Regisseur vornübergebeugt auf seinem Stuhl saß und die Szene mit Argusaugen beobachtete.

Ich sah Kulissenbauer Holzbalken schleppen, Männer an Scheinwerfern hantieren, Dekorateure die Bühnen ausstatten. Jemand kippte eine Vase um, die klirrend zu Boden ging, was die beiden Schauspieler erschreckte und die Szene ruinierte. Es gab Diskussionen und einen Anpfiff für den Übeltäter vom Regisseur, den der arme Tropf mit gesenktem Kopf entgegennahm. Kurz: Ich erlebte einen üblichen Filmtag vor üblichem Hintergrund und sah mich selbst dabei, der ich herumstand und nirgendwo zugehörte, wie in einem Spiegel.

Herrgott! War ich nicht mehr als das?

Hatte ich nicht bereits zu viel Weltgeschichte erlebt, um zwischen Kulissen zu lungern und jemanden dabei zu beobachten, wie er Ärger wegen einer zerbrochenen Vase bekam? Wollte ich wirklich den Rest meines Lebens am Spielfeldrand stehen, weil ich Angst davor hatte, eingewechselt zu werden? Wollte ich nicht endlich mutiger sein?

Etwas riskieren?

So gab ich mir einen Ruck und durchquerte das Glashaus, bis ich endlich den entdeckte, mit dem ich sprechen wollte, nein, sprechen musste: Ernst Lubitsch.

Ich hatte ihn etliche Male gesehen, rast- und ruhelos und immer mit einer Zigarre im Mundwinkel oder in den Händen. Wenn er drehte, lebte er die Szenen förmlich mit, wobei er oft unterbrach, um eine

Szene neu zu choreografieren, ständig auf der Suche nach der nächsten, besseren Idee. Ein kleiner Mann mit dunklem gescheiteltem Haar, großer Nase und sympathischem Lächeln, dem man den Schalk im Nacken ansehen konnte. Jetzt stand er dort und unterhielt sich gestenreich mit einem Kameramann.

Ich atmete tief durch, dann trat ich an die beiden heran.

»Herr Lubitsch?«, fragte ich höflich in eine Sprechpause hinein.

Er drehte sich zu mir, und in seinem Gesicht konnte ich sehen, dass er sich fragte, wer ich wohl sein könnte.

»Ja?«

»Ich würde gerne … «, begann ich.

»Es ist gerade ein bisschen ungünstig, Herr …«, ging er gleich dazwischen.

»Friedländer. Carl Friedländer.«

Er sah mich irritiert an: »Arbeiten Sie hier?«

»In der Kulisse«, sagte der Kameramann und nickte mir zu. »Nicht wahr?«

»Ich … im Moment bin ich ein bisschen: Mädchen für alles.«

Lubitsch nickte: »Gut, gut. Weiter so!«

Er war schon im Begriff, sich wieder abzuwenden, als ich meinen ganzen Mut zusammennahm und sagte: »Ich würde Ihnen gerne etwas zeigen, Herr Lubitsch!«

Lubitsch war ein höflicher Mensch, ich kann mich nicht erinnern, ihn jemals unwirsch oder gar gemein erlebt zu haben, aber damals wirkte er tatsächlich ein wenig genervt, auch wenn er mir weiterhin freundlich zulächelte: »Hat das nicht Zeit?«

Ich schüttelte den Kopf und schluckte.

Mit einem kleinen Seufzer blickte er zum Kameramann und wandte sich mir dann zu: »Na, dann mal los. Ich hoffe, es dauert nicht so lange.«

Ich führte ihn ein paar Schritte weiter in ein leer stehendes Bühnenbild, in dem ich meine schmale Ledertasche abgelegt hatte. Jeden Morgen nahm ich sie mit zur Arbeit, weil sie eine gewisse Wichtigkeit suggerierte, auch wenn sie tatsächlich kaum mehr als meine Pausenbrote enthielt. Offenbar hatte ich das Posierelement dieser Branche recht zügig übernommen, obwohl es mir anfangs gar nicht bewusst gewesen war, erst an diesem Morgen, als ich die Pausenbrote gegen etwas Wichtiges getauscht hatte.

»Was haben Sie denn für mich?«, fragte er neugierig.

Ich öffnete die Tasche und entnahm ihr eine Fotografie.

Er warf einen Blick drauf, offensichtlich verblüfft, und fragte dann: »Ein Schuh? Sie zeigen mir das Foto eines Schuhs, Friedländer?«

»Ich bin noch nicht so lange hier, Herr Lubitsch, aber eines habe ich schon herausfinden können, nämlich, dass Dinge nicht immer das sind, was sie zu sein scheinen.«

»Tatsächlich?«, rief er amüsiert.

»Es ist nicht der Schuh, Herr Lubitsch. Es ist seine Geschichte.«

Er sah wieder auf die Fotografie und murmelte: »Nun ja, man fragt sich natürlich, warum die Besitzerin ihn liegen gelassen hat. Mitten im Winter.«

»Sie konnte nicht anders«, antwortete ich ruhig.

Er sah mir direkt ins Gesicht: »Gut, Friedländer: Sie haben mich am Haken. Was hat es mit diesem Schuh auf sich?«

»Es ist Rosa Luxemburgs Schuh.«

Hatte er eben noch gelächelt, so entglitten ihm jetzt alle Gesichtszüge.

Dann sah er sich rasch um und zog mich ein paar Schritte weiter. »Erzählen Sie!«

Ich verriet ihm, was ich gesehen hatte.

Und er schwieg lange dazu.

Dann sagte er: »Sie dürfen mit niemandem mehr darüber reden, Friedländer!«

Er sah auf das Bild.

Und es fiel mir nicht schwer zu erraten, dass in seinem Kopf gerade der Film zu Rosa Luxemburgs letzten Minuten ablief, an deren Ende nur ein Schuh auf einem Bürgersteig zurückblieb. Genau wie ich würde er den Rest seines Lebens keinen verlorenen Schuh mehr ansehen können, ohne sich zu fragen, was seinem Besitzer wohl zugestoßen war.

»Warum haben Sie mir das erzählt, Friedländer?«

»Ich möchte Geschichten mit Bildern erzählen. Ich möchte Kameramann werden, Herr Lubitsch.«

Er nickte.

»Haben Sie denn Erfahrungen mit dem Medium?«

Diesmal nickte ich: »Ich habe im Krieg für das Kriegspressequartier gearbeitet. Foto und Film.«

»Das KPQ? Sie sind doch Deutscher, oder?«

»Ja, ist eine lange Geschichte ...«

Er konnte sich ein Grinsen nicht verkneifen: »Mir scheint, Sie stecken voller Geschichten, Friedländer.«

Dann streckte er mir die Hand entgegen, die ich ergriff: »Willkommen an Bord! Sie hatten gerade einen verdammt guten Start, Friedländer, jetzt wollen wir herausfinden, ob Sie auch den Atem haben!«

Er gab mir die Fotografie wieder und kehrte zu seinem Kameramann zurück.

Drehte sich dann um und rief: »Worauf warten Sie noch? Fangen wir an!«

21

Plötzlich hatte ich einen Namen.

War ich zuvor allenfalls *der Neue* gewesen, von dem man nicht wusste, was er eigentlich den ganzen Tag so trieb, dem man stets mit einer gewissen Skepsis begegnete, bei dem gerne mal die Gespräche verstummten oder auf Belangloses herabgedimmt wurden, sobald er sich zu einem plaudernden Grüppchen hinzustellte, schienen mich ein paar Tage nach meiner Unterhaltung mit Lubitsch alle zu kennen. Sie riefen: »Hallo, Carl, wie gehts?«, oder: »Woran arbeitest du gerade, Carl?«

Fast hätte man an ein Wunder glauben können, so umfassend war der Stimmungswechsel. Allein: Es war natürlich keines. Lubitsch hatte mich schlicht ein paar Kameraleuten vorgestellt und sie höflich gebeten, mir bei meiner Ausbildung zur Seite zu stehen – und alle hatten sich gefreut, mir die Hand reichen zu dürfen.

Das war schon alles.

Was die anderen Männer und Frauen im Glashaus betraf, reichte wohl die Tatsache, dass ich Lubitschs neue *Entdeckung* war, um ihre misstrauische Haltung mir gegenüber innerhalb von Minuten abzulegen. Ich muss wohl kaum betonen, welche Welt sich mir da plötzlich eröffnete und wie berauschend das Gefühl war, meinen Platz gefunden zu haben. So trug ich auch nichts nach und spielte dieses Spiel gerne mit. Denn schließlich war ich ja jetzt jedermanns Freund, nicht wahr?

Marlies sah ich in diesen Tagen immer seltener.

Als ich ihr die guten Nachrichten verkündete, beglückwünschte sie mich aufs Herzlichste, aber da war ein Schmerz in ihren Augen, den ich mir nicht erklären konnte. Zudem sah sie immer blasser aus, wenn sie auch jede Frage nach ihrer Gesundheit abwehrte und mir versicherte, dass alles in Ordnung sei. Sie dankte mir unaufhörlich für meine Großzügigkeit und das gute Essen, dennoch stand selbst in unseren intimsten Momenten etwas zwischen uns, über das sie nicht sprach und das ich mir nicht erklären konnte.

Trotz der Unruhen in der Stadt, die die Ermordung Liebknechts und Luxemburgs hinterlassen hatte, der vielen Gerüchte, die umherschwirrten und die die offizielle Darstellung erheblich in Zweifel zogen, trotz der Freikorps und vereinzelten Spartakisten, deren Schießereien man nachts noch hin und wieder hören konnte, wurde am 19. Januar 1919 tatsächlich gewählt: frei, geheim, gleich. Und zum ersten Mal wählten auch Frauen.

Marlies und ich standen zusammen in einer nicht enden wollenden Schlange vor einem Wahllokal und kreuzten nach Stunden des Wartens immer noch recht aufgeregt unsere Favoriten auf dem Wahlzettel an.

Die SPD gewann – vor den bürgerlichen Parteien. Die rechten Parteien, deren Unterstützer bei den Freikorps und dem Militär in so großer Zahl zu finden waren, landeten weit abgeschlagen auf den hinteren

Plätzen. Eine Überraschung, jedenfalls für mich, denn ihr Rückhalt in der Bevölkerung stand offensichtlich in keinem Verhältnis zu ihrem sehr präsenten Auftreten.

Die Regierung beschloss, die verfassungsgebende Nationalversammlung nicht im gärenden Berlin abzuhalten, weil ihr die ständigen Unruhen und die nicht abreißende Gewalt Sorgen bereiteten. Man suchte und fand nach Visiten in Bayreuth, Nürnberg und Jena schließlich den Ort, der der neuen Demokratie ihren Namen geben würde: Weimar.

Auch für mich eine große Chance, denn ich bekam meinen ersten Auftrag, um mich zu bewähren. Da alle Projekte der PAGU bereits mit Kameraleuten besetzt waren, Lubitsch aber darauf drängte, dass ich mit selbstständiger Arbeit beginnen sollte, verlieh man mich kurzerhand an die Messter-Film gleich nebenan. Ich wechselte in gewisser Weise also das Glashaus.

Am Abend meiner Abreise sah ich Marlies das erste Mal seit Tagen wieder.

Kein Wort dazu, wo sie gewesen war, warum sie immer wieder abtauchte, aber letztlich war ich froh, sie zu sehen. Es war auch der erste Abend, an dem sich Theo wieder aus seinem Zimmer heraustraute. Zwei Wochen lang hatte er geschrien, gewimmert, sich unter Decken versteckt, bevor sich allmählich Besserung eingestellt hatte. Er kam zu uns ins Wohnzimmer, begleitet von Isi, die ihn am Arm führte.

Das Zittern hatte deutlich nachgelassen, man bemerkte es eigentlich nur, wenn er zu seinem Glas Wasser griff und trank. Ansonsten saß er still neben Isi, starrte auf den Boden und blickte nur dann erschrocken auf, wenn sie aufstand, um Holz ins Ofenfeuer zu legen oder Marlies und mir etwas Wein einzuschenken. Dann flackerte in seinem Blick plötzlich pure Verlustangst, die erst wieder abebbte, wenn sie sich wieder zu ihm aufs Sofa setzte und seine Hand nahm. Vom flammenden Revolutionär war nichts mehr übrig. Genauer gesagt: Es war gar nichts mehr von ihm übrig, nur ein kleines Kind, das gleichzeitig ein alter Mann war.

Isi blieb nicht lange.

Teils, um Theo nicht zu überfordern, teils wohl auch, weil sie mit Marlies nicht übermäßig gut zurechtkam. Gründe dafür lieferte Marlies wohl einige, aber Isi scherte sich normalerweise nicht um Marotten, im Gegenteil: Die meisten fand sie amüsant bis interessant. Marlies dagegen begegnete sie mit einem gewissen Misstrauen, mit einer gewissen Kühle, die ihr eigentlich so gar nicht eigen war.

»Ich wollte etwas mit dir besprechen«, begann ich, nachdem die Wohnzimmertür hinter Isi und Theo ins Schloss gefallen war.

»Ja?«, fragte Marlies und sah mich aufmerksam an.

»Findest du eigentlich, dass wir gut miteinander auskommen?«

Ihrem Blick war die Irritation anzumerken, und ich merkte selbst, dass ich das Gespräch nicht besonders geschickt begonnen hatte. Es war ein Unterschied, ob man jemanden wie Lubitsch neugierig auf sich machen oder ob man die Aufmerksamkeit einer Frau auf sich ziehen wollte, in die man sehr verliebt war.

»Carl, wenn du darauf anspielst, dass ich in den letzten Tagen …«, begann sie vorsichtig.

»Nein, nein. Das meinte ich nicht. Ich wollte damit eigentlich nur sagen, dass ich dich gerne bei mir habe.«

Sie nickte beruhigt: »Ich bin auch sehr gerne bei dir.«

»Leider verrätst du so wenig von dir. Aber ich schätze, du wirst deine Gründe dafür haben.«

Sie schwieg.

»Jedenfalls dachte ich: Das Haus hier ist sehr groß. Du könntest doch auch hier leben?«

»Carl …«

»Sieh doch nur die Vorteile: Du bräuchtest keine Miete zu bezahlen. Es ginge uns sehr gut hier, und wir könnten jede freie Minute miteinander verbringen.«

Wieder schwieg sie.

Sehr lange.

»Warum willst du denn nicht?«, fragte ich schließlich kläglich.

»Carl, du bist so ein wertvoller Mensch! Ich kann den Gedanken nicht ertragen, dich zu verletzen!«

Ich presste die Lippen aufeinander, aber dann brach es doch aus mir heraus: »Warum will mich hier eigentlich jeder beschützen? Isi, Artur und jetzt du auch noch! Ich bin ein erwachsener Mann!«

»Sieh es doch als das an, was es ist: Sie lieben dich!«

»Liebst *du* mich?«

Es war mir so schnell über die Lippen gegangen, dass ich über mich selbst erschrak. Papa hatte mir einmal gesagt: Carl, wer fragt, muss auch die Antwort aushalten können. Frag nie leichtfertig. Frag nie, weil du überzeugt bist, dass dir die Antwort schmeicheln wird. Denn es gibt Fragen, die bleiben besser ungestellt und bestimmte Antworten besser unausgesprochen.

Sie aber sah mich nur an.

Tränen schimmerten, ihr Blick war ganz weich, voller Zuneigung.

»Ja, Carl, ich liebe dich. Ich liebe dich, wie ich noch nie einen Mann zuvor geliebt habe. Mein Herz will zerspringen, wenn ich bei dir bin.«

»Aber … aber dann sei doch bei mir, Marlies!«

»Mach es mir doch nicht so schwer!«

»Doch, ich mache es dir schwer. Weil es auch schwer für mich ist! Du hast Geheimnisse, das respektiere ich. Aber vielleicht ist es irgendwann an der Zeit, sie mit mir zu teilen?«

Wieder schwieg sie.

»Und wenn du sie mir nicht verzeihst?«, fragte sie dann.

»Ich verzeihe sie dir, was immer es ist, ich verzeihe es. Du musst mir einfach vertrauen!«

Eine Weile kehrte Ruhe ein, und nur das Knacken des Feuers im Ofen war zu hören. Da stand sie auf und reichte mir mit schmerzlichem Lächeln die Hand: »Komm, lass uns nach oben gehen. Ich will dir nah sein.«

Ich folgte ihr, und diesmal blieb sie nicht nur bis zum Morgen, sondern begleitete mich noch zum Anhalter Bahnhof, von wo mein Zug nach Weimar ging.

Wir küssten uns, und ich winkte ihr zu, als sich die Lokomotive schnaubend und quietschend aus der großen Halle hinausbewegte.

Dort sehe ich sie immer noch stehen.

Kleiner werdend.

Immer kleiner.

Bis sie schließlich verschwindet.

22

Der Winter war mit Schnee und Kälte zurückgekehrt und hatte das beschauliche Weimar weiß bepudert. Ich machte Aufnahmen von allen wichtigen Persönlichkeiten, von Friedrich Ebert natürlich, der in einem Park bei einem Spaziergang ein wenig verlegen vor mir und meiner Kamera stand, am Arm seine um Haupteslänge größere Frau Louise. Ihm war etwas Volkstümliches gegeben, ein freundlicher älterer Herr, der es nur gut mit allen zu meinen schien, allerdings hatten mir die letzten Wochen deutlich gemacht, dass niemand ohne Grund Reichskanzler wurde. Er hatte harte Entscheidungen getroffen oder sie wenigstens gebilligt, hatte die USPD ausgetrickst und offensichtlich großes Geschick darin, andere mit der Verantwortung für all das zu betrauen, was ihm selbst unangenehm war. Einer der Männer, die für Ebert die Kohlen aus dem Feuer holten, war Gustav Noske, für den ich nicht viel übrighatte, groß und dick und selbstzufrieden wie er war.

Ich filmte sie alle, machte Fotografien von der historischen Nationalversammlung im Deutschen Nationaltheater und kehrte schließlich zurück in ein Berlin, von dem Friedrich Ebert nun sogar der Reichspräsident war, an seiner Seite der neue Kanzler Philipp Scheidemann. Aber wichtiger noch als die Personalien war die Botschaft, die von Weimar ins Reich schallte: Es gab keinen Platz mehr für ein Rätesystem. Keinen Platz für das, was man beim Arbeiter- und Soldatenkongress vor Weihnachten beschlossen hatte. Keine »Hamburger Sieben Punkte«, aber vor allem: keine Sozialisierung der großen Betriebe. Stinnes, Krupp und Thyssen hatten sich durchgesetzt – jeder blieb das, was er auch vor dem Krieg gewesen war.

Stattdessen gab es ein Parlament, dessen Besetzung zu großen Teilen der des Reichstags aus der Kaiserzeit entsprach. Man musste kein

Prophet sein, um zu erahnen, wie enttäuscht die Revolutionäre über die Manöver der SPD sein würden. Dass sich in ihnen wohl rasch ein Gefühl des Betrogenwordenseins erhitzte, welches bald schon die nächsten kriegerischen Auseinandersetzungen am Horizont aufziehen ließ.

Zurück in Berlin lieferte ich meine Arbeit direkt bei der Messter-Film ab. Man war sehr zufrieden mit mir, ich aber wollte nur nach Hause – zu Marlies. Doch sosehr ich an diesem Abend auf sie wartete, so wenig tauchte sie auf. Und auch am nächsten Tag nicht.

Ich begann, mir Sorgen zu machen.

Die nächsten drei Abende in Folge verbrachte ich im *KaLeu*, falls sie dort nach mir fragte, immer aufmerksam aufsehend, wenn das Telefon klingelte, immer enttäuscht, wenn der Budiker mir mit einem Kopfschütteln zu verstehen gab, dass nicht sie angerufen hatte. Ich besaß kein Foto von ihr, was die Befragung der Gäste des *KaLeu* umständlich machte, denn Marlies wies keine besonderen Merkmale auf, anhand derer ich sie gut hätte beschreiben können. Zwar hatte ich sie mehrfach gebeten, sie ablichten zu dürfen, sie aber fand sich nicht hübsch genug und vertröstete mich auf den Sommer, in dem sie sicher gesünder aussehen würde.

Irgendwann in der dritten Nacht kehrte ich betrübt nach Hause zurück und traf zu meiner Überraschung Isi im Wohnzimmer. Offenbar hatte sie auf mich gewartet und fragte, noch bevor ich Mantel und Schuhe ausgezogen hatte: »Hast du sie gefunden?«

Ich schüttelte den Kopf.

»Vielleicht ist das ja nur wieder einer ihrer Ausflüge? Wäre ja nicht das erste Mal.«

Ich zuckte mit den Schultern. Das klang tröstlich, aber tief im Innern ahnte ich: Diesmal war es anders. Unser letztes Gespräch erschien mir plötzlich so seltsam, auch dass sie bis zum Morgen geblieben war und mich zum *Anhalter* begleitet hatte – wie Vorboten eines schmerzvollen Abschieds.

»Hast du Artur mal gefragt?«

»Er weiß nichts.«

Isi runzelte die Stirn: »Er weiß nichts? Artur?«

Ich nickte nachdenklich: Artur wusste normalerweise über alles und jeden Bescheid, der sich auch nur in seinem weiteren Umfeld befand.

»Warte hier!«, bestimmte Isi und verließ das Haus.

Kurz darauf kehrte sie mit Artur zurück.

»Marlies ist verschwunden!«, erklärte sie ihm.

»Tut sie das nicht öfter?«

»Schon«, gab Isi zurück, »aber Carl glaubt, dass es diesmal anders ist.«

Artur schwieg.

»Weißt du etwas über sie, Artur?«, fragte ich.

Er ließ sich mit der Antwort lange Zeit.

»Vielleicht ist es besser so, Carl«, sagte er schließlich.

Ich war aufgestanden und fuhr ihn an: »Rede endlich! Was ist passiert?«

»Ich kann dir nicht sagen, ob ihr etwas zugestoßen ist, Carl. Und ich habe auch keine Ahnung, wo sie wohnt …«

»Aber?«

»Ich weiß, wer sie ist. Vielmehr: *was* sie ist.«

Isi hob vor Schreck eine Hand vor den Mund. Ich brauchte ein paar Sekunden länger, bis es mir dämmerte.

»Du meinst … Sie ist …«, stotterte ich.

»Eine Hure, Carl.«

Ich schwankte, als hätte ich zu viel getrunken, also setzte ich mich schnell.

»Ich habe gehofft, du kämst vielleicht von selbst drauf. Sie, allein, im *KaLeu*. Aber du warst so verknallt, dass du das Offensichtliche nicht gesehen hast. Und ich wollte nicht derjenige sein, der es dir sagt, Carl.«

Eine Weile sprach niemand.

»Glaubst du, glaubt ihr, dass sie mir etwas vorgespielt hat?«, fragte ich nach einer Ewigkeit mit belegter Stimme.

Isi und Artur sahen sich an.

Dann antwortete Artur: »Sie ist eine Hure, Carl.«

Mein Hals wurde rau, die Tränen liefen mir über die Wangen.

Isi kniete sich zu mir und nahm mich in den Arm.

»Sie hat dir bestimmt nichts vorgemacht!«, flüsterte sie mir ins Ohr.

Ich nickte, aber die Wahrheit war, ich glaubte selbst nicht daran. Sie hatte zwar kein Geld von mir genommen, aber in diesen Zeiten war Essen viel mehr wert als Geld, und ich hatte sie oft ausgeführt, in Restaurants, Cafés oder Schauen. Sie musste nichts verlangen, ich hatte ihr alles auch so gegeben. Und wenn sie gewollt hätte, hätte sie noch mehr von mir bekommen.

Und doch: Es hatte sich so real angefühlt.

So echt.

Als ob Isi meine Gedanken erraten hatte, fragte sie fast trotzig: »Warum sollte sie Carl nicht geliebt haben?«

Artur antwortete geduldig: »Isi, bitte, du machst es nur noch schlimmer.«

»Nur weil sie eine Hure ist, bedeutet das nicht, dass sie kein Mensch sein kann. Warum sollte sie nicht von einer Zukunft mit Carl geträumt haben?«

»Du kennst keine Huren!«, entgegnete Artur kalt. »Ich schon.«

»Und die sind alle gleich?«, fauchte Isi sauer.

»Ja, sind sie«, antwortete Artur ruhig.

»Und was ist mit denen, die aus purer Not ihren Körper verkaufen? Weil sie Hunger haben? Oder Kinder? Weil sie einfach nur überleben wollen?«

Artur atmete tief durch, schwieg aber.

Ich für meinen Teil hatte genug gehört, wischte mir übers Gesicht und stand auf: »Ich muss sie finden!«

Artur schüttelte den Kopf: »Carl, nicht …«

»Doch, Artur, es ist wichtig. Für mich! Ich muss mit ihr sprechen.«

Artur seufzte.

»Weißt du, wo sie wohnt?«

»Ich hab wirklich keine Ahnung, Carl.«

»Wo hat sie gearbeitet?«, fragte ich hart. »Ich meine, sie muss ja irgendwo gearbeitet haben. In der Zeit, in der sie nicht bei mir war.«

Wieder Schweigen.

Dann seufzte Artur und sagte: »Versuch es in der Lange Straße.

Andreasstraße, Kleine Andreasstraße. Alles, was es hinterm Schlesischen Bahnhof so gibt.«

»Gut!«, sagte ich bestimmt und sprang in meine Schuhe.

»Jetzt?«, fragte Isi.

»Warum nicht?«, gab ich schon fast schnippisch zurück. »Ist ja wohl 'ne normale Arbeitszeit für Huren, oder?«

Artur nickte: »Einer meiner Leute wird dich begleiten. Es kann da um diese Uhrzeit schon mal etwas rauer zugehen.«

So machte ich mich mit einem bulligen Kerl namens Arnie auf den Weg.

Wir begannen in der Andreasstraße, wo ich die herumlaufenden Prostituierten ansprach, bevor sie es tun konnten. Nicht alle waren auskunftswillig, aber Arnie gehörte zu den Männern, die auch ohne große Worte deutlich machen konnten, dass sie eher ungeduldiger Natur waren.

Immer wieder hörten wir einen scharfen Pfiff aus dem Dunkeln, auf den die jeweils vor mir stehenden Damen, so frech sie vorher auch gewesen sein mochten, stets nervös reagierten. Arnie erklärte mir später, dass die Pfiffe von den Luden gekommen waren, die in düsteren Ecken darüber wachten, dass die Frauen ihrer Arbeit nachkamen, und wenig erbaut reagierten, wenn Freier, einmal in ein Gespräch verwickelt, einfach weiterzogen.

Wir erreichten wenig. Zwar schienen einige Frauen Marlies aus der Ferne zu kennen, aber keine von ihnen wusste, wo sie wohnte. Offenbar hatte Marlies keinen Zuhälter und durfte daher weder auf der Andreasstraße noch der Lange Straße oder Kleine Andreasstraße arbeiten. Das Angebot, sich *beschützen* zu lassen, hatte sie wohl immer abgelehnt. Wenigstens das.

Bis in den frühen Morgen streiften wir durch die Gegend, als wir endlich auf eine Frau trafen, die angeblich mehr über Marlies wusste. Sie verlangte Geld für ihre Auskunft, das ich ihr gleich gab. Arnie sagte zu dem Handel nicht viel, nur dass er der Dame einen Besuch abstatten würde, sollte sich die Information als falsch oder erfunden herausstellen. Die Botschaft kam sichtbar bei ihr an, trotzdem änderte sie ihre Meinung nicht und konnte uns sogar eine Adresse nennen.

Wir erreichten eine Wohnkaserne in der Schillingstraße, deren wenige Straßenlaternen abgeschaltet waren. Dreck, Armut und Einsamkeit wehten hier an kalten Winterwinden über das Pflaster. In der Nummer zehn rannten wir bis in den dritten Innenhof. Wir blickten die Hausfassade hinauf, sahen hier und da flackernde Gaslichter. Arnie verschwand im Treppenhaus und kehrte Minuten später zurück.

»Sie wohnt im Souterrain.«

Mein Herz raste.

Hatte ich sie wirklich gefunden?

Im Treppenhaus gab es weder eine Lampe noch sonst eine Lichtquelle, und schon nach wenigen Stufen sahen wir die Hand vor Augen nicht mehr. Wie blind tapsten wir vorwärts, fuhren mit den Fingerspitzen an feuchten Mauern entlang, suchten mit den Zehen den nächsten Tritt, bis wir schließlich wieder festen Boden unter den Füßen spürten.

Hier unten war es kalt und klamm wie in einer Gruft: Wassertropfen platschten von der Decke zu Boden. Ich streckte suchend beide Arme aus und setzte vorsichtig Fuß um Fuß vor, aber da war nichts außer dem Geräusch von meinen und Arnies Schritten.

»Carl?«, flüsterte der plötzlich.

Ich drehte mich um, fühlte, wie seine Hand meine zu einer Tür führte, an der ich bereits vorbeigelaufen war.

Ich klopfte.

Keine Antwort.

Nicht einmal ein Geräusch.

Ich klopfte erneut, drängender.

Jetzt hörte ich etwas.

Ein Wimmern.

Schnell drückte ich die Klinke hinunter, aber die Tür war abgeschlossen. Arnie schob mich zur Seite und trat sie ein.

Ein Schrei – sehr hoch.

Dann ein Weinen.

Ich sah zunächst nichts, dann aber schälte sich im Hintergrund gleich unter der niedrigen Zimmerdecke das graue Geviert eines dreckigen Fensters aus dem Schwarz: Der Raum nahm allmählich Kontur an. Ich erahnte einen Körper auf dem Boden und entdeckte eine Petroleumlampe, die vor mir von der Decke baumelte.

Arnie zündete sie an: Das Zimmer hellte auf.

Vor mir lag Marlies auf dem Boden. Bäuchlings.

Neben ihr ein kleiner, schmutziger Junge, der seine Händchen auf ihren Rücken gelegt hatte und sich jetzt an ihrem Kleid festkrallte. Er sah uns voller Entsetzen an, während Tränen kullerten und ihm Rotz aus der Nase lief.

»Marlies!«, rief ich und fiel neben ihr auf die Knie.

Sie war so kalt, dass ich zurückzuckte, dann aber drehte ich sie um und sah in ein schneeweißes Gesicht mit halb offenen Augen, an ihrem Mundwinkel getrocknetes Blut. Sie musste schon eine Weile hier liegen, die Leichenstarre hatte sich bereits wieder gelöst. Ich weinte und nahm erst mit einiger Verzögerung wahr, dass Arnie meinen Namen rief und mir an die Schulter tippte.

»Der Junge, Carl«, hörte ich ihn wie aus weiter Ferne sagen.

Jetzt erst wandte ich mich ihm zu: dürr, dunkles Haar, vielleicht vier Jahre alt. Er musste die ganze Zeit neben seiner toten Mutter gesessen haben, hatte sich dabei in die Hosen gemacht, war aber nicht aufgestanden. Nun hörte er auf zu weinen und zitterte am ganzen Leib vor Kälte, während er mich mit großen braunen Augen anstarrte, als hoffte er, ich würde seine Mutter wieder zum Leben erwecken.

Ich wischte mir mit dem Ärmel die Tränen aus den Augen, dann griff ich hinüber und hob ihn zu mir: Er war leicht wie eine Feder und schlang seine Ärmchen sofort um meinen Hals.

Ich schluckte, dann sah ich zu Arnie: »Ruf die Polizei!«

23

Draußen war es Tag geworden, als die Polizei den Leichenfund dokumentierte und ein Bestatter mit seiner Pferdekutsche vorfuhr, um Marlies in einem Leinensack nach draußen zu tragen. Arnie hatte sich zurückgezogen, er war kein großer Freund der Polizei, wobei ich vermutete, dass die Polizei auch kein großer Freund von ihm war.

Im Zimmer war es allmählich heller geworden, und die Hoffnungslosigkeit dort ließ sich nur schwer ertragen. Alle Wände waren nass, die meisten Möbel hinüber, der einzelne Stuhl und der Schrank verrottet, das Bett verrostet. Es gab ein kleines Waschbecken und einen winzigen Bollerofen, auf dem auch gekocht werden konnte, aber Kohle oder Holz sah ich nicht. Ich hielt den Jungen immer noch auf dem Arm – er war aus Erschöpfung eingeschlafen, aber ich hörte ihn schwer atmen und leise stöhnen, sodass ich annahm, dass ihn Albträume quälten.

Die beiden Polizisten, die den Vorfall aufgenommen hatten, waren bereits auf dem Weg zurück, als ich ihnen nachrief und fragte, was denn jetzt mit dem Jungen wäre.

»Entweder ins Heim!«, antwortete einer der beiden. »Oder Sie finden jemanden, der ihn aufnimmt.«

Der andere nickte: »Wenn Sie einen Rat wollen: Finden Sie eine Mamsell, die ihn gegen Kostgeld nimmt. Bringen Sie ihn nicht ins Heim.«

Sie verschwanden und ließen mich ratlos zurück.

Aber der Zufall wollte es, dass ich draußen auf dem Hof Frau Meng traf. Sie sah aus wie fünfzig, war aber wahrscheinlich nicht viel über dreißig. Das Auftauchen der Polizei hatte für einiges Aufsehen gesorgt, wobei das Interesse deutlich abgeflaut war, als sich die Nachricht von Stockwerk zu Stockwerk verbreitete, dass *nur* die Hure unten aus dem Souterrain verhungert war. Es schmerzte mich, die Menschen so über Marlies tuscheln zu hören, und um ein Haar hätte ich einem Rotzblag eine geknallt, als der Junge mich fragte, ob *ick ooch ’n Freier wär.*

»Oh!«, rief Frau Meng, als sie mich und das Kind sah. »Dit is’ doch der Hans?«

Ich tätschelte den Rücken des schlafenden Kindes: Hans hieß er also.

»Na, sein Vater wärn’ Se wohl nich’ sein, oda?«

»Nein.«

»Hat se sich von 'nem Freier andrehen lassen, dit dumme Ding. Da war ihr Mann noch keen Jahr dot. Is' jleich am Anfang jefallen, der Herbert.«

Ich nickte nur stumm: Hure, Hurenkind. Marlies musste sehr gelitten haben. Natürlich hatte sie sich gefragt, als sie mich traf, ob einer wie ich tatsächlich mit einer Hure zusammen sein wollte. Mit einem Kind, das von irgendjemandem war, dazu. Ausgerechnet ich, den alle immer nur beschützen wollten. Wie war da wohl ihre Antwort ausgefallen?

»Armet Dingen. Hat nich' freiwillig de Männers bedient. Abba se ham ihr alle im Stich jelassen, da musst' se eben ran. Nützt ja nüscht. Keener fracht 'ne Frau, wie et ihr jeht. Und keener fracht, wie man de Würmchen durchkricht, wenn der Männe im Feld jeblieben ist. Meener ooch.«

Ich nickte deprimiert.

»Hab in letzter Zeit ville uff den Hansemann uffjepasst. Marlies hat wohl 'n spendablen Freier uffjerissen und dem Kleenen imma Essen mitjebracht. Mir ooch. War 'ne nette Frau, wirklich: janz patent.«

Deswegen war sie oft tagelang fort. Sie arbeitete, kümmerte sich um das Kind und stahl sich dann immer mal wieder davon, um mich zu sehen. Um mit mir ein paar Stunden eine Frau ohne Sorgen zu sein, ohne Kind, ohne den Beruf, für den sie alle anderen verachteten. Und sie musste, jedes Mal wenn ich nicht hingeschaut hatte, Essen für die beiden eingepackt haben.

»Sie sehn aus, als wollten Se jleich losflenn'. Die Marlies war nich' zu retten, wahrhaftig nich'. Schwindsucht, wissen Se? Un keen Jeld fürn Dokta. Aba wennet Ihn' trösten tut: Se war juter Dinge in letzter Zeit. Hab se ville lächeln sehn. Hätt ick se nich' so jut jekannt, würd ick saren: Se war richtich jlücklich in ihre letzten Tage. Trotz alledem.«

Ja, Carl, ich liebe dich. Ich liebe dich, wie ich noch nie einen Mann zuvor geliebt habe. Mein Herz will zerspringen, wenn ich bei dir bin.

Ihre Stimme in meinem Kopf, ihr Bild in meinem Herzen. Und die Schande, dass ich nicht früher nach ihr gesucht hatte, um sie da rauszuholen. Ihr zu helfen, weil es sonst keiner getan hatte, egal, ob aus uns wirklich ein Paar geworden wäre.

»Was machen Sie denn jetzt mit dem Hans?«, fragte sie nach einer Pause.

Ihr Hochdeutsch klang ein wenig ungelenk.

»Er … er muss wohl in ein Heim. Es sei denn, ich finde eine Ziehmutter für ihn.«

»Dit käm janz uff det Kostjeld an.« Sie grinste.

»Daran soll es nicht scheitern«, antwortete ich.

»Also, dit mit dem Jung'n – det könnt' schon jehn. Ick kenn ihm ja nu un' er mir ooch.«

Ich nickte: »Könnten Sie sich denn vorstellen, ihn bei sich aufzunehmen?«

»Komm' Se ma mit, junger Mann. Denn red'n wa üba dit Jeschäftliche, und denn kricht Hansemann die beste Ziehmutta, die et in janz Berlin jibt! Hatter vadient, der Kleene, finden Se nich' ooch?«

Sie zog mich in ihre Erdgeschosswohnung im ersten Hof.

Ordentlich eingerichtet und sauber.

Sie war für den ganzen Block Nummer zehn so eine Art Hauswartin, die nach dem Rechten sah, Streitereien schlichtete, die Miete anmahnte oder die Höfe sauber hielt. Die Portiersfrau, die alles im Auge hatte, sich um alles kümmerte und im Gegenzug keine Miete bezahlte.

Gegen Mittag ging ich zurück nach Hause.

Ohne Hans.

24

Da waren der Bahnsteig, die schnaubende Lok, der kreischende Stahl der Gleise und Wasserdampf in wilden Wolken, in denen sie verschwand, auftauchte, verschwand. Ich wusste, dass ich sie verlieren würde, und versuchte, aus dem Zug zu kommen, aber alle Türen waren verschlossen, und der Zug wurde schneller und schneller. Ich schrie einen Schaffner an, dass er mich rauslassen sollte, aber er hörte mich nicht, und als ich schließlich wieder aus dem Fenster sah, war sie fort.

Dann erwachte ich aus diesem Traum.

Und glitt in den nächsten, noch schlimmeren.

War ich wach, war Isi bei mir.

Immer.

Sie hatte Theo den Mägden überlassen und wich nicht mehr von meiner Seite.

Sie sagte: »Sie wusste, dass sie sterben würde, Carl, aber sie wollte dich nicht damit belasten! Einen größeren Liebesbeweis gibt es nicht.«

Ich nickte, aber es fühlte sich nicht gut an.

Artur sagte: »Tut mir leid, dass ich sie eine Hure genannt habe. Sie war keine.«

Ich nickte, aber es fühlte sich nicht gut an.

Genauso wenig wie der Umstand, dass Marlies weit draußen auf dem Armenfriedhof in Buch beerdigt worden war, noch bevor ich ihr eine schöne Grabstelle in der Nähe hatte besorgen können.

Alles fühlte sich falsch an.

Aber da war noch der Junge, den ich nicht im Stich lassen wollte. Nichts von dem, was passiert war, war seine Schuld, dennoch trug er die größte Last. Selbst meine Trauer fing er auf, einfach weil er da war. Er brauchte Hilfe.

Sonntags besuchte ich Hans, brachte ihm gutes Essen mit und fand ihn immer geschniegelt und gestriegelt in der guten Stube von Frau Meng vor, wo er still auf seinem Hocker saß und mich dann und wann mit großen braunen Kulleraugen ansah. Frau Meng bestätigte mir, dass er ein wahrer Schatz sei, ein so lieber Junge, dass sie es manchmal gar nicht fassen könne.

»Der wird wieda!«, versicherte mir Frau Meng. »Verlassen Se sich da janz uff mir!«

Über viele Stunden, vielleicht sogar zwei Tage, hatte er in einem dunklen Raum neben seiner toten Mutter gesessen. Das Trauma, das er dabei erlitten haben musste, schien mir geradezu unvorstellbar. Dennoch verließ ich ihn jeden Sonntagnachmittag mit vorsichtigem Optimismus, denn ich hoffte, dass die patente Frau Meng mit ihrer frechen Berliner Schnauze den Jungen zurück ins Leben bringen würde. In der Haustür gab ich ihr das Kostgeld für die kommende Woche und verabschiedete mich.

So ließen Schmerz und Trauer nach, und auch die Albträume flauten ab.

Bald konnte ich für mich den Gedanken zulassen, dass Marlies glücklich gewesen war in ihren letzten Tagen, trotz aller Umstände. Dass wir einander geliebt hatten, auch wenn die Zeit lächerlich kurz gewesen war.

Auch Theo ging es besser.

Im Laufe des Februars begann er, wieder zu sprechen, zunächst einfache Sätze, er fragte nach einem Glas Wasser oder etwas zu essen, später dann konnte man sich beinahe wieder mit ihm unterhalten. Bald waren auch kürzere Spaziergänge durch Lichtenberg möglich, wobei die Dienstmädchen, die ihn begleiteten, die Aufregungen der Hauptstraßen mieden und eher idyllische Plätze ansteuerten. Über einen ehemaligen Spartakuskameraden erhielt Isi die Adresse von Theos Eltern in Kiel und schrieb ihnen. Eine Woche später kam Antwort, dass die beiden sich darauf freuten, ihren Sohn wieder in die Arme schließen zu dürfen, sobald er zu einer Heimreise in der Lage wäre.

Isi zeigte Theo den Brief: Er lächelte das erste Mal seit vielen Wochen.

»Siehst du? Es wird alles wieder gut!«, versprach Isi.

Wie sie doch irrte!

Noch heute glaube ich, dass die Initialzündung zur totalen Eskalation der brutalen Märzunruhen Falk Boysens Idee war. Eine Idee, so boshaft, so hinterhältig, dass nur ein durch und durch schlechter Mensch darauf kommen konnte, was natürlich auch auf Waldemar Pabst zutraf, aber Falk verfolgte neben dem allgemeinen Hass auf das *rote Gesindel* eben noch eine private Fehde gegen Artur. Ob diese Idee nun seinem Kopf entsprang oder nicht: Sie gab ihm endlich die Möglichkeit, seinen Worten im Schloss auch todbringende Taten folgen zu lassen.

So nahmen denn am 12. Februar die Ereignisse Fahrt auf, als Leo Jogiches, der Liebknecht und Luxemburg als Vorsitzender der neu gegründeten KPD gefolgt war, in der *Roten Fahne* einen langen Bericht mit der Überschrift »Der Mord an Liebknecht und Luxemburg – Die Tat und die Täter« veröffentlichte.

Und wie die Überschrift schon vermuten ließ, zeichnete er die Tat nicht nur verblüffend detailgetreu nach, sondern nannte vor allem Namen: Kapitänleutnant Pflugk-Harttung, Oberleutnant Vogel und Jäger Otto Runge. Allesamt Mitglieder der GKSD.

Als ich Artur den Artikel zeigte, nickte er: »Du warst offenbar doch nicht der einzige Zeuge!« Dann faltete er das Blatt zusammen und gab es mir zurück: »Das wird er nicht überleben.«

Der Bericht stellte Polizei und Politik, die mit der Aufklärung des Doppelmordes betraut waren, in ihrer Untätigkeit bloß, aber Jogiches setzte dem Ganzen noch die Krone auf, denn am 2. März veröffentlichte er im selben Blatt ein Foto unter dem Titel: »Aus dem Verbrecheralbum«. Darauf ein Offizier in Zivil – in den Spalten darunter die Frage nach seiner Identität, der Mann stünde in Verbindung zu den Morden an Liebknecht und Luxemburg.

Ich kannte diesen Mann.

Isi kannte diesen Mann.

Artur kannte diesen Mann.

Es war Falk Boysen.

Jogiches wurde verhaftet, ins Zuchthaus nach Moabit gebracht und dort ein paar Tage später von einem Kriminalwachtmeister mit einem Schuss in den Hinterkopf ermordet. Artur kommentierte es nicht weiter, aber seinem Blick konnte ich entnehmen, dass er überzeugt war, sein Rat, niemandem von dem, was ich gesehen hatte, zu berichten, habe mir das Leben gerettet.

Fast zeitgleich flammten die alten Kämpfe zwischen Spartakus und der Regierung wieder auf: Die große Unzufriedenheit über das Abschmettern des Rätesystems, die Abschaffung der »Hamburger Sieben Punkte« und die verhinderte Sozialisierung der großen Betriebe, die Empörung über die Freikorps und den aufstrebenden Militarismus führten erst zu einem Generalstreik, dann zu einem Vorgehen gegen die Streikenden mit Waffengewalt.

Artur hatte seit Liebknechts und Luxemburgs Tod nicht ein Mal über Falk Boysen gesprochen, aber ich ahnte, dass er auf der Suche nach ihm war.

Er hätte sich die Suche sparen können, denn Boysen kam, wie angekündigt, zu ihm. Am Sonntag, dem 9. März, geriet die Situation dank der GKSD vollkommen außer Kontrolle.

Wie üblich besuchte ich Hans an diesem Tag, saß bei Frau Meng in der guten Stube, hatte Kuchen mitgebracht, den Hans aber nicht anrührte.

»Ich wünschte, es ginge ihm schon besser!«, sagte ich leise.

»Heute issa still, abba gestern, sarje ick Ihnen, da hatter jelacht wie so 'n Engelein!«

»Wirklich?«, rief ich erfreut.

»Wenn ick et Ihnen doch sarje! Wie 'n Engelein! Dit wird jeden Tach 'n bissken bessa. Die olle Frau Meng hat noch jedn wieda uff de Beene jestellt. Se wärn ma sehen, wie der noch kommt!«

Ich lächelte Hans zu, dessen Gesicht unbewegt blieb.

Armer Kerl.

Draußen kamen Stimmen auf, aufgeregtes Gemurmel.

Ich musste Frau Meng nicht lange bitten nachzusehen, sie war selbst neugierig und öffnete die Fenster. Ganz in der Nähe stand ein Grüppchen Diskutierender um einen Mann mit schäbigem Anzug und Schiebermütze, der die *B. Z. am Mittag* in den Händen hielt.

»Wat jibt et denn?«, rief Frau Meng.

»Massenmord!«, rief der Mann mit der Zeitung. »Spartakus hat sechzig Polizisten und ein paar Dutzend Soldaten abjeschlachtet! Tiere sind det! Tiere!«

»Djibsonich!«, rief Frau Meng empört.

»Wenn ick dit doch sarje, Frau Meng. Die habense alle abjemurkst. Hier! Steht allet inne Zeitung!«

Er gab ihr die Zeitung, und auch ich las das Unfassbare: »Lichtenberger Gefangenenmord!«. Spartakus hatte laut Pressemeldung das

Polizeipräsidium Lichtenberg eingenommen und alle Polizisten darin kaltblütig ermordet.

Ich verabschiedete mich, gab Frau Meng ihr Wochengeld und machte mich mit einem unguten Gefühl auf den Heimweg.

Wir wohnten direkt an der Grenze zu Lichtenberg, und aus unerfindlichen Gründen dachte ich gleich an Falk. Dieses Massaker, das alle anderen Tageszeitungen auch meldeten, würde der GKSD und den Freikorps die Möglichkeit geben, gegen Lichtenberg und Umgebung zu marschieren, vor allem aber würde es Falk erlauben, Artur zu stellen. Und wie um meine schlimmsten Befürchtungen zu bestätigen, rief Gustav Noske noch am selben Tag das Standrecht aus: Jede Person, die mit einer Waffe in der Hand angetroffen würde, war sofort zu erschießen.

Er hatte den Freikorps eine Carte blanche ausgestellt.

Zu Hause traf ich auf einen bewaffneten Artur.

Isi stand bei ihm, hinter den beiden Arnie und noch ein weiterer Mann, den ich nur vom Sehen kannte.

»Besser ihr taucht eine Weile unter, Carl. Die GKSD wird bald hier sein.«

»Weiß Falk etwa, wo wir wohnen?«, fragte ich.

»Nein, sonst wären sie schon hier. Aber sie werden kommen, so viel ist sicher.«

»Und jetzt?«, fragte ich nervös.

»Sollte Falk mich erwischen, müsst ihr Berlin verlassen.«

»Artur ...«

»CARL!«

Er wurde so laut, dass Isi und ich vor Schreck zusammenzuckten.

»Ihr werdet Berlin verlassen!«, sagte er erneut, diesmal ruhiger. »Hab ich euer Wort?«

Wir nickten beide.

»Und Theo?«, fragte Isi anschließend.

»Seht zu, dass ihr ihn loswerdet. Und wehe, du gehst wegen ihm ein Risiko ein, Isi! Hast du mich verstanden?«

Zu meiner Überraschung versuchte sie es nicht einmal mit Protest, sondern antwortete nur: »Ja.«

»Gut!« Artur gab mir die Hand und Isi einen kurzen Kuss: »Versteckt euch! Harry wird euch helfen!«

Er wandte sich bereits zur Tür, als ich rief: »Wie finden wir dich, Artur?«

Er drehte sich um, und sein Lächeln sah wegen der Maske wie immer unheimlich aus: »Ich finde *euch*, schon vergessen? Ich werde euch immer finden!«

Er eilte aus der Haustür und verschwand.

25

Einen Tag und eine Nacht verstecken sich Artur und seine Männer in einem alten Haus hinter dem Bahnhof Frankfurter Allee. Dann kommt ein altes Mütterchen mit Lebensmitteln und Nachrichten: Lichtenberg ist wie leer gefegt. Kein Mensch auf den Straßen. Überall wird geschossen, die Freikorps stürmen Wohnung um Wohnung, und finden sie etwas, spielen sich entsetzliche Szenen ab.

»Da war 'n Junge«, sagt die Alte, »vielleicht vierzehn. Hat een Ring von eener Handjranate instecken. Jefunden hatter den. Verstehn Se? Nur 'n Ring.«

Sie beginnt zu weinen.

»Rausjezerrt hamsen, Mutter und Vater hinter ihm her. Ooch die älteste Schwesta. Jeheult hatter, der Kleene, aber sie ham ihn uffn Hof jeschubst, ihre Jewehre jedreht un' mit die Kolben uff ihn injeschlagn. Immer uff 'n Kopf, bissa auseinanderbricht. Mutter und Vater stehen daneb'n. De Schwesta ooch. Alle schrein. Det war denen janz ejal. Der Junge liecht da mit zertrümmertem Schädel. Da hamse die andern vor de Hauswand jestellt un' abjeschossen. Die janze Familie. Wejen den Ring vonne Handjranate.«

Die Alte weint. Überall ist es das Gleiche: Es herrscht eine Rohheit, eine Brutalität, wie sie die meisten nicht einmal aus dem Krieg kennen.

Man will *die Roten* nicht nur umbringen, man will sie demütigen und in Stücke reißen. Die Männer nutzen das Standrecht, um sich zu rächen: an der Revolution, am Krieg, an der Niederlage, an der Seeblockade, an allem.

Sie wollen nicht nur töten, sie wollen triumphieren.

Am Abend zuvor sind sie über die Grenze Lichtenbergs.

Haben sich Arturs Häuser vorgenommen.

Nur seine Häuser.

Artur weiß, dass einer geredet hat, und macht demjenigen nicht einmal Vorwürfe: Wer widersteht schon, wenn jemand dem eigenen Kind die Pistole an den Kopf hält? Oder dem Großvater ins Gesicht schießt? Das Mütterchen muss es nicht weiter erwähnen, denn Artur weiß, wer da seine Häuser verwüstet hat.

Es ist Falk Boysen gewesen.

»Mutter!«, sagt Artur zu der Alten und gibt ihr Geld. »Sag denen draußen, dass ich den Major mit den goldenen Zähnen suche. Wer mir sagt, wo ich ihn heute Nacht finde, wird ein reicher Mann werden.«

Die Alte nickt und steckt das Geld ein. Die Menschen hier sind arm, und Artur weiß, wie man Treue erwirbt.

Am späten Abend kommt die Alte mit einem jungen Burschen wieder. Eingeschüchtert von Arturs Größe, vor allem aber von seiner Maske, steht er vor ihm, dreht seine Schiebermütze in den Händen und wagt kaum aufzusehen.

»Wo ist er?«, fragt Artur.

»Wolfgangstraße sechs, bei den Schlachthöfen. Es sind aber viele dort.«

»Wie viele?«, fragt Artur.

»Vielleicht zwanzig.«

Artur nickt.

Dann sagt er zu Arnie: »Nimm dir zwei Leute und sieh es dir an!«

Sie sind schon auf dem Weg zur Tür, als Artur sich zu dem Jungen herabbeugt: »Du weißt, was ich mit dir mache, wenn du mich angelogen oder verraten hast?«

Der Junge nickt heftig.

Isi, Theo und ich hocken mit Harry in einem sauberen, trockenen Souterrainzimmer, ein Hinterhaus in der Josephstraße zwischen Schlesischem und Görlitzer Bahnhof. Der kleine Raum gehört einem Freund Arturs, den wir nie kennenlernen werden. Harry meint, dass viele von Arturs Kumpanen ihre Nähe zu ihm nicht unbedingt betonen würden, dennoch könne er sich auf jeden Einzelnen von ihnen verlassen.

»Ich habe keine Ahnung, wie der Kerl das immer macht!«, fügt er schulterzuckend hinzu.

Isi grinst: »Bist du nicht auch treu?«

Harry nickt: »Stimmt. Ja.«

Dort sitzen wir also, einen Tag und eine Nacht, werden von einer Frau mit Lebensmitteln versorgt und von Harry mit allerlei amüsanten Geschichten unterhalten. Für diese Situation ist er die bestmögliche Begleitung: ein Schauansager, ein Conférencier alter Schule, der nicht nur viel zu erzählen hat, sondern auch weiß, wie man es präsentiert.

Die Frau, die uns versorgt, berichtet von Exzessen, von furchtbaren Gräueltaten. Über Lichtenbergs Straßen fließt das Blut, die Freikorps räumen auf. Und sie sagt etwas, das mich wirklich schaudern lässt: Es gäbe Gerüchte, dass die Polizisten, die angeblich von Spartakus bei der Besetzung des Präsidiums abgeschlachtet wurden, gar nicht tot sind. Jemand aus ihrem Bekanntenkreis hat davon erzählt, jemand, der mit einem dieser Polizisten verwandt ist. Einem *putzmunteren* Polizisten wohlgemerkt.

»Alles erfunden?«, fragt Harry ungläubig. »Aber es stand doch in den Zeitungen!«

»Ich kann es auch nicht glauben!«, sagt die Frau.

»Ich glaube es!«, antworte ich.

Nein, ich weiß es.

Ich habe lange genug für das Kriegspressequartier Meldungen erfunden, Schlachten nachgestellt, die Öffentlichkeit mit meinen Bildern und Filmen belogen. Ich weiß im selben Moment: Das war Falks Idee! Und Waldemar Pabst hat sie in die Welt gesetzt. Mit dem Ergebnis, das sie sich so dringend erhofft hatten – Standrecht.

Aber vor allem: Falk kann so die GKSD in Lichtenberg nach Artur suchen lassen und dabei alle seine Männer einsetzen. Und es gibt niemanden, der ihn aufhält oder auch nur Fragen stellt.

»Wir müssen Artur helfen!«, sagt Isi.

»Du hast Artur versprochen, dass wir uns ruhig verhalten«, antworte ich.

Sie schweigt, aber ich sehe, wie sie mit sich ringt.

»Wir sollen untertauchen«, mahne ich.

»Wir müssen Theo lo... heimbringen! Er sollte jetzt bei seinen Eltern sein.«

»Isi!«, warne ich.

Ich ahne, dass sie das nur aus einem Grund anführt: Sie will raus hier.

»Theo muss heim!«, beharrt sie.

Die Frau sagt: »Ihr Freund ist doch Matrose, oder?«

Isi nickt.

»In der Französischen Straße gibt es heute Sold für jeden, der aus der Armee ausscheidet. Haben sie gemeldet.«

Isi wendet sich Theo zu: »Willst du nach Hause?«

Theo nickt.

Da steht Isi auf und zieht Theo zu sich hinauf: »Dann komm, wir holen deinen Sold. Dann bringe ich dich zum Stettiner und setze dich in einen Zug.«

»Draußen ist es gerade ruhig«, sagt die Frau. »Es gibt keine Kämpfe!«

Ich nicke: »Gut, dann komme ich eben mit!«

Wir verlassen das Zimmer im Souterrain und machen uns auf den Weg.

Es ist Nacht, als Arnie und die beiden anderen zurückkommen.

Artur sieht ihn an: Arnie nickt.

Keiner verliert ein Wort, alle nehmen sich ihre Waffen.

Artur verschwindet kurz, und als er zurückkehrt, ist sein Blech und sein halbes Gesicht mit Schuhcreme eingeschmiert. Er drückt dem

Jungen, der die ganze Zeit gewartet hat, seinen Lohn in die Hand und schiebt ihn auf ein Sofa. Mit erhobenem Zeigefinger gibt er ihm zu verstehen, dass er dort bleiben und sich nicht rühren soll. Bis sie zurück sind oder tot. Der Junge starrt ihn nur entsetzt an: Der Mann sieht mit dem schwarzen Blech noch grausiger aus.

Auch die anderen benutzen die Creme für Gesicht und Hände, dann verlassen alle das Haus durch den Hinterausgang und nehmen den Weg durch den Stadtpark: gespenstische Schatten zwischen Bäumen und Sträuchern wie Wölfe auf der Jagd. Sie waren alle im Krieg, doch im Gegensatz zu Falk und den meisten seiner Leute nicht überwiegend im administrativen Bereich, sondern dort, wo getötet wurde. Wo es um das nackte Überleben ging, wo man Mut und vor allem Glück brauchte.

Bald schon erreichen sie die Rückseite des Hauses in der Wolfgangstraße.

Es ist groß, eine Gründerzeitvilla, die man in diesem Teil der Stadt gar nicht erwarten würde. Vielleicht die des Schlachthofbesitzers, vielleicht die eines reichen Viehhändlers. Die Villa passt jedenfalls zu Falk, denkt Artur, er nimmt sich immer das Beste.

Dann gibt er Fingerzeichen, seine Männer teilen sich auf, umlaufen die Häuserflanken und gehen in Position. Von hier aus sehen sie gut den Eingang und die beiden Wachen davor. Im ersten Stock, der Beletage, brennt über die ganze Front elektrisches Licht: Die meisten Gardisten werden dort sein. Darüber dunkle Zimmerfenster bis unters Dach, wo vermutlich die Waschküche, die Trockenräume, die Personalzimmer liegen.

Auf der Rückseite sieht Artur drei Dienstmädchen in der Küche werkeln. Er hofft, dass sie die einzigen Angestellten im Haus sind, er will nicht, dass Unschuldige getötet werden. Zusammen mit drei anderen geht er an die Hintertür, drückt leise die Klinke hinab: offen. Sie stehen so schnell hinter den Mädchen und halten ihnen die Münder zu, dass keines eine Chance hat, erschrocken aufzuschreien oder einen Topf fallen zu lassen. Langsam ziehen sie alle nach draußen und geben ihnen mimisch zu verstehen, dass sie in den Park laufen sollen. Das tun sie – keine von ihnen versucht, die GKSD zu warnen.

Artur gibt das Zeichen zum Angriff.

Die Wachsoldaten vor der Tür sterben im Kugelhagel, dann bricht die Hölle los: Geschrei, trampelnde Füße auf den Treppen, Gardisten, die zur Haustür hinabstürmen.

Die vier unten haben sie erwartet: Blut spritzt an Decken und Wände, Treffer über Treffer, Männer, die Stufen hinabfallen und übereinander liegen bleiben. Einer von Arturs Leuten öffnet seinen Kameraden die Tür. Sie stürmen von draußen hinein, zwei werden aus dem ersten Stock getroffen und sacken auf der Straße zusammen.

Artur läuft die Treppen hinauf.

Im ersten Stock treffen seine Männer auf erbitterte Gegenwehr.

Putz explodiert neben ihren Köpfen, das Holz der Geländer splittert, Türen werden durchsiebt. Querschläger schwirren pfeifend umher, Lampen zersplittern: Es ist plötzlich schwarze Nacht, und nur das Aufblitzen der Schüsse verrät die Position der Schützen.

Artur stellt das Feuer ein und sieht zu seiner Rechten, wie ein Schatten die hintere Treppe zum nächsten Stockwerk hinaufspringt.

Er weiß, dass das Falk ist.

Es war im Krieg nicht anders: Wenn gestorben wurde, war er nicht dabei.

Doch diesmal flieht er in den sicheren Tod.

Ein paar schnelle Schritte, und Artur steht ebenfalls auf der Treppe zum nächsten Stockwerk.

Auf Zehenspitzen schleicht er hinauf.

Draußen ist es ruhig.

So ruhig, dass man kaum glauben mag, was sich gerade in der Stadt abspielt. Isi hat Theo an die Hand genommen, die beiden wirken wie ein Liebespaar auf einem Spaziergang. Während ich neben ihnen dahergehe, frage ich mich, wie es Hans wohl geht. Wie ist die Lage bei ihm? Wird dort gekämpft? Und wenn ja: Sind Schüsse und Blut nicht katastrophal für seine ohnehin schon schwer angeschlagene Psyche? Ich sollte nach ihm sehen, das spüre ich ganz deutlich.

Als wir die Kreuzung Cöpenicker und Brückenstraße erreichen, biegen Isi und Theo nach Westen ab, dem Schloss zu, während ich nach Norden sehe und stehen bleibe.

»Was ist?«, fragt Isi.

»Ich würde gerne wissen, ob es Hans gut geht«, antworte ich.

Die Schillingstraße ist nicht mehr als einen Katzensprung entfernt. Ich müsste nur über die nahe Jannowitzbrücke, dann wäre ich praktisch schon da.

»Geh nur. Ich schaff das mit Theo auch allein.«

»Isi …«

»Schon gut. Ich tu nichts Dummes. Großes Ehrenwort!«

»Nur zum Sold und dann zum Bahnhof. Und wir treffen uns wieder hier?«

»Ja.«

»Hab ich dein Wort?«

Sie gibt mir einen Kuss: »Du hast mein Wort!«

Man weiß nie so genau, wann man ihr wirklich glauben kann, aber diesmal habe ich das Gefühl, dass sie es ernst meint.

Ich laufe los, quere die Spree und gelange bald in die Schillingstraße, wo zu meiner Erleichterung alles ruhig ist. Ein paar Kinder spielen auf dem Bürgersteig, und ich erkenne sogar das Rotzblag wieder, das mich gefragt hatte, ob ich einer von Marlies' Freiern wäre.

Als er mich sieht, ruft er mir zu: »Haste wat zu essen, Onkel?«

Ich seufze und schüttele den Kopf.

»Ick meen ja nur. Bevor die olle Meng allet alleene frisst, isset bei unserein' bessa uffjehob'n.«

Ich bleibe stehen und frage: »Wie meinst du das?«

»Na, die Meng frisst dem Hansemann allet wech, dit Aas. Und wir kiekn ooch inne Röhre!«

Irritiert gehe ich weiter und klopfe bei der Erdgeschosswohnung des Vorderhauses: Frau Meng öffnet wutentbrannt, offenbar in Erwartung eines Streiches der spielenden Kinder draußen, dann zuckt sie zusammen und starrt mich erbleichend an: »Herr Friedländer? Wat führt Ihn' denn her?«

»Ich möchte Hans sehen!«, antworte ich alarmiert.

Ihr Gesichtsausdruck, ein geradezu ikonisches Sinnbild des schlechten Gewissens, gefällt mir nicht.

Ganz und gar nicht.

»Der Hans?«, fragt sie.

Sie schindet Zeit, sucht nach einer Ausrede.

Ich schiebe mich an ihr vorbei und trete ein.

»He! Wat issn dit für ’n Benehm’n?!«, ruft sie empört.

»Hans?«

In der guten Stube sehe ich ihn nicht, aber ich höre ein Rumpeln aus dem Schlafzimmer.

»Unterstehn Se sich! Wehe!«, ruft Frau Meng.

Aber da bin ich auch schon im Schlafzimmer und drehe am Schlüssel für die Schranktür: Hans sitzt dort zusammengekauert und zwinkert ins Licht.

Ich blitze Frau Meng wütend an.

»Frech war der! Janz frech!«

Ich hebe Hans auf die Arme, sehe, wie er mit schmerzverzerrtem Gesicht zusammenzuckt. Da schiebe ich ihm das Hemdchen hoch und entdecke einen mit Striemen überzogenen Rücken: frische Wunden neben verschorften und fast verheilten. Ich bin so wütend, dass ich Frau Meng am liebsten eine scheuern möchte, aber Hans klammert sich um meinen Hals, und ich will ihn nur noch aus dieser Wohnung haben. So laufe ich fast hinaus, ramme Frau Meng mit der Schulter, dass sie gegen die Schlafzimmertür knallt, dann trete ich ins Freie.

Frau Meng kommt an die Wohnungstür und ruft: »Keener fracht ’ne Frau, wie et ihr jeht. Keener! «

Ich drehe mich nicht um und gehe einfach weiter.

»Ach, der Herr ist wohl zu fein zum Antworten?«, schreit sie wütend. »Aba urteiln tun Se schon üba mir!«

Ich gehe weiter, erreiche den Straßeneingang.

Da höre ich noch: »Nehm’n Se ’n nur mit, den Krüppel! Da wird sowieso nischt draus, aba zu Ihnen passta: en Hurenkind und ’n Jude. Jaaa, dit passt!«

Dann knallt sie die Haustür zu.

Die Trümmer vor dem Schloss sind weggeräumt, in der Fassade über Balkon IV klafft eine hässliche Lücke. Isi und Theo spazieren Händchen haltend daran vorbei, erreichen über die Schlossbrücke schließlich die Französische Straße. Schon von Weitem können sie einen Menschenauflauf sehen: Matrosen vor der Hausnummer zweiunddreißig.

Auch im Innenhof dichtes Gedränge, dennoch ist die allgemeine Stimmung gut, ja, beinahe ausgelassen. Die Männer scherzen, freuen sich auf die Schlusszahlung und natürlich: auf ihr Zuhause. Kaum einer will bleiben, sie alle wollen zurück zu ihren Lieben.

Die beiden stehen eine Weile an, dann verliert Isi die Geduld. Wie es aussieht, werden sie stundenlang warten müssen, aber dazu hat Isi weder Zeit noch Lust.

»Theo?«, flüstert sie fragend.

»Hm?«, macht der und sieht sie neugierig an.

Sie beugt sich an sein Ohr und flüstert ihm etwas zu.

Theo nickt.

Und schon sinkt Isi scheinbar ohnmächtig darnieder, bis Theo sie auffängt und auf die Arme hebt.

Er ruft die vor ihm Stehenden an: »Kameraden!«

Die drehen sich um und sehen die Bewusstlose in seinem Arm.

»Meine Braut!«, sagt Theo. »Lasst ihr mich vor?«

Sofort treten die Männer zur Seite, tippen die vor ihnen Stehenden an und fordern sie auf, Spalier zu machen. Der jungen Frau muss doch geholfen werden!

So trägt Theo Isi an den Wartenden vorbei und nähert sich Schritt um Schritt dem Auszahlungsbüro, als hinter ihnen Unruhe aufkommt.

Dann plötzlich Geschrei.

Ein Freikorpstrupp hat die Matrosen im Eingang umstellt, ein Teil von ihnen dringt gerade keilförmig in den Innenhof, angeführt von einem Oberleutnant.

Isi erwacht sofort und springt von Theos Arm herab.

Noch bevor die Matrosen wissen, wie ihnen geschieht, schwärmen die Soldaten aus, packen wahllos Männer, zerren sie aus dem Pulk und stoßen sie vor sich her. Auch Theo gehört zu ihnen: Er stolpert vorwärts, bevor Isi reagieren kann.

»Isi!«, ruft Theo verwirrt. »Isi! Isi!«

Es klingt wie »Mama, Mama«. Theo sieht so hilflos aus.

Isi drängt vor, aber ein Gardist stößt sie mit dem Kolben gegen die Brust: Der Schmerz blitzt durch ihren Oberkörper bis hinauf in den Kopf. Sie fällt und braucht fast eine Minute, um wieder auf die Beine zu kommen.

Dann sieht sie, wie Theo und achtundzwanzig andere Matrosen vor eine Mauer gestellt werden. Keiner von ihnen ist bewaffnet, keiner aggressiv, alle wollen nur nach Hause.

Theo sucht ihren Blick: Er weiß nicht, was da gerade geschieht. Er sieht so verwirrt aus, als wüsste er kaum, wo er ist.

Ein Soldat meldet dem Kommandierenden: »Oberleutnant Marloh! Die Männer sind bereit!«

Marloh zückt einen Degen.

Hält ihn hoch.

»Isi! Isi!«

Dann saust die Klinge zu Boden.

Das Korps eröffnet das Feuer.

Minutenlang hämmern Gewehr- und Maschinengewehrgeschosse in die Gruppe der Unschuldigen. Die Körper der Getroffenen winden sich, Kleidung platzt von den Treffern auf, Blut färbt Boden und Wand rot. Marloh lässt auch noch auf die Unglücklichen schießen, als sich längst keiner mehr rührt.

Dann endlich stellt er das Feuer ein und lässt abrücken.

Die Truppe verschwindet so plötzlich, wie sie aufgetaucht ist – zurück lässt sie nur die Körper, die schlimmer zugerichtet sind als die derer, die während des Kriegs in das Sperrfeuer des Feindes laufen mussten.

Gespenstische Stille senkt sich über Tote und Lebende.

Nur eine schreit.

Wie von Sinnen.

Isi.

Artur hört die Schritte über sich die Treppe hinaufhasten, hoch ins Dachgeschoss. Unten haben seine Leute die Gardisten in einen hässlichen Zimmerkampf verwickelt, er hört die Schüsse, die Schreie der Verwundeten.

Oben allerdings ist alles ruhig.

Die letzte Treppe ins Dachgeschoss ist deutlich steiler als die anderen, aber beleuchtet. An ihrem Ende ein undurchdringliches schwarzes Rechteck, die offene Tür zum Dach wie der Einstieg in die Unterwelt. Auf Zehenspitzen schleicht er Stufe um Stufe hinauf, lauscht am Türeingang, nimmt aber nichts wahr, weil unten noch der Kampf tobt.

Auf allen vieren kriecht er hinein, um kein Ziel abzugeben, und versucht, sich zu orientieren: Überall hängt Wäsche zum Trocknen aus. Laken, Tischdecken, Gardinen. Ein Irrgarten aus weißer Baumwolle. Gut für einen, der hineinwill, gut für einen, der einem auflauert.

Artur wartet, bis sich seine Augen an die Umgebung angepasst haben, dann stellt er sich vor, unsichtbar zu sein, zu schweben wie der Samen eines Löwenzahns, versucht, weniger seinen Augen als allen anderen Sinnen zu vertrauen.

Es duftet.

Er streicht an einem Laken entlang, fühlt die feuchte Kühle auf seiner Haut, dann geht er langsam in die Knie und spinkst unter dem Stoff hindurch auf den Boden: Im hinteren Teil des Raumes kann er Stiefel sehen! Er ist versucht, den Abzugshahn seines Revolvers zu spannen, fürchtet aber das verräterische Klicken, so verlagert er nur das Gewicht und legt auf die Füße an – die Holzdielen unter ihm knirschen.

Sofort eröffnet Falk das Feuer.

Über Artur weht das Laken: Vier Löcher dort, wo er eben noch gestanden hat. Als er wieder nach Falks Füßen sieht, sind die fort. Artur schließt die Augen, lauscht und versucht, die Schüsse und das Geschrei unten auszublenden.

Dann glaubt er, Falks Atem zu hören.

Boysen kämpft mit seiner Angst, unterdrückt ein Keuchen, was seine Luftnot nur verschlimmert. Er weiß, dass da jemand ist, und ahnt auch, wer. Aber sehen kann er ihn nicht. Nur die verdammten Laken.

War da ein Geräusch?

Er wendet sich um, zielt mit der Pistole auf eine große Tischdecke. Bemerkt nicht, wie sich das Laken hinter ihm auszubeulen beginnt.

Wie dort ein Gesicht entsteht.

Ein halbes Gesicht.

Wie der Stoff langsam von der Leine herabgezogen wird.

Auf den Boden fällt …

Falk wirbelt herum: Artur.

Doch der hat bereits Falks Pistolenarm und verdreht ihn mit einem scharfen Ruck krachend gegen das Ellbogengelenk. Die Waffe fällt zu Boden – Falk schreit wie am Spieß: Der rechte Unterarm steht unnatürlich vom Oberarm ab. Dann schlägt Artur Falk nieder und kniet im nächsten Moment auf dessen Schultern.

»Da sind wir also!«, sagt Artur und zückt das Messer, das er sich hinten in den Hosenbund gesteckt hat.

»Artur, warte!«

»Worauf?«

Falk keucht vor Schmerz, vor Panik: Er bräuchte einen guten Grund, damit Artur ihn am Leben lässt, allein, da ist keiner.

Sie wissen es beide.

Artur lässt ihn die Klinge sehen: Sie blitzt bläulichsilbern im durch die Dachritzen eindringenden Mondlicht.

»Mach schon!«, zischt Falk da. »Ich habe keine Angst!«

»Das solltest du aber …«

Artur hebt seine Maske vom Gesicht: Dahinter ist ein Loch. Keine Auge, kein Jochbein, das Kinn verwachsen. Das Fleisch verheilt und doch wie roh.

»Wie gefällt dir mein Gesicht, Falk?«

Falk unterdrückt einen Schrei.

Artur legt die Klinge auf Falks Wange: »Deins ist hübsch. Wirklich hübsch!«

»Artur!«, bettelt Falk. »Du musst das nicht tun! Bitte!«

Die Schneide gleitet in das weiche Fleisch gleich unter Falks Auge, als plötzlich schnelle Schritte die Treppen hochtrampeln.

Falk erkennt seine Chance, nutzt Arturs Überraschung und greift mit dem unverletzten Arm dessen Handgelenk, probiert, das Messer aus seinem Gesicht zu biegen.

Gleichzeitig schreit er: »HILFE! HILFE!«

Artur versucht, die Messerhand freizubekommen, aber die Verzweiflung verleiht Falk übermenschliche Kräfte. Die Gardisten stürmen bereits dem Dachboden entgegen. Sie sind fast da.

Zwei Sekunden.

Eine.

Artur presst die Klinge in Falks Gesicht und zieht sie herab.

Blut spritzt auf die Wäsche um sie herum.

Falk kreischt, schon peitschen die Schüsse, lassen löchrige Laken flattern. Blitzartig rollt Artur von Falk herab und umgeht die wild schießenden Gardisten, die dem schreienden Falk entgegeneilen.

Als sie ihn erreichen, springt Artur durch die Dachtür und entkommt.

Rauchzeichen

26

Fast eine Woche dauerte das Morden in Berlin noch an.

Die Toten zählte man nie – es waren Hunderte. Sicher Tausende mit den Opfern der Unruhen in München und im Ruhrgebiet. Die Freikorps im Westen standen unter dem Befehl Oskar von Watters: des Offiziers mit den kältesten blauen Augen und der rücksichtslosesten Marschroute, die man sich nur vorstellen konnte. Beinahe noch grausamer als die Gewaltexzesse der Noskegarden war für mich aber die juristische Aufarbeitung der Gräuel in den Folgewochen und -monaten: Sie verhöhnten die Opfer ein zweites Mal.

Oberleutnant Marloh wurde für den feigen Matrosenmord freigesprochen, genau wie die wahren Mörder von Luxemburg und Liebknecht, was nicht weiter überraschte, da ausgerechnet ein Gericht der GKSD über die eigenen Männer urteilen durfte. So musste nur der in der Hierarchie ganz unten stehende Husar Otto Runge für seine Schläge mit dem Gewehrkolben gegen Liebknechts und Luxemburgs Kopf zwei Jahre hinter Gitter. Oberleutnant Vogel bekam zwei Jahre und vier Monate für die Beiseiteschaffung von Luxemburgs Leiche, die er aber nicht absitzen musste: Man verhalf ihm einfach zur Flucht in die Niederlande, wo er sich ebenso unbehelligt seines Daseins erfreuen konnte wie der Kaiser auch.

Der Mörder von Leo Jogiches, Kriminalwachtmeister Ernst Tamschik, der, zwei Monate nach dem Tod Jogiches, einen Kommandeur der Volksmarinedivision auf gleiche Weise umbrachte, wurde befördert.

Waldemar Pabst oder Falk Boysen wurden nicht einmal angeklagt.

Die Richter in allen Teilen des Reichs attestierten den Beschuldigten glühende Liebe zum Vaterland, was auch ihre Milde erklärte, denn

Dinge, die man aus selbstloser Liebe tat, konnten in ihrem Wesen ja nicht schlecht sein.

Berlin versank in Agonie.

Isi war wegen Theos Tod so außer sich gewesen, dass Artur und ich die allergrößte Mühe hatten, sie davon abzuhalten, sich den Spartakisten erneut anzuschließen, um wenigstens Marloh umzubringen. Sie beruhigte sich erst nach Tagen und gab sich anschließend für Wochen tiefer Melancholie hin.

Endlich kam der Frühling.

Und mit dem Licht schmolz auch der Winter in unseren Herzen.

Isi und ich spazierten an der Spree entlang und querten die Jannowitzbrücke, an der ich sie an jenem 12. März weinend und tobend in Empfang genommen hatte. Die restlichen Tage der Unruhen saßen wir beide mit Hans und Harry in dem kleinen Souterrainzimmer ab. Dort hatten wir auch aus den Zeitungen erfahren, dass die Meldung vom *Lichtenberger Polizistenmord* tatsächlich eine Erfindung gewesen war.

Wir hielten auf der Mitte der Brücke und blickten die Spree hinauf.

Eine Leiche trieb bäuchlings im Wasser.

Eine Frau, deren lange Haare weit gefächert um ihren Kopf schwebten.

In jenen Wochen spülten Spree und Landwehrkanal viele von ihnen auf. Anonyme Opfer einer beispiellosen Hatz, ins Wasser geworfen wie Müll. Manchmal fand man ihre Identitäten heraus, die meisten aber blieben unbeweint. Nur eine rührte die Öffentlichkeit: Rosa Luxemburg. Ihre Leiche barg man Ende Mai aus dem Landwehrkanal.

Andere hatten keine Namen.

Viele wurden in der Berliner Zentral-Leichenhalle aufgebahrt, nackt hinter Glasfenstern, das Bündel Kleidung, das sie getragen hatten, auf ihren Leib gelegt, darauf eine Nummer. Bis nach draußen konnte man da das Schreien und Schluchzen der Verwandten hören, wenn sie einen der Ihren erkannt hatten. Und die Stille der Toten, wenn niemand kam.

»Haben dir Theos Eltern zurückgeschrieben?«, fragte ich Isi.

Sie schüttelte den Kopf.

»Aber er ist nach Kiel gebracht worden, oder?«

Sie nickte.

Eine Weile sagte keiner von uns etwas.

Die Leiche verschwand langsam unter der Brücke: Wer sie wohl war?

»Was ist mit dir?«, fragte ich schließlich.

»Was soll mit mir sein?«, fragte sie zurück.

»Wie soll es für dich weitergehen?«

Sie wandte sich mir zu: »Du meinst, ob ich immer noch kämpfen will?«

Ich nickte.

»Nein, ich will nicht mehr kämpfen. Ich hasse das Militär so sehr, dass es fast keine Worte dafür gibt, aber ich will leben, nicht sterben.«

»Das ist gut.«

Sie lächelte schief: »Artur würde mir bestimmt Waffen geben!«

»Artur würde dir auf keinen Fall Waffen geben!«, schnappte ich zurück. »Und ich mag es nicht, wenn du Witzchen über so etwas machst.«

»Sehr wohl, gnädiger Herr!«, gab sie zurück und knickste vor mir.

Ich stieß sie spielerisch gegen die Schulter.

Dann sagte ich: »Falk ist verschwunden.«

Sie nickte. »Der kommt wieder. Da kannst du sicher sein.«

Hinter uns hatte jemand die Leiche entdeckt und rief aufgeregt nach der Polizei. Weder Isi noch ich hatten Lust, uns umzudrehen.

»Und du?«, fragte sie schließlich.

Ich lächelte sie unsicher an. »Ich glaube, ich behalte Hans bei mir.«

Sie seufzte: »Carl …«

»Er hat niemanden, Isi!«, beeilte ich mich zu sagen. »Und ich weiß, wie es ist, ohne Mutter zu sein. Ich möchte wenigstens, dass er einen Vater hat.«

»Du bist nicht sein Vater!«

»Ist das denn alles seine Schuld?«

Sie blickte wieder auf den Fluss.

»Nein«, sagte sie schließlich nach langer Pause.

Wieder schwiegen wir.

Schließlich machten wir uns auf den Heimweg.

»Carl?«

»Ja?«

»Plan mich bloß nicht als Mutter für Hans ein, in Ordnung?«

»Nein, mache ich nicht. Höchstens Tante.«

Sie lächelte.

27

Es war leicht gewesen, die Entscheidung, jemandes *Vater* sein zu wollen, auszusprechen, viel komplizierter dagegen das, was es tatsächlich bedeutete: Hans war traumatisiert. Nicht weiter verwunderlich bei allem, was er hatte durchmachen müssen. Und so erfreulich es war, dass er ein wenig Zutrauen zu mir gefunden hatte, so schwierig war es bald für mich, morgens zur Arbeit zu gehen, denn der Kleine litt unter solchen Verlustängsten, dass er sich an mein Hosenbein klammerte, weinte und schrie, weil er glaubte, ich würde ihn für immer verlassen. Da halfen weder gutes Zureden noch liebevolle Versicherungen: Er ließ sich nicht beruhigen.

So endete jeder Morgen damit, dass ich ihn dem Dienstmädchen Alma, das zuvor Theo betreut hatte, in den Arm drückte, um anschließend wie ein Dieb in der Nacht aus meinem eigenen Zuhause zu schleichen.

Dennoch war ich optimistisch, dachte, dass Hans mit der Zeit wieder festen Boden unter die Füße bekommen würde.

Aber dann kam *Madame Dubarry*, und ich wusste, ich würde eine Entscheidung treffen müssen: Konnte ich ihm wirklich ein Vater sein?

Fast über Nacht waren auf dem kahlen Tempelhofer Feld ganze Pariser Straßenzüge des achtzehnten Jahrhunderts quasi aus dem Boden gewachsen, eine Täuschung, die so perfekt war, dass ich nur noch staunen konnte. Mit *Madame Dubarry* bekam ich das erste Mal eine Vorstellung davon, wozu Film wirklich in der Lage war: Nicht nur, dass mit Pola Negri, Harry Liedtke und vor allem Emil Jannings die größten Sterne unserer Zeit in der Produktion auftraten, es zeigte sich darin auch, wie aufwendig produziert werden konnte, wenn man die Glashäuser einmal verließ.

Was für talentierte Menschen die PAGU, oder besser gesagt: die UFA, die sie vor gut einem Jahr aufgekauft hatte, doch beschäftigte! Hier arbeiteten die besten, künstlerischsten, kreativsten Leute, zu denen auch die wahren Zauberer dieses Gewerbes gehörten: die Bühnenbauer und Requisiteure. Während andere im Rampenlicht standen, schufen sie die Welten, in denen Geschichte und Geschichten überhaupt erst möglich waren.

So viele Begabungen!

Und ich durfte ein Teil von ihnen sein.

An einem schönen Frühlingstag spazierte ich also voller Bewunderung in meiner Mittagspause durch eine Häuserfront des späten Absolutismus und stellte mir gerade vor, wie die Menschen vor der Französischen Revolution gelebt haben mussten, als Lubitsch mich entdeckte und zu sich rief.

Er fragte: »Was halten Sie davon, wenn Sie bei diesem Film meinem Kameramann Sparkuhl assistieren, Friedländer?«

»Wirklich?«, rief ich völlig überrascht.

»Wollen Sie?«

»Aber natürlich!«, antwortete ich entzückt.

Er lächelte kurz, dann lief er zurück ins Glashaus, während der Rauch seiner Zigarre seinen Kopf umdampfte.

Und dann dachte ich: O Gott, wie soll das nur werden?

Denn da war ja Hans!

Wie sollte ich diese einmalige Möglichkeit wahrnehmen? All die Überstunden, die tagelangen Außenaufnahmen an Schloss Sanssouci, die allumfassende Präsenz, die ein solches Unternehmen erforderte! Ich schaffte es ja nicht einmal, den Jungen morgens von meinem Hosenbein zu lösen, ohne dass für ihn dabei die Welt unterging. Wie würde es erst sein, wenn er mich über Monate kaum zu Gesicht bekam? Es war eine Sache, einem unschuldigen Kind eine Chance auf ein Zuhause anzubieten, eine andere, dann noch sein eigenes Leben zu gestalten. Ich war gerade mal dreiundzwanzig Jahre alt, und ohne Arturs Hilfe hätte ich als Schlafgänger bei einer verarmten Witwe gehockt und wäre froh gewesen, zweimal am Tag etwas zu essen zu bekommen. Wie konnte ich da einem traumatisierten Kind Halt geben?

Ich hätte es besser wissen müssen.

Artur und Isi hatten mich inniglich gewarnt.

Versuchten mir die ganze Zeit schon klarzumachen, wie viel Verantwortung ein Kind tatsächlich bedeutete und welche Einschränkungen meine Entscheidung noch nach sich ziehen würde. Ich aber verteidigte mich damit, selbst keine Mutter gehabt zu haben, es meinem Vater nachtun zu wollen, der mir stets sicherer Hafen und liebevoller Halt gewesen war. An den ich bis zu meinem letzten Atemzug voller Bewunderung, Dankbarkeit und Liebe denken würde.

»Du möchtest also geliebt werden?«, fragte Artur.

»Ich möchte etwas zurückgeben«, antwortete ich.

»Carl!«, mahnte Artur. »Dein Vater war ein ganz besonderer Mensch. Und ich verstehe, dass du das Gefühl hast, in seiner Schuld zu stehen. Selbst ich tue das, denn ohne seine Geschichten von Riga hätte ich den Krieg wohl nicht überlebt. Und Isi wäre ohne die Schneiderei als Versteck wahrscheinlich von Polizeikommandant Tessmann eingesperrt worden. Aber: Dein Vater hätte nicht gewollt, dass du deine *gefühlte* Schuld auf diese Art und Weise begleichst.«

»Papa hätte es verstanden!«, behauptete ich.

»Dein Vater wollte, dass du glücklich bist. Mit diesem Kind wirst du nicht glücklich!«

»Das weißt du nicht!«

Artur seufzte: »Gib den Jungen in ein Heim, Carl.«

»In ein Heim? Weißt du, wie es da zugeht, Artur? Da war er ja mit Frau Meng noch besser bedient!«

»Je länger du damit wartest, desto schlimmer wird es für ihn.«

»Isi!«, rief ich. »Sag doch auch mal was!«

Sie nickte: »Er hat recht, Carl. Dieser Film ist vielleicht die Chance deines Lebens, und du weißt ja nicht mal, wer Hans' leiblicher Vater ist! Vielleicht ist der Kleine das Kind eines Wahnsinnigen? Eines rechtsradikalen Holzkopfs? Oder eines Ganoven?«

»Artur ist auch ein Ganove«, maulte ich.

»Ja, aber er ist *unser* Ganove, Carl! Dieser Junge hat weder mit dir noch mit uns etwas zu tun.«

»Er ist Marlies' Sohn. Er hat mit mir zu tun!«

»Du bist stur wie ein Muli!«, rief Isi.

Das stimmte allerdings.

Je länger die Diskussion voranschritt, desto mehr verteidigte ich meine Position. Ich hatte das Gefühl, dass mich die beiden wieder einmal beschützen wollten. Aber ich war es leid, beschützt zu werden. Und so kam es, dass meine anfängliche Unsicherheit, was Hans betraf, sich fast schon aus kindischem Trotz in eine große Sicherheit verwandelte. Hätten sie nicht versucht, mir die Idee wieder auszureden, hätte ich vielleicht anders reagiert, so aber wollte ich ihnen schlicht beweisen, dass ich beides konnte: an dem wichtigsten Film des Jahres mitwirken *und* ein Vater sein.

Was das wirklich bedeutete, begriff ich erst viel später.

28

Insgeheim hatte ich wohl ein wenig gehofft, dass Isi sich doch noch erweichen lassen würde, Hans vielleicht eine Art Ersatzmutter zu sein, was aber eher meinen naiven Charakter doppelt unterstrich, als dass es eine korrekte Einschätzung des ihrigen war, denn sie hätte das meiner Bockigkeit wegen schon allein aus pädagogischen Gründen niemals getan. Mal ganz abgesehen davon, dass sie eigene klare Vorstellungen eines selbstbestimmten Lebens hatte. Ja, es war nicht weiter verwunderlich, dass sie ungewöhnliche Wege einschlug. Aber dass sie es tatsächlich fertigbrachte, sich, wenn auch unbeabsichtigt, in die größte Verschwörung der frühen Zwanzigerjahre verstricken zu lassen, machte dann sogar Artur fassungslos.

Doch wie nur geriet man in ein solches Komplott?

Wie schlitterte eine junge, hübsche, blitzgescheite, zu Unrecht vorbestrafte Frau in die Kreise wahrer Macht, Männern ausgesetzt, die weder Skrupel noch Grenzen kannten? Nun, ich wage es kaum niederzuschreiben, aber alles begann mit einem Ei.

Mit einem einfachen Hühnerei.

Und natürlich dem Umstand, dass Isi nicht im Traum daran dachte, sich für einen mickrigen Lohn, wie ich ihn beispielsweise bekam, abzurackern. Sie fühlte sich allein ihrem Charisma, ihrem Mut, ihrem Jagdtrieb, ihrem einzigartigen hochstaplerischen Talent verpflichtet, das ihr geradezu verbot, ihr Leben als Mütterchen am Herd, Fräulein vom Amt oder Verkäuferin im Kaufhaus zu verschwenden.

Also, ein Ei.

Seit Silvester war sie gern gesehener Gast im *KaLeu*, sodass es nicht lange dauerte, bis sie jeden und jeder sie kannte. Vom armen Schlucker zur frechen Prostituierten, vom spießigen Angestellten zum windigen Betrüger war alles dabei, was Berlin an Bevölkerungsquerschnitt zu bieten hatte.

Nur die wirklich Wohlhabenden, die es bei aller Armut natürlich auch gab, hielten sich zunächst zurück. Die einflussreichen Politiker und Militärs, der Hochadel, die Industriellen, die Kriegsgewinnler, die großen Schieber oder die, die einfach immer schon reich gewesen waren, kamen anfangs nicht ins *KaLeu*. Es waren Menschen, die ein Frühstück im *Peltzer* in der Wilhelmstraße für einhundertfünfzig Mark in dem Wissen genossen, dass ein Arbeiter im Monat keine sechshundert mit nach Hause brachte.

Es gab wenig, was die hartgesottene, vergnügungssüchtige bessere Gesellschaft beeindruckte. Frackbewehrt und diamantglitzern hatten sie die Ödnis zu einer Kunstform stilisiert.

Doch nach und nach suchten die Wagemutigen unter ihnen das Abenteuer, den wilden Wind des Lebens, der sie durchpusten und auf neue Gedanken bringen sollte.

Kurz: Sie suchten die Nähe zur Unterwelt.

Als dann die blutigen Kämpfe endlich endeten, dauerte es nicht lange, da tauchten die Ersten von ihnen im *KaLeu* auf. Natürlich im Smoking und Abendkleid, so viel Noblesse musste dann doch sein, und voller Erwartung, hier, in dem mittlerweile berühmten und vielleicht auch berüchtigtsten Lokal Friedrichshains ein paar echte Ganoven zu erleben. Oder wenigstens hübsche Prostituierte. Was mich zuerst irritierte und dann zunehmend wütend machte, war, dass sie fast alle Cachenez trugen, Halbmasken aus Seide, um ihre Identität zu verschleiern. Mehr als einmal beobachtete ich Artur heimlich an diesen Abenden, um herauszufinden, ob ihn diese Auftritte verletzten, denn seine Maske war kein Spaß, kein modisches Accessoire, sondern bitterer Ernst.

Er ließ sich nie etwas anmerken.

Kamen sie, ließ er sie feiern, gaffen und darüber spekulieren, wer von den Gästen wohl *der Mann* war. Der Gefährlichste unter ihnen, derjenige, der die Fäden zusammenhielt. Zu meinem Amüsement kamen sie nie auf Artur, den sie schlicht für einen Kriegskrüppel hielten, der sich hier seinen kargen Lohn verdiente und auf großzügiges Trinkgeld mitleidiger Gäste hoffte.

Dass sie, die Ausschau nach Gaunern hielten, selbst beobachtet wurden, fiel ihnen nie auf. Eine von denen, die sie taxierten, war Isi, die genau wie Artur, eine gute Witterung dafür hatte, wen man am leichtesten übers Ohr hauen konnte. Sie war es schließlich auch, die Artur die Tür zu Informationen öffnete, die ihm geradezu märchenhafte Gewinne bescheren würden.

Einstweilen bezogen die Vermögenden ein extra für sie freigeräumtes Eckchen im *KaLeu*, orderten Flasche um Flasche und bemerkten dabei nicht, dass die Kellner sie munter betrogen, indem sie zu den ausgetrunkenen Flaschen einfach ein paar leere dazustellten und dann alle zusammen abrechneten.

Der Zufall wollte es, dass an einem dieser Abende eine Gesellschaft auftauchte, bei der neben den lebenshungrigen jungen und jung gebliebenen Leuten auch einige Herrschaften älteren Semesters dabei waren, darunter auch eine abergläubische Alte, die Isi mit ein paar Marotten auffiel, wie beispielsweise, dass sie ihre Tasche nicht auf den Boden stellen wollte, weil das angeblich Unglück brachte, oder einem lachenden jungen Ding über den Mund fuhr und mahnte, dass wer freitags viel lache, sonntags Grund zum Weinen haben würde.

»Aber es ist Donnerstag, Tantchen!«, rief die junge Frau.

Und die Alte antwortete nur: »Es ist Mitternacht.«

Für Isi ausreichend Information.

Sie wartete, bis das reiche Tantchen einem menschlichen Bedürfnis nachging, und folgte ihr auf die Damentoilette, wo sie sich vor dem einzigen Waschbecken postierte. Als die Alte den Abort verließ, stand da Isi, wusch sich die Hände und blickte die Frau hinter sich über den Wandspiegel so lange an, bis die sich darüber mokierte.

»Sie starren!«

Isi nickte schüchtern und wandte den Blick ab, aber nur, um sie scheinbar heimlich gleich wieder anzusehen.

»Sie sind wirklich garstig, junges Fräulein!«, beschwerte die Alte sich.

»Es tut mir leid, gnädige Frau, es ist nur ... Ich ...«

»Was?«

Isi schüttelte den Kopf: »Nichts, gnädige Frau.«

Die Neugier der gnädigen Frau war geweckt.

»Nun sagen Sie schon!«

»Ich möchte Sie nicht erschrecken, gnädige Frau.«

Jetzt war es an der Alten, Isi anzustarren.

»Wie meinen Sie das?«

»Sie haben einen großen Verlust erlitten, nicht wahr?«

Ein Schuss ins Blaue.

Isi hatte nicht die geringste Ahnung, ob dem so war, aber die Dame war nicht mehr die Jüngste und der Krieg erst ein paar Monate vorbei. Wer hatte da keine Verluste zu beklagen?

»Woher wissen Sie das?«, krächzte die Dame erschrocken.

»Der Spiegel, gnädige Frau.«

»Was ist mit dem Spiegel?«, fragte sie.

»Man kann darin *sehen*.«

»In diesem Spiegel?«, antwortete sie erschrocken.

Isi nickte ihrem eigenen Abbild zu und dachte nur, dass sich vor ihr wohl der dreckigste Spiegel Berlins befand.

»U-und Sie haben darin ... meinen ... Georg ...?«, stotterte die Dame bleich.

Isi vernahm den Namen und tippte auf den Ehemann, obwohl die Frau natürlich auch einen Sohn verloren haben könnte.

»Ja.«

»Oh, mein Gott!«, rief die Dame und fasste unwillkürlich mit der rechten Hand den Ringfinger der linken Hand.

Ehemann.

Isi nickte: »Es tut mir sehr leid um Ihren geliebten Mann.«

Geschockt fuhr ihre Hand vor den Mund: »Sie wissen es ja wirklich!«

Isi schwieg und drehte sich dann zu der Dame um: »Für mich ist diese Gabe ein große Last.«

»Was haben Sie gesehen, Fräulein?«

»Ich … ich muss jetzt gehen.«

Sie wandte sich ab, aber die Alte fasste sie schnell am Arm und hielt sie fest.

»Geht es Georg gut?«

Isi schwieg vielsagend.

Da brach die Dame in Tränen aus und flehte: »Bitte, sagen Sie mir, dass es ihm gut geht!«

Isi sah sich um, ob jemand sie hören konnte, dann sagte sie leise: »Es gibt da tatsächlich etwas, das Sie wissen sollten!«

»Was? Bitte sprechen Sie!«

»Kommen Sie morgen wieder. Bis dahin dürfen Sie mit niemandem über mich reden!«

»Nein, bestimmt nicht.«

»Ich würde es merken. Und dann kann ich nichts mehr für Sie tun.«

»Ich werde gewiss nichts sagen!«

Isi umfasste die Hände der Dame und sah sie beschwörend an: »Haben Sie keine Angst. Es besteht noch Hoffnung! Ich verspreche es!«

»Hoffnung?«, fragte die Alte schockiert zurück.

»Kommen Sie morgen zu mir!«

Sie nickte hektisch und ließ sich von Isi unsere Adresse nennen.

29

Wie sich herausstellte, hieß die gnädige Alte Wilhelmina von Lossow und entsprang einem brandenburgischen Adelsgeschlecht, dessen einzig erkennbare Leistung es war, immer schon große Ländereien besessen zu haben. Die brachten ihnen gerade traumhafte Erträge, denn wenn diese Stadt etwas brauchte, dann waren es Lebensmittel, und wer sie besaß, konnte verbrecherische Preise dafür verlangen. So gesehen war bereits der Krieg ein großer Segen für die von Lossows gewesen, denn der Markt regelte die Preise, und ihre Familie legte dasselbe Geschäftsgebaren an den Tag wie damals die Boysens in Thorn.

Sie kam am frühen Abend zu uns, ließ sich von ihrem Chauffeur bis an die Haustür begleiten. Sie spinkste in den Flur, als Isi ihr öffnete. Einen Moment sah es so aus, als wollte sie ihre Begleitung mit hineinnehmen, aber bevor sie ihren Wunsch aussprechen konnte, zog Isi sie geheimniskrämerisch hinein und schloss die Tür vor der Nase des Fahrers. Zusammen traten sie in unser Wohnzimmer, wo ich mit Hans auf dem Sofa saß.

»Sind wir nicht allein?«, fragte Frau von Lossow vorsichtig.

»Beachten Sie die beiden nicht«, gab Isi zurück. »Wir brauchen gleich ihre Hilfe, aber das soll Sie nicht weiter kümmern.«

Sie setzten sich an den Tisch, und Frau von Lossow erzählte, wie ihr geliebter Mann im letzten Jahr der Spanischen Grippe erlegen war. Sie wurde nicht müde zu betonen, was für ein edler Mensch ihr Georg gewesen war, ein Lehnsherr alter Schule, streng, aber gerecht, respektiert und angebetet von jedermann.

»Er war ein Heiliger!«, beteuerte Frau von Lossow tränenschwer. »Ein Heiliger!«

Das war sogar für mich leicht zu übersetzen: Georg von Lossow war ein Scheusal gewesen, genau wie der alte Boysen in Thorn. Ein Lehnsherr alter Schule? Streng, aber gerecht? Da drehte sich mir der Magen um.

Insgeheim schien Frau von Lossow diese *Strenge*, diese *Gerechtigkeit* auch nach seinem Tod noch zu fürchten, gab aber vor, sich vor allem darum zu sorgen, welches Ungemach ihrem *Heiligen* im Jenseits drohte.

Isi hielt ihre Hände und sprach ihr einfühlsam Trost zu.

Dann stand sie auf, ging in die Küche und kam mit zwei kleinen Schüsseln zurück: eine leer, die andere gefüllt mit fünf Eiern.

Sie hielt Frau von Lossow die Schüssel mit den Eiern hin: »Wählen Sie eines!«

»Irgendeines?«

»Sie sind alle gleich!«

Frau von Lossow nickte, hob eines heraus und hielt es ratlos in den Händen.

»Schlagen Sie es auf!«

Sie zerbrach das Ei in der leeren Schüssel: Der Dotter war schwarz.

Frau von Lossow starrte entsetzt darauf.

»Aber … das kann nicht sein!«

Schnell nahm sie noch eines und schlug auch das auf: Der Dotter war wieder schwarz.

Isi gab mir die Schüssel mit den restlichen drei Eiern und wandte sich dann Frau von Lossow zu: »Ich hatte es befürchtet!«

»O Gott, was ist denn nur?«

»Sie schweben in Gefahr. Aber Ihr Georg sendet Ihnen eine Botschaft!«

Frau von Lossow wurde so bleich, dass Isi schon fürchtete, sie könnte das Schicksal ihres Mannes ereilen.

»Welche Botschaft?«

»Ihr Mann wünscht, dass Sie nicht sein Schicksal teilen und leben! Ist das auch Ihr Wunsch?«

Sie nickte schnell.

»Dann werde ich versuchen, Sie zu retten!«

Sie winkte Hans zu sich, der an den Tisch trat und Frau von Lossow ansah.

»Wir tauschen jetzt die Schicksale, Frau von Lossow. Ihres gegen seines, seines gegen Ihres.«

»W-wer ist der Junge?«, fragte sie zitternd.

»Spielt das eine Rolle?«, fragte Isi zurück.

Frau von Lossow schüttelte den Kopf.

»Gut, dann nehmen Sie jetzt seine Hand!«

Sie tat es.

Isi legte ihre Hände auf die Stirn von Hans und auf die von Frau von Lossow.

Schloss die Augen.

Hielt eine Minute inne.

Und riss dann plötzlich mit einem schnappenden Einatmen ihre Hände von beiden Köpfen zurück.

Erschöpft keuchte sie: »Sententia est.«

Dann nickte sie mir zu.

Ich brachte die Schüssel mit den drei Eiern zurück an den Tisch: Isi gab Frau von Lossow mit einer Geste zu verstehen, dass sie eines aufschlagen sollte.

Sie tat es, und der Dotter war gelb.

Da griff Isi selbst in die Schüssel und gab Hans ein anderes Ei.

Er schlug es auf, und es war schwarz.

Frau von Lossow hob erschrocken ihre Hand vor den Mund, als Isi sie schon am Arm packte und mit nach draußen zog: »Gehen Sie, Frau von Lossow! Schnell!«

»Was geschieht jetzt?«, fragte sie bang.

»Nichts. Sie sind gerettet!«

»Und der Junge?«

»Ist das wichtig?«

Da umarmte die Alte Isi erleichtert: »Nein, natürlich nicht. Wie kann ich Ihnen nur danken?«

Isi schenkte ihr ein kleines Lächeln: »Da fällt mir sicher etwas ein, Frau von Lossow.«

Sie öffnete die Tür und entließ ihre erste Kundin zu ihrem Fahrer.

30

Woher Isi den kleinen Trick hatte, verriet sie mir nie, vermutlich aber flogen ihr solche Dinge einfach im Schlaf zu. Dabei war der Coup so verblüffend einfach, dass ich ihn selbst niemals gewagt hätte aus lauter Angst, damit aufzufliegen. Aber nicht die Kompliziertheit eines Betrugs macht ihn erfolgreich, sondern seine Präsentation. Mir hätte schlicht das Selbstvertrauen gefehlt, ein solches Manöver durchzuführen. Isi dagegen hatte bereits im Alter von dreizehn Jahren den damals schon erwachsenen Falk Boysen derart übers Ohr gehauen, dass mir vor Staunen und Ehrfurcht die Kinnlade nach unten geklappt war.

Was also hatte sie getan?

Sie hatte schwarze Tinte in sechs Eier gespritzt, die kleinen Löcher mit Leim verschlossen und die Stellen mit Kalktünche übermalt. Während Frau von Lossow zwei der fünf Eier aus der Schüssel aufschlug und sich in den Gedanken hineinsteigerte, dass ein Fluch auf ihr lastete, nahm ich heimlich die restlichen drei Eier und tauschte sie in der Küche gegen normale.

Als Isi die Dame dann von ihrer angeblichen Verwünschung befreite, schlug die ein normales Ei auf. Hans dagegen bekam von Isi das sechste präparierte, das sie schon die ganze Zeit in einer kleinen Tasche ihres Kleides getragen hatte. Geschickt griff sie in die Schüssel und tauschte dabei ein normales gegen das präparierte Ei. Das überschüssige steckte sie zurück in ihr Kleid.

So wurde Frau von Lossow gerettet.

Fast schon überflüssig zu erwähnen, dass ich zunächst gegen diese Scharade war. Mochten es Artur und Isi nicht so genau mit den Gesetzen nehmen, ich war anders, und jemanden zu betrügen missfiel mir zutiefst. Isi aber hatte nicht lockergelassen, und so einigten wir uns auf einen Kompromiss: Wenn Frau von Lossow wider Isis Erwarten nicht bereit gewesen wäre, das Leben von Hans zu ihrem eigenen Vorteil zu opfern, hätte sie ihr kleines Schauspiel abgebrochen und auf einen anderen Tag in anderer Konstellation verschoben.

Nun, sie musste nichts verschieben, und mir tat es nicht leid, dass Isi sie jetzt am Haken hatte.

Und die dachte strategisch.

Natürlich hätte sie die abergläubische Frau von Lossow einfach schröpfen können, denn wenn man die Lebenserwartung eines kleinen Jungen geschenkt bekam, dann hätte darauf schon eine saftige Rechnung folgen dürfen, aber Isi war sich sicher, dass die Verbindungen der von Lossows in die bessere Gesellschaft mehr wert waren als eine einmalige Zahlung. Für Geld konnte man im Moment sowieso nichts kaufen, weil schlicht und ergreifend nichts da war, was man hätte erwerben wollen.

Und so schlich sie sich in die Kreise der wohlhabenden, aber fantasielosen Ehefrauen und Großmütter, die den glänzenden Zeiten großer Apartheit, großer Gesten und großer Noblesse hinterhertrauerten. Den Jahren, als ihre Welt noch allein aus Puder, Parfüm und Personal bestand und sie von einer Lustbarkeit in die nächste taumelten, wobei die schlimmste Sorge war, dass die beste Freundin und gleichsam größte Konkurrentin wohlmöglich das schönere Kleid tragen könnte.

Abergläubisch wie Frau von Lossow waren natürlich die wenigsten, das wurde dann doch als etwas rückständig, wenig hauptstädtisch angesehen, spirituell interessiert hingegen alle. Für Isi eine profitable Erkenntnis, denn wer sich an Bauernweisheiten ausrichtete oder an Geister in der Zwischenwelt glaubte, ließ sich gern billigen Wein verkaufen, solange das Etikett teuren versprach.

Selbstredend akzeptierte man das junge Ding aus der Arbeiterschaft nicht als Gleichgestellte, aber nachdem Frau von Lossow den Damen in ihrem Umfeld die Geschichte ihres Wunders sehr anschaulich beschrieben hatte, behandelte man Isi zwar noch mit Arroganz, aber auch mit einem gewissen Respekt, denn niemand wusste, ob sie nicht vielleicht doch in der Lage wäre, Unglück heraufzubeschwören, um ihnen zu schaden.

Isi gab sich sehr geheimnisvoll.

Und begann ein einträgliches Geschäft.

Dabei war sie recht kreativ im Erfinden von Heilungen diverser Malaisen ihrer Klientel, bemühte Karten, Hexenbretter oder wunderliche Tinkturen. Was aber noch viel entscheidender war: Sie erfuhr viel über die *wirklichen* Sorgen und Nöte der Damen. All die schmutzigen kleinen Geheimnisse, von denen niemals jemand wissen durfte. Wer Affären hatte, wer geschäftlich betrog, wer politisch engagiert war oder wem das Wasser bis zum Hals stand. Sie kamen wegen Nichtigkeiten und gingen mit dem Gefühl, dass eine große Last von ihnen gefallen war.

Direkt in Isis Schoß.

Und die gab ihr Wissen an Artur weiter.

An jenem ersten Abend der Eierscharade war ich jedenfalls ziemlich froh, als Frau von Lossow verschwand. Ich brachte Hans ins Bett, setzte mich zu ihm, um ihm aus einem Buch vorzulesen, erlebte ihn aber stiller als sonst.

Überhaupt war es schwer, zu ihm durchzudringen, denn er redete kaum. Mir machte das alles große Sorgen. Wie sollte man ein Kind aufziehen, wenn es sich einem nicht anvertraute? Ich wusste, dass Hans Trauer über den Tod seiner Mutter verspürte und wahrscheinlich wahrnahm, dass auch ich zuweilen vollkommen abwesend im Wohnzimmer saß und an sie dachte. Nichts wünschte ich mir mehr, als dass sie da wäre und wir einfach nur eine Familie sein könnten – und glücklich.

Darüber wurde ich selbst sprachlos.

Es gelang mir nicht, frei und unverkrampft mit ihm zu sein. Ihm von den Wundern der Welt zu berichten, von meiner Arbeit oder einfach dem, was draußen so vor sich ging. Es fehlte einfach etwas, das uns ins Gespräch gebracht hätte. Ein gemeinsames Thema oder wenigstens eine gemeinsame Empfindung abseits der Trauer.

Alles, was mir einfiel, war abends bei ihm zu sitzen und ihm vorzulesen.

Kein Dialog, sondern ein Vortrag.

Keine Chance, das Fremde abzulegen, damit wir uns einander öffnen könnten.

An diesem Abend blickte ich irgendwann von dem Buch auf und sah, dass Hans gedankenverloren mit seinen kleinen Fingerchen über das Federbett fuhr und dem, was ich ihm vorgelesen hatte, nicht gefolgt war.

Da legte ich das Buch zur Seite und fragte: »Sorgt dich etwas, Hans?«

Erst glaubte ich, dass er mich gar nicht gehört hatte, dann aber blickte er zu mir auf und fragte: »Muss ich jetzt sterben?«

Der Satz kam für mich wie aus dem Nichts, und er traf mich mit voller Härte.

Weder Isi noch ich waren auf die Idee gekommen, dass Hans die makabren Abgründe ihres Tricks verstehen könnte. Er war so still, dass ich manchmal sogar fürchtete, er könnte, verglichen mit anderen Kindern, kognitiv ein wenig hinterherhinken.

»Aber nein, Hans!«, antwortete ich erschrocken. »Das war nur ein kleiner Scherz, ein Spiel von Tante Isi! Sie hat die alte Dame nur ein wenig aufgezogen.«

»Wirklich?«

»Natürlich! Mach dir keine Sorgen. Es ist alles in Ordnung!«

Eine ganze Weile schwieg er.

Und gerade, als ich schon hoffte, seine Bedenken gänzlich ausgeräumt zu haben, sagte er: »Das wäre nicht schlimm.«

»Was wäre nicht schlimm?«

»Wenn ich sterben würde. Das wäre nicht schlimm.«

Da war kein Bedauern in seiner Stimme, keine Melancholie. Es war nur eine simple Feststellung, als hätte er gesagt: Das Wetter ist heute sehr schön. Oder: Der Himmel ist blau.

Ich spürte einen Kloß im Hals.

Schluckte.

Dann strich ich ihm übers Haar. »Doch, das wäre es, Hans. Es wäre ganz schlimm.«

Er sah mich mit großen leeren Augen an.

31

So lebte ich in zwei Welten.

Der einen, realen, in der ich Hans von meinem Hosenbein zupfte, ihm gut zuredete, dass er wichtig war, dass er zählte und Vertrauen in sich selbst fassen sollte, und doch keinen Weg fand, einen emotionalen Kontakt zu ihm herzustellen. Wo ich abends so müde vorlas, dass ich manchmal vor ihm einschlief.

Und der anderen, irrealen: das Glashaus. In dem unermüdlich neue Welten und spannende Geschichten herangezüchtet wurden. Ein Universum des albernen Gelächters und der melodramatischen Zusammenbrüche, in dem alles groß und nichts echt war außer der puren Lust am Spiel.

Große Teile des Studios gehörten jetzt *Madame Dubarry* und dem Prunk eines absolutistischen Kosmos: Edelleute, Diener, Perücken, Lüster, Kronleuchter, Silber, Gold. Alles künstlich und doch so authentisch, dass man irritiert zusammenzuckte, wenn man eine Kulissentür in einem Prachtsaal von Versailles öffnete und dahinter, zwischen Kabeln und Wischmob, einen unrasierten Techniker erwischte, der neben Putzzeug hockte und auf einer Stulle herumkaute.

Lubitschs Kameramann Theodor Sparkuhl erwies sich als sehr freundlicher, zurückhaltender Lehrer, mit dem ich mich gut verstand. So gut, dass zuweilen ein Blick zwischen uns reichte, um zu wissen, was der andere dachte. Wenn beispielsweise Jannings über die Kunst im Allgemeinen oder die Kunst und den Künstler (und damit meinte er immer sich selbst) im Besonderen sprach. Oder die Negri sich über das Drehbuch beschwerte (ihre Rolle war stets zu klein), über ihr Kostüm (nicht aufreizend genug) oder ihre Großaufnahmen (grundsätzlich zu wenige). Lubitsch blieb derweil nichts anderes übrig, als die Beteiligten irgendwie zu befrieden und die Bälle wie ein guter Jongleur in der Luft zu halten.

Überhaupt schien er überall gleichzeitig zu sein, um Feuer zu löschen oder sie zu entfachen, ständig stürmte er von einer Ecke in die andere, Zigarrenrauch hinter sich herziehend wie eine kleine Lokomotive. Ich wusste, er hatte kurz vor *Madame Dubarry* einen Film mit Asta Nielsen gedreht, mit der er unendliche Diskussionen geführt hatte, weil ihr das Drehbuch zu *Rausch*, einem Stück von Strindberg, viel zu gewöhnlich und Lubitsch das Theaterstück viel zu langweilig war. Lubitsch setzte sich schließlich durch, die Nielsen war sauer und der zänkische Strindberg glücklicherweise schon seit ein paar Jahren tot, sonst hätte ihn wohl der Film umgebracht.

Aber auch Lubitschs Geduld stieß an Grenzen.

Meistens führte ihn die Negri mühelos dorthin.

Manchmal nur, indem sie ihn »Ernie« rief, was niemand sonst wagte.

Eines scheußlich kalten Morgens dann hatten wir Außenaufnahmen. Ich stand frierend da und sah, wie Lubitsch beim Anblick der Negri plötzlich ein kleines Lächeln übers Gesicht huschte. Dann wurde er wieder ganz ernst, trat an sie, die vor Kälte zitterte, heran und zog ihr völlig unerwartet das hauchdünne Seidenkleid hoch.

»Aha!«, rief er.

»Ernie, was zum Teufel …!«, fluchte sie.

»Was ist das?«

Sie blickte an sich herab.

»Unterwäsche.«

»Flanell!«

»Es ist saukalt, Ernie!«

Er sah sie ruhig an und fragte: »Glaubst du, dass die Dubarry Flanellunterwäsche getragen hat?«

Sie war so perplex, dass sie gar nichts sagen konnte, was wirklich nicht sehr oft vorkam.

»Ich … ich weiß nicht …«, stotterte sie schließlich.

»Ich aber«, antwortete Lubitsch. »Sie trug Unterwäsche aus Seide.«

»Aber, Ernie! Man sieht die Unterwäsche doch im Film gar nicht!«

»Sein schafft Bewusstsein, Pola! Du möchtest doch nicht, dass es hinterher heißt, du seist deinem Ruf als beste Schauspielerin Deutschlands nicht gerecht geworden, weil du deine Rolle nicht ernst genug genommen hast. Oder möchtest du das?«

»Natürlich nicht!«

»Dachte ich mir doch!«

Er nickte ihr zu und zog Zigarre paffend und mit einem kleinen triumphierenden Lächeln davon. Die Negri dagegen verschwand ins Glashaus, kehrte mit Seidenunterwäsche zurück und zettelte vorerst keine weiteren Diskussionen an, weil sie schlicht mit Zähneklappern beschäftigt war.

Das war jetzt auch meine Welt.

Und bei allem Unwirklichen und manchmal auch Kindischem: Ich liebte sie.

32

Aber nicht nur ich lebte zuweilen in unwirklichen Welten.

Auch Artur tat das.

Beziehungsweise: Er erschuf sie einfach.

Als ich die seltsamste von ihnen kennenlernen durfte, war ich mir nicht sicher, ob das Glashaus mit seinen schillernden Protagonisten, dem dramatischen Frohsinn und lächerlichen Ernst, dem glockenhellen Gelächter und den schwermütigen Monologen der Realität entrückter war – oder das, was ich dort erlebte.

Im Gegensatz zu Artur oder Isi verhandelte ich nicht in langen Nächten mit zwielichtigen Gestalten oder scheuchte betuchte Fregatten in Angstträume, sondern fand mich zunehmend in meine Rolle als alleinerziehender Vater ein, der seit Wochen, um nicht zu sagen: Monaten, abends keinen Fuß mehr vor die Tür gesetzt hatte.

Isi beschloss, das zu ändern.

Anfang Juli kam ich an einem Samstagabend von der Arbeit zurück, froh darüber, den nächsten Tag freizuhaben, als ich Isi im obersten Stock unseres Hauses die neue Flagge unserer jungen Republik hissen sah: Schwarz-Rot-Gold flatterte sie dort in einer sanften Abendbrise, und Isi rief gut gelaunt aus dem Fenster: »Der Untergang des Kaiserreichs muss gefeiert werden!«

Drinnen teilte sie mir mit, dass sie bereits alles organisiert hatte. Alma übernahm den Kleinen, während sie mir meine Kleidung für die Nacht präsentierte: Frack, Hemd, Weste, Schuhe und einen Zylinder.

»Für mich?«, fragte ich konsterniert.

»Na ja, ich sähe komisch drin aus. Obwohl: Vielleicht ziehe ich mir so was sogar auch mal an!«

»Gehen wir ins Theater?«

»Nein.«

»Ins *KaLeu*?«

»Nein.«

»Wo gehen wir dann hin?«

Sie grinste breit und antwortete nur: »Anziehen!«

So warf ich mich in Schale und wartete im Wohnzimmer auf Isi.

Und war sprachlos, als sie wieder eintrat: Sie trug die Kreation meines Vaters. Das Kleid, das sie mir in Thorn abgeluchst hatte, als wir fast noch Kinder waren. Das Kleid, mit dem alles begonnen hatte.

»Du hast es noch?«, staunte ich.

»Natürlich!«

»Es sieht umwerfend aus!«

Ihre Augen verengten sich kurz zu Schlitzen: »Wie schön für das Kleid.«

Ich grinste: Sie war eine Augenweide – und das wusste sie auch. Als sie mir einen Kuss auf die Wange gab und sich bei mir einhakte, klopfte mir das Herz vor lauter Stolz, dass ich sie in die Nacht führen durfte.

»Kommt Artur nicht mit?«, fragte ich.

Sie zwickte mich in die Wange und grinste: »Du bist ja so süß, wenn du absolut keine Ahnung hast.«

Wir verließen das Haus.

Sie nickte zu dem Coupé, das vor unserer Tür stand, und rief: »Würdest du?«

Also wirbelte ich die Anlasserkurbel herum, bis der Wagen ansprang, und als ich wieder aufblickte, sah ich sie hinter dem Steuer sitzen.

»Hast du überhaupt einen Führerschein?«, fragte ich misstrauisch.

»Frag nicht, dann muss ich dich auch nicht anlügen.«

Mehr gab es dazu nicht zu sagen.

Wir fuhren über die Frankfurter Richtung Alexanderplatz.

Ich war neugierig, wohin sie mich bringen würde. An welchem Ort sollte man besser feiern können als im *KaLeu*? Die neugierige, zahlungskräftige Jugend kam zuverlässig dorthin, um sich in der Verruchtheit der Halbwelt zu vergnügen. Warum dem Ort nicht treu bleiben? Ein Ort, an dem Artur sich auskannte, die Polizei bestach und einen Ruf wie Donnerhall genoss?

»Artur hat einen Plan«, antwortete Isi auf meine Fragen.

»Artur hat immer einen Plan. Hat er dir verraten, was er diesmal vorhat?«

Sie zuckte mit den Schultern.

»Der ist so ein Geheimniskrämer«, maulte ich.

Isi fuhr genauso rasant wie Artur und ignorierte das wütende Pfeifen eines Schutzmanns auf dem Alexanderplatz geflissentlich. Wir passierten das Schloss, stachen mit quietschenden Reifen in die Linden ein.

»Das *KaLeu* ist toll, aber nicht das, was Arturs neue Klientel braucht!«, rief Isi.

»Was braucht sie denn?«, rief ich zurück.

»Exklusivität!«

»Aha.«

Isi lachte, weil ich nichts verstand.

Dann fragte sie: »Was kann man Menschen bieten, die eigentlich schon alles haben?«

»Etwas, was sie nicht kaufen können?«, rätselte ich.

»Genau.«

»Und das bedeutet?«

»Das bedeutet: einen Ort, wo man keinen Eintritt zahlen muss, aber trotzdem nicht einfach so reinkommt. Nicht mal mit Bestechung. Du *musst* eingeladen werden. Das ist die einzige Chance.«

Ich runzelte die Stirn: »Und das funktioniert?«

Sie nickte: »Für die wirklich Reichen gibt es keine größere Demütigung als einen Klub, der zwar ihre Freunde und Gegner, nicht aber sie selbst als Mitglied akzeptiert. Und für die, die bereits drin sind, nichts Schlimmeres, als eventuell da wieder rauszufliegen.«

Mit äußerst waghalsigen sechzig Stundenkilometern rasten wir über die Neue Wilhelm auf die Marschallbrücke zu, zur Linken flogen der Reichstag und die direkt davorstehende Siegessäule an uns vorbei, auf der anderen Spreeseite sah ich den Circus Busch, in dem am 10. November die erste revolutionäre Vollversammlung stattgefunden hatte, und die Charité. Isi schien uns in prominente Gefilde zu führen.

Schließlich bogen wir in die Marienstraße ab, und endlich drosselte sie das Tempo. Die Straße war stockfinster, die Beleuchtung, wie in vielen anderen Gassen auch, abgeschaltet.

Sparzwänge des Kriegsverlierers.

Isi spähte durch die Windschutzscheibe die Bürgersteige hoch und runter.

»Es muss hier irgendwo sein …«, murmelte sie.

Dann entdeckte sie im Schatten eines Eingangs die Glut einer Zigarette und parkte unser Auto. Wir stiegen aus: Es gab kein Schild, kein Licht und keinen Hinweis auf ein Lokal. Es gab einfach nichts außer dunklen Wohnhäusern.

Da trat Arnie aus der Finsternis vor und schnippte die Zigarette weg.

»Spieglein, Spieglein an der Wand …«, raunte er anerkennend.

»Du Charmeur!«, lächelte Isi und reichte ihm die Hand zum Kuss. Arnie küsste sie.

Ich war einigermaßen erstaunt: Ich hatte Arnie bislang eher für ein Raubein als einen Casanova gehalten.

»Wieso lässt Artur dich hier den Spanner machen?«, fragte Isi.

»Hab ihn drum gebeten. Die meisten sind sehr spendabel, wenn ich sie mit Namen begrüße.«

Sie nickte lächelnd.

»Schön, dich in der Nähe zu wissen.«

»Schön, auf dich aufpassen zu dürfen!«

Ich verschränkte die Arme vor der Brust: »Seid ihr bald fertig, oder soll ich einen Geiger bestellen?«

»Carl ist nur eifersüchtig!«, neckte sie und zog mich, bevor ich dagegen protestieren konnte, in das hübsche Gründerzeithaus, vor dem wir uns begrüßt hatten. Im ersten Stock klopften wir an eine Wohnungstür.

Eine junge, schöne Dame im Abendkleid öffnete und ließ uns ein.

»Guten Abend, die Herrschaften. Darf ich?«

Sie nahm uns unsere Mäntel ab und mir meinen Zylinder.

Dann führte sie uns durch einen schmalen Flur zu einer doppelflügeligen weißen Tür mit Milchglasintarsien im Jugendstilmuster.

»Moment!«, bat Isi.

Sie nahm einen weißen Cachenez aus Seide, den sie in ihren langen ebenfalls weißen Handschuhen versteckt hatte, und band ihn sich vor das Gesicht.

Dann nickte sie der Empfangsdame zu.

Die stellte sich vor die Tür, die daraufhin wie von Zauberhand zu beiden Seiten aufschwang, und ließ uns mit einer einladenden Geste ein: »Willkommen im *Eden*!«

Vor uns ein riesiger Salon mit glänzendem Parkett, hohen Stuckdecken und einem glitzernden, aber ausgeschalteten Kristallleuchter an der Decke. Artur musste mehrere Wände aus der herrschaftlichen Wohnung herausgenommen haben, um diese Tiefe zu erreichen. Wertvolle Teppiche und Läufer verbanden spielerisch Tische und Sessel, sparten die Raummitte dabei aber aus. An den Wänden dezente Schirmlampen, mit feinem rotem Stoff überworfen, was das Licht verheißungsvoll schimmern ließ. Vor den Fenstern wellten sich schwere, geschlossene Samtvorhänge.

Es gab Spieltische für Roulette und Baccara. Hängelampen schwebten darüber, die Kegel auf das grüne Velours warfen. Männer in Fräcken standen rauchend in lockeren Gruppen beieinander oder saßen an den Spieltischen. Die anwesenden Damen, alle im Abendkleid, waren den Herren auffällig zugewandt.

Eine von ihnen schwebte jetzt auf uns zu und hielt uns ein Silbertablett entgegen: »Guten Abend! Darf ich Ihnen etwas anbieten? Sekt? Cognac? Kokain?«

»Kokain!«, bestellte Isi gut gelaunt.

Ich schüttelte den Kopf und sagte: »Zwei Sekt, bitte.«

Sie zog eine Schnute, begnügte sich aber mit einer Kaltschale.

Artur trat aus einem der Nebenräume.

Auch er im Frack.

Isi umarmte ihn und sagte: »Artur, das hier ist wirklich ein Garten Eden!«

Bevor er antworten konnte, fragte ich sie: »Du weißt aber schon noch, wo Luxemburg umgebracht worden ist?«

Artur nickte: »Glaub mir, Carl, die, die hierhin kommen, wissen das auch.«

Mehr sagte er nicht, doch in mir regte sich der Verdacht, dass der ein oder andere aus der besseren Gesellschaft den Namen genau aus diesem Grund besonders zu schätzen wusste.

»Das ist also deine neueste Idee?«, fragte ich.

»Ja.«

»Und die kostet keinen Eintritt?«

»Ja.«

»Das heißt, du bezahlst alles?«

»Ja.«

»Und das rechnet sich?«

»Ja.«

»Und du könntest, rein theoretisch, auch in vollständigen Sätzen antworten?«, fragte ich angesäuert.

»Ja«, gab Artur ungerührt zurück.

Isi grinste: »Ich glaube, Carl wüsste gerne, wie sich das alles rechnen kann, wenn du offensichtlich nur Ausgaben hast?«

Artur zuckte mit den Schultern, als wüsste er das selbst nicht.

»Du änderst dich wohl nie«, seufzte ich. »Jedenfalls ist es toll hier! So ein richtiger Klub für Gentlemen, wie der Engländer sagen würde! Nur die Sache mit dem Kokain stört mich.«

Artur und Isi warfen sich einen verstohlenen Blick zu.

»Was?«, fragte ich irritiert.

Isi nickte zur Seite, und wir sahen eine der Türen aufgehen. Eine Gruppe von vier Musikern betrat den Salon: Geige, Bass, Klarinette und Harfe nahmen ihre Position ein.

»Oh, Musik! Wie schön!«, rief ich erfreut.

Es wurden Rauchschalen aufgestellt, die die Luft mit einem Duft nach Honig schwängerten. Die Gäste standen auf oder ließen sich neue Getränke einschenken und bildeten ohne Eile einen Halbkreis um die freie Fläche unter dem Kristalllüster.

Die Lampen über den Spieltischen verloschen.

Dann setzten die Musiker ein: Sanfte Töne wie von fernen Welten schwebten durch den Raum. Eine geheimnisvolle Stimmung durchdrang den Rauch der vielen Zigaretten und Zigarren, Licht funkelte im geschliffenen Glas der Lüsterperlen. Ich beobachtete, wie sich im Hintergrund ein Spalier bildete. Im nächsten Moment durchbrachen zwei Tänzerinnen die Front der Wartenden und traten in die Salonmitte.

Nackt.

»Oh Gott!«, zischte ich leise.

Meine Erfahrungen mit weiblicher Nacktheit beschränkten sich fast ausschließlich auf Marlies und das eine Mal mit Masha, Erfahrungen, die geprägt waren von zögerlicher Neugier, wie beim Betreten eines exotischen Landes, wo man stets auf der Hut vor unbekannten Gefahren sein musste. Vor dem Krieg war, zumindest in der Provinz, und von dort kam ich ja, bereits ein nackter Knöchel ein Skandal. Erotik, obendrein noch öffentlich, ein absolutes Tabu!

Diese Damen hier kannten weder Zaudern noch Scham, präsentierten sich voller Selbstvertrauen, und einzig durchsichtige Schleier, die sie gekonnt um sich herumwirbelten, milderten ein wenig die unmittelbare Blöße. So bewegten sie sich mal träumerisch, mal energisch, sie waren biegsam wie Ballerinas und genauso dünn. Nichts an dem Tanz schien billig oder gar abstoßend, alles bewahrte eine ätherische Würde, und nach dem ersten Schock bewunderte ich die Frauen sogar für ihre mutige Darbietung. Auch Isi betrachtete die Tänzerinnen mit Wohlwollen, wenn auch nicht mit der unverhohlenen Gier, die der eine oder andere männliche Zuschauer hinter gelangweilter Miene zu verbergen suchte, allein: Die Augen verrieten sie doch.

Die Musik verklang, die Künstlerinnen ernteten Applaus und verbeugten sich elegant. Da dachte ich noch, dass sie gleich zurück in einen der abzweigenden Räume huschen würden, aber das taten sie nicht. Sie gesellten sich zu den Herren, ließen sich Sekt reichen und stimmten in eine muntere Plauderei ein.

Immer noch nackt.

»Äh, ziehen die sich nicht an?«, fragte ich unsicher.

»Das könnten sie jederzeit«, antwortete Artur.

»Aber sie tun es nicht!«, staunte ich.

Artur nickte: »Niemand hier ist zu etwas gezwungen, Carl. Ich dulde weder Luden noch schlechtes Benehmen und auch keine offene Prostitution. Die Mädchen entscheiden selbst, wen sie wollen und wen nicht. Und die Herren respektieren das – oder müssen gehen.«

»Aber sie wählen die Frauen aus, oder?«

»Die Herren treffen Arrangements. Und da sie sehr vermögend sind, lohnen sich die Vereinbarungen für die Mädchen.«

»Also doch Prostitution!«

Artur sah mich ruhig an: »Dass gerade du dich so entrüstest, hätte ich nicht gedacht, Carl.«

Er spielte auf Marlies an – ich spürte einen Stich im Herzen.

Und wandte mich Isi zu: »Und was meinst du?«

»Ich urteile nicht, Carl. Du solltest das auch nicht. Unsere Welt ist nicht mehr Thorn. Und das ist auch gut so. Hier ist alles neu, alles dreht sich rasend schnell! Bleib stehen, und du wirst herausgeschleudert. Du musst nicht alles gut finden, Carl, aber *finden* musst du dich! Sonst bist du verloren.«

Ich nickte zögerlich.

Wahrscheinlich hatte sie recht.

Irgendwie hatte sie ja immer recht.

Genau wie Artur.

Ich dagegen hing immer ein Stück hinterher und war oft froh, wenn ich mich an ihnen orientieren konnte, auch wenn ich wusste, dass ich nie so sein könnte wie sie.

»Komm!«, lächelte sie und hakte sich bei mir unter. »Wir amüsieren uns ein bisschen!«

»Aber … was ist, wenn die da denken, dass du auch … du weißt schon?«, fragte ich zögernd.

Sie seufzte: »Ich trage einen Cachenez, Carl. Die anderen nicht. Manchmal frage ich mich echt, ob du überhaupt was mitbekommst oder nur den lieben langen Tag vor dich hin träumst.«

Sie zog mich mit sich, doch mir wurde es bald langweilig, was daran lag, dass sich die anwesenden Herren allein für Isi interessierten. Und die ließ die alten Gecken gekonnt durch Reifen springen.

Obwohl ich ja eigentlich ihr Kavalier war, schenkten sie mir kaum Beachtung. Ihren spöttischen Mündern aber war anzusehen: Sie hielten mich für einen Trottel, der es verdient hatte, dass man ihm die schönste Dame im Raum ausspannte.

Die Käuflichen, glaube ich, begriffen sehr schnell, dass sie bei mir, einem jungen, nicht gerade betuchten Mann, nichts holen konnten, aber da ich ein Freund Arturs war, ließen sie es mich nicht spüren. Unsere Gespräche waren zwar einigermaßen beschwingt, allein es fehlte mir an Esprit, an Lockerheit im Umgang mit ihnen. Außerdem war mir klar, dass die Tändeleien zu nichts führen würden. Sie sahen alle nicht danach aus, als hätten sie ein gesteigertes Interesse daran, mit mir einen traumatisierten Jungen großzuziehen.

Immerhin erfuhr ich, dass viele von ihnen aus gutbürgerlichen, manchmal sogar prominenten Häusern stammten, alle eine hervorragende Schulausbildung genossen hatten, und bestaunte ihre beinahe schon höfischen Manieren. Die beiden Nackten waren ehemalige Mitglieder des Bolschoi-Theaters, vor dem russischen Bürgerkrieg geflohen und sprachen bereits erstaunlich gutes Deutsch. Sie spotteten, wie einige andere auch, über die Spießigkeit ihrer Familien, betonten ihren Hunger nach Leben und die Tatsache, dass ein guter Name ohne die nötigen Mittel niemandem etwas nutzte.

Eine Weile inspizierte ich die anderen Räume, die ganz unterschiedlich gestaltet waren. Ich betrat nacheinander einen orientalisch anmutenden Raum und ein nüchternes Billardzimmer. In einer Küche wartete ein üppiges Buffet, dem Hunger in der Stadt zum Hohn, und der letzte Raum war ein gewaltiges Schlafkissenland, in dem einige Herrschaften Opium rauchten. Es gab im *Eden* einfach kein Laster, das nicht bedient worden wäre.

Spät in der Nacht, die Gesellschaft war mittlerweile bei einem Grad von Freizügigkeit angelangt, den ich nicht mehr mitgehen konnte und wollte, suchte ich Isi, um sie zu bitten, mich nach Hause zu begleiten. Ich fand sie bei einem der wenigen jüngeren Herren, einem auffallend gut aussehenden Mann in den frühen Dreißigern mit pomadigem Haar, feurigen Augen und einem Menjoubärtchen, das ihn ein wenig verwegen wirken ließ. Die beiden prosteten sich gut gelaunt zu, wobei mir auffiel, dass der Kerl Isi auffällig tief in die Augen schaute. Alles an ihm war das Gegenteil von mir: weltgewandt, selbstsicher und souverän.

Zu meiner Überraschung fühlte ich fast so etwas wie Eifersucht, wenigstens aber Gefahr. Ich wollte nicht, dass Isi sich mit ihm abgab. Dass sie sich am Ende in einen wie ihn verliebte, der Frauenherzen sicher im Dutzend brach. Ihm würde sie keinen Ball zum Jonglieren auf die Nase heben können! Das war keiner der alten Stutzer, die sich hier rumtrieben und nur glaubten, sie wären unwiderstehlich.

Dieser Mann war es tatsächlich.

Isi zog mich zu sich und stellte mich vor: »Carl: Das ist Aldo.«

Wir schüttelten die Hände.

»Sehr erfreut.« Er nickte mir zu.

»Carl ist Kameramann!«, sagte Isi stolz. »Bei der UFA.«

Aldo lächelte beeindruckt: »Wie interessant! Kennen Sie vielleicht Lubitsch?«

Ich war überrascht, dass ausgerechnet *er* nach Lubitsch und nicht nach Pola Negri oder Henny Porten fragte. Oder sonst einem weiblichen Stern des Kinos. Vielleicht hatte ich ihn ja völlig falsch eingeschätzt?

Trotzdem antwortete ich: »Nein, tut mir leid.«

»Zu schade! Ich liebe seine Filme.«

Unentschlossen sah ich ihn an.

Dann wandte ich mich Isi zu: »Ich würde gerne heim.«

Isi seufzte theatralisch, aber sie ließ mich nicht auflaufen, sondern hakte sich bei mir unter: »Mein Kavalier ist müde, Aldo. Ich wünsche eine gute Nacht!«

Natürlich küsste er ihr die Hand und nickte: »Stets Ihr Diener, bezaubernde Luise.«

Auch noch der volle Name.

Blödmann!

Isi aber lächelte.

33

Natürlich war ich sehr neugierig und versuchte, aus Isi herauszukitzeln, wer dieser Kerl gewesen war. Sie aber genoss es sichtlich, sich für meine Wortkargheit bei Marlies zu revanchieren, lächelte nur und schwieg vielsagend.

Wir schliefen bis zum Mittag und trafen uns dann mit Hans zu einem verspäteten Frühstück im Wohnzimmer. Da klopfte es an der Haustür, Alma öffnete für uns.

Kurz darauf marschierten drei Chauffeure in Livree ins Wohnzimmer, jeder mit Blumen bepackt: Rosen, Narzissen, Orchideen. Sie platzierten sie in Vasen überall, wo sie Platz fanden, holten neue, bis das Zimmer wie ein botanischer Garten aussah, dann verabschiedeten sie sich hackenknallend und verschwanden so schnell, wie sie gekommen waren.

Nur ein Kärtchen ließen sie für Isi zurück: *Wann sehen wir uns wieder? Aldo*

Hans schnupperte an allen Blüten, während ich Isi stirnrunzelnd ansah und misstrauisch fragte: »Spucks jetzt endlich aus! Wer ist der Kerl?«

»Aber das weißt du doch: Aldo!«, gab sie sich unschuldig.

»Isi!«

Sie verdrehte die Augen und antwortete: »Gott, bist du quengelig heute. Also, gut: Aldo von Torstayn.«

Ich sah sie überrascht an: »Du meinst jetzt aber nicht *die* von Torstayns?«

»Es gibt nur eine Familie von Torstayn«, antwortete sie.

»Die Ostpreußen-Hochadel-Torstayns?«

Isi zuckte mit den Schultern: »Kann schon sein …«

»Seit wann gibst du dich mit solchen Leuten ab, Isi?«

»Du meinst, jemand wie ich darf nur mit armen Revolutionären spielen?«

»Jedenfalls nicht mit ostelbischen Gutsherren!«

Isi stemmte die Arme in die Hüften. »Der letzte arme Revolutionär, an dem mir was lag, wurde vor meinen Augen über den Haufen geknallt!«

»Mag sein. Aber warum gleich das Gegenteil von Theo?«

»Weil ich keine halben Sachen mag, Carl! Weil halbe Sachen langweilig sind. Weil Mittelmaß langweilig ist. Deswegen!«

Ich schwieg einen Moment.

Sie war schon früher so gewesen. Ich musste daran denken, wie sie sich die kleine Helene Boysen vorgenommen hatte und letztlich einen hohen Preis dafür hatte zahlen müssen. *Etappensiege sind etwas für Stotterer, Carl* – es klang mir immer noch im Ohr. Sie ging nun mal stets aufs Ganze.

»Aber warum dann so einen wie Boysen?«, fragte ich.

»Du kennst ihn doch gar nicht, Carl!«

»Aber du?«

Ich konnte sehen, dass sie ernsthaft wütend wurde. Und dann erreichte man bei ihr nichts mehr – außer das Gegenteil dessen, was man sich erhofft hatte. Also hob ich, ohne ihre Antwort abzuwarten, beschwichtigend die Hände: »Lass uns nicht streiten, in Ordnung? Ich möchte nur nicht, dass du verletzt wirst!«

Sie sah mich lange an, dann trat sie zu mir und legte mir eine Hand auf die Wange: »Ach, Carle. Was wäre ein Leben ohne Verletzungen?«

Sie küsste mich und nahm sich einen der großen Sträuße mit auf ihr Zimmer.

Ich verbrachte den Sonntag mit Hans, der aber so still war, dass ich mich in meinen Bemühungen, ihn aufzuheitern, selbst erschöpfte. Am späten Nachmittag übergab ich ihn wieder Alma: Sie hatte auf mütterliche Weise einen emotionalen Zugang zu Hans, den ich noch suchte. Vielleicht hatte der Junge aber auch gespürt, dass meine Gedanken um diesen Aldo kreisten, den ich zwar nicht einschätzen konnte, von dem ich aber doch fest entschlossen war, ihn nicht zu mögen.

Artur wusste sicher Rat.

Das *KaLeu* öffnete in den frühen Abendstunden, auch wenn es erst nach Mitternacht richtig voll wurde. Bis die Vergnügungssüchtigen kamen, diente es vor allem den Prostituierten als Refugium, weil Zuhälter grundsätzlich Lokalverbot hatten. Die wiederum duldeten zähneknirschend den Aufenthalt ihrer Mädchen in Arturs Laden, weil sich dort Kunden fanden und sie so letztlich keine Umsatzeinbußen hinnehmen mussten.

Artur saß an einem Ecktisch und schrieb Zahlen in ein schwarzes Notizbuch, als ich eintrat und mich zu ihm setzte. Er klappte das Büchlein zu und steckte es in die Innentasche seines Sakkos.

»Was kann ich für dich tun, Carl?«

»Ich hab doch noch gar nichts gesagt«, sagte ich verwundert.

»Du bist hier«, antwortete er. »Also hast du etwas.«

Ich nickte und fragte: »Wer ist dieser Aldo von Torstayn?«

»Ah, daher weht der Wind …«

»Und?«

Er lächelte: »Und? Ich glaube, mein treuer Freund, das geht dich alles gar nichts an, oder?«

»Ihr seid meine Familie, du und Isi. Und ob mich das was angeht.«

Artur seufzte übertrieben: »Also gut. Was willst du wissen?«

»Ich traue ihm nicht!«

Artur nickte: »Musst du auch nicht.«

»Dann ist er ein Windhund?«

»Kann man so sagen. Aldo ist nicht nur ein von Torstayn, er ist sogar die Nummer zwei in der Familienhierarchie, gleich nach seinem Vater Wendell. Der Kronprinz, wenn du so willst.«

Ich nickte: »Und jetzt vergnügt er sich so lange in Berlin, bis er irgendwann eine von Stand heiratet, richtig?«

»Wahrscheinlich.«

»Kommt nicht infrage!«, fauchte ich.

Artur grinste: »Gott, kannst du froh sein, dass Isi dich nicht hört. Die würde dich in Scheibchen schneiden mit deinem chauvinistischen Getue.«

Ich verschränkte die Arme vor der Brust: »Aber, Artur, wir können es doch nicht zulassen, dass sich so einer an ihr vergreift!«

»Wir?«

»Ja, wir!«

Er schien amüsiert, dann aber sagte er: »Also, pass auf: Aldo ist ein Schwerenöter. Ein Lebemann und Tunichtgut, der hier das Geld seines Alten verprasst. Das schwarze Schaf in der Familie. Aber glaubst du, Isi weiß das alles nicht?«

»Nicht?«

»Was glaubst du, wie Aldo ins *Eden* gekommen ist? Und wenigstens die Hälfte der anderen Affen im Frack auch?«

Ich machte große Augen: »Über Isi?«

»Ganz genau, über Isi. Und Frau von Lossow. Und die vielen kleinen Informationen, die sie mithilfe der Ehefrauen dieser bigotten Burschen gesammelt hat. Damit konnte ich ein Netz spannen und sie alle einfangen. Ich kanns auch kurz machen: ohne Isi kein *Eden*. So einfach ist das.«

Ich saß da und starrte Artur an.

»Warum sagt mir eigentlich nie einer was?«, meckerte ich los. »Ich erfahre alles als Letzter, und dann stehe ich da wie ein Idiot!«

Artur tätschelte mir die Hand: »Hab ein bisschen Vertrauen. Isi weiß genau, was sie tut. Und Aldo ist nicht wie seine Familie. Die sind in der Tat eine Bande von Arschlöchern.«

»Ihr könntet mich doch ein bisschen mehr einbinden!«, forderte ich.

»Dich?«

»Ja, mich!«

Artur schwieg, während ein junger Mann ins *KaLeu* eintrat: schicker Anzug, teurer Hut, tückischer Blick. Überheblich grinsend sah er sich um, dann ging er betont lässig zum Tresen und fragte den Budiker laut nach dem »Chef von't Janze«.

Der nickte rüber zu Artur.

Artur erhob sich langsam, während der Mann auf uns beide zukam und sich vor uns aufbaute.

»Schöna Laden!«, sagte er an Artur gewandt. »Deina?«

Artur sah ihn nur an.

»Reds' nich' mit jed'm, wa?«, fragte der andere sauer.

Offensichtlich brachte er sich vorsorglich selbst in aggressive Stimmung, was mich ein wenig einschüchterte, weil der Mann sehr groß war und sein Gesicht nichts Gutes verhieß. Artur dagegen schien es wenig zu beeindrucken.

Der Große pikte ihm mit seinem Zeigefinger auf die Brust: »Ick hab Nachricht von Silba-Kurt for dir …«

Artur schlug derart schnell zu, dass weder Silber-Kurts Bote noch ich den Schlag hatten kommen sehen. Das Knacken des gebrochenen Kiefers war noch an der Theke deutlich zu hören, während der Mann bereits durch die Luft segelte. Schließlich schlug er bewusstlos auf dem Boden auf. Ungerührt stieg Artur über ihn hinweg, ließ sich einen Eimer mit Wasser füllen, kehrte zurück und goss ihn über dem Ohnmächtigen aus.

Stöhnend kam der wieder zu sich, öffnete den Mund, um Artur anzuschreien, und schloss ihn schnell wieder: Schmerz zuckte über sein Gesicht.

Artur packte ihn am Kragen und hob ihn auf die Beine: »Reicht das als Antwort? Oder willst du noch ein PS?«

Der Mann schüttelte den Kopf und hielt sich gleichzeitig das Kinn.

Artur zerrte ihn zur Tür und trat ihn anschließend hinaus in die Gasse, die das *KaLeu* mit der Breslauer verband.

Dann kehrte er zurück und fragte ruhig: »Du möchtest also ein bisschen mehr eingebunden werden?«

Ich starrte ihn an.

Dann räusperte ich mich und antwortete: »Ach, weißt du, ich glaube, ihr kriegt das schon allein hin!«

Damit setzte ich meinen Hut auf und ging nach Hause.

34

Ich hatte also einen Rückzieher gemacht, allein es nützte nichts, denn die Dinge entwickelten sich nicht so, als dass Isi und Artur mich hätten verschonen können. Im Gegenteil, die Lage spitzte sich mehr und mehr zu: Was ich für eine harmlose Rauferei hielt, mündete bald schon in eine Situation, in der es um Leben und Tod ging.

Silber-Kurt hatte Arturs Botschaft ziemlich zügig erhalten und sie ganz sicher nicht als sehr konstruktiv gewertet. Und es war kaum anzunehmen, dass sein Mittelsmann dem Vorfall noch etwas Liebenswürdiges über Artur hinzugefügt hatte, zumal er das wahrscheinlich auch hätte aufschreiben müssen, denn nach der Abreibung waren seine Kiefer für die kommenden Wochen sicher verdrahtet: Sprechen kaum möglich, Essen nur als Suppe.

Dass überhaupt *Botschaften* ausgetauscht wurden, lag in erster Linie an der Machtgier von Silber-Kurt, der sich offenbar in den Kopf gesetzt hatte, den Geltungsbereich seines Männergesangvereins *Vergissmeinnicht* auszudehnen. Der Zusammenschluss vorgeblich musikbegeisterter Männer unter lieblichem Namen war in Wahrheit ein Ringverein der Berliner Unterwelt.

Oder, um es ganz klar auszudrücken: organisierte Kriminalität.

Denn was oft so harmlos nach Geselligkeit klang, nach Sparvereinen oder Brauchtumspflege, waren Bündnisse von Berufsverbrechern, denen man nur durch Empfehlung und mit Vorstrafe beitreten konnte. Man zahlte Klubbeiträge, trug Siegelringe mit Signum und regelte seine Angelegenheiten selbst, bis hin zu Ganovengerichten, wenn es untereinander Ärger gab. Nur in einer Sache waren sich alle einig: Mit der Polizei oder sonst einer Staatsgewalt kooperierte niemand – außer natürlich, man bestach sie.

Ansonsten taten sie das, was Verbrecher eben so taten: Einbruch, Raub, Hehlerei, Schutzgeld, Erpressung, Körperverletzung oder Totschlag. Sie kontrollierten die Unterwelt, ließen aber Außenseiter zu, solange sie nicht störten. Für echte Ringmitglieder nichts weiter als *Rattenjungs*.

Silber-Kurt führte also *Vergissmeinnicht* und hatte Artur eine Weile als eine Art *Rattenjungen* eingeschätzt, seine Clique als *Rattenverein*, der die Brotkrumen aufsammelte, während sich Männer von Format, und als solcher sah sich Kurt natürlich, um die großen Dinge kümmerten. Doch bald schon stellte er nicht nur fest, dass das *KaLeu* ausgezeichnet lief, sondern auch, dass es obendrein noch vom zuständigen Polizeirevier Fünfzig geschützt wurde, was bedeutete, dass Artur nicht nur beste Verbindungen dorthin haben musste, sondern auch gut genug bei Kasse war, um die entscheidenden Beamten mit Zuwendungen bei Laune zu halten. So ging Kurt erstmals auf, dass Artur unmöglich ein *Rattenjunge* sein konnte, und er beschloss, ihn in sein *Vergissmeinnicht* einzugliedern.

Da kannte er aber Artur noch nicht.

Zunächst versuchte er es mit sanftem Druck, schickte ein paar seiner Jungs vor, die dem Besitzer des *KaLeu* bestimmt, aber freundlich besagtes Angebot unterbreiten sollten, doch zu Silber-Kurts Verdruss gehörte Artur offensichtlich zu der Art Eisenschädel, die sich niemandem unterordnen wollte. Gleichzeitig war er nicht bereit, sich Artur selbst vorzustellen, ihm die Ehre seiner offiziellen Aufmerksamkeit zuteilwerden zu lassen, also probierte er als Nächstes, mit dem Chef des Polizeireviers Fünfzig ins Gespräch zu kommen, um auszuloten, was es kosten würde, Artur mithilfe des Amts das Leben madig zu machen.

Zu seiner Überraschung ließ sich der Polizeikommandant auf kein Gespräch ein und drohte Silber-Kurt sogar damit, ihm »das Fell über die Ohren zu ziehen«, sollte er ihm noch einmal unter die Augen treten. Es war sehr lange her, dass Kurt eine solche Demütigung hatte hinnehmen müssen, und es feuerte seine Wut nur umso mehr an. Was immer Artur gegen den Kommandanten in der Hand hatte, Kurt musste es ihm unbedingt wegnehmen.

Erst einmal aber schickte er den Langen Eugen mit einer letzten Warnung los.

Und bekam ihn klatschnass und mit mehrfach gebrochenem Kiefer wieder zurück.

War Arturs Mangel an Respekt zuvor nur ein großes Ärgernis gewesen, so brachte die Sache mit dem Langen Eugen das Fass zum Überlaufen. Er musste Artur zur Räson bringen, und zwar ohne Gesichtsverlust, was seine Möglichkeiten allerdings einschränkte, denn sein Widersacher war nicht allein. Eine offene Auseinandersetzung würde er über kurz oder lang zwar gewinnen, doch zu welchem Preis? Gerüchteweise hieß es, dass Artur und seine Männer im Frühjahr sogar die Garde-Kavallerie-Schützen-Division angegriffen und ein Blutbad angerichtet hatten. Wollte man mit so einem eine uneingeschränkte Konfrontation?

Er hätte natürlich die anderen Ringvereine alarmieren und um Beistand bitten können, doch das war nicht nur peinlich, sondern hätte wohl auch zur Folge gehabt, dass er die dann an der Beute beteiligen müsste.

Oder er ignorierte Artur fortan einfach, aber da stand ihm nicht nur sein Ego im Weg, sondern er fürchtete auch um seinen Ruf. Viele wussten mittlerweile, dass er es auf ihn abgesehen hatte. Artur machen zu lassen hieße, vor ihm zu kuschen, womit seine Tage als Anführer gezählt sein könnten, denn wer folgte schon einem Feigling?

Es blieben eigentlich nur zwei Möglichkeiten: Artur musste zur Vernunft kommen.

Oder weg.

So oder so müsste er ihn isolieren.

Mit Arturs Männern wurde er fertig, soweit die ohne ihn überhaupt noch handlungsfähig waren. Was er aber auf jeden Fall vermeiden musste: die Konfrontation mit dem Polizeirevier Fünfzig. Solange der Kommandant Artur schützte, solange konnte er ihn nicht einfach abknallen.

Einstweilen kündigte er sich bei Artur im *KaLeu* an und bat um ein Gespräch. Und während ich Hans an diesem Abend eine Gutenachtgeschichte vorlas, ging Isi ebenfalls zu dieser Versammlung – als heimliche Lauscherin. Artur platzierte sie hinter einer extradünnen Wand, auf deren anderer Seite ein Ecktisch stand. Ein vorgeblich konspirativer Ort, eigens eingerichtet für unangenehme Besuche aller Art.

Silber-Kurt traf früh am Abend ein, begleitet von vier seiner Männer: Sie wurden sämtlich von Arturs Leuten auf Waffen untersucht. Durch Gucklöcher, welche im wilden Muster der Tapetenwand nicht weiter auffielen, beobachtete Isi Kurts Auftritt und wusste gleich, mit wem sie es zu tun hatte: einem überheblichen, hinterhältigen Scheißkerl. Der seinen Spitznamen einem einzelnen silbernen Eckzahn zu verdanken hatte, der immer mal wieder aufblitzte, wenn er spöttisch lächelte oder jemanden anschrie.

Drei seiner Leute blieben im Schankraum zurück, während er selbst mit dem wohl wichtigsten Adlatus nach hinten durchging. Der Mann stellte sich Artur als Kino-Paule vor. Für Isi nicht schwer zu erraten, warum: Alles an ihm war Pose. Er imitierte auf geradezu lächerliche Weise Harry Liedtke, trug einen maßgeschneiderten Anzug, schien sehr auf sein Äußeres bedacht, ja, er konnte offensichtlich nicht einmal eine Zigarette rauchen, ohne dass er sich dabei vor einer imaginären Kamera wähnte.

Silber-Kurt, ein fetter Kerl mit Schnauzer, Stiernacken und Handgelenken wie ein Hufschmied, setzte sich Artur gegenüber an den Ecktisch und sah diesen lange an.

»Jibst hier nischt fürn lieben Jast?«, fragte er schließlich harsch.

Artur blickte ihn nur an.

Und es schien den hartgesottenen Kurt zu irritieren, dass er in ein Gesicht blickte, bei dem eine Hälfte aufgemalt und vollkommen ausdruckslos war, während ihn der gesunde Rest kalt taxierte.

Kurt nickte dem neben ihm sitzenden Paule zu.

»Bring ma zwo Mollen!«

Der sah ihn überrascht an.

Isi spürte die Demütigung bis hinter die Wand. Offenbar war er die Nummer zwei in der Organisation, doch Kurt degradierte ihn zum Kellner, weil Artur keine Anstalten machte, gastfreundlicher zu sein.

»Beweech dir jefällichst!«, fauchte Kurt.

Wütend stand Paule auf und ging zur Theke: zwo Mollen.

Dabei waren sie zu dritt.

»Ick jloobe, wir brauchn 'ne Einjung«, begann Kurt nach einer Weile. »Wir wolln doch Freunde bleiben?«

»Wir sind keine Freunde«, antwortete Artur schlicht.

»Abba wir könnten welche sinn!«, erwiderte Kurt. »Bist 'n juter Mann. Dit seh ick sofort!«

Paule kam mit zwei Bier zurück und stellte sie vor die beiden Männer auf den Tisch.

»So 'ne wie dir jibs nich' oft. Bisten Eisenmann.« Er blickte zu Paule. »Kiek ihn dir an, Paule. Dit is' echt! Vastehste?«

Paul verschloss den Mund zu einem Strich.

»Pass uff: Ick lass dir in Ruhe, abba dit kostet dir wat.«

»Ach ja?«, fragte Artur.

Die Ironie in seiner Stimme verbesserte nicht gerade die Arbeitsatmosphäre.

»Hast 'n freches Maul, du Aas!«, rief Kurt verärgert. »Valleicht lass ick dir ooch 'n Rest von dein Schädel inschlaren!«

Artur schwieg und sah ihn nur an.

Eine ganze Weile.

Dann rückte er zu ihm heran und sagte: »Wuff!«

Silber-Kurt und Kino-Paule sahen sich irritiert an.

»Wat soll denn dit?«, fragte Kurt gereizt.

Artur antwortete ruhig: »So klingt ein Hund, der bellt, Kurt. Möchtest du rausfinden, wie einer klingt, der beißt?«

»DU DRECKSACK!«, schrie Kurt und fuhr hoch.

Artur stand ebenfalls auf.

Dann trat er nah an Kurt heran und zischte: »Na los! Warum finden wir nicht gleich hier heraus, wie hart du wirklich bist?«

In Silber-Kurts Gesicht spiegelten sich Wut und Überraschung zu gleichen Teilen. Isi war sich sicher, dass so noch nie jemand mit ihm gesprochen hatte.

Da sagte Artur: »Ich sag dir, was du von mir bekommst, Kurt: nichts! Außer, du schickst hier noch mal einen hin. Dann kriegst du seine Einzelteile paketweise mit der Post.« Er nickte zum Abschied: »Genieß deine Molle.«

»ICK MACH DIR ALLE, DU HURENSOHN! ICK SCHNEID DIR IN STÜCKE UND ZÜND DEN REST AN! DIT WIRSTE NOCH BITTA BEREUN!«

Silber-Kurt war förmlich explodiert, schwang die Fäuste durch die Luft, während sich in seinen Mundwinkeln Speichel bildete. Dann aber drängte er sich an Artur vorbei, verließ das *KaLeu* schnaubend, gefolgt von Kino-Paule und den drei anderen.

Die Türe knallte, endlich war er draußen.

Isi verließ ihr Versteck und schlüpfte zurück in den Schankraum.

Etwas blass ging sie zu Artur.

»Meinst du, das war klug, ihn so zu reizen?«

Artur lächelte: »Warum, glaubst du, war der hier?«

»Um zu verhandeln.«

Er nickte: »Würdest du verhandeln, wenn du dir einfach alles nehmen könntest?«

Einen Moment starrte Isi ihn an.

Dann staunte sie: »Er ist sich nicht sicher.«

Artur nickte: »Aber er baldowert was aus. Da würd ich drauf wetten.«

»Und wenn du ihm ... wie soll ich sagen: gar nicht erst die Gelegenheit dazu gibst?«, fragte Isi vorsichtig.

»Ich kann nicht einfach einen Ringchef umbringen, Isi. Die anderen würden kommen und ihn rächen. Nicht nur *Vergissmeinnicht*. Alle Ringvereine hätte ich dann gegen mich.«

»Hm«, machte sie nachdenklich, dann umarmte sie ihn und flüsterte: »Du musst eine Lösung finden, Artur. Sonst bringen sie dich am Ende noch um. Und Carl und mich vielleicht auch.«

»Ich weiß.«

Sie gab ihm einen Kuss auf die Wange und verließ das *KaLeu*. Eilte zurück nach Hause, weckte mich und berichtete mir alles bei einem Wein.

Ich war gelinde gesagt entsetzt.

»Und wie will er da wieder rauskommen?«, fragte ich schließlich.

Isi zuckte mit den Schultern: »Keine Ahnung.«

»O Gott, Isi, in was für eine Scheiße sind wir da bloß reingeraten?«

Sie griff meine Hand und antwortete: »Wir kriegen das hin, Carl. Artur fällt was ein! Dem fällt immer was ein!«

Ich nickte.

Dieser Gedanke war das Einzige, das mir Zuversicht gab. Doch wie lange würde das alles noch gut gehen? Im Augenblick schien es wie ein Patt, aber was, wenn Kurt der entscheidende Zug gelang?

Die folgenden Tage lief ich wie aufgescheucht zur Arbeit, drehte mich bei jeder Gelegenheit nach Verfolgern um und betete, dass nicht irgendwann Silber-Kurts Männer hinter mir standen wie Arturs Männer kurz vor Weihnachten.

Dass sie mich packten und mitnahmen auf eine Reise ohne Wiederkehr.

Während Hans zu Hause auf die Wohnungstür starrte und hoffte, ich käme bald wieder zurück.

35

Angst, Sorge oder bange Ahnungen aber waren keine Konstanten, die immer gleich stark auf ein Leben einwirkten. Jeder harmlose Tag war wie ein Hobel, der Späne um Späne von einem Gewicht schnitt, das mir anfangs noch die Luft zum Atmen genommen hatte. Zwar verschwanden die klammen Gefühle nicht, aber sie fielen wie zu einem Haufen hinab, den man vergessen hatte aufzukehren. Eines Tages würde die Sache uns einholen, so viel war sicher, aber jetzt verlor sie nach und nach an Schrecken.

Einstweilen ging Isi, die ohnehin nicht besonders zum Grübeln neigte, mit Aldo aus, und es schien ihr zu gefallen, jeden Tag mit dem Automobil abgeholt zu werden, um sich dann die halbe Nacht lang mit ihm zu vergnügen. Dabei achtete sie sehr genau darauf, dass sich dieses Vergnügen nicht zu einem echten Arrangement verwandelte, denn tatsächlich bekam Aldo für seine Bemühungen nichts weiter als ihre funkelnde Gesellschaft. Natürlich bezahlte er für die Eintritte ins Theater oder in Schauen, für Essen und Getränke, aber das war selbstverständlich in jenen Tagen, denn eine Dame zahlte nie, und Isi hätte es als Beleidigung angesehen, wenn sie selbst die Rechnungen hätte übernehmen müssen, genau wie Aldo übrigens.

Trotzdem versuchte er, sie zu kaufen.

Nicht aus Bosheit oder Machtgier, sondern weil er gewohnt war, auf diesem Wege zu bekommen, was er wollte. Sein Vorgehen war ebenso simpel wie erfolgreich: Er erlaubte seiner Angebeteten einen Blick in eine Welt voller Möglichkeiten, interessanter Menschen und grenzenloser Vergnügungen. Die Skizze eines Lebens ohne Sorgen, Nöte oder Rechtfertigungen. Ein langer Rausch an der Seite eines Mannes, der dazu noch ausnehmend gut aussah. Wie hätte da je eine widerstehen können?

Nun, Isi konnte es.

Bei einer ihrer ersten Verabredungen etwa überreichte Aldo ihr eine sündhaft teure Kette aus Brillanten, die Isi auch trug. Schließlich wollten sie ins Theater, und die Kette passte gut zu ihrem selbst gekauften Kleid. Am Ende des Abends aber gab sie Aldo den Schmuck wieder zurück.

»Es ist ein Geschenk!«, protestierte Aldo.

»Nicht für mich«, antwortete sie und stieg aus dem Auto.

Eigentlich hatte sie angenommen, dass Aldo den Wink verstanden hätte, aber kurze Zeit später probierte er es noch ein zweites Mal, diesmal mit einem Diadem.

»Der Schmuck einer Königin – wie du es bist!«, schmeichelte er, schloss die Augen und beugte sich herüber zu einem Kuss.

Er berührte auch ihre Lippen, aber da sie vollkommen starr blieb, öffnete er die Augen wieder und blickte dabei in das Blau ihrer Iris, das ihn gerade in eine Schicht Gletschereis einfror.

»Waff ift?«, fragte er irritiert und löste sich erst dann von ihrem Mund.

»Hältst du mich für eine Kurtisane?«, fragte sie kalt.

»O Gott, nein!«, rief er überrascht.

»Warum behandelst du mich dann wie eine?«

»Ich würde dich nie …«

Sie rupfte das Diadem aus ihrem Haar, kehrte auf dem Absatz um und lief zurück zum Automobil, wo der Chauffeur bereitstand.

Aldo war ihr gefolgt und hielt sie am Arm fest: »Isi, ich flehe dich an! Ich habe mir dabei nichts gedacht! Wirklich!«

Sie warf ihm den Schmuck zu und zischte: »*Das* glaube ich dir sogar!«

Dann nickte sie dem Fahrer zu und befahl: »Nach Hause! Der Herr nimmt eine Kraftdroschke.«

Unschlüssig blickte der Chauffeur zu Aldo, als Isi ihn schon anfauchte: »He, guter Mann! Ich rede mit Ihnen! Sehen Sie mich an!«

Er gehorchte.

»Abfahrt! Klar?«

Aldo nickte dem Mann seufzend zu, und so fuhr Isi nach Hause und beschloss, erzieherisch in Aldos Haltung Frauen gegenüber einzugreifen: Sie ignorierte ihn fortan.

Während Isi also Aldo auf kleiner Flamme grillte, ging auch für mich das Leben weiter. Mit Hans, der immer noch wenig sprach und auf wenig reagierte, und natürlich mit dem Glashaus und Lubitsch.

Madame Dubarry war abgedreht worden, befand sich in der Nachbearbeitung und würde im hauseigenen Kopierwerk vervielfältigt werden, das für den ständigen Chemikaliengeruch im Eingang des Glashauses sorgte. Am 18. September würde die große Premiere sein, im neu gebauten Kino, das schon jetzt in aller Munde war: der UFA-Palast am Zoologischen Garten. Diesmal würde ich mir die Vorführung nicht entgehen lassen, und obwohl es noch gut zwei Wochen bis dahin waren, freute ich mich bereits jetzt so sehr darauf, dass ich vor Aufregung schlecht schlief.

Lubitsch dagegen beschäftigte sich bereits mit seinem neuesten Werk, an dem ich nicht mitwirken durfte, weil ich erneut an die Messter-Film ausgeliehen worden war. Wann immer die Arbeit es mir erlaubte, war ich dennoch stiller Beobachter der Entstehung. Lubitsch faszinierte mich. Zu den Gewohnheiten seines nimmermüden Schaffensdrangs gehörte es nicht nur, überall am Filmset gleichzeitig zu sein, Schauspieler zu beflügeln oder zu befrieden, sondern auch, Drehbücher zu schreiben, was er mit seinem besten Freund, dem Autor Hanns Kräly, in den Cafés der Stadt tat.

Wobei jeder Gedanke erlaubt war.

Ganz gleich, wie exotisch oder gar unmöglich eine Idee auch schien, gefiel sie den beiden, so kam sie ins Buch, und war sie im Buch, setzte Lubitsch sie in Szene. Und er hasste es, wenn Schauspieler dann noch versuchten, sich darin einzubringen.

So entstand auch *Die Puppe*.

Was so harmlos als Märchen daherkam, war gespickt mit Bildern und Szenen, die ich noch nie zuvor gesehen hatte. Die noch niemand je zuvor gesehen hatte. Ein Füllhorn verrückter Einfälle.

Allein der Beginn!

Man sah Lubitsch selbst, der eine Märchenwelt aus bemalter Pappe aufbaute: ein Hügel mit einem Weg, ein paar Bäume, ein Häuschen. Dann stellte er vor das Häuschen zwei Puppen, ein Mann und eine Frau, öffnete das Dach des Häuschens und setzte die Figuren dort hinein.

Als Nächstes zeigte die Kamera die Tür des Hauses, die sich plötzlich öffnete, und heraus kamen zwei *echte* Menschen. Verwandelt spazierten sie durch die Landschaft, die Lubitsch zuvor aufgebaut hatte: der kleine Hügel, die Bäume, das Häuschen.

Die eigentliche Geschichte begann.

Ich war sprachlos!

Wie originell das war! Wie brillant! Überhaupt sprühte der Film vor Ausgelassenheit, vor komischen Figuren, verkörpert etwa durch eine herrlich grimassierende Ossi Oswalda. Und dann war da der verrückte Puppenmacher Hilarius, fantastisch gespielt von Victor Janson. Auch der erst fünfzehnjährige Debütant Gerhard Ritterband in der Rolle seines Gehilfen war zum Schreien: Er lieferte sich wilde Verfolgungsjagden mit seinem Dienstherrn, der ihm, als fortlaufender Witz, ständig eine runterhaute. Ich amüsierte mich königlich, als Hilarius mit einem Male die Haare zu Berge standen und dann vor Schreck nach und nach ergrauten. Was durch geschickte Schnittfolge alles möglich war! Später sah man den Puppenmacher mit einer Traube Ballons wegfliegen, bevor sein frecher Gehilfe Ballon um Ballon abschoss und ihn damit zurück auf den Boden holte.

Lubitsch und Kräly schrieben diese Dinge einfach auf und machten sich keine Gedanken darüber, wie zum Teufel das eigentlich gedreht werden sollte. Aber sie schafften es. Immer.

Doch bei allem liebevollen Klamauk hatte die Inszenierung der *Puppe* auch ihre Widerhaken. Die katholische Kirche lief Sturm gegen den Film, fühlte sich von Lubitsch verunglimpft, weil die darin vorkommenden Mönche als verfressen und bigott gezeigt wurden. Trotzdem behielten auch die ihren Humor, Lubitsch verriet seine Figuren nicht.

Die Puppe war meiner Meinung nach das Werk eines warmherzigen, witzigen Menschen, der andere gerne zum Lachen und Träumen brachte. Da war nichts Verkopftes, nichts Verkrampftes. Nichts Düsteres, nichts Abgründiges. Und trotz aller Fantasie hatte die Produktion nichts Expressionistisches, kein Bestreben, den Zuschauer intellektuell zu beeindrucken, wie es andere Filme jener Zeit taten und wie es sehr in Mode gekommen war: Eskapismus, aber mit Bedeutungsschwere!

Lubitsch tänzelte federleicht darüber hinweg.

Ich war voller Bewunderung.

Dann, ein paar Tage vor der großen Premiere, saß ich in meiner Pause draußen vor dem Glashaus und aß ein Butterbrot, als Lubitsch mich entdeckte und sich einfach zu mir setzte. Wir plauderten über dies und das, und er fragte mich, was ich von bestimmten Kostümen hielt.

Ich antwortete beschwingt: »Sie sind sehr schön, aber bei meinem Vater, Gott hab ihn selig, wären die Nähte niemals durchgegangen.«

Verblüfft sah er mich an: »Ihr Vater war Schneider? Meiner auch!«

»Wirklich?«, rief ich überrascht.

»Ja, ein Schneider, geboren in Wilna. Eigentlich sind wir jüdische Russen«, grinste er. »Deswegen musste ich auch nicht in den Krieg!«

»Mein Vater kam aus Riga. Aber ich musste in den Krieg.«

Er nickte, zündete sich eine Zigarre an und paffte vor sich hin.

Lubitsch war nur vier Jahre älter als ich, aber während ich in den Zehnerjahren gerade mal die Fotografie entdeckte, spielte er bereits in Kinofilmen mit. *Die Firma heiratet* und *Der Stolz der Firma* waren damals gigantische Erfolge. Er war längst berühmt, als ich noch dachte, Thorns Mauern würden für immer meine bleiben.

Aber dann kam der Krieg.

Ich produzierte Falschmeldungen, und er wurde Regisseur.

Vier Jahre älter.

Für mich waren es mindestens vierzig Jahre.

Eine Weile schien er seinen Gedanken nachzuhängen, dann aber sagte er unerwartet: »Wissen Sie, als ich sechzehn Jahre alt war, da habe ich meinem Vater gesagt, dass ich zum Theater will. ›Ich werde Schauspieler! Ich werde ein großer Schauspieler!‹«

Er hatte seine Worte lächelnd mit einer großen Theatergeste untermalt.

»Und ihr Vater?«, fragte ich.

»Mein Vater?«

Er schien nachzudenken, dann antwortete er: »Er hat mich vor einen großen Spiegel gezogen und gesagt: ›Schau dich mal an! Und du willst zum Theater? Ich würde nichts sagen, wenn du ein hübscher Kerl wärst! Aber mit dem Gesicht? Komm zu mir ins Geschäft. Bei *mir* kannst du mit dem miesen Gesicht Geld verdienen.‹«

Ich wusste nicht, was ich sagen sollte.

Für einen Moment glaubte ich, die Erinnerung würde seine Augen verräterisch schimmern lassen, dann aber lachte er plötzlich los. So laut, als müsste er sich selbst von der Pointe überzeugen, und ich stimmte aus lauter Verlegenheit ein.

Wir lachten.

Aber in seinen Augen sah ich nichts als Schmerz.

Da gab er mir einen freundschaftlichen Klaps auf die Schultern und eilte wieder zurück ins Glashaus.

Vielleicht, dachte ich, war das der Grund, warum er so viel weiter war als ich. So viel ehrgeiziger. Da war ein tief klaffender, nicht verheilter Schnitt, der ihn offensichtlich immer noch quälte. Der ihn Geschichten erfinden ließ, die warm und den Menschen zugewandt waren. Situationen, die mit Humor oder Liebe gelöst wurden. Er verwandelte Realität in Unterhaltung, scheiterte aber bei dem Versuch, aus Unterhaltung Realität zu formen. Ein Mann, der die gemeine Bemerkung seines Vaters nur als Witz aushalten konnte, ein Witz, der ihn dann aber trotzdem noch mehr verletzte als amüsierte. All das machte ihn zwar zu einem großen Regisseur, aber gleichsam zu einem unglücklichen Menschen.

Am Abend eilte ich nach Hause.

Stürmte ins Haus, traf Hans in der guten Stube.

Kniete mich zu ihm herab und nahm ihn fest in die Arme: »Wir wollen einen Weg finden, Hans, hörst du? Wir finden einen!«

Überraschenderweise schien er genau zu wissen, wovon ich sprach.

Mit blassem Gesicht erwiderte er meine Umarmung und flüsterte: »Ja.«

36

Man konnte wirklich nicht behaupten, dass Aldo sich keine Mühe gab, allein in der Wahl seiner Mittel war er reichlich einfallslos: Blumen.

Täglich kamen neue, sodass wir uns bald im zugegebenermaßen herrlich duftenden Haus Wege wie durch einen Dschungel bahnen mussten. Doch je mehr Blumen kamen, desto unwilliger wurde Isi, ihn zu erhören. Irgendwann konnte ich nicht mehr anders, als mich bei ihr zu beschweren. Am Vortag hatte ich Hans tatsächlich eine halbe Stunde in unserem botanischen Garten suchen müssen.

»Was, wenn er eines Tages verhungert, weil wir ihn nicht mehr wiederfinden?«, maulte ich.

»Ich dachte, er spricht wieder?«, fragte Isi zurück.

»Darum geht es nicht, Isi. Wir haben keinen Platz mehr, und Alma sagt, dass uns das Ungeziefer in den Blättern noch irgendwann nachts, wenn wir schlafen, aus dem Haus trägt.«

»Warum meckerst du mich an? Aldo schickt doch die ganzen Blumen!«

»Dann sag ihm, er soll damit aufhören. Sag ihm, er soll auf Konfekt umschwenken oder so etwas.«

»Wo ist da der Unterschied?«

»Sag ihm einfach, was er tun soll. Hast du ja sonst auch keine Probleme mit …«

Sie grinste mich an: »Hör ich da etwa Kritik heraus?«

»Keine Blumen mehr. Bitte!«

Aber Isi schwieg, und Aldo karrte weiter Blumen heran.

Was Hans betraf, hatte sich seit dem Gespräch mit Lubitsch in mir eine Idee entwickelt: Wenn wir, aus welchen Gründen auch immer, nicht in der Lage waren, richtig zu kommunizieren, so brauchten wir vielleicht einen Mittler, der eine Verbindung zwischen uns schaffen konnte.

Und dieser Mittler sollte die Musik sein.

Papa hatte mir einst beigebracht, ihn auf der Ziehharmonika zu begleiten, wenn er Geige spielte. Vielleicht auch aus dem Grund, weil er nach einem Weg suchte, mir nahe zu sein. Er lebte ständig in der Vergangenheit, trauerte meiner Mutter nach und war mir gegenüber zwar ungeheuer fürsorglich, blieb aber doch immer ein wenig reserviert. Obwohl wir einander sehr liebten, war da stets eine Distanz zwischen uns gewesen, die sich erst aufgehoben hatte, wenn wir in verrückten Improvisationen musikalisch miteinander kommunizierten. Wenn Töne Worte ersetzten und sich Vater und Sohn zu Papa und Carl verwandelt hatten.

Vielleicht würde die Musik auch Hans und mich näher zueinander bringen.

So kramte ich also meine alte Ziehharmonika heraus, die ich seit Monaten nicht mehr gespielt hatte, und begann, Hans nach meiner Arbeit zu unterrichten. Und siehe da! Endlich hatten er und ich ein gemeinsames Thema: Musik. Das machte ihn zwar nicht gerade zu einer Plaudertasche, aber sein Blick war nicht mehr ganz so leer, und nachdem er erste einfache Melodien spielen konnte, schien es, als würden allmählich sein Ehrgeiz und auch sein Lebenswillen geweckt. So saßen wir jeden Tag zwischen Aldos Blumen, redeten immer noch sehr wenig, doch freuten uns an der gemeinsamen Aktivität.

Dann endlich kamen die Einladungen zur *Madame Dubarry*-Premiere, und ich überreichte Isi und Artur stolz jeweils eine Eintrittskarte. Ich war zuversichtlich, dass selbst Artur die Muße finden würde, sich den Film anzusehen. Seit dem Zwischenfall mit dem Langen Eugen hatten weder er noch wir etwas von Silber-Kurt gehört. Daher hoffte ich, dass der Ganove sich wieder beruhigt und beschlossen hatte, Artur einfach zu ignorieren. Als ich diesen Gedanken aussprach, schüttelte Artur nur den Kopf. »Nein, Carl. Der kommt wieder.«

Isi dagegen wollte nicht weiter über das Thema reden. Stattdessen umarmte und küsste sie mich: »Eine Riesenpremiere! Ich bin so stolz auf dich!«

»Ich hab doch gar nicht viel gemacht«, gab ich bescheiden zurück.

»Du spinnst wohl? Das ist der größte Film aller Zeiten, und du hast ihn gefilmt!«

»Also, eigentlich hat Theodor Spar...«

»Nix da! Du! Jedenfalls werde ich das allen erzählen!«

»Bitte nicht, Isi!«

Sie grinste: »Na gut, Carl Schneiderssohn. Stolz bin ich trotzdem!«

Erleichtert atmete ich durch und gab Isi eine weitere Karte: »Die ist für Aldo. Sag ihm, er soll mit den verdammten Blumen aufhören.«

Sie zupfte sie mir aus der Hand und grinste schelmisch.

Und so kam dann der Tag der Premiere.

Es war erstaunlich, wie schnell das Kino im Reich zu einem gigantischen Geschäft geworden, wie schnell die UFA herangewachsen war, wenn es auch nicht wirklich erstaunte, dass Menschen nach diesem Krieg auf Zerstreuung hofften, nach ein oder zwei Stunden Unterhaltung in ihrem ansonsten sehr oft grauen und entbehrungsreichen Leben lechzten.

Der UFA-Palast lag zwischen Gedächtniskirche und Bahnhof Zoologischer Garten und sah aus wie eine mittelalterliche Trutzburg: dunkler Backstein, hohe Giebel und eckige Wehrtürme. Eine romanische Festung, die mich an meine alte Heimat erinnerte. Sie hätte genauso gut in Thorn stehen können. Ursprünglich war das Gebäude als Ausstellungshalle konzipiert worden, aber die UFA brauchte ein Flaggschiff, einen Filmtempel, der ihren größten Produktionen medienwirksame Heimat werden sollte und in dem Gäste kniefällig Andacht halten könnten. Und so erschuf sie Deutschlands größtes Kino, das eintausendsiebenhundertundvierzig Besuchern Platz bot und mit *Madame Dubarry* der Weltöffentlichkeit präsentiert wurde.

Aldo war entzückt, dass Isi ihm eine Karte zukommen ließ, und wertete das als erfreuliches Signal. Endlich schien Tauwetter nach einem für ihn langen, harten Winter einzusetzen. Im Bemühen, dieses zarte Blümchen der Vergebung mit Sonne und Liebe zur vollen Blüte heranwachsen zu lassen, zog er alle Register: Jetzt kamen nicht mehr nur Blumen, jetzt kamen auch Verkäuferinnen mit den exklusivsten Kleidern aus Paris, den verführerischsten Düften und den teuersten Schuhen, weil Aldo Isi zur schönsten Frau der Premiere erheben wollte, schöner als jeder Stern der UFA. Und, so versicherte er in einer beiliegenden Karte, nichts davon sei geschenkt! Sie konnte alles zurückgeben und war zu nichts verpflichtet.

»Er legt sich ins Zeug, Isi, das kann man nicht leugnen«, sagte ich zwischen Pflanzen, wuseligen Verkäuferinnen und Parfümeuren.

»Er versteht einfach nicht, worum es mir geht!«

»Worum geht es dir denn?«, fragte ich neugierig.

»Um Herz. Nicht um Geld.«

»Aber es scheint ihm aufrichtig leidzutun, Isi. Du könntest wirklich etwas gnädiger sein.«

Sie seufzte.

Und suchte sich dann doch ein Kleid aus.

Am frühen Abend wurde Aldo von seinem Chauffeur gebracht.

In Frack und weißem Schal gekleidet, schüttelte er mir, nachdem ich die Haustür geöffnet hatte, erfreut die Hand: »Ich habe noch eine Überraschung!«

»Gott, ich hoffe, es hat nichts mit Blumen zu tun!«

Aldo stutzte: »Nein. Wieso, was ist denn mit den Blumen?«

Da trat Isi in den Hauseingang, präsentierte sich in einem Traum aus Seide und Glitter und nahm anschließend ein Schaumbad in unseren Komplimenten. Vor allem Aldo trumpfte mit schmeichelnden, ja fast schon dichterischen Vergleichen auf und küsste Isi die Hand.

Artur fuhr vor, wir machten uns endlich mit zwei Wagen auf den Weg.

Vor dem Kino staute sich eine große Menschenmenge.

Nicht nur Gäste drängten, sondern auch unzählige Neugierige, die darauf hofften, einmal Pola Negri, Harry Liedtke oder Emil Jannings zu sehen. Es dauerte, bis wir endlich hineinfanden, dann aber staunten wir über die Pracht, die uns erwartete: Das Foyer war in Marmor, Gold und Purpur ausgekleidet, man wähnte sich wahrlich in einem Palast.

Hunderte von fein angezogenen Menschen wuselten darin herum, livrierte Kellner boten Sekt an, in diesem babylonischen Gemurmel und Gelächter musste man beinahe schon Lippen lesen, um sein Gegenüber zu verstehen. Meine Eintrittskarte hielt ich fest umklammert, und gerade als ich mich fragte, wie wir in den Vorführsaal kommen und unsere Plätze finden sollten, rief uns Aldo zu: »Mir nach!«

Ich weiß nicht, wie er es geschafft hatte, aber ich schätze, Menschen wie Aldo hatten Zugang zu allem und jedem, und so saßen wir nicht im Parkett. Das also war seine Überraschung: Aldo hatte eine Loge gemietet. Genauer gesagt eine der wenigen doppelstöckigen Proszeniumslogen mit Balkon, sehr geschmackvoll in Grün und Gold ausgeschlagen.

Von dort blickten wir in einen gewaltigen rechteckigen Raum mit Hunderten von Sitzplätzen und auf den Balkon im rückwärtigen Teil, ganz in Lila und Gold gehalten. Vor uns die gewaltige Leinwand, die gerade noch von einem ebenso gewaltigen grünen Samtvorhang verdeckt war. Und unter uns, direkt vor der Bühne, das Orchester, das den Film musikalisch in Szene setzen würde.

Endlich kehrte Ruhe ein, das Licht erlosch, der Vorhang schwang auf.

Die Musiker setzten mit großer Gewalt ein, Pauken und Trompeten kündigten das aufziehende Drama an und ließen das Publikum bange Unruhe verspüren. Dann nahm uns das Licht des Projektors mit auf eine Reise durch Raum und Zeit zurück ins Paris des achtzehnten Jahrhunderts, immer begleitet von der Musik, die mal vergnügt klimpernd, mal bedrohlich dräuend die Bilder untermalte.

Fast zwei Stunden folgten wir gebannt, ja beinahe atemlos, Pola Negri als Madame Dubarry bis hin zu ihrem tragischen Ende auf der Guillotine und dem schockierenden Schlussbild ihres abgeschlagenen Kopfes.

Die Musik verstummte.

Das Licht verlosch.

Für Sekunden war es still wie in einer Gruft.

Dann aber brandete ein solcher Applaus auf, ein solcher Jubel, dass die Wände wackelten und es beinahe so aussah, als wollten Menschen die Loge, in der Lubitsch und die Negri saßen, vor lauter Enthusiasmus stürmen. Isi war völlig aus dem Häuschen, klatschte, frohlockte und küsste mich. Artur nickte mir lächelnd zu, und ich glaube, ich hatte ihn nie so stolz auf mich gesehen wie in diesem Moment. Auch Aldo schüttelte mir begeistert die Hand und befahl dem Diener vor der Logentür, Sekt zu holen.

Viel Sekt.

Wir waren alle so aufgekratzt!

Diskutierten die besten Szenen des Filmes, während ich mit kleinen Anekdoten zu den Dreharbeiten große Lacherfolge erzielte. Das Kino leerte sich, aber wir saßen weiter in der Loge und erfreuten uns an unserer Gesellschaft, bis Isi schließlich rauswollte: feiern.

Wir fuhren ins *KaLeu*.

Es wurde eine lange Nacht.

Irgendwann war es mir auch nicht mehr peinlich, dass Isi doch jedem erzählte, *ich* hätte den größten Film aller Zeiten gedreht, und betrunken wie ich war, genoss ich sogar die vielen Glückwünsche und auch die Bewunderung, die mir entgegenwehten. Wäre doch Marlies jetzt hier! Wir hätten feiern können, wie wir es Silvester getan hatten. Inmitten einer johlenden Menge uns selbst genügend. Ihr Verlust tat immer noch weh, aber der Gedanke an sie bestärkte mich auch in meinem Vorhaben, Hans ins Leben zu helfen.

Irgendwann in den frühen Morgenstunden fand ich Aldo an einer Eckbank sitzend, betrübt in seinen Sektkelch starrend. Isi tobte irgendwo durch den Laden, während ihm offenbar die Luft ausgegangen war.

Ich setzte mich zu ihm.

»Was ist los, Aldo?«

Er zuckte mit den Schultern und murmelte: »Ich weiß nicht, was ich noch machen soll, Carl …«

»Wegen Isi?«

Er nickte.

»Was hast du denn bisher gemacht, Aldo?«

Verwundert sah er mich an: »Na, Himmel und Hölle in Bewegung gesetzt! Und jetzt sieh sie dir an: tanzt mit Leuten, die ihr nicht einmal den Saum ihres Kleides küssen dürften!«

»Ehrlich gesagt hast du bisher nicht sehr viel zustande gebracht. Eigentlich nur Blumen!«

»Aber …«

Ich schüttelte den Kopf: »Ich vermute mal, du hast dein ganzes Leben lang Menschen gekauft. Das ist ganz schön bequem. Isi ist aber nicht bequem.«

»Wem sagst du das?«, seufzte er.

»Vielleicht bringst du dich mal selbst ein?«, fragte ich.

»Wie denn?«, fragte er ratlos zurück.

»Das weiß ich nicht, Aldo. Aber eins weiß ich: Wenn du auch nur noch ein Gänseblümchen schickst, dann muss ich dich leider umbringen.«

Er lächelte schief.

Ich klopfte ihm freundschaftlich auf die Schulter: »Du hast so viele Möglichkeiten! Nutz sie doch mal sinnvoll. Dann wird Isi dich auch mit anderen Augen sehen.«

Damit stand ich auf, suchte nach Artur, um mich zu verabschieden, und erfuhr von irgendjemandem, dass er bereits vor geraumer Zeit »nach oben« gegangen war. So verließ ich den Schankraum, stieg leise das Treppenhaus hinauf in die Wohnung über dem *KaLeu*, die er, wie bei vielen Wirten üblich, gleich mitgemietet hatte.

Am Ende eines Flures schimmerte Licht durch den Spalt einer angelehnten Tür. Dort fand ich ihn eingeschlafen über einem Schreibtisch. Ein Grablicht flackerte leise neben seinem Kopf, während unter uns das Leben tobte: Gedämpfte Geräusche von Musik und Stimmen wummerten durch Wände und Decken.

Und doch schien mir, dass es keinen einsameren Ort geben konnte als diesen. Eine fast leere Wohnung mit einem vor Erschöpfung und

Schmerz eingeschlafenen Artur, eingesperrt in seinen Erinnerungen an seine Frau und sein Kind. Die er begraben und zurückgelassen hatte und doch jede Sekunde in seinem Herzen trug.

Alles konnte Artur besiegen, alles überwinden.

Nur das nicht.

Sanft streichelte ich seinen Kopf, beugte mich dann vor und löschte das Licht.

37

Einige Zeit war es ruhig geblieben um Silber-Kurt, dann aber meldete er sich zurück, allerdings nicht wie von Artur erwartet mit einem Angriff auf ihn oder seine Männer. Nicht mit roher Gewalt, was seiner Natur entsprochen hätte, sondern mit einem Zug, den man nicht von ihm hatte erwarten dürfen: Silber-Kurt zeigte Artur an!

Wobei er das Polizeirevier Fünfzig umging und sich direkt an die Staatsanwaltschaft wendete. Und die fackelte nicht lange und schloss das *Eden* wegen Sittlichkeitsdelikten.

So saßen Artur, Isi und ich in den ersten Oktobertagen im *KaLeu* und besprachen die Lage. Er hatte uns einen Bescheid der Staatsanwaltschaft gezeigt, in dem schwarz auf weiß stand, dass ein gewisser Kurt Malleck Prostitution und Drogenmissbrauch im *Eden* anprangerte. Bei der anschließenden Razzia konnten zum Glück keine Drogen konfisziert werden, Arturs Leute hatten schnell genug reagiert und alles Verdächtige das Klo heruntergespült, aber der Vorwurf der Prostitution schien unumstößlich, denn einige der Damen waren, wenn überhaupt, nur sehr spärlich bekleidet gewesen.

»So ein Arsch!«, fluchte ich. »Der hat doch selbst Mädchen auf der Lange Straße! Und denen gehts, im Gegensatz zu deinen, wirklich dreckig.«

»Das kann ich ihm aber nicht beweisen«, antwortete Artur.

Isi zuckte mit den Schultern: »Dann mach den Laden eben zu. Was solls? Du kannst woanders ein neues *Eden* eröffnen!«

Artur seufzte: »Wenn sie mich der Zuhälterei überführen, dann gehe ich ins Zuchthaus.«

»Aber du bist kein Zuhälter!«, rief Isi sauer.

»Da waren nackte junge Mädchen im *Eden*. Und ältere, sehr solvente Herren. Ich glaube nicht, dass ich vor Gericht damit durchkomme, dass ich kein Zuhälter bin. Und selbst wenn … Ich habe ein ganz anderes Problem …«

»Das wäre?«, fragte ich.

»Es ist kein Zufall, dass Kurt das *Eden* angreift.«

»Wie meinst du das?«, fragte Isi.

»Einer meiner Gäste ist der Kommandant des Polizeireviers Fünfzig, was Silber-Kurt wohl herausgefunden hat. Wenn ich also wegen Zuhälterei einfahre, dann kann er den Kommandanten bloßstellen. Regelmäßiger Besucher im Bordell eines Verbrechers! Ich muss ja wohl nicht betonen, was das für die Karriere des Mannes bedeutet. Und damit für das *KaLeu* und mich.«

Wir schwiegen.

Dann sagte Isi: »Diesem Idioten hätte ich so etwas Schlaues wirklich nicht zugetraut!«

»Schlau ist der auch nicht, aber gerissen. Der macht das schon sehr lange und kennt jeden Trick. Er wollte keine offene Auseinandersetzung mit mir, die hätte zu viele Opfer gefordert. Vielleicht sogar ihn selbst. Wenn er jetzt mich und den Kommandanten aus dem Spiel nimmt, dann fällt ihm, ohne dass er einen Kratzer abbekommt, nicht nur alles in den Schoß, sondern es wird auch auf die anderen Gauner großen Eindruck machen. Inklusive seiner eigenen Leute.«

»Und jetzt?«, fragte ich ratlos.

»Ich habe einen Anwalt engagiert«, antwortete Artur ruhig, aber es war ihm anzusehen, wie grotesk er diesen Umstand fand.

Kurze Zeit später trat der Anwalt dann ein, wobei Isi und ich wohl mit vielem gerechnet hatten, aber nicht mit dem Mann, der nun durch das *KaLeu* schritt, unserem Tisch entgegen. Ich beugte mich sogar zu Artur und flüsterte konsterniert: »Ist das dein Ernst, Artur?«

Der nickte ruhig.

Was uns so irritierte, war nicht nur die relative Jugend des Mannes, er war sicher noch keine dreißig Jahre alt, sondern auch, dass er aussah wie ein Schieber: groß karierte, sündteure Geckenkleidung, funkelnde Manschettenknöpfe, buntes Einstecktuch, blitzende Lackschuhe, das Haar pomadig zurückgekämmt. Fast diametral zu dieser unseriös wirkenden Lässigkeit stand ein Monokel, das er sich ins Auge geklemmt hatte und das seine Züge konzentriert, um nicht zu sagen unfreundlich aussehen ließ.

Artur stand auf, begrüßte ihn und machte uns miteinander bekannt: Dr. Friedemann Fromm nickte freundlich und setzte sich dann.

Artur fasste für ihn die Situation zusammen, wobei Fromm scheinbar unberührt blieb, sich nicht überrascht oder gar empört zeigte. Stattdessen machte er sich stichwortartig Notizen und stellte dann, als Artur geendet hatte, seine Fragen.

Fromm: »Wie viele Nackte gab es?«

Artur: »Zwei.«

Fromm: »Und knapp Angezogene?«

Artur: »Drei oder vier. Je nachdem, was man als *knapp* empfindet.«

Fromm: »Die Nackten sind Tänzerinnen?«

Artur: »Ja. Vom Bolschoi-Theater.«

Fromm: »Ausgezeichnet! Sehr schön.«

Ein Ausrufzeichen auf seinem Blatt unterstrich seine Worte.

Fromm: »Wurde Geld bezahlt? Oder Geldwertes?«

Artur: »Nein.«

Fromm: »Es wurde auch nichts bei den Damen gefunden?«

Artur: »Nein.«

Fromm: »Sind Sie vorbestraft?«

Artur: »Nein.«

Fromm: »Die Damen?«

Artur. »Nicht, dass ich wüsste.«

Fromm: »Haben die Mädchen Sie der Zuhälterei beschuldigt?«

Artur: »Nein.«

Fromm nickte und tippte mit dem Bleistift, mit dem er sich Notizen gemacht hatte, auf seinem Schreibblock herum.

Dachte nach.

»Ich glaube nicht, dass die Staatsanwaltschaft Ihnen etwas beweisen kann, aber es braucht nur eines der Mädchen umzufallen, dann haben wir ein massives Problem.«

Isi sagte: »Die halten sicher zu Artur!«

Fromm sah sie an und fragte: »Würden sie das auch noch, wenn Kurt Malleck ihnen eine Scherbe ins Gesicht drückt und droht, sie aufzuschlitzen?«

Isi schluckte.

»Aber selbst wenn er das nicht tut: Das Ganze bleibt Erregung öffentlichen Ärgernisses, Unzucht oder Anstiftung dazu sowie Kuppelei. Ein Strafbestand allein reicht da schon für eine Gefängnisstrafe. Und wenn ich das richtig verstanden habe, ist Herr Burwitz hier absolut unabkömmlich?«

Eine elegante Umschreibung des Umstandes, dass Artur nicht mal für einen Tag eingelocht werden durfte, weil seine Männer ohne seine Führung verloren waren. Artur nickte, genauso wie auf Fromms nächste Frage: »Und der Kläger Malleck ist vernünftigen Argumenten gegenüber unempfindlich?«

Wieder eine elegante Umschreibung, diesmal für Bestechung oder Nötigung. Vielleicht hatte ich den jungen Mann unterschätzt: Er sah wirklich nicht aus wie ein Anwalt, aber er verstand nicht nur genau, worum es ging, er schien auch zu wissen, was außergerichtlich möglich sein konnte. Dass das meiste nicht gerade vom Strafgesetzbuch gedeckt war, sprach er nicht aus.

Erneut trommelte er mit dem Bleistift auf dem Block herum, dann aber lächelte er, ließ das Monokel geschickt in seine offene Hand fallen und steckte es in die Brusttasche seines Jacketts.

»Es gibt nur eine Möglichkeit, wie wir Sie und die Mädchen da rauskriegen …«

Wir sahen uns neugierig an.

»Die wäre?«, fragte Artur.

Fromm nickte: »Der Beweis der Phryne.«

38

Wie klug die Idee war, zeigte sich wenige Wochen später vor der sechsten Strafkammer des Landgerichts II in Moabit. Denn in dem Prozess gegen Artur ging es neben den ganz konkreten Vorwürfen – Zuhälterei, Erregung öffentlichen Ärgernisses, Unzucht und Kuppelei – im gleichen Maß um Moral und Werte in einer vom Krieg durchgeschüttelten Gesellschaft.

Fromm hatte uns von dem antiken Vorbild erzählt, an dem er sich in diesem Fall ein Beispiel nehmen wollte. Auch die Hetäre Phryne, die vor über zweitausend Jahren in Griechenland ihren Lebensunterhalt ganz ähnlich verdient hatte wie die Damen des *Eden*, war angeklagt worden, weil man in ihr eine Gefahr für Sitte und Anstand sah. Im Prozess geriet sie bald in Bedrängnis, und noch vor dem Schlussplädoyer musste sie befürchten, verurteilt zu werden. Da wagte ihr Verteidiger, und ganz nebenbei auch Liebhaber, Hypereides eine letzte, verzweifelte Aktion: Er riss der schönen Phryne die Kleidung herunter, sodass sie nackt vor den altehrwürdigen Richtern stand. Die, von so viel Schönheit geblendet, sprachen sie frei, denn eine solche Anmut, so ihr Urteil, könne niemals unsittlich sein.

In diesem Sinne argumentierte auch Anwalt Fromm vor Richter Kurt Meixner, der wie die Gussform eines humorlosen, trockenen Juristen wirkte und, so mein Eindruck, diesen Prozess wohl in Rekordgeschwindigkeit beendet hätte, wenn er der Kleidung Fromms unter dessen Robe gewahr geworden wäre. Fromm aber ließ sich von Meixner nicht einschüchtern und blieb auf bewundernswerte Weise selbstbewusst, ja manchmal geradezu verwegen. Er verwies auf die mannigfaltige Darstellung von Nacktheit seit der Antike: Mit Aphrodite, Apollon, Laokoon hatte es begonnen, und die Künstler im Mittelalter knüpften an diese Art körperlicher Veranschaulichung an. Ganz zu schweigen von Michelangelo, Botticelli oder Rubens später. Wer hatte sie je der Unzucht bezichtigt?

Der Staatsanwalt protestierte scharf: Weder Michelangelo noch Rubens noch Botticelli stünden vor Gericht und schon gar nicht wegen

Zuhälterei, Kuppelei oder Erregung öffentlichen Ärgernisses. Fromm erwiderte schlicht, dass die drei zu ihrer Zeit sehr wohl wegen Erregung öffentlichen Ärgernisses angegangen worden waren, was nur zeige, wie Engstirnigkeit und falsch verstandene Moral Kunst und Fortschritt schon seit Jahrhunderten bedrängten. Reaktionäres Philistertum, in dem sich der Staatsanwalt offensichtlich auch pudelwohl fühle.

Das trug ihm eine Verwarnung des Gerichts ein.

Dennoch blieb Fromm in der Offensive und rief, wobei er sein Monokel dramatisch herabfallen ließ und geschickt wieder auffing: »Nacktheit an sich kann niemals unzüchtig sein!«

Isi und ich hockten auf den Zuschauerbänken, während Artur vorn neben Fromm saß und sich zur Sache nicht äußern wollte. Das hatte Fromm für ihn übernommen, der jetzt darauf hoffte, seinen einzigen wirklichen Trumpf ausspielen zu können.

Und er hatte Glück.

Meixner sah Fromm an und fragte: »Meinen Sie etwa den Beweis der Phryne?«

Der nickte und antwortete: »Jawohl, Herr Vorsitzender, den meine ich! Und daher fordere ich das Gericht auf, sich selbst ein Bild zu machen, um über die Vorwürfe ein angemessenes Urteil fällen zu können. Ich beantrage daher einen Lokaltermin im *Eden*.«

Der Staatsanwalt tobte und widersprach energisch, allein der Antrag war rechtskonform. Richter Meixner nahm ihn an und legte den Termin auf die folgende Woche vormittags fest.

Damit war die Sitzung geschlossen.

Tatsächlich trafen sich eine gute Woche später Richter, Staatsanwalt, Friedemann Fromm und Artur vormittags gegen elf Uhr im *Eden* zu einer Sondervorführung, auch unter den strengen Augen der Berliner Polizei, die prüfen sollte, dass sich alles so verhielt, wie sie es bei ihrer Razzia vorgefunden hatte.

Dem Richter hatte man einen Tisch und einen Stuhl bereitgestellt – alle anderen standen hinter ihm und sahen zu, wie die Lichter gedimmt, duftende Kräuter und Harze in Schalen entzündet wurden. Schließlich traten die Musiker herein und bezogen Position.

Dann begann die Vorführung der Tänzerinnen.

Und wie schon bei meinem Besuch zuvor war ihre Darbietung verführerisch, aber dank ihrer klassischen Ballettausbildung geschmackvoll und gekonnt. Immer wieder wirbelten die Schleier um ihre makellosen Körper, die eins mit der Musik waren, sich sinnlich im Takt wiegten. Als die Damen schließlich endeten, hätte nicht viel gefehlt und man hätte ihnen applaudiert. Sie verbeugten sich kurz und entschwanden dann wieder in den hinteren Räumen.

Der Richter erhob sich, nickte den Anwesenden zu und legte den Termin für die Urteilsverkündung auf die darauffolgende Woche.

Und so saßen wir bald wieder im Gerichtssaal: Artur auf der Anklagebank, Isi und ich im Zuschauerraum.

Auch Richter Meixner nahm seinen Platz ein, setzte sein samtenes Barett auf den Kopf und verkündete das Urteil.

»Im Namen des Volkes werden der Angeklagte Artur Burwitz und die mit ihm angeklagten Nadja Kommarenko und Tatjana Nestowa in allen Punkten freigesprochen!«

Isi sprang jubelnd auf.

Der Richter sah sie tadelnd an.

Sie setzte sich schnell wieder mit einer entschuldigenden Geste.

Meixner fuhr fort: »Der Anklage gelang es nicht, die Vorwürfe der Kuppelei, Prostitution und Erregung öffentlichen Ärgernisses zu beweisen. Letzteres musste scheitern, da die Veranstaltungen im *Eden* keine öffentlichen sind. Somit sind die Treffen dort als geschlossene Gesellschaften zu werten.

Zudem konnte sich das Gericht bei einem Ortstermin davon überzeugen, dass die Vorführungen zwar von großer Nacktheit geprägt, aber nicht pornografischer oder unsittlicher Natur sind. Die Tänzerinnen wurden im berühmtesten und besten Ballett der Welt ausgebildet. Eine Gefahr der sittlichen Gefährdung von Jugend ist mangels Öffentlichkeit nicht gegeben.

Auch konnte die Staatsanwaltschaft keine Beweise für Prostitution oder Kuppelei anführen. Es gibt keine Aussage, keinen Geldtransfer und keine geldwerten Zahlungen, die diese Vorwürfe untermauern würden. Und ein bloßer Verdacht, und sei er noch so wahrscheinlich, zählt vor Gericht nicht. Damit sind die Angeklagten freizusprechen, das Verbot zur Öffnung des *Eden* ist aufzuheben. Die Kosten des Verfahrens trägt die Staatskasse.«

Der Fall war geschlossen.

Artur, Isi und ich umarmten uns noch im Gerichtssaal.

Und ich stellte wieder mal fest, wie sehr man sich doch irren konnte: Anwalt Fromm sah aus wie eine Komödienfigur von Lubitsch und Richter Meixner wie ein verstaubtes Buch, das nur noch zum Pressen von Blumen taugte. Ich hatte gemeint, spüren zu können, was sie voneinander hielten, aber als ich nun zur Richterbank blickte, konnte ich sehen, wie Meixner aufstand, sich abdrehte und dabei lächelte.

Und in diesem Moment wusste ich, dass er nicht nur Freude an dem Fall an sich gehabt hatte, sondern auch an Fromms Wagnis, mit dem Beweis der Phryne zu argumentieren. Eine Idee, die so unkonventionell war, dass sie seine ganze Arbeit in ein neues Licht gerückt hatte. Dazu dieser Lokaltermin!

Meixner war amüsiert.

Er hielt Fromm vermutlich immer noch für einen Clown.

Aber einen, der Staub von Büchern pusten konnte.

39

Der Sieg wurde gefeiert.

Und es zeigte sich, dass Anwalt Fromm nicht nur ein brillanter Jurist war, sondern auch ein den Genüssen des Lebens äußerst zugetaner Lebemann. Am Abend nach Verkündung des Urteils jedenfalls sah ich ihn im *KaLeu* umringt von diversen Damen, käuflicher oder nichtkäuflicher Natur, und er schien dabei von wenigen Berührungsängsten geplagt. Was den Prozess betraf, hätte er mit dem Beweis der Phryne eigentlich großes Aufsehen erregen müssen, allein er hatte Pech, dass er von der Öffentlichkeit nicht beachtet wurde, weil etwas anderes die vollständige Aufmerksamkeit des Reiches beanspruchte: der parlamentarische Untersuchungsausschuss zur Klärung des Kriegsausbruchs, seiner Verlängerung und Niederlage. Hauptzeugen, wobei es um einiges treffender gewesen wäre, sie Angeklagte zu nennen: Erich Ludendorff und Paul von Hindenburg.

Um zu ermessen, wie dreist, wie unverschämt und uneinsichtig der Auftritt der beiden hauptverantwortlichen Generäle in diesem Ausschuss war, will ich zunächst zu dem zurückspringen, was das Reich nach den Märzunruhen in seinen Grundfesten erschütterte: der Friedensvertrag von Versailles. Wobei ich wohl noch etwas weiter zurückgreifen muss, denn schon die Unterzeichnung des Waffenstillstands am 11. November in einem Eisenbahnwagen im Wald von Compiègne warf ein Licht auf die infame Durchtriebenheit dieser beiden Männer. Ihnen war es gelungen, die Schuld an der Niederlage einem anderen in die Schuhe zu schieben: Staatssekretär Matthias Erzberger.

Denn der musste den Waffenstillstand unterschreiben.

Weder Ludendorff noch Hindenburg wollten damit in Verbindung gebracht werden, sodass sich schon bald der Hass der Rechten auf Erzberger konzentrierte, der als Überbringer der Waffenstillstandsbedingungen gleichsam für sie verantwortlich gemacht wurde.

Dabei wusste ich: Es war Ludendorff selbst, der Anfang Oktober völlig überraschend um Verhandlungen zum Waffenstillstand gebeten und damit der Entente signalisiert hatte, dass Deutschland geschlagen war. Ein Umstand, den er später übrigens leugnete.

Als im Mai die Bedingungen für den Frieden bekannt wurden, durchliefen Schockwellen das Reich. Es verlor ein Siebtel seines Territoriums, ein Zehntel seiner Bevölkerung, ein Drittel seiner Kohle- und drei Viertel seiner Erzvorkommen. Dazu alle Kolonien, seine Marine und große Teile seines Heeres. Obendrein hatte es eine noch festzulegende Kompensationszahlung für die verursachten Schäden zu zahlen. Was die Menschen jedoch mehr als alles andere aufbrachte, ganz gleich welcher politischen Couleur, war Artikel 231 des Vertrags: Er sah in Deutschland den alleinigen Kriegsschuldigen.

Zu Hunderttausenden gingen sie auf die Straßen und protestierten gegen die Annahme dieses Friedens. Hindenburg freute es. Der Alte war auf geradezu absurde Weise im Volk beliebt, er, der edle Junker aus dem Osten, der zwar ganze Schlachten verschlief, während seine Soldaten dort im Trommelfeuer starben, sich aber im Fall eines Sieges den Zeitungen gern als Held aufdrängte. Er liebte die öffentliche Auszeichnung. Am Ende hatte er sich selbst so viele Orden verliehen, dass man eigens für ihn einen weiteren erfinden musste, weil ihnen alle anderen ausgegangen waren: den *Hindenburgstern*.

Unheimlicher noch war mir Ludendorff, der verglichen mit Hindenburg zwar frei von vorgeblicher aristokratischer Noblesse war und oft etwas blass blieb, tatsächlich aber *die* treibende Kraft unter allen Falken des Militärs darstellte, mit diktatorischen Befugnissen und einem äußerst angespannten Verhältnis zur Redlichkeit ausgestattet. Es hieß, dass er kurz vor der Kapitulation noch Soldaten hatte hinrichten lassen, die seine Befehle zwar nicht verweigert, sie aber nicht mit der nötigen Begeisterung entgegengenommen hatten. Davon gekränkt, ließ er an ihnen ein Exempel statuieren.

Fast schon müßig zu erwähnen, dass keiner der beiden und auch sonst kein wirklich Verantwortlicher in Versailles anwesend war. Wie schon in Compiègne glänzten sie alle durch Abwesenheit, lenkten die Aufmerksamkeit auf andere und wuschen sich selbst rein von Schuld.

Und mit genau dieser Haltung traten sie dann auch im Ausschuss auf.

Schon vor Wochen an die Messter-Film ausgeliehen, hatte ich selbst das zweifelhafte Vergnügen, diesem monarchistisch anmutenden Spektakel beizuwohnen. Ein Sonderzug führte die beiden Herren in die Stadt, wo sie eine Ehrenwache der Reichswehr begrüßte. Dem betagten Hindenburg stellte man zwei Adjutanten zur Verfügung. So wurden sie in den Sitzungssaal geleitet, wo Hindenburgs Platz mit weißen Chrysanthemen und einem schwarz-rot-weißen Band geschmückt war. Wie allen anderen war mir direkt klar, dass hier keinerlei Selbstkritik, geschweige denn das Eingeständnis eines Fehlers zu erwarten war.

Von einer Befragung konnte dann auch keine Rede sein. Beide Männer lasen eine vorbereitete Erklärung ab, während Einsprüche oder Fragen weder erwünscht waren noch beantwortet wurden. So nutzte

Hindenburg die Gelegenheit und präsentierte der Öffentlichkeit die größte aller Lügen, nämlich dass die deutsche Armee von hinten erdolcht worden wäre! Flotte und Heer wären planmäßig zersetzt worden, die Revolution der Matrosen habe das Schicksal dann besiegelt. Und um seiner Aussage einen glaubwürdigeren Anstrich zu verpassen, legte er diese Behauptung dreisterweise einem nicht näher benannten englischen General in den Mund.

Letztlich stützten sie ihre Argumentation auf verdrehte Fakten: Erzberger hatte die Kapitulation unterschrieben, die SPD-geführte Regierung um Reichskanzler Scheidemann den *Schandfrieden* von Versailles Ende Juni angenommen, womit weder Militär noch Rechtsnationale noch Monarchisten schuld am Ausgang des Krieges und seinen Folgen waren, sondern allein *die anderen*.

Die Dolchstoßlegende war geboren!

Hindenburg hatte den Ausschuss genutzt, um sich vom Befragten zum Ankläger aufzuschwingen, und es verfehlte seine Wirkung in der Öffentlichkeit nicht. Die Aufklärung der Umstände des Ersten Weltkrieges liefen noch Jahre weiter, aber das Gift war bereits verspritzt worden, und es lähmte nicht nur die junge Republik, es führte auch zu der Verschwörung, in die Isi noch verwickelt werden sollte.

Einstweilen war ich beauftragt worden, das unwürdige Spektakel im Ausschuss zu filmen, was ich widerwillig tat. Um dann, eingedenk der Macht, die Bilder haben konnten, den Film in einem inszenierten Unfall zu zerstören. Ich kam daher ohne brauchbares Material zur Messter-Film zurück, sehr zum Unmut der Verantwortlichen dort, die mich danach nie wieder von der UFA ausliehen.

Heute bin ich mir nicht mehr sicher, ob ich das Filmmaterial hätte zerstören dürfen, damals aber war ich davon überzeugt, dass ein heroischer Auftritt der beiden in der *Wochenschau* den Hass auf die Demokratie nur weiter befeuert hätte.

Denn da war ja noch der 21. August.

Und das Bild, das sich zu einem Skandal ausgeweitet hatte.

An diesem Tag war Ebert zum Reichspräsidenten vereidigt worden, doch darüber sprach bald niemand mehr, sondern nur über die Fotografie in der *Berliner Illustrirten Zeitung*, die Friedrich Ebert und Gustav Noske in Badehosen zeigte. Der große und der kleine Dicke im seichten Wasser der Lübecker Bucht. Ein Schnappschuss, der den Rechten bald Futter gab für eine Dauerkampagne gegen die Republik, denn fortan firmierte das Bild unter: *Die Demokratie geht baden.*

Die beiden SPD-Männer hätten in ihren albernen Badehosen kaum lächerlicher aussehen können. Diesem Bild wollte ich keines von Hindenburg und Ludendorff anfügen.

Allein: Genutzt hat es nichts.

Die harten Bedingungen des Versailler Vertrags, das große Leid der Verstümmelten und Hungrigen in Verbindung mit einer politisch gespaltenen Republik waren der Humus, auf dem der Hass gedeihen konnte.

Unaufhaltsam.

40

Aldo schickte keine Blumen mehr, was zur Folge hatte, dass sich der Dschungel in unserem Haus langsam lichtete und Isi sich schließlich fragte, ob sie ihn wohl endgültig verschreckt hatte. Denn mochte man solcherlei Gefälligkeiten auch vollkommen überzeugt ablehnen, blieben sie erst einmal aus, begann man sie doch zu vermissen. Das galt für Isi, die zwar vorgab, dass es ihr einerlei wäre, ob sich das Haus weiter mit Grünzeug füllte, das galt aber auch für mich, der ich zwar inständig drum gebeten hatte, dass dieser Irrsinn endlich aufhören mochte, dem das Ganze dann aber doch auf seltsame Art und Weise fehlte. Wonach Isi sich meiner Meinung nach aber vor allem sehnte, war die Aufmerksamkeit, das Gefühl, Mittelpunkt der Gedankenwelt eines anderen zu sein, und so reagierte sie zuweilen gereizt, wenn ich mich nach Aldo erkundigte, und antwortete schnippisch, dass sie keine Ahnung habe, worauf ich da anspiele.

Aber Aldo hatte nicht aufgegeben, sondern nur im Stillen nachgedacht.

Und es war ihm tatsächlich etwas eingefallen, wie er mehr aus seinen Möglichkeiten machen konnte, als einfach nur Dinge zu kaufen. Es ging ihm jetzt nur noch darum, wie er sein neues Ich präsentieren sollte. Denn auch das hatte er mittlerweile begriffen: Sein unbekümmertes Zurschaustellen von Reichtum und Sorglosigkeit verfing bei Isi nicht.

Dann eröffnete am Nikolaustag eine Suppenküche in der Dolziger Straße.

Das war ein Grund zur Freude, denn die meisten Arbeiter, Kriegswitwen und Frontheimkehrer im Osten und Norden der Stadt hungerten, was für diejenigen, die in der Eldenaer oder eben in der Dolziger Straße wohnten, von besonders beißender Ironie war, lebten sie doch gleich neben den Schlachthöfen, wo sie Tag für Tag anstanden, um Fleisch zu bekommen, das man eigentlich nicht mehr essen konnte. Eine Suppenküche schickte da praktisch der Himmel, aber ungewöhnlich war die Eröffnung schon, denn es gab hier weit und breit niemanden, der durch Mildtätigkeit auffiel – außer gelegentlich Isi, Artur und mir. Und jetzt aus dem Nichts eine Armenspeisung.

Gleich um die Ecke.

Das machte uns neugierig. Weil Samstag war und ich freihatte, spazierten wir mit Hans hin, um uns das Ganze anzusehen. Im Gegensatz zu vielen anderen Armenspeisungen stand hier nicht nur eine Gulaschkanone in der Gegend herum. Das Erdgeschoss eines ziemlich in die Jahre gekommenen Backsteinhauses war zu einer Art Kantine umgebaut worden, mit eigener Küche und Aufenthaltsraum, wo die Bedürftigen an Tischen sitzen und sich gleichzeitig aufwärmen konnten. Die Schlange war lang, aber das Essen schien der Küche nicht auszugehen, offenbar sollte jeder eine Portion bekommen, der eine haben wollte.

Isi erkundigte sich bei den Köchinnen, wer die Küche eingerichtet habe und wer sie betreibe, bekam aber nur zur Antwort, dass sie darüber nicht sprechen durften. Nur so viel konnten sie sagen: Staat und Stadt waren es nicht. Die Armenspeisung war die milde Tat eines Gönners, der aber nicht genannt werden wollte.

»'n juter Mensch issa!«, sagte die Köchin, die mit uns sprach. »Sone jibts heut jar nich' mehr!«

»Ein Mann also?«, schloss Isi.

»Darf ick nich' sarjen, Frollein, abba falsch is' dit nich'.«

Isi grinste: »Siehtajutaus?«

»Ick würd 'n sofort heiraten«, grinste die andere zurück. »Er müsst mir bloß ma fraren.«

Dann wandte Isi sich mir zu: »Was hast du Aldo gesagt?«

Ich zuckte mit den Schultern: »Nur dass er mal in sich gehen soll.«

»Du hast ihm nicht gesagt, was er machen soll?«

»Nein.« Und um ehrlich zu sein: Ich staunte nicht schlecht. Aldo hatte ein wirklich gutes Werk getan – nicht nur für sich, sondern auch für die Allgemeinheit.

Isi sah sich um und nickte amüsiert.

Sie war nicht leicht zu beeindrucken, auch diesmal nicht, aber was sie sah, gefiel ihr. Sie wusste zu schätzen, dass Aldo nicht in öffentlichkeitswirksamer Selbstbeweihräucherung den geläuterten Saulus gegeben hatte, wenn sie sich insgeheim doch, wie sie mir später gestand, etwas mehr Finesse gewünscht hätte. Etwas mehr Rätselspaß. Dennoch erkannte sie Aldos Bemühen an und beschloss ihrerseits, ihm ein wenig entgegenzukommen.

»Ruf ihn an, Carl«, sagte sie munter. »Sag ihm, die Königin gewährt ihm eine Audienz.«

»Gehts auch 'ne Nummer kleiner?«, fragte ich zurück.

»Versteht er schon!«, erwiderte sie schelmisch.

Damit kehrte sie vergnügt nach Hause zurück, um Aldo am Abend auch eine entsprechende Monarchin zu präsentieren.

Und uns natürlich auch.

Genau ein Jahr war es her, dass Isi und ich uns inmitten eines Massakers wiedergefunden hatten. Seitdem war so viel passiert! Entsprechend nahmen wir uns vor, an diesem Abend nicht nur unser einjähriges Wiedersehen zu feiern, sondern auch Nikolaus zu *unserem Tag* zu machen, möglichst jedes Jahr am 6. Dezember zusammen zu sein, und wenn das nicht möglich war, wenigstens an den jeweils anderen

zu denken, einer Flasche Rotwein mit dem Daumen den Korken ein-
zudrücken, um sie dann auszutrinken.

So trafen wir im *KaLeu* ein.

In dem Aldo bereits auf Isi wartete.

Zunächst stritt er energisch ab, etwas mit der Suppenküche zu tun
zu haben, aber er hielt Isi nicht lange stand und gab schließlich zu, dass
ihm die Idee gekommen war, als er darüber nachgedacht hatte, vielleicht einmal etwas Sinnvolles mit seinem Vermögen anzustellen. Ganz
dem Gebot der Nächstenliebe folgend hatte er die Suppenküche im
Stillen finanziert, damit die edle Spende nicht an ideellem Wert verlor.

»Ich wette, dass dir das am schwersten gefallen ist!«, grinste Isi.

»Ja«, gab er zu, »Ich bin es gewohnt, dass alles, was ich mache, auch
bemerkt wird. Aber jetzt will ich die richtigen Dinge tun.«

»So, willst du das?«, fragte Isi amüsiert zurück.

»Komm schon, ich gebe mir wirklich Mühe!«

»Du bist ein Heiliger, Aldo!«, kicherte Isi. »Ich werde dem Papst deine Wunder vermelden!«

»Danke, das fände ich sehr schön.«

Damit stießen sie auf Aldos neuen Altruismus an.

Die ungezügelte Meute um sie herum interessierte der Friedens-
schluss zwischen den beiden nicht weiter. Offenbar hatten sehr viele
Lust, den Nikolaustag eher unchristlich zu verbringen, und die kleine
Musikkapelle, die sich wie Silvester im hinteren Teil der Schänke auf-
gebaut hatte, gab ihr Bestes, die Feierwütigen bei Laune zu halten. Die
Mollen gingen im Dutzend über die Theke, dazu gab es jede Menge
Wein und Schnaps.

Bald schon tanzten und knutschten die Pärchen überall im Raum,
während ich am Tisch bei Artur saß und dem wilden Fest mit bitter-
süßer Schwermut zusah. Letztes Jahr Silvester hatte ich Marlies hier
kennengelernt, jetzt war sie fort, und ich sah um mich herum nur
Menschen, die scheinbar glücklich waren.

»Bereit für jemand Neues?«, fragte mich Artur plötzlich.

Ich sah ihn ebenso überrascht wie fragend an.

»Es gibt da jemand, den ich dir vorstellen möchte!«, rief er mir gegen die Musik und das Gelächter zu.

»Lieber nicht, Artur.«

»Du brauchst jemanden, Carl!«

»Du nicht?«, rief ich zurück.

Er zuckte mit den Schultern: »Ich komme zurecht.«

»Und ich nicht?«

Er zögerte mit der Antwort: »Hans braucht eine Mutter.«

»Ich schaffe das auch so!«, rief ich zurück.

»Ja, aber schafft Hans das auch?«

Um uns tobte das Leben, während wir ganz ruhig dasaßen wie Felsen im Wasser eines schäumenden Bergflusses.

Eine Weile sagte ich nichts.

Dann aber beugte ich mich zu ihm herüber und rief: »Wen willst du mir vorstellen?«

Er nickte, stand auf und zog mich mit sich.

Wir wühlten uns durch die Leiber, bis wir weiter vorn wie durch eine Mauer brachen und zwischen sich lichtenden Reihen schneller vorankamen, ohne dass wir dabei Schultern aus dem Weg drücken mussten. An einem der vordersten Tische saß eine Gruppe von schon reichlich angetrunkenen Männern, die sich mit zwei Damen unterhielten, dabei grölend lachten und sich eifrig selbst zuprosteten.

Artur rief: »Anna?«

Die dunkelhaarige der beiden blickte auf und kam dann zu uns herüber. Sie sah hübsch aus, dunkle Augen, voller Mund, üppiges Dekolleté. Eine attraktive Frau, vielleicht drei, vier Jahre älter als ich.

Sie lächelte und gab mir die Hand: »Hallo, Carl!«

Vollkommen irritiert starrte ich sie an: Sie kam mir bekannt vor. Aber woher?

Sie lachte, wohl über meinen Gesichtsausdruck, dann sah sie an sich herab: »Das Kleid ist schön, nicht?«

»Ja«, antwortete ich verwirrt.

»Wenn ich die Kluft eines Dienstmädchens tragen würde, dazu ungeschminkt wäre, würdest du mich dann erkennen?«

Eine Sekunde.

Zwei.

Dann klappte mir der Mund auf: »Anna! Vom Boysenhof!«

Sie nickte.

Ich blickte zu Artur: »Wie …?«

Mehr brachte ich in meiner Überraschung gar nicht hervor.

»Das ist Berlin, Carl! Alle kommen hierhin.«

Ich nickte, als würde ich verstehen, dann wandte ich mich wieder Anna zu. Als Artur und ich fast noch Kinder waren, hatte sie auf dem Gut des alten Boysen gedient. Ich hatte sie während einer Festivität, auf der Papa und ich die Musiker waren, kennengelernt. Damals war ich spontan verliebt in sie, auf kindliche, unschuldige Art, hatte sie heimlich bewundert, war aber auch voller Schrecken Zeuge dessen geworden, was ihr in jener Nacht widerfahren war. Sie war vergewaltigt worden – und der alte Boysen hatte sie dafür vom Hof gejagt. Gedemütigt und geächtet von allen, die in ihr, dem Opfer, die sittenlose Täterin sahen.

Artur sagte: »Ich lass euch mal alleine. Ihr habt euch sicher viel zu erzählen!«

Das hatten wir.

So erfuhr ich, dass sie, nachdem ihre Familie sich ihrer Schande wegen geweigert hatte, sie wieder aufzunehmen, nach Berlin gefahren war und bis Kriegsbeginn als Verkäuferin gearbeitet hatte. Mit Fortschreiten der Kämpfe wechselte sie, wie die meisten anderen auch, in einen Rüstungsbetrieb und versuchte, mit dem bisschen Lohn, den man ihr zugestand, irgendwie zurechtzukommen. Dann kam der Hungerwinter 1917, und die Menschen in Berlin starben wie die Fliegen.

»Nur eine Branche lief immer noch gut …«, sagte sie und sah mich an.

Es war nicht schwer zu erraten, was eine alleinstehende, mittellose Frau ohne nennenswertes Einkommen damals tun musste, wenn sie überleben wollte.

Anna sprach es aus: »So wurde ich zu dem, was die Thorner schon längst aus mir gemacht hatten: eine Hure.«

»Das tut mir leid.«

Sie lächelte: »Nicht so schlimm, Carl. Das Einzige, was es schwer macht, ist das Urteil der *Anständigen*, die jeden Tag an meiner Tür kratzen.«

»Und wie hast du Artur gefunden?«, fragte ich.

»Ist noch nicht lange her, da bin ich abends ins *KaLeu*, um mich aufzuwärmen. Artur hat mich angesprochen und schnell herausgefunden, wer ich bin. Der Rest war dann nur noch eine Verhandlung zwischen meinem Luden und ihm.«

»Er hat dich ihm abgekauft?!«

Sie zuckte mit den Schultern: »Er hat mir nichts gesagt.«

»Das tut er nie«, seufzte ich.

»Jedenfalls bin ich seitdem frei. Und ich kann immer zu ihm, wenn es Probleme gibt. Ich habe ihm viel zu verdanken.«

Ich lächelte schwach: »Haben wir das nicht alle?«

So unterhielten wir uns noch eine lange Zeit.

Anna war intelligent und witzig, und ich sah aus den Augenwinkeln viele neidische Blicke von Männern, die sich fragten, warum sich ein Prachtweib wie sie mit einem kümmerlichen Gesellen wie mir so angeregt unterhielt, und doch war da keine Magie zwischen uns. Jedenfalls fühlte ich keine. Kein Herzklopfen wie bei unserem ersten Treffen, und ich fragte mich, woran es lag. War ich wirklich ein solcher Spießbürger, dass ich ihren Beruf nicht aushalten konnte?

Oder war es, weil Artur sie gekauft hatte und sie somit verpflichtet war zu tun, was er wollte? Und wenn nicht: dass sie sich ihm aus lauter Dankbarkeit wahrscheinlich verpflichtet fühlte?

Oder waren es doch die knapp zehn Jahre und der Weltkrieg, die zwischen der Verliebtheit eines Jungen und der Realität eines Erwachsenen lagen?

Ich war sicher, dass Anna fast alles sein konnte, was ein Mann sich wünschte, aber Marlies konnte sie nicht sein. Oder Masha. Die wenigen Erfahrungen mit dem anderen Geschlecht hatten mich doch eines über mich selbst gelehrt: Ich liebte sofort oder gar nicht.

Ob sie das spürte?

Jedenfalls machte sie keine Anstalten, mich bei sich zu halten, als ich irgendwann wieder zurück ins Gewühl tauchte und die nächsten Stunden bei einem amüsanten Gespräch zwischen Aldo und Isi stand. Eigentlich, dachte ich nicht zum ersten Mal, gaben die beiden ein wirklich hübsches Paar ab, und wahrscheinlich wäre Isi längst Hals über Kopf verliebt, wenn Aldo ein ambitionierter Künstler oder ehrgeiziger Musiker oder aufstrebender Bursche mit einer mitreißenden Geschäftsidee gewesen wäre, so aber schien sie sich selbst zurückzuhalten, als ob sie dem Braten nicht trauen würde.

Dennoch schien sie glücklich zu sein.

Oder wenigstens bestens gelaunt.

Es wurde spät.

Das *KaLeu* war immer noch recht voll, aber der Druck auf die Theke hatte deutlich nachgelassen, und die Tänzer waren langsam erschöpft.

Ich rupfte an meiner Krawatte und zischte: »Wieso ist das hier eigentlich so heiß?«

Ich sah, wie Isi sich neben mir mit einer Serviette den Schweiß von der Stirn tupfte, und Aldo, dem kleine Rinnsale an den Schläfen hinabliefen. Auch andere schienen sich jetzt immer öfter mit den Händen Luft zuzuwedeln, und die Ersten verlangten an der Theke einfach nur nach Wasser.

Die Kapelle schien ermattet zu sein, der Trompeter wischte sich mit hochrotem Kopf über das Gesicht, dann drehte er sich um, berührte mit der Hand die Wand hinter sich und zuckte zurück: Offensichtlich war die heiß.

Ich suchte Artur, fand seinen Blick und ging zu ihm.

»Da stimmt was nicht, Artur!«, rief ich ihm zu und zeigte auf die Wand hinter den Musikern.

Isi hatte als heimliche Lauscherin dahinter gestanden, als Silber-Kurt seinen Tobsuchtsanfall bekommen hatte. Jetzt bemerkten wir beide, dass die Tapete mit dem wilden Muster an einigen Stellen begonnen hatte, Blasen zu werfen. Dann sahen wir einen der Kellner auf die seitliche Tür zugehen, einen Beutel leere Flaschen in der Hand, um im Keller Nachschub zu holen.

Artur schrie: »NICHT!«

Es drehten sich einige nach uns um, nicht aber der Kellner, der nach der heißen Klinke griff und die Tür öffnete: Im nächsten Moment flog das Türblatt ins Innere, Flammen schossen in den Raum, gleichzeitig rollte schwarzer Qualm über die Zimmerdecke und entzündete sich selbst zu einer Feuerwalze.

Schreie!

Panik!

Wie eine Herde wild gewordener Tiere versuchten alle, dem *KaLeu* zu entkommen. Doch schon vor der Theke waren die Ersten gestürzt, während die hinter ihnen über sie hinwegtrampelten. Artur packte sich den Trompeter, dessen Haar Feuer gefangen hatte und der zu Boden gegangen war, ich stürzte mit den anderen hinaus, riss irgendjemanden mit mir und bemerkte, dass es Aldo war.

»Wo ist Isi?«, schrie ich.

Der Rauch war jetzt überall, alles verschwamm in Schwaden, wir husteten unentwegt.

Aldo warf sich auf den Boden und tastete über die dort Liegenden. Er entdeckte Isi, packte sie, riss sie an seine Brust, und zusammen stolperten wir dem Ausgang entgegen, den wir hustend und mit tränenverquollenen Augen erreichten.

Hinter uns fauchte der Brand.

Rasch eilten wir über die schmale Gasse auf die Breslauer, wo bereits einige Dutzend Gäste geschockt, manche weinend, beieinanderstanden. Dann brach plötzlich das Dach des *KaLeu* ein, und ein Funkengewitter stob in den Himmel, gefolgt von rot-gelben züngelnden Flammen, die den ganzen Hinterhof in beinahe taghelles Licht tauchten.

Wo war Artur?

Ich rannte zurück und entdeckte ihn vor dem Eingang liegend, den Musiker immer noch im Arm. Es war dort mittlerweile heiß wie in der Hölle, das Gesicht mit den Armen abdeckend lief ich zu den beiden, packte sie an ihren Krägen und zerrte sie in die Gasse.

Draußen auf der Breslauer schlug ich Artur so lange gegen die Wange, starrte auf das durch die Hitze verlaufene Gesicht der Maske, bis er endlich mit flatterndem Lid zu sich kam.

Gerettet!

Wir waren gerettet!

Für fünf aber kam jede Hilfe zu spät.

Sie verbrannten praktisch zu Asche, sodass wir von vieren nicht einmal mehr den Namen erfuhren.

Der fünfte war Arturs Kellner.

41

Man hielt Brandstiftung für möglich, wenn die Untersuchungsergebnisse auch vage blieben. Letztlich wussten wir drei aber natürlich, dass es eine war, und vor allem, wer dahinterstecken musste: Silber-Kurt. Nach seiner Pleite vor Gericht hatte er offenbar wieder zu bewährten Methoden gegriffen und wollte zerstören, was er nicht hatte an sich bringen können. Damit war auch klar, dass er nicht länger gewillt war, sich von Artur auf der Nase rumtanzen zu lassen. Ein kleines Feuerchen hatte zwischen den Männern endgültig den Krieg eröffnet.

Die Polizisten vom Fünfzigsten gingen – auf Arturs Hinweis hin – *Vergissmeinnicht* und auch Silber-Kurt persönlich hart an, verhörten alle und filzten ihre Lokale. Für nicht wenige gab es auf der Wache wohl ziemlich Dresche, aber sie hielten dicht. Es war unmöglich, Silber-Kurt oder sonst jemandem den Brand nachzuweisen, alle hatten für die Tatzeit ein lückenloses Alibi.

So keimte in immer mehr Leuten zögernd die Überzeugung auf, dass der Brand vielleicht doch nur ein tragisches Unglück war. Die Sensationslettern verwandelten sich allmählich in unspektakuläre Meldungen, um schließlich ganz aus den Zeitungen zu verschwinden.

Die Ermittlungen verliefen im Sand.

Für Artur wurde es ernst.

Oder für Kurt – je nachdem, wer den anderen zuerst erwischte, wobei Silber-Kurt alle Trümpfe in der Hand hielt, denn ihn schützten eben nicht nur *Vergissmeinnicht* mit seinen vielleicht dreißig Mitgliedern, sondern auch die großen Ringvereine wie *Immertreu* oder *Norden 1891*.

Für einige Wochen sah es so aus, als würde Artur die Sache auf sich beruhen lassen, obwohl er eigentlich nicht der Typ war, der einem Konflikt aus dem Weg ging. Er sah sich nach anderen Lokalen um, die er zu einem neuen Szenetreff machen konnte. Aber es stellte sich heraus, dass die Budiker, die dafür infrage kamen, nicht verkaufen wollten, selbst die, denen finanziell das Wasser bis zum Hals stand und die Arturs Geld dringend nötig gehabt hätten. Da wurde Artur klar, dass die Sache mit Kurt noch nicht zu Ende war. Offensichtlich hatte der seine Leute in jede Spelunke geschickt und den Besitzern gedroht, dass sie, wenn sie an Artur verkauften, nicht glücklich werden würden mit ihrem schönen Geld.

Eine Weile dachte Artur darüber nach, in ein anderes Viertel auszuweichen, aber auch das erwies sich als schwierig, denn mittlerweile wusste halb Berlin von dem Brand, und obwohl irgendwann nur noch über ein Unglück spekuliert wurde, war bei vielen ein ungutes Gefühl geblieben. Irgendetwas an der Sache schien nicht koscher gewesen zu sein, und Artur war es schon gar nicht.

Es war eindeutig: Artur konnte nur wieder ein Lokal erwerben und es zum Erfolg führen, wenn es zwischen den Kontrahenten eine Lösung gab.

Eine endgültige Lösung.

»Du musst mit Silber-Kurt verhandeln«, riet ich Artur.

»Was genau verhandeln?«, fragte Artur zurück.

Ich zögerte mit der Antwort, denn im Grunde wusste ich, dass eine Verhandlung nur darauf hinauslaufen konnte, dass sich Artur *Vergissmeinnicht* anschließen musste, um dann von Silber-Kurt auf ähnliche Weise behandelt zu werden wie Kino-Paule und vermutlich alle anderen, die dieser Bandit befehligte. Außerdem würde Artur ihn finanziell teilhaben lassen und sich damit arrangieren müssen, dass der Kerl fürs Nichtstun kassierte.

»Und wenn du nur das *Eden* behältst?«, fragte ich schließlich.

»Ist eher was fürs Prestige. Und wie lange wird es dauern, bis Kurt da anklopft?«

»Und was willst du jetzt tun?«

Artur zuckte mit den Schultern: Er war wirklich ratlos.

Isi wusste ebenfalls keinen Ausweg, verkündete aber, dass sie Artur höchstpersönlich dabei assistieren wollte, Silber-Kurt ins Jenseits zu befördern, schließlich sei sie beim Brand im *KaLeu* selbigem nur knapp entkommen. So warteten wir alle ab, ob sich das Glück noch einmal wendete, wenn Isi ihres auch gefunden zu haben schien: Aldo und sie wurden ein Paar.

Sie rechnete ihm hoch an, dass er sie aus den Flammen gerettet und Gefallen daran gefunden hatte, unter ihrem Einfluss Gutes zu tun. Und dabei auf großkotzige Auftritte verzichtete. Außer natürlich im Theater, bei Schauen oder Diners. Was Isi vermutlich ebenso gefiel, auch wenn sie es natürlich nicht zugeben wollte.

Für mich dagegen endete das Jahr mit lieb gewordener Routine.

In unseren täglichen Musikstunden brachte ich Hans die Grundlagen der Ziehharmonika bei und konnte sehen, wie sich sein Gesicht aufhellte, wenn ich mit wilden Soli glänzte, um ihn zu unterhalten. Manchmal konnte ich ihn damit sogar zum Lachen bringen, und ich fühlte mich zurückversetzt in die Zeit, als ich mit Papa ständig so enthusiastisch mit Melodien herumgealbert hatte, dass wir beide darüber in wildes Gekicher ausgebrochen waren.

Auch das Glashaus genoss ich mit all seinen Verrücktheiten, seiner Fantasie und den unermüdlichen Bemühungen, die Welt mit Filmen zu schmücken. Nach meinem letzten Ausflug zur Messter-Film durfte ich sogar bei kleineren Produktionen Kamera führen, und ich glaube, ich habe meine Sache gut gemacht, denn ich blieb im Geschäft. Was übrigens das einzig sichere Zeichen dafür war, dass man wirklich geschätzt wurde. Ansonsten machte man einander zwar viele Komplimente, meinte sie aber nicht immer so. In der Schauwelt waren nicht nur die Kulissen unecht, manches Lächeln war es auch. Trotzdem liebte ich sie.

Madame Dubarry wurde übrigens ein rauschender Publikumserfolg.

Und es machten Gerüchte die Runde, dass die Amerikaner auf Lubitsch aufmerksam geworden waren, was insofern unglaublich schien, weil der Krieg gerade einmal ein Jahr vorbei war und die Welt keine besonders hohe Meinung von Deutschland hatte. Zu viele waren gestorben, als dass auch nur im Ansatz über eine Versöhnung nachgedacht werden konnte. Was sich auch gut an den Friedensbedingungen des Versailler Vertrags ablesen ließ. Dennoch schien Lubitsch ein Tor aufstoßen zu können, das für andere noch lange verschlossen bleiben würde.

Silvester verbrachten wir alle zusammen bei uns.

Ohne Aldo, ohne das *Eden*, ohne das Glashaus, aber mit gutem Essen und Musik aus dem kleinen Grammofon. Nach der Nikolauskatastrophe war keinem von uns nach einem wilden Fest, und so wurde es ein ruhiger, sehr harmonischer Abend, an dem wir tanzten, lachten und alle Themen vermieden, die einen Missklang heraufbeschwören konnten. Hans war früh eingeschlafen, und ihn so friedlich auf dem Sofa schlummern zu sehen stimmte Isi und Artur milde. Sie ließen sich sogar dazu herab, mir zu versichern, dass die Idee, ihm eine Heimat zu geben, möglicherweise doch ganz in Ordnung gewesen war.

Ein paar Tage später verließ ich in den frühen Abendstunden die UFA und trat in dichten Schneefall. Das Licht des Glasdachs ließ vor dunklen Wolkenwänden Flocken tanzen. Ein Wintermärchenland, in dem die Geräusche der Ringbahn und des Verkehrs bald zugedeckt wurden von weißer Stille und der einzige Ton der des eigenen Tritts im Schnee war.

Mein Heimweg führte mich über die Belle-Alliance-Straße vorbei am kalt zugedeckten Tempelhofer Feld. Dann und wann knatterte ein Automobil an mir vorbei, dessen Scheinwerfer Kreise über eine geschlossene Schneedecke vor sich herschoben. Plötzlich aber knirschten Schritte hinter mir, und ich drehte mich um: Ein Mann kam auf mich zu, den Mantelkragen hochgeschlagen, den Hut tief ins Gesicht gezogen.

Panik stieg in mir auf: War das vielleicht einer von Silber-Kurts Männern? Hier draußen war absolut niemand, hier hätte ich sogar schreien können, ohne dass es wer mitbekam, es sei denn, es wäre zufällig jemand vorbeigefahren. Aber hinter dem Mann sah ich keine Scheinwerfer. Bis der nächste Wagen auf meiner Höhe war, hätte er mich längst erledigt.

Ich lief los.

Drehte mich um und sah, dass der Mann hinter mir jetzt auch lief.

Ich drückte mit einer Hand meinen Hut tiefer auf meinen Kopf, beschleunigte noch einmal, geriet unversehens ins Schlittern, und Momente später schon schlug ich lang hin.

Der Mann holte mich ein und trat über mich.

»Carl Friedländer?«

»Ja?«, fragte ich ängstlich.

Er hielt mir die Hand hin und zog mich auf die Füße: »Entschuldigung, dass ich Sie so erschreckt habe. Dies war nicht meine Absicht!«

Der Kerl sah eigentlich nicht aus wie einer von Silber-Kurts Schlägern: ein schmaler Mann mit spitzer Nase, dunklen Augen und ausgemergeltem Gesicht. Vielleicht in den Fünfzigern. So einen schickte man nicht, um anderen wehzutun, dachte ich erleichtert.

»Wer sind Sie?«, fragte ich.

»Verzeihung, mein Name ist Curecken. Phillip Curecken.«

Er bot mir die Hand und lüftete gleichzeitig mit einer kleinen Verbeugung den Hut. Seltsamer Akzent, dachte ich. Und ein seltsamer Kauz. Auf altmodische Art verbindlich in seinem Auftreten.

»Was kann ich denn für Sie tun?«, fragte ich.

»Sind Sie Carl Friedländer aus Thorn? Sohn des Schneiders Carl Friedländer?«

»Ja.«

Er deutete ein Lächeln an: »Ich freue mich, Sie endlich kennenzulernen, Herr Friedländer.«

»Warum?«, fragte ich verwirrt.

»Weil ich Ihr Onkel bin!«

Wieder schüttelte er mir die Hand, während ich ihn nur erstaunt anstarrte.

42

Dass er mich überhaupt gefunden hatte, lag am überragenden Erfolg von *Madame Dubarry*. Nicht dass mein Name auf den Plakaten zu lesen gewesen wäre, aber irgendwann hatte ein Artikel über den Film in einer Zeitung gestanden, in dem die Kameraarbeit von Theodor Sparkuhl gelobt und erwähnt worden war, dass ein gewisser Carl Friedländer ihm assistiert hatte.

Phillip wusste, dass ich in Berlin war, weil er nach Kriegsende Nachforschungen in Thorn angestellt hatte. Auf die Frage nach dem Schneider Friedländer habe es geheißen, der Senior sei gestorben und der Junior nach Berlin verzogen.

»Viele kannten dich, Carl«, nickte Phillip mir zu. »Du hattest wohl vor dem Krieg zusammen mit Freunden ein erfolgreiches Fuhrunternehmen.«

»Ja.«

»Die Leute konnten sich daran erinnern, dass du dauernd mit einem Fotoapparat unterwegs warst.«

Ich nickte und trank einen Schluck Kaffee.

Wir saßen in einem Café am Belle-Alliance-Platz mit Blick auf den spärlich beleuchteten, aber gewaltigen Kreisverkehr, der durch einen Boulevard, Grünflächen und die neunzehn Meter hohe Friedenssäule mit der geflügelten Viktoria in der Mitte geteilt wurde.

»Jetzt heißt es Toruń«, antwortete ich müde. »Und Kopernikus ist endgültig Pole.«

Phillip sah mich fragend an, ich aber winkte ab: »Ein ewiger Streit zwischen Polen und Deutschen. Vor dem Krieg. Jeder wollte den berühmtesten Sohn der Stadt für sich haben.«

»Hm«, machte Phillip. »Es ist so viel passiert.«

»Erzähl mir etwas über meine Mutter, Phillip. Deine Schwester. Wie war sie?«, fragte ich.

»Hat dein Vater nie über sie gesprochen?«

Ich lächelte und dachte an Papas verschmitztes Gesicht, wenn er sich an Mutter erinnerte, und das Kleid, das er mal für sie gemacht hatte.

Das burgundrote. Mit acht Reihen Volants und dem kecken *Cul de Paris*. Und dass man ihre Taille mit den bloßen Händen umgreifen konnte.

Sie war sehr schön, nicht wahr, Vater?

Ach, Junge, was du wieder redest! Sie war unbeschreiblich schön! Alle haben sie bewundert. Einmal hat ihr ein Graf den Hof gemacht! Ein echter Graf! Kannst du dir das vorstellen?

Aber sie hätte dich doch nie verlassen, oder?

Natürlich nicht, mein Junge. Natürlich nicht.

Da war seine Stimme in meinem Kopf und all die Liebe in meinem Herzen. Mein Hals wurde rau, ich schluckte schwer und sah rasch wieder raus auf den Platz, der weiß und pudrig dalag.

Seine Geschichten fehlten mir.

Er fehlte mir.

Dann räusperte ich mich und antwortete: »Er hat immerzu über sie gesprochen, doch das war wohl eher ein Minnegesang.«

Phillip lachte, dann antwortete er: »Verstehe. Aber sie war auch in Wirklichkeit etwas Besonderes. Wunderschön und warmherzig. Alle wollten sie heiraten. Alle! Sie aber wollte nur deinen Vater, niemanden sonst. Nur ihn!«

Wie schön das war!

Alles war offensichtlich ganz genau so, wie Papa es in seinen Erinnerungen bewahrt hatte. So sehr hatte er sich in seinem Gedenken verloren, dass es in seinem Herzen nur Platz für zwei Personen gab: mich und Mama. Wir waren seine Welt – bis zum Schluss.

Carl?

Ja?

Ich habe geträumt, Carl!

Was hast du geträumt?

Ich habe von Riga geträumt!

War es ein schöner Traum?

Ja, du warst da. Und Mutter! Ihr beiden. Auf dem Domplatz!

Die letzten Worte auf seinem Sterbebett. Ich hatte ihn da das erste Mal Papa genannt, nicht Vater. Es war das letzte Mal, dass ich ihn lächeln sah.

Ich bin sehr stolz auf dich, mein Junge …

Seine Abschiedsworte.

Verstohlen rieb ich mir eine Träne aus dem Auge.

Er war auch meine Welt gewesen.

Und würde es für immer bleiben.

Phillip hielt inne, ließ mir Zeit, mich wieder zu sammeln.

Dann fragte ich: »Was ich nicht verstehe, ist, dass Papa nie über euch gesprochen hat. Also, über deine Familie. Die Cureckens. Ich kannte nicht einmal euren Namen!«

Er schwieg betreten, fuhr sich dann verlegen durch das angegraute Haar: »Kann ich ihm nicht verdenken.«

»Was ist passiert?«

Phillip starrte in seine leere Kaffeetasse, dann sagte er zögernd: »Meine Familie war einmal sehr bedeutend, weißt du?«

»Und?«

Er schien nach den richtigen Worten zu suchen: »Es ist … ein wenig schwierig, es in Worte zu fassen.«

»Sag einfach, wie es war. Das ist alles lange her«, half ich.

»Mein alter Herr war nicht nur das Oberhaupt der Familie, er war auch sehr standesbewusst. Als dein Vater um die Hand seiner Tochter anhielt, da kam es zu einer sehr unschönen Szene. Er hat ihm schlicht verboten, Amelie zu heiraten.«

»Warum?«

Ein Moment des Schweigens.

Dann antwortete er: »Weil er nur ein Schneider war.«

»Mein Vater war doch sehr erfolgreich?«, rief ich aufgebracht.

Phillip wagte kaum, mich anzusehen: »Ja, das stimmt. Aber eben doch nur ein Schneider. Ein *jüdischer* Schneider.«

Wut brannte plötzlich heiß in meinem Bauch.

Meine Hände ballten sich zu Fäusten.

Da legte Phillip seine Hand auf meinen Unterarm und sagte schnell: »Es tut mir sehr leid, Carl. Nur bitte: Verurteile mich nicht für die Fehler meines Vaters.«

»Hast du ihm denn beigestanden? Oder deiner Schwester?«

Er schluckte: »Ich habe es versucht, Carl. Wirklich. Aber mein Vater war ein sehr schwieriger Mensch. Er wollte, dass seine Tochter in den Adel einheiratete. Wer in Russland damals Teil des Adels war, dem gehörte praktisch das Land! Und es gab auch jemanden, der sie heiraten wollte …«

»Lass mich raten: ein Graf?«

Phillip sah mich verdutzt an: »Ja, woher weißt du das?«

»Nicht so wichtig.«

»Aber Amelie weigerte sich. Ein unerhörter Vorgang damals. Mein Vater war so wütend, dass er sie verstoßen hat. In seinen Augen hatte Amelie die ganze Familie verraten. Ihr den Weg zu einem besseren Leben verwehrt.«

»Ich dachte, ihr wäret so bedeutend gewesen?«, fragte ich gereizt.

»Wir waren sehr wohlhabende Deutschbalten, ja. Aber eben nicht adlig. In seiner Wut hat mein Vater Amelie enterbt, ihr die Mitgift verweigert und sie dann aus dem Haus geworfen.«

»Wie konntet ihr das nur zulassen!«, rief ich wütend.

Phillip blickte auf die Tischdecke und antwortete: »Die Zeiten waren so, Carl. Man gehorchte. Widerspruch war nicht vorgesehen. War es denn in Thorn anders?«

Isis Vater tauchte in meiner Erinnerung auf und dessen Ehrgeiz, es ganz nach oben zu schaffen. Jedes Mittel war ihm recht gewesen, er wollte ein Mann mit Titel sein in einer nach Titeln süchtigen Gesellschaft. Dann dachte ich an die Frauen in der Metzgerei, die »Jude« getuschelt hatten und nur *mich* als Schuldigen sahen, nachdem wir alle drei, Artur, Isi und ich, sie mit den halleyschen Masken übers Ohr gehauen hatten. Der alte Wassili erschien vor meinem inneren Auge, den ein schneidiger Leutnant bei Kriegsbeginn standrechtlich hatte erschießen lassen, einfach nur, weil er Russe war.

Willkür.

Gehorsam.

Schwelender Antisemitismus.

Nein, in Thorn war es nicht anders gewesen.

Ganz und gar nicht.

»Ich habe nicht gewagt, mich gegen meinen Vater aufzulehnen. Ich weiß nicht, ob du das verstehen kannst.«

Ich nickte langsam.

»Und du hast mich extra gesucht, um mir das zu sagen?«

Er strich mit dem Zeigefinger über den Rand der Kaffeetasse.

Spinnenfinger.

So knochig waren sie.

»Die Sache hat mich immer bedrückt, ja.«

»Die, die es wirklich angeht, sind tot, Phillip. Du kommst zu spät.«

Er nickte und schluckte.

»Ich wünschte, es wäre alles anders gekommen. Es tut mir sehr leid.«

Er winkte der Kellnerin zu, und wir zahlten.

Dann stand er auf und zog sich Mantel und Hut an. »Es hat mich sehr gefreut, Carl. Ich kann verstehen, wenn du nichts mit mir zu tun haben willst. Alles, was ich dir anbieten kann, ist meine offene Hand. Du bist mir immer willkommen!«

Ich starrte darauf.

Dann nahm ich an und schüttelte sie.

Und sah ihm nach, wie er das Café verließ und im Dunkel der Nacht verschwand.

43

Es wäre gelogen zu behaupten, dass die Begegnung mit Phillip mich nicht berührt hätte. Zwar war er ein vollkommen Fremder für mich, aber die Geschichte, die er mir erzählt hatte, war meine Geschichte. Dennoch blieb ein unbestimmtes Gefühl, nicht alles erfahren zu haben. Da waren noch Fragen offen, wenn eine auch beantwortet schien, nämlich, warum mein Vater nie über die Familie meiner Mutter gesprochen hatte. Andere dagegen drängten sich auf: Warum hatten sie Riga verlassen? Alles nur, weil Amelie mit ihrer Familie nicht klarkam? Weil die beiden einen Neuanfang woanders wagen wollten? Ohne das Geschäft? Ohne Geld?

Isi stimmte mir zu: »Ja, das ist seltsam. Aber vielleicht hat dein Vater sein Erspartes schnell aufbrauchen müssen? Kinder sind teuer, und eine Schneiderei bringt in einer Stadt wie Thorn nichts ein.«

Ich zuckte mit den Schultern: »Kann sein.«

Es war spät am Abend.

Wir saßen in unserer Wohnstube, tranken Wein und hörten Musik aus dem Grammofon. Artur hatte gerade eine zweite Flasche geöffnet und den ganzen Abend noch nichts gesagt, nur zugehört.

Er reichte mir ein neu gefülltes Glas: »Seltsam, dass er dich überhaupt gesucht hat.«

»Na ja, ich gehöre zu seiner Familie«, antwortete ich. »Und es war ihm wichtig, sich bei mir zu entschuldigen.«

»Das ist ja das Seltsame: Wofür entschuldigt er sich denn?«

»Für seine Familie.«

Artur schüttelte den Kopf: »Da stimmt was nicht.«

»Wie kann man nur so misstrauisch sein?«, neckte Isi ihn.

»Ich bin nicht misstrauisch!«, verteidigte sich Artur. »Nur realistisch.«

»Und ob du misstrauisch bist!«

Er füllte auch Isis Glas und antwortete mild: »Dann bin ich eben misstrauisch.«

Isi wandte sich mir wieder zu: »Und? Was willst du jetzt machen?«

Ich zuckte mit den Schultern: »Nichts.«

»Nichts?!«, rief Isi. »Kommt nicht infrage!«

»Was soll ich machen? Ich wüsste nicht, wo ich ihn finden könnte.«

Artur sagte: »Ich kann mich mal umhören … «

Ich runzelte die Stirn: »Umhören? Wo?«

»Hinterm Ku'damm gibt es eine große russische Gemeinde. Fast alles Flüchtlinge. Vielleicht kommt da einer aus Riga und kennt die Cureckens.«

Ich nickte zustimmend: »In Ordnung. Ist vielleicht eine gute Idee.«

Dann wechselte ich das Thema: »Ich möchte übrigens nach Thorn. Zu Papa ans Grab.«

»Lieber nicht!«, entgegnete Artur.

»Warum nicht?«

»Im Moment ist keiner gut auf Deutsche zu sprechen. Schon gar nicht im Osten. Im Baltikum, Oberschlesien: Überall hat es Enteignungen und Kämpfe gegeben. Das ist zwar alles weit weg von Thorn, aber auch da fliehen die Deutschen. Vielleicht ist es nächstes Jahr ruhiger. Oder übernächstes.«

Ich seufzte: »Ich hab nur so viel an ihn denken müssen …«

Isi legte ihre Hand auf meine: »Ich weiß auch nicht, was aus meiner Schwester Gerda geworden ist. Eva hat die Spanische Grippe mitgenommen, aber Gerda … Ich wünschte, es gäbe eine Möglichkeit, herauszufinden, wie es ihr geht.«

»Bei mir lebt nur noch meine älteste Schwester, Martha«, sagte Artur. »Wenn die Zeit dafür gekommen ist, werde ich sie suchen. Aber nicht jetzt.«

»Er hat recht, Carl. Wir haben hier gerade ein paar andere Probleme …«

»Du meinst Silber-Kurt?«

Sie nickte.

»Gibt es denn etwas Neues?«, fragte ich.

Artur sah zum Fenster hinaus und antwortete: »Nein.«

»Das ist doch gut, oder?«, fragte ich.

Artur schwieg.

Tatsächlich hatte sich Silber-Kurt schon eine ganze Weile ruhig verhalten.

Wenn auch nicht ganz freiwillig.

Solange das Fünfzigste ermittelte, ihn und seine Leute mit Argusaugen beobachtete, gab er sich als Musterbürger, der Schutzmänner auf der Straße freundlich grüßte. Ich glaube nicht, dass er vorgehabt hatte, Menschen bei dem Brand zu töten, aber er hatte die Opfer billigend in Kauf genommen. Und das hatte auch Beamte in Marsch gesetzt, die nicht dafür von Artur belohnt wurden.

So sah Silber-Kurt sich zunehmend Anfeindungen ausgesetzt, die seine Geschäfte störten. Fast im Zwei-Tages-Rhythmus wurde er auf die Wache beordert, nicht wegen des Brandes, da hatten die Beamten vorerst aufgegeben, aber sie versuchten, ihm alles anzuhängen, was im Viertel so ablief: Raub, Einbruch, Betrug, Erpressung, Nötigung, Körperverletzung. Eine Gelegenheit, die vor allem die *Rattenjungs* zu nutzen wussten – sie verdienten sich nicht nur über die Weihnachtstage, sondern auch bis ins Frühjahr hinein ordentlich etwas dazu, weil sie ja wussten, dass die Polizisten immer zuerst bei Silber-Kurt vorstellig wurden und sie selbst daher wenig Verfolgung befürchten mussten.

Das alles machte Silber-Kurt reizbar.

Mitte Februar sah Isi zufällig Kino-Paule auf der Straße – mit einem Veilchen. Artur hörte sich daraufhin im Viertel um und erfuhr so, dass es zu einem massiven Streit innerhalb von *Vergissmeinnicht* gekommen war, da die Mitglieder ungehalten darüber waren, nicht mehr ihren Geschäften nachgehen zu können. Sie gaben Silber-Kurt dafür die Schuld, denn erst seit dem Brand sahen sie sich dieser Situation ausgesetzt, und viele waren, so hieß es, außerdem wütend darüber, dass es Tote gegeben hatte. Unschuldige Opfer. Denn bei allem Misstrauen gegenüber Gesetz und Ordnung gab es doch den ungeschriebenen Kodex, dass Unschuldige niemals Teil eines Konfliktes sein durften. Keine Kinder, keine Frauen, keine Wehrlosen. Die Brandstiftung aber hatte diesen Kodex verletzt, und so wurden plötzlich erste Risse innerhalb von *Vergissmeinnicht* sichtbar.

Silber-Kurts Position war mit einem Mal infrage gestellt.

Die Aussprache verlief wohl so hitzig, dass sie zwischen Silber-Kurt und Kino-Paule mit Fäusten ausgetragen wurde. Kurt obsiegte und festigte vorerst seinen Führungsanspruch. Aber er war sichtbar für alle angezählt.

Für Artur waren das ausnehmend gute Nachrichten.

Zwar wäre nicht garantiert, dass eine Kooperation mit einem möglichen Nachfolger funktionierte, aber ohne Silber-Kurt würde es in jedem Fall leichter werden. Alles, was Artur jetzt noch zu tun hatte, war, dafür zu sorgen, dass die Situation bei *Vergissmeinnicht* weiter eskalierte. Und so lud Artur den Kommandanten des Fünfzigsten immer öfter ins *Eden* ein, sorgte dafür, dass er stets beim Roulette oder Baccara gewann, und bat zwei seiner Mädchen, mit dem vergnügungssüchtigen Staatsdiener ein Arrangement einzugehen, für das er nichts zu zahlen hatte.

Das übernahm Artur.

Im Gegenzug erhöhte der Polizist den Druck auf *Vergissmeinnicht*.

Jetzt musste Artur nur noch warten.

So weit war das ein brillanter Plan, nur dass sich das wahre Leben nicht an Pläne hielt und Volten schlug, mit denen man nicht rechnen konnte. In Arturs Fall waren es die beiden Mädchen, die ihren Verpflichtungen derart gut nachgekommen waren, dass sie den Kommandanten beim gemeinsamen Liebesspiel ins Jenseits beförderten: Der Mann erlag einem Herzinfarkt.

Mit einem Schlag war alles vorbei.

Der Druck auf *Vergissmeinnicht* verpuffte.

Silber-Kurt war wieder im Spiel.

Und hatte endlich die Chance, sich alles zu holen.

44

So ganz konnte Aldo dann doch nicht aus seiner Haut.

An einem milden Frühlingstag Ende Februar präsentierte er uns mit dem unschuldig stolzen Gesicht eines Kindes, für das sich Weihnachten mal wieder so richtig gelohnt hatte, seine neueste Errungenschaft: einen Sechszylinder-Benz mit sieben Litern Hubraum, siebzig Pferdestärken und sagenhaften fünfundneunzig Kilometern Höchstgeschwindigkeit. Ein Monstrum von einem Automobil mit geschwungen Kotflügeln und breiten Trittbrettern, Abgasrohren, die seitlich aus dem Motorblock herausragten, und einer chrompolierten Tröte, die man zwei Blocks weiter noch hören konnte. Natürlich fuhr er nicht selbst, sein livrierter Chauffeur saß hinterm Lenkrad, während für ihn und einen weiteren Gast zwei geschützte Plätze in erhöhter Position im hinteren Teil vorgesehen waren.

Von dort winkte er Isi, mir und Hans zu.

»Ist es nicht großartig?«

Isi verschränkte die Arme vor der Brust.

»Bevor du etwas sagst!«, rief Aldo schnell. »Ich habe auch etwas für die Suppenküche!« Er griff neben sich und hielt eine eingerollte Architektenzeichnung in die Höhe. »Wir bauen an!«

»Was?«, fragte Isi irritiert.

»Na, wir vergrößern die Küche! Alles schon geplant! Zur Belohnung hab ich mir vor Weihnachten den Benz bestellt und ihn eben geholt. Na, was sagst du jetzt?«

Bevor Isi ihm das auf ihre eher undiplomatische Art und Weise mitteilen konnte, beugte ich mich zu ihr hinüber und flüsterte: »Er gibt sich Mühe, Isi.«

»Hm«, machte sie mürrisch.

Ein paar Momente schien sie unschlüssig, während Aldos Strahlen langsam einfror, dann aber gab sie sich einen Ruck und sagte: »Gut, machen wir eine Spritztour. Wollt ihr mit?«

Ich warf einen Blick auf das beeindruckende Auto und nickte: »Auf jeden Fall!«

Wir passten sogar zu viert auf die Rückbank. Die Fahrt wurde allerdings eine sehr, sehr kurze.

Denn kaum war der Benz mit tiefem, grollendem Motor losgefahren, hielten wir auch schon ein paar Hundert Meter weiter an der Suppenküche, wo Aldo den Chauffeur anwies, erneut zu hupen. Die lange Reihe der Hungrigen drehte sich zu uns herum, was mich vor Scham fast im Fußraum des Sitzes versinken ließ.

Aldo dagegen stieg beschwingt aus, half einer wegen des indiskreten Auftritts etwas mürrischen Isi galant auf den Bürgersteig, bevor er sich den grauen Menschen zuwandte und gut gelaunt grüßte.

»Wir bauen an!«, rief er und wedelte mit der Zeichnung.

Die Wartenden sagten nichts, was hätten sie auch antworten sollen? Aber eine der Köchinnen kam heraus und begrüßte Aldo und Isi überschwänglich, ja beinahe schon auf höfische Art: mit Knicks und *Durchlaucht* in der Anrede.

»Bitte, bitte, gute Frau. Kein *Durchlaucht*! Ich bin doch kein heiliges Relikt!«, gab Aldo bescheiden zurück und erntete dafür einen erneuten Knicks.

Mit der neuen Reichsverfassung waren zwar alle Privilegien für den Adel abgeschafft worden, die Titel aber durften getragen werden, wobei Aldo großzügig darauf verzichtete, Aldo Herzog von Torstayn oder eben *Durchlaucht* genannt zu werden. Sein Vater dagegen bestand als Familienoberhaupt auf den vollständigen Titel und die Anrede als *Hoheit*, weil er, wie Aldo uns einmal verraten hatte, nicht nur ein dünkelhafter alter Knochen, sondern ein reaktionärer Verfechter der Monarchie war und in Ostpreußen über seine Ländereien immer noch so regierte, als hätte es den Krieg nie gegeben.

Mittlerweile hatten sich die Hungrigen wieder umgewandt, tuschelten zwar noch über Aldo und Isi, aber beachteten uns ansonsten nicht weiter, sodass auch ich wagte, mit Hans auszusteigen. Die Schlange war lang, und es duftete appetitlich aus der geöffneten Tür die Straße hinab. Da blinzelte ich, weil ich meinen Augen kaum traute: Stand da nicht Phillip?

Ich war sicher, dass er mich gesehen haben musste, wenn er auch schnell den Kopf gesenkt hatte und sein Gesicht unter seinem Hut versteckte.

»Phillip?«, fragte ich vorsichtig, als ich bis auf zwei Schritt an ihn herangetreten war.

Er blickte auf und lächelte entschuldigend.

»Oh, hallo, Carl?«

»Was machst du hier?«, fragte ich.

Seit unserem Treffen waren etwa sechs Wochen vergangen, und ich hatte das Gefühl, dass sein Gesicht in der Zeit noch knochiger geworden war.

»Ich … also, ich … stehe an …«

Es war ihm sichtbar peinlich.

»Ich verstehe nicht …«, begann ich zögerlich.

Phillip blickte zu Hans hinab, der sich an meiner Hand festhielt: »Na? Wie heißt du denn?«

Hans sah erst zu ihm, dann zu mir, schwieg aber.

Phillip beugte sich zu ihm herab: »Hallo, ich bin Onkel Phillip. Und du?«

»Er heißt Hans«, half ich.

»Dein Sohn?«

Einen winzigen Moment zögerte ich, dann aber sagte ich: »Ja.« Es fühlte sich gut an.

»Bist du verheiratet? Ich habe das letzte Mal gar keinen Ring an deiner Hand gesehen?«

»Meine … Frau … ist gestorben.«

Er nickte betrübt: »Das tut mir leid.«

»Du bist aber verheiratet, wie ich sehe?«, sagte ich daraufhin.

Er rieb sich den goldenen Ring an seinem linken Ringfinger und nickte nachdenklich.

»Also, wie kommt es, dass du hier bist, Phillip?«

Er räusperte sich: »Wir mussten aus Riga fliehen. Es gab so viele wütende Angriffe gegen Deutschbalten, dazu Enteignungen. Wir haben eingepackt, was wir tragen konnten, und sind los, damit sie uns nicht umbringen …«

»Ihr habt also alles verloren?«, rief ich erstaunt.

»Ich fürchte, ja.«

Ich kämpfte gegen ein Gefühl der Schadenfreude an. Es sah ganz so aus, als wären die bedeutenden Cureckens dorthin hinabgestoßen worden, wo gewöhnlicherweise jüdische Schneider ihr Leben fristen mussten. Gleichzeitig bedauerte ich Phillip, der sich mir gegenüber bisher tadellos verhalten hatte. Schließlich rang ich mich zu einer Kondolenz durch: »Das tut mir leid, Phillip.«

Er schnaubte ein wenig und antwortete: »Das Leben ist lächerlich.«

»Wohnst du hier in der Nähe?«, fragte ich, um Ablenkung bemüht.

Er nickte zögerlich: »In Lichtenberg.«

Bevor ich dazu kam, ihn nach seiner Familie zu fragen, hörte ich einen scharfen Pfiff ähnlich dem der Luden. Arnie hastete auf die Suppenküche zu, und das beunruhigte mich. Es gab eine Menge Leute, die vor *ihm* wegrannten, er selbst aber hatte es nie eilig. Auch Isi und Aldo, die mit der Köchin den Anbauplan studierten, sahen auf.

»Ich wohne hier in der Nähe, Voigtstraße fünfzig«, sagte ich schnell. »Besuch uns doch mal, wenn du Lust hast!«

Er nickte, wir schüttelten die Hände, dann nahm ich Hans auf den Arm und lief mit ihm zu Isi und Aldo, die Arnie gerade begrüßten. Der blickte erst zu Isi, dann zu mir und sagte: »Ihr müsst sofort mitkommen.«

»Ist was passiert?«, fragte ich aufgeschreckt.

Arnie sah kurz zu Aldo.

»Sag schon!«, forderte Isi.

Arnie nickte: »Sie haben Artur erwischt!«

45

Ich war wie gelähmt vor Schock, saß neben Aldos Chauffeur und starrte auf die Straße, über die ein rasender Benz hinwegflog, überholte, hupte, rechts wie links einscherte – ohne Rücksicht auf Verluste.

Es konnte nicht sein!

Es durfte nicht sein!

Artur war der Fels, der allem trotzte und uns vor dem Wüten der Welt beschützte. Seine Ruhe war unsere Heimat, seine Ideen hielten unser Schiff. Ohne ihn konnten wir nicht sein!

Isi lehnte in Aldos Arm und weinte, schrie den Chauffeur an, warum er nicht schneller fuhr, um schließlich ihr Gesicht hinter ihrem Unterarm zu verbergen und laut zu schluchzen.

Wir erreichten die Landsberger Allee in nur wenigen Minuten nach absolut halsbrecherischer Fahrt und hielten mit quietschenden Reifen vor dem Städtischen Krankenhaus. Ich sprang bereits aus dem Wagen, als der noch rollte, Isi tat es mir nach, sodass wir zusammen durch den Haupteingang rannten und auf der Suche nach Artur den Rezeptionisten bestürmten. Der verwies uns in die Chirurgie, wo wir erfuhren, dass Artur gerade operiert wurde.

Es blieb uns nichts anderes übrig, als dort, in einem kahlen Flur, auf einer harten Holzbank, auf ihn zu warten. Aldo kam nach, auch sein Chauffeur, der Hans an der Hand hielt. Ich bat ihn, den Jungen, meinen Jungen, dem Kindermädchen zu bringen, was er auch tat.

Zwei Stunden sprach niemand.

Isi und ich waren beide gleichermaßen totenbleich und hielten uns an unseren eisigen Händen, während Aldo rauchte und irgendwann Isi wieder in den Arm nahm.

»Ich hatte eigentlich noch eine Überraschung für dich«, flüsterte er ihr zu.

»Für heute habe ich wirklich genug Überraschungen gehabt!«, erwiderte Isi müde.

»Ich weiß.«

»Ein anderes Mal?«, fragte Isi und legte ihm ihre Hand an die Wange. Aldo nahm und küsste sie.

»Natürlich!«

Sie schlang ihre Arme um ihn.

Vermutlich genoss jeder Mann diese Momente, wo er Fels sein durfte, wo er einfach nur da sein musste und Halt gab. Aldo machte es sichtbar glücklich. Er war wirklich sehr verliebt in Isi.

Endlich schwang eine doppelflügelige Tür auf: Artur wurde in einem Bett aus dem Operationssaal gerollt. Zwei Schwestern schoben ihn, dahinter folgte ein Arzt mit blutverschmiertem Kittel. Isi stürzte zu Artur ans Bett, fand ihn dort aber bewusstlos und ohne Maske vor, was seinen Zustand nur umso grauenvoller erscheinen ließ: Das, was in seinem Gesicht nicht geschwollen, verpflastert oder blutunterlaufen war, klaffte als Loch in seinem Kopf. Man mochte kaum glauben, dass er noch lebte, wenn man ihn so sah.

Isi entfuhr ein wilder Fluch, halb aus Angst, halb aus Wut, und sie packte die erste Schwester am Arm: »Wo ist seine Maske?!«

Die reagierte verdattert: »Ich … ich weiß es nicht.«

Mittlerweile stand ich beim Arzt: »Wie geht es ihm, Herr Doktor?«

»Er hatte innere Blutungen, die konnten wir stillen. Einige Rippen sind gebrochen, die Nase, mehrere Finger und Zehen.«

Ich nickte schluckend.

»Dazu eine Gehirnerschütterung, unzählige Prellungen und Stauchungen.«

»Wird er wieder, Herr Doktor?«

»Er ist in sehr guter körperlicher Verfassung. Wenn sich seine Wunden nicht entzünden, dann überlebt er es.«

»Danke, Herr Doktor.«

Isi und ich liefen neben Artur in seinem Rollbett her, bis wir in einen weiteren Flur gelangten, wo sie ihn in ein Krankenzimmer schoben und vor dem Fenster haltmachten.

»Er braucht jetzt viel Ruhe. Und Pflege.« Der Arzt blickte zu Isi, die bereits am Fußende des Bettes saß und Arturs bandagierte Hand hielt. »Ich lasse die Maske gleich bringen, Fräulein.«

Isi achtete nicht auf ihn.

Saß nur da und weinte still.

Als alle endlich draußen waren, setzte ich mich auf einen Stuhl gleich an Arturs Bett und dachte nur: *Lass uns nicht allein, Artur. Bitte, lass uns nicht allein.*

Später kamen auch die anderen.

Arnie, Harry und der Rest von Arturs Leuten: das verschworene Dutzend. Sie legten einen Wachplan fest, sodass immer mindestens zwei Männer bei Artur waren. Natürlich wich Isi ihm auch keine Sekunde von der Seite und hielt die Schwester auf Trab, verlangte ständig Verbandswechsel und Desinfizierungen, denn alles, wirklich alles musste getan werden, damit sich die Wunden nicht entzündeten.

Ich nahm mir zwei freie Tage im Glashaus.

Artur erwachte am nächsten Tag mit Schmerzen, auch wenn er nicht klagte, und konnte uns mit schwerer Zunge mitteilen, was passiert war: Silber-Kurt und fünf oder sechs seiner Männer hatten ihn abgepasst und nach kurzer, aber heftiger Gegenwehr überwältigt. Sie waren dann mit ihm in ein Haus gefahren und hatten ihn dort im Keller bearbeitet. Kurt hoffte, dass sich Artur ihm unterwerfen würde, wenn er ihm so seine Grenzen aufzeigte. Schließlich machte er ihm ein überraschendes Angebot.

»Eenen wie dir jibt et nur alle zehn Jahre!«, hatte er ihm gesagt. »Arbeite for mir, Artur. Führ an! Nur mir biste unterstellt! Sonst keen'm!«

Offenbar hatte er Kino-Paule seinen Aufstand so übel genommen, dass er mehr als bereit war, ihn zu degradieren.

Silber-Kurt gehörte zu denen, die niemals vergaßen. Und vor allem: niemals verziehen.

Artur, mittlerweile schon sehr mitgenommen und nur noch halb bei Bewusstsein, hatte ihm bedeutet, näher zu kommen. Aber nur, um ihm dann Blut und Speichel ins Gesicht zu spucken.

Silber-Kurt tobte vor Wut, ließ sich einen Hammer geben und zertrümmerte damit vier von Arturs Zehen. Und als der nicht genügend schrie, auch noch drei seiner Finger.

Dann hatte er abgelassen und gesagt: »Ick lass dir frei, Artur. Abba ick warn dir: Wenn de wieder rauskommst ausm Hospital, dann will ick een Ja hörn. Und wenn ick dit nich' höre, dann ha' ick jenuch von dir. Dann ha' ick keene Verwendung mehr for dir. Vastehste mir?«

Das war nicht allzu schwer zu verstehen.

Zwei Männer von *Vergissmeinnicht* hatten daraufhin Artur gepackt und auf die Straße geworfen.

Und jetzt waren wir hier.

Nach drei Tagen schien Artur langsam wieder der Alte zu werden. Die Operationswunde heilte vorbildlich, eine Entzündung war nicht mehr wahrscheinlich. Der linke Fuß und die linke Hand waren eingegipst, die Rippen bandagiert und die vielen Platzwunden und offenen Beulen verpflastert worden. Es würde Wochen dauern, bis alles verheilt wäre, aber Artur war außer Gefahr.

Das änderte nichts daran, dass Silber-Kurt draußen auf eine Antwort wartete.

»Ich nehme nicht an, dass du klein beigeben wirst?«, fragte ich ihn eines Nachmittags, während Isi gerade einen Verband wechselte.

»Nein.«

»Aber du weißt, was passieren wird, wenn du es nicht tust?«

Artur nickte: »Klar.«

»Und trotzdem gibst du nicht nach?«

Artur nickte: »Das Geschäft ist, wie es ist, Carl. Ich erwarte nicht, dass du das verstehst.«

Isi klatschte ihm einen feuchten Lappen in die Visage: »Oh, Verzeihung, ist mir aus der Hand gerutscht!«

Artur zog ihn sich seufzend aus dem Gesicht.

»Ich sag dir nur eines, Artur«, fauchte sie. »Wenn Kurt dich umbringt, werde ich *ihn* umbringen.«

»Halt dich da raus, Isi!«, brummte Artur.

»Nein.«

»Artur!«, mahnte ich. »Bitte gib nach. Du weißt, dass sie das ernst meint. Und du weißt, dass wir beide dann die Nächsten sind.«

Artur schob sich aus der Matratze hoch und lehnte sich an die Rückwand seines Bettes. Ruhig sagte er: »Niemand von uns wird sterben.«

Wir sahen ihn neugierig an.

Da lächelte Isi: »Du hast doch einen Plan, oder?«

Artur nickte: »Ja, aber ich brauche dazu eure Hilfe.«

46

Wie üblich verlor Artur sich nicht gerade in Details, sodass wir nur ahnen konnten, was er vorhatte. Auch hielt er meinem Genörgel darüber mit großer Ruhe stand, dass das, was wir da für ihn vorbereiten sollten, seltsam und vor allem so wacklig anmutete, dass dagegen der letzte Plan mit dem Polizeikommandanten und den beiden Mädchen aus dem *Eden* solide, um nicht zu sagen genial gewirkt hatte.

»Und trotzdem ist er krachend gescheitert, und du liegst hier im Gips!«

Isi hatte mich gegen die Schulter gestupst: »Halt die Klappe!«

Und sich dann Artur zugewandt: »Verlass dich auf uns! Was immer du vorhast, wir werden unseren Teil beitragen!«

Erst später begriff ich, wie gut Artur seinen Gegenschlag vorbereitet hatte, auch wenn vieles von Unwägbarkeiten abhing. Wie schon bei seinem Coup im Stadtschloss am 9. November hatte er kühl seine

Schlüsse aus dem politischen Geschehen gezogen, um daraus seinen Plan zu gießen.

Womit wir noch einmal zum Versailler Vertrag zurückkehren müssen.

Eine seiner vielen Bedingungen war, das Heer von etwa vierhunderttausend auf eine Sollstärke von hunderttausend Mann zu reduzieren. Als der Vertrag am 10. Januar in Kraft trat, wurde schnell klar, dass weder Offiziere noch Freikorps Interesse daran hatten, sich aus der Truppe werfen zu lassen. Die Regierung jedoch hatte keine Wahl, und so eskalierte die Situation am 29. Februar mit einer Anordnung von Reichswehrminister Gustav Noske, die Marine-Brigade *Ehrhardt* unter dem Befehl des charismatischen Korvettenkapitäns Hermann Ehrhardt aufzulösen.

Ehrhardt aber verweigerte den Befehl.

Und hielt Ausschau nach Verbündeten seiner Truppe, die nach der Auflösung der Garde-Kavallerie-Schützen-Division im Sommer jetzt den zweifelhaften Ruf hatte, das bedeutendste und vielleicht auch reaktionärste Freikorps des Reiches zu sein.

Lange musste er nicht suchen: General Walther von Lüttwitz, kommandierender Offizier der Berliner Reichswehr, dachte nicht im Traum daran, ausgerechnet die Freikorps gehen zu lassen, die sich als eiserne Faust der Macht bestens bewährt hatten. So forderte Lüttwitz seinerseits Reichspräsident Ebert am 10. März per Ultimatum auf, den Auflösungsbefehl zurückzunehmen. Und wurde daraufhin von Gustav Noske am 11. März wegen Insubordination in den einstweiligen Ruhestand versetzt.

Das waren die Fakten.

Das war, was jedermann wusste.

Artur setzte das Bild zusammen: Ein Putsch drohte!

Sogar in den Berliner Abendzeitungen wurde darüber spekuliert, auch wenn viele nicht daran glauben wollten. Für Isi und mich bedeutete das Ganze jedenfalls, dass wir uns an einen genauen Ablauf zu halten hatten und erst loslegen durften, wenn Artur dazu das Signal gab.

Das tat er dann am frühen Morgen des 13. März 1920.

Auch wir hatten in der Zwischenzeit die nötigen Vorbereitungen getroffen: Isi flanierte an diesem Morgen in ihrem schönsten Kleid in der Nähe des Schlesischen Bahnhofs über die Andreasstraße und sah so bezaubernd aus, dass sich alle Männer nach ihr umdrehten. Sie trat in die *Conditorei Witt*, ein im Vergleich zu den anderen Örtlichkeiten der Gegend recht ansehnliches Lokal, setzte sich dort an eines der Tischchen, bestellte Kaffee und wartete.

Es war nicht allzu viel Betrieb. Sie sonnte sich in der Aufmerksamkeit der Besucher, bis ein paar Minuten später der eintrat, dem sie mit kecken Blicken zu verstehen geben würde, dass sie nichts gegen eine kleine kitzelige Konversation hätte: Kino-Paule.

Sie gab ihm ein paar Minuten Zeit, mit den weiblichen Angestellten zu poussieren, all seine erlernten Posen durchzuspielen, bis er sich endlich an seinen Stammplatz setzte, um wie jeden Tag dort genüsslich zu frühstücken.

Nach einem ausgiebigen Blick in einen der Spiegel, entdeckte er Isi, und da die nicht abgeneigt schien, wähnte Kino-Paule sich förmlich im Glück: Das hier würde sein Tag werden! Und in gewisser Weise sollte er recht behalten. Diesen Tag würde er für den Rest seines Lebens nicht mehr vergessen.

Seinen Hut lässig in den Händen drehend trat er an Isis Tisch und sagte galant: »Will meinen, dit Sie die schönste Frau sin', die ick je in mei'm Leben jesehen hab!«

Isi lächelte. »Ich wette, das sagen Sie jeder, Sie Charmeur!«

»In Ihrem Fall isset abba die blanke Wahrheit!«

Isi lachte: »Immer ehrlich, was?«

»Darf ick Sie zu ein'm Jetränk einlad'n, Frollein?«

Isi gab ihm mit einer Geste zu verstehen, dass er das durfte.

»Mit wem ha' ick denn die Ehre?«, fragte er.

Sie hielt ihm die Hand zum Kuss hin: »Lotte.«

Wieder Lotte, wie auch am 9. November schon.

Er beugte sich zu ihr hinab und hauchte einen Kuss auf ihren weißen Handschuh: »Paule.«

Er setzte sich und winkte eine Bedienung heran: »He! Mä'chen! Sekt for die Dame!«

Die Bedienung eilte mit einer Flasche in einem Kühler heran, dazu zwei Gläser. Paule öffnete, vergaß auch nicht, den Korken ordentlich knallen und durch die Gegend fliegen zu lassen, dann schenkte er ein.

Man prostete sich zu.

»Se sind neu inna Stadt?«, fragte Paule.

Isi nickte. »Ja, tatsächlich.«

»Janz alleene?«

Isi kicherte: »Na, Sie gehen aber ran!«

»Ick kann jar nich' anders, Frollein. Se verwirren mir so!«

Wieder prosteten sie einander zu.

»Sie gefallen mir, Paule!«, begann Isi. »In meiner Branche wäre jemand wie Sie sehr gefragt!«

»In welche Brangsche sin' Se denn?«

»Raten Sie!«

Paule sah sie lange an, dann sagte er: »Schauspielerin!«

Isi nickte beeindruckt: »Donnerwetter! Sie haben aber ein Auge!«

»Dit war nich' schwer! Jemand, der so schön is', wär für allet andere vaschwendet! Ha' ick Sie vielleicht schomma in ein Film jesehen?«

»Vielleicht …«

»Se müssen wissen: Film is' meen Steckenpferd!«

»Wirklich? Na, so ein Zufall! Da haben sich ja die Richtigen gefunden, was?«

»Jawoll, Frollein. Als wennwer foreinander jemacht wär'n!«

»Wer weiß«, gurrte Isi. »Vielleicht sind wir das ja.«

Da lächelte Paule und fragte: »Wo könnt' ick Sie denn schomma jesehen ham?«

»Sie werden mich bald sehen. Ich habe gerade erst einen Kontrakt bei der UFA unterschrieben.«

Diesmal war Paule wirklich beeindruckt und murmelte fast schon ehrfürchtig: »UFA …«

Isi lächelte: »Sie sollten es auch versuchen, mein Lieber! Nach einem Mann, der so unverschämt gut aussieht, leckt man sich dort die Finger!«

»Mein'n Se?«, fragte Paule geschmeichelt.

»Das meine ich nicht, das weiß ich.«

Paule trank einen Schluck und gab dann seine beste Version des versonnenen In-die-Ferne-Guckers: »Ick hab da auch schon dran jedacht, abba et jeht nich'. Ick bin eenfach zu ... beschäfticht.«

»Ein Jammer!«, seufzte Isi. »Ich hätte Sie Lubitsch vorgestellt.«

Isi konnte sehen, wie der Satz bei Paule einschlug, der aber weiterhin tapfer die Pose hielt. Dann aber wandte er sich ihr doch zu und fragte betont lässig: »Sie kenn'n Lubitsch?«

»Nun, ich kenne einen Freund von Lubitsch. Jemanden, der großen Einfluss auf ihn hat.«

»Tatsächlich?«

Isi zuckte mit den Schultern: »Aber Sie sind ja zu beschäftigt, um ihn zu treffen.«

Paule räusperte sich: »Nu, so beschäftigt nu ooch wieder nich' ...«

»Na, sieh mal einer an!«

»Also, Frollein, wenn Sie 'n Treffen arrangieren täten: Ick wär Ihnen schwer vapflichtet!«

»Wären Sie das?«

»Jeder Wunsch wär mir Befehl!«

Isi sah ihn ruhig an und sagte dann: »Sie sehen wie jemand aus, der Wünsche erfüllen kann. Oder irre ich mich?«

»Wie meinen?«, fragte Paule irritiert zurück.

Isi sah sich verstohlen um, dann flüsterte sie: »Ich glaube, dass Sie ... gewisse Dinge besorgen können. Sehe ich das richtig?«

Paule nickte: »Vollkomm'n richtig.«

Wieder tat Isi, als ob sie nachdachte, und murmelte vor sich hin: »Ein Schieber in der Familie kann nicht verkehrt ...« Dann klatschte sie in die Hände: »Gut! Dann machen wir es! Ich bringe Sie mit Lubitsch zusammen, und Sie sind mir dafür einen Gefallen schuldig, abgemacht?«

»Abjemacht, schönet Frollein!«

Isi erhob sich: »Na, dann mal los!«

Paule sah sie erstaunt an: »Wat denn? Jetzt gleich?«

»Warum nicht? Ich bin ohnehin mit meinem Freund verabredet. Da bring ich Sie einfach mit. Ich nehme an, Sie haben ein Automobil?«

Paule sprang auf und sagte: »Ick besorg eens. Warten Se nur een Momang!«

Er zahlte, verließ die *Conditorei Witt* und kehrte wenige Minuten später zurück.

Isi stieg in ein Ford T-Modell, das, verglichen mit den Automobilen, die Aldo oder Artur fuhren, furchtbar war, aber sie lächelte Paule an, als hätte der sie mit einer von zwölf Schimmeln gezogenen goldenen Kutsche abgeholt.

So tuckerten sie in die Innenstadt, bis in die Friedrichstraße, wo ich die beiden trotz des wüsten Verkehrs und der vielen Passanten gleich entdeckte und Isi ein kleines Zeichen gab.

Sie stiegen aus, und Isi stellte mich ihrem neuen Freund vor.

»Sie sin' also der Kameramann?«, fragte mich Paule neugierig.

Ich nickte bescheiden.

»Und Sie hab'n ooch bei *Madame Dubarry* mitjewirkt?«

»Ja.«

»Ich habe ihm versprochen, dass er Lubitsch kennenlernt, Carl!«

Ich sah sie empört an: »Bist du verrückt geworden? Alle wollen Lubitsch kennenlernen! Ich kann ihm doch nicht jeden deiner Freunde vorstellen!«

»Aber, Carl, mein Freund Paule ist ein großes Nachwuchstalent! Und du hast doch immer gesagt, Lubitsch sucht Männer wie ihn!«

»Das schon ...«

»Na, siehst du! Ich schwöre dir, er wird begeistert sein! Sie sollen sich nur einmal die Hände schütteln, damit er ihn ansieht!«

»Ich weiß nicht ...«

»Ich wäre dir auf das Äußerste verbunden, Carl!«, lockte Isi.

Vermutlich hätte ich an diesem Punkt, wenn ich Isi nicht gekannt hätte, auch ohne unser abgesprochenes und zudem furchtbares Bauerntheater zugestimmt.

Ich blickte Paule in sein flehendes Gesicht. Entgegen meiner Befürchtungen bekam er offenbar nicht viel von unserem Schauspiel mit, sondern hoffte nur, ich würde zustimmen.

Nach einer angemessenen Pause nickte ich: »Na gut. Meinetwegen.«

Paule ballte erfreut die Fäuste: »Toll!«

»Aber!«, mahnte ich. »Nur ein kurzes Kennenlernen! Sie bedrängen ihn nicht, Sie sagen nichts Dummes, verstanden? Wenn er Sie mag, wird er es mich wissen lassen, und ich werde Ihnen dann sagen, wo Sie sich offiziell bewerben können. Einverstanden?«

»Absolut! Danke!«

Ich seufzte pathetisch.

Dann drohte ich Isi mit dem Finger: »Und du hörst damit auf, verstanden? Der junge Mann hier ist der erste und der letzte, den du mir anschleppst!«

»Versprochen!«

Isi hob die Finger zum Schwur.

Ich lud Paule mit einer Geste ein, mir zu folgen.

»Ich warte hier auf dich!«, flötete Isi Paule nach.

Die Friedrichstraße war wie ein Spiegel der Stadt. Auf der einen Seite hektische Betriebsamkeit, Automobile, Männer in eleganten Mänteln, Frauen mit kapriziösen Hüten, auf der anderen die Bettler und Kriegskrüppel, die hier auf Barmherzigkeit hofften: verlorene Gestalten, Männer ohne Arme oder Beine, zerstörte Gesichter. Wie der Mann mit dem zerschossenen Gesicht, der eine Büchse Münzen klimpern ließ und immer nur »blind, blind« sagte.

Immer wieder: »Blind, blind.«

Sonst nichts.

Den ganzen Tag.

Zwischen den Extremen der Rest: die Angestellten, das Personal, die Arbeiter. Immer in Eile. Angetrieben von ihren Dienstherren und der Angst vor der Arbeitslosigkeit. Dem Hunger. Der Straße der Bettler, die ihnen stetige Warnung war, was passierte, wenn sie nicht alles taten, was man von ihnen verlangte.

Wir bogen in die Wilhelmstraße und traten ins *Peltzer*.

Der Laden war so teuer, dass sich nur wenige Privilegierte den Aufenthalt leisten konnten. Lubitsch arbeitete hier und in ähnlichen Cafés mit seinem Freund und Co-Autor Hanns Kräly, weil es in solchen Lokalitäten schön ruhig war. Weil ihn hier niemand bestürmte, während sie an neuen Drehbüchern arbeiteten.

Ich fand sie an einem großen Ecktisch im hinteren Teil über Papiere gebeugt, der eine schrieb, der andere gestikulierte wild.

Tief durchatmend näherte ich mich sehr langsam mit Paule im Schlepptau und hoffte, dass Lubitsch aufsah und mich vielleicht grüßte. Das tat er glücklicherweise auch. Rasch nahm ich Kurs auf ihn und streckte ihm meine Hand zum Gruß: »Hallo, Herr Lubitsch! Schön, Sie zu sehen!«

»Hallo, Carl!«

Ich gab auch Kräly die Hand, der mir freundlich zunickte.

Lubitsch grinste: »Zahlen wir dir so viel, dass du dir das hier leisten kannst?«

»Leider nein, Herr Lubitsch. Ich wollte nur meinem Freund hier mal das *Peltzer* zeigen!«

Und schon schob ich Paule vor: »Darf ich vorstellen: Ernst Lubitsch! Paul Bott! Ein großer Verehrer Ihrer Kunst!«

Paule sprang vor und schüttelte Lubitsch aufgeregt die Hand, während mir der Schweiß ausbrach: Ich hatte Paule mit vollem Namen vorgestellt! Einem Namen, den ich offiziell gar nicht kannte! Ich war ein solcher Idiot! Am liebsten hätte ich mich selbst geohrfeigt.

Kino-Paule schien meinen Fauxpas nicht bemerkt zu haben und versicherte Lubitsch nur, dass er alle seine Filme kennen würde. Lubitsch war aufgestanden und nickte freundlich: Er war viel zu höflich, als dass er uns weggescheucht hätte, obwohl ich wusste, dass er Situationen wie diese hasste.

»Ernie!«

Hinter uns flog eine Frauenstimme durch den Raum.

Paule drehte sich um und starrte in das Gesicht Pola Negris.

Erstaunt.

Entzückt.

Dann nahm er auch ihre Hand und verbeugte sich zum Handkuss: »Frau Negri! Se sin' noch schöna als in Ihre Filme!«

Pola war entzückt, sie war immer entzückt, wenn man ihr Komplimente machte, und ihrem Blick nach zu urteilen gefiel ihr außerdem, was sie da vor sich sah.

»Vielen Dank, junger Mann!«

Dann sah sie zu Lubitsch rüber und fragte: »Was gibt es so Dringendes, Ernie?«

Lubitsch verkniff sich eine Bemerkung zu seinem Spitznamen und fragte nur zurück: »Was meinst du?«

»Nun, ich sollte un-be-dingt vorbeikommen!«

»Davon weiß ich nichts, Pola.«

»Man ließ es mir ausrichten, Ernie. Und jetzt bin ich da!«

»Ich habe nichts ausrichten lassen, Pola!«, entschuldigte sich Lubitsch.

Ich schluckte: Natürlich hatte er das nicht.

Das war ich gewesen.

»Was hast du denn da?«, fragte sie und nickte zu dem Drehbuchentwurf auf dem Tisch. »Eine neue Rolle für mich?«

Ich fasste Pauls Arm und nickte allen zu: »Die Herrschaften, Frau Negri? Wir ziehen weiter!«

Pola sah kurz zu mir herüber, dann erst schien sie zu bemerken, dass Paul nach wie vor ihre Hand hielt: »Sieh mal an, der hübsche junge Mann ist ja immer noch hier?«

Paul verbeugte sich zu einem weiteren Handkuss.

Dann schob ich ihn raus, während er sich kaum von Pola Negris dunklen Augen losreißen konnte.

»Das reicht jetzt!«, zischte ich leise und führte ihn hinaus.

Draußen atmete ich tief durch.

Nicht zu fassen!

Alles hatte geklappt.

Paule war völlig aus dem Häuschen: »Unjlaublich! Die Negri! Un' ham Se jesehn, wie die mir anjekiekt hat! Diese Augen!«

»Ja«, bestätigte ich. »Sie haben ihr gefallen.«

»Nich' wahr! Nich' wahr!«, rief Paule. »Sie müssen da was for mir arrangiern, Carl! Sie müssn! Ick besorch Ihnen allet, wat Se wolln.«

»Mal sehen!«

»Ick beschwör Ihnen, Carl. Icke und die Negri! Een Wahnsinn!«

Drei riesige Männer traten an uns heran – ich kannte sie alle drei, wenn auch einen besser als die anderen beiden: Arnie.

Ein paar Momente brauchte Paule, um zu begreifen, dass sie wegen ihm da waren, dann sah er mich wütend an: »Paul Bott! Du wusstest die janze Zeit, wer ick bin.«

Ich nickte: »Es ist Zeit für den Gefallen, Paule.«

»Dit Frollein natürlich ooch!«, zischte Paule sauer. »Ick bin so blöd!«

Seinem Gesicht sah ich an, dass er, noch während er sprach, auszuloten versuchte, ob er entkommen konnte. Da legte ich ihm schnell die Hand auf den Arm: »Wenn die Männer dich hätten umbringen wollen, dann hätten sie das längst getan, Paule.«

»Wat wollt ihr?«, fauchte er.

Arnie nickte zu Arturs Wagen, der am Bürgersteig parkte: »Steig ein!«

»Und denn?«

»Du musst dich jetzt entscheiden …«

Paule blickte von einem zum anderen.

Was sollte er tun?

Sein Leben hing davon ab.

47

Es ist der Tag der Entscheidungen.

Stürzt die Republik?

Gerüchte überall: Die Marine-Brigade Ehrhardt ist einmarschiert. Fünftausend Mann soll sie stark sein. Dazu noch andere Freikorps und deren Offiziere. Die Menschen auf der Straße flüstern sich zu, dass die Regierung geflohen ist. Angeblich nach Dresden, aber nichts Genaues weiß man nicht.

Ich gehe die Wilhelmstraße hinauf bis zur Leipziger – dort haben Soldaten die Straße gesperrt: Ab hier weht wieder die schwarz-weiß-rote Reichsflagge. Das Regierungsviertel ist auch gesperrt. Ich werde von Passanten geschubst, von Soldaten angeschnauzt, irre weiter, versuche, die Barrikaden zu umgehen.

An anderer Stelle gelingt es mir voranzukommen, und ich staune: Zeitungsschlagzeilen verkünden den Putsch. Zum neuen Reichskanzler soll sich ein gewisser Wolfgang Kapp ernannt haben, und ich frage mich, wer das sein soll. Ich habe den Namen nie gehört, auch andere, die ich frage, kennen den Mann nicht oder kaum. Angeblich ist er ein Generallandschaftsdirektor aus Ostpreußen.

Ein Landschaftsdirektor?

Jemand drückt mir ein Flugblatt der SPD in die Hand, die zum Generalstreik aufruft, und ich denke: Wieso sind die nicht hier? Wieso fliehen die, jedes Mal wenn es ernst wird? Wieso wenden die sich immer erst dann an die Arbeiter, wenn die für sie kämpfen sollen?

Mittlerweile bin ich am Brandenburger Tor angekommen.

Die Linden sind schwarz vor Menschen.

Reichsflaggen überall.

Und Soldaten der Marine-Brigade Ehrhardt.

Man erkennt sie gut, denn sie haben sich ein Zeichen gegeben, das ich an diesem 13. März das erste Mal in meinem Leben sehe: das Hakenkreuz.

Mit Kreide oder weißer Farbe haben sie es auf ihre Helme gemalt.

Auf die Lastkraftwagen.

Auf die Geschütze.

Hakenkreuze überall.

Dann plötzlich höre ich Musik: Eine Militärkapelle spielt auf.

Menschen stehen davor und lauschen. Ein Putsch wie ein Rummel! Das ist einfach nur noch lächerlich! Wie kann man jetzt Musik zuhören? Aber viele tun es. Erbauliches von Musikern, die ebenfalls das Hakenkreuz aus Kreide tragen.

Da teilt sich plötzlich die Menge: Ein Wagen ohne Verdeck fährt langsam vor.

Einer neben mir zeigt auf den Mann auf dem Rücksitz und ruft: »Das ist er! Das ist Ehrhardt!«

Der Wagen hält – ich sehe ihn vor mir.

Ein gut aussehender Mann in Uniform mit Kinnbärtchen und gestutztem Schnauzbart auf dem Rücksitz. Fast wie ein Musketier sieht er aus. Die Schirmmütze lässig in die Stirn gezogen, umspielt ein überlegenes Lächeln sein Gesicht. Er zieht die Blicke auf sich, auch meinen. Dieser Mann ist es gewohnt, dass man ihm folgt, ihm gehorcht. Sein Charisma ist bis in die dritte Reihe spürbar, wo ich stehe.

Plötzlich taucht eine junge Frau an der hinteren Wagentür auf.

Und ich denke verwirrt: Das kann nicht sein!

Das ist unmöglich!

Sie hebt ein Kind in die Höhe und hält es Ehrhardt hin, als wäre er der Papst, der es segnen soll. Ehrhardt lächelt und kneift dem Jungen zart in die Wange. Die Frau, die den Jungen hält, lacht und ruft: »Ein treuer Soldat, Exzellenz! So treu wie wir alle!«

Ich starre die Frau an.

Das ist Alma.

Unser Kindermädchen.

Sie hält Hans.

Meinen Sohn!

Paule sitzt zwischen Arnie und einem der anderen eingekeilt und befürchtet, dass er jetzt sterben wird. Er wusste vorher schon, dass man Artur besser keinen Anlass geben sollte, sich an einem zu rächen, aber Silber-Kurt hat förmlich einen Narren an dem Halbgesicht gefressen.

Und jetzt wird er deswegen sterben.

Sie fahren Richtung Lichtenberg, Paule bekommt gar nicht richtig mit, wo er sich gerade befindet, es ist aber auch egal: Er kommt hier nicht raus. Er ist nicht einmal wütend auf Artur, denn welche Wahl hat der schon gehabt? Aber er ist wütend auf Silber-Kurt, denn diese ganze Eskalation ist seine Schuld, und nun zahlt er, Paule, die Zeche für etwas, das er gar nicht bestellt hat.

Sie halten.

Paule sieht sich um, aber es ist niemand auf den Straßen.

Wohnkasernen.

Wahrscheinlich befinden sie sich ganz in der Nähe von Arturs Zuhause.

Das hier ist sein Land.

Paule ist sich sicher, dass niemand etwas gesehen haben wird, sollten vielleicht irgendwann Schutzpolizisten herumstreunern und nach ihm fragen. Niemand wird Artur verraten, die Menschen hier schätzen ihn. Im Gegensatz zu Silber-Kurt behandelt er sie gut und hilft sogar den Schwächsten. So hört man jedenfalls.

Sie steigen aus. Er könnte einen Fluchtversuch wagen, aber wie weit würde er kommen? Oder soll er flehen, schreien wie ein Mädchen? Nein, nicht so! Niemand soll später behaupten, er hätte um sein Leben gebettelt!

Niemals!

Sie geleiten ihn zu einem der wenigen Einfamilienhäuser, schubsen ihn dort hinab in den Keller: Es ist dunkel hier, kalt und feucht. Die Luft riecht modrig, vor ihnen eine Tür, unter deren Spalt Licht hervorkriecht.

Arnie drückt die Klinke hinunter, sie treten ein.

Paule zuckt zurück.

Was ist hier los?

Vor ihm sitzt Silber-Kurt an einen Stuhl gefesselt.

Er sieht übel aus.

Die Augen zugeschwollen, die Lippen geplatzt, Bläschen aus Blut und Speichel vor seinem Mund. Die Hände sind hinter der Lehne zusammengebunden, sein Hemd zerrissen. Überall blaue Flecken, Kratzer, Beulen.

Da nimmt er eine Bewegung wahr: Aus dem Schatten des mit einer Petroleumlampe nur schwach ausgeleuchteten Raumes tritt Artur hervor. Er sieht auch nicht gut aus, aber seine Wunden sind verbunden, Hand und Fuß eingegipst. Die Knöchel seiner rechten Hand bluten: Damit hat er offensichtlich Silber-Kurt bearbeitet.

Hinter ihm stehen noch zwei seiner Leute im Dunkel.

Nur die Silhouetten sieht man.

»Schön, dass du es einrichten konntest!«, sagt Artur und greift mit der gesunden Hand hinter seinen Rücken.

Er zieht einen Revolver hervor und hält ihn in die Höhe.

»Es ist Zeit, ein paar Rechnungen zu begleichen«, sagt er ruhig.

Paule schluckt und nickt.

Auch Isi wird vom Putsch überrascht, kommt aber gar nicht erst dazu, sich ins Gewühl zu stürzen, um möglicherweise etwas furchtbar Dummes zu tun. Aldo holt sie mit diesem monströsen Benz ab, diesmal fährt er sogar selbst. Er ruft ihr zu, dass sie einsteigen soll. Sie ist ein wenig hin- und hergerissen: In der Stadt spielt sich gerade Historisches ab, und da soll sie mit Aldo spazieren fahren? Der spürt ihr Zögern und lächelt. »Bitte! Es ist sehr wichtig!«

Es interessiert sie natürlich, was er vorhat, neugierig, wie sie von Natur aus ist. Sie denkt, dieser Putsch wird sicher noch dauern, und dann kann sie ja immer noch sehen, ob sie etwas dagegen unternimmt. Und was.

Sie setzt sich neben Aldo auf den Beifahrersitz, zusammen röhren sie raus aus der Innenstadt.

»Was ist denn so wichtig?«, fragt sie.

»Gleich«, antwortet Aldo.

Sie fahren in den Westen.

In den Grunewald, wo seine Villa steht.

Da, wo es schön ist.

Nicht so abgerissen wie der Norden oder Osten.

Er hält und bittet sie galant aus dem Auto.

Führt sie in die schneeweiße Gründerzeitvilla, in der livrierte Diener und Dienstmädchen natürlich alles längst vorbereitet haben.

»Du erinnerst dich, dass ich dir schon letzte Woche etwas sagen wollte …«

»Du meinst, als Artur überfallen wurde?«

»Ja.«

»Und das holst du jetzt nach?«

»Ja.«

Sie sind durchs Haus gegangen. Er öffnet die Terrassentür zum Garten. Dort steht ein festlich gedeckter Tisch mit silbernen Speiseglocken über zwei Porzellantellern, offensichtlich ein frühes Mittagessen.

Isi lächelt: Sie hat sogar Hunger. Lässt sich von Aldo den Stuhl zurechtrücken, bevor auch der sich setzt und auf die Glocken zeigt.

»Guten Appetit!«

Sie heben sie zusammen hoch und blicken auf zwei Buletten.

Mehr nicht.

Isi lacht und sagt: »Nicht dass du dich an so einfachem Essen noch vergiftest, Aldo.«

Er hat gehofft, dass sein Scherz gut bei ihr ankommen würde. Jetzt steht er auf und kniet sich vor sie.

»Isi … Luise Beese. Die letzten Wochen und Monate mit dir haben mir eines gezeigt: Ich möchte, nein, ich *kann* nicht mehr ohne dich sein! Du machst mich zu einem besseren Menschen, und jetzt hoffe ich, dass ich gut genug für dich bin. Daher …«

Er greift in eine Tasche seines Jacketts.

Zieht ein Schmuckkästchen hervor.

Öffnet es.

»Möchtest du meine Frau werden?«

Ein Ring, besetzt mit einem mittelgroßen Diamanten, funkelt Isi an. Nicht protzig, aber auch nicht so, dass es gleichgültig wirkte. Etwas, das man einem geliebten Menschen schenkt, ohne ihn damit kaufen oder blenden zu wollen.

Isi nimmt ihn hoch und sieht ihn an: Er ist wunderschön.

Sekunden vergehen, bis ich endlich meine Stimme finde und laut »AL-MA!« rufe. Sie hört es, sieht sich irritiert um, bis sie mich erkennt. Sie hält Hans immer noch im Arm und zieht ihn jetzt schnell von Ehrhardt zurück.

Ich sehe, wie sie erst rot wird, dann totenbleich.

Die stille Alma.

Die Theo gepflegt und sich dann liebevoll um Hans gekümmert hat.

Die einem kaum in die Augen sehen kann, die zu jeder Bitte einen zustimmenden Knicks macht. Das Hausmädchen, das immer da war und doch niemand sah.

Da steht sie.

Gleich neben Hermann Ehrhardt, einem der gefährlichsten Männer des Reiches. Einem, an dessen Händen Blut klebt. Und hält ihm meinen Sohn zum Segen hin.

Endlich löst sich meine Erstarrung.

Wütend springe ich nach rechts, schiebe rücksichtslos Schaulustige zur Seite, während sie Hans rasch auf den Boden stellt und blitzschnell in der Menge verschwindet.

Überall stehen diese Idioten mir im Weg, ich ramme sie, schubse, fluche. Gerate mit einem in Streit, der mich am Kragen packt und mir eine reinhauen will.

»Mein Junge!«, schreie ich ihn an. »Da vorne!«

Zu sehen ist in dem Gewühl natürlich nichts mehr.

Der Kerl lässt mich los, und mit großer Mühe kämpfe ich mich um Ehrhardts Auto herum und gelange an die Stelle, an der ich Alma und den Kleinen das letzte Mal gesehen habe.

Hans ist weg.

Ich suche den Boden ab, aber sehe nur Hosenbeine und Rockschöße.

»HANS!«

Ich schiebe mich vor wie ein Schiff im Packeis, den Blick auf den Boden gesenkt, aber da sind nur Füße, Schuhe und über mir Stimmen, die sich über mich beschweren.

»HANS! HANS!«

Wie konnte ich mich nur so in Alma täuschen? Und wie sehr muss sie geschauspielert haben, denn wo wir politisch stehen, hat sie von Anfang an gewusst. Aber sie ist geblieben, weil sie sonst nichts hatte. Weil Nationalismus nicht satt macht und keine Miete zahlt. Da kann man sich dann ja auch von den Demokraten durchfüttern lassen. Und ich denke wütend: Wieso haben wir denn einfach angenommen, dass wer Arbeiter oder Magd ist, kein Monarchist sein kann? Kein Reaktionär?

Und jetzt ist der Junge fort, allein gelassen, wieder einmal. All die kleinen Fortschritte, die wir gemacht haben, mit einem Mal zunichtegemacht. Was passiert jetzt mit ihm?

Die Menge lichtet sich.

Im nächsten Moment ist Platz.

Ich sehe hektisch nach rechts, nach links.

Will wieder nach ihm rufen.

Da entdecke ich ihn.

Jemand hat ihn auf den Arm gehoben.

Phillip.

Artur und Paule sehen sich an.

»Was glaubst du, warum du hier bist?«, fragt Artur.

»Weil du dir rächen willst«, antwortet Paule.

»Nein.«

»Nee?«, fragt Paule erstaunt zurück.

Artur schüttelt den Kopf, tritt näher an ihn heran.

»Du bist hier, weil ich dir ein Angebot machen will.«

Paule runzelt die Stirn: »Wat forn Anjebot?«

»Wat redste denn da?!«, flucht Silber-Kurt auf seinem Stuhl. »Nischt kannste Paule bieten, jar nischt!«

Eben noch schien Silber-Kurt bewusstlos, jetzt aber hebt er den Kopf und sieht mit zugeschwollenen Augen in ihre Richtung.

»Mach mir los, du Hund!«, schreit er.

Der Silberzahn fehlt.

Paule entdeckt ihn auf dem Boden. Mit zwei anderen Zähnen.

Artur sieht Paule in die Augen: »Hör jetzt genau zu, Paule. Diese Sache wird hier und heute enden. Die Frage ist nur: Wie?«

»Wat haste denn anzubieten?«

Artur entgegnet ruhig: »Vergissmeinnicht!«

»Dit kannste nischt!«, antwortet Paule überzeugt.

»Ich tu es gerade. Wenn du einschlägst, lassen wir Silber-Kurt verschwinden, und du bist die neue Nummer eins.«

»Dreckijer Scheißkerl!«, schreit Silber-Kurt.

Artur tippt Paule auf die Brust: »Ich will, dass wir beide ein neues Kapitel aufschlagen.«

Paule blickt zu Kurt, der da jämmerlich auf seinem Stuhl sitzt.

Artur kann sehen, wie Paule in seinem Kopf die Möglichkeiten durchrattert.

»Denk mal an die UFA, Paule. Hast du nicht heute jemand sehr Interessantes kennengelernt?«

Paule nickt langsam.

»Lubitsch, die Negri?«

Artur kommt noch etwas näher an ihn heran und hebt Zeigefinger und Daumen vor sein Gesicht. »So ein kleines Stück bist du noch davon entfernt, so ein kleines Stückchen. Ich kann all deine Träume wahr werden lassen: Dinner mit der Negri. Filme mit Lubitsch. Partys mit Harry Liedtke und Emil Jannings.«

Paule sieht auf den winzigen Spalt zwischen Arturs Zeigefinger und Daumen.

»Die Tür ist offen, Paule. Oder …«

Artur schnippst Zeigefinger und Daumen gegeneinander, dreht die Innenfläche seiner Hand nach oben und pustet hinein: »Ich nehme dir alles weg. Für immer! Deine Entscheidung.«

Paule schluckt.

Dann fragt er vorsichtig: »Und Kurt?«

»Kurt ist tot, Paule. Und ich will nur eines wissen: Folgst du ihm, oder nimmst du seinen Platz ein?«

»Wir könn'n … Du kannst 'n nicht einfach abmurksen, Artur! Die anderen werden kommen!«

»Nein. Und weißt du, warum? Weil wir einen Putsch haben. Weil die Rechten wieder rumballern. Und die Linken auch. Weil es viele Tote geben wird. Und Kurt wird einer davon sein.«

Deswegen hatten wir warten müssen.

Auf Unruhen.

Auf Gewalt.

Auf die Gelegenheit, jemanden loszuwerden, ohne dass es irgendwen interessiert.

»Du bist selbst Zeuge, Paule. Du warst dabei, als die Freikorps auf euch geschossen haben. Als sie sich Kurt geschnappt, ihn verprügelt und dann umgelegt haben. Und schließlich, Paule, wirst du aufrücken. Die neue Nummer eins sein.«

Silber-Kurt spuckt aus: »Ick werd dir umbringen, Artur! Ick schneid dir in Stücke, du Schwein!«

Artur konzentriert sich nur auf Paule: »Weißt du, dass er mir deinen Posten angeboten hat, Paule?«

»Dit stimmt nich, Paule. Dit is' nich' real!«

Artur steht direkt vor Paule: »Sieh mich an. Und sag mir, ob ich dich gerade angelogen habe.«

Paule starrt ihn an.

Woran denkt er jetzt? An die Demütigungen, die er durch Kurt hat hinnehmen müssen? An den Brand und an die Probleme, die sich daraus ergeben haben? An die Schlägerei? An das, was ihm die anderen vielleicht schon geflüstert haben, nachdem sie Artur verschleppt hatten?

Dann nickt er.

Er weiß, dass Artur ihm die Wahrheit gesagt hat.

»Dir lej ick ooch um, du Varräta!«, schreit Silber-Kurt.

Artur drückt Paule den Revolver in die Hand.

Die anderen Männer im Raum ziehen ihre Waffen und zielen auf Paule.

»Entscheide dich jetzt!«

Artur tritt zur Seite und gibt den Weg frei.

Zögernd stellt sich Paule vor den sitzenden Kurt, während Artur nahe hinter ihm steht.

»Wer willst du sein, Paule?«, flüstert er ihm zu. »Was willst du sein?«

Silber-Kurt sieht zu ihnen hinauf: Ein Bild des Jammers ist er.

Paule feuert ihm dreimal in die Brust.

Kurt ist tot.

Artur greift nach dem Revolver und windet ihn Paule langsam aus den Fingern.

Dann geben sie sich die Hände.

Aldo schiebt Isi den Ring auf den Finger und wiederholt seine Frage.

Da lächelt sie und antwortet: »Ja.«

Aldo strahlt.

Ich stürze zu Phillip und hebe ihm Hans vom Arm.

»Danke!«, sage ich. Und noch einmal: »Danke.«

Aber ich habe Fragen.

Hochzeit

48

Diesmal träumten die Menschen nicht, wenn sich auch viele, wenige Stunden nach dem Putsch, unter einem bizarren Albdruck wähnten: Reichskriegsflaggen an den Häusern, junge Männer mit Monokel und gefletschten Zähnen, die flatternd roten Rockschöße der Offiziere im Wind. Dazu die absurde Blasmusik allenthalben. Ein neuer Kanzler, den zwar niemand kannte, der aber eine ganze Reihe ebenfalls unbekannter Männer zu Ministern ernannte. Fortan sollten sie mit ihm die Geschicke der Nation lenken. Ein absonderlicher Zirkus, gespickt mit größenwahnsinnigen Protagonisten, die sich endlich am Ziel ihrer Träume glaubten. Fast hätte man erwartet, dass der Kaiser in einer seiner Paradeuniformen über die Linden aus dem Exil heimritt, das Kinn hocherhoben, die hochgewichsten Bartenden zitternd vor Rachegelüsten gegenüber seinem abtrünnigen Volk.

Dann aber machte es *Knack!*, und alle Maschinen stoppten: Die Elektrizitätswerke schalteten sich ab. Die Wasserwerke. Arbeiter traten in den Generalstreik, Geschäfte schlossen, Straßen- und Hochbahnen standen.

Nichts ging mehr.

Exemplarisch für die wahnwitzigen Zustände waren vielleicht die Szenen, die sich auf dem Potsdamer Platz abspielten. Weil kein Benzin mehr verkauft wurde, blieben die Automobile fern, stattdessen wurden Fuhrwerke zu Sammeltaxis umgebaut, und Pferde zogen die Straßenbahnen. Anstelle des Räderkreischens auf Stahlschienen, des trötenden Gehupes und der trillernden Polizeipfeifen hörte man nur noch das Geklapper der Hufe und den Spott der Berliner, die dicht gedrängt beieinandersaßen, um sich zu ihren Zielen kutschieren zu lassen. Für einen Moment schien die Stadt den Menschen dreißig Jahre in die Vergangenheit versetzt, in die Zeit, als Bismarck ging und Wilhelm aufstieg. Die Welt drehte sich plötzlich langsamer und mit ihr alle, die sie bevölkerten.

Nach fünf Tagen war der Spuk vorbei und hätte als lächerliche Groteske in die Geschichte eingehen können, mit einem Reichskanzler Kapp, dessen reaktionärer Ehrgeiz diametral zu seinen politischen Fähigkeiten stand. Aber der Putsch hatte in der Folge noch viel ernstere Konsequenzen als die etwa hundert Toten, die es während der Ausnahmetage in Berlin gegeben hatte. Zu ihnen wurde übrigens auch Silber-Kurt gezählt, den man am dritten Tag des Putsches aus der Spree gezogen hatte. Kino-Paule machte den Männern von *Vergissmeinnicht* weis, dass Kurt und er in den Hinterhalt eines Freikorps geraten waren und die Bande dann leider kurzen Prozess mit dem Chef gemacht hatte. Das klang für alle plausibel, und so wurde Kino-Paule der neue Anführer von *Vergissmeinnicht*. Seine erste Amtshandlung war ein Friedensschluss mit Artur mit dem Ziel einer für beide Seiten lohnenden Koexistenz.

Unterdes hatte der Kapp-Putsch in Sachsen, Thüringen und vor allem im Ruhrgebiet besonders entsetzliche Konsequenzen. Wütend über den erneuten Versuch der Rechten, die Macht an sich zu reißen, und immer noch enttäuscht über die fehlgeschlagene Räterepublik der Revolutionäre, formierte sich die Linke ihrerseits zu einem bewaffneten Aufstand und zu Massenstreiks.

Die Rote Ruhrarmee entstand.

Der Konflikt eskalierte.

Wieder waren es Reichswehr und vor allem Freikorps, die eingriffen, und wieder war es General von Watter, der Militär mit den kältesten Augen des Reiches, der einmarschieren und ein Massaker befehlen ließ, getreu der unrühmlichen Rolle, die er schon bei den Märzunruhen 1919 eingenommen hatte. Unvorstellbare Szenen mussten sich abgespielt haben, denn nicht nur Bewaffnete wurden getötet, sondern auch Frauen und Kinder. Die allermeisten Menschen starben nicht im Zuge der eigentlichen Kampfhandlungen, sondern danach: Standrecht. Erschießungen. Mord. Am Ende waren weit über zweitausend tot, ehe die Kämpfe endlich abflauten. Auf Regierungsseite waren es gut dreihundert.

In Berlin endete der Putsch dagegen glimpflich.

Für die Täter.

Fast alle beteiligten Offiziere blieben dank einer Generalamnestie unbehelligt, nur Polizeipräsident von Jagow wurde später verurteilt: fünf Jahre Festungshaft, also Haft unter erleichterten Bedingungen. Den Hochverrat sah das Gericht wohl, allein die bedingungslose Vaterlandsliebe milderte seine Strafe erheblich. Isi regte sich furchtbar darüber auf.

Wolfgang Kapp floh nach Schweden, General von Lüttwitz nach Ungarn, wenngleich auch er später von der Amnestie profitierte und zurückkehren durfte. Der ewige Reaktionär Waldemar Pabst suchte Unterschlupf in Österreich, Ludendorff, wie immer involviert, wenn es gegen die Republik ging, schlüpfte in Bayern unter, genau wie Hermann Ehrhardt.

Dessen Marine-Brigade bekam freien Abzug aus Berlin zugesichert und verabschiedete sich auf ihre Art: Das Ehrhardt-Lied singend marschierten die Männer dem Brandenburger Tor entgegen, als ihnen plötzlich Buhrufe und Pfiffe entgegenflogen. Die Brigade hielt kurzerhand und eröffnete wahllos das MG-Feuer in die Menge. Zwölf Menschen starben, dreißig wurden schwer verletzt.

Dann setzte sie den Ausmarsch fort und begann erneut ihr Lied:

»Kamerad, reich mir die Hände,
Fest wollen zusammen wir stehn.
Man mag uns auch bekämpfen,
Der Geist soll niemals verwehn.

Hakenkreuz am Stahlhelm,
Schwarz-weiß-rotes Band,
Die Brigade Ehrhardt
Werden wir genannt.

Arbeiter, Arbeiter,
Wie mag es dir ergehn,
Wenn die Brigade Ehrhardt
Wird einst in Waffen stehn.

Hakenkreuz am Stahlhelm,
Schwarz-weiß-rotes Band,
Die Brigade Ehrhardt
Werden wir genannt.

Die Brigade Ehrhardt
Schlägt alles kurz und klein,
Wehe dir, wehe dir,
Du Arbeiterschwein.«

Der Mord an den Protestierenden wurde nie bestraft, die Brigade einen guten Monat später aufgelöst.

Verschwunden war sie jedoch nicht.

Ganz und gar nicht.

49

Das Kindermädchen Alma sahen wir nicht wieder.

Wir stellten Nachforschungen an, viel von ihr hatten wir nicht gewusst, als wir sie engagierten, nur dass sie Geld brauchte und bereit war, uns auszuhelfen. Offenbar hatte sie alle männlichen Mitglieder ihrer Familie im Krieg an der Westfront verloren: den Vater und zwei Brüder. Letztere waren begeisterte Freiwillige gewesen und fielen, genau wie ihr Vater, sehr spät, nämlich bei Ludendorffs letzter großer Offensive im Frühjahr 1918, die viele andere auch vollkommen unnütz hatte sterben lassen. Das aber hatte erstaunlicherweise nicht dazu geführt, dass sie den Krieg, den Kaiser oder die Generäle hassen lernte, sondern nur den Feind, insbesondere die Franzosen, die sich bei den

Waffenstillstandsbedingungen und dem Versailler Vertrag besonders unnachgiebig verhalten hatten.

Auf seltsame Art und Weise empfand sie den Tod der geliebten Familie nur deswegen als sinnlos, weil die Niederlage mit der anschließenden Kriegsschuldzuweisung der Sieger sie entehrt hatte. Und so hatte sie sich insgeheim wohl nach einer neuen, starken Führung gesehnt, die Deutschland wieder zur Größe führen würde und mit den Verrätern abrechnete, die das eigene Heer von hinten erdolcht hatten.

Letztlich war es uns eine Lehre: Nicht jeder, der arm war, war anständig, nicht jeder, der reich war, ein Schurke. Schien Aldo nicht das beste Beispiel? Sein Heiratsantrag war mehr als überraschend, weder Artur noch Isi noch ich hätten je damit gerechnet. Zwar zweifelte niemand von uns an seinen Gefühlen Isi gegenüber, aber es war eine Sache, verliebt zu sein, eine andere, jemanden zu heiraten, der gesellschaftlich so weit unter einem rangierte.

Gewiss hatte der Krieg die Ständegesellschaft in Stücke gesprengt, aber das bedeutete nicht, dass es sie nicht mehr gab. Und Aldos Familie hatte über Jahrhunderte strategisch geheiratet, das Wohl des Clans stand stets über allem und nährte Einfluss und Macht. Aldo war der Erste, der gedachte, damit zu brechen, und das in einer Zeit, in der solche Ehen nicht nur in Deutschland, sondern in ganz Europa vollkommen undenkbar waren. Unabhängig davon, wer den Krieg gewonnen oder verloren hatte, wer Kaiser, König oder Graf war: Hochadel und Proletariat mischten sich nicht.

Es erforderte also Mut, jemanden wie Isi zu heiraten.

Und es erforderte Langmut, sich Arturs und mein Gefrotzel anzuhören, dass die ehemalige *Revolutionsmieze*, die unermüdliche Kämpferin für die arbeitende Klasse, der Engel der Armen, jetzt Frau Luise Herzogin von Torstayn werden würde.

»Ich werde ein Blumenmädchen anheuern, das jeden deiner Schritte mit Rosenblättern bestreut!«, grinste ich.

»Ein Bett aus Frischgeld. Jeden Tag neu bezogen«, trumpfte Artur auf.

»Eine Krone!«

»Ein Zepter!«

Isi hatte die Arme vor der Brust verschränkt und mit leicht ge-
schlitzten Augen geantwortet: »Einen Kerker für Idioten wie euch!«

Wir standen in unserem Wohnzimmer, hörten Musik und tranken
etwas Wein.

»Jetzt im Ernst, Isi!«, begann ich. »Meinst du, Aldo ist der Richtige?«

»Weiß mans?«, fragte Isi zurück. »Aber ich bin glücklich mit ihm –
und nur das zählt, oder?«

»Und du wirst unglaublich reich sein«, ergänzte Artur.

»Ich will sein Geld nicht. Ich habe bisher für mich sorgen können,
ich werde auch in der Ehe für mich sorgen!«

Artur runzelte die Stirn: »Du meinst, du willst weiter den abergläubischen Damen der Gesellschaft das Geld aus der Tasche ziehen? Ich
glaube nicht, dass das bei Hofe allzu gut ankommt.«

»Ich mache was anderes …«

»Was denn?«, fragte ich.

»Ich habe eine Agentur gegründet.«

Wir sahen sie beide neugierig an.

»Was für eine Agentur?«, fragte ich.

»Eine Agentur für Arme. Ich werde die feinen Herrschaften dazu
bringen, sich in Berlin und Umgebung zu engagieren.«

»Mit so etwas wie Suppenküchen?«

»Suppenküchen, Kleiderkammern, Krankenversorgung. Aber es
braucht auch Beratungen für Frauen und Mädchen: Beruf, Recht, Verhütung.«

»Verhütung?«, fragte ich ein wenig verschämt. »Das … äh … Wie
berät man … also …«

»Ich dachte an ein Institut für Sexualwissenschaft.«

»W-was?«

»Du könntest es leiten, Carl. Du bist sensibel und empathisch. Und
vielleicht willst du auch ein paar Lehrfilme beisteuern?«

»Ich?! Du spinnst wohl?«, rief ich entsetzt.

Sie lächelte frech: Ich war ihr auf den Leim gegangen.

Artur brach in schallendes Gelächter aus.

»Es gibt bereits so ein Institut«, antwortete Isi geduldig. »Ein Herr Hirschfeld hat es im Juli letzten Jahres eröffnet. Ich habe schon Kontakt zu ihm aufgenommen und meine Kooperation angeboten.«

»Du hättest dein Gesicht sehen sollen, Carl!«, rief Artur und wischte sich die Tränen aus dem gesunden Auge.

»Ja, ja, sehr witzig«, maulte ich und wandte mich wieder Isi zu. »Jedenfalls klingt das alles ziemlich gut.«

»Das wird auch ziemlich gut!«

»Und Aldo ist damit einverstanden?«, fragte ich.

Isi runzelte die Stirn: »Ehrlich, Carl, manchmal redest du wirres Zeug! Ich muss ja auch mit der Schande leben, dass er reich, gut aussehend und adlig ist. Und beschwer ich mich etwa darüber?«

Damit war dieses Thema dann geklärt.

Ich wandte mich an Artur: »Hast du eigentlich etwas über die Cureckens herausfinden können?«

Artur schüttelte den Kopf: »Nein, noch nicht. Aber ich bleibe dran. Mit diesem Phillip stimmt was nicht.«

»Hans hat er jedenfalls gerettet«, antwortete ich.

Artur nickte: »Ja, er war da. Wie durch ein Wunder.«

Isi stimmte zu: »Ich finde das auch komisch, Carl.«

»Den Putsch haben sich viele angesehen!«

»Ich glaube nicht an solche Zufälle, Carl«, antwortete Artur. »Du musst vorsichtig sein mit dem.«

»Meinetwegen, obwohl er wirklich nichts Böses getan hat«, seufzte ich. »Ich werde ihn die Tage besuchen. Dann erfahr ich vielleicht mehr.«

Artur öffnete eine neue Flasche, holte ein weiteres leeres Glas aus einem der Schränke und stellte es auf den Tisch.

»Übrigens, ich habe ein neues Kindermädchen für dich!«, sagte er.

»Oh, gut. Vielen Dank. Wer ist es denn?«

Er ging zur Tür, öffnete sie, schaute hinaus und nickte jemandem zu. Dann kehrte er mit dem neuen Kindermädchen zurück.

Anna.

Ich schluckte: War das sein Ernst? Oder nahmen mich die beiden wieder auf den Arm?

»Übrigens, sie kann nur tagsüber. Abends hat sie ... andere Verpflichtungen.«

»Hallo, Carl!«, lächelte Anna.

Ich sah zu Isi, dann zu Artur, aber sie blieben beide ernst.

»Hallo, Anna«, grüßte ich zurück, dann nahm ich Artur am Arm: »Kann ich dich einen Moment alleine sprechen?«

Ich führte ihn hinaus in den Flur und flüsterte: »Was, wenn Hans erfährt, was sie sonst noch so macht?«

»Was, wenn er irgendwann erfährt, was seine Mutter sonst noch so gemacht hat?«, antwortete Artur ungerührt.

»Das ist was anderes.«

»Das ist haargenau dasselbe.«

»Aber ... vielleicht wäre ein einfaches Dienstmädchen besser?«

»Hatten wir, Carl. Und wie hat es geendet? Du brauchst jemand Vertrauenswürdiges.«

»Und da fällt dir keine andere ein?«

»Sie ist genau richtig, Carl. Sie hat Verstand, kann den Mund halten und steht bedingungslos zu uns.«

Zögernd nickte ich.

Er hatte recht.

Wie immer.

Und ich musste endlich lernen, meine kleinbürgerlichen Vorurteile in den Griff zu kriegen.

50

Tatsächlich wohnten die Cureckens nicht allzu weit von uns entfernt in der Boxhagener Straße, in einem Neubau, wie mir schien, jedenfalls wirkte das Haus von außen so, da weder Farbe aufgetragen noch die Fenster und Türen eingefasst und verputzt worden waren. Ansonsten unterschied sich die Gegend nicht viel von unserer: Häuser, die schon bessere Zeiten gesehen hatten, genau wie die Menschen, die in ihnen lebten.

Wenn auch nicht viel bessere Zeiten.

Phillip hatte mir die Adresse genannt, als er mir Hans in den Arm gedrückt und sich dann rasch entschuldigt hatte. Eine ganze Weile hatte ich darüber nachgedacht, welches Gastgeschenk ich mitbringen wollte, und mich dann für ein großes Stück Schinken entschieden, wenngleich Essensspenden den Beschenkten immer auch ein wenig bloßstellten. Doch Hunger war ein strenger Herr, und Scham musste man sich leisten können. In dieser Beziehung hatten die Berliner in den letzten Jahren eine derart harte Schule durchlaufen, dass eine Essensspende 1920 genauso wenig als Demütigung empfunden wurde wie 1914, wenn auch aus unterschiedlichen Gründen. Vor dem Krieg war sie ein freundliches Mitbringsel, nach dem Krieg ein überlebensnotwendiges. Es war nur ein Stück Schinken, und ich dachte, wie sehr diese Geste in sechs Jahren an Unschuld verloren hatte. Nichts war mehr wie vor dem Krieg, dieselben Dinge hatten plötzlich einen anderen Beiklang.

Die Haustür sah nicht besonders vertrauenerweckend aus, schien eine Art Provisorium zu sein, das sich nicht abschließen ließ, sodass ich zögernd in den Flur trat, der sich grob verputzt und ungestrichen zu einer Treppe hin streckte. Vom Erdgeschoss gingen zwei Eingänge in zwei verschiedene Wohnungen ab, beide ohne Rahmen und mit genauso notdürftigen Bautüren, die ohne Schlösser schief in den Öffnungen saßen.

Ich klopfte an der linken und wartete, bis ein Mütterchen in Witwentracht öffnete.

»Verzeihung!«, sagte ich. »Ich suche die Familie Curecken.«

Da lächelte die Alte und fuhr sich mit der Hand ordnend über das etwas wirre Haar: »Du musst Carl sein!«

Ich nickte.

Sie gab mir die Hand: »Ich bin Elisabeth, Phillips Mutter.«

Ihre Kleidung schlotterte um ihre dürren Schultern – als sie die Tracht gekauft hatte, musste sie um einiges dicker gewesen sein.

»Komm doch rein!«

Damit trat ich hinter ihr in die Wohnung, deren Wände zwar verputzt, aber ohne Farbe oder Tapete waren. Der Boden war ebenfalls unbehandelt: purer Estrich, auf dem die Schritte knirschten.

Es gab, soweit ich das sehen konnte, drei Räume: die gute Stube, Schlafzimmer und Küche, wobei dort nur ein Tisch mit drei klapprigen Stühlen stand und ein Bollerofen, auf dem man kochen konnte. Das Wohnzimmer entpuppte sich als ähnlich karg: ein altes Sofa, ein abgewetzter Sessel, die beide aussahen, als wären sie aus dem Müll. Dazu ein Tischlein. Auch hier ein Ofen, der wie der in der Küche vor sich hin bollerte, obwohl es draußen nicht mehr kalt war.

Das war schon alles.

Phillip hatte sich vom Sofa erhoben und eilte mir entgegen: »Carl, wie schön, dass du uns besuchen kommst.«

»Ich habe euch etwas mitgebracht«, antwortete ich und gab ihm den Schinken, den er an seine Mutter weiterreichte.

Sie öffnete das Paket, und ich konnte sehen, wie ihr die Augen übergingen: das Gesicht eines Menschen, der Hunger hatte. Auch Phillip hatte kurz hingesehen und geschluckt, dann aber gelächelt und gesagt: »Sehr aufmerksam! Den schneiden wir gleich auf, ja, Mutter?«

Sie wirkte beinahe erschrocken, einen solchen Schatz anbrechen zu müssen, dann aber nickte sie und verschwand in der Küche.

Mit einer Geste bot Phillip mir einen Platz an.

Ich wählte den alten Sessel, dessen harte Federn mir in Hintern und Rücken stachen.

»Ich wollte mich eigentlich nur bedanken«, begann ich. »Ohne dich wäre Hans vielleicht verloren gegangen.«

»Aber bitte: Das ist doch nicht der Rede wert!«

Einen Moment zögernd fragte ich dann: »Was für ein Zufall, dass du da warst, nicht?«

Er verstand die Anspielung sofort.

»Nun, so ganz zufällig war es nicht ...«, begann er mit einem Räuspern.

»Nicht?«

»Nein. Ich wollte dich an diesem Tag besuchen. Es war Samstag, und ich hatte gehofft, dass du nicht arbeiten würdest.«

Ich nickte.

»Jedenfalls lief ich gerade durch die Voigtstraße, als plötzlich das Kindermädchen aus dem Haus eilte, Hans an der Hand. Ich wunderte mich, und als ich dann bei euch klopfte, war niemand da. Und gleichzeitig riefen die Nachbarn, dass geputscht worden sei – und ich dachte nur: Warum geht ein Kindermädchen mit einem kleinen Jungen gerade jetzt in die Stadt? Niemand wusste doch, ob das nicht gefährlich sein könnte.«

»Du bist ihnen gefolgt?«

Er nickte: »Ja, bis zu den Linden. Den Rest kennst du ja.«

Ein glücklicher Zufall, aber nicht so, wie Artur oder Isi es unterstellt hatte.

Phillips Mutter kehrte zurück und hatte den Schinken in feine Scheiben geschnitten auf einen Teller gelegt: Sie bot mir davon an, aber ich schüttelte den Kopf: »Vielen Dank. Aber ich habe schon gegessen.«

Das entsprach nicht der Wahrheit, tatsächlich hatte ich Hunger, und der Schinken sah wirklich gut aus. Aber die beiden in einer so desolaten Situation zu erleben, rührte mich, und so beschloss ich zu fasten.

Sie nickte und stellte den Teller auf den Tisch.

Niemand nahm etwas davon, aber alle hatten Hunger.

So viel war wahr.

Aus dem Schlafzimmer hörte ich jemanden husten. Ein hässliches, gurgelndes tiefes Geräusch, das auf keinen guten gesundheitlichen Zustand schließen ließ.

»Meine Frau«, erklärte Phillip. »Es geht ihr nicht gut. Sie lässt sich entschuldigen.«

Erst jetzt spürte ich, dass es in der Wohnung klamm war, obwohl es draußen einen recht schönen Frühlingstag mit angenehmen Temperaturen hatte. Hier drinnen aber schien alles kälter zu sein, ungemütlicher, auch wenn der Ofen etwas wärmte. Was mich irritierte, denn trotz ihrer offensichtlichen Armut gaben die Cureckens wohl einiges für Heizmaterial aus.

Phillip war meinem Blick zum Ofen gefolgt und sagte: »Wir sind Trockenwohner.«

Ich sah ihn fragend an.

»Das Haus ist neu und noch baufeucht. Wir wohnen hier, bis Wände und Böden trocken genug sind. Dann wird alles fertiggestellt und an die richtigen Mieter übergeben. So lange zahlen wir nichts, und der Bauunternehmer spendiert uns Kohle zum Heizen, damit es schneller geht.«

Ich schluckte: In diesem Zusammenhang von »spendieren« zu sprechen schien mir vollkommen unangebracht. Ich hatte zuvor schon vom Konzept des Trockenmietens gehört, aber nie jemand getroffen, der es praktizierte. Es wurde kaum noch gebaut.

»Und deine Frau? Für sie ist die Raumfeuchte doch eine Qual, wenn sie es an den Lungen hat?«

Phillip antwortete nicht.

Das musste er auch nicht: Man sah die Antwort in seinen Augen.

»Wie geht es denn dem kleinen Hans?«, fragte Elisabeth und wechselte damit rasch das Thema.

»Oh, sehr gut. Danke.«

»Dass er so etwas erleben musste! Schrecklich!«

Sie lächelte mich an.

»Ich denke, er hat es gut verkraftet. Phillip war ja da.«

Für einen Moment senkte sich Schweigen über uns, eines von der unangenehmen Sorte, während Elisabeth nervös ihre faltigen Hände knetete und Phillip unsichere Blicke zuwarf. Irgendetwas stand im Raum, etwas, das besprochen werden wollte, aber es fiel ihnen augenscheinlich schwer, es anzuführen.

»Sicher habt ihr das Mädchen entlassen?«, fragte Elisabeth plötzlich.

Ich seufzte: »Das war gar nicht nötig. Sie ist verschwunden.«

Elisabeth nickte schnell: »Recht so.« Und setzte rasch an: »Aber ihr braucht doch Ersatz?«

»Ja, nur …«

»Also, *ich* könnte doch auf Hans achtgeben? Ich kann sehr gut mit Kindern, nicht Phillip?«

Der nickte scheu: »Sie ist ganz wunderbar mit den Kleinen.«

Betreten räusperte ich mich: »Eine gute Idee …«

»Nicht wahr? Dann ist es abgemacht?«

Sie sah mich freudig an.

Ich räusperte mich erneut und antwortete: »Ich habe schon jemanden.«

Sie riss erschrocken die Augen auf: »Aber, Carl, wir sind doch Familie! Wer könnte denn besser sein, vertrauenswürdiger als jemand aus der Familie?«

»Da hast du sicher recht, Elisabeth, aber …«

»Na, siehst du! Ich passe sehr gerne auf den kleinen Hans auf, Carl! Jeden Tag, wenn du willst!«

Ihr Blick war ein einziges Flehen.

Phillip tat unbeteiligt, aber seine Hoffnung war geradezu körperlich spürbar.

»Du kannst dem neuen Mädchen doch absagen, Carl. Sag ihm, dass jemand aus der Familie übernimmt. Sie wird das sicher verstehen.«

»Elisabeth …«

»Du hast selbst gesagt, es wäre eine gute Idee, Carl. Und es ist auch eine gute Idee. Und es wäre überhaupt nicht teuer! Nicht wahr, Phillip?«

»Es ginge allein gegen Kostgeld«, antwortete Phillip und mied meinen Blick.

»Hans soll hierhin kommen?«, fragte ich entgeistert, und ohne es zu wollen, versetzte ich ihnen damit einen demütigenden Schlag. In Elisabeths Augen schimmerten Tränen.

Dann aber fasste sie sich schnell und sagte: »Aber nein! Das ist kein guter Ort für ein Kind, Carl. Ich würde einfach zu euch kommen. Immer pünktlich. Und wenn es mal spät werden sollte, ist das wirklich nicht schlimm. Ich habe viel Zeit!«

»Das glaube ich schon …«

»Na, siehst du! Carl! Klingt das alles nicht gut?«

Das Gespräch war mir vollkommen entglitten, ihre Verzweiflung rührte mich, und doch fühlte ich mich in die Ecke gedrängt. Artur und Isi hätten eine solche Situation mit einem Fingerschnippen gelöst, ich dagegen tat mich schwer: Warum sollte Elisabeth nicht auf Hans aufpassen? Sie wäre sicher eine geduldige Erzieherin, wahrscheinlich qualifizierter als Anna. Andererseits misstrauten Artur und Isi den Cureckens, und die beiden einfach vor vollendete Tatsachen zu stellen, nur weil ich ganz schlecht darin war, auch mal Nein zu sagen, war ganz sicher der falsche Weg. Artur und Isi waren meine Familie, nicht die Cureckens, obwohl ich sehen und fühlen konnte, wie desperat ihre Lage war.

»Ich denke drüber nach, Elisabeth«, antwortete ich ausweichend.

»Aber warum denn, Carl? Die Lösung ist doch perfekt!«, rief sie enttäuscht.

»Ich will das nicht jetzt entscheiden.«

»Aber, Carl …«

Phillip ging dazwischen: »Mutter, bitte! Du hast ihn gehört.«

Sie presste die Lippen aufeinander, wütend, fing sich aber rasch und sagte: »Ganz wie du willst, Carl. Ich bin jedenfalls immer für dich da.«

»Danke, das weiß ich zu schätzen«, antwortete ich ein wenig hilflos.

Einen Moment saßen wir alle still da.

Dann erhob ich mich und nahm meinen Hut: »Ich muss dann mal wieder …«

»Danke für deinen Besuch!«, antwortete Phillip und sprang auf. »Du bist uns immer willkommen.«

Er begleitete mich zur Tür.

»Nimm es ihr nicht übel, Carl«, sagte er leise. »Sie ist ein wenig … nervös.«

»Das tue ich nicht«, antwortete ich und gab ihm die Hand. »Richte deiner Frau meine besten Wünsche aus! Und baldige Genesung!«

»Mache ich gerne. Du bist ein guter Mensch, Carl. Das wusste ich gleich.«

Ich setzte meinen Hut auf und verließ das Haus.

Draußen blitzte die Sonne zwischen schäfchenweißen Wolken.

51

Fast mutete es wie ein Aprilscherz an, als Artur am Ersten des Monats sein neues Lokal auf der Andreasstraße eröffnete, denn das Publikum an diesem Gründonnerstag hätte kaum gottloser sein können als jenes, das hineinströmte, um in einer Weise in den Karfreitag hineinzufeiern, die Jesus dazu bewegt hätte, beleidigt vom Kreuz zu steigen und jedem Einzelnen mit einem Aufenthalt in der Hölle zu drohen.

Schon vor seiner Eröffnung war das *Arcasi* in aller Munde gewesen und der Andrang entsprechend. Da die grundsätzlichen Probleme zwischen Artur und *Vergissmeinnicht* zur allgemeinen Zufriedenheit in der Spree gelandet waren, stauten sich am Abend der Eröffnung bereits früh die Gäste auf dem Bürgersteig. Der größte Teil von ihnen Ganoven und deren Liebchen, denn die komplette Belegschaft von *Vergissmeinnicht* gab sich die Ehre, angeführt von Kino-Paule, der zwar nicht Pola Negri am Arm führte, dafür aber eine andere hoffnungsvolle und bildhübsche Schauspielerin, die ihren Auftritt als *Erste Dame* gekonnt zu inszenieren wusste.

Am Eingang strahlten die bunten Lichter einer Leuchtreklame. Artur hatte sie unbedingt haben wollen, weshalb in diesem Teil des Viertels jetzt keine Energie mehr gespart wurde. Zu verdanken war das denen, die die Geschicke der Stadt, um nicht zu sagen: des Reiches, bestimmten und sich in Arturs *Eden* nicht nur vergnügten, sondern ihm auch gerne einen Gefallen taten. So schlug Artur in gewisser Weise eine Brücke zwischen den Welten, und manchmal, wenn ich ihn ansah, dachte ich, dass er, der Mann mit dem halben Gesicht, dieses Nebeneinander perfekt verkörperte: Die klare, schlaue, weitsichtige Hälfte ging in die andere über, unter der Gewalt und Zerstörung lauerten.

Wir standen zu fünft auf der gegenüberliegenden Straßenseite und beobachteten die gut gelaunte Wuseligkeit derjenigen, die sich dort in auffälliger und sündteurer Kleidung präsentierten, qualmten und den ebenfalls anwesenden Blaumännern des Polizeireviers Fünfzig, die wie die ganze Polizei nicht mehr Pickelhauben, sondern Tschakos auf dem

Kopf trugen, Zigaretten oder einen Schluck aus mitgebrachten Flaschen anboten. Die Beamten lehnten höflich ab und ertrugen mit einem Schmunzeln den Spott der herausgeputzten Damen, die die Staatsdiener augenzwinkernd zur Sünde zu verführen suchten.

»Ich hätte nicht gedacht, dass du so sentimental bist!« Isi lächelte.

Artur wandte sich ihr zu: »Wieso?«

»*Arcasi?* Wie unser Fuhrunternehmen in Thorn. Artur, Carl und Isi.«

»Schöner Name!«, ergänzte ich.

»Finde ich auch«, sagte Anna, die Hans auf dem Arm trug.

Der Kleine kam überraschend gut mit ihr aus, was sich zwar nicht in übermäßigem Mitteilungsdrang äußerte, aber offensichtlich fühlte er sich bei ihr geborgen: Er hatte seine Arme um ihren Hals geschlungen und kämpfte mit seiner Müdigkeit.

Ein gewaltiges Tröten ertönte.

Aldo preschte die Straße hinab und hielt mit quietschenden Reifen. Vielmehr: Er ließ mit quietschenden Reifen halten, denn er selbst saß auf dem Rücksitz seines Benz-Monstrums, während sein Fahrer das tat, was er ihm zwischenzeitlich zurief.

Isis Verlobter hatte Frack und Zylinder an, dazu einen weißen Seidenschal um den Hals geschlungen, genau wie Artur und ich, nur dass er aussah, als hätte er nie etwas anderes getragen. Im Gegensatz zu uns. Er hob zwei Flaschen in die Höhe und rief: »Champagner!«

»Französisch? Wie kommt man denn an Ware vom Erbfeind?«, fragte ich verwundert.

»Möchte ich nicht drüber reden!«, antwortete Aldo gut gelaunt. »Vor allem nicht über den Preis!«

»Aldo …«, warnte Isi.

Artur legte ihr die Hand auf den Arm: »Wir feiern deine Verlobung und meinen neuen Laden. Politik dann wieder ab morgen, ja?«

Sie nickte seufzend.

Wir querten die Andreasstraße und traten durch den Hintereingang ein.

Im Gegensatz zum *KaLeu* war das *Arcasi* nicht nur außen, sondern auch im Innern aufwendig gestaltet. Es hatte eine Schaubühne, aber nicht nur für drei zusammengedrängte Musiker: Mit fünf mal vier Metern war sie geradezu ausladend, sodass sich auch mühelos größere Gesangs- oder Tanzdarbietungen zeigen ließen.

Es gab viele Spiegel, die Tanzfläche und Schankraum geradezu riesig wirken ließen, und an einer Seite vier Separees für die besonders zahlungsfreudige Klientel, die hier einen Samtvorhang um ihr Eckchen ziehen konnte, wenn sie ganz ungestört sein wollte. Der Tresen war mit vier Budikern besetzt, Kellnerinnen brachten die Getränke, Zigarettenmädchen mit kleinen Bauchläden die Kippen, die man auch einzeln kaufen konnte. Dazu hatte Artur gleich neben der Garderobe eine neue Position geschaffen, die er für die wichtigste des ganzen Ladens hielt: die Nachtigall.

Eine Concierge.

Die Dame, die die Gäste begrüßte und verabschiedete, die ihre Pappenheimer kannte, einschätzte und zur Not auch abwies, wenn sie sich am Spanner vorbeigeschlichen hatten. Eine, die in gleichem Maße treu und bestechlich war, attraktiv und unnahbar, herzlich und mit allen Wassern gewaschen. Die die Sprache der Ganoven, Künstler, Buchhalter und Huren sprach, wenn es sein musste, auch alle gleichzeitig. Die mit jedermann schäkerte und sich doch nur einem verpflichtet fühlte: Artur. Sie war das Gesicht des *Arcași*.

Anna.

Hans war mittlerweile auf ihrem Arm eingeschlafen, sodass ich ihn hinter dem Tresen in einem Raum voller Vorräte auf unsere Mäntel bettete. Anna dagegen verwandelte sich, sobald sie mir den Jungen gereicht hatte, sofort in die Nachtigall, und sie so souverän im Eingang zu sehen machte mich ein wenig stolz: Diese Frau, die da gerade Kino-Paule in die Wange kniff und seinem neuen Liebchen einen Kuss auf die Wange hauchte, war mein Kindermädchen!

Nicht zu fassen.

Eine Kapelle heizte den Gästen ein.

Harry sagte in gewohnt gekonnter Manier die Bühnenattraktionen an, sorgte mit albernen Spielchen und eigenen Gesangseinlagen dafür, dass das Publikum gut gelaunt und durstig blieb.

Es wurde ein wildes Fest.

Auch für Isi und Aldo.

Es war schön, die beiden so ausgelassen zu sehen. Vor allem aber war ich erstaunt darüber, wie sehr sich Aldo seinem Umfeld anpassen konnte. Niemand der Anwesenden hatte nur annähernd eine solche Stellung wie er und keiner auch nur ähnliche finanzielle Möglichkeiten, obwohl die Ganoven alle gut bei Kasse waren. Ich hatte ihn im *Eden* als perfekten Gentleman erlebt, und hier wie im *KaLeu* gab er sich als nimmermüdes Feierbiest, das mit jedem gut konnte und keinerlei Berührungsängste kannte. Auf seine Art war er ein gesellschaftliches Chamäleon.

Eine Weile unterhielten wir uns über seine Familie, die spießig und langweilig war, die nichts wusste von den Genüssen der Großstadt und in ihrer versnobten Rückständigkeit auf ihren ostpreußischen Landgütern saß, den Kaiser verehrte und inständig hoffte, dass die Welt sich wieder zurückdrehen würde. Alles sollte so sein wie früher, fanden sie, und Aldo karikierte gekonnt eine sehr betagte Großtante, die bereits mit der Erfindung des elektrischen Lichts gehadert hatte, weil es ihr viel zu hell und zu unnatürlich schien. Sie war überzeugt gewesen, dass diese Art von Fortschritt die Jugend auf seltsame, umstürzlerische Gedanken bringen würde. Wie Automobile, versäumte Kirchgänge und natürlich die Sozialdemokratie.

»O Gott!«, rief ich vergnügt. »Was wird sie bloß zu Isi sagen?«

Aldo zuckte mit den Schultern und mied meinen Blick.

»Du hast doch deiner Familie mitgeteilt, dass du heiraten wirst?«, hakte ich nach.

»Na ja ...«, wich er aus. »Schon ... irgendwie ...«

»Was heißt denn das?«

»Ich habe ihnen gesagt, dass mein Junggesellendasein enden wird! Das hat sie echt begeistert, weißt du?«

»Kann ich mir vorstellen, aber wann stellst du ihnen Isi vor?«

»Bald. Ich habe sie nach Berlin eingeladen.«

Mittlerweile war die fröhliche Unbeschwertheit aus seinem Gesicht gewichen, und er trank den Rest des Champagners in einem Zug aus.

»Du wirst doch keinen Rückzieher machen, Aldo?«, fragte ich misstrauisch.

»Ich?! Auf keinen Fall! Isi ist die Liebe meines Lebens. Und ich hatte schon viele, kannst du mir …!«

»Schon gut«, unterbrach ich ihn. »Ich gebe dir nur den guten Rat, sie besser nicht zu enttäuschen. Ich habe sie während der Revolution erlebt. Und glaub mir: Du willst dich nicht mit ihr anlegen!«

»Sie kann zuweilen ein bisschen impulsiv sein, was?«

»Ich meins ernst, Aldo! Wenn du denkst, du müsstest Angst vor deiner Familie haben, dann kann ich dir sagen: Was immer dich bei ihnen erwartet, ist ein Luftkurort für Tattergreise verglichen mit dem, was dir bei Isi an der Sturmfront droht.«

»Herrgott! Ja! Ich heirate sie doch!«

Er schenkte uns beiden nach, das Thema verlor sich, bis Isi ihn schließlich packte, um zu tanzen. Trotzdem machte ich mir meine Gedanken: im Gegensatz zu Aldo, der spätestens morgen alles vergessen haben würde. Er war wie ein großes Kind, das nur Sorglosigkeit, Vergnügen und unbegrenzte Möglichkeiten kannte. Wie brachte man so jemandem den Ernst des Lebens bei?

Sollte man es überhaupt? Es musste doch schön sein, so zu leben.

Anna drängte sich zu mir durch und gab mir einen Kuss auf die Wange: »Ist das nicht herrlich hier?«

Ich nickte lächelnd.

»Ich wollte nach Hans sehen«, rief sie mir zu.

»Ich hol ihn schon. Es ist spät!«

»Ach, Carl!«, rief sie. »Jede Frau wäre glücklich, wenn sie dich nur bekäme.«

Sie gab mir wieder einen Kuss, sanfter als der erste, dann stand plötzlich Anwalt Friedemann Fromm neben uns, mit eingeklemmtem Monokel und absurd geckenhafter Kleidung. Er war alles andre als nüchtern, und als er Anna entdeckte, ließ er gekonnt das Glas aus seinem Auge fallen und küsste ihr galant die Hand: »Darf ich Sie zu einem Glas, etwas Kokain und einem Leben unter Palmen einladen, Sie hinreißendes Abbild einer Göttin?«

Anna grinste: »Sie dürfen, Herr Fromm!«

»Für Sie Friedel, meine schöne Nachtigall!« Er winkte dem Budiker zu: »Sekt! Aber dalli!«

Dann wandte er sich Anna wieder zu: »Verfügen Sie über mich, begehrenswerte Aphrodite! Stellen Sie Ihren Fuß auf meine Brust und lassen Sie das köstliche Getränk über Ihre schneeweißen Schenkel in meinen Mund laufen!«

Ich räusperte mich hörbar.

»Oh, Verzeihung, wo sind nur meine Manieren: Herr Friedländer darf natürlich zuerst!«

Anna bog sich vor Lachen, während ich nur die Augen verdrehte und mich am Tresen vorbei Richtung Hinterraum wand, wo ich den schlafenden Hans aus einem Mantelberg barg. Ich zog mich an, hob den Kleinen auf den Arm, kehrte zurück in den Schankraum, fand Anna und Anwalt Fromm glücklicherweise stehend und angezogen vor dem Tresen, winkte ihnen wie auch Isi und Aldo zum Abschied zu. Dann suchte ich Artur und entdeckte ihn, wie er sich gerade mit einem neuen Gast, den ich zuvor noch nie gesehen hatte, in einem der Separees niederließ. Er winkte mich heran und gab mir mit einer Geste zu verstehen, dass ich mich einen Moment setzen sollte.

»Ich möchte dir jemanden vorstellen, Carl!«, sagte er. »Das ist Oberkommissar Wilhelm Kennel. Der neue Leiter des Polizeireviers Fünfzig.«

Wir gaben uns die Hände.

»Wohl kaum der richtige Ort für ein Kind!«, meinte Kennel sauertöpfisch anstelle einer Begrüßung.

Ein durch und durch unscheinbarer Mann: schütteres Haar, fahles Gesicht, undefinierbare Augenfarbe. Weder gut aussehend noch hässlich. Wenn ich heute versuche, mich an ihn zu erinnern, fällt es mir immer noch schwer, ihn zu beschreiben. Es gab einfach nichts Außergewöhnliches an ihm.

Äußerlich.

Mit was für einem Charakter wir es zu tun hatten, machte Kennel uns in den wenigen Minuten, in denen ich am Tisch saß, schnell klar.

»Der Herr Oberkommissar und ich besprechen gerade, wie es weitergeht, jetzt wo sein seliger Vorgänger von uns gegangen ist«, erklärte Artur.

Kennel sah erst ihn, dann mich an: »Ich bin ein Freund offener Worte, daher werde ich jetzt auch ganz offen Ihnen gegenüber sein: Menschen wie Sie widern mich an. Sie sind wie eine Krankheit, die diese Stadt im Würgegriff hält, ein Geschwür, das sich nach dem Krieg gebildet hat. Aber seien Sie versichert, Herrschaften, ich werde der Arzt sein, der es herausschneidet. Und danach wird das hier wieder ein schönes Viertel sein, ein gesunder, gottgefälliger Körper. Also, gehen Sie besser gleich, denn ich werde das Übel an seinen Wurzeln herausreißen.«

Mir stand vor Schreck der Mund auf.

Artur dagegen ließ sich nichts anmerken: »Ich schätze einen Mann mit einer klaren Haltung. Darf ich Sie noch zur Tür begleiten?«

Kennel stand auf und setzte seinen Hut auf: »Sie werden einen Fehler machen. Ihresgleichen macht immer einen Fehler. Und dann werde ich da sein, Sie in einen Kerker sperren und den Schlüssel wegwerfen. Fürchten Sie mich!« Dann nickte er uns beiden zum Gruß zu: »Genießen Sie den Abend.«

Er machte sich auf den Weg zum Ausgang, wo er Anna beinahe umlief. Er lüftete kurz den Hut, wohl eher aus Gewohnheit als aus Höflichkeit, dann schob er sich an ihr vorbei.

Ich wandte mich Artur zu. »Jetzt sag mir bitte nicht, dass du auf einen weiteren Putsch hoffst! Das ist ein Polizist, Artur! Den kann man nicht ... Das hat noch nie jemand gewagt!«

Artur antwortete nicht.

Und das war nie gut.

Für andere.

52

Es mag seltsam anmuten, dass in einem Land, das von Revolution zu Putsch zu Putsch eilte, in dem die Wunden des Krieges immer noch weit aufklafften, die einen hungerten, die anderen schmausten, die einen von Kommunismus, die anderen von Diktatur träumten, dass in einem solchen Land trotzdem massenhaft Filme gedreht wurden. Vielleicht auch gerade deswegen. Denn viele ertrugen den Alltag nicht und wollten wenigstens für eine Stunde oder zwei irgendwo im Dunkel des Vorführraumes eins werden mit einer Welt, die nicht ihre eigene war.

Das meiste, was gezeigt wurde, war seicht oder überambitioniert, langweilig oder überdreht. Bei aller Betriebsamkeit war die Filmbranche, die sich immer noch ausprobierte, die gern übers Ziel hinausschoss oder weit unter ihren Möglichkeiten blieb, in jedem Fall eine, die ihre Mitte noch nicht gefunden hatte, vielleicht auch, weil sich darin, wie in einem großen Schwimmbad, Könner und Nichtskönner, Talentierte und Talentlose, Verrückte und Blasse, Geschäftsleute und Verschwender, Hasardeure und Zauderer, Wichtigtuer und Entscheider tummelten und man nie genau wusste, in welcher Kombination man sich für den nächsten Film traf. Überall gab es Glashäuser, wenn auch sämtlich viel kleiner als die beiden am Tempelhofer Feld. Es waren Dutzende, die sich über die ganze Stadt verteilten. Ich nahm sie selbst kaum je wahr, weil ich ja schließlich in meinem eigenen lebte.

Aber sie waren da. Und manchmal blitzten sie auf und versetzten mit ihren Produktionen alle in Staunen.

So war es auch bei *Das Cabinet des Dr. Caligari*.

Als sich zu Jahresbeginn die Krise in der Stadt bereits ankündigte und sich Offiziere mit dem Gedanken anfreundeten, die gewählte Regierung zu stürzen, fielen mir die ersten Plakate in der Stadt auf: verdrehte Hände oder hypnotische Wirbel. Überall prangten sie an den Litfaßsäulen, und darauf stand nur: *Du musst Caligari werden!*

Sonst nichts.

Menschen gingen daran vorbei oder blieben wie ich davor stehen und fragten sich, was es damit auf sich haben könnte. Wir alle hatten keine Ahnung, dass damit ein Film beworben wurde. Es tauchten mehr und mehr dieser Plakate auf, die wollten, dass man Caligari wurde, aber niemand wusste, wer oder was Caligari war.

Irgendwann lüftete sich das Geheimnis, sodass die Neugier riesig war, als der Film Ende Februar endlich startete: Er wurde ein gigantischer Erfolg! Und es gab nicht wenige, die während des Putsches im Kino gesessen und sich den merkwürdigsten und gleichsam brillantesten Film angesehen hatten, der in den frühen Zwanzigern gemacht worden war. Ich allein sah ihn dreimal hintereinander, weil ich einfach nicht glauben konnte, wie verrückt er war – und vor allem, wie geschickt er das Lebensgefühl der Deutschen getroffen hatte. Es war das erste Mal, dass ich bedauerte, *nur* im Union-Glashaus zu sitzen und kaum jemand anderes zu kennen als Lubitsch.

Wie gern wäre ich beim Dreh von *Caligari* dabei gewesen!

Eskapistische Filme gab es reichlich in jenen Zeiten. Mal fantastischer, mal historischer, mal gruseliger Natur, getreu dem Motto, dass alles besser war als die Wirklichkeit selbst.

Caligari dagegen ging weiter.

Viel weiter.

Der Film bemühte sich gar nicht erst, naturalistisch zu wirken. Nichts von dem, was man sah, war echt, alles verfremdet. Kulissen, die aussahen, als wären sie einem fiebernden Gehirn entsprungen: windschiefe Hexenhäuser, spitze Brücken, groteske Räume. Eine einzige künstliche, expressionistische Malerei, beinahe zwanghaft, was den Imperativ im Werbespruch *Du musst Caligari werden* geradezu genial machte.

Dabei war die Geschichte um den verrückten Hypnotiseur Dr. Caligari und sein willfähriges Ausstellungsobjekt Cesare, das unter der Kontrolle des Wahnsinnigen mordend eine Stadt in Schrecken versetzt, an sich gar nicht so fesselnd, aber dadurch dass sie in diesen albtraumhaften Bauten, den verwinkelten Fluchten und zerbrochenen Spitzen spielte, traf sie die Deutschen in ihrem Innersten. Denn auf subtile Art und Weise spiegelte der Film so die Schmach des verlorenen Krieges wider, den kaputten Traum einer besseren Zukunft, die Knute des Versailler Vertrags, das Zurückfallen einer ganzen Gesellschaft an einen Punkt, wo der Tod wie der somnambule Cesare durch die Straßen geisterte und sich nahm, was er wollte, vollkommen egal, ob jemand schuldig oder unschuldig war. *Das* war für mich das eigentliche Thema dieses Films. Das war das, was die Menschen im Innersten spürten – über die eigentliche Geschichte hinaus. Ein verzerrtes Dasein fand hier seinen Ausdruck, was sich sogar in der Schrift der Zwischentitel widerspiegelte, denn auch die war neu, bauchig und zackig in einem. Eine Hexenschrift in einem Hexenfilm, in dem es für keinen der Beteiligten, weder für Zuschauer noch Darsteller, einen Ausweg gab.

Das war eine neue, behauptete Welt, so eindringlich erzählt, dass ich sie bei jedem Mal Anschauen wieder für wahr hielt, obwohl nichts darin wahr war. Angeblich hatten die beiden jungen Autoren dieses Films, Hans Janowitz und Carl Mayer, beide vollkommen pleite, dem Produzenten Erich Pommer aus ihrem Drehbuch vorgelesen, der ihnen daraufhin nicht nur Geld zur Verfügung gestellt hatte, sondern aus dieser Vision mit den Baumeistern Walter Röhrig, Walter Reimann und Hermann Warm einen Film machte, der die Decla-Film vor dem Ruin rettete. Obwohl alles daran so gewagt war, dass wohl jeder andere gesagt hätte, dass dieser Film die Decla nicht retten, sondern ihr den endgültigen Todesstoß versetzen würde – mich eingeschlossen.

Ich sah ihn mir auch mit Isi und Artur an, die meine Begeisterung nicht teilten. Artur interessierte sich grundsätzlich nicht für Filme, und Isi lehnte die von mir so bewunderten Schauwerte ästhetisch ab.

»Da sah ja mein Puppentheater in Thorn besser aus«, maulte sie.

Ich seufzte, sah aber an ihrem Grinsen, dass sie mich schon wieder hochnahm. Dennoch gefiel ihr der Film nicht, er erschien ihr misanthropisch und war zu wenig das, was Film für sie sein musste: größer als das Leben.

Ich schimpfte sie beide ignorant und erntete nur noch mehr gutmütigen Spott. Dennoch unterhielten wir uns über das, was wir gesehen hatten, was mich am Ende des Abends auftrumpfen ließ: »Wenn das alles so blöd war, warum haben wir dann stundenlang darüber gesprochen?«

Zufrieden genoss ich den einzigen Stich, den ich setzen konnte. Allerdings fror mein breites Grinsen bald ein, denn Isi präsentierte nun eine Einladung zu einem Dinner bei Aldo. Seine Familie war da, bereit, die zukünftige Schwiegertochter in Augenschein zu nehmen. Ich schwieg und hoffte, dass dieser Abend nicht zu einem Cabinet derer von Torstayns werden würde, mit Zerrbildern einer stehen gebliebenen Welt. Wir tranken auf Isi und Aldo, bis sich meine dunklen Vorahnungen im sanften Nebel einer aufziehenden Trunkenheit verzogen.

Beschwingt ging ich nach Hause, um Harry von seiner unfreiwilligen Sonderschicht bei Hans abzulösen, und war in Gedanken schon wieder bei *Caligari*: Alles war möglich, wenn die Erzählung nur kraftvoll genug war, wenn alle dieselbe Sache wollten und sich allein ihr unterordneten. Für Mayer und Janowitz war *Caligari* der Beginn einer großen Karriere, und auch Regisseur Robert Wiene wurde dadurch bekannt, wenn auch nicht annähernd so wie der, der den Film eigentlich hätte drehen sollen: Fritz Lang.

Ihn würde die Welt noch kennenlernen.

Genau wie ich.

53

Es war mir nicht leichtgefallen, den Cureckens abzusagen, vor allem weil ich das Gefühl hatte, ihnen unrecht zu tun. Isi dagegen nahm die bloße Andeutung des Vorschlags, Elisabeth bei uns zu Hause auf Hans aufpassen zu lassen, zum Anlass, mir den Kopf zu waschen. Es entspann sich schnell eine hitzige Diskussion darüber, warum ausgerechnet sie, die Anwältin der kleinen Leute, kein gutes Haar an denen ließ, die offensichtlich in Not waren.

»Weil sie nicht klein sind!«, behauptete Isi.

»Sie sind es!«, widersprach ich.

»Ja, jetzt. Aber als sie reich waren, war dein Vater nicht gut genug für sie. Und jetzt, wo sie arm sind, bist du ihnen auf einmal willkommen.«

»Phillip kann nichts für seinen Vater. Und zwing mich jetzt nicht, dich an deinen eigenen zu erinnern!«

»Mag sein, aber warum haben sie dich denn dann nicht eher gesucht? Seit Phillips Vater gestorben ist, hatten sie verdammt viel Zeit, dir und deinem Vater die Hand zu reichen. Warum haben sie es nicht getan?«

»Ich weiß es nicht.«

»Ich weiß es aber: weil es ihnen gut ging. Und euch schlecht. Jetzt, wo es umgekehrt ist, da tauchen sie wie aus dem Nichts auf und bitten dich um Hilfe. Wo war ihre Hilfe, als du sie gebraucht hättest?«

»Glaubst du nicht, dass sie das alles bereuen? Ist es nicht möglich, dass sie einen Neuanfang wollen?«

»Weil ihr Magen knurrt. Deswegen.«

»Du bist ungerecht!«

»Mach, was du willst, Carl. Aber eins sag ich dir: Es zählen nur Taten! Keine Absichtserklärungen, keine warmen Worte, keine frommen Fürbitten. Nur Taten! Kannst ja deine zusammenrechnen, dann ihre und vergleichen ...«

Ich seufzte.

Da umarmte sie mich und gab mir einen Kuss auf die Wange: »Ach, Carle, du bist so ein guter Mensch, dass man dauernd auf dich aufpassen muss ...«

»Isi ...«, warnte ich.

Sie grinste: »Schon gut! *Du* passt auf *mich* auf!«

»Immer schön, wenn wir uns verstehen«, grinste ich zurück. »Übrigens, ich habe eine Überraschung für dich!«

Isi klatschte vergnügt in die Hände. »Wirklich? Ich liebe Überraschungen!«

»Komm!«

Ich führte sie die Treppe hinauf in mein Schlafzimmer, während Isi mich neckte: »Hui, Carl, du gehst aber ran! Dass ich verlobt bin, gilt wohl gar nichts für dich, was?«

»Halt die Klappe, Idiotin. Hier ...«

Ich präsentierte ihr eine kleine Nähmaschine, eine schwarze Singer.

»Die kleine Amerikanische?!«, rief sie entzückt. »Du hast sie zurück?«

Ich schüttelte den Kopf: »Ist nicht die von Papa. Aber baugleich.«

»Du bist genauso sentimental wie Artur!«

»Ich habe mir gedacht, ich schneidere dir damit dein Hochzeitskleid! Das soll mein Geschenk für dich und Aldo sein!«

Sie starrte mich an.

Unfähig, etwas zu sagen, was selten genug vorkam.

Dann brach sie in Tränen aus, lachte, küsste mich, hielt mich fest und weinte: »Carle, mein Carle!«

»Schön!«, grinste ich. »Wie ich sehe, kommt die Idee gut an. Dann will ich mal schnell Maß nehmen, bevor deine Begeisterung wieder nachlässt …«

Ich wirbelte fast wie in alten Schneiderszeiten mit Zentimeterband und Schreibblock um sie herum, machte mir Notizen und fragte nebenbei, ob es schon einen Termin gäbe, denn so ein Kleid brauchte seine Zeit, und ich war gelinde gesagt aus der Übung.

»Weiß nicht«, antwortete Isi. »Vielleicht überrascht mich Aldo morgen damit. Beim großen Vorstellabend.«

Ich nickte und mied ihren Blick – sie bemerkte es sofort.

»Was?«

»Nichts«, antwortete ich schnell.

»Im Sommer!«, beharrte Isi. »Ganz sicher!«

Es klang beinahe trotzig.

Wir fuhren standesgemäß vor in Arturs schönem roten Benz-Coupé mit den geschwungenen Kotflügeln und Arnie als Chauffeur. Der Tag war frühsommerlich warm gewesen, die anbrechende Nacht erfrischte mit duftiger Luft und singenden Vögeln. Hier im Westen, im Villenviertel Grunewald mit den großzügigen Gärten und stillen Straßen, erinnerte nichts an die Tristesse der Wohnkasernen, der Kriegskrüppel oder der verpassten Umstürze. Hier war es grün, nicht grau, friedlich, nicht hasserfüllt, weitläufig und sauber.

Aldos Villa blitzte strahlend weiß im schwindenden Tageslicht, eine kleine Auffahrt gab dem Betrachter genügend Zeit, das Anwesen zu bewundern. Vor dem Eingang standen einige Automobile, darunter Aldos Benz-Monster. Kaum hatten wir gehalten, da flog auch schon die Haustür auf, aus der ein livrierter Diener heraneilte, um uns einzulassen.

Isi lächelte Arnie zu: »Geh in die Küche und lass dich bewirten …
Wie sehe ich aus?«

»Wenn Aldo dich nicht heiratet, ich tus, Prinzessin«, antwortete
Arnie gelassen.

Isi drehte sich zu uns: »Seht ihr, ihr Trampel: So spricht man mit
einer Frau!«

Isi trug ein einfaches, aber elegantes Kleid und war mit unseren ver-
haltenen Komplimenten, als sie es uns präsentierte, nicht zufrieden gewesen. Vor allem weil ich angemerkt hatte, dass es für diesen Abend
vielleicht zu schlicht wäre, ein Einwand, den sie hocherhobenen Haup-
tes beiseitegewischt hatte: Sie machte sich schick, wenn sie es wollte,
nicht, weil irgendein Greis es erwartete.

»Können wir das jetzt hinter uns bringen?«, fragte Artur, der wie
ich einen Frack trug und bereits jetzt an seinem eng sitzenden Vatermörderkragen herumnestelte.

Ein weiterer Diener nahm uns im Entree Mäntel und Hüte ab, bevor ein dritter uns in den Salon führte, der festlich eingedeckt und von
Herrschaften in Abendgarderobe bevölkert war, die herumstanden und
sich unterhielten.

Augenblicklich flachte die Geräuschkulisse ab, Köpfe wandten sich,
die Blicke trafen Isi wie Pfeile die Zielscheibe beim Bogenschießen.
Neben denen wie Christbäume glitzernden Damen wirkte Isis Garderobe puristisch, den Mienen der Anwesenden nach war sie provozie-
rend falsch gekleidet. Artur, dessen Anblick sichtbar Abscheu und Ver-
unsicherung verursachte, machte die Sache nicht besser. Nur ich fand
wohl Gnade im Urteil der von Torstayns, wenn ich sie auch kaum mehr
bewegte als ein Lüftchen die Ähren eines Weizenfeldes.

Ein Dienstmädchen mit Schürze und Häubchen huschte aus einer
der Nischen des Raumes heran und bot Sekt auf einem Silbertablett
dar: Ich nahm mir ein Glas und leerte es in einem Zug. Das hier würde nicht freundlich werden – ich ahnte es bereits jetzt.

Aldo entdeckte uns und eilte freudestrahlend heran: »Da seid ihr ja!«

Er war sichtbar nervös, was mich umso mehr erstaunte, weil ich ihn
stets als souverän und weltgewandt kennengelernt hatte. Als einen

Mann, den nichts erschüttern konnte. Nun, die hier Anwesenden konnten es augenscheinlich.

Er nahm Isi bei der Hand und führte sie herum: »Cousine Hedwig, das ist Luise! Onkel Otto, Luise!«

So ging er reihum und stellte Isi vor, während Artur und ich im Schlepptau ebenfalls die Cousinen, Cousins, Onkel, Tanten, Neffen, Nichten und zwei jüngere Schwestern Aldos begrüßten. Schließlich standen wir vor seinem Vater Wendell von Torstayn, einem hageren Herrn mit vollem grauen Haar, blauen Augen und unbewegtem Gesicht. Gleich neben ihm seine Frau Victoria, gut aussehend, wie ihr Mann in den Fünfzigern und mit dem Liebreiz der arktischen See an einem eisigen Januartag.

»Vater! Mutter! Das ist sie: Luise Beese.«

Sie zögerten, Isi die Hand zu geben, und ich dachte, dass wir es nicht einmal zum Tisch schaffen würden, wenn ihren abweisenden Blicken jetzt noch eine frostige Begrüßung folgen würde, aber sie besannen sich und rangen sich ein Lächeln ab: »Willkommen, Fräulein Beese!«

Wendell küsste ihr die Hand, Victoria reichte ihr die Fingerspitzen zum Gruß.

Wir setzten uns an eine Tafel für zwanzig.

Aldo und Isi saßen mittschiffs, Wendell und Victoria gegenüber.

Artur und ich wurden neben Isi platziert. Zwei Dienstmädchenpaare flogen herein, die eine hielt die Suppenschüssel, während die andere mit der Schöpfkelle unsere Teller füllte.

Erste Plaudereien kamen auf: Harmlose Themen wie das Wetter oder die schöne Villa, die Aldo bewohnte, wurden verhandelt. Aber auch ein paar Bonmots zur Familie wurden zum Besten gegeben, die, wie mir schien, allein dazu dienten, beiläufig zu erwähnen, in welchen Kreisen man verkehrte beziehungsweise in welchen Verwandtschaftsverhältnissen man zu anderen großen Häusern stand. Besonders Victoria wurde nicht müde, von unfassbar öden Begebenheiten der Großtanten, Neffen oder Vettern vierten Grades zu berichten, die entweder im Haus Hannover, Hessen oder Bayern wandelten. Oder eher gammelten, je nachdem, wie man die Dinge betrachtete.

An diesem Punkt hatte ich noch Hoffnung, dass der Abend vielleicht doch friedlich verlaufen würde, erstarrt in Zwängen und lähmender Langeweile zwar, aber friedlich.

Doch mit dem Hauptgang, exquisite Königinpastete mit Kalbsragout, endete die Zeit des Abtastens. Victoria pickte ein Stück Fleisch auf die Gabel und lächelte Isi an: »Wo haben Sie eigentlich meinen Sohn kennengelernt, Fräulein Beese?«

Ich schluckte.

Das *Eden*.

Bevor Isi jedoch antworten konnte, kam Aldo ihr zuvor: »Im Theater.«

»Sind Sie Schauspielerin?«, fragte Victoria spitz.

»Manchmal …«, antwortete Isi hintersinnig.

Aldo lachte falsch und antwortete: »Aber nein, Mutter, sie war Gast wie ich. Wir trafen uns im Foyer, nicht wahr, Isi?«

»Isi?«, fragte Victoria.

»Ein Kosename«, nickte Aldo.

»Klingt wie das englische *easy*«, antwortete Victoria und wandte sich Isi wieder zu. »Sie kennen die Bedeutung?«

Niemand von uns sprach Englisch – Victoria schien es geahnt zu haben.

Mit der nötigen kunstvollen Pause schoss sie die giftige Spitze ab: »Es bedeutet leicht. Oder einfach.«

Niemand sprach, Blicke huschten umher.

Victoria steckte mit einem zufriedenen Lächeln das Stückchen Kalb in den Mund und sah Isi mit unschuldigem Gesicht an.

»Kein Grund, unfreundlich zu werden, Mutter!«, mahnte Aldo.

»Oh! Natürlich nicht«, nickte Victoria, »verzeihen Sie, Fräulein Beese. Es ging mir gerade nur durch den Sinn.«

Isi sah ihr direkt in die Augen: »Na, wohl eher über die Zunge.«

Ein schnorchelndes Geräusch Arturs verriet, dass es ihm gerade noch gelungen war, ein lautes Lachen zu unterdrücken. Selbst ich, der Konfrontationen hasste, grinste in mich hinein.

Victoria vereiste unsere Seite des Tischs mit Blicken.

Wendell blickte Artur an: »Sie scheinen guter Laune zu sein, Herr Burwitz. Teilen Sie sie doch mit uns!«

Artur lehnte sich zurück und sah von einem zum anderen: Die meisten wandten sich ab, die Maske verfehlte selten ihre Wirkung.

»Warum nicht?«, nickte Artur. »Was würden Sie denn gerne wissen, Herr von Torstayn?«

Wendell, gewohnt, mit *Hoheit* angesprochen zu werden, starrte Artur unbewegt an.

»Nun, vielleicht verraten Sie uns, womit Sie Ihren Lebensunterhalt verdienen?«

Aldo ging nervös dazwischen: »Artur ist Gastronom, Vater. Eine Legende in Berlin!«

»Ist das so?«, fragte Wendell.

»Unbedingt! Wenn du und Mutter euch einmal vergnügen wollt, dann sprecht mit ihm! Artur bringt euch überall rein!«

Wendell sah seinen Sohn kalt an: »Dazu brauche ich sicher keinen Gastronomen, Aldo. Für einen von Torstayn existieren keine verschlossenen Türen.«

Aldo sackte ein wenig in sich zusammen.

Eine gespenstische Stille senkte sich über die Tafel. Nur das verhaltene Messer- und Gabelgeklapper war noch zu hören.

Da nahm Aldo mich ins Visier und lächelte: »Carl! Erzähl doch mal von deiner Arbeit!« Er wandte sich seinen Eltern, aber auch allen anderen zu. »Ihr müsst wissen, Carl ist ein berühmter Kameramann bei der UFA.«

Den Gesichtern nach zu urteilen waren die meisten wohl überrascht, dass ich einer derart glamourösen Beschäftigung nachging. So stieg ich nicht nur sichtbar im Ansehen der Gesellschaft, sondern sorgte auch wieder für Bewegung am Tisch: Die Geräusche kehrten zurück.

Aldo entspannte sich zusehends, erfreut über den Themenwechsel, der eine angeregte, aber harmlose Konversation versprach.

»Nun, ich … ähm …«, begann ich stockend und spürte, wie die Blicke auf mir brannten.

»Er ist mit vielen berühmten Menschen befreundet!«, half Aldo. »Nicht, Carl?«

»Also, befreundet ist vielleicht ein wenig …«

»So bescheiden!«, rief Aldo lachend. »Aber doch ist es wahr! Mit Lubitsch zum Beispiel. Oder auch mit der Negri!«

»Wie aufregend!«, rief eine jüngere Schwester Aldos, die neben mir saß und gleich einen strafenden Blick ihrer Mutter dafür kassierte.

»Er hat bei *Madame Dubarry* Kamera geführt!«, wusste Aldo.

»Ja, also, schon, aber …«

»Und!«, triumphierte Aldo: »Stellt euch vor: Bei Lubitschs neuestem Werk wird er auch dabei sein: *Anna Boleyn*. Nicht wahr, Carl?«

»Ich denke schon, nur …«

»Emil Jannings, Henny Porten!«, nickte Aldo beeindruckt. »Das ist schon was!«

Ich spürte, wie interessiert die Jüngeren am Tisch waren, während die Älteren ratlos schienen, weil ihnen die Filme nichts sagten und sie wahrscheinlich kaum Berührungspunkte mit dem Medium hatten.

»*Madame Dubarry?*«, fragte da Victoria. »Ist das nicht diese Mätresse, die im Bett des Königs gelandet ist?«

Aldos Lächeln gefror.

Er tat mir wirklich leid. Es war vollkommen gleichgültig, was er auch versuchte: Seine Eltern hatten ihr Urteil längst gefällt.

»Apropos«, wandte sich Victoria Isi zuckersüß zu: »Warum erzählen Sie uns nicht etwas über sich?«

Diesmal ballte sogar ich unter dem Tisch die Fäuste. Die Anspielung war überdeutlich: Isi als *Madame Dubarry*, die Mätresse des Königs.

»Oder über Ihre Eltern?«, setzte Victoria nach.

Isi schwieg, vermutlich weil sie gerade abwog, ob sie über den Tisch springen und Victoria ihr silbernes Messer ins Herz rammen sollte.

Dann aber antwortete sie kühl: »Sind beide tot.«

»Ihr Vater war Reichstagsabgeordneter!«, merkte Aldo an und lächelte Isi zu, unermüdlich im Bemühen, diesen Abend doch noch irgendwie zu retten.

»Interessant!«, antwortete Wendell. »Für welche Partei?«

»Die NLP, nicht wahr, Liebling?«, sagte Aldo schnell.

Die Nationalliberale Partei hatte vor allem in Ostelbien als Auffangbecken stramm nationaler imperialistischer Großbürger gegolten, die die Sozialdemokratie fürchteten wie der Teufel das Weihwasser.

»Ach ja«, seufzte Wendell, »die NLP.«

Seit der Revolution gab es sie nicht mehr.

»Und Ihre Mutter?«, fragte Victoria.

Der Ton gab die Richtung vor. Um das nun folgende Fiasko noch abzuwenden, hätte Isis Mutter wenigstens Cousine achtzehnten Grades der Hohenzollern oder zumindest irgendwie mit den Romanows verwandt sein müssen, an deren Schicksal man großen Anteil genommen hatte. Von den Bolschewiken ermordet! Seit der Revolution war eben nichts mehr so, wie es sein sollte: Kaiser, König, Vaterland ... alles dahin.

Und ihr Sohn liebte eine Mätresse.

»Meine Mutter?«, fragte Isi zurück und suchte nach den richtigen Worten. »Meine Mutter starb schreiend an Krebs, nachdem ihr mein Vater, der feine Reichstagsabgeordnete der NLP, die Schmerzmittel verweigert hatte. Glücklicherweise erschoss er sich, nachdem auf dem Polterabend zur Feier seiner zweiten Ehe alle erfuhren, was für ein bigotter, verlogener Hurensohn er war.«

Ich glaube nicht, dass irgendjemand am Tisch, außer uns dreien und Aldo, jemals ein solches Wort in freier Wildbahn gehört hatte, aber jetzt galoppierte es so wild ausschlagend über den Köpfen der Anwesenden herum, dass sich die meisten von Torstayns hilflos abduckten. Allein Victoria, die ihre Gabel halb zum Mund geführt hatte, hielt reglos inne, während sich in unendlicher Langsamkeit ein Stückchen Pastete von ihrer Gabel löste und auf den Teller plumpste.

»Übrigens haben Aldo und ich uns in einem Bordell kennengelernt, das Artur betreibt.« Sie blickte Aldos Vater an und lächelte: »Sie sollten unbedingt einmal vorbeischauen, Wendell. Die Tänzerinnen kommen vom Bolschoi-Theater und sind zu Verrenkungen fähig, die die menschliche Vorstellungskraft übersteigen.«

Aldo schloss die Augen.

Artur lächelte amüsiert.

Dann legte sie ihre Hand auf meine und sagte: »Und wo wir schon dabei sind: Mein lieber Carl hier hat das Kind einer Prostituierten bei sich aufgenommen. Und ich habe ein gutes Jahr wegen Anstiftung zur Rebellion im Gefängnis gesessen.«

Sie blickte von einem zum anderen: »Noch Fragen? Nein? Dann wollen wir uns jetzt verabschieden. Es war wirklich ein ganz zauberhafter Abend. Wir sollten das unbedingt wiederholen!«

Sie stand auf, genau wie wir.

Gemeinsam verließen wir den Tisch.

Der Rest blieb sitzen.

Auch Aldo, der offensichtlich nicht mehr die Kraft hatte, irgendetwas zu tun.

Draußen trafen wir auf Arnie, der freundlich fragte: »Und? Wie wars?«

»Bestell das Aufgebot, Arnie! Wir können heiraten!«, fauchte Isi, marschierte an ihm vorbei, riss die Tür auf und setzte sich mit verschränkten Armen auf den Beifahrersitz.

Arnie sah zu uns: »*So* gut?«

Wir zuckten ratlos mit den Schultern.

Dann stiegen wir ins Auto und fuhren nach Hause.

54

Ein paar Tage herrschte totale Funkstille: Isi schmollte, und Aldo meldete sich nicht. Um sie nicht noch weiter zu reizen, verschonten Artur und ich sie mit *Wir habens ja gleich gewusst*-Klugscheißereien und mieden das Thema komplett, zumal es in diesen Tagen auch durchaus anderes gab, das die allgemeine Stimmung drückte, nämlich die Konferenz von Boulogne. Wie in anderen Konferenzen auch hatten dort die Siegermächte über Deutschland beratschlagt und diesmal zusätzliche Reparationszahlungen beschlossen.

Als die Summe bekannt wurde, detonierte im Reich das pure Entsetzen: Unvorstellbare zweihundertneunundsechzig Milliarden Goldmark sollten zu den bereits mit dem Versailler Vertrag auferlegten zwanzig Milliarden Goldmark hinzukommen. Zahlbar in zweiundvierzig Jahresraten bis ins Jahr 1962.

Diese Forderung war so absurd, so maßlos, dass sie auch die politisch gemäßigten Kräfte im Reich auf die Barrikaden brachte. Sogar Artur und Isi waren geschockt. Ich erinnere mich an eine Diskussion, die sich entfaltete, weil mir, ungläubig staunend über die Summe, die Bemerkung »Du meine Güte, hier darfst du aber echt keinen Krieg verlieren!« herausgerutscht war.

Die beiden hatten mich in einer Art und Weise angesehen, dass mir schnell gewahr wurde: Diese Art von Humor war im Moment nicht gefragt.

»Dir ist schon klar, dass wir damit in die nächste Katastrophe steuern?«, zischte Isi wütend.

»Wir haben das in Brest-Litowsk mit den Russen genauso gemacht!«, gab ich zu bedenken.

»Es geht aber nicht darum, was war, sondern allein darum, was sein wird!«, fauchte Isi. »So wird es niemals Frieden geben! Der Krieg geht weiter. Nur mit anderen Mitteln.«

»Wieso?«

»Weil die anderen voller Hass sind. Und hier entsteht auch immer mehr Hass! Was soll dabei rauskommen?«

Sie hatte leider recht. Die SPD hatte bei der letzten Wahl die Mehrheit verloren, wobei die Schlächtereien der Noske-Garden natürlich eine Rolle gespielt hatten, aber vor allem die Empörung über den Versailler Vertrag. Die Zuschreibung der alleinigen Kriegsschuld hatte es den rechten Parteien sehr leicht gemacht, gegen die Ratifizierung zu agitieren, obwohl sie genau wussten, dass die Regierung überhaupt keine Wahl gehabt hatte. Wie würden sie jetzt erst triumphieren, wenn sie zu Recht damit argumentieren konnten, dass diese zusätzlichen Forderungen einem ganzen Volk die Zukunft nahmen?

Artur nickte: »Selbst wenn wir unsere Industrie oder Bergwerke noch vollständig hätten, könnten wir diese Summe nicht zahlen. Niemand kann das. Es sei denn, wir fangen an, das Geld selbst zu drucken.«

»Vielleicht besinnen sie sich ja …«, antwortete ich matt.

»Hast du bisher das Gefühl, dass sie das vorhaben?«, fragte Isi kühl.

Ich schwieg und musste mir daraufhin von Isi einen Vortrag anhören, dass ich, wenn ich mich denn für Politik interessieren würde, die Zusammenhänge auch selbst begreifen würde. Ich dagegen fand, dass man mir den Rückzug in die schillernde Fiktion des Glashauses als sinnvolle Alternative zur bitteren Realität wirklich nicht anlasten konnte, weil die liebe Politik die Welt erst in einen Weltkrieg und anschließend in immer neues Chaos geführt hatte. Ganz offensichtlich war niemandem zu trauen und damit jede Anteilnahme sinnlos, weil sich weder für mich noch für sonst wen irgendetwas je ändern würde.

Vielleicht hätte ich es weniger ignorant formulieren können, aber Isi lief jetzt richtig heiß, sodass ich nach einer halben Stunde mit einer billigen Ausrede aus dem Haus floh, um mir die Füße so lange zu vertreten, bis sie wieder heruntergekühlt war.

Der Zufall wollte es, dass ich vor dem Bahnhof Frankfurter Allee Phillip sah. Aus der Entfernung winkte ich ihm zu, aber er bemerkte mich nicht und schlich mit gesenktem Kopf weiter über den Vorplatz. Es gefiel mir nicht, ihn so bedrückt zu sehen, und da ich außerdem keine Lust hatte, mir zu Hause weitere Vorträge anzuhören, ging ich ihm heimlich nach, denn trotz aller Niedergeschlagenheit schien er nicht ziellos zu sein.

So folgte ich ihm mit gebührendem Abstand, bog mal in diese, mal in jene Straße, bis wir plötzlich die Mauern des Zentralfriedhofs Friedrichsfelde in Lichtenberg erreichten und er dort in einem Seiteneingang verschwand. Irritiert fragte ich mich, ob er vielleicht Karl Liebknecht und Rosa Luxemburg aufsuchen wollte, die hier beide begraben lagen, aber er passierte ihre Ruhestätten, ohne sie eines Blickes zu würdigen, und hielt gut fünfzig Meter weiter. Den Kopf auf die Brust gesenkt, begab er sich in stumme Zwiesprache mit dem, der dort lag.

Ich dagegen wartete am Grab der beiden Revolutionäre, starrte auf die schmucklosen Steine und sah ihre letzten Momente vor mir, deren stiller Zeuge ich gewesen war. War das wirklich erst eineinhalb Jahre her? Mir schien das alles plötzlich wie aus einer anderen Epoche. Ob sie heute, mit kühlerem Kopf, immer noch versuchen würden, einen Sturz herbeizuführen, den das Volk gar nicht gewollt hatte? Oder wäre ihr Stern ohne den Aufstand im parteipolitischen Gezänk verglüht?

Phillip hatte sich mittlerweile bekreuzigt und war weitergegangen, sodass ich zu der Stelle aufschloss, an der er innegehalten hatte: ein Grabstein, zwei Namen. Fritz Curecken, Emmi Curecken. Geboren 1908 und 1910. Gestorben 1919. Beide im Frühjahr, mit nur drei Tagen Abstand.

Das mussten seine Kinder sein.

Was war ihnen wohl zugestoßen?

Krankheit, Kämpfe, Hunger?

Ich blickte mich um, aber Phillip war schon nicht mehr zu sehen.

So kehrte ich zurück nach Hause und traf im Wohnzimmer zu meiner Überraschung auf eine beschwingte Runde: Isi, Artur und Aldo. Sie hielten alle ein Glas Wein in der Hand und grinsten, als ich verwundert an sie herantrat.

»Rat mal?«, fragte Isi fröhlich.

»Was denn?«

Isi nickte Aldo zu: »Sag du es ihm!«

»Ich bleibe dabei: Ich werde Isi heiraten!«, verkündete der feierlich.

»Und deine Familie?«, fragte ich staunend zurück.

»Kann mich mal!«, behauptete er fest.

»Nicht schlecht, oder?« Isi grinste.

Ich nickte beeindruckt und gab ihm die Hand: »Dann gratuliere ich!« Artur reichte mir ein frisches Glas. »In diesem Sinne: auf das glückliche Paar!«

Wir stießen an.

Isi lachte.

Und für einen kurzen Augenblick glaubte ich daran, dass alles gut werden würde.

55

Später traf ich Artur im *Arcasi* und schilderte mein Erlebnis auf dem Friedhof und auch, wie mir Isis Vortrag die Augen geöffnet hatte. Es war falsch, Krieg mit anderen Mitteln fortzuführen, und das galt nicht nur für Nationen, sondern auch für Menschen. Nur wer den Schmerz überwand, wer nach Versöhnung strebte, war in der Lage, die Vergangenheit hinter sich zu lassen, um sich einer Zukunft zuzuwenden. Daher fand ich, dass Phillip eine Chance verdient habe.

Artur sah mich lange an.

Dann aber nickte er: »Du hast recht.«

Ich hob erstaunt die Augenbrauen: »Ich hab recht? Einfach so?«

Er grinste: »Du hast ziemlich oft recht, Carl. Das Problem ist nur, dass die Welt, in der wir leben, meistens im Unrecht ist und es auch durchsetzt.«

»Hast du vielleicht etwas für ihn?«, fragte ich.

»Er kann hier als Thekenkraft arbeiten. Die Bezahlung ist nicht besonders, aber wenn er gut mit Gästen kann, kommt richtig was an Trinkgeldern rein.«

»Danke.«

Er zuckte mit den Schultern: »Wir werden sehen, wie er sich anstellt.«

Gut gelaunt war ich schon im Begriff, das *Arcasi* wieder zu verlassen, als er mir nachrief: »Carl?«

Ich drehte mich um: »Ja?«

»Du triffst ihn ziemlich oft. Ich meine: so ganz zufällig.«

»Und?«

Wieder zuckte er mit den Schultern: »Nichts, es fällt mir nur auf.«

Ich maß seiner etwas rätselhaften Bemerkung keine Bedeutung zu, sondern freute mich wenig später zu sehen, wie Phillip geradezu ein Stein vom Herzen fiel, als ich ihm die gute Nachricht brachte. Er versprach, mir keine Schande zu bereiten, und auch Elisabeth dankte mir überschwänglich. Ich hörte das Husten seiner Frau nebenan und sagte: »Deine Frau muss hier unbedingt raus.«

Phillip nickte knapp.

Voller Tatendrang legte er los.

Für die Gastronomie aber musste man geboren sein.

Die Abende waren lang, die Nächte noch länger, und im Gegensatz zu seinen Gästen musste ein Budiker nüchtern bleiben, denn die, die das nicht konnten, ruinierte es.

Ein guter Gastronom war taub für den Lärm der Betrunkenen und hellhörig für die Sorgen der Stammgäste. Geduldig mit denen, die außer dem Mann an der Theke keinen Abnehmer für ihr besoffenes Gefasel fanden, und gut gelaunt bei jenen, die erwarteten, dass man über jeden noch so hohlen Witz lachte. Er entspannte die Nervösen, besänftigte die Wütenden und ermunterte die Trübsinnigen. Kannte die Namen, die Berufe, die Schicksale – war Freund, Ratgeber und manchmal auch Rausschmeißer. Das alles musste er sein, und wenn er seine Rolle gut spielte, merkten die Gäste nicht einmal, dass sie ihn für all das mit ihrem Trinkgeld bezahlten.

Phillip dagegen tat sich schwer.

Es fehlte ihm an Jugend.

An Frische.

An Schlagfertigkeit.

Er war ein Mann in den Fünfzigern, der von klein auf gelernt hatte, dass andere für ihn arbeiteten, dass andere mit guter Laune aufwarteten, wenn er selbst keine hatte. Dass man ihm zuhörte, ohne dass er selbst zuhören musste.

Und so war es wenig verwunderlich, dass allmählich die Skepsis ihm gegenüber wuchs, dass man ihn für humorlos hielt und wenig empathisch. Ein Kerl, bei dem Gespräche nie auf eine Pointe zusteuerten, von dem kein Witz zu erwarten war und dem nie eine passende Replik auf ein freches Wort einfiel. Einer, der gewissenhaft seine Arbeit erledigte, der den Bestellungen zügig nachkam, der freiwillig Gläser polierte oder Aschenbecher leerte, ohne dass man ihm das sagen musste. Aber keiner, der innehielt, nachfragte, zwinkerte oder im Berliner Dialekt eine Vertrautheit schaffen konnte.

Phillip erfüllte seine Pflicht, aber wenn er betrunkene Sprüche abbekam, sah er manchmal so verletzt aus, als wüsste er nicht, dass das, was zu später Stunde so leichtfertig durch den Raum geflogen war, sich im Qualm der Zigaretten und im scharfen Geruch des Schnapses bereits auflöste, bevor es überhaupt in die Herzen sinken konnte.

Schnell dünnten die Trinkgelder aus.

Ihm blieb zwar der Stundenlohn, doch der war zum Leben zu wenig und zum Sterben zu viel. Erst recht, da er zu Hause eine Schwerkranke und eine Mutter zu versorgen hatte.

Eines späten Nachmittags, ich war gerade vom Glashaus zurück, klopfte Artur an unsere Tür und trat ins Wohnzimmer.

»Wir müssen über Phillip reden«, sagte er.

»Was ist denn?«

»Ich glaube, das *Arcasi* ist nicht das Richtige für ihn.«

Seufzend setzte ich mich in einen Sessel und nickte: »Hat er was angestellt?«

»Nein. Aber die Gäste mögen ihn nicht – und ehrlich gesagt: Ich mag ihn auch nicht.«

»Schmeiß ihn nicht raus, Artur. Er hat es wirklich schwer.«

»Er ist nicht gut fürs Geschäft, Carl!«

»Aber es geht dir doch gut! Er stört doch nicht weiter!«

»Darum geht es nicht, Carl. Wir alle müssen funktionieren: Du, ich, Isi. Was glaubst du, was passiert, wenn sie bei der UFA nicht mehr mit dir zufrieden sind? Wird dann auch einer sagen: ›Ach, den schleppen wir weiter durch! Uns gehts ja gut‹?«

»Gib ihm noch ein paar Wochen, ja? Ich spreche mit ihm.«

Artur seufzte.

»Hast du nicht selbst gesagt, dass ich meistens recht habe? Nur die Welt da draußen nicht?«

»Ich habs dir nicht gesagt, damit du es gegen mich richtest«, maulte er.

»Bist ein guter Mensch, Artur. Du wirst sehen: Er zahlt es dir zurück. Ganz sicher!«

Einen Moment lang zögerte er, dann sagte er: »Da ist noch etwas …«

»Ja?«

»Einer meiner Leute hat einen alten Herrn aus Riga aufgetan. Er ist sich sicher, die Familie Curecken zu kennen. Vielleicht solltest du mal mit ihm reden.«

Ich nickte: »Wo finde ich ihn?«

»Er ist jeden Tag im *Café Datscha.* In der Tauentzienstraße.«

Artur nannte mir noch seinen Namen, dann stand er auf und ging. Die Tür fiel hinter ihm ins Schloss.

56

Es mussten mittlerweile Hunderttausende sein, die vor dem Bürgerkrieg und dem Wüten der Bolschewiki aus Russland geflohen waren: Reiche, Arme, Politische, Unpolitische, Künstler, Intellektuelle, Deserteure. So viele, dass Berliner Witzbolde Charlottenburg, wo die meisten Dissidenten lebten, in Charlottengrad umbenannt hatten. Selbst die Schaffner in der Elektrischen kündigten ab dem Wittenbergplatz die nächste Haltestelle zuweilen mit *Nächster Halt: Moskau* an.

Das *Datscha* mit der Nummer zehn lag genau zwischen den Häusern zweier prominenter Berliner, von denen einer gar keiner war: Emil Nolde lebte in der Acht, der Künstler aus Norddeutschland, mit dessen Bildern ich genauso wenig anfangen konnte wie mit den frühen Ansichten Gustav Stresemanns aus der Zwölf, dem ich in jenen ersten Jahren des Jahrzehnts ebenso misstraute wie seiner Partei, der DVP.

Ansonsten war die Tauentzien eine ausgesprochen hübsche Straße mit vielen Gründerzeithäusern, mit je einer Spur für Automobile, getrennt durch einen alleenhaften Flanierstreifen in der Mitte, an dem die Elektrische rechts und links vorbeiruckelte. Von der einen Seite hatte man dort einen schönen Blick auf die Gedächtniskirche und auf der anderen auf den Wittenbergplatz, wo es einen riesigen Schwarzmarkt gab, auf dem man absolut alles kaufen konnte, außer vielleicht Prostituierte, weil die vor allem in der Augsburger nebenan patrouillierten. Für deutlich mehr Geld als hinter dem Schlesischen.

Ich trat in ein schmales Café, in dem fast ausschließlich Männer über ihren Gläsern hockten und sich entweder betranken, Schach spielten oder lasen. Alle rauchten, sodass das Sonnenlicht bläulich im Raum waberte. Am Tresen fragte ich eine junge Bedienung nach dem Mann, den ich suchte, und obwohl sie nur Russisch sprach, verstand sie mich doch und zeigte auf einen Alten mit grauem Bart, runder Brille und einem aus der Mode gekommenen, aber tadellos gepflegten Anzug.

»Herr Rosenberg?«, fragte ich und drehte ein wenig unschlüssig meinen Hut in den Händen.

Er sah zu mir auf: »Ja?«

»Carl Friedländer. Sohn des Schneiders Friedländer aus Riga.«

Einen Moment starrte er mich an, dann huschte ein Lächeln um seinen Mund: »Sie sehen Ihrem Vater nicht besonders ähnlich …«

Mein Herz tat einen kleinen Hüpfer: Er kannte Papa! Obwohl mein Vater mir so viel von seiner Schneiderei am Domplatz in Riga erzählt hatte, wusste ich nichts von dem, was sein Leben dort sonst noch ausgemacht hatte. Und jetzt saß da jemand, der ihn gekannt hatte.

»Setzen Sie sich doch, Herr Friedländer.«

Er sprach wie Phillip ein eigenartiges, etwas altertümliches Baltikum-Deutsch.

»Was kann ich für Sie tun?«

Ich bestellte Tee und bot auch ihm ein Getränk an, das er gerne annahm.

»Ich würde gerne mit Ihnen über meinen Vater sprechen«, begann ich vorsichtig, nachdem man uns alles gebracht hatte. »Ich bin ein wenig, wie soll ich sagen: auf Spurensuche.«

»Wie kann ich helfen?«

»Mein Vater hat mir viel über Riga erzählt. Aber nie, warum er es verlassen hat.«

»Wohin ist er denn gegangen?«, fragte Rosenberg interessiert.

»Thorn.«

»Ah, schöne Stadt.«

Ich nickte: »Schon, nur … ich würde gerne wissen, wieso ich nicht in Riga aufgewachsen bin.«

Er sah mich fragend an.

»Bitte verzeihen Sie mir, ich will versuchen, etwas klarer zu werden. Mein Vater hatte eine sehr gut gehende Schneiderei in Riga. Das stimmt doch?«

Herr Rosenberg nickte. »Die größte, soweit ich weiß.«

»Warum hat er sie dann aufgegeben? Ich meine, so was macht man doch nicht einfach so, oder?«

Herr Rosenberg schien nachzudenken, dann sagte er: »Das stimmt. Aber ich fürchte, es blieb ihm damals gar nichts anderes übrig.«

Gespannt sah ich ihn an: »Darf ich fragen, warum?«

»Das war eine sehr unschöne Geschichte. Ich glaube, es fing damit an, dass Ihr Herr Vater heiraten wollte.«

»Amelie Curecken.«

Er nickte: »Eine entzückende junge Dame.«

»Und was ist passiert?«

»Nun, vieles von dem, was damals so erzählt wurde, stellte sich später als Lüge heraus. Zu dem Zeitpunkt aber haben es die Leute geglaubt.«

»Was geglaubt, Herr Rosenberg?«, fragte ich.

»Zuerst hieß es, Ihr Vater hätte sich Amelie willfährig gemacht, um durch eine Heirat gesellschaftlich aufzusteigen. Und vor allem: sich damit eine üppige Mitgift zu sichern. Amelie aber war eigentlich einem Grafen versprochen, der zu dieser Zeit um sie freite. Als die Gerüchte immer lauter wurden, trat der Graf von seinem Heiratsversprechen zurück, und die Hoffnung der Cureckens, in den russischen Adel aufzusteigen, platzte wie eine Seifenblase.«

Ich runzelte die Stirn: »Aber das ist doch bloß Klatsch? Deswegen gibt man doch kein Geschäft auf und zieht fort?«

»Deswegen nicht, nein. Aber als sich die geplante Hochzeit mit dem Grafen zerschlug, hieß es plötzlich, Ihr Vater hätte Amelie Gewalt angetan. Und dass sie deswegen in anderen Umständen wäre. Sogar die Polizei ermittelte, aber nachgewiesen wurde ihm davon nichts.«

»Das ist eine infame Lüge!«, rief ich wütend.

Die Männer an den Nachbartischen drehten sich neugierig zu uns, wandten sich aber wieder ihren Tassen zu, als nichts weiter geschah.

Nach einer Weile sagte Herr Rosenberg leise: »Ein jüdischer Schneider und eine reiche Bürgerstochter, die einen Grafen hätte haben können … Für die Leute war klar, dass an den Gerüchten etwas dran sein musste. Sie konnten nicht glauben, dass sich Ihre Eltern wirklich geliebt haben.«

»Aber das haben sie!«

Herr Rosenberg tätschelte beruhigend meine Hand und sagte: »Wenn es Ihnen ein Trost ist: Ich habe diese Gerüchte nie geglaubt. Ich kannte Ihren Vater nicht gut, aber immerhin genügend, als dass ich ihm eine Vergewaltigung niemals zugetraut hätte. Außerdem habe ich die beiden zu verschiedenen Gelegenheiten gesehen und will Ihnen gerne bestätigen, dass ich nie ein verliebteres Pärchen erlebt habe.«

»Danke«, antwortete ich leise.

»Dennoch redeten die Leute. Es hörte einfach nicht auf, und letztlich ruinierten sie den Ruf Ihres Vaters vollständig. Niemand ging mehr zum Friedländer, niemand sprach mehr mit ihm, nicht einmal grüßen wollte man ihn. Eine Weile hielt er durch, dann verkaufte er alles, weit unter Preis, und zog mit Amelie fort.«

Ich schluckte hart: »Das hat er mir nie erzählt …«

»Das Ganze ist sicher nichts, was man seinem Sohn mitteilen möchte. Leben Ihre Eltern noch?«, fragte Herr Rosenberg.

Ich schüttelte den Kopf: »Meine Mutter starb bei meiner Geburt, mein Vater vor dem Krieg.«

»Das tut mir leid.«

»Schon gut. Immerhin weiß ich jetzt, was passiert ist.«

»Ihr Vater war ein guter Mensch, Herr Friedländer. Aber gegen das Gerede war er machtlos.«

Ich nickte traurig.

Dann fragte ich: »Nur eines noch: Wissen Sie, wer an der Intrige gegen meinen Vater beteiligt war?«

Herr Rosenberg dachte lange nach, dann antwortete er: »Nein. Es hieß lange, dass Eduard Curecken, der alte Herr, so enttäuscht von Amelie war, dass er sie nicht nur verstieß, sondern auch enterbte. Es hieß aber auch, dass er sich von dem Schock nie erholt habe. Er starb ein knappes Jahr später. An gebrochenem Herzen, sagte man.«

Ich stieß spöttisch Luft aus.

»Es muss in Ihren Ohren lächerlich klingen, Herr Friedländer.«

»Und Phillip? Sein Sohn?«

»Soweit ich weiß, standen er und Amelie sich nahe. Es hieß, er hätte seiner Schwester beigestanden, aber es wurde so viel geredet! Die ganze Stadt hat sich über Monate das Maul zerrissen. Wer weiß schon, was stimmte und was nicht. Wahr ist nur, dass die Zeit uns alle eingeholt hat. Die Sünder, die Heiligen und die dazwischen. Nichts ist mehr, wie es war. Die, die nicht tot sind, haben sich angepasst oder sind geflohen. Viele von ihnen mit kaum mehr als dem, was sie tragen konnten.«

Eine Weile schwiegen wir.

Dann erhob ich mich und gab ihm die Hand: »Ich danke Ihnen, Herr Rosenberg.«

»Nichts zu danken. Darf ich Ihnen einen Rat geben?«

»Ja?«

»Versuchen Sie, Frieden zu finden. Sehen Sie mich an: Ich bin ein alter Mann und werde meine Heimat nie wiedersehen. Aber es ist nicht alles gut, was man verlässt, und nicht alles schlecht, was neu in ein Leben tritt. Zum Schluss werden wir alle begraben sein, und nichts von dem, was einmal wichtig war, ist dann noch von Belang. Leben Sie im Hier und Jetzt! Das ist mein Rat!«

Ich lächelte ihn an.

Da schmunzelte er: »Gerade sehen Sie Ihrem Vater doch etwas ähnlich, Herr Friedländer. Der Sohn von Carl und Amelie. Wer hätte gedacht, dass wir uns je kennenlernen würden?«

»Wir mussten beide erst unsere Heimat verlieren …«

Er nickte: »Sehen Sie! Das Hier und Jetzt!«

»Das Hier und Jetzt!«, bestätigte ich.

57

Ein seltsamer Friede erfüllte mich nach diesem Gespräch.

Wie der ruhige Atem eines Mannes, der nach einem harten Tag zufrieden einschläft. Das, was war, ließ sich nicht mehr rückgängig machen. Ich begriff, dass Papa die wahren Umstände seiner Flucht aus Riga für sich selbst so verklärt hatte, dass nur noch die Romanze geblieben war: Meine Mutter hatte sich aus Liebe zu ihm gegen einen Grafen entschieden.

Nichts weiter.

Wenn ihm also diese Vergangenheit genug war, warum sollte sie mir dann nicht reichen? Warum nicht an diesem einzigen, wunderbaren Gedanken festhalten, dass die beiden niemanden gebraucht und mit Freuden denen den Rücken gekehrt hatten, die ihnen Böses wollten?

Auf dem Weg zurück machte ich halt im *Arcasi*, in dem sich in diesen frühen Abendstunden nur wenige Besucher verloren. Phillip polierte gerade Gläser und begrüßte mich mit einem Lächeln.

»Möchtest du etwas trinken?«, fragte er.

Ich bestellte ein Bier, sah ihm beim Zapfen zu und hing meinen Gedanken nach.

Wie anders doch das Leben vor dem Krieg war und noch einmal anders in den Neunzigerjahren des letzten Jahrhunderts! Alles hatte seinen Platz gehabt, seine Ordnung. Ein Schneider war ein Schneider. Ein Graf war ein Graf. Eine reiche Bürgerstochter eine reiche Bürgerstochter.

Das Etikett des Lebens.

Unabänderlich.

Es sei denn, man kam zu Reichtum.

Dann wurde aus dem Bauern ein Großgrundbesitzer, aus dem Krämer ein Kaufmann, aus dem Schneider vielleicht ein Immobilienfürst. Mit dem Geld ließ sich für die eigenen Kinder ein anderes Etikett erwerben, sie stiegen auf, während man selbst trotzdem immer nur der Bauer, Krämer oder Schneider blieb. Das alte Ich nur durchgestrichen, das neue von Hand darübergeschrieben.

Für jeden gut sichtbar.

Ganz gleich, wie prächtig man sich kleidete.

»Ich muss mit dir sprechen, Phillip.«

Er sah so erschrocken aus, dass ich eine Vorstellung davon bekam, wie er wohl reagierte, wenn ihm die harten Burschen von *Vergissmein-*

nicht oder einfach nur ein paar Betrunkene mit flotten Sprüchen kamen.

»Ist etwas passiert? Hab ich was falsch gemacht?«, fragte er hastig.

»Hm«, machte ich und versuchte, ihm mit einem Lächeln ein wenig die Angst zu nehmen. »Gerade eben zum Beispiel.«

»Was?«, fragte er irritiert.

»So wie du auf mich reagiert hast, Phillip.«

»Ich verstehe nicht…«

»Sieh dich um! Du arbeitest im angesagtesten Lokal weit und breit. Die Leute kommen hierher, um den Alltag zu vergessen. Sie wollen animiert werden, nicht deprimiert. Du musst einfach ein bisschen lockerer werden. Mit ihnen scherzen. Und wenn sie dir zu nahe treten, dann lächle es weg oder erwidere etwas Witziges. Verstehst du?«

»Artur will mich entlassen, oder?«, fragte er niedergeschlagen.

»Siehst du: Das meine ich. Du darfst dir hier nicht alles zu Herzen nehmen. Das ist ein Amüsierbetrieb. Und du bist ein Teil davon.«

Er senkte den Blick.

Dann sagte er ohne Überzeugung: »Ich versuche es! Ich verspreche, dass ich mich bessern werde.«

Leise seufzend trank ich von meinem Bier.

Phillip würde sich kaum von heute auf morgen ändern können.

Dann aber sah er auf, blickte verstohlen nach links und rechts, bevor er mich zu sich heranwinkte: »Es gibt da übrigens etwas, das du wissen solltest. Oder eigentlich Artur, aber du kannst es ihm ja sagen …«

»Ja?«

Er blickte zur Tür, an der Anna später am Abend die Gäste begrüßen würde.

»Es geht um Anna.«

»Ja?«

»Sie spricht schlecht über Artur.«

Das kam so überraschend, dass ich ihn anstarrte, als hätte er den Verstand verloren.

»Wie bitte?«

»Es ist wahr, Carl!«

Einen Moment hielt ich inne, dann fuhr ich ihn scharf an: »Pass mal auf, Phillip. Ich meine es nur gut mit dir, aber wenn du glaubst, du verbesserst deine Situation, wenn du andere schlechtmachst, dann fliegst du hier noch heute raus! Hast du mich verstanden?«

Er schluckte und schüttelte schnell den Kopf: »Nein, nein, Carl, bitte versteh mich nicht falsch! Ich will doch nur …«

Er hielt inne und sammelte sich.

»Ich hätte dir das schon viel früher sagen sollen, aber ich bin neu hier und dachte am Anfang, dass der Umgangston halt ein bisschen rau ist. Und ich wollte auch niemanden verraten, doch ich schwöre dir Carl, bei allem, was mir heilig ist: Anna spricht schlecht über Artur. Und außerdem auch über …«

»Ja?«

»Hans. Es tut mir wirklich leid, Carl. Wir sind Familie, auch wenn wir uns kaum kennen. Ich erfinde das nicht, bitte glaub mir!«

Während Wut in meinem Bauch brannte und meine Gedanken wild rasten, blickte ich Phillip stumm ins Gesicht, konnte aber beim besten Willen keine Arglist ausmachen. Er sah eher noch erschrockener aus als zu Anfang unseres Gespräches, jedenfalls nicht wie ein Mann, der mir freche Lügen auftischte, um seine Haut zu retten.

»Was sagt sie über Hans?«, zischte ich mühsam kontrolliert.

»Beruhige dich, Carl. Bitte!«

»Was sagt sie?!«

Er nickte scheu und flüsterte fast: »Dass sie keine Lust mehr habe, auf den kleinen Blödmann aufzupassen. Dass sie kein Kindermädchen sei und sich besser mal eine Krankenschwester um den Kleinen kümmern sollte.«

»Das hat sie dir gesagt?!«, fauchte ich.

Er schüttelte den Kopf: »Nein, nicht mir. Ich habe es nur zufällig mitbekommen. Sie hat es einem Gast gesagt.«

»Welchem Gast?«

»Ich weiß es nicht. Irgendeinem. Es war schon spät. Und sie war wohl auch nicht mehr ganz nüchtern.«

»Und was hat sie über Artur gesagt?«

»Nur, dass er gerne den Chef geben würde, sie aber die ganze Arbeit hätte. Dass ohne sie hier nichts laufen würde. Und dass sie viel zu wenig verdient. So etwas in der Art!«

»Zu wem hat sie das gesagt?«, fragte ich scharf.

»Zu einem Budiker.«

»Und der hat dir das gesagt?«

Phillip sah sich wieder verstohlen um.

»Die trauen mir nicht. Jedenfalls reden die kaum mit mir. Aber ich hab sie tuscheln hören.«

»Die?«

»Ein paar, die hier arbeiten. Anna hat sie wohl auf ihre Seite gezogen.«

Ich starrte ihn an und fragte mich, ob ich ihm trauen konnte. Andererseits: Warum sollte er etwas in die Welt setzen, was sehr leicht als Lüge zu entlarven wäre? War er wirklich so verzweifelt, oder sagte er einfach nur die Wahrheit?

Artur vertraute Phillip nicht, warum aber Anna? Nur weil sie aus Thorn kam? Hatte Artur nicht selbst einmal gesagt, dass man Prostituierten keinen Glauben schenken konnte? Warum dann ihr? Aber war es wirklich vorstellbar, dass sie ein Komplott gegen Artur schmiedete? Gegen jemanden, der mit Silber-Kurt fertiggeworden war? Mit *Vergissmeinnicht*? Würde sie das wirklich wagen?

Unvorstellbar.

Ohne es zu bemerken, schüttelte ich den Kopf.

»Ich hätte es dir nicht sagen sollen, Carl. Du glaubst mir nicht … Wahrscheinlich würde ich mir selbst auch nicht glauben.«

Er nahm die Schürze ab.

»Sag Artur, dass er aufpassen muss. Und dir möchte ich für deine Hilfe danken, Carl. Ich werde das nie vergessen.«

Da hielt ich ihn fest und sagte: »Bleib! Ich werde mit Artur sprechen. Er wird entscheiden, niemand sonst.«

Er nickte scheu und band sich die Schürze wieder um.

An der Tür hörte ich eine Frau lachen.

Die Nachtigall war da.

Fertig für die Nacht.

58

Zu Hause traf ich Isi und Aldo in Hochstimmung.

Mit geradezu kindlichem Vergnügen planten sie die Hochzeit, zählten auf, was gemacht werden sollte, was gekauft werden musste, was wie zelebriert werden könnte, auf dass es die herrlichste Hochzeit aller Zeiten werden würde, gefeiert von Berlins schillerndstem Paar. Ein Tag mit Konfettiregen und Feuerwerk sollte es werden, und Isi schien über ihre Begeisterung für all dies nun vollends vergessen zu haben, dass sie eigentlich eine Revoluzzerin war.

Es standen schon reichlich leere Sektflaschen auf dem Boden, als ich eingetreten war, und sogleich wurde ich genötigt, mit ihnen zu trinken, mit ihnen herumzualbern, um dann meine Vorstellungen für ihre Hochzeit kundzutun.

»Also, mir würde ein kleines Fest reichen«, sagte ich lächelnd und erntete von Aldo ein »Pah!« und von Isi gleich eines hinterher.

»Ein Spektakel wird das!«, rief Aldo gut gelaunt. »Das wird in der Zeitung stehen, so groß wird das!«

»Genau!«, bestätigte Isi.

Ich grinste sie an: »So ein Fest willst du? Ausgerechnet du?«

Isi winkte ab: »Wie hat Artur so schön bei der Eröffnung des *Arcasi* gesagt: Heute feiern wir, morgen dann wieder Politik! Menschen, die nur eines können, sind langweilig. Man sollte von allem etwas sein!«

»Na gut!«, lächelte ich und stellte mein Glas zur Seite. »Ich seh mal nach Hans.«

»Och komm, bleib«, bat Isi.

»Ich komme später wieder. Ich muss eh noch was mit dir besprechen.«

Hans schlief bereits, als ich an sein Bett trat.

Eine Weile betrachtete ich ihn, dann, aus einem Impuls heraus, schob ich seinen Schlafanzug hoch, um zu sehen, ob er vielleicht blaue Flecken haben könnte wie damals bei Frau Meng, aber es war nichts zu entdecken. Unabhängig davon, was ich Anna zutraute und was nicht, Hans machte mir Sorgen. Am Ende des Sommers würde er in die Schule kommen.

Wie sollte er da nur Fuß fassen, so still, wie er war?

Zwar hatte sich sein Zustand verbessert, und musikalisch bewies er wenn nicht Talent, dann wenigstens Durchhaltevermögen, sodass unsere Musikstunden, in denen wir einander nahe sein konnten, für mich mittlerweile zu den Höhepunkten meiner Woche zählten. Aber in seinem jungen Leben hatte er viel durchmachen müssen: Er hatte dem Tod der eigenen Mutter beigewohnt, eine Kinderfrau gehabt, die ihn geschlagen, und eine andere, die ihn im Gedränge zurückgelassen hatte. Und jetzt war da eine, die ihn vielleicht nicht mochte. Die möglicherweise herumerzählte, dass er nicht ganz richtig im Kopf wäre und sie ihre Zeit mit ihm verschwendete. Würde ein Kind eine solche Abneigung, selbst wenn Anna sie überspielte, nicht spüren?

Warum mochte ihn denn keiner?

Was hatte er denn getan?

Sogar Isi hielt immer noch freundliche Distanz zu ihm.

Eine Weile blieb ich bei ihm, dann verließ ich sein Zimmer und kehrte zu Isi zurück, die mittlerweile wieder alleine war und ein wenig torkelnd versuchte, die Sektflaschen zu entsorgen.

»Ich würde gerne deine Meinung hören …«, begann ich ruhig.

»Zu was denn?«

Ich bat sie, sich zu setzen, und erzählte vom Gespräch mit Phillip. Zwischendurch machte sie ein empörtes Gesicht, als ich endete, schwieg sie jedoch. Dann stand sie auf, verließ das Wohnzimmer, das Haus und kehrte fünf Minuten später wieder zurück.

»Was hast du gemacht?«, fragte ich.

»Artur im *Eden* angerufen. Er ist in einer halben Stunde hier.«

Ich nickte.

»Glaubst du Phillip?«, fragte sie.

Ich zuckte mit den Schultern: »Was mich so irritiert, ist, dass Phillip eigentlich ohne jedes Selbstvertrauen ist. Er ist so ängstlich, dass ich dagegen wie der Vorsitzende eines Ringvereins wirke. Würde so einer sich mit einem wie Artur anlegen? Würdest du dich mit Artur anlegen?«

»Ich lege mich oft mit Artur an.«

»Und wenn du ihn nicht kennen würdest?«

»Bist du verrückt?!«

Wir lachten beide, dann aber nickte sie und sagte: »Ich verstehe, was du meinst. Und was den Rest angeht ... Was wissen wir eigentlich über Anna? Sie kommt aus Thorn. Und sie war lange Zeit Prostituierte, bis Artur ihr eine neue, viel bessere Betätigung gegeben hat. Müsste man da nicht Dankbarkeit erwarten? Loyalität?«

»Etwas Ähnliches ließe sich auch über Phillip sagen. Er liegt am Boden. Würde er riskieren, das wenige, das er jetzt hat, zu verlieren?«

»Artur wollte ihn schon rausschmeißen«, gab Isi zu Bedenken.

»Mag sein, aber was nützt es ihm, darum Anna anzuschwärzen? Artur würde auch zwei Leute vor die Tür setzen, aber nicht einen mitschleppen, von dem er nichts hält.«

Isi seufzte: »Ich bin betrunken. Hättest du nicht morgen damit kommen können?«

Ich lächelte und kochte uns beiden Kaffee.

Irgendwann hörten wir Arturs Automobil vor dem Haus.

Ein paar Momente später trat er ein.

»Was gibts so Dringendes?«, fragte er.

Ich erzählte ihm von meinen Gesprächen, auch der Unterhaltung mit Herrn Rosenberg.

Artur hörte sich alles ruhig an.

»Was denkst du?«, wollte ich anschließend wissen.

»Dass das eine ernste Sache ist«, antwortete Artur.

»Glaubst du Phillip?«, fragte Isi verwundert.

»Ich glaube nur euch«, sagte Artur. »Aber dass Phillip sich so vorwagt – ich muss darüber nachdenken.«

»Was machen wir mit Anna?«, fragte ich. »Ob sie bei dir arbeitet, ist eine Sache. Aber wenn Sie Hans wirklich hasst ... dann darf ich ihr den Jungen nicht länger anvertrauen!«

Artur nickte.

»Lass mich die Sache beobachten, Carl. Anna ist verdammt gut als Nachtigall. So eine kriegst du nicht einfach so ersetzt.«

»Aber ...«

»Ich weiß, Carl. Aber es ist ein Unterschied, ob sie mit ihrer Arbeit als Kindermädchen unzufrieden ist oder das Kind wirklich hasst. Was ich mir nicht vorstellen kann. Lass sie eine Weile noch ihren Dienst tun. Ich muss wissen, was da läuft, nicht dass sie tatsächlich gerade überschnappt und etwas gegen mich plant.«

»Und wenn Phillip gelogen hat?«, fragte Isi.

Artur antwortete nicht.

59

Nicht nur Artur hatte jetzt Anna im Visier, sondern auch ich.

Plötzlich war alles von Bedeutung, was sie tat oder auch nicht tat. Lächelte sie Hans zu? Was spielte sie mit ihm? Sprach sie ausreichend sanft? Wie verbrachten die beiden überhaupt ihre Zeit, wenn ich im Glashaus in fremden Welten feststeckte? Da Hans so gut wie nichts über *Tante Anna* erzählte, begann ich, ihn des Abends mehr oder minder geschickt auszufragen: Hatte Tante Anna was Leckeres zum Mittag gekocht? Waren sie spazieren gegangen? Hatte sie mit ihm geschimpft und wenn ja, warum?

Das Ergebnis war ernüchternd.

Hans antwortete einsilbig: Ja zum Spazieren, Ja zum Spielen, Nein zum Schimpfen, Ja zum Essen. Es war nicht herauszufinden, ob er Anna mochte oder nicht, Angst hatte oder Freude empfand, wenn er mit ihr zusammen war. Auf seine stille Art und Weise machte er einen gleichgültigen Eindruck, vielleicht war er aber auch einfach zufrieden, ich konnte es nicht sagen.

Eine Weile versuchte ich mich als Spion, nahm mir stundenweise frei, folgte den beiden auf ihren täglichen Wegen, konnte aber nichts erkennen, was in irgendeiner Weise alarmierend gewesen wäre. Sie gingen zusammen einkaufen. Sie spielte geduldig mit ihm Ball. Sie trafen sich mit anderen Müttern und deren Kindern, wobei Hans stets direkt Deckung unter Annas Rock suchte und keinerlei Anstalten machte, Freundschaften zu schließen.

Seit sie Hans betreute, lebte Anna bei uns im Haus, aber sie hatte auch noch ein eigenes Zimmer in der Graudenzer Straße. Sie hatte mir gesagt, dass sie es sich deswegen genommen habe, weil der Straßenname so nach der alten Heimat klinge. Nach dem, was man ihr damals dort angetan hatte, war ich über so viel Nostalgie verwundert, wenn ich es auch sympathisch fand.

An dem Tag, an dem ich gerade beschlossen hatte, meine laienhaften Versuche als Agent einzustellen, sah sie sich mit einem Mann. Ich erspähte zunächst ein junges Mädchen, das in unser Haus ging und Hans offenbar übernahm. Dann eilte Anna fort, um sich für etwa zwei Stunden mit einem mir unbekannten Kerl zu treffen. Ein bulliger Typ, der nicht den Eindruck machte, als hätte er ein gesteigertes Interesse daran, sich seinen Lebensunterhalt ehrlich zu verdienen.

War das ein Ganove, den sie brauchte, um sich mit Artur anzulegen? War es ein heimlicher Kontakt zu *Vergissmeinnicht*, dessen Mitglieder vielleicht nur darauf warteten, dass Artur verschwand, um das *Arcasi* selbst zu übernehmen? Mit ihr als Nachtigall und neuer Geschäftsführerin? Oder drehte ich gerade durch, traf nichts von dem zu und war sie nur eine junge Frau, die eine kleine Pause von Hans genommen hatte, um sich für zwei Stunden mit ihrem Liebhaber zu vergnügen?

Abends fragte ich sie, ob es etwas Besonderes gegeben habe, was sie mit einem Lächeln verneinte. Sie versicherte mir, dass Hans das unkomplizierteste Kind aller Zeiten wäre. Als sie das so sagte, sah sie wirklich so aus, als würde sie Hans gernhaben. Jedenfalls konnte ich nichts Verdächtiges an ihrem Verhalten ablesen, außer dass ich nun mal mitbekommen hatte, dass sie sich mit einem Fremden traf. Aber würde ich es an ihrer Stelle erwähnen? Wohl kaum.

Ich wusste einfach nicht mehr, was ich denken sollte.

Da war dieses schleichende Gift, das Vertrauen in gleichem Maße wegspülte, wie es Vorurteile anschwemmte. War ich wirklich der Meinung, dass allein ehrlich war, wer *ehrlich* lebte? Dass man einer Angestellten mehr vertrauen konnte als einer Bardame? Dass Loyalität das Banner der Arbeiterschaft war, während andere erst beweisen mussten, ob sie dieser Flagge würdig waren? Arbeitete ich nicht selbst in einem Gewerbe, dem man allerlei Unseriösität und Flatterhaftigkeit unterstellte?

Ich sprach mit Isi und Artur darüber, aber auch die hatten keinen anderen Rat, als weiter wachsam zu sein. Artur hatte sich Phillip vorgenommen und ihm überdeutlich gemacht, was er von Menschen hielt, die Unbescholtene beschuldigten, und auch, wie er ein solches Verhalten zu bestrafen gedachte. Ich hatte diesbezüglich nicht nachgehakt, aber eine gewisse Vorstellung davon, dass es sich dabei nicht unbedingt um eine übliche Kündigung handeln würde. Phillip war angemessen eingeschüchtert, blieb aber bei seiner Behauptung: Anna sprach schlecht über uns, und es schien ihm, als plante sie etwas.

Dann, Ende August, kam Hans endlich in die Schule.

Wie zu erwarten, reagierte er erschrocken, um nicht zu sagen: panisch, auf die ungewohnte Umgebung und klammerte sich an Annas Kleid, als wir das erste Mal zusammen auf dem Schulhof standen. Wir versuchten es mit gutem Zureden, aber irgendwann verließ mich die Geduld: Ich nahm ihn bei der Hand und versuchte, ihn Richtung Eingang zu zerren. Dabei hielt er sich so fest, dass er Annas Kleid zerriss.

Sie fluchte wütend: »Hans, Herrgott! Bist du verrückt geworden?!«

Hans hatte bestürzt losgelassen und begann seinen ersten Schultag, während ich Anna nach Hause begleitete und aufforderte, mir ihr Kleid zu geben.

»Ich repariere es. Du wirst nichts mehr von dem Riss sehen.«

Anna brachte mir das Kleid in sehr reizvoller Unterwäsche ins Zimmer, wobei mir ihr freches Grinsen verriet, dass sie sehr wohl wusste, welche Wirkung sie auf Männer ausübte. Nur ein Eunuch hätte ihre Kurven nicht bewundert. Dann sagte sie: »Schaffst du es bis heute Abend? Ich will es bei der Arbeit anziehen!«

Ich nickte und machte mich an die Reparatur.

Mit Isis Hochzeitskleid hatte ich noch nicht angefangen, aber immerhin schon den Stoff gekauft, der in einem großen Paket neben meiner Nähmaschine stand.

Ich besah mir den Schaden an Annas Kleid und stellte fest, dass nicht nur der Stoff von fantastischer Qualität, sondern auch der Schnitt und die Nähte exquisit waren. Dieses Kleid war das Werk eines großen Könners und musste ein Vermögen gekostet haben. Zahlte Artur Anna wirklich so viel? Hatte sie sich nicht angeblich über zu wenig Einkommen beschwert?

Ich richtete das Kleid, und es war wie neu.

Hans kehrte aus der Schule zurück und schien immer noch verängstigt.

Ich rief im Glashaus an und nahm mir ein paar Tage frei, denn ehrlich gesagt machte mir Hans' verstockte Haltung Sorgen. In den nächsten Tagen würde ich ihn begleiten, auch mit seinen Lehrern sprechen und hoffen, dass sie Verständnis für ihn hätten. Er war nicht das einzige traumatisierte Kind, der Krieg hatte mit Hunger, Krankheit und Verlust auch vor den Kleinen nicht haltgemacht. Ich dachte mit Schaudern an die rüden Methoden der Pädagogen meiner Schulzeit zurück. Was Hans jetzt sicher nicht gebrauchen konnte, war ein auf seinem Hosenboden tanzender Rohrstock oder ein paar schallende Ohrfeigen.

Abends begann ich mit den Zuschnitten für Isis Kleid. Ich arbeitete die halbe Nacht und brachte Hans am nächsten Tag zur Schule. Anna war nicht nach Hause gekommen, sodass ich vermutete, sie würde den Vormittag in ihrem Zimmer in der Graudenzer verbringen, um sich richtig auszuschlafen.

Als ich zurückkehrte, warteten Artur und Isi im Wohnzimmer auf mich.

»Ist was passiert?«, fragte ich.

»Jemand stiehlt«, antwortete Artur ruhig.

»Im *Arcasi*?«

Artur nickte: »Wer es auch ist: Er macht es gut. Nicht zu viel. Jeden Tag etwas, gerade so viel, dass es fast nicht auffällt.«

»Und jetzt hast du es gemerkt?«

»Ich habe es bemerkt«, antwortete Isi. »Ich kümmere mich ein wenig um die Bücher und bin die letzten Tage mal alles durchgegangen. Es fehlt Geld.«

Einen Moment sah ich die beiden an.

Dann sagte ich: »Es gibt da etwas, das ihr vielleicht wissen solltet.«

60

Zwar hatte Oberkommissar Wilhelm Kennel angekündigt, sich Artur vorzunehmen, aber es war wochenlang, um nicht zu sagen: monatelang, ruhig geblieben, bis er plötzlich, zwei Tage nachdem ich mit meinen beiden Freunden wegen Annas Kleid gesprochen hatte, gegen Arturs Haustür hämmerte und dabei ein solches Spektakel veranstaltete, dass die ganze Straße auf ihn und die Beamten hinter ihm aufmerksam wurde.

Da Artur nicht gleich öffnete, traten sie die Tür ein, stürmten das Haus und zerrten ihn hinaus. Auch Isi war rausgelaufen und sah, wie Kennel Artur in Handschellen auf einen kleinen Lastkraftwagen mit offener Ladefläche schubste, auf dem bereits Polizisten wie Gauner Platz genommen hatten. Neben Artur begleiteten auch Arnie und zwei weitere von Arturs Männern die Schupos auf das Revier Fünfzig.

Artur blieb bemerkenswert ruhig, fast als hätte er mit einem Hausbesuch der Polizei gerechnet, und nickte Isi zu: »Ruf Fromm an!«

Das tat sie, und Friedemann Fromm, der Anwalt mit der Vorliebe für auffällige Kleidung und Monokel, brauchte nicht lange, um alle vier wieder aus dem Gewahrsam zu befreien.

Abends saß Artur dann bei uns und erklärte die ganze Aufregung.

»Die haben einen Hinweis bekommen!«

»Einen Hinweis? Was für einen Hinweis?«, fragte ich.

»Dass ich Kokain in meinem Haus lagere«, antwortete Artur.

»Und?«

»Sie haben nichts gefunden.«

»War denn da was?«, fragte ich.

Artur seufzte, was ich so deutete, dass ich aufhören sollte, Fragen zu stellen, deren Antwort mir sowieso nicht gefallen würde. Ich nahm den unausgesprochenen Rat an und schwieg, auch weil Isi mich gegen die Schulter stieß und meckerte: »Nerv jetzt nicht mit Kleinkram, Carl!«

Dann fragte sie Artur: »Warum gerade jetzt?«

»Es gibt einen Maulwurf.«

»Einer deiner Männer?«, fragte Isi.

»Theoretisch möglich. Aber die verdienen alle gut. Und uns verbindet mehr als nur Geld.«

»Wer hätte denn von dem Kokain gewusst?«, fragte Isi.

»Du meinst, wenn es welches gegeben hätte?«

»Jahaaa«, drängte Isi. »Also, wer?«

»Meine Männer.«

»Sonst niemand?«

»Nein.«

»Anna?«, fragte ich.

Die beiden sahen mich an – mir war, als hätte ich nur ausgesprochen, was ohnehin jedem im Kopf umherging.

»Vielleicht …«

»Aber nur, wenn einer deiner Leute geplaudert hätte?«, fragte ich.

»Wie lange, glaubst du, brauche *ich*, um einen Mann dazu zu bringen, mir ein paar Geheimnisse zu verraten?«, fragte Isi. »Und Anna ist gut. Ich habe sie gesehen. Wenn die ernst macht, widersteht ihr keiner auf Dauer.«

Artur nickte.

»Aber warum das alles?«, fragte ich entgeistert. »Du hast ihr geholfen, oder, Artur? Sie von der Straße geholt und zu einer der bekanntesten Personen im ganzen Viertel gemacht. Sie müsste eigentlich für den Rest ihrer Tage auf Knien vor dir rumrutschen.«

Artur verzog nachdenklich den Mund: »Es gibt fast nichts, was so verführerisch ist wie Erfolg. Plötzlich springt da ein Tor auf, und dahinter lockt ein Land mit unendlichen Möglichkeiten. Alles, was du dir erträumt hast, könnte plötzlich wahr werden. Da muss man schon ein charakterlich gefestigter Mensch sein, der seine Wurzeln noch spürt, um zu widerstehen, und wissen, wer man ist, was man kann und wem man vertrauen sollte.«

Isi nickte: »Das Schlimme ist: Sie könnte es wirklich schaffen! Sie ist geboren für diese Arbeit und könnte einen Laden wie das *Arcasi* leicht führen.«

»Grundsätzlich ja«, gab Artur zurück, »aber in diesem Gewerbe sind überall Ganoven, überall lauert Gefahr. Das ist kein Geschäft, in dem eine Frau alleine bestehen kann.«

»Sie hat sich doch mit diesem Typen getroffen«, merkte ich an. »Ich habe euch davon erzählt. Der sah nicht gerade wie ein Finanzbeamter aus.«

»Würdest du ihn wiedererkennen?«, fragte Artur.

»Ich denke schon.«

»Gut, ich werde heute Abend ein Treffen mit *Vergissmeinnicht* einberufen. Wenn er dabei ist, sagst du es mir.«

Allein, es kam nicht mehr dazu, denn als ich früh am Abend im *Arcasi* eintraf, winkte Phillip mich bereits verschwörerisch zur Theke heran, an der nur ein paar verlorene Säufer saßen und in ihre Gläser starrten.

Trotzdem versicherte er sich, dass uns niemand zuhören konnte, beugte sich dann an mein Ohr und flüsterte: »Ich hab gesehen, wie Anna Geld gestohlen hat!«

Ich sah ihn überrascht an, dann fragte ich. »Ist Artur schon hier?«

»Ja, oben. Im Büro.«

Wie im *KaLeu* hatte Artur die Wohnung über seinem Laden gleich mitgemietet, denn niemand lebte gern über einer lärmenden Budike und kam deswegen nachts nicht in den Schlaf. Artur hatte dort ein Lager sowie drei Schlafzimmer und ein kleines Büro eingerichtet, in dem auch ein massiver Geldschrank für die Tageseinnahmen stand.

Dort fand ich ihn und bat ihn hinab.

Vor ihm wiederholte Phillip seine Anschuldigung.

Artur fragte: »Ein bisschen genauer, bitte. Was hast du gesehen?«

»Ich war gestern früher da und hab noch im Keller Fässer umgeräumt. Als ich hochgekommen bin, hab ich gesehen, wie Anna aus der Kasse Scheine gefischt hat. Es war sonst keiner im Schankraum, und sie dachte wohl, sie wäre alleine.«

»Kann das sein?«, fragte ich Artur.

»So früh ist die Kasse noch leer.«

Phillip schluckte, dann nickte er hektisch: »Schon, aber sie hat das Geld nicht aus den Fächern rausgeholt, sondern darunter.«

»Darunter?«, fragte ich verwundert.

Artur nickte: »Sie hat es gebunkert.«

»Äh …«, machte ich ratlos.

Artur klärte mich auf: »Du nimmst Scheine an, legst sie aber nicht in die Kassenfächer, sondern schiebst sie darunter. Da sieht man sie nicht, und wenn man nicht weiß, dass einer bunkert, merkt man es auch nicht. Am nächsten Tag kommst du, wenn keiner da ist, und holst dir das Geld.«

Phillip nickte zustimmend.

»Lass uns allein!«, befal Artur, und Phillip stob davon.

»Und jetzt?«, fragte ich.

Arnie trat ins *Arcasi*. Artur winkte ihm zu, flüsterte ihm etwas ins Ohr, worauf Arnie sich umdrehte und nach draußen verschwand.

»Ich kann das einfach nicht glauben!«, sagte ich leise.

»Wir werden sehen!«, antwortete Artur ruhig.

Anna kam knapp zwanzig Minuten später zum Dienst, bestens gelaunt. Sie trug wieder das teure Kleid und gab mir und Artur einen Kuss auf die Wange.

»Meine Lieblingsmänner!«, lächelte sie. »Phillip? Sekt bitte!«

Sie wandte sich uns mit einem Strahlen zu: »Na, was macht das Leben?«

»Es ist so schön wie du«, antwortete Artur.

»Oho, Artur, so charmant heute! Los, Carl, da darfst du unmöglich zurückstehen!«

»Ich … äh … du …«

Sie seufzte theatralisch: »O Gott, Carl. Du triffst jeden Tag die schönsten Frauen und die interessantesten Männer. Da muss doch mal was hängen bleiben?«

»Ich glaube, wir können alle froh sein, dass die im Film nicht zu hören sind.«

Sie lachte.

Phillip servierte ihr den Sekt, den sie in zwei großen Schlucken trank.

Dann wandte sie sich wieder mir zu: »Hans schläft übrigens. Der Junge ist ein solcher Schatz!«

Ich schluckte und zwang mich zu einem Lächeln: »Wirklich?«

»Unbedingt! So ein lieber Junge. Bisschen still vielleicht, aber ich mag stille Kinder. Und was machen Aldo und Isi? Ich freue mich ja so auf die Hochzeit!«

»Äh, denen gehts gut, denke ich«, gab ich lau zurück.

»Ich muss mich unbedingt mal mit Isi zusammensetzen. Uns fällt bestimmt was ein, wie wir das Fest noch ein bisschen anpfeffern können!«

So plauderte sie.

Als ob nichts geschehen wäre, kein Verdacht im Raum stünde, keine Gerüchte schwirrten. Und je länger sie plauderte, desto weniger konnte ich glauben, dass sie schuldig sein könnte. Da war nichts in ihrem Gesicht, was sie verriet, nichts, was Unsicherheit aufschimmern ließ.

An jedem anderen Tag wäre ich ihr amüsiert gefolgt, hätte mich um sie bemüht, wäre vielleicht sogar auf ihre Schäkereien eingestiegen. Aber ich spürte, wie sich Minute für Minute mein Magen mehr verkrampfte, wie ich sie ungläubig anzustarren begann, weil sie vielleicht ein einziges Schauspiel veranstaltete. Ich sah auf ihren schönen roten Mund und ward misstrauisch: Log sie gerade? Oder war sie tatsächlich unschuldig?

Ich blickte rüber zu Phillip, der Gläser polierte, abwesend wirkte und doch angespannt zuhörte. Der uns nicht anzusehen wagte und sich weitere Arbeiten suchte, damit er es nicht musste.

Dann trat Arnie ein, ging an Artur heran und flüsterte ihm etwas ins Ohr.

Artur nickte und wandte sich Anna zu: »Pack deine Sachen! Du bist entlassen!«

Sie sah aufrichtig schockiert aus.

»Was? Das … das kannst du doch nicht machen … Warum?«

»Warum?!«, fauchte Artur. »Das fragst du auch noch?!«

»Ja, frage ich!«, zischte Anna zurück.

Sie hatte sich von dem Schock offenbar schnell erholt.

»Du redest zu viel, Anna! Du redest über mich, über Carl, du redest mit Kennel!«

Sie runzelte die Stirn: »Kennel? Wer soll das sein?«

Das war frech: Sie, deren Beruf es war, alles und jeden zu kennen, gab vor, noch nie von Oberkommissar Kennel gehört zu haben. Das war auch für mich der Punkt, an dem ich ihr nicht mehr glaubte.

Artur sagte: »Du hast den Boden verloren, Anna. Und jetzt schlägst du auf!«

»Verdammt noch mal: Wovon sprichst du nur?«

»Glaubst du wirklich, du könntest mir das *Arcasi* wegnehmen? Hast du das wirklich geglaubt?«

Sie starrte ihn an.

Sprachlos.

»Aber was noch schlimmer ist: Du stiehlst!«

»WAS?!«

Sie funkelte ihn wütend an.

»Du stiehlst! Und jetzt pack deinen Scheiß zusammen und mach dich fort!«

Sie trat an ihn heran: »Ich weiß nicht, was mit dir ist, Artur, aber wenn du willst, dass ich gehe, gehe ich natürlich. Nur eines lass ich mir nicht nachsagen: dass ich stehle! Das nimmst du zurück!«

Artur betrachtete sie kalt: »Arnie war bei dir in der Wohnung und hat Geld in deiner Jacke gefunden. Dreihundert Mark.«

»Das kann nicht sein!«

»Verschwinde jetzt besser!«, knurrte Artur wütend. »Bevor ich dich dazu zwinge!«

Sie sah verletzt aus.

Suchte Halt bei Arnie, der nur sanft den Kopf schüttelte.

Dann wandte sie sich mir zu: »Carl, bitte sag doch auch etwas! Du kennst mich! Ich bin keine Diebin! Das glaubst du doch nicht!«

Ich schlug den Blick nieder.

»Carl!«

Mittlerweile liefen ihr Tränen über die Wangen.

Sie blickte von einem zum anderen und fand doch nur steinerne Gesichter.

Da raffte sie sich plötzlich auf, streckte den Rücken durch und funkelte uns alle an: »Das werdet ihr bereuen! Ich schwöre es!«

Sie wirbelte herum und rauschte mit erhobenem Haupt dem Ausgang entgegen. Mittlerweile waren einige Gäste, unter anderem ein paar Mitglieder von *Vergissmeinnicht*, angekommen, unfreiwillige Zeugen ihres unrühmlichen Abgangs, was ihre Schmach nur noch vergrößerte, bis endlich die Tür hinter ihr ins Schloss fiel und sich eine betäubende Stille breitmachte.

Da klatschte Artur in die Hände und rief in den Raum: »Herrschaften? Die nächste Runde geht aufs Haus!«

Die Geräusche kehrten zurück, Gäste hoben erfreut ihr Glas und prosteten Artur zu. Sie verließen alle nur allzu gern den Ort des schweren Unfalls, während hinter ihnen die Straße rasch geräumt und der Verkehr wieder freigegeben wurde.

Momente später war alles wieder wie immer.

Nur ich stand noch da.

Und rührte mich nicht.

61

Sie kehrte auch nicht ins Haus zurück, sodass Isi Annas Sachen packte und sie ihr mit einem Kurier zuschicken ließ. Wieder einmal stand ich ohne Kindermädchen da, wieder einmal verschwand vor Hans' Augen jemand, der ihm eigentlich Halt hätte geben sollen und das Gefühl, dass er ein Zuhause hatte, Menschen, die ihn liebten. Aber es war wie verhext: Die Frauen in seinem Leben hatten ihn alle verlassen, nur ich war geblieben. Das Einzige, das zwischen ihm und dem bodenlosen Abgrund stand.

»Was ist mit Hans?«, fragte Isi.

»Könntest du vielleicht …«, begann ich vorsichtig.

Isi verschränkte die Arme vor der Brust: »Versuchst du gerade, dein Problem zu meinem zu machen?«

»Er ist kein Problem!«, konterte ich sauer.

»Nicht? Und warum fragst du mich dann?«

»Es wäre ja auch nicht für lange!«

Isi schüttelte den Kopf: »Es ist für immer, Carl, das war es von Anfang an. Du wolltest das nicht wahrhaben, als du ihn aufgenommen hast. Er braucht jede Menge Hilfe, mehr als einer alleine leisten kann. Und ich habe dir gleich gesagt: Komm nicht zu mir! Ich habe ein Recht darauf, mein eigenes Leben zu führen. Du hast eine Entscheidung für dich getroffen, die ich mit ausbaden soll. So geht das nicht, Carl!«

»Und was soll ich dann machen?«

»Finde jemanden, dem du vertrauen kannst!«

»Ihr habt mir gesagt, dass ich Anna vertrauen kann. Und ich habe euch geglaubt.«

Sie antwortete nicht gleich, sondern griff zu einer angebrochenen Flasche Wein, die auf dem Tisch stand, und schenkte uns zwei Gläser ein: »Ja, Anna ist eine große Enttäuschung. Aber …«, sie reichte mir das Glas, »du warst Marlies nie etwas schuldig. Und Hans ist nicht dein Kind.«

»Dafür ist es jetzt zu spät. Soll ich ihn jetzt einfach ins Heim bringen und ihm sagen: ›Wiedersehn, Hans. Versuch klarzukommen!‹, oder was?«

Sie seufzte: »Es ist kompliziert. Aber nur, weil du es kompliziert gemacht hast.«

»Schön, dann hören wir jetzt damit auf«, antwortete ich gereizt. »Die Dinge sind, wie sie sind.«

Da nahm sie meine Hand und sagte: »Ach, Carle, mein Carle … verstehst du mich denn gar nicht?«

Ich starrte in mein Glas und nickte: »Doch. Es tut mir leid, dass ich versucht habe, dich da einzuspannen. Du heiratest. Wirst eine eigene Familie haben.«

Wir hielten uns an den Händen und schwiegen eine Weile.

Dann stand ich auf, nahm meine Jacke und sagte: »Ich finde jemanden. Und Hans wird es gut haben.«

62

Am Ende der Bromberger Straße befanden sich jene Häuser, die einem schon beim bloßen Anblick das Herz sinken ließen, die grau, kaputt und irgendwie schief dastanden, während von überallher Lärm über sie hinwegfegte, eingeklemmt zwischen dem Bahnverkehr des Schlesischen Bahnhofs, des Warschauer Bahnhofs und der Hauptwerkstatt für Züge, in der von den frühen Morgenstunden bis spät in den Abend hinein unablässig gehämmert, Metall gesägt und geschweißt wurde. Dazu der Autoverkehr und die Elektrische auf der Warschauer. Und trotzdem war es nicht schwer, hier Mieter zu finden, denn selbst diese Wohnungen waren besser, als in der *Palme* zu landen, einem Obdachlosenasyl im Prenzlauer Berg: ein großes rotes Backsteinhaus mit gut fünftausend Bewohnern, allesamt bitterarm, traumatisiert und oft aus ihrer Heimat im Osten vertrieben. Unablässig strömten immer neue Menschen in die große Stadt, die diese schon lange nicht mehr aufnehmen konnte.

Die Sonne war gerade hinter den Häusern versunken, ihre Schatten griffen mit langen Fingern nach den Straßen, um sie in eine dunkle Nacht hinüberzuziehen. Zwar gab es Beleuchtung, aber die würde in der Nacht nicht brennen: Sparmaßnahmen.

Wenigstens war der Abend sehr mild, der Winter jedoch würde durch das heruntergekommene Haus, vor dem ich jetzt stand, hindurchjagen und es monatelang einfrieren. Wann die Cureckens hierhin umgezogen waren, wusste ich nicht genau, aber sie hatten den Neubau trocken gewohnt, sodass sie gehen mussten, um zahlenden Mietern Platz zu machen.

Ich schob die Haustür auf, trat in einen verwahrlosten Flur und stieg die Treppen hinauf in den zweiten Stock, wo ich auf einem handgeschriebenen Fetzen Papier an einer der drei Wohnungstüren ihren Namen lesen konnte.

Dort klopfte ich.

Elisabeth öffnete und sah mich erstaunt an: »Carl?«

»Darf ich eintreten?«, fragte ich.

»Aber natürlich, nur: Phillip ist nicht da. Auf der Arbeit.«

Ich nickte und folgte ihr in eine kleine Wohnung mit einer Küche, einer guten Stube und einem Schlafzimmer, ganz ähnlich der Bleibe, die sie hatten verlassen müssen. Sie war aber ein wenig wohnlicher eingerichtet. Phillips Gehalt hatte ausgereicht, um ein paar Dinge zu kaufen, wenn sie auch alle gebraucht und in keinem guten Zustand waren. Sie bot mir einen Platz auf dem durchgesessenen Sofa an, ließ sich selbst auf einen Stuhl nieder.

»Was kann ich für dich tun, Carl?«

»Es gibt da etwas, das ich mit dir besprechen möchte«, begann ich.

»Mit mir?«

Ich nickte und fragte: »Hast du noch Interesse an der Kinderbetreuung?«

Ihr Gesicht hellte sich auf: »Du meinst Hans?«

»Ja.«

»Aber natürlich, Carl! Natürlich!«

»Es … es gab da einige Veränderungen …«

Sie nickte schnell: »O ja, Phillip hat es mir erzählt. Was für eine schreckliche Frau!«

»Wie dem auch sei, ich denke, ich würde es gerne einmal mit dir versuchen, Elisabeth!«

Sie strahlte: »Mit dem größten Vergnügen, Carl! Mit dem allergrößten Vergnügen! Weißt du, ich … also, Phillip und ich hatten ein wenig gehofft, dass du an uns denken würdest, aber wir wollten uns nicht aufdrängen!«

»Nun, ich bin hier.«

»Das bist du!«, antwortete sie zufrieden.

»Ich dachte, du könntest vielleicht von Montag bis Samstag zu uns kommen. Ab sieben Uhr in der Früh bis sechs Uhr am Abend. Es gibt

Tage, da müsstest du vielleicht länger bleiben, an anderen kannst du dafür früher gehen. Es ist ein bisschen unregelmäßig bei mir.«

»Das klingt wunderbar!«

»Du bist damit einverstanden?«

»Selbstverständlich!«

»Was die Bezahlung betrifft …«

Sie unterbrach schnell: »Du zahlst, was du zahlen kannst. Das geht schon in Ordnung. Ich bin froh, wieder eine Aufgabe zu haben.«

Ich nickte.

Da sprang sie auf und rief: »Das müssen wir feiern, Carl! Warte!«

Sie verschwand in der Küche und kehrte mit einer angebrochenen Flasche Wein zurück.

»Da ist nur noch ein Schluck drin«, stellte sie fest, als sie uns gerade einschenken wollte.

»Das macht nichts«, antwortete ich und war im Begriff, mich zu erheben.

»Das kommt gar nicht infrage, dass du gehst! Du bleibst, wo du bist, und ich laufe schnell ins *Arcasi* und kaufe eine Flasche. Ach, Phillip wird sich vielleicht freuen!«

»Bitte keine Umstände, Elisabeth!«

»Das sind keine Umstände. In einer halben Stunde bin ich wieder zurück. Bitte bleib doch! Tu mir die Freude!«

Ich ließ mich zurück auf das Sofa fallen, während sie schnell aus der Tür huschte. Eine eigenartige Stimmung kehrte ein, es war, als ob Elisabeth allein durch ihr pure Anwesenheit die Räume beherrscht hätte. Alles wirkte plötzlich verlassen, ohne Leben, obwohl von draußen unablässig Lärm durch die Wohnung tanzte. Ich stand schließlich auf: Hier wollte ich nicht bleiben.

Da hörte ich aus dem verschlossenen Schlafzimmer nebenan eine dünne Stimme: Phillips kranke Frau. Einen Moment stand ich still, lauschte, dann vernahm ich deutlich meinen Namen.

Carl.

Hatte sie wirklich nach mir gerufen?

Vorsichtig trat ich an die Tür und öffnete sie langsam: Es war dunkel hier drinnen, die Jalousien geschlossen. Im Zwielicht konnte ich einen Schrank erkennen, ein Doppelbett und einen sehr schmalen, kleinen Körper unter einer Decke. Dann erst sah ich ihr Gesicht, das sich mir bleich und mit großen, dunklen Augen zugewandt hatte. Sie winkte mir mit einem ihrer dürren Hungerarme zu, bevor der kraftlos auf die Matratze zurückplumpste.

»Haben Sie mich gerufen?«, fragte ich vorsichtig.

Sie gab mir mit einer Geste zu verstehen, dass ich mich zu ihr an den Bettrand setzen sollte. Ihre Haut spannte über den Wangenknochen und war an einigen Stellen geradezu durchsichtig, der Blick ohne Kraft genau wie ihre Atemzüge, sodass es keine medizinischen Kenntnisse brauchte, um zu wissen, dass sie nicht mehr viel Zeit hatte. Ihr fortwährender Husten war zu einem dumpfen Gurgeln zusammengefallen.

»Carl?«, fragte sie.

»Ja?«

»Ich hatte gehofft, Sie zu sehen.«

»Kann ich etwas für Sie tun, Frau Curecken? Brauchen Sie etwas? Vielleicht Wasser?«

Sie schüttelte langsam den Kopf.

»Marlene«, sagte sie. »Bitte nenn mich Marlene. Ich hasse meinen Nachnamen.«

»Gut, in Ordnung. Warum hassen Sie Ihren Namen, Marlene?«

Sie schwieg, aber nicht weil sie nicht antworten wollte, sondern weil sie sichtbar Kraft sammelte.

Dann krächzte sie: »Ich habe nicht mehr viel Zeit, Carl …«

Ich nickte betreten.

»Es geht um Ihren Vater.«

»Meinen Vater?«, fragte ich überrascht zurück.

Sie nickte: »Die ganze Geschichte.«

Ich war völlig perplex und sah sie nur an, dieses Bündel aus Haut und Knochen, das kaum mehr als dreißig Kilo wiegen konnte.

»Bitte sprechen Sie!«, bat ich.

»Sicher wissen Sie, dass Phillips Vater Eduard wegen Ihres Vaters mit seiner Tochter gebrochen hat?«

»Ja, mein Vater war nicht gut genug für ihn. Sie sollte einen Grafen heiraten, aber meine Mutter hat sich aus Liebe für meinen Vater entschieden.«

Sie nickte: »Ja. Was wissen Sie noch?«

»Dass es hieß, meine Mutter sei schwanger geworden, weil mein Vater sie vergewaltigt habe. Man unterstellte ihm, mit der Heirat seinen gesellschaftlichen Aufstieg zu erzwingen. Dieses Gerücht hat ihn vollkommen ruiniert – niemand wollte mehr etwas mit ihm zu tun haben. Oder mit ihr. Nur Phillip hat seiner Schwester beigestanden, so gut er konnte.«

Sie drehte ihren Kopf zu mir und antwortete fest: »Nein!«

»Nein?«

»Phillip hat das Gerücht mit der Vergewaltigung in die Welt gesetzt.«

Mir war, als hätte sie mir mit der Wucht eines Schwergewichtsboxers ins Gesicht geschlagen. Die Geräusche fielen in sich zusammen, ich sah diese gespenstische Frau wie durch einen Tunnel. Da war ein Rauschen in meinem Kopf und ein Wirbel in meinem Bauch, bevor ich Atemzug um Atemzug wieder an die Oberfläche fand, um dann wie ein Taucher in Not nach Luft zu schnappen.

»WAS?!«

Es war viel lauter als beabsichtigt, doch Marlene blieb bewegungslos und griff mit ihrer eisigen Hand nach meiner.

»Verstehst du, Carl? Nicht Eduard steckt hinter der Intrige. Phillip war es.«

Ich schluckte hart: »Aber … aber warum?«

»Die Mitgift, Carl. Deswegen.«

»Das kann doch nicht … Das ist nicht möglich …«

»Als deine Mutter zu ihrem Vater kam, um ihm mitzuteilen, dass sie einen jüdischen Schneider heiraten wollte, da war Eduard außer sich vor Zorn. Natürlich wollte er eine bessere Partie für seine Tochter, doch sie wollte eben deinen Vater. Phillip hat ihr beigestanden, aber nur weil die Mitgift für einen Schneider vergleichsweise lächerlich gewesen wäre. Eduard drohte Amelie: Sie sollte den Grafen heiraten! Oder er würde sie für immer verstoßen. Deine Mutter, Carl, hat ihre Familie sehr geliebt. Sie wollte nicht verstoßen werden, vielleicht kannst du nachvollziehen, wie unmöglich ihre Situation war.«

Ich nickte leicht.

»Offenbar nahm der Graf deiner Mutter die Sache mit deinem Vater nicht krumm, denn auch er wollte das Geld der Cureckens. So erneuerte er seinen Heiratswunsch und versprach Eduard, Amelie nach der Hochzeit auf seinem Landsitz unterzubringen, weit weg von Riga. Phillip geriet in Panik. Die Mitgift wäre so unsagbar hoch gewesen, dass ihm kaum noch etwas geblieben wäre. Der ganze Reichtum dahin, weil seine Schwester in den Hochadel heiraten sollte! Und er, der Alleinerbe, würde mit leeren Händen dastehen. Also setzte er das Gerücht mit der Vergewaltigung in die Welt. Das konnte nicht ignoriert werden! Der Graf löste die Verlobung, und deine Mutter zog mit deinem Vater fort. Phillip bekam alles – dass es einmal eine Revolution geben würde und sein ganzer Reichtum dahin wäre, das konnte damals ja keiner ahnen.«

Mittlerweile war meine Hand eiskalt geworden. Mir war, als würde der Tod von ihr zu mir überspringen und sich langsam meinen Arm hinaufarbeiten.

»Dann aber, als Amelie fort war, wurde Eduard plötzlich sehr krank. Ausgerechnet er, der immer so kerngesund und voller Vitalität gewesen war, fiel mit einem Mal in sich zusammen. Und niemand konnte herausfinden, was er hatte. Sein Zustand wurde so schlecht, dass der Pfarrer ihm riet, seine irdischen Dinge zu regeln. Und weil er ein gläubiger Mensch war, dachte er, dass die rätselhafte Krankheit vielleicht Gottes Strafe dafür war, sich gegen seine Tochter gestellt zu haben. So machte er sich auf eine letzte Reise nach Thorn, um sich mit Amelie zu versöhnen. Und er fuhr nicht mit leeren Händen. Er nahm den gesamten Schmuck seiner Frau mit, um ihn Amelie zu schenken. Aber Amelie wollte ihn nicht sehen. Sie lag in den Wehen mit dir und befahl deinem Vater, Eduard fortzuschicken. So kam er wieder zurück, ohne sie gesehen zu haben und vor allem: ohne den Schmuck. Kurz darauf starb er, und Phillip trat sein Erbe an.«

Ich starrte sie an: »Du meinst, Phillip will den Schmuck?«

»Ja. Und seine Mutter genauso. Deswegen haben sie dich gesucht. In Thorn. In Berlin. Sie glauben, du könntest den Schmuck haben oder wenigstens wissen, wo er geblieben ist.«

»Bist du sicher?«, fragte ich entgeistert.

»Ich höre sie tuscheln, Carl. Ich höre sie, weil sie glauben, dass ich es nicht mitbekomme. Sie sind böse, Carl! Versteh das doch! Sie sind böse!«

Ich saß nur da und blickte auf das Bündel Mensch vor mir und bedauerte, dass ich diese Tür nicht schon eher geöffnet hatte, um sie aus der Umklammerung der beiden zu befreien. Es hätte sie nicht gerettet, aber ihr vielleicht noch ein paar schönere Tage bereitet.

»Weißt du, Carl, nachdem meine Mädchen an der Grippe gestorben waren, da habe ich jeden Tag gebetet, dass Gott mich auch zu sich rufen möge. Als er es nicht tat, da habe ich ihn verflucht, weil er gemein ist, hartherzig und rachsüchtig. Ich habe einfach nicht verstanden, warum ich nicht sterben durfte, wenn es doch keinen Grund mehr gab weiterzuleben. Und dann höre ich, wie sie über dich reden. Wie du plötzlich da bist. Da wusste ich: Ich habe noch eine Aufgabe, die ich erfüllen muss. Ich habe laut gehustet bei deinem letzten Besuch, damit du vielleicht nach mir siehst, aber du bist wieder gegangen. Jetzt aber weißt du alles. Und ich kann endlich zu meinen beiden Mädchen … Ich danke dir, Carl.«

»Nein, ich danke dir, Marlene.«

Für einen Moment schenkten wir uns ein Lächeln, dann küsste ich sie auf die Stirn.

»Ich hole dich hier raus!«

Sie schüttelte den Kopf: »Nein. Geh jetzt, Carl. Es ist alles gut! Wirklich.«

So wie wir in das vertraute Du inmitten des Gespräches gefallen waren, so waren aus Fremden Freunde geworden, als ich jetzt im Begriff war, das Zimmer wieder zu verlassen.

Vielleicht auch Familie.

Wahre Familie.

Ich stand auf.

Es tat weh, sie so zu sehen, aber sie wirkte mit einem Mal so friedlich. Sie bewegte noch einmal die Finger zum Abschied und schloss dann die Augen. Sie würde diese Nacht nicht überstehen, dessen war ich mir sicher. Doch sie ging zufrieden, vielleicht sogar: glücklich.

Leise öffnete ich die Tür und trat hinaus.

Dort standen Phillip und Elisabeth.

Und starrten mich an.

Schweigend.

Ich presste die Lippen aufeinander, stieß sie zur Seite und ging nach draußen.

63

Es war lange her, dass ich im *Eden* gewesen war, aber als ich nach Hause kam und Isi von dem Gespräch berichtete, bestand sie darauf, es am Abend richtig krachen zu lassen, um den ganzen Mist in Champagner zu ertränken. Nachdem sie eine Nachbarin überredet hatte, auf Hans aufzupassen, rief sie erst Artur und anschließend Aldo an.

Der holte uns mit seinem Benz-Monster ab und warf sich gekonnt einen weißen Seidenschal um den Hals, als er im Smoking ausstieg, um Isi die Tür zum Fond aufzuhalten.

»Wo ist dein Fahrer?«, fragte ich neugierig. »Ich gehe mal davon aus, dass heute getrunken wird?«

»Den brauche ich nicht mehr. Ich will lieber selbst fahren!«

»… lernen!«, ergänzte Isi ironisch.

»Ich fahre ganz ausgezeichnet!«, protestierte Aldo säuerlich. »Also bitte: einsteigen!«

Mit quietschenden Reifen und schlingerndem Heck machten wir uns los und erreichten die Marienstraße tatsächlich in einem Stück und ohne irgendjemanden außer uns gefährdet zu haben. Mittlerweile war es dunkel, doch die Nacht herrlich warm. Wieder trat Arnie aus einem der Schatten und begrüßte Isi mit einem charmanten Handkuss.

»Wie ich sehe, muss ich mir die Heirat wohl aus dem Kopf schlagen, Prinzessin?«

»Sie müssen, junger Mann. Aber Sie sollten wissen, dass Sie eine fantastische Option waren!«

Beide grinsten.

Dann gab Arnie mir und Aldo zur Begrüßung die Hand. Aus den Augenwinkeln konnte ich sehen, dass ihm Aldo dabei heimlich einen gefalteten Schein zusteckte. Die beiden gingen vor, ich gleich dahinter, während Arnie einen kurzen Blick in seine Hand warf und ein klein wenig den Mund verzog: Er schien schon einmal zufriedener mit dem Trinkgeld gewesen zu sein.

Oben öffnete wie bei meinem ersten Mal eine schöne junge Dame im Abendkleid, nahm uns die Jacken ab und fragte, ob Isi ein Cachenez benötigte. Das tat sie, und so überreichte die Frau ihr eine leichte Halbmaske aus weißer Seide, bevor sich die doppelflügelige Tür mit den Jugendstilintarsien wieder wie von Zauberhand öffnete und wir eintraten.

Vor uns der riesige Salon mit dem glänzenden Parkett, den hohen Stuckdecken, den schweren Samtvorhängen und dem glitzernden, diesmal eingeschalteten Kristallleuchter an der Decke. An den Spieltischen für Roulette und Baccara standen Männer im Frack und Damen in gewagten Abendkleidern. Eine von ihnen schwebte auf uns zu und hielt uns ein Silbertablett entgegen: »Guten Abend! Darf ich Ihnen etwas anbieten? Sekt? Cognac? Kokain?«

»In dieser Reihenfolge!«, bestellte Isi gut gelaunt.

Diesmal protestierte ich nicht.

Wir tranken Sekt, dann probierte ich zum ersten Mal in meinem Leben eine Linie Kokain. Es schmeckte bitter, meine Zunge wurde taub, und dann fühlte ich eine Stimulierung, wie ich sie noch nie erlebt hatte. Mein Herz klopfte, ich war hellwach, und gleichzeitig war mir ein bisschen schlecht. Doch vor allem war ich plötzlich in Feierlaune und bestellte mehr Sekt, den wir in beschwingter Runde tranken, bis Artur zu uns trat und Isi uns bei Aldo entschuldigte, weil wir ein paar Dinge zu besprechen hatten.

Artur musste meine Zappeligkeit bemerkt haben, mein unentwegtes Nasehochziehen, obwohl ich keinen Schnupfen hatte, dazu die weit aufgerissenen Augen und eine Mitteilsamkeit, die mir sonst nicht zu eigen war. Er lächelte nur, sagte dann aber: »Ich denke, du belässt es lieber bei der einen …«

Ich nickte.

Dann erzählte ich auch ihm von dem Gespräch mit Marlene.

»Ist er heute Abend noch mal im *Arcasi* aufgetaucht?«, fragte Isi.

»Nein. Ich denke, er ist auch schlau genug, um zu wissen, dass er sich dort nie wieder blicken lassen sollte.«

»So ein Scheißkerl!«, fluchte Isi. »Ich wette, er hat seinen Vater vergiftet.«

»Was?«, fragte ich verdattert.

»Plötzlich wird der krank? Und keiner weiß, was er hat? Ach komm: Phillip hat nachgeholfen, bevor der Alte seiner Tochter noch mehr schenken konnte.«

»Das wissen wir nicht«, antwortete ich schwach.

»Ich schon!«, behauptete Isi. »Und wahrscheinlich hat er das Geld im *Arcasi* auch gestohlen und es Anna untergeschoben.«

Zu meiner Überraschung protestierte Artur nicht, sondern sah Isi nachdenklich an.

»Glaubst du das auch?«, fragte ich.

»Ich weiß es nicht.«

»Sie hat ziemlich heftig auf den Vorwurf reagiert«, sagte ich.

»Ja.«

»Red mit ihr!«, forderte Isi. »Vielleicht hast du ihr wirklich unrecht getan, Artur!«

Der nickte zögerlich.

»Nimm das nicht auf die leichte Schulter! Sie ist verletzt und in der Lage, wirklich jeden in Teufels Küche zu bringen. Es ist nicht gut, eine wütende Frau als Feindin zu haben.«

»Schon gut«, wiegelte Artur ab und beendete damit das Thema. »Was mich gerade allerdings mehr interessiert, ist, wo der Schmuck ist, den Eduard seiner Tochter schenken wollte …«

»Typisch, du denkst nur ans Geld!«, schimpfte Isi.

»Sagt die zukünftige Frau von Torstayn!«, konterte Artur grinsend. »Aber mal im Ernst. Carl und sein Vater waren bitterarm. Genau wie wir, Isi. Stell dir vor, was ein einziger Diamant da bewirkt hätte!«

»Papa hätte damit spielend leicht eine ebenso große Schneiderei eröffnen können wie in Riga. Gleich neben dem Rathaus oder dem Kopernikus-Denkmal«, stimmte ich ihm zu.

»Dann hätten wir uns aber nie gefunden. Wir hätten nie Kometen-pillen verkauft und wohl auch nie ein Fuhrunternehmen gegründet«, sagte Isi.

»Wahrscheinlich nicht«, bestätigte Artur. »Trotzdem, euch wäre viel erspart geblieben, Carl.«

»Ich weiß nichts von Schmuck. Und in unserer Schneiderei war sicher auch keiner versteckt.«

»Der alte Curecken ist aber ohne Schmuck zurückgefahren«, sagte Artur.

Ich zuckte mit den Schultern: »Ich könnte mir vorstellen, dass meine Mutter zu stolz war, ihn anzunehmen. Und mein Vater hätte meine Mutter niemals hintergangen. Nicht mal nach ihrem Tod«, antwortete ich.

Da klatschte Isi mit den Händen: »Ich weiß, wo der Schmuck ist!«

»Wo?«, fragten Artur und ich unisono.

»Sie hat ihn mit ins Grab genommen!«

Wir sahen sie erstaunt an.

»Ist doch klar, oder? Carls Mutter lag in den Wehen und wollte auf keinen Fall mit ihrem alten Herrn sprechen. Also hat Eduard Curecken mit deinem Vater geredet, Carl. Und ihm den Schmuck für seine Tochter gegeben.

Dann aber starb deine Mutter – in den Armen deines Vaters. Sie wird ihm gesagt haben, dass sie das Geld ihrer Familie nicht will, und wir alle haben deinen Vater gut gekannt, Carl: Er hätte sich eher die Hände abgehackt, als den Schmuck zu behalten. Eduard Curecken war also abgereist, deine Mutter tot, und er hatte den Schmuck. Da die Steine nirgendwo wieder aufgetaucht sind, würde ich alles darauf verwetten, dass er deiner Mutter das schönste Kleid genäht, den Schmuck angelegt und sie dann damit begraben hat.«

Wir nickten uns stumm zu.

»Du meine Güte, wir hätten stinkreich sein können!«, stieß ich erstaunt aus.

»Du hättest jedes Fest mit den Boysens feiern müssen«, antwortete Isi.

Da hob ich mein Glas: »Auf meinen Vater!«

»Auf deinen Vater!«

Wir stießen an.

Und tranken die Gläser in einem Zug aus.

»Es gibt da noch etwas, das ich mit euch besprechen will«, begann Isi und winkte Aldo zu uns rüber. »Vielmehr: *Wir* möchten noch etwas mit euch besprechen …«

Aldo trat an uns heran.

»Ja?«, fragte ich.

»Unsere Hochzeit.«

»Hört! Hört!«, rief ich. »Wann ist es denn so weit?«

»1. Oktober!«

»Und wo?«

»St.-Thomas am Mariannenplatz.«

»Direkt hinter der Schillingbrücke? Das ist ja nur 'n Katzensprung zum *Arcasi*!«

Sie nickte erfreut: »Ja, das nehmen wir für das Fest. Geschlossene Gesellschaft. Nur wir und die ganzen Ganoven und Huren vom Schlesischen. Das wird 'ne Sause!«

Artur grinste Aldo an: »Ernsthaft? Im *Arcasi*? Deine Eltern trifft der Schlag!«

»Das hat er schon, als ich Ihnen gesagt habe, dass ich Isi weiterhin heiraten will!«

Isi winkte ab: »Die kommen nicht. Keiner von Aldos Familie!« Sie stellte sich auf die Zehenspitzen und küsste ihn auf den Mund. »Er hat jetzt uns. Wir sind seine neue Familie!«

Artur verzog beeindruckt den Mund: »Ich will dir nicht zu nahe treten, Aldo, aber das hätte ich dir nicht zugetraut! Du liebst sie wirklich, was?«

»He! Jetzt mal nicht so erstaunt!«, protestierte Isi.

Aldo lächelte: »Das tue ich.«

»In Ordnung!«, sagte Artur. »Der Erste ist ein Freitag. Das *Arcasi* gehört euch, wenn es sein muss das ganze Wochenende.«

»Da ist noch etwas!«, sagte Isi und blickte uns beide an. »Ihr seid unsere Trauzeugen, das ist klar, aber ich brauche noch jemanden, der mich zum Altar führt. Und ich möchte, dass du es bist, Artur!«

»Ich?«

»Ja, du.«

»Bist du sicher?«

Isi nickte: »Carl muss fotografieren. Und dann bleiben nicht mehr so viele …«

»Aber … vielleicht lenkt meine Maske zu sehr ab?«

Erstaunt nahm ich wahr, dass Artur sich tatsächlich darum sorgte, ob sein halbes Gesicht genügte. Dass es ihm doch etwas ausmachte, wie entstellt er war, und er offenbar fürchtete, bei solch einem festlichen Akt zu stören. Ich konnte mich nicht erinnern, dass er uns je wissentlich so tief in sein Seelenleben hatte blicken lassen, wenn es auch auf eine sehr beiläufige Art und Weise geschah. Artur, der Unbesiegbare, unter dessen Panzerhaut und unerschütterlichem Selbstvertrauen ein empfindsamer Mensch wie in einem tiefen, dunklen Verlies kauerte.

Isi legte ihm ihre Hand auf die gesunde Gesichtshälfte und antwortete: »Dein Gesicht ist genau richtig. Ich könnte mir niemand Besseren vorstellen als dich. Nicht mal Carl.«

»Also, den letzten Satz hätte es jetzt nicht gebraucht!«, rief ich.

»In Ordnung?« fragte Isi Artur.

»In Ordnung«, antwortete Artur.

Sie klatschte erfreut in die Hände: »So, und jetzt wird gefeiert! Treten heute Nackedeis auf?«

»Natürlich.«

»Perfekt!« Sie zeigte auf mich: »Du holst uns Getränke!« Dann auf

Artur: »Du noch etwas Zauberpulver!« Und schließlich auf Aldo: »Und du küsst mich gefälligst und bringst mich erst nach Hause, wenn ich nicht mehr stehen kann!«

So sprach sie.

Und so geschah es auch.

64

Lubitschs langer Abschied begann mit einem weiteren großen Historienfilm, den er für die UFA drehen sollte: *Anna Boleyn*. Das Vertrauen der Direktion in seine Fähigkeiten war schier grenzenlos, obwohl er seine Stärken meiner Meinung nach eindeutig nicht in Monumentalfilmen ausspielen konnte, denn Einfallsreichtum, Humor oder Warmherzigkeit waren bei Filmen dieser Art gar nicht gefragt. Groß mussten sie sein, gigantisch, mit Schauwerten, die das Publikum staunen machten und aus der Realität fliehen ließen. Ein Publikum übrigens, dem man zutraute zu verwinden, dass diese Filme in der Heimat der alten Kriegsgegner spielten: *Madame Dubarry* in Frankreich, *Anna Boleyn* in England.

Paul Davidson, der Mann, der mir die Chance gegeben hatte, in dieser Branche Fuß zu fassen, und den ich wegen seines Humors und seiner manchmal schroffen Art, seine Zuneigung zu zeigen, liebte, vertraute mir einmal an, dass *Anna Boleyn* mit unvorstellbaren acht Millionen Reichsmark Kosten kalkuliert worden war, er aber, dank Lubitschs Erfolgen mit *Carmen* und *Madame Dubarry,* bei den Amerikanern auf zweihunderttausend Dollar Lizenzgebühr hoffen konnte, inflationsbereinigt also auf vierzehn Millionen Mark. Selbst wenn kein einziger Zuschauer ins Kino gehen würde, hätte er damit der UFA einen satten Gewinn eingespielt. Das wirklich Erstaunliche jedoch war, dass weder *Carmen* noch *Madame Dubarry*, für die es vierzigtausend Dollar Lizenz gegeben hatte, bereits in den USA angelaufen waren. Offenbar war auch das Vertrauen der Amerikaner in Lubitsch schier grenzenlos.

Und das galt es, nicht zu enttäuschen.

Auf dem Tempelhofer Feld entstand ein London der Renaissance.

Noch prächtiger, noch detailversessener, noch gigantischer als das Paris der *Madame Dubarry.* So baute man neben den vielen historischen Fassaden auch Teile der Westminster Abbey nach, eigens errichtet für eine einzige Szene im späteren Film: den Krönungszug Heinrich des VIII., begleitet von Tausenden Statisten in Kostümen.

Es entstand ein Film der Superlative, der schon im Vorfeld Furore machte, sodass es auch nicht lange dauerte, bis sich die Politik dafür interessierte, denn nach den vielen Kämpfen und den fortwährenden Problemen kamen ein paar schöne, sorglose Bilder für die kritische Presse gerade recht: Reichspräsident Friedrich Ebert kündigte sein Kommen an, und die UFA jubilierte, denn nicht nur Ebert würde kostenlose Werbung für sich selbst generieren, sondern auch die UFA für ihren Film.

Sie bekamen ihre Schlagzeilen.

Nur nicht so, wie sie es sich erhofft hatten.

Am Tag von Eberts Besuch sollte der große Einzug gefilmt werden, und eingedenk der Tatsache, dass Millionen Dinge erledigt, Tausende von Komparsen nach Rittern, Geistlichen, Adeligen und Bauern sortiert und optisch arrangiert werden mussten, dass Kostümbildnerinnen letzte Korrekturen vornahmen, Handwerker die turmhohen Bauten kontrollierten, dass Hilfsregisseure auf Holzstapeln standen und per Sprachrohr Anweisungen in die Menge brüllten, dass das UFA-Direktorium nervös auf den hohen Besuch wartete, der dann auch endlich kam, nicht nur Ebert, sondern auch noch Minister und Staatssekretäre dazu, eingedenk all dieser Dinge: War es da verwunderlich, dass man eine Kleinigkeit vergessen hatte? Eine, die diesen wunderschönen Spätsommertag mit makellosem blauem Himmel und beinahe heißen Temperaturen in einem Fiasko enden ließ?

Friedrich Ebert war kurz vor Mittag gekommen, und zu seiner Ehrenrettung muss ich sagen, dass sein Auftritt wirklich bescheiden war, ohne großes Aufsehen. Davidson winkte mir hektisch zu und rief, dass ich doch ein schönes Foto machen solle, was ich dann auch tat. Ich positionierte Ebert neben Davidson, stellte Henny Porten und Emil Jannings, beide bereits im Kostüm, daneben, während sich allerlei andere, die ich bis auf den Drehbuchautor Hans Kräly gar nicht kannte, ohne dass ich darum bitten musste, rasch mit aufs Foto drängten.

»Herr Lubitsch fehlt!«, rief ich.

Tatsächlich aber lief Lubitsch noch durch die Reihen und dirigierte, bis auch er, durchgeschwitzt im schlichten Arbeitsanzug und kragenlosen Hemd, herankam und sich hinter der Gruppe von jemandem in die Höhe heben ließ. Am Ende guckten alle in die Kamera, nur er nicht.

Dann schüttelte man sich die Hände, jeder nahm seinen Platz ein, und die Aufnahmen mit viertausend Komparsen konnten beginnen. Viertausend hungrigen Komparsen in zwickenden, viel zu warmen Kostümen. Man hatte schlicht versäumt, ihnen ein Frühstück zu bereiten, sodass sie seit sieben Uhr morgens in der zunehmend prallen Sonne mal hierhin, mal dorthin gescheucht worden waren und mittlerweile recht gereizt herumstanden, weil die Vorbereitungen sich hinzogen und sie selbst sich nicht mehr rühren durften.

Da stieg Reichspräsident Ebert mit seinem Gefolge auf einen kleinen Lehmhügel, von dem er nicht nur eine gute Sicht auf die Filmbauten hatte, sondern vor allem auch von den Komparsen entdeckt wurde. Und obwohl die eigentlich Bauern oder Gefolge in Renaissancekostümen hätten sein sollen, wurde ihnen in dem Moment bewusst, dass sie in erster Linie Arbeitslose waren, deren Alltag ein bisschen dem glich, den sie gerade erlebten: hungrige Staffage, die man allenfalls zum Jubeln brauchte.

Getuschel kam auf.

Weder die Revolution noch die Putsche waren vergessen, schon gar nicht die vielen Toten, die man aus Landwehrkanal und Spree gezogen hatte. Zwar war Gustav Noske mittlerweile aus der Regierung entlassen worden, genau wie Philipp Scheidemann, Ebert aber noch da. So geriet die von Hunger und Durst ermattete Menge plötzlich in Bewegung. Hilfsregisseure ritten auf Pferden die Reihen entlang und mahnten zur Disziplin, aber es half alles nichts mehr.

»Nieder mit Ebert!«

Die Ersten schrien es aus dem Schutz des Gedränges heraus, aber bald schon rollte der Protest über alle Köpfe hinweg auf den kleinen Lehmhügel zu, auf dem sich Ebert zunehmend unwohl fühlte. Plötzlich brachen Reihen auf, blockierten Komparsen Durchgänge, wurde die Situation in ihrer ungewollten Dynamik bedrohlich. Leiber wogten in Wellen, Hände flogen durch die Luft, Münder und Augen waren wütend aufgerissen.

Und Lubitsch?

Er ließ filmen!

In all dem Chaos der jetzt rasch abziehenden Politik, entsetzten Direktion und entfesselten Komparserie ließ er die ganze wilde Erregung filmen! Ich weiß bis heute nicht, ob er Aufnahmen dieses Tages in den späteren Film hat hineinschneiden lassen. Aus der Entfernung und ohne Ton waren Zorn und Jubel nicht zu unterscheiden, und es war nicht ersichtlich, ob Heinrich VIII. oder Friedrich Ebert gemeint war.

So endete der Tag ohne Krönungszug.

Aber mit Kosten von etwa zweihundertfünfzigtausend Reichsmark.

Einer Summe, mit der man alle Komparsen lange hätte versorgen können, inklusive ihrer Familien, der Miete, Kleidung und Ausgaben für Vergnügungen.

Nur einer war zufrieden: Kino-Paule.

Irgendwann stand er neben mir im Kostüm eines Hofadligen und haute mir grinsend auf die Schulter: »Ick bin drin!«

Ich runzelte die Stirn: »Hm?«

»Na, ick ha’ direkt inne Kamera rinjejubelt!«

»Aha.«

»Wahnsinn! Kino-Paule is’ im Kino! Dank dir auch schön, Carl!«

»Nichts zu danken!«

Zufrieden stolzierte er davon.

Ich hatte ihm die kleine Rolle vermittelt, und irgendwann würde ich ihm die Sache mit dem Schnitt auch noch erklären müssen.

Aber nicht heute.

65

Der Riss zwischen Anna und Artur war nicht mehr zu kitten.

Ich war mir nicht sicher, ob Phillip hinter dem Diebstahl steckte oder nicht, wenn auch einiges dafürsprach, denn offiziell wusste niemand außer dem Dieb selbst von den heimlichen Griffen in die Kasse. Aber da Artur Phillip so sehr misstraute, hatte er, wie er mir erzählte, kurz nachdem ihm der Diebstahl aufgefallen war, eine Gelegenheit arrangiert, bei der Phillip scheinbar heimlicher Zeuge eines Gespräches zwischen ihm und Isi über die Vorkommnisse werden musste. Somit war er der Einzige, der vom Verdacht erfuhr. Ursprünglich hatte Artur wohl testen wollen, ob die Diebstähle so aufhören würden. Stattdessen aber beschuldigte Phillip Anna nach diesem Gespräch mit den entsprechenden Folgen.

Auch für Artur hatte die Sache Konsequenzen, denn Anna konnte ihm die Anschuldigung nicht verzeihen, unabhängig davon, ob sie Teil einer Verschwörung gegen ihn war oder nicht. Sie tobte immer noch vor Wut, als er das Ganze klarstellen wollte, und erneuerte ihren Schwur, ihm zu schaden, wenn sie die Gelegenheit dazu bekam. Und es war nur eine Frage der Zeit, wann sie ihre Chance sehen würde.

Einstweilen kam nicht nur der Tag der Hochzeit, sondern auch der Tag, an dem Berlin zu Groß-Berlin verschmolz: Lichtenberg, Schöneberg, Charlottenburg, Wilmersdorf, Spandau, Köpenick und Neukölln wurden zusammen mit neunundfünfzig Landgemeinden und siebenundzwanzig Gutsbezirken eingemeindet. Am 1. Oktober 1920 war Berlin zurück auf der Weltbühne, präsentierte sich mit einem Paukenschlag und vier Millionen Einwohnern nach London und New York als drittgrößte Stadt des Planeten. Und flächenmäßig war nur noch Los Angeles größer.

Doch im Innersten war die Stadt krank und schwach.

Die Bedingungen des Versailler Vertrags schnürten das Reich derart ein, dass es nur eine Möglichkeit gab, Volk und Entente zu bedienen: Man druckte das Geld selbst. Der Beginn einer beispiellosen Inflation, die das Leben enorm billig machte – für Besucher aus dem

Ausland. Vor allem amerikanische oder englische Damen begleiteten ihre Töchter nach Berlin, wo sie für ein paar Dollar oder Pfund eine ganze Aussteuer erwerben konnten. Bald jeden Monat seit Kriegsende hatte die Reichsmark an Wert verloren und Deutschland sich so in ein Einkaufsparadies verwandelt. Nur nicht für Einheimische. Und ganz gleich, wen man in diesem schrecklichen Krieg auch verloren hatte, der Versuchung, ein Schnäppchen zu machen, stand die Trauer jedenfalls nicht im Weg.

Gleichsam war das erste Jahr des neuen Jahrzehnts der Beginn eines neuen Berlins, in dessen Mitte neben unsagbarer Armut, Hunger und Wohnungsnot auch eine unstillbare Vergnügungssucht zu wuchern begann. Und so besuchten nicht nur die ersten wohlhabenden Damen aus Übersee oder von der Insel den ehemaligen Todfeind, sondern auch deren Ehemänner und Söhne – dieselben manchmal, die zwei Jahre zuvor noch an der Front gekämpft hatten – und stürzten sich ins Amüsement. Denn alles war hier zu haben, vor allem: Sex. Das Land, dessen Bevölkerung einst als dienstbeflissen, obrigkeitshörig, nationalistisch, anständig und streng gläubig gegolten hatte, begann, sich zu einem Paradies für Erotomanen zu entwickeln, in dem man jeder noch so ausgefallenen Perversion nachgehen konnte und immer genügend fand, die sie erfüllten.

Erfüllen mussten.

Die Puppenjungs und die Tauentzienmädel. Die Minetten, Nutten und unattraktiven Steinhuren in der Oranienstraße. Die Fünf-Uhr-Frauen, die sich am Nachmittag ein Zubrot verdienten, oder die Münzis, Schwangere in der Münzstraße. Die Stiefelmädchen, die prügelten, die Rennpferde, die sich prügeln ließen. Die Stricher und Grashüpferinnen im Tiergarten, die mit schneller Erleichterung hinter einem der Büsche lockten. Und überall eröffneten Bars, Dielen und Spelunken, die noch mehr Spaß versprachen.

Doch nichts davon hatte den schillernden, sprühend wollüstigen Charakter späterer Jahre. Da war nichts von der Eleganz, dem Leichtsinn und der unstillbaren Gier nach Leben. Im Gegenteil: Alles war roh, dreckig, ungebremst und spiegelte allein eine erzwungene Liheralität wider, die in Wirklichkeit ein jeder gegen jeden war. Es war, als tanzte man mit schweren, nassen Stiefeln und hielte sich dabei gegenseitig im Würgegriff.

Isis Hochzeit dagegen sollte leichtfüßig sein.

Ein schwereloses Fest im Land des Vergessens.

Es sollte Essen und Wein im Überfluss geben. Musik und Gelächter. Küsse und Umarmungen. Ein Ereignis, dessen Bilder man mit nach Hause trug, um sie anzuschauen, wenn es kalt war, das Brot hart und das Leben schwer. Es sollte der Traum sein, in den man floh, wenn man Dinge für das Überleben tun musste, die vor dem Krieg undenkbar gewesen wären.

Alles sollte anders sein.

Und wurde es auch.

Noch Jahre später sprach man davon.

An jenem Morgen nahm ich letzte Korrekturen an ihrem Hochzeitskleid vor, wobei ich mir bei aller gegebenen Bescheidenheit zugestehen durfte, ein so schönes Kleid geschneidert zu haben, dass es sich mit den besten Kreationen meines Vaters messen lassen konnte. Zart schmiegten sich Seide und Chiffon an Isis schönem Körper hinab bis an die Füße, während die Schleppe luftig und spitzenbesetzt meterlang vom Haar herabfiel und ihr damit einen königlich dramatischen Auftritt garantierte. Dazu ein spitzenbewehrtes Häubchen, von dem ein feiner Schleier bis auf die Ellbogen reichte, ihr Gesicht und das recht gewagte Dekolleté dabei ätherisch verhüllte.

Isi weinte, als sie es anzog, und weinte erneut, als sie damit vor den Spiegel trat. Und ja, ich weinte ebenfalls, mal wieder, aber gleichzeitig lachten wir auch, und für einen Moment sah sie mich an, wie sie mich vor vielen Jahren auf dem Kosackenberg in Thorn angesehen hatte, als sie immer näher gekommen war und mir dabei das Herz geklopft hatte, weil sie so wunderbar war. Damals war sie Arturs Freundin gewesen, und die bloße Andeutung romantischer Gefühle für sie hätte ich als Verrat empfunden, sodass der Augenblick vorbeigezogen war und wir nie wieder darüber gesprochen hatten.

»Weißt du noch, damals?«, fragte sie da.

Ertappt starrte ich sie an, denn offenbar hatte sie an das Gleiche gedacht.

»Ja«, antwortete ich.

Sie lächelte und hielt meinen Blick.

Erwartete sie eine Reaktion von mir? Sollte ich etwas sagen? Was sollte ich sagen? Dass sie nicht heiraten sollte? Nicht Aldo, sondern mich? Sie war mir plötzlich so nah wie damals …

… aber dann klopfte es an der Tür, und Hans trat an der Hand von Frau Schulze, unserer Nachbarin, ein, die an diesem Tag auf ihn aufpassen sollte, wenn ich fotografierte oder das Kleid absteckte oder mich um die Gäste kümmerte. Für einen Moment sah sie uns irritiert an, schien sie die eigenartige Stimmung zu wittern, obwohl wir uns in keiner kompromittierenden Situation befanden.

Isi wandte sich ihr zu und lachte Hans an: »Na, kleiner Mann? Komm her! Willst du vielleicht einen Kuss von deiner Tante Isi?«

Hans grinste, und zu meiner Überraschung kam er der Aufforderung nach, ließ sich von Isi hochheben und auf die Wange küssen. Verlegen wischte er sich mit dem Handrücken über die Stelle.

»Kommt schon noch!«, lachte Isi und reichte ihn mir.

»Bereit?«, fragte die Nachbarin.

Eine Sekunde zögerte sie mit der Antwort, prüfte mit abwesendem Blick ihr Kleid, dann streckte sie sich und nickte: »Bereit!«

Während Hans an der Seite von Frau Schulze blieb, packte ich Fotoapparat, Stativ sowie eine gepolsterte Kiste mit unbelichteten Glasplatten und stieg dann zu den dreien in Arturs Auto, das Arnie für uns steuerte.

Während der kurzen Fahrt über den Schlesischen und die Schillingbrücke zur St.-Thomas-Kirche am Mariannenplatz scherzten Arnie und Isi, wobei man ihrem etwas zu schrillen Gelächter und den etwas zu forcierten Antworten anhören konnte, dass sie nervös war.

Die Kirche selbst war Berlins größte und schon der bloße Anblick imposant. Erbaut im Stil des Spätklassizismus ragten vorn zwei knapp fünfzig Meter hohe eckige Türme empor, während dahinter eine noch höhere Kuppel zu sehen war, die auf einem gewaltigen Zylinder saß, was den wuchtigen Bau zusammenrücken und kleiner aussehen ließ, als er war. Tatsächlich fanden hier dreitausend Gläubige Platz, was St.-Thomas nicht nur zum evangelischen Zentrum der Luisenstadt, sondern auch ganz Berlins machte.

Freilich war kaum einer der geladenen Gäste gläubig, und wenn, dann wohl eher dem Katholischen zugewandt, denn hier griff das überaus praktische Konzept der schnellen Beichte und anschließenden Vergebung, wobei Gott bei den täglich begangenen Sünden der Anwesenden reichlich zu tun gehabt hätte. Etwa zweihundert drängten sich vor den Türmen auf dem Kirchplatz, Männer mit Hüten in gut sitzenden Anzügen, die Damen in auffälligen Kleidern zur aufwendigen Frisur.

Als Arnie vorfuhr, brandeten Jubel und Applaus auf, den Harry gekonnt dirigierte. Offenbar hatte er die Zeit bereits genutzt, das illustre Publikum ordentlich anzuheizen. Und die Begrüßung war so frenetisch, dass es mich gewundert hätte, wenn weder Alkohol noch Drogen im Spiel gewesen wären. Isi jedenfalls verbeugte sich, noch auf dem Trittbrett des Automobils stehend, mit breit grinsendem Gesicht.

Aldo trat aus der Menge heraus an das Auto heran, half Isi hinab und ließ sich dann ebenfalls von den Gästen feiern. Ich sah Artur gleich neben dem Portal der Kirche auf die Braut warten, schleppte dann meine Ausrüstung aus dem Wagen und versuchte, lautstark zu annoncieren, dass wir schon vor der Trauung das eine oder andere Foto machen sollten. Und weil mir Inszenierungen nicht fremd waren, ließ ich das Vorfahren der Braut noch einmal wiederholen und schoss ein erstes Foto, das Isi im Fond des Wagens zeigte, neben ihr Hans und Frau Schulze, vorne Arnie, sie alle umrahmt von vielen Gästen, die sich ihnen zugewandt hatten und jubelten.

Ein zweites Foto zeigte Isi und Aldo, wie er sie vom Trittbrett des Wagens auf die Arme hob: die herrliche Fotografie einer ausgelassenen Braut, eines stolzen Bräutigams und einer euphorischen Menge um sie herum. Aldo setzte Isi ein Diadem ins Haar, dasselbe, das er ihr schon ganz zu Beginn ihrer Beziehung hatte schenken wollen, diesmal jedoch nahm Isi lachend an, und auch davon schoss ich ein Foto.

Jemand pfiff laut, sodass ich mich, wie die meisten anderen Gäste, zur Kirche drehte und Artur dort stehen sah, der mahnend auf seine Armbanduhr klopfte.

So setzte sich endlich der ganze Tross in Bewegung und strömte in die Kirche, bis nur noch Isi, Artur und ich vor der Tür standen. Wir warteten darauf, dass auf den Kirchenbänken langsam Ruhe einkehrte. Aldo stand bereits vorne vor dem Altar, auch der Priester war bereit.

»Gebt mir ein paar Minuten!«, sagte ich den beiden. »Ich bau mich vorne auf, damit wir ein paar schöne Bilder bekommen.«

Gerade bückte ich mich nach den Fotoplatten, als Frau Schulze aus der Kirche heraustrat und sich gehetzt umsah: »Habt ihr Hans gesehen?«

Wir blickten sie stirnrunzelnd an.

»Er hat sich eben im Durcheinander losgerissen, und ich dachte, er wäre vielleicht schon in die Kirche gelaufen, aber da ist er nicht«, erklärte sie.

»Haben Sie überall nachgesehen?«, fragte Artur.

Frau Schulze schien die Frage gar nicht mitbekommen zu haben und suchte mit blassem Gesicht den Vorplatz ab: »Ich verstehe das nicht. Eine Sekunde hab ich ihn aus den Augen verloren, und schon war er weg. Ich verstehe das wirklich nicht.«

»Ich muss ihn suchen, Isi!«, sagte ich alarmiert.

»Und die Fotografien?«, fragte sie enttäuscht.

»Es tut mir wirklich leid!«

Da nickte sie und sagte: »Wir suchen ihn zusammen! Ohne deine Bilder heirate ich nicht!«

»Isi!«, mahnte ich.

»Wir machen das so, wie ich es sage!«, beharrte sie.

»Ich frage mal die Gäste«, sagte Artur ruhig und verschwand in der Kirche.

Von dort konnte ich sehen, wie er Reihe für Reihe nach Hans fragte, gestisch seine Körpergröße beschrieb und weiterging, wenn Kopfschütteln die Antwort war. Dann aber hob eine Frau den Arm und beschrieb eine Richtung, in die Hans offensichtlich gegangen war. Artur hörte ihr aufmerksam zu, fragte nach, fragte erneut nach, ungläubig, dann drehte er auf dem Absatz um und kam uns im Laufschritt entgegen.

»Sie hat ihn gesehen!«, sagte er rasch und sah mich dann ernst an. »Aber er war nicht allein.«

»Was heißt das?«, fragte ich beunruhigt.

»Er ging an der Hand eines Mannes.«

»Was für ein Mann?«, fragte ich.

»Die Beschreibung passt auf Phillip.«

»O Gott!«, stieß Isi aus. »Wir müssen ihn finden!«

»*Du* heiratest jetzt!«, antwortete ich. »Ich kümmer mich drum.«

»Kommt nicht infrage. Wir holen ihn, dann wird geheiratet! Frau Schulze? Sagen Sie Aldo, dass ich ihn auf jeden Fall heirate. Er soll sich bloß nicht vom Fleck rühren!«

Sie nickte und trat dann ins Gebäude.

»Weißt du, wo er hin ist?«, fragte ich Artur.

»Richtung Schillingbrücke«, antwortete er.

Wir liefen los und müssen wohl ein wirklich komisches Bild abgegeben haben: zwei festlich angezogene Männer und eine rennende Braut dazwischen. Bald erreichten wir das Spreeufer und sahen Phillip, der mit Hans an der Hand im Begriff war, die Brücke zu überqueren. Als wir bis auf etwa vierzig Meter heran waren, hörte er wohl das rasche Trappeln unserer Schritte und drehte sich zu uns um: Er war blass, und seine Augen funkelten irre.

»HALT!«, schrie er. »KEINEN SCHRITT WEITER!«

Er hob Hans an seine Brust.

Mittlerweile hatte er fast die Mitte der Brücke erreicht, während wir sie gerade erst betraten.

»Phillip, gib mir bitte den Jungen!«, rief ich erschrocken.

»Ahhh, jetzt willst du plötzlich etwas von mir, Carl. Wo warst du denn, als ich etwas von dir wollte?«

»Ich habe dich immer gut behandelt, Phillip!«

»DU? Du hast mich bestohlen!«

Das war verrückt, und sein Gesichtsausdruck verriet mir, dass es wenig Sinn hatte, dieses Gespräch weiter zu vertiefen.

»Er hat dir eine Arbeit vermittelt!«, rief Isi sauer.

»Eine Arbeit? Eine Scheißarbeit war das. Und noch beschissener bezahlt. Euer Freund da ist ein Blutsauger!«

»Die meisten verdienen ziemlich gut auf der Stelle!«, rief Artur zurück. »Nur du nicht. Denk mal drüber nach, Phillip!«

»Und was war mit Anna?«, schrie Phillip wütend. »Ohne mich hättest du die kleine Diebin nie erwischt! Ist das gar nichts wert?«

»Gib uns den Jungen!«, bat Isi. »Über alles andere können wir doch in Ruhe sprechen.«

»Was gibts denn da zu besprechen? Ich habe nichts mehr! Keine Frau, keine Kinder, keine Arbeit!«

»Phillip«, bat ich. »Beruhig dich bitte!«

»Ich soll mich beruhigen? Ich habe den Jungen damals gerettet, Carl! Hörst du? Ich habe ihn gerettet! Und so dankst du es mir?«

»Was willst du denn?«, fragte ich.

»Sag mir, wo der Schmuck ist! Er gehört mir!«

»Er gehörte deinem Vater, Phillip!«, rief ich zurück. »Und dein Vater hatte sich entschlossen, ihn zu verschenken!«

»ER GEHÖRT MIR! ER WAR MEIN ERBE!«

»Ich weiß nicht, wo der Schmuck ist! Du hast unsere Schneiderei in Thorn doch gesehen! Sieht so etwa das Geschäft eines reichen Mannes aus?«

»Du hast den Schmuck!«, beharrte Phillip. »Ich weiß, dass du ihn hast. Gib ihn mir, dann gebe ich dir Hans!«

Artur hatte offenbar genug gehört und marschierte Phillip entschlossen entgegen.

»BLEIB, WO DU BIST!«, kreischte Phillip.

Artur beschleunigte seine Schritte nur noch.

Da hob Phillip Hans auf die Brüstung der Brücke und schrie: »Ich werfe ihn ins Wasser! Ich schwöre es!«

»ARTUR!«, schrie ich entsetzt.

Er hielt inne und rührte sich nicht mehr.

Da zupfte Isi ihr Diadem aus dem Haar und wedelte damit durch die Luft: »Nimm das hier! Du kannst es haben!«

»Ich will mein Eigentum!«

»Wir haben den Schmuck nicht, Phillip. Alles, was ich dir anbieten kann, ist das Diadem. Die Diamanten gegen Hans. Das ist ein gutes Geschäft!«

Phillip zögerte.

Dann liefen Tränen über seine Wangen: »Ich wollte doch nur eine Chance!«

»Nimm das Diadem, Phillip!«, rief ich. »Damit kannst du neu starten. Das *ist* eine Chance.«

Wieder Zögern.

Dann nickte er: »*Sie* soll es mir bringen!«

Isi ging langsam auf ihn zu und streckte die Hand mit dem Diadem vor, als sie ihn fast erreicht hatte.

»Mach keine Faxen, Mädchen!«, zischte er ihr böse zu, hielt mit einem Arm Hans an der Brüstung, streckte Isi den anderen entgegen. Fünf Finger suchten vorsichtig den Schmuck und schnappten zur Faust zusammen, als sie ihn berührten. Gleichzeitig schielte er zu Artur, dessen Körper sich anspannte, fertig zum Sprung.

Im nächsten Moment stieß er Hans über die Brüstung.

Entsetzt schrien Isi und ich auf, sahen, wie der kleine Körper durch die Luft segelte, um in einer gischtigen Corona ins Wasser zu schlagen, wo er unterging wie ein Stein. Isi zögerte keine Sekunde und sprang dem Kleinen hinterher, eine wirbelnde weiße Braut, die mit den Füßen voran in die Spree stach und ebenfalls darin verschwand. Ich rannte von der Brücke runter zum Ufer, während Phillip sich bereits umgedreht hatte und davonlief. Artur im Rücken.

Isi stieß an die Oberfläche, schnappte nach Luft und tauchte erneut kopfüber hinab, während ich ihr am Ufer im Tempo der Strömung folgte. Endlose Sekunden verschwand sie, bevor sie wieder hochkam und Hans im Arm hatte. Da sprang ich, der ich kein guter Schwimmer war, ebenfalls ins Wasser und kam den beiden entgegen, übernahm Hans, brachte ihn ans Ufer, sprang zurück, um auch Isi zu retten, die langsam die Kräfte verließen, nicht nur, weil das Wasser empfindlich kalt war, sondern vor allem, weil das vollgesogene Kleid sie zum Grund herabzog.

Vollkommen außer Atem erreichten wir das Ufer.

Umarmten uns und Hans, der uns nur mit weit aufgerissenen Augen anstarrte. Oben auf der Brücke waren weder Artur noch Phillip zu sehen, wenn ich mir auch sicher war, dass Phillip nicht sehr weit kommen würde.

Und so endete der Tag dann mit einer klatschnassen, schmikeverschmierten Braut vor dem Altar, einem konsternierten Pastor und einem eleganten Lebemann, der dem ganzen Durcheinander mit bewundernswerter Haltung entgegentrat. Seine Zukünftige jedenfalls grinste ihn schelmisch an, als er ihr den Ring auf den Finger schob, während die Gäste hinter ihnen lachten.

Das Diadem funkelte wieder auf ihrem Kopf.

Ich drückte auf den Auslöser.

Was für ein Bild.

O. C.

66

Zu Isis Eigenheiten gehörte unter anderem, dass sie nicht einmal in ihrer Unberechenbarkeit berechenbar war, ungeachtet natürlich ihrer politischen und gesellschaftlichen Grundüberzeugungen. Bisweilen hatte ich sie im Verdacht, dass sie bei ein und derselben Sache dienstags dafür sein konnte, mittwochs indes dagegen. Nur um ihr Gegenüber damit zu verblüffen. Das war zuweilen anstrengend, oft spannend, aber immer unterhaltsam.

Und auch, was Aldo anging, wusste sie zu überraschen. Wer sie kannte, hätte angenommen, dass sie, der aufgeklärte, wilde Freigeist, noch während ihrer Verlobungszeit munter durch Aldos Bett gepflügt wäre, aber dieselbe Frau, die 1914 mit Ausbruch des Krieges ohne Trauung das Bett mit Artur geteilt und den donnernden Satz von sich gegeben hatte, dass sie weder Pfaffen noch Ring bräuchte, um jemandes Frau zu sein, bestand jetzt darauf, dass die Dinge in ziemender Reihenfolge abliefen. Und das bedeutete für Aldo, dass er praktisch mit heraushängender Zunge vor dem Traualtar gestanden hatte, weil Isi seine Leidenschaft seit Monaten auf kleiner Flamme köchelte, ohne sich ihm je hinzugeben.

Vielleicht wäre sie bei jemandem wie Theo, dem ermordeten Matrosen, freizügiger gewesen, und wäre es nur aus dem Grund, die Bürgerlichen mit promiskem Verhalten zu schockieren, doch bei Aldo blieb sie hart – auch gegen sich selbst. Denn für sie, so verriet sie mir einmal reichlich beschwipst, wurde es genauso Zeit, den vielen Küssen und Liebkosungen endlich ein paar saftige Taten folgen zu lassen. Informationen, die ich in dieser Detailtreue wirklich nicht zu hören wünschte, aber mich verlegen zu machen amüsierte sie eben. Ich glaube, sie hatte vornehmlich aus einem Grund auf keusche Sittsamkeit bestanden, nämlich, weil sie keine der üblichen Eroberungen Aldos sein wollte. Und so verwandelte sich am 1. Oktober 1920, im Gegensatz zu den vielen Verflossenen Aldos, Isi Beese in Luise von Torstayn.

Als solche packte sie am Sonntag ihre Habseligkeiten in zwei große Koffer und zog zu Aldo, nach einer Sause, die insgesamt fast zwei Tage gedauert und das *Arcasi* wie einen Penner unter einer Spreebrücke alkoholgetränkt und verwahrlost zurückgelassen hatte. Sie gehen zu sehen tat weh, obwohl sich zwischen uns dreien natürlich nichts verändert hatte, aber ihre Heirat kam einer Zäsur gleich, die vor allem ihr, aber auch unser Leben in ein Davor und Danach zu teilen drohte.

So begleitete ich sie zum Auto, in dem Artur bereits wartete, und verstaute ihre Koffer. Dann ließen wir uns in die wunderschöne blitzend weiße Villa mit dem herrlichen Garten und den vornehmen Nachbarn fahren. Dort hielten wir, trugen jeder einen Koffer vor die Haustür, an die sie munter klopfte. Ich denke, ich kann sagen, dass uns allen mulmig zumute war, obwohl jeder sich um ein Lächeln bemühte, um Zuversicht und Freude, aber an den Augen sahen wir einander an, dass sich etwas verändert hatte und jeder wohl ein wenig fürchtete, unser gemeinsames Leben, unser Zusammensein würde nie mehr so sein wie früher.

Was, wenn sie Kinder bekam?

Was, wenn die mütterlichen Pflichten sie *erwachsener* werden ließen? Wenn all die wilden Abende im *Arcasi* oder im *Eden* mit ihren schrulligen und aufregenden Protagonisten vorbei waren? Allein, dass Isi und ich uns abends nicht mehr auf einen Wein im Wohnzimmer treffen konnten, um uns von unserem Tag zu berichten, schmerzte schon jetzt.

Zu unserer Überraschung öffnete Aldo selbst.

»Da bist du ja!«, rief er freudig.

Sie küssten sich vor Artur und mir ohne schamhafte Zurückhaltung ab. So standen wir ein wenig ratlos und natürlich reichlich überflüssig daneben.

»Wir machen uns dann mal wieder auf …«, sagte Artur schließlich und wandte sich bereits zum Gehen.

Aldo löste seinen Mund von Isis und rief schnell: »Wartet! Kommt doch bitte rein!«

»Wir stören sicher …«, antwortete ich zögernd.

»Aber nein! Kommt nur!«

Dann sah er Isi an, streckte beide Arme aus und gab ihr zu verstehen, dass er sie über die Schwelle zu tragen gedachte.

»Darf ich bitten?«

Isi nahm lächelnd an und ließ sich von Aldo ins Haus heben.

»Bringt ihr die Koffer mit?«, rief sie uns über die Schulter zu.

»Großartig!«, maulte Artur. »Keine zwei Tage Frau von Torstayn, und schon gehören wir zum Personal.«

Wir folgten den beiden in den Salon mit der großen Tafel, an dem unser Treffen mit Aldos Familie so aus dem Ruder gelaufen war. Damals hatte es vor Bediensteten nur so gewimmelt, jetzt schien das Haus beinahe verlassen zu sein. Dann aber trat endlich ein Diener dazu, ein älterer Herr, der uns die Jacken und Mäntel abnahm und gleich wieder verschwand.

Die schweren Koffer ließ er uns freundlicherweise da.

Aldo hatte derweil schon eine Flasche Wein geöffnet und vier Gläser auf den Tisch gestellt, die er nacheinander füllte.

»Wo sind denn deine ganzen Leute?«, fragte ich neugierig.

Ich hatte Aldo eigentlich noch nie etwas selbst tun sehen. Es hätte mich nicht gewundert, wenn er sich nicht nur abends von Dienern aus- und morgens wieder anziehen ließ, sondern auch heimlich daran arbeitete, seine Wünsche telepathisch zu vermitteln, weil er schon für die bloße Anweisung zu faul war.

»Ah!«, winkte Aldo jovial ab. »Das waren wirklich zu viele. Ich konnte mir ja kaum ihre Namen merken.«

»Hast ja jetzt Isi!«, grinste ich. »Die kann hier ein bisschen feudeln!«

Isis Augen verengten sich zu Schlitzen.

Aldo lächelte: »Isi haben die vielen Diener auch nicht gefallen!«

»Habe ich nie gesagt«, antwortete Isi überrascht.

»Ich habs angenommen«, fügte Aldo schnell an.

»Wie dem auch sei!«, sagte Artur. »Es ist ein schönes Haus. Und ihr habt jetzt eine Menge Zeit, es auf andere Weise zu bevölkern.«

Aldo und Isi grinsten.

»Aldo beweist in diesem Zusammenhang jedenfalls unerschrockene Könnerschaft!«, antwortete Isi belustigt.

Da räusperte ich mich schnell und sagte: »Äh, gut, dann wollen wir nicht weiter stören. Kommst du, Artur?«

»Nur noch das Fläschchen hier«, bat Isi und zeigte auf den Wein.

»Wie das läuft, weiß ich genau«, antwortete ich. »Wenn wir fertig sind, kann keiner mehr von uns stehen. Also, Allerliebste, ich wünsche … ähm … gutes Gelingen.«

Ich wusste selbst, wie sich das anhören musste, und ertrug mit Langmut das spöttische Gekicher und die belustigten Blicke.

Wir verließen mit Umarmungen, Küssen und besten Wünschen die Villa.

»Kannst du dir Aldo ohne Diener vorstellen?«, fragte ich auf dem Weg zum Automobil.

»Ich kann mir nicht mal vorstellen, dass er sich selbst die Schuhe bindet.«

»Wenn er glaubt, Isi putzt ihm die Bude, dann wird er feststellen, wie schnell man geschieden werden kann.«

»Hm«, machte Artur.

Er stieg ins Auto, während ich mit der Kurbel den Wagen startete.

»Sag mal, was ich dich schon die ganze Zeit fragen wollte …«

»Ja?«

»Was ist eigentlich mit Phillip?«

»Er wird dich nicht mehr belästigen.«

Ich nickte: »Schon, aber was … also, was hast du mit ihm gemacht?«

Artur sah mich ruhig an: »Willst du das wirklich wissen?«

»Ich …«

Einen Augenblick hielt ich noch seinen Blick, dann schüttelte ich den Kopf und steckte die Kurbel weg: »Lieber nicht.«

Wir fuhren los und sprachen nie wieder über dieses Thema.

67

Eine Weile stand ich in Isis verwaistem Zimmer und blickte in den gähnend leeren Kleiderschrank, auf das abgezogene Bett, den Waschtisch mit der trockenen Kanne, aus der niemand mehr für die Morgentoilette Wasser in die Porzellanschüssel gießen würde. Aldo hatte in seiner Villa natürlich fließend Wasser, mehrere Bäder und jeden nur denkbaren Komfort, von der Weitläufigkeit der einzelnen Gemächer gar nicht zu sprechen. Sie würde sich umstellen müssen – wir uns allerdings auch.

Obwohl wir uns geschworen hatten, einander weiter regelmäßig zu sehen, ja sogar einen festen Tag im Monat verabredeten, an dem wir uns treffen wollten, schien sich jetzt gerade dieser kleine Raum in seiner Ödnis unendlich auszudehnen, während die Bilderschatten an den Wänden sich zu Abrisslöchern, eines verlassenen Zuhauses verzerrten.

Sie war wirklich fort.

Ich war allein.

Mit Hans.

Frau Schulze wurde nicht müde, ihn zu loben, weil er sich trotz des Vorfalls auf der Brücke so tapfer schlug, und tatsächlich war er nicht stiller als sonst, wobei das auch kaum möglich gewesen wäre. Zumindest hatte er die letzten beiden Nächte gut geschlafen, ohne Albträume jedenfalls, und in mir wuchs die Hoffnung, dass er den Sturz ins Wasser tatsächlich als harmlose Episode abgetan hatte. Aber als ich an diesem Abend an seinem Bett saß, um ihm etwas vorzulesen, konnte ich in seinen Augen sehen, dass es unentwegt in ihm arbeitete, dass er sich zwar Mühe gab, Anschluss an die ihn umgebende Welt zu finden, doch nicht wusste, wie.

Nach Isis Auszug waren wir das erste Mal wirklich allein, und ich fragte mich, wie wir unser beider Zukunft gestalten sollten, wenn es mir nicht gelang, zu ihm durchzudringen.

Wieder einmal versuchte ich es mit Musik.

Bat ihn ins Wohnzimmer, gab ihm seine Ziehharmonika, nahm meine. Wir saßen zusammen und spielten die Lieder, die er bereits beherrschte. Allzu groß war sein Repertoire nicht, sodass wir die Stücke wiederholten, zu denen ich ein wenig zu improvisieren begann, manchmal recht albern, was ihn tatsächlich ein wenig lächeln ließ. Dennoch wollte sich keine rechte Nähe einstellen.

Irgendwann brach ich ab, während Hans noch ein paar Takte weiterspielte, nicht, weil er sich in der Musik verloren hatte, sondern, ganz im Gegenteil, weil ihn das, was ihm offensichtlich im Kopf umherging, so sehr beschäftigte: Er hatte gar nicht bemerkt, dass ich ihn nicht mehr begleitete.

Dann aber brach auch er ab und starrte regungslos auf den Boden.

»Wollen wir reden, Hans?«, fragte ich.

Üblicherweise blieb er in solchen Momenten unbewegt, diesmal aber nickte er leicht.

Ich schwieg, suchte nach dem richtigen Einstieg und sagte dann: »Vielleicht kannst du mir ja ein bisschen helfen? Ich bin nämlich auch nicht so gut darin, über wichtige Sachen zu reden.«

Wieder nickte er leicht.

»Phillip hat dich erschreckt, oder?«

»Ein bisschen schon.«

»Mich hat er sehr erschreckt. Tante Isi und Onkel Artur auch. Und wir sind ja schon groß. Für dich war es bestimmt noch viel schlimmer …«

»Er war sehr nett zu mir …«, antwortete Hans leise.

»Aber dann hat er dich ins Wasser geworfen, Hans!«

»Ja, und Tante Isi hat mich wieder rausgeholt.«

Ich nickte, und er verfiel wieder in grüblerisches Schweigen.

»Was sorgt dich, Hans?«, begann ich erneut.

Stille.

»Ist es vielleicht die Schule? Gefällt dir die Schule?«

Er zuckte mit den Schultern.

»Sind die Lehrer zu streng?«

»Ein bisschen.«

»Bist du bestraft worden?«

Er schüttelte den Kopf.

»Hast du denn schon einen Freund oder eine Freundin gefunden?«, fragte ich nach einer kleinen Pause.

Wieder Kopfschütteln.

»Wirst du vielleicht von jemandem geärgert?«

»Manchmal«, antwortete er zögernd.

»Soll ich einmal mit den Lehrern sprechen?«

»Nein, es ist nicht so schlimm.«

Ich seufzte unhörbar: Ich konnte mir vorstellen, dass es für so einen stillen Jungen in der Schule nicht leicht war, dass einer wie er nur schwer Allianzen oder gar Freundschaften schließen konnte. Hans gehörte zu den Kindern, die leicht Opfer von Zänkereien oder Übergriffen wurden, weil er sich nicht wehrte und weil er zu verschwiegen war, um jemanden zu verpetzen. Da reichte ein einziger Raufbold in der Klasse, um ihm das Leben zur Hölle zu machen.

»Was ist denn schlimm für dich, Hans? Versuch doch mal, in Worte zu fassen, was dich bedrückt. Vielleicht kann ich dir ja helfen?«

»Es ist dieses Gefühl … so ein komisches Gefühl.«

»Was für ein Gefühl?«

»Ich weiß es nicht. Es ist hier …«

Er zeigte auf seinen Bauch.

»Und hier …«

Er zeigte auf seine Brust.

»Und wie würdest du das Gefühl beschreiben?«

»Es drückt. Und mir ist auch ein bisschen schlecht. Es ist immer da.«

Ich fragte: »Hast du vielleicht Angst?«

Er nickte.

»Wovor hast du Angst?«

Er zuckte mit den Schultern: »Dass meine Mama nicht mehr zurückkommt.«

Wie bequem von mir, davon auszugehen, dass er den Tod seiner Mutter verdrängt hatte, nur, weil er sie in der ganzen Zeit nicht ein einziges Mal erwähnt hatte! Wie bequem, zu glauben, dass das, was man nicht aussprach, gar nicht da war! Aber es war da – das ganze erlittene Trauma. Und ich war ein ignoranter Idiot. Natürlich sehnte er sich nach seiner Mutter. Ich tat es ja auch! Wie hatte ich nur annehmen können, dass sie für ihn in den Nebeln des Vergessens verschwunden war?

»Ich vermisse deine Mama auch, Hans. Aber … sie kommt nicht mehr zurück. Wir beide haben nur uns.«

Er schluckte hart, während gleichzeitig seine Mundwinkel zuckten und er tapfer versuchte, nicht zu weinen.

»Aber vielleicht wird ja alles besser, wenn wir beide zusammenhalten? Was meinst du?«

Er zuckte mit den Schultern.

Seine Wortkargheit half nicht gerade. Ich war ratlos, aber dann blitzte wie aus dem Nichts eine Kindheitserinnerung in mir auf: Als ich ein kleiner Junge war, wachte ich eines Nachts auf, weil ich Geräusche gehört hatte. Ein Kratzen oder Schaben an der Hintertür, die auf den Hof und schließlich auch zum Abort führte. Ich schlief in der Küche und war überzeugt, dass jemand versuchte, bei uns einzubrechen, aber als ich einen schnellen Blick aus dem Fenster wagte, sah ich nichts. Jedenfalls keinen Einbrecher. Trotzdem schlug mir das Herz bis zum Hals, und ich kroch zu meinem Vater, der hinter einem Paravent in der Schneiderwerkstatt schlief.

Er umarmte mich im Schlaf, und ihn so ruhig atmen zu hören gab mir eine solche Zuversicht, dass ich sofort mit dem Gefühl großer Geborgenheit wieder einschlief.

Am nächsten Morgen erwachte ich wieder auf der Küchenbank, beinahe überzeugt davon, dass ich alles bloß geträumt hatte. Dann aber zwinkerte mein Vater mir während des Kaffees zu und gab mir ohne Worte zu verstehen, dass er gar nicht geschlafen hatte, als ich zitternd unter seine Decke gekrochen war. Und da wusste ich, dass er immer da sein würde, auch wenn in der Nacht die Monster erwachten. Weil ein richtiger Vater niemals schlief, auch wenn man das vielleicht glaubte.

»Was hältst du denn davon, wenn du eine Weile in mein Zimmer ziehst?«

Hans sah mich überrascht an.

Auch in Marlies' finsterem Souterrainzimmer hatte nur ein Bett gestanden. So hatte er sich immer an sie schmiegen können, wenn er glaubte, dass ihn aus der Dunkelheit böse gelbe Augen anfunkelten.

Er lief mir entgegen und umarmte mich.

Drückte sich gegen meine Hüfte, so fest, dass ich beinahe das Gleichgewicht verlor. Vorsichtig legte ich ihm eine Hand auf den Kopf, mit der anderen streichelte ich seinen Rücken.

»Danke, Papa.«

Das Wort stach mir so tief ins Herz, dass ich einen rauen Kloß im Hals spürte. Es war das erste Mal, dass er mich so ansprach, und ich fühlte mich an den Moment erinnert, an dem ich Vater das erste Mal *Papa* genannt hatte. Es war nur Minuten vor seinem Tod gewesen, und es hatte ihn so glücklich gemacht wie mich gerade.

»Du lässt mich nicht allein?«, fragte er und presste sich weiter an mich.

»Aber nein, Hans! Ich werde immer für dich da sein!«

»Versprochen?«

»Versprochen.«

Er lächelte.

Und obwohl er nichts weiter sagte, war ich mir doch sicher, dass er zum ersten Mal seit unendlich langer Zeit seine Monster zurück in den Kerker gesperrt hatte.

68

Es war erstaunlich, welche Wirkung der Umzug in mein Zimmer auf Hans hatte. Er blühte für seine Verhältnisse förmlich auf, was ihn nicht gerade zu einer Plaudertasche machte, doch er wirkte munterer, sprach zuweilen von sich aus, ohne dass ich erst fragen und dann auf einsilbige Antworten hoffen musste. Für Außenstehende war er zwar immer noch ein stiller Junge, der wirkte, als würde er beständig an der Formel für Unsichtbarkeit arbeiten, für mich aber war es der Beginn eines zartblättrigen Austauschs, der sich vor allem in kleinen Gesten und subtilen Botschaften ausdrückte.

Sonntags machten wir Ausflüge auf das Tempelhofer Feld, wo ich ihm die Filmbauten, aber auch das Glashaus zeigte, erklärte, was Filmemachen bedeutete, was es dazu brauchte, und ihm lächelnd dabei zusah, wie er neugierig durch die Kulissen schlich. Abends im Bett erzählte er mir dann, was für Geschichten er sich dazu ausgedacht hatte.

Auch Isi bemerkte den Wandel und fragte erstaunt nach, was ich getan hätte. Als ich es ihr erzählte, nickte sie zustimmend und murmelte etwas rätselhaft, dass es für jeden schön wäre, Probleme auf diese Art und Weise lösen zu können. Natürlich hakte ich nach, aber sie wechselte charmant das Thema, sodass die kleine Irritation vorbeiflog und am Horizont verschwand.

Ansonsten kehrte eine ungewohnte Ruhe ein, verglichen mit den Aufregungen, die ich durchlebt hatte, seit ich im Dezember 1918 das erste Mal Berliner Boden betrat. Es passierte nichts. Einfach nichts. Selbst von Anna, die Artur bittere Rache geschworen hatte, war nichts zu hören, und Oberkommissar Kennel, der bibeltreue Vorzeigepolizist, schien sich nach der Durchsuchungspleite vorerst zurückgezogen zu haben. Vielleicht hatte man ihm auch von höherer Stelle auf die Finger geklopft, denn nicht nur er hatte Möglichkeiten, Artur hatte sie auch: Das *Eden* erfreute sich stetig wachsender Beliebtheit, was fast ganz automatisch zu guten Beziehungen in die besseren Kreise führte.

Ja, man hätte sagen können, es waren herrlich langweilige Wochen, beinahe zu schön, um wahr zu sein, wenngleich ich bereits ahnte, dass es so nicht bleiben würde, denn schon mein Vater hatte immer gewarnt, dass Dinge, die zu schön waren, um wahr zu sein, in aller Regel auch nicht wahr waren.

An einem Novembersamstag klopfte es dann am späten Nachmittag an unsere Haustür. Vor mir stand eine dicke Frau in den Fünfzigern mit Dutt im Haar und einem Kittel, wie ihn viele Hausfrauen werktags anstelle eines Kleides trugen, um ihre wenige gute Kleidung zu schonen. Obwohl es empfindlich kalt war, hatte ihr Kittel keine Ärmel, aber Frauen wie sie froren nicht, weil sie immer in Bewegung waren.

»Herr Friedländer?«, fragte sie.

»Ja?«

Sie kam mir vage bekannt vor, wenn mir auch nicht gleich einfallen wollte, wo ich sie schon einmal gesehen hatte.

»Is' Frollein Isi da?«

Ich schüttelte den Kopf: »Isi wohnt nicht mehr hier. Sie hat geheiratet.«

»Wat denn, etwa den Herzoch von Torstayn?«

»Ja.«

»Ick ... Ham Se da vlleicht 'ne Adresse?«

Endlich erkannte ich sie: Sie war eine der Köchinnen in der Armenküche, die Aldo mit großer Geste eröffnet hatte, als er Isi von sich überzeugen wollte.

»Ah, Sie sind Frau Werner, nicht?«

Sie nickte.

»Worum geht es denn? Vielleicht kann ich ja helfen?«

Sie nickte erneut – diesmal erleichtert, wie mir schien. Offenbar war ihr die Vorstellung, bei den von Torstayns aufzutauchen, nicht geheuer. Der tiefe Respekt vor Aldos Stellung war mehr als spürbar.

»Det wär janz reizend, Herr Friedländer. Wir ham da 'n kleenet Problem mit die Armenküche ...«

Ich nickte: »Welches Problem?«

»Wissen Se, et is' mir furchtbar unanjenehm, aber wir ham keene Lebensmittel mehr.«

Ich seufzte: »Die Versorgung ist einfach furchtbar in dieser Stadt. Eine einzige Mangelwirtschaft.«

»Sie verstehen mir falsch, Herr Friedländer. Wir könn'n Lebensmittel ham. Et is' nur – wir ham keen Jeld mehr. Und Herzoch von Torstayn hat seit Wochen keene Rechnungen mehr bejlichen, so det uns die Lieferanten ooch nischt mehr jeben wolln.«

Ich nickte mitfühlend: »Aldo ist ein Hallodri. Er hat es sicher vergessen.«

»Janz bestimmt, Herr Friedländer. Nur, wat machen wir denn jetz? Wir könn' die Menschen einfach nüscht anbieten.«

»Ich kümmere mich drum.«

»Dit wär janz reizend. Vielen Dank!«

»Gern geschehen!«, antwortete ich und schloss wieder die Tür.

Ich ging rüber zu Arturs Haus und rief von dort bei Aldo an. Zu meiner Überraschung hob er selbst ab – meines Wissens nach hatte das bisher ausschließlich sein Personal getan. Nach einigen herzlichen Worten verriet ich ihm dann den Grund meines Anrufs. Und schloss mit den Worten: »Du hast es sicher verschwitzt, oder?«

Er zögerte kurz mit der Antwort, dann sagte er: »Ja ja … ganz vergessen.«

»Ich könnte heute Abend vorbeikommen. Ich habe euch beide eh lange nicht mehr besucht.«

»Vorbeikommen?«, fragte er.

»Na ja, du gibst mir einfach ein bisschen Geld mit, und dann können die Frauen morgen oder übermorgen wieder die Küche eröffnen.«

»Also, ich müsste da erst zur Bank …«

»Ach komm, du hast doch immer was im Haus. Schon allein, um deine Leute zu bezahlen.«

»Die haben gestern ihre Lohntüten bekommen, deswegen.«

»Na gut, dann komme ich einfach so vorbei.«

»Weißt du, Carl, heute ist es schlecht. Aber ich erledige das. Gleich am Montag.«

Wir verabschiedeten uns.

Es kam der Dienstag, und am Abend stand Frau Werner vor meiner Tür mit einem entschuldigenden Lächeln und der scheuen Bitte, vielleicht noch einmal beim Herzog nachzufragen, denn die Menschen hätten großen Hunger, und es sei nicht leicht, sie fortzuschicken. Zudem nicht wenige sie aufs Übelste beschimpften und den Köchinnen unterstellten, das Essen für sich abzuzweigen, um es zu verkaufen.

»So wat jibs bei uns nich! Herr Friedländer, ick schwöre et Ihn' bei allet, wat mir heilich is'! Da nimmt keena ooch nur een Fitzel, obwohl wa seit Wochen keen Fennich Lohn jekricht ham!«

»Das auch nicht?«, staunte ich.

»Wenn ick et Ihn' doch sare.«

»Ich werde nachfragen, Frau Werner. Das Ganze kann nur ein großes Missverständnis sein.«

Wieder rief ich bei Aldo an, wieder nahm er ab. Diesmal fiel die Begrüßung kürzer aus, bevor ich zum Punkt kam: »Aldo, was ist mit der Armenküche?«

»O ja, die … Ich kümmere mich drum.«

»Die Köchinnen bekommen keinen Lohn mehr?«

»Das … Ich bringe das in Ordnung.«

»Weiß Isi eigentlich, was da los ist?«

Es klang wie eine Warnung und war auch so gemeint. Ich hatte Aldo im Verdacht, dass er das Projekt einschlafen lassen wollte, nachdem er Isi erobert hatte, aber die würde sicher nicht amüsiert reagieren, wenn sie davon erführe. Sie wäre erbost darüber, dass jemand mit Aldos finanziellen Möglichkeiten eine gute Sache abwürgte, nur weil er zu faul oder zu vergnügungssüchtig war, sich darum zu kümmern. Genau wie ich.

»Gleich morgen werde ich der Küche Geld bringen.«

»In Ordnung. Frau Werner wird mir sicher berichten.«

Er schwieg.

Dann verabschiedeten wir uns.

Kühler als sonst.

Am nächsten Abend stand Frau Werner vor der Tür.

Diesmal lächelte sie breit und sagte: »Ick bedanke mir vielmals für Ihre Hilfe, Herr Friedländer!«

»War Aldo bei Ihnen?«

Sie nickte heftig: »Wat soll ick Ihn' saren – der Herzoch war höchstpersönlich da und hat alle Rechnungen bezahlt. Und ooch die Löhne.«

Ich lächelte: »Na, dann ist ja alles in bester Ordnung!«

Das war es aber nicht.

Der Zufall wollte es, dass wir uns just an diesem Abend im *Arcasi* einfanden, wo wir wie bei unserem ersten Treffen nach der Hochzeit unser Wiedersehen gründlich zu feiern gedachten.

Isi war spät dran, und als sie eintrat, nicht gerade allerbester Laune.

»Ich musste mit der Straßenbahn los. Da draußen dauert es ewig, bis mal ein Taxi kommt.«

Artur runzelte die Stirn: »Sonst bringt dich doch Aldo immer? Ärger im Paradies?«

Isi winkte ab: »Nein, er hat nur dieses Benz-Monster verkauft und vergessen, dass ich heute hier verabredet war.«

»Er hat sein Automobil verkauft?«, fragte ich irritiert. »Aldo?«

Sie nickte: »Er hat gesagt, dass es sich schlecht steuern ließe. Ich habe ihm gesagt, dass das am Fahrer liege. Ehrlich gesagt bin ich froh, dass er es nicht mehr hat. Er fährt wie ein schielendes Kleinkind. Aber trotzdem: schlechter Zeitpunkt.«

Sie bestellte Wein und entschuldigte sich dann, um einem menschlichen Bedürfnis nachzugehen. Kaum war sie verschwunden, sah ich Artur an: »Aldo ist in Schwierigkeiten.«

Artur wirkte überrascht: »Ist ihm die Pomade ausgegangen?«

Ich schüttelte den Kopf: »Ich glaube, er hat kein Geld mehr.«

69

Ich hatte gerade genügend Zeit, um Artur in knappen Worten ins Bild zu setzen und mit ihm zu verabreden, dass wir Isi gegenüber erst einmal Stillschweigen bewahrten. Es war schon demütigend genug für einen Mann, seine Frau nicht ernähren zu können, für jemanden wie Aldo sicher doppelt schwer. Wir wollten ihm Gelegenheit geben, sich zu erklären, damit wir vielleicht eine Lösung fanden, die ihn das Gesicht wahren ließ. Grundsätzlich war er ein netter Kerl, wenn auch mit dem verantwortungslosen Gemüt eines leichtsinnigen Verschwenders, aber das war eben Teil seines Charakters wie auch Teil seines Charmes.

Nach dem ersten Glas Wein machte Isi einen munteren Eindruck. Zwar erzählte sie wenig über ihre Erfahrungen als frischgebackene Ehefrau, dafür aber eine Menge von abergläubischen Damen aus den höheren Kreisen, denen sie nach wie vor mit Tarot und Geisterbeschwörungen das Geld aus der Tasche zog. Ihr Einfallsreichtum diesbezüglich schien unerschöpflich, sodass sie die, die ihren Rat suchten, jedes Mal mit etwas Neuem überraschte. Frau von Lossow hatte den Anfang gemacht, und obwohl man Isi ein wenig misstraute, war man doch zu ängstlich, es sich mit einer *Hexe* zu verscherzen.

»Das wird nicht ewig funktionieren«, mutmaßte sie. »Irgendwann wird ihnen langweilig, oder sie kommen mir auf die Schliche.«

»Und was machst du mit den Einnahmen?«, fragte ich.

»Meine Agentur füttern. Ich habe ein kleines Büro in der Stadt gemietet. Da können Frauen hin, die Rat brauchen oder in Not sind.«

»Du schenkst denen doch nicht etwa dein ganzes Geld?«, fragte Artur entgeistert.

»Ich helfe!«, schnappte Isi zurück. Um dann ruhiger anzufügen: »Bei Rechtsstreitigkeiten zahlen wir den Anwalt, und wenn wir gewinnen, bekommen wir das Geld zurück plus eine Gebühr. Wir helfen schwangeren Dienstmädchen, Kriegskrüppeln und Prostituierten. Fehlt nicht mehr viel, dann trägt sich das Büro von alleine.«

»Und Aldo?«, fragte ich unschuldig.

Sie zuckte mit den Schultern: »Treibt so durch den Tag.«

»Tut er das nicht immer?«, fragte Artur.

»Sonst schläft er am Tag und erwacht in der Nacht. Wie ein Vampir.«

»Und jetzt nicht?«

»Er wirkt irgendwie traurig. Er sagt, es wäre alles in Ordnung, aber irgendetwas hat er …«

»Vielleicht schlägt ihm das Novemberwetter aufs Gemüt?«, half ich.

Isi nickte: »Vielleicht …«

Artur und ich warfen uns einen kurzen Blick zu, dann wechselten wir das Thema und beendeten den gemeinsamen Abend später wie üblich: lachend und betrunken.

Schon am nächsten Tag bat Artur Aldo zur Audienz in mein Haus. Ich brachte erst Hans ins Bett und traf anschließend die beiden im Wohnzimmer, wo wir Aldo auf unseren Verdacht hin ansprachen.

Zunächst versuchte er es mit beharrlichem Leugnen, aber da er weder Artur noch mich überzeugen konnte, sackte er schließlich in sich zusammen und gestand: »Meine Familie hat mir die Gelder gekappt.«

»Wegen der Heirat?«

Er nickte.

»Sie sind also immer noch sauer?«, fragte ich.

»Mehr als das.«

»Darum hast du deinen Fahrer entlassen? Und die Angestellten? Um zu sparen?«

Er seufzte: »Das Leben ist die Hölle ohne Diener!«

Ich schüttelte den Kopf: »Nein, Aldo, das Leben ist die Hölle ohne Brot, Arbeit, Gesundheit oder Anerkennung.«

»Für mich …«, fügte er erklärend an.

»Isi hat keine Ahnung?«, fragte Artur.

»Nein. Wir gehen weniger aus, das schon, aber sie weiß nichts.«

»Wie wäre es, wenn du mit ihr reden würdest?«, fragte ich.

»Um ihr was zu sagen? Dass ich nichts mehr habe? Eher sterbe ich.«

»Und wie soll das jetzt weitergehen?«, fragte ich. »Ohne Einkommen wird deine Situation nicht besser.«

»Ich nehme einen Kredit auf«, beschloss Aldo.

»Und wenn dieses Geld dann weg ist?«, bohrte ich.

»Dann nehme ich noch einen auf«, antwortete Aldo trotzig.

Ich seufzte: Er war wirklich wie ein Kind in diesen Dingen.

Artur schüttelte den Kopf: »Isi ist schlau. Sie wird das herausfinden.«

»Kannst *du* mir nicht helfen?«, fragte Aldo.

»Mit einem Kredit? Nein, Aldo. Ich vergebe keine Kredite. Und schon gar nicht an Freunde.«

»Was ist denn mit deinen reichen Freunden?«, fragte ich. »Es gibt doch niemanden, den du nicht kennst!«

»Und was soll ich denen sagen? Dass ich pleite bin? Da sterbe ich lieber gleich noch mal!«

»Sprich mit deinem Vater!«, schlug Artur vor.

Aldo verzog das Gesicht. »Sag mal, Artur, du warst doch bei unserem Essen dabei, oder? Selbst wenn mein Vater nicht so ein bornierter alter Knochen wäre, meine Mutter würde uns eher alle töten, bevor sie Isi in der Familie willkommen hieße.«

»Dann sitzt du ziemlich in der Klemme«, beschied Artur ungerührt.

»Du *musst* mir helfen, Artur!«, bat Aldo.

»Wie denn?«

»Ich könnte doch Teilhaber im *Eden* werden?«

Artur runzelte die Stirn: »Ich brauche keinen Teilhaber. Mal davon abgesehen, dass du kein Geld hast, um dich da einzukaufen!«

»Könnte ich mir doch bei dir leihen?«

»Nein danke.«

»Aber irgendwas muss ich doch tun!«, rief Aldo verzweifelt.

»Wie viel hast du denn noch?«, fragte ich neugierig.

»Kaum noch was. Ich musste ja die Armenküche bezahlen – deinetwegen!«

Ich schüttelte den Kopf: »Nicht meinetwegen, sondern wegen der Menschen, die hungern.«

»Ja ja, wegen denen auch!«, pflaumte Aldo zurück.

»Dann nimm erst mal einen Kredit auf«, riet ich. »Wenn du flüssig bist, könntest du doch ein großes Abendessen geben. Für all die Reichen und Mächtigen, die du kennst. Und dann unterbreitest du denen einen geschäftlichen Vorschlag und sammelst dafür Geld ein.«

»Was soll das für ein Geschäft sein?«, fragte Aldo.

»Eines, das dir bis dahin eingefallen ist! Herrgott, Aldo, ein bisschen was musst du schon selbst machen!«

Er hielt inne und schien über meinen Vorschlag nachzudenken.

Dann sagte er: »Ist gar keine schlechte Idee, Carl.«

»Siehst du! Ich bin sicher, dein Name wird dir alle Türen öffnen.«

Er nickte: »Es gibt nur ein Problem …«

»Welches?«

»Ich bekomme von meiner Bank keinen Kredit«, sagte er kleinlaut.

»Aber … hast du nicht eben gesagt, du willst einen Kredit aufnehmen?«

»Ja, aber nicht bei meiner Bank.«

»Wo denn sonst?«, fragte ich.

»Ich hatte an Artur gedacht!« Er lächelte unsicher.

Artur atmete tief durch: »Das haben wir ja schon geklärt. Geh zu einer anderen Bank. Du bist ein von Torstayn.«

Aldo winkte ab: »Bin ich schon. Die geben mir alle nichts. Mein Vater hat da ganze Arbeit geleistet. Die wissen alle, dass er nicht für mich bürgt.«

Einen Moment lang kehrte Stille ein.

Aldos Familie hatte ihm die Daumenschrauben angesetzt, und seine Eltern wussten genau, wo sie ihn treffen konnten. Sein bisheriges Leben war für ihn ein einziger Rausch gewesen. Von klein auf hatte er nichts selbst tun müssen, sich nie sorgen müssen, alle Wünsche waren ihm immer erfüllt worden, und er wäre nie auf die Idee gekommen, dass Geld erwirtschaftet werden musste und sich nicht heimlich im Geldschrank seines Vaters vermehrte. Sein schlimmster Albtraum war es, ein Leben ohne Personal führen zu müssen. Wie sollte so jemand ohne die Ressourcen seines Clans überleben?

Artur fragte: »Willst du eigentlich mit Isi zusammenbleiben?«

Aldo sah ihn überrascht an: »Aber ja. Warum fragst du?«

»Weil ich wissen muss, wie du dich ihr gegenüber verhalten wirst, bevor ich auch nur darüber nachdenke, dir zu helfen!«

Aldo sah ihn beinahe schon empört an: »Ich liebe sie! Ich habe noch nie jemanden so geliebt wie sie!«

Artur nickte langsam.

»Gut, das ist schon mal eine Basis.«

»Wirklich, Artur, sie ist das Beste in meinem Leben«, versicherte Aldo.

»Das hoffe ich«, gab Artur zurück.

Aldo witterte Morgenluft: »Du siehst einen Ausweg?«

Artur zögerte mit der Antwort, dann beugte er sich zu mir herüber und sagte: »Ich glaube, ich habe gerade Hans gehört …«

Ich sah ihn stirnrunzelnd an: »Ich nicht.«

»Doch, sieh doch mal nach, was er hat.«

Ich war kurz ein bisschen beleidigt, dass er mich abwimmeln wollte, aber ehrlich gesagt hatte ich ihn schon des Öfteren gebeten, mich an seinen Plänen teilhaben zu lassen, und es hinterher immer bereut, wenn er es wirklich getan hatte. Seine Welt war einfach nichts für mich.

Also stand ich auf und ging hinauf zu Hans.

Er schlief tief und fest.

70

Als ich zurückkehrte, war Aldo allerbester Stimmung und bestand darauf, ins *Arcasi* zu fahren, um zu feiern. Da sie mir nicht verrieten, was sie ausgeheckt hatten, blieb ich ein wenig eingeschnappt zu Hause. Am nächsten Morgen brachte ich Hans in die Schule. Seit unserem Gespräch zeigte er ein unerwartet großes Interesse am Unterricht, obwohl seine Klassenlehrerin überaus streng war. Vor allem die Kleinen hatten einen Heidenrespekt vor ihr, aber auch die Größeren, die ihre konsequenten und manchmal auch ziemlich harten Strafen fürchteten. Mir gefiel der Umstand nicht, dass es ständig Ohrfeigen setzte und ihr der Rohrstock und das Lineal ziemlich locker in der Hand saßen, aber seit meinen Schultagen hatte sich der Unterricht leider nicht groß geändert.

An jenem Morgen, als ich Hans gerade verabschiedet hatte und ihm nachsah, wie er über den Schulhof zum Eingang lief, sprach mich eine junge Frau an, die plötzlich neben mir stand.

»Hallo. Sind Sie der Vater von Hans?«

Ich wandte mich ihr zu und sah eine brünette, hübsche Frau mit schmalen Lippen und dunklen Augen. Sie trug einen eleganten Wintermantel, den sie gekonnt um ihre Taille verschnürt hatte, sodass er ihre Figur betonte. Die Haare waren frisiert, ein keckes Hütchen ließ sie forsch aussehen. Im Gegensatz zu den anderen Müttern hatte sie nichts Hausfrauliches an sich.

»Ja?«, antwortete ich knapp.

Sie reichte mir die Hand und stellte sich vor: »Wilhelmine Zillinski. Aber alle nennen mich nur Lissi.«

»Hallo. Carl Friedländer.«

»Freut mich, Sie kennenzulernen, Carl.«

Sie lächelte und hielt meinen Blick wie auch meine Hand länger, als es nötig gewesen wäre.

»Haben Sie auch ein Kind hier auf der Schule?«

»Ja. Eine Tochter. Chiara.«

»Chiara. Wie exotisch.«

»Gefällt Ihnen der Name nicht?«

»Doch. Natürlich. Aber unter all den Gerdas, Hildegards und Marthas fällt so was natürlich auf.«

»Ist italienisch«, antwortete sie. »Die Sprache ist so schön. Finden Sie nicht auch?«

Ich schwieg, weil das einzige Italienisch, das ich je gehört hatte, das von Sterbenden während der Isonzo-Schlachten im Weltkrieg gewesen war. Männer, die vor Schmerzen nach ihren Müttern geschrien oder um Wasser gefleht hatten und dankbar dafür waren, wenn man noch etwas bei ihnen blieb, bevor sich ihr Blick im Nichts verlor. Italienisch, Russisch, Ungarisch, Rumänisch, Deutsch, Galizisch, Polnisch: Der Tod beherrschte alle Sprachen. Und keine davon klang schön.

»Hat Hans meine Tochter nie erwähnt?«

Ich sah sie irritiert an: »Nein, warum?«

»Nun, weil meine Kleine nur noch von ihm spricht. Hans hier, Hans da. Da dachte ich, dass es mal an der Zeit wäre, Hans' Eltern kennenzulernen!«

Überrascht strahlte ich sie an: »Das freut mich aber! Hans ist ziemlich still. Ich hatte schon etwas Sorge, dass er keine Freunde finden würde.«

»Also, meine Chiara mag ihn sehr!«

»Das ist einfach toll!«

»Aber vielleicht hat Hans zumindest Ihrer Frau von Chiara berichtet? Jungs erzählen ihren Müttern immer alles.«

Ich schüttelte bedauernd den Kopf: »Hans' Mutter lebt nicht mehr.«

Ihr Lächeln erlosch augenblicklich: »Bitte verzeihen Sie mir! Ich hätte es mir denken können, dass … Ich meine, welcher Vater bringt sein Kind schon zur Schule?«

»Schon gut.«

Sie schüttelte verärgert den Kopf: »Ich bin so eine dumme Gans. Als ob wir keinen Krieg und keine Grippe gehabt hätten. Aber wissen Sie, ich kann einfach nicht anders, als optimistisch zu sein Ich blende die schrecklichen Dinge einfach aus und konzentriere mich auf die guten. Das Leben ist schon schwer genug.«

»Eine gute Einstellung. Ändern Sie nichts daran!«

Sachte legte sie mir ihre Hand auf den Unterarm, bevor sie ihn zurückzog und wieder lächelte: »Sie sind aber auch ganz anders als die, die aus dem Krieg gekommen sind.«

»Wie bin ich denn?«, fragte ich neugierig.

»Sie haben so eine besondere Ausstrahlung. Ich kann es leider nicht besser ausdrücken.«

»Ich nehme an, das ist als Kompliment gemeint?«

»Unbedingt.«

Einen Moment sagte niemand etwas, dann aber nickte sie mir zum Abschied freundlich zu: »Ich muss dann mal wieder. Hat mich gefreut, Carl Friedländer.«

»Ganz meinerseits, Wilhelmine Zillinski.«

»Lissi.«

Ich nickte zur Bestätigung. Da hielt sie, bereits halb abgewandt, plötzlich inne und fragte: »Vielleicht sollten wir uns mal zum Spielen verabreden?«

»Wie bitte?«

Sie starrte mich irritiert an, dann brach sie in schallendes Gelächter aus.

»O Gott, ich kann vielleicht Sachen sagen … Was ich meinte: Vielleicht können sich unsere Kinder einmal zum Spielen treffen. Wir trinken dann zusammen Kaffee oder so etwas.«

»Oh. Ja, warum nicht.«

»Gut. Abgemacht. Na dann: Auf baldiges Wiedersehn.«

Sie ging davon.

Sie war attraktiv und wusste das auch. Eine Frau, die ihr Gesäß wie die Wiege eines Säuglings hin- und herschaukeln lassen konnte. So sah ich ihr nach und dachte daran, wie ich Masha kennengelernt und mir nichts sehnlicher gewünscht hatte, als dass sie sich noch einmal zu mir umdrehen mochte. Lissi drehte sich nicht um, nicht wie Masha. Damals.

Am Abend würde ich Hans nach seiner kleinen Freundin fragen. Ich schmunzelte beim Gedanken daran, dass seine schöne Schullust vielleicht gar nichts mit unserem neuen Arrangement zu tun haben könnte. Allein, ich kam nicht mehr dazu, denn am frühen Nachmittag ließ man mir bei der Arbeit ausrichten, dass eine Luise von Torstayn um sofortiges Erscheinen gebeten hätte. Das war mehr als ungewöhnlich, denn Isi hatte mich im Glashaus noch nie angerufen, sodass ich Davidson bat, gehen zu dürfen.

»Ich wusste gar nicht, dass du solche Leute kennst, Carl!«, sagte er mit überraschend viel Bewunderung in der Stimme.

»Ist meine beste Freundin«, antwortete ich lässig und genoss heimlich lächelnd sein beeindrucktes Gesicht.

Dann nahm ich die Straßenbahn Richtung Westen und erreichte eine knappe Stunde später Aldos Villa. Was ich sah, ließ mich erschaudern: Die Villa war jetzt nicht mehr schneeweiß, sondern kohlrabenschwarz. Hier und da glommen noch Glutnester, stieg grauer Rauch aus dem Trümmerfeld, während Isi in der Einfahrt stand, die Hände in die Taille gestemmt, und ungläubig auf die Ruine starrte.

Ihr Zuhause war bis auf die Grundmauern abgebrannt.

Aldo spazierte mit den Händen in seinen Hosentaschen am Rand des Aschehaufens herum und sah dabei wie jemand aus, der zufällig vorbeigekommen war, um mit den gaffenden Nachbarn über die große Aufregung zu plaudern. Fast schien mir, als fachsimpelte er tatsächlich mit ihnen darüber, wie und wo der Brand ausgebrochen sein könnte und wie schnell das Feuer das Herrenhaus zunichtegemacht hatte.

Schließlich entdeckte er mich und kam mit einem Lächeln auf mich zu: »So was schon mal gesehen?«

»Hm, im Krieg.«

Aldo nickte zustimmend. »Ganz genau! Wie im Krieg!«

»Du warst nie im Krieg, Aldo«, antwortete ich trocken.

»Im Herzen schon!«

Seufzend wandte ich mich an Isi: »Was ist passiert?«

»Ist wohl heute Morgen ausgebrochen, der Brand. Die Feuerwehr hat alles versucht, aber es war nichts mehr zu retten.« Sie wischte sich eine Träne aus dem Gesicht: »Es ist alles weg!«

Aldo nahm sie in den Arm und tröstete: »Es ist doch nur ein Haus.«

»Es war *unser* Haus, Aldo!«

»Es war eh zu groß!«

Isi sah ihn wütend an: »Mein Brautkleid ist verbrannt!«

»Carl macht dir sicher ein neues, nicht wahr, Carl?« Aldo lächelte unschuldig zu mir rüber.

Diesmal war ich es, dessen Augen sich zu Schlitzen verengten.

»Und was soll ich jetzt anziehen?«, fragte Isi verzweifelt. »Ich habe nur noch das, was ich gerade trage.«

»Ich kaufe dir neue Kleider«, antwortete Aldo entspannt. »Sobald die Versicherung gezahlt hat, suchen wir uns eine wunderschöne Wohnung in der Stadt, und dann feiern wir das Leben, mein Engel!«

Da war wirklich nicht der Hauch eines schlechten Gewissens in Aldos Miene auszumachen! Es fehlte nur noch, dass er Albert Schweitzers *Ehrfurcht vor dem Leben* zitierte. Wenigstens die ahnungslose Isi nahm den Brand ernst: »Ein Glück, dass niemand verletzt worden ist.«

»Ja, ein Glück!«, bestätigte ich gedehnt. »Stell dir vor, es wäre jemand getötet worden, Aldo. Das hättet *ihr* euch doch nie verzeihen können, oder?«

Isi nickte, wenn ich auch nicht sie, sondern ihren Ehemann und Artur gemeint hatte. Immerhin, Aldo verstand die Anspielung sofort und schluckte kurz. Dann aber sagte er: »Wie der Zufall es wollte, hatte unsere Köchin heute frei.«

»So ein Dusel!«, bestätigte ich und war mir nicht sicher, ob ich den ironischen Unterton noch im Griff hatte.

Eine Nachbarin rief Isis Namen und winkte sie zu sich. Die beiden umarmten sich. Isi führte sie an der ausgebrannten Ruine entlang, während sie ihr offenbar erklärte, was passiert war.

Ich starrte Aldo an.

Bis der stirnrunzelnd sagte: »Du siehst irgendwie sauer aus!«

»Tu ich das? Warum wohl?«

Aldo zuckte mit den Schultern. »Keine Ahnung. *Ich* hab doch mein Zuhause verloren!«

Ich atmete tief durch.

Dann fragte ich: »Wie viel?«

»Wie viel was?«

»Wie viel zahlt die Versicherung?«

Aldo dachte kurz nach, dann lächelte er versonnen: »Es reicht für ein Weilchen.«

»Und wenn sie nicht zahlt?«

»Warum sollte sie nicht zahlen?«

»Weil Versicherungen bei Brandstiftung nicht bezahlen, deswegen!«

»Also wirklich, Carl. Das war doch keine Brandstiftung. Nennen wir es doch lieber: Warmsanierung.«

»Du kannst es nennen, wie du willst. Wenn sie nicht zahlt, hast du gar nichts mehr.«

Aldo schüttelte den Kopf: »Artur sagt, sie zahlt. Und wenn Artur das sagt, dann stimmt es auch.«

»Mit dem rede ich auch noch, da kannst du ganz sicher sein!«

»Es ist doch nichts passiert, Carl. Ich bekomme das Geld, Artur das Grundstück. Alle gewinnen. Außer der Versicherung natürlich. Aber mal ehrlich: Das sind doch eh Gauner.«

Ich presste meine Lippen fest aufeinander: Selbst wenn Artur jemandem einen Gefallen tat, verdiente er noch dabei.

Der war doch wirklich unglaublich!

Ich steckte meine Hände in die Hosentaschen und ging nach Hause.

71

Isi und Aldo zogen übergangsweise zu mir.

Es war schön, sie im Haus zu haben, und so gab ich mir die größte Mühe, den Grund ihres Einzugs einfach mal zu verdrängen. Aldo und

Artur zeigten erwartungsgemäß keinerlei Gewissensbisse. Und ich war mir nicht sicher, ob mir ein moralisches Urteil überhaupt zustand nach allem, was in den letzten Monaten und Jahren gewesen war. Hatte ich nicht auch einen Anteil an Silber-Kurts vorzeitigem Ableben? Wusste ich nicht ganz genau, wer das Schloss der Hohenzollern ausgeräumt hatte? Hatte ich nicht geschwiegen, als Karl Liebknecht und Rosa Luxemburg ermordet worden waren? Natürlich konnte ich mir selbst für all das mit guten Gründen eine gewisse Absolution erteilen, aber war das noch *ehrlich*?

Jedenfalls verbrachten wir einige sehr amüsante Wochen in meinem Haus mit Artur als regelmäßigem Besucher und einem zunehmend missmutigen Aldo, der den Mangel an Luxus zwar stillschweigend, aber widerwillig ertrug. Isi und er hatten nur ein Zimmer und keine Diener. Es gab kein Bad, und der Abort war, wie einst bei uns in Thorn, im Hinterhof. Immerhin gab es elektrisches Licht, allerdings kein Telefon, und unser tägliches Essen musste nicht nur selbst gekocht, sondern das benutzte Geschirr auch noch abgespült werden. Letzteres verursachte in ihm einen solchen Widerwillen, dass er nach jedem Essen vorgab, einem menschlichen Bedürfnis nachgehen zu müssen, in der Hoffnung, wir würden die Aufgabe in der Zwischenzeit für ihn erledigt haben. Natürlich kamen wir ihm auf die Schliche, aber Isi ließ es ihm kichernd durchgehen und verlangsamte die Arbeit absichtlich, während er sich bei klirrender Kälte auf dem stillen Örtchen zitternd an einer Zigarette festhielt.

Im Glashaus erwarteten wir mit großer Spannung die Premiere von *Anna Boleyn*, die zu unserem großen Bedauern nicht in Berlin, sondern in Hamburg und Weimar stattfinden würde. Natürlich waren Lubitsch und Davidson vor Ort, genau wie die Porten und Jannings, für uns Fußvolk allerdings blieb nur der unglamouröse Gang ins heimische Lichtspielhaus. In meinem Fall mit Kino-Paule, der in seinem Sitz saß, als würde er jeden Moment aufspringen, um vor der Polizei zu türmen, so angespannt suchte er die Leinwand nach sich selbst ab.

»Ick ha' rinjejubelt, Carle!«, rief er sauer. »Voll rinjejubelt! Wieso bin ick nich' da?«

»Rausgeschnitten«, flüsterte ich zurück, denn unser Gerede störte die musikalische Begleitung, die vorne, vor der Leinwand, ihr Bestes gab, dem Film dramatische Untermalung zu sein.

»Rausjeschnitten?!«, rief Paule. »Wie rausjeschnitten?!«

Hinter uns zischten die ersten Zuschauer, sodass sich Paule umdrehte, zu voller Größe aufrichtete und fauchte: »Shhh noch ma', Männeken, und ick bretta dir een'n, dit de drei paar Schuh broochst, um abzebremsen!«

Damit war das Thema abschließend geklärt, und Paule nutzte die Ruhe im Saal, um sich lautstark über die Filmbranche im Allgemeinen und Lubitsch im Besonderen zu beschweren. Schließlich verließen wir die Vorstellung vorzeitig, und Paule nötigte mich, mit ihm in einer der umliegenden Dielen noch ein paar Mollen zu trinken, damit er den Frust vergessen konnte.

Es endete für mich mit einem monströsen Kater am nächsten Morgen und für den Film mit begeisterten Kritiken in der *Vossischen* und der *Morgenpost,* die ich mit verschwommenem Blick zu lesen versuchte.

So kam Weihnachten, und es wurde ein sehr harmonisches Fest, das wir fast ausschließlich in unserem Wohnzimmer verbrachten. Wir aßen, lasen, spielten mit Hans, quatschten oder betranken uns.

Am Siebenundzwanzigsten zahlte Aldos Versicherung, und noch am selben Tag berichtete er uns stolz von seiner neuen Residenz in der Victoriastraße 5, ganz in der Nähe des monumentalen Rolandbrunnens am Rand des Tiergartens, von dem man die Siegesallee hinab direkt zur Siegessäule vor dem Reichstag fahren konnte. Aldo hatte gleich die ganze ehemalige Gründerzeitvilla angemietet. Isi und er gedachten die Beletage und den zweiten Stock zu nutzen, im Erdgeschoss befanden sich die Küche sowie die Lagerräume, und unterm Dach sollten die Bediensteten schlafen.

Auch wurde er nicht müde zu betonen, dass allerlei Botschafter gleich ums Eck residierten, genau wie die Reichskanzlei und das Auswärtige Amt, sie also exquisite Nachbarn haben würden, und überhaupt war alles von Belang zu Fuß zu erreichen. Ich verkniff mir die

Bemerkung, dass bis zum Sommer auch Ludendorff in der Victoriastraße gewohnt hatte, weil ich Isi nicht aufbringen wollte. Allein zu wissen, dass der General von dort täglich ins Grüne spaziert war, hätte Isi dazu veranlasst, den ganzen Tag lang auf das Trottoir zu spucken. Und das wäre bei den exquisiten Nachbarn vermutlich nicht allzu gut angekommen.

Am selben Abend jedenfalls zogen Isi und Aldo um, was eigentlich nur bedeutete, dass wir uns von Artur ins neue Haus fahren ließen, um dort einen privaten ersten Abend miteinander zu verbringen. Dementsprechend fassungslos machte es mich, dass bei unserer Ankunft zwei livrierte Diener und vier Hausmädchen, alle in Uniform mit weißem Kittel und Spitzenhäubchen, zu beiden Seiten der Treppe standen, um uns mit einer Verbeugung oder einem Knicks zu begrüßen. Derselbe Mann, der frierend auf dem Klo geraucht hatte und mit jeder Form von Arbeit und Organisation überfordert war, hatte offenbar im sicheren Gefühl, von der Versicherung ausbezahlt zu werden, sechs Menschen angestellt, sie eingekleidet und damit beauftragt, ein Festmahl herzurichten, das uns beeindrucken sollte.

»Aldo!«, zischte ich leise, als Artur und Isi bereits die wenigen Stufen zum Eingang hinaufgingen. »Wie viel hat dir die Versicherung eigentlich bezahlt?«

»Mach dir keine Sorgen, Carl. Das kommt bald wieder rein!«

Auch der bereits vollständig eingerichtete Wohnbereich enttäuschte nicht, alles war von verschwenderischer Eleganz: Parkett, Jugendstilmöbel, Teppiche, Vorhänge, Kronleuchter, sogar Kunst an den Wänden. Es fehlte an nichts.

Wir aßen zusammen, und Aldo kündigte an, dass 1921 *sein* Jahr werden würde. Er wollte Soiree um Soiree geben, viele große Männer treffen, um dann im rechten Augenblick, neue Verbindungen zu schaffen, die für alle Parteien äußerst lukrativ sein würden.

»Ich werde«, kündigte er selbstsicher an, »meiner Familie zeigen, dass ich meines Namens nicht nur würdig bin, ich werde sie alle übertreffen!«

Wir erhoben uns und stießen mit Sekt darauf an.

Aldo lächelte entspannt, während ich mich fragte, ob er tatsächlich nur einfach ein bisschen mit seinesgleichen plaudern musste, bis jemand sagte: *Herzog von Torstayn, darf ich Ihnen meine Millionen anbieten?*

War das wirklich so in der Welt der Reichen und Mächtigen?

Die Antwort hätte ich mir schon damals selbst geben können: Es war *nicht* so. Niemand bekam etwas, ohne dafür etwas zu geben. Die Männer, mit denen Aldo Geschäfte machen wollte, waren nicht reich geworden, weil sie naive Trottel waren. Im Gegenteil: Diese Männer waren ihm so überlegen, dass einem angst und bange werden konnte. Es mochte einem wie eine Binsenweisheit vorkommen, aber wer in einem Becken voller Haie schwamm, war besser selbst einer.

Und kein Goldfisch.

72

Die Kinder hatten Schulferien, was natürlich bedeutete, dass sie beschäftigt werden wollten. Möglicherweise war das der Grund dafür, dass ich kurz vor Silvester eine kleine Karte im Briefkasten fand, auf der in geschwungener schöner Schrift stand: *Sie haben die Verabredung zum Spielen vergessen! Und mich auch. Buhhuuu.*

Es entlockte mir ein Lächeln.

Tatsächlich hatte ich Lissi nicht vergessen, mir aber Isis und Aldos Neckereien ersparen wollen, die unweigerlich aufgeblüht wären, hätte ich auch nur angedeutet, dass ich mich mit einer Frau treffen wollte. Und sei es unter dem Vorwand der miteinander spielenden Kinder. Lissi war attraktiv, intelligent, witzig – was Isi nicht verborgen geblieben wäre, sodass sie wohl alles darangesetzt hätte, mich zu verkuppeln.

Jetzt, da sie selbst verheiratet war.

Warum mich das gestört hätte, konnte ich nicht einmal sagen, vielleicht weil es sich bei Masha wie auch Marlies vom allerersten Moment an anders angefühlt hatte als bei Lissi: Ich hatte sofort gewusst, dass wir zusammengehörten. Weil mit ihnen der Tag heller und ohne sie die Nacht dunkler gewesen war. Weil sie Musik waren, Poesie, Freude und Atem. Gleich zweimal hatte ich erlebt, wovon romantische Herzen behaupteten, es könnte nur *ein Mal* passieren.

Lissi hatte nichts von dem in mir entfacht. Und dennoch fragte ich mich, ob meine Zurückhaltung ihr gegenüber gerecht war. Oder mir. Was würde werden, wenn mir niemand mehr wie Masha oder Marlies begegnete? Oder ich es nicht erkannte, weil ich der Überzeugung war, eine Liebe müsste grundsätzlich mit einem Erdbeben beginnen? Konnte ein Funken nicht auch zu einem großen Feuer emporschnellen, wenn man ihn nur stetig fütterte?

Vielleicht war es an der Zeit, einmal einen anderen Weg zu beschreiten.

So fand ich Hans mit Bauklötzen spielend im Wohnzimmer und kniete mich neben ihn: »Sag mal, soll ich nicht mal deine Freundin Chiara zu uns einladen?«

Er sah mich fragend an.

»Ihr könntet doch zusammen etwas spielen?«

»Chiara ist ein Mädchen«, antwortete er knapp und beugte sich wieder über seine Bauklötze.

»Das weiß ich wohl, aber auch mit Mädchen kann man spielen.«

»Was denn?«, fragte er.

»Weiß nicht? Mit Bauklötzen vielleicht?«

Er sah mich beinahe schon entsetzt an: »Mit meinen Bauklötzen?«

»Wir können auch rausgehen. Einen Schneemann bauen. Oder vielleicht machen wir eine Schneeballschlacht?«

Er schien ernsthaft darüber nachzudenken, dann zuckte er mit den Schultern: »Vielleicht.«

»Du weißt nicht zufällig, wo die beiden wohnen, oder?«

Er schüttelte den Kopf.

Lissi hatte keine Adresse auf ihre Karte geschrieben, vermutlich weil sie sich zu einem für eine Frau vollkommen ungewohnten ersten und zweiten Schritt genötigt gesehen hatte, es mir im Gegenzug aber schon aus Gründen der Selbstachtung offensichtlich nicht zu leicht machen wollte. Immerhin erfuhr ich von Hans, dass Chiaras Mama offenbar im *Kolonialwarenladen Weber* arbeitete, sodass ich Hans bei Frau Schulze abgab, mich auf den Weg machte und so lange durchfragte, bis ich den kleinen Laden in der Scharnweberstraße fand und eintrat.

Die Besitzerin fragte mich nach meinen Wünschen, und als ich mich nach Wilhelmine Zillinski erkundigte, verzog sie den Mund und antwortete, dass die sich heute krankgemeldet habe. Immerhin nannte sie mir die Adresse, sodass ich bald schon an die Tür einer kleinen Wohnung in einer Mietkaserne klopfte und sie mir tatsächlich öffnete: Sie sah nicht besonders krank aus.

»Das hat aber gedauert!«, warf sie mir grinsend vor.

»Bitte?«

Sie sah dramatisch auf die Uhr und sagte: »Heute Morgen hab ich mich krankgemeldet, dann die Karte eingeworfen, und Sie brauchen geschlagene zwei Stunden, um mich zu finden? Sie sind wirklich von der langsamen Sorte, was?«

»Wahrscheinlich …«

»Na ja, jetzt haben Sie mich ja! Wo gehen wir hin?«

»W-wo?«

»Na, Sie führen mich doch wohl aus? Wegen Ihnen verliere ich einen ganzen Tageslohn!«

Die war ja frech!

Aber sie brachte mich auch zum Lachen, und so nickte ich: »Also gut! Gehen wir aus. Was ist mit Ihrer Kleinen?«

»Bei der Nachbarin. Schon seit zwei Stunden!«

Sie warf sich in ihren Mantel und hakte sich bei mir unter.

Wir fanden eine Diele, tranken Bier und lachten viel.

Lissi unterhielt die ganze Kneipe, war im Nu bei allen beliebt, machte aber deutlich, dass sie nur mit mir da war, parierte jede Anzüglichkeit und erstickte Annäherungsversuche im Keim. Bald schon hatte ich das Gefühl, dass mich die anwesenden Männer um sie beneideten. Jedenfalls kniepten sie mir zu oder schlugen mir beherzt auf die Schulter und beglückwünschten mich zu der *kessen Mieze*.

Als ich sie am Ende des Tages wieder nach Hause brachte, waren wir beide reichlich angeschickert und schlitterten mehr über den verschneiten Bürgersteig, als dass wir gingen.

Oben vor der Tür gab sie mir einen langen Kuss.

»Damit du mich nicht wieder vergisst!«, lächelte sie.

»Hast du Silvester schon etwas vor?«, fragte ich.

»Nein …« Sie lockte mich.

»Wie wäre es mit dem *Arcasi*?«

Sie schien schwer beeindruckt zu sein: »Da kommst du rein?«

Ich nickte.

»Dann hol mich um sieben Uhr ab!«

Sie gab mir einen weiteren Kuss, dann schlüpfte sie durch die Tür und ließ mich stehen.

Beschwingt ging ich nach Hause, lächelte Frau Schulzes und Hans' vorwurfsvollen Blick weg, musizierte mit ihm, las ihm vor und freute mich auf ein besonderes Silvesterfest, ohne zu ahnen, wie besonders es tatsächlich werden würde. Denn ganz offensichtlich waren Isi, Artur und ich nicht der Lage, ganz normale Jahreswechsel zu feiern.

73

Es begann mit einem Verdacht.

An diesem letzten Tag des Jahres 1920, einem Freitag, standen Hans und ich spät auf und frühstückten zur Musik aus dem Grammofon. Die meisten aus dem Glashaus hatten zwischen Weihnachten und Neujahr frei, sodass noch ein herrlich langes Wochenende vor uns lag, an dem ich nach einer ausgiebigen Silvestersause nichts, aber auch wirklich gar nichts zu tun gedachte.

Während Hans nach dem Essen leise spielte, machte ich es mir mit der *Vossischen* auf dem Sofa gemütlich und las alle Artikel ohne Eile, bis ich plötzlich an einem kleinen Bericht über eine abgebrannte Villa in Grunewald hängen blieb und mich an einen ähnlichen Artikel vor ein paar Tagen erinnerte, den ich am Morgen nach dem furchtbaren Besäufnis mit Kino-Paule gelesen hatte, nur, dass an jenem Tag ein herrschaftliches Haus in der Innenstadt abgebrannt war. Ich hatte dem Bericht keine besondere Bedeutung beigemessen, zumal ich vor lauter Kopfschmerzen auch kaum geradeaus gucken konnte.

Was mir aber jetzt auffiel, war, dass bei dem Brand in Grunewald wie bei dem in der Innenstadt niemand verletzt worden war, weil die Bewohner verreist und die Bediensteten in Urlaub waren. Das fand ich mehr als seltsam, denn Hausangestellte hatten in aller Regel allenfalls einen Tag alle zwei Wochen frei. Und selbst dann blieben sie im Haus, weil sich kein Dienstmädchen eine eigene Wohnung leisten konnte, mal davon abgesehen, dass das sicher nicht im Interesse ihrer Herrschaften gelegen hätte, die ständigen und unbegrenzten Zugriff auf ihr Personal wünschten.

Mit Aldos Villa waren also innerhalb kürzester Zeit gleich drei herrschaftliche Häuser in Berlin abgebrannt. Alle nach ähnlichem Muster, nie hatte es Tote oder Verletzte gegeben, nie hatte jemand etwas gesehen. Alles nur Fälle für die Versicherung.

Ruckartig fuhr ich hoch und starrte auf den Artikel: Die Sache trug doch Arturs Handschrift! Offenbar hatte das Abfackeln von Aldos Villa in ihm einen luziden Moment entzündet und ihm ein Geschäftsfeld offenbart, auf das bisher noch niemand gekommen war. Ein Geschäftsfeld ebenso riskant wie lukrativ und für jemanden wie ihn, der Entwicklungen und Möglichkeiten früher sah als alle anderen, geradezu wie gemacht. Er sorgte dafür, dass Menschen, die knapp bei Kasse waren, wieder liquide wurden, und bekam im Gegenzug ihre Grundstücke.

Was für ein Wahnsinn!

Es war nur eine Frage der Zeit, wann wirklich jemand zu Schaden kommen würde. Brände waren unkontrollierbar, griffen oft auf Nachbargebäude über oder gefährdeten Feuerwehrmänner. Und bei einer solch auffälligen Masche würde zudem irgendwann auch der dümmste Polizist Artur auf die Schliche kommen.

Und Oberkommissar Kennel war nicht dumm.

Am Abend holte ich Lissi ab, die in ihrem ebenso eleganten wie gewagten Kleid umwerfend aussah.

»Ich habe gehört, das trägt man so im *Arcasi*?«, fragte sie kokett und gab mir einen Kuss auf den Mund. »Was denkst du? Kann ich so gehen?«

Ich nickte lächelnd.

In der Andreasstraße standen die Leute bereits Schlange, und ich gebe zu, dass es mich mit einem gewissen Stolz erfüllte, an allen vorbeigehen zu können, um dann, vom Spanner freudig begrüßt, mit Lissi einfach so eintreten zu dürfen. Lässige Miene wahrend konnte ich aus den Augenwinkeln sehen, dass Lissi das Ganze ziemlich beeindruckt hatte.

Drinnen empfing uns die neue Nachtigall, eine elegante, sehr schlanke, fast schon schweigsame Schöne, so ganz anders als die kurvige, mitteilsame Anna. Wir traten ein und entdeckten Isi und Aldo, die schon an der Theke standen.

Kurz glaubte ich, Isi erschrocken zu sehen, vielleicht auch ein wenig konsterniert, dann aber strahlte sie über das ganze Gesicht und begrüßte uns beide herzlich. Ich stellte alle einander vor, und Lissi schien für einen Moment fast schon eingeschüchtert, als sie den Nachnamen meiner Freunde hörte.

Aber sie fing sich rasch.

Es schien ohnehin eine ihrer Qualitäten zu sein, sich so schnell ihrer Umwelt anzupassen, dass man das Gefühl haben musste, sie gehörte schon ewig dazu.

»Sieh mal einer an, wen du alles kennst!«, flüsterte sie mir zu. »Stille Wasser sind wirklich tief ...«

Ich nahm es als Kompliment.

Isi und Lissi verstanden sich gut, waren ähnlich lebhaft und wenig berührungsscheu, sodass sie bald wie alte Freundinnen schwatzten und lachten, während ich mit Aldo plauderte, der gut aufgelegt war und mir freudig mitteilte, dass er noch im Januar das erste große Essen plante.

»Du glaubst nicht, wer kommen wird!«, kündigte er lächelnd an.

»Der Kaiser?«, fragte ich.

Aldo lachte: »Nein, viel besser: Hugo Stinnes.«

»Du verarschst mich!«

»Nein, er hat gestern zugesagt.«

vidson ersetzen konnte – für den Fall, dass die ihnen nicht mehr zur Verfügung stehen würden. Es war das erste Mal, dass ich Lang persönlich sah, und ich fühlte mich nicht wohl in seiner Gegenwart. Genau wie Anwalt Fromm trug er ein Monokel, aber im Gegensatz zu Fromm nutzte er es nicht, um damit herumzualbern. Man sagte, dass er im Krieg verwundet worden sei und seitdem nicht gut sehe. Seine Haare waren mit Pomade streng zurückgekämmt, und nichts an seinem Gesichtsausdruck war freundlich oder empathisch. So wie er im Krieg Offizier gewesen war, wirkte er auch hier: militärisch präzise und vor allem kalt. Im Gegensatz zu Pommer, dem Schläue und Humor im Gesicht standen, aber auch ein großes Selbstbewusstsein und eine gewisse Härte. Dieser Mann wusste, wie man sich durchsetzte und ein gutes Geschäft machte.

»Das ist Lang!«, flüsterte ich Lissi überrascht zu.

Sie suchte sofort seinen Blick und fing ihn auch ein.

Dann stürmte sie los und rief: »Herr Lang, Herr Lang!«

Etwas überrumpelt sah ich, wie sie beiden Männern die Hand gab, Langs Hand aber länger hielt und ihm Komplimente machte. Dass sie ein großer Bewunderer wäre und dass sie sich noch viele Filme von ihm wünschte. Lang, eben noch versteinert, lächelte ihr charmant zu und fragte nach ihrem Namen, den Lissi ihm bereitwillig verriet.

»Sind Sie Schauspielerin?«, fragte er.

»Ich bin alles, was Sie wollen!«, gab sie kokett zurück.

Pommer und Lang lachten.

Da gab Lang ihr seine Visitenkarte und verabschiedete sich.

Lissi kam mit leuchtenden Augen zu mir zurück: »Du meine Güte, war das aufregend!«

Ich spürte einen Stich im Herzen, während sie sich wieder bei mir einhakte und weiterziehen wollte: »So jemand Berühmtes! Und du siehst die alle jeden Tag, Carl!«

»Du bist alles, was er will?«, würgte ich förmlich heraus.

Sie blieb stehen und sah mich erstaunt an: »Aber, Carl! Das kannst du doch nicht ernst nehmen! Ich wollte mich doch nur interessant machen. So wie das alle in deiner Branche tun.«

»Weiß Isi das schon?«

»Ja.«

»Und sie ist nicht durchgedreht?«

»Sie hat versprochen, mich nicht zu blamieren«, antwortete Aldo und trank zufrieden von seinem Sekt.

Hugo Stinnes war der mächtigste Unternehmer des Reiches, nein, des Kontinents, und der größte Arbeitgeber der Welt. Sechshunderttausend Menschen beschäftigte er, zudem hatte er Tausende Firmenbeteiligungen, so viele, dass wahrscheinlich nur noch er selbst wusste, was ihm alles gehörte. Thyssen, Krupp, Siemens: die berühmtesten Wirtschaftsdynastien Deutschlands konnten ihm nicht das Wasser reichen. Kohle, Bergwerke, Stahl, Stromerzeugung, Reedereien – Stinnes war überall dabei.

Er hatte schon immer Politik gemacht, wenn auch anfangs im Verborgenen, hatte rücksichtslos und geschickt seine Interessen vorangetrieben, was zu Winkelzügen geführt hatte wie dem Stinnes-Legien-Abkommen noch während der Revolution, das den Gewerkschaften einen Achtstundentag zusicherte. Damals hatte er sich als Arbeiterfreund feiern lassen, der er genauso wenig war wie alle anderen Wirtschaftskapitäne, aber er hatte die Gefahr einer drohenden Enteignung aufziehen sehen und mit menschlicheren Arbeitszeiten das kleinere Übel gewählt.

Daneben stand er im Verdacht, die Niederschlagung des Spartakusaufstandes finanziert zu haben und mit rechtsnationaler Prominenz in Verbindung zu stehen. Dennoch sagte man ihm nach, kein Rechtsnationaler zu sein, sondern nur ein Mann, der seine Interessen schützte. Kein Mann von Überzeugung, sondern ein Pragmatiker, der auch Bündnisse mit dem Teufel schloss, wenn sie ihm nutzten.

Vor dem Krieg kannte zwar auch schon jeder seinen Namen, öffentliche Auftritte aber waren indes eher selten gewesen, dieses Jahr allerdings hatte er seine Zurückhaltung aufgegeben und war in die DVP eingetreten, die Partei, der auch Gustav Stresemann angehörte, ein Sammelbecken alter Monarchisten, Unternehmer und nicht weniger Nationalisten.

Mit anderen Worten: Hugo Stinnes, gerade einmal fünfzig Jahre alt, war die Spinne, in deren Netz alle zappelten.

»Komm doch dazu!«, sagte Aldo plötzlich.

»Ach, lass mal, danke.«

»Artur wird auch da sein. Er will Stinnes unbedingt kennenlernen.«

Um ein Haar hätte ich ihn gefragt, ob es vielleicht aus dem Grund sei, dass Artur Stinnes' Haus in Mülheim an der Ruhr anzünden wollte, aber ich biss mir auf die Zunge.

»Gut, dann komme ich eben«, antwortete ich stattdessen lustlos.

Endlich tauchte Artur auf.

Ich winkte ihn heran, stellte Lissi vor und flüsterte ihm anschließend zu, dass ich mit ihm sprechen musste. Er nickte, aber gleich darauf schon wurde nach ihm verlangt, sodass er wieder in der Menge verschwand und in den nächsten Stunden allenfalls wie eine Boje bei hohem Wellengang zwischen den Gästen kurz sichtbar wurde.

Mittlerweile trieb Harry auf der Bühne derbe Späße und ließ die Stimmung derart aufkochen, dass das *Arcasi* vor lauter Gejohle, Gelächter und wildem Getanze fast schon in seinen Grundfesten erzitterte. Ich war mir sicher, dass es in ganz Groß-Berlin keinen Ort gab, an dem mehr los war als hier.

Dann tanzte ich endlich auch, abwechselnd mit Isi und Lissi, vergaß, dass ich Artur noch die Leviten lesen wollte, und amüsierte mich wie seit Monaten nicht mehr.

Das Leben war doch herrlich!

Es ging uns so gut, dass die Zukunft wie der Morgen eines schönen Frühlingstags rosarot am Horizont schimmerte.

Kurz vor Mitternacht zählte Harry dann die letzten Sekunden des Jahres herab. Schlag zwölf hielt ich Lissi in den Armen und küsste sie, genau wie Aldo Isi küsste und die eine Hälfte des Saals die andere. Anschließend heizte eine Kapelle dem Publikum mit Musik ein – und alle tanzten weiter wie verrückt oder klammerten sich zumindest betrunken aneinander.

Irgendwann entdeckte ich Artur wieder und hielt inne: Er schien der Einzige zu sein, der keinen Spaß hatte. Das halbe Gesicht, das viele Menschen so erschreckte, wirkte noch konzentrierter und abweisender als sonst. Ich konnte sehen, dass er auf die Uhr blickte, als ob er noch eine Verabredung hätte, dann verschwand er hinter der Theke durch die Lagerräume nach draußen.

Neugierig folgte ich ihm.

Was hatte er nur vor?

Mit gebührendem Abstand ging ich ihm nach und sah trotz des zunehmenden Schneefalls im Licht einer der wenigen funktionierenden Straßenlaternen, dass er einen großen Rucksack trug. Hier und da drang aus verschlossenen Fenstern oder geöffneten Dielentüren das Geschrei der Feiernden auf die Straße. Dazu taumelten draußen die Betrunkenen, grölten und waren leichte Beute für die Prostituierten, die hier patrouillierten. Auch Artur und mich sprachen sie an, aber keiner von uns blieb stehen, sodass wir uns wenig Schmeichelhaftes von ihnen nachrufen lassen mussten. Ab und zu schnitt der Ludenpfiff durch die Nacht, in einer Seitenstraße dann wurde es ruhiger.

Dort wechselte ich die Straßenseite, hielt weiterhin genügend Abstand, drehte mich dann einem Impuls folgend um und entdeckte einen weiteren Mann hinter uns, den ich in den Schatten der Straßen nicht erkennen konnte. Ich kniete mich hin, tat, als würde ich mir die Schuhbänder schnüren, und ließ den Verfolger auf der anderen Seite durch den knirschenden Schnee passieren. Er beachtete mich nicht, und die Art, wie er den vor ihm laufenden Artur ins Visier nahm, verriet mir, dass er ihm folgte.

Wir passierten nacheinander die Kleine Marcusstraße, die Schillingstraße, in der die unselige Frau Meng wohnte, und erreichten schließlich die Magazinstraße, die nicht weit vom Alexanderplatz lag.

Dort trat Artur in ein verlassen wirkendes Haus.

Über uns platzte immer noch Feuerwerk am Himmel auf, die einzige Lichtquelle weit und breit. Dabei blühte eine der Feuerblumen so nah über den Dächern, dass ich für den Bruchteil einer Sekunde das Gesicht von Arturs heimlichem Verfolger erkennen konnte: Oberkommissar Kennel.

Schon zog er seinen Revolver aus dem Mantel, schlich sich an den Hauseingang heran und verschwand schließlich darin. Hektisch blickte ich mich um: Weit und breit war niemand unterwegs. Rasch wechselte ich die Straßenseite, sah neben einer Mülltonne eine kaputte Holztür, an der ein rostiger Eisenbeschlag baumelte. Ich riss ihn ab und wog ihn in den Händen: vielleicht fünf Kilo schwer und einen halben Meter lang. Damit schlich ich nun ebenfalls zur Haustür, horchte und schlüpfte lautlos in absolute Schwärze.

Blieb still stehen.

Lauschte.

Entfernte Schritte über mir.

Es klapperte.

Dann hörte ich ein kurzes Fauchen. Gelblich flackerte es durch das Treppenhaus. Jetzt erst konnte ich erkennen, dass der lange, schmale Flur von vielleicht zehn Metern, in dem ich stand, zu einer Holztreppe führte, vor der eine Erdgeschosswohnung rechts abging. In ihrem Türrahmen sah ich einen Schatten lauern.

Kennel.

Er hatte mich nicht bemerkt, starrte nur die Treppe hinauf, von der jetzt schwere Schritte hinabstiegen. Auf Zehenspitzen setzte ich einen Fuß vor den anderen, die Augen auf Kennel gerichtet, betend, dass ich auf nichts trat, das mich verraten könnte.

Schritte im ersten Stock.

Eine Hand, die einen Revolver langsam anhob.

Zwei Arme, die einen Eisenbeschlag in Stellung brachten.

Dann drei Dinge gleichzeitig: Artur bog auf das letzte Treppenstück, Kennel sprang aus dem Türrahmen, ich schnellte vor und schlug mit aller Wucht zu, traf Kennel an der Schläfe, während gleichzeitig ein Schuss krachte.

Artur fiel zu Boden, die Treppen hinab.

»ARTUR!«, schrie ich entsetzt und sprang über den bewusstlosen Polizisten hinweg zum Treppenabsatz.

Im nächsten Moment war ich über Artur.

»Alles in Ordnung!«, zischte er. »Er hat mich verfehlt!«

»Gott sei Dank!«

»Was zum Teufel machst du hier?!«, fragte er.

»Wir müssen weg. Schnell!«

Ohne weitere Worte rappelten wir uns auf und verließen das Haus.

Draußen auf der Straße waren noch vereinzelte Böller zu hören, sporadisch Raketen am Himmel zu sehen. Artur lief los. Ich dagegen starrte zum Haus und sah bereits das Feuer im ersten Stockwerk.

»Artur!«, rief ich leise.

»Was?!«

»Wir können ihn nicht da liegen lassen. Der Rauch wird ihn umbringen.«

»Berufsrisiko!«, antwortete Artur. »Jetzt komm!«

»Ich kann das nicht!«

»Er wollte mich abknallen, Carl! Ohne Vorwarnung!«

Kurz zögerte ich, dann aber sprang ich zurück in den flackernden Flur, sah Rauch die Treppe hinabfallen und den ohnmächtigen Kennel auf dem Boden.

Ich packte ihn am Kragen und zog ihn auf die Straße.

Dort ließ ich ihn liegen und eilte mit Artur davon.

74

Natürlich hatte Lissi meine Abwesenheit bemerkt, doch sie machte mir bei meiner Rückkehr keine Vorwürfe, vielleicht auch, weil ich ungewohnt blass ausgesehen haben muss, dabei fahrig in meinen Antworten und gierig nach harten Getränken war. Artur dagegen mischte sich unbekümmert unter seine Gäste, unterhielt sich auffallend lange mit der Nachtigall an der Tür, während Lissi und später auch Isi wissen wollten, was passiert war.

Aber ich schwieg.

Dabei hätte ich den beiden ruhig gestehen können, was vorgefallen war, denn keine zwei Stunden später rückte das halbe Revier Fünfzig ins *Arcasi* ein, beendete die große Silvestersause, während mir ein

Kommissar in Zivil die Handschellen anlegte und zischte: »Carl Friedländer: Sie sind festgenommen! Leisten Sie keinen Widerstand!«

Dessen wäre ich ohnehin nicht fähig gewesen, nicht nur, weil der Schnaps in bedenklichen Mengen durch meine Blutbahn kreiste, sondern auch, weil mir der Schrecken immer noch tief in den Knochen saß. Artur, am anderen Ende des Raumes, wurde ebenfalls festgenommen, während Isi und Lissi geschockt neben mir standen.

Wie aus dem Nichts tauchte Anwalt Fromm neben mir auf, geckenhaft wie immer und so betrunken, dass ihm sein Monokel aus dem Gesicht fiel. Es landete auf dem Boden, wo es zwischen diversen Füßen wegrollte.

»Schätzchen?!«, rief Fromm einer drallen Blondine zu, deren verschmierter Lippenstift großzügig um seinen Mund verteilt war. »Such doch mal das Monokel für den lieben Onkel, ja?«

Er klatschte ihr auf den Hintern, die Blonde tauchte ab.

Dann tippte er mir auf die Brust und sagte: »Und du: kein Wort! Verstehst du? Du sagst kein Wort, bis ich wieder nüchtern bin.«

Ein hässliches Knirschen verriet, dass jemand das Monokel vor der Blonden gefunden hatte. Ihr Kopf fuhr mit bedauernder Miene zwischen den Gästen hoch.

»Scheiße!«, fluchte Fromm. »Schätzchen? Wir gehen!«

Sprachs, legte ihr einen Arm über die Schultern und ließ sich dann nach draußen führen.

»Wo bringen Sie die beiden hin?«, fragte Isi den Polizisten neben mir.

»Aufs Revier«, antwortete der knapp.

Später saßen Artur und ich zusammen in einer Zelle, so wie wir es als Jugendliche schon einmal getan hatten, als wir in Thorn mit Streichen rund um den Halleyschen Kometen für gewaltiges Aufsehen gesorgt hatten und nicht wenige der Meinung gewesen waren, Polizeikommandant Adolf Tessmann hätte uns für unseren Coup darin verrotten lassen sollen.

»Danke, dass du mich gerettet hast!«, sagte Artur und machte es sich auf seiner Pritsche bequem.

»Danke, dass ich deinetwegen einsitzen muss!«, maulte ich zurück, aber da hatte Artur sich schon umgedreht und war Sekunden später eingeschlafen.

Sie weckten uns früh – ohne besonderen Grund, denn es dauerte noch Stunden, bis wir aus der Arrestzelle geführt und in ein Büro gebracht wurden, in dem uns Oberkommissar Kennel mit einem Turban um den Kopf und Pflastern auf dem Jochbein empfing. Darunter war seine Haut blutunterlaufen, eine Gesichtshälfte derart geschwollen, dass der bloße Anblick Phantomschmerzen in *meinem* Gesicht verursachte.

Vor seinem Schreibtisch standen zwei leere Stühle, auf die wir uns setzten.

»Was ist Ihnen denn passiert, Herr Oberkommissar?«, fragte Artur interessiert.

»Das wissen Sie ganz genau!«, zischte Kennel, hielt aber sofort inne: Er musste höllische Schmerzen haben.

»Tut mir leid, Herr Oberkommissar. Ich weiß wirklich nicht, wovon Sie da reden.«

»Das wird Sie teuer zu stehen kommen, Burwitz! Mein Jochbein ist gebrochen, Prellungen, leichte Gehirnerschütterung. Dafür sitzen Sie Jahre!«

»*Ich* soll das gewesen sein?«, fragte Artur.

Kennel schwieg einen Augenblick, dann antwortete er: »Ihr Freund Friedländer war das!«

Ich schwieg.

»Möchten Sie dazu etwas sagen?«, fragte mich Kennel.

Ein Kopfschütteln war die Antwort.

Es klopfte an der Tür: Anwalt Fromm trat ein.

»Guten Morgen, Herr Oberkommissar!«, flötete er gut gelaunt. Seinem zerknitterten Gesicht zufolge war er offenbar noch nicht allzu lange auf den Beinen. »Du lieber Himmel: Was ist denn mit Ihnen passiert?«

»Die beiden da sind mir passiert!«, zischte Kennel.

»Aha, und wie?«, fragte Fromm.

Kennel berichtete von seinem Verdacht, dass Artur hinter einer Serie von Brandstiftungen stecken könnte, und davon, dass er ihn habe observieren lassen. Wobei es reiner Zufall gewesen sei, dass er selbst in der gestrigen Nacht Dienst gehabt habe.

»Glaube ich nicht«, antwortete Fromm. »Sie sind voreingenommen und geradezu besessen von dem Wunsch, meinen Mandanten ins Gefängnis zu bringen. Aber, bitte, ich habe Sie unterbrochen.«

Kennel fuhr fort, dass er im Dunkeln einem Mann gefolgt sei, den er für Artur hielt, und einen weiteren Mann gesehen habe, der wohl ich gewesen sein müsse.

»Hmm«, machte Fromm nachdenklich.

Dann habe er Artur im Treppenhaus in flagranti festnehmen wollen, sei aber von hinten niedergeschlagen worden. Später wurde er auf der Straße wach, als die Feuerwehr vergeblich versucht habe, einen Brand zu löschen.

Fromm nickte und sagte: »Ich fasse mal zusammen: Sie sind einem Mann aus dem *Arcasi* gefolgt, von dem Sie *glaubten*, dass es mein Mandant wäre. Und haben einen weiteren Mann gesehen, von dem Sie *glaubten*, dass es Herr Friedländer sein könnte. Sie sind dann von einem Unbekannten niedergeschlagen worden und aufgewacht, als das Haus brannte.«

»Es waren die beiden!«, fauchte Kennel.

»Ich darf Sie darauf aufmerksam machen, Herr Oberkommissar, dass Amelie Peine angegeben hat, sich in der Zeit, in der Herr Burwitz das Haus angezündet haben soll, mit Herrn Burwitz und Herrn Friedländer unterhalten zu haben.«

»Wer soll das sein?«, fragte Kennel.

»Frau Peine ist die sogenannte Nachtigall des *Arcasi*.« Er griff in seine Aktentasche und zog ein unterschriebenes Papier heraus. »Hier bitte: die eidesstattliche Erklärung von Frau Peine!«

»Pah! Das ist seine Angestellte! Die kann viel behaupten!«

»Frau Peine kommt aus gutem Haus und ist ohne Vorstrafen. Es dürfte sehr schwer werden, ihre Glaubwürdigkeit in Zweifel zu ziehen. Aber wenn es Sie beruhigt: Ich bringe Ihnen ein Dutzend weiterer eidesstattlicher Erklärungen, die bezeugen werden, dass die beiden Herren zur fraglichen Zeit im *Arcasi* gewesen sind.«

Kennel funkelte ihn wütend an.

Fromm lehnte sich zurück und fuhr zu großer Form auf: »Ich selbst, Herr Oberkommissar, könnte das bezeugen. Somit werde ich Ihnen sagen, was wirklich passiert ist: Sie sind einem Mann vom *Arcasi* aus über dunkle Straßen gefolgt, den sie bei starkem Schneefall und überaus schlechten Sichtverhältnissen von hinten für Herrn Burwitz hielten, und haben schließlich in einem stockdunklen Flur auf ihn gewartet. Dann wurden Sie von hinten niedergeschlagen.«

Kennels Mund verzog sich zu einem schmalen Strich.

»So war es doch, Herr Oberkommissar?«

»Die beiden waren es!«, antwortete Kennel.

»Herr Oberkommissar, ich frage Sie noch mal und diesmal nicht nur als Polizist, sondern auch als gottesfürchtiges und angesehenes Mitglied Ihrer Kirchengemeinde, als einen Mann, der das Gesetz und das Wort Gottes in gleichem Maße achtet und sich nach dem christlichen Gebot richtet, dass man kein falsches Zeugnis ablegen soll wider seinen Nächsten. Haben Sie ohne jeden Zweifel Artur Burwitz und Carl Friedländer gesehen?«

Kennel schwieg.

»Gut, dachte ich mir. Dann wollen wir das auch keinem Richter vortragen, dessen Zeit Sie mit Ihren ungerechtfertigten Beschuldigungen stehlen.«

Er stand auf und gab uns mit einer Geste zu verstehen, dass unser Termin im Polizeirevier Fünfzig beendet war.

»Die Aussagen der anderen reiche ich Ihnen nach, Herr Oberkommissar. Und lassen Sie mich bitte eines betonen: Meine Mandanten sind entsetzt darüber, was passiert ist, und bieten Ihnen ihre uneingeschränkte Mithilfe bei der Suche nach denjenigen an, die Ihnen das angetan haben! Und als Zeichen seines guten Willens wird Herr Burwitz eine Spendengala zugunsten im Dienst verletzter Polizeibeamter ausrichten, deren Einnahmen zu Ihren treuen Händen gehen. Jeder soll sehen, dass die Gastronomen unseres schönen Viertels hinter unserer tapferen Polizei stehen! Vergelts Gott, Herr Oberkommissar, gute Besserung und frohes Neues!«

Einigermaßen fassungslos trottete ich hinter Fromm und Artur her, vorbei an einer ganzen Reihe Uniformierter, die uns feindselig musterten, bis wir, fast am Ausgang angekommen, die Tür auffliegen und jemand eintreten sahen, den wir alle hier wohl niemals erwartet hätten. Jedenfalls nicht in diesem Aufzug.

Vor uns stand: Anna.

Oder vielmehr: die neue Anna.

In einem mausgrauen altmodischen Kleid, das wirklich nicht zu ihr passte, ungeschminkt und ohne jeden Schmuck. Schnurstracks ging sie auf Artur zu und zischte: »Du Schwein!«

»Hallo, Anna«, antwortete Artur ruhig.

»Damit kommst du nicht durch!«, zischte sie.

»Ist er schon, bezaubernde Nachtigall!«, antwortete Fromm.

Sie spießte ihn förmlich mit Blicken auf: »Nennen Sie mich nicht so! Nennen Sie mich nie wieder so! Mein altes Leben gibt es nicht mehr! Ich bin jetzt eine anständige Frau!«

Fromm seufzte: »Ein Jammer!«

»Schämen Sie sich, Sie Winkeladvokat!«, fauchte sie.

Dann entdeckte sie mich und rauschte auf mich zu: »Und du, Carl? Soll das wirklich deine Zukunft sein?«

Ich sah sie stirnrunzelnd an.

»Du bist ein guter Mensch, Carl! Sage dich los von diesem Übel! Kehr um und entdecke den Herrn! Sieh mich an! Ich bin ein neuer Mensch!«

»Ist das so?«, fragte ich ungläubig.

»Du kannst gerettet werden! Glaub mir!«

Mittlerweile war auch Oberkommissar Kennel an uns herangetreten. Und zu meiner noch größeren Überraschung trat Anna vor ihn und küsste ihm die Hände: »Mein armer Liebling! Was haben diese Tiere dir nur angetan?«

Kennel genoss sichtlich unsere fassungslosen Blicke.

Dann wandte er sich an uns und sagte: »Das Gute siegt immer!

Heute kommen Sie davon, aber Gottes Mühlen mahlen langsam. Mein Tag ist nicht mehr fern!«

Sie sahen uns beide triumphierend an.

So standen wir uns stumm gegenüber.

Dann endlich verließen wir reichlich konsterniert die Wache.

»Das ist nicht gut, Artur!«, flüsterte ich ihm draußen zu. »Sie weiß so viel.«

»Hm.«

»Du hättest sie nicht gehen lassen sollen.«

Einen Moment blieb er völlig reglos und blickte in einen grauen Himmel.

Es hatte wieder zu schneien begonnen.

Dann nickte er.

75

Damals war die St.-Thomas-Gemeinde, in deren wunderbarer Kirche Isi geheiratet hatte, nicht nur die größte evangelische Gemeinde Berlins, sondern eine der größten weltweit. Somit war es auch kein Wunder, dass das Gotteshaus am Mariannenplatz derart riesig geraten war, denn weit über hunderttausend Mitglieder brauchten einen Platz zum Beten. Dass ausgerechnet Anna eines von ihnen geworden war, war unglaublich. Ich bat Artur, Nachforschungen zu betreiben, und er wusste bald eine Geschichte zu berichten, an deren Ende die wundersame Wandlung einer Maria Magdalena zu einer Jungfrau Maria stand.

Nach ihrem Streit mit Artur und dem gleichzeitigen Rauswurf aus dem *Arcasi* hatte Anna offenbar nach einem Weg gesucht, wie sie sich an Artur für die erlittene Demütigung rächen konnte. Was lag da näher, als sich an Oberkommissar Kennel zu wenden, mit dem sie, und hier bestätigte sich ein alter Verdacht, auch vorher schon in Verbindung gestanden hatte. Der Hinweis, in Arturs Haus nach Kokain zu suchen, kam von ihr und wäre wohl auch goldrichtig gewesen, hätte

Artur die Ware nicht rein zufällig einen Tag vorher umgelagert, wie er mir nun verriet.

Kennel fand, erzählte Artur, grundsätzlich Gefallen an der schönen Anna, wenngleich ihr schlechter Leumund ihn vor einer Romanze zurückschrecken ließ. Aber Kennel war auch nur ein Mann und die ehemalige Nachtigall mit so vielen Reizen gesegnet, dass er sie unter dem Vorwand, sie als Spitzelin zu engagieren, immer wieder aufsuchte und schließlich die rettende Idee hatte, wie er sich Anna doch noch nähern konnte, ohne sich dem Argwohn seiner Gemeinde auszusetzen. Er wollte aus der Gefallenen eine Gläubige machen! Denn wie hätte sich ein Christenherz einer suchenden Seele verschließen können, wenn schon die Bibel diejenigen seligpries, deren Sünden vergeben wurden?

Er würde ihre Sünden vergeben.

Seine Gemeinde würde sie ihr vergeben.

Und zu seiner großen Freude ließ Anna sich darauf ein. Sie hatte genug von ihrem alten Leben. Sie wollte zurücklassen, was sie einst beherrscht hatte, und Teil einer Gemeinschaft sein, deren Augenmerk der Tugend galt und deren Taten nicht nur im Diesseits wohlgefällig waren, sondern im Jenseits ewiges Leben versprachen.

Anna wandte sich Gott zu.

Und Gott nahm sie, die Sünderin, in seine Arme.

In Gestalt des Pfarrers der St.-Thomas-Gemeinde, der sie taufte.

So wurde sie feierlich in die Gemeinschaft der Rechten und Gerechten aufgenommen. Und es hätte keinen glücklicheren Mann als Oberkommissar Kennel geben können und keine glücklichere Frau als Anna. Zwar waren da wohl nicht wenige, die hinter vorgehaltener Hand über Annas Vergangenheit lästerten, aber offenen Widerspruch wagte niemand, wenn auch ein gewisses Misstrauen gegenüber der ehemaligen Nachtigall blieb. Dennoch: Da Kennel ihr die Ehe versprochen und der Pfarrer sie getauft hatte, genoss sie bald hohes Ansehen, zudem sie ihre Umwelt mit Gottesfurcht, Bibelfestigkeit und Frömmigkeit zu beeindrucken wusste.

All das hätte ich unter anderen Umständen niemals geglaubt, ebenso wenig wie Isi, aber ich selbst hatte Annas religiösen Eifer wie Feuer auf meiner Haut gespürt, zudem malten die eingeholten Berichte über sie alle dasselbe Bild: Anna war in jeder erdenklichen Art konvertiert. Was vielleicht auch der Grund war, dass sie ihr neues Leben derart offensiv nach außen trug, weil sie wie fast alle Bekehrten danach suchte, über jeden Zweifel erhaben zu sein, und sich deswegen genötigt sah, ihre Treue mit überdeutlichen Gesten, Worten und Taten zu beweisen.

Lissis Interesse an mir tat der Zwischenfall jedenfalls keinen Abbruch, im Gegenteil: Zu wissen, dass ich nicht nur mit dem schillerndsten Ganoven Friedrichshains befreundet, sondern zudem noch das *ca* in *Arcasi* war und die Neujahrsnacht im Kittchen verbracht hatte, weil ich einem Polizisten fast den Schädel eingeschlagen hatte, schien sie schwer zu beeindrucken, denn schon auf dem Weg nach Hause flüsterte sie mir vor lauter Begierde die Art Dinge ins Ohr, die im Beichtstuhl mit zehn Vaterunsern oder fünf Rosenkranzgebeten nicht hätten gesühnt werden können. Zu meinem Bedauern aber musste das alles verschoben werden, denn Hans wartete, und ich wollte mit Artur und Isi besprechen, worauf wir uns in nächster Zeit wohl einzustellen hätten.

Am Abend dann trafen wir uns bei mir, tranken Wein, hörten Grammofon, bis ich das gesellige Beisammensein einfach unterbrach, weil mir mein Angriff auf Kennel zu schaffen machte und mich Arturs Kaltblütigkeit ebenso sorgte wie nervte.

»So gehts nicht weiter, Artur. Dieses Mal hattest du Glück, das nächste Mal schnappt er dich!«

Er nickte: »Es war knapp, ja.«

»Das heißt, du hörst damit auf?«

Er antwortete nicht darauf, was, wie Isi und ich wussten, nie ein gutes Zeichen war.

»Du willst doch nicht damit weitermachen?«, empörte sich Isi.

Wieder keine Antwort.

»Spinnst du?!«, schimpfte sie. »Wie kannst du auch nur daran denken, wenn Kennel dich beobachten lässt?«

»Ich mache eine Pause«, antwortete Artur ruhig. »Er wird mich nicht ewig überwachen.«

»Es läuft doch gut mit dem *Eden* und dem *Arcasi*! Vielleicht kannst du noch weitere Läden aufmachen? Das wäre doch eine gute Sache!«, bot ich eine Alternative an.

»Die Leute wollen immer etwas Neues. Und dann kommen andere und kopieren deine Ideen. Das ist anstrengend, und man ist nur erfolgreich, wenn man schneller und besser ist.«

»Das bist du!«, antwortete Isi.

»Noch.«

»Du wirst immer besser sein als die anderen«, warf ich ein.

»Ich will vor allem raus aus diesem Geschäft.«

»Raus?«, riefen Isi und ich unisono.

Wir sahen uns erstaunt an: Artur war geradezu gemacht für die Halbwelt. Er hatte sich aus aussichtsloser Position mit *Vergissmeinnicht* angelegt und gewonnen. Das hatte ihm einen solchen Respekt eingebracht, dass nicht einmal die größten Ringvereine auf die Idee gekommen wären, seine Position zu hinterfragen. Er war so unangefochten in diesem Viertel, dass man sich an ihn wendete, wenn es Probleme gab. Nicht an Kino-Paule.

»Ist es wegen Kennel?«, fragte ich.

»Es spielt keine Rolle, ob es Kennel, Silber-Kurt oder sonst wer ist. In diesem Geschäft erwischt es dich irgendwann. Das ist unvermeidlich. Und ich will mehr sein als nur ein zwielichtiger Gastronom, der ein paar gut gehende Läden hat. Ich will ganz nach oben!«

Das wollte er schon als Jugendlicher. Wie hatte ich nur annehmen können, dass er sich mit seinem jetzigen Status zufriedengeben würde? Dass er sich zurücklehnen würde, um die Früchte seiner Arbeit zu genießen?

Artur stand niemals still.

»Und was hast du stattdessen vor?«, fragte Isi.

»Immobilien«, antwortete Artur. »Immobilien sind die Zukunft. Alle kommen nach Berlin. Aber es gibt keinen Platz!«

»Du willst Bauunternehmer werden?«

»Ja. Ich werde bauen. Alles, was ich dazu brauche, sind Grundstücke.«

»Die du dir bei deinen *Warmsanierungen* holst«, schloss ich.

»Das ist nur ein schöner Grundstock. Genau wie die Beute von unserem Besuch im Stadtschloss vor zwei Jahren. Aber es ist nicht genug.«

»Nicht genug?«, fragte Isi verwundert.

»Ich kann nicht die ganze Stadt abfackeln.«

»Und was hast du vor?«, fragte ich.

»Ich werde kaufen. Ganz legal.«

Isi runzelte grinsend die Stirn: »Kaufen? Das klingt jetzt aber gar nicht nach dir. Wo ist da der Trick?«

»Wieso muss da ein Trick dabei sein?«, fragte Artur schmunzelnd, und die Art und Weise, wie er uns ansah, verriet, dass es natürlich einen gab.

»Wir hören?«, sagte ich daher neugierig.

»Nun, es gibt jede Menge Leute, die verkaufen wollen. Die Zeiten sind hart, viele sind in finanziellen Schwierigkeiten.«

»Das mag sein, aber die Grundstücke sind trotzdem teuer. Hast du so viel verdient, dass du sie einfach kaufen kannst?«

»Ich werde einen Kredit aufnehmen«, antwortete Artur.

»Über wie viel?«, fragte ich.

»Zehn Millionen.«

Isi und ich sahen uns verdattert an.

»Du machst wohl Witze!«, stieß ich aus. »Zehn Millionen? Wie willst du das je zurückzahlen?«

Artur zuckte mit den Schultern: »Ich habe nicht vor, es zurückzuzahlen.«

»Du weißt, dass auf Kreditbetrug Gefängnis steht?«, fragte Isi ironisch.

»Ja«, antwortete Artur ruhig. »Aber ich werde niemanden betrügen.«

»Wenn du die Freundlichkeit hättest, *das* einmal zu erklären?«

»Warum sind denn so viele in finanziellen Schwierigkeiten?«, fragte Artur zurück.

»Weil wir einen Krieg verloren haben?«, riet ich sarkastisch.

»Weil wir verurteilt wurden, zweihundertneunundsechzig Milliarden zu zahlen. Geld, das wir nicht haben. Die ganzen Kriegsanleihen können niemals zurückgezahlt werden – die Menschen haben einfach nichts mehr. Die Folgen seht ihr jeden Tag: Alles wird teurer. Die Reichsmark ist knapp ein Hundertstel von dem wert, was sie 1914 wert war. Und es hört nicht auf. Es sei denn, die Entente erlässt uns unsere Reparationen. Was glaubt ihr: Wird sie das tun?«

»Nein«, antwortete ich.

»Genauso ist es. Und was machst du, wenn du Geld, das du nicht hast und dir keiner sonst leihen will, trotzdem zahlen musst?«

»Du druckst es dir selbst«, schloss Isi.

Artur nickte: »Die Inflation wird jeden ruinieren, der noch Geld auf der Bank hat. Also, entweder tauscht man sein Geld in Devisen oder investiert es in etwas, das seinen Wert behält. Ersteres ist für Normalbürger so gut wie unmöglich, es sei denn, ein Ausländer tauscht dir dein Geld auf der Straße ein. Letzteres können nur die, die noch Geld haben.«

»Oder es sich leihen«, ergänzte Isi.

Artur nickte.

Nichts von dem, was Artur sagte, war neu oder gar geheim. Doch im Gegensatz zu Isi, mir oder sonst jemandem, den ich kannte, wusste Artur daraus seinen Nutzen zu ziehen: Er lieh sich Geld, das, wenn es tatsächlich so weitergehen würde, jeden Tag weniger wert wäre. Was für ihn bedeutete: Statt den Kredit eins zu eins zurückzuzahlen, würde er dabei zusehen, wie die Inflation den Wert der geliehenen Summe vernichtete. Derweil behielt er seine Grundstücke, deren Wert sich nicht vernichten ließ, außer durch einen Krieg. Und den hatten wir nicht nur hinter uns, es war auch das Einzige, was nun nicht mehr drohte, denn das Reich war zu einem Waffengang nicht mehr in der Lage.

»Das ist dir doch nicht erst gestern in der Zelle eingefallen?«

Artur schüttelte den Kopf: »Nein, ich denke da schon länger drüber nach.«

»Der Plan ist genial, Artur«, begann Isi, »aber leider wird er nicht funktionieren, weil dir die Banken kein Geld geben werden. Die erwarten Sicherheiten, und wenn sie erfahren, wie du dein Geld verdienst, werden sie dich aus ihren Büros werfen.«

Artur nickte: »Ja, wahrscheinlich.«

»Und du denkst, du kriegst den Kredit trotzdem?«, fragte ich verwundert.

»Ja.«

Wieder sahen Isi und ich uns an.

Dann endlich ging mir ein Licht auf: Artur brauchte einen Ritter in weißer Rüstung, einen Mann, der praktisch über Wasser gehen konnte. Einen, der so weit über den Dingen stand, dass es nicht einmal theoretisch denkbar war, ihm zu widersprechen.

Artur brauchte den mächtigsten Mann des Reiches.

Hugo Stinnes.

76

An jenem Samstagabend im Januar, dem 29., nahm schließlich das Unheil an Fahrt auf, das vor gut eineinhalb Jahren mit Frau von Lossow und einem Hühnerei seinen Anfang genommen hatte. Denn Frau von Lossow hatte Isi in die besseren Kreise geführt, wo sie wiederum Aldo von Torstayn kennenlernte, der sie gegen den ausdrücklichen Wunsch seiner Familie heiratete. Die von Torstayns aber begnügten sich nicht mit Ablehnung oder überheblicher Ignoranz als Reaktion darauf, sie dachten gar nicht daran, ihren Erstgeborenen an eine Bürgerliche von fragwürdiger Moral, emanzipatorischer Haltung und revolutionärer Gesinnung abzutreten, und bald schon würde sich zeigen, wie geschickt sie ihren Einfluss einsetzten, und auch, das muss man so sagen, wie hart sie zurückschlagen konnten.

Einstweilen aber gab Aldo ein Fest.

Eine Soiree der Mächtigen.

Männer in Frack und Zylinder, mit Vatermörderkragen, weißen Hemden und manikürten Fingernägeln. Männer mit ausgesucht guten Manieren, die darüber hinwegtäuschten, dass jeder von ihnen bereit war, über Leichen zu gehen, wenn es ihnen denn diente. Und unter all den Adligen, Industriellen und Politikern stach einer heraus, der in seinem Auftreten kaum unauffälliger hätte sein können: Hugo Stinnes. Auch er trug Abendgarderobe, aber die war weder besonders erlesen noch neu. Er sprach mit überraschend leiser, hoher Fistelstimme, die sein Gegenüber dazu nötigte, still zu sein, um ihm zuhören zu können. Seine schwarzen Haare waren zu einem sehr akkuraten Bürstenschnitt frisiert, der sich langsam grau färbte.

Während sich andere mit Sekt und Wein zuprosteten, trank Stinnes nicht. Überhaupt hatte er keinen Sinn für das, was andere im *Eden* so erfreute: Wein, Weib und Glücksspiel. Hugo Stinnes interessierte nur das Geschäft, und dieses Geschäft hatte er revolutioniert. Denn während andere fleißig ihre Unternehmen großgezogen hatten und ganz in ihrer Rolle als Generaldirektor oder Patriarch aufgingen, kaufte er sich überall ein. Er wurde Teil von dem, was andere erschaffen hatten, bis er es schließlich ganz übernahm. Niemand konnte es mit seiner Gedankenschnelle und seinem Geschick aufnehmen, niemandem schien er geheuer, aber alle suchten seine Nähe. Denn wo er war, war das Geld. Nur dass die anderen nicht begriffen, dass sie davon nur das sehen würden, was er ihnen zugestehen würde. Und das war selbstredend immer der kleinere Teil.

Der zweite Mann im Raum, der große Aufmerksamkeit erregte, war Artur.

Während ihn die eine Hälfte der etwa zwanzig geladenen Gäste aus dem *Eden* kannte und sich hinter vorgehaltener Hand wie Pennäler über ihre dortigen Abenteuer amüsierte, starrte ihn die andere, die ihn nicht kannte, an, weil er diese Gesichtsmaske trug, die ihn so unheimlich und rätselhaft machte. Ich bewunderte ihn für seine ruhige, geradezu entspannte Art, mit der er die Gesellschaft beobachtete, Männer begrüßte, die er kannte, Visitenkarten von denen annahm, die er nicht kannte, die aber von den Freuden des *Eden* gehört hatten und deswegen seine Nähe suchten. Stinnes, wegen dem er eigentlich gekommen war, schien er zu ignorieren. Und der ihn.

Aldo dagegen sprang ein wenig überdreht zwischen den Grüppchen hin und her, scherzte, trank und plauderte, während ich mich in eine Ecke des großen Salons verzogen hatte und so tat, als bewunderte ich die Bilder an den Wänden. Der Hochmut, die verdichtete Selbstgefälligkeit, welche gletscherhart und tonnenschwer durch den Raum walzte, schüchterte mich ein.

»Na, ist das nicht mal eine schöne Ansammlung ehemaliger Zuchtbullen?«, flüsterte Isi, die mich erschreckte, so leise hatte sie sich herangeschlichen. »Ein paar von denen würden mir auf der Stelle ein kleines Schloss kaufen, wenn ich da auf sie warten würde.«

»Hmm«, machte ich.

»Du meldest dich in letzter Zeit nicht gerade oft. Hält Lissi dich so auf Trab?«

Ich grinste und schaute verlegen zur Seite.

»Jetzt erzähl doch mal!«, neckte sie mich. »Amüsiert ihr euch?«

»Isi, bitte!«

Sie kicherte und hakte sich dann bei mir ein: »Schon gut, du Schäfchen. Komm, lass uns ein bisschen mit den Wölfen spielen gehen.«

Neben Aldos Stammdienerschaft schwirrten noch einige zusätzliche Kräfte herum, die mit Argusaugen nach sich leerenden Gläsern Ausschau hielten, um dann stumm und geübt wie aus dem Nichts aufzutauchen, einzuschenken und wieder zu verschwinden. Die Tafel in der Mitte war festlich eingedeckt, natürlich mit Silberbesteck und Porzellan aus Meißen und einer schneeweißen Tischdecke mit silbernen Kandelabern.

Isi machte sich einen Spaß daraus, mit den alternden Gecken zu kokettieren, Sätze zu beginnen, sie vielsagend enden zu lassen und dabei zu beobachten, wie in den Köpfen der Männer ein Film zu laufen begann, dessen Bilder man an nur ganz bestimmten Stellen der Stadt als *Bückware* gereicht bekam, Fotos, die man heimlich hervorkramte und unauffällig mit dem Gesicht nach unten über die Theke schob.

Es gab allerdings auch einige wenige Männer mittleren Alters, ehemalige Burschenschaftler, zumeist mit stechendem Blick und Schmissen im Gesicht. Darunter zwei noch jüngere mit einigermaßen sympathischen Gesichtern, akkuraten, fast militärisch anmutenden Frisuren und ohne die verräterischen Stigmata in der Visage, die jedem schon von Weitem verrieten, wes Geistes Kind man war. Sie stellten sich als Erwin Kern und Herrmann Fischer vor, beide Studenten und in gewisser Weise ebenso fehl am Platz wie Isi und ich. Sie schienen keinen der mächtigen Männer im Raum näher zu kennen. Als ich sie fragte, wie sie denn hierhergekommen seien, zuckten sie nur lächelnd mit den Schultern und schwiegen bedeutungsvoll. Offensichtlich wollten sie nicht mehr dazu sagen, und so hakte ich nicht weiter nach.

Später im Gespräch merkten wir ihnen ihre nationale Gesinnung, vor allem aber ihre Verbitterung an, denn beide waren im Krieg gewesen und hatten die Erlebnisse sowie die Schmach der Niederlage nicht gut verkraftet. Rasch zog ich Isi weiter, bevor sie mit ihnen einen Streit beginnen konnte, denn ich wollte den Abend nicht in einem Missklang enden lassen.

Isi gab mir ihr Versprechen, dass sie sich ruhig verhalten wollte, weniger wegen Aldo, denn sie brauchte dieses verschwenderische Leben nicht, als wegen Artur, dessen Ambitionen sie nicht torpedieren wollte, indem sie einen Eklat entfachte.

So kam das Essen, und es war exquisit.

Die Gespräche waren lebhaft, blieben jedoch an der Oberfläche, was, wie mir schien, dem Umstand geschuldet war, dass eine Frau mit am Tisch saß, was die Herren disziplinierte. Jedenfalls gab man sich große Mühe, charmant zu bleiben, und mied kontroverse Fragen.

Nach dem Kaffee bat Aldo in einen weiteren Salon, in dem Zigarren und Cognac gereicht wurden. Ich konnte sehen, wie er Stinnes und Artur miteinander bekannt machte. Zu dritt standen sie dort und waren bald in ein Gespräch vertieft, das andere nicht zu stören wagten, weil ihre Mienen ernst und konzentriert aussahen und eine Behelligung mehr als unhöflich gewesen wäre.

Mittlerweile hatten sich die Blicke, die Isi galten, von begierig zu verärgert verwandelt, denn eigentlich war der Gang ins Raucherzimmer Männern vorbehalten, und man konnte förmlich spüren, wie dringend sie endlich unter sich sein wollten. Um die Dinge zu besprechen, von denen Frauen ihrer Meinung nach nichts verstanden: Politik, Wirtschaft oder Gesellschaft.

Isi erwiderte ihre tadelnden Blicke trotzig, scherzte und trank mit mir so lange, bis aus Verärgerung feindselige Spannung wurde, die genauso mir galt, denn ich war hier natürlich ebenfalls ein Fremdkörper.

Da löste sich Aldo aus seinem Gespräch und kam mit einem entschuldigenden Lächeln auf uns zu. Und bevor er etwas sagen konnte, wusste ich bereits, was es sein würde, und griff vorsorglich Isis Hand.

»Isi, Liebling, warum vergnügst du dich nicht mit Carl etwas in der Stadt? Ich rufe dir gerne ein Taxi!«

Ich konnte spüren, wie Isi ganz steif wurde vor lauter Wut. Sie funkelte Aldo an und konnte nur mühsam den Zorn in ihrer Stimme unterdrücken. »Du wirfst mich raus? Aus meinem Zuhause?«

»Aber nein, mein Liebling! Natürlich nicht. Ich denke nur, dass es hier langweilig für dich sein könnte. Nicht wahr, Carl? Das ist doch jetzt nichts mehr für eine Frau?«

Es war nicht böse gemeint, noch wich es von der üblichen Haltung Frauen gegenüber ab. In Aldos Augen konnte ich ein einziges Flehen sehen, ihm bitte zur Seite zu stehen.

»Also, ich hätte schon Lust, ein wenig auszugehen!«, sagte ich schnell. »Ich finde es nämlich tatsächlich stinklangweilig hier!«

Aldo lächelte mich dankbar an.

»Ich nicht!«, gab Isi zurück.

»Liebes, sei doch nicht so unvernünftig!«, mahnte Aldo.

Isis Blicke schnitten Aldo in feines Carpaccio.

Ausgerechnet Aldo, der sich in seinem ganzen Leben weder für Politik noch für Wirtschaft oder gesellschaftliche Verhältnisse interessiert hatte, gab Isi nun zu verstehen, dass die Themen hier zu hoch für sie wären.

»Na komm, lass uns abhauen!«, lockte ich sie.

Für einen Moment waren wir uns beide nicht sicher, ob sie nicht hochgehen würde wie eine Silvesterrakete, aber als sie kurz zu Artur rüberblickte und der ihr fast unmerklich zunickte, schien sie sich zu fassen und sagte: »Gut, gehen wir.«

Um dann Aldo anzuflöten: »Rechne heute nicht mehr mit mir, mein Liebling! Du kannst mich morgen gerne bei Carl abholen – wenn deine wichtigen Freunde es denn zulassen.«

Aldo seufzte unglücklich und versuchte noch, ihre Hand zu ergreifen, ihr vielleicht einen Kuss abzuringen, aber Isi wandte sich auf dem Absatz um und rauschte davon. Und weil das nicht reichte, knallte sie hinter sich die Tür derart fest zu, dass wir draußen die Gläser klirren hören konnten. Man konnte ihr ja viel vorwerfen, aber eines sicher nicht: dass sie nicht gewusst hätte, wie man einen dramatischen Abgang hinlegte.

Für Aldo dagegen war es vor seinen neuen Freunden eine schwere Demütigung. Aber vor allem war es für die beiden der Anfang vom Ende und gleichsam der Beginn einer Katastrophe.

77

Zu den großen Lächerlichkeiten meines Gewerbes gehörten nicht nur die Exaltiertheiten seiner einzelnen Mitglieder, die großen Dramen, die sich im und um den Film herum abspielten, sondern auch, dass Geheimnisse nirgendwo schlechter bewahrt wurden als in der Nähe eines Drehorts. Das mochte mit dem eitlen Drang zusammenhängen, sich selbst interessant zu machen, indem man vorgeblich Dinge wusste, die sonst niemand wusste. Auf diese Weise wussten alle immer alles, und man musste sich stets bemühen, auch alles zu wissen, um nicht in den Verdacht zu geraten, nicht Teil des inneren Zirkels zu sein und damit: völlig unwichtig.

So kursierten eigentlich dauernd brandheiße Informationen, die niemand wissen durfte, die aber in Windeseile von Ohr zu Ohr geflüstert wurden, meist mit dem Zusatz: *Das hast du aber jetzt nicht von mir!* Manchmal wurden Dinge, die wirklich frei erfunden waren, in einem seltsamen Akt selbst erfüllender Prophezeiung tatsächlich Wirklichkeit. Fiktion wurde zu einem Fakt, Fakten zu Fiktion, und nichts davon ließ sich mehr trennen, und wenn man ehrlich war: Niemand wollte es! Nicht einmal ich, denn eine spannende Geschichte war tausendmal besser als die langweilige Realität.

Eine dieser Geschichten war, dass Paul Davidson, mein Mentor, und Ernst Lubitsch, der Regisseur, den ich bewunderte wie keinen anderen, beschlossen hatten, eine eigene Produktionsgesellschaft zu gründen, um sich von der UFA loszulösen. Für mich persönlich war das ein Schock, und obwohl noch nichts offiziell war, hatte ich das ungute Gefühl, dass dieses Gerücht tatsächlich der Geruch der Wahrheit umwehte: *Madame Dubarry* war ein gewaltiger Erfolg, der Verkauf der Rechte in die USA ein Coup gewesen. Warum also sollten diese beiden Giganten die nächsten Produktionen nicht auf eigenes Risiko angehen, um sich anschließend die Gewinne zu teilen? Was sollte sie aufhalten? Was sie anpackten, wurde zu Gold – warum es also mit der UFA teilen?

Das aber würde möglicherweise bedeuten, dass die UFA ihre beiden größten Macher verlieren würde, was – vertraulichen Quellen zufolge – hektische Betriebsamkeit im Direktorium auslöste. Es brauchte zumindest mittelfristig Ersatz. Was lag da näher, als bei der zweitgrößten Produktionsgesellschaft zu räubern, der Decla-Bioskop Film AG, die in Neubabelsberg große Studios unterhielt und mit *Das Cabinet des Dr. Caligari* und *Die Spinnen* große Erfolge gefeiert hatte? Warum nicht bei Produzent Erich Pommer anklopfen, der sich mittlerweile einen Ruf wie Donnerhall erarbeitet hatte? Und wenn man schon dabei war: Warum nicht den Regisseur abwerben, über den wochenlang die ganze Stadt gesprochen hatte? Der einen ungeheuerlichen Skandal nur deswegen schadlos überstand, weil Erich Pommer es offenbar geschafft hatte, die Detonation so klein zu halten, dass die Sache eigentlich nur noch die Filmschaffenden brennend interessierte? In unserem Gewerbe war ein Skandal besser als *kein* Skandal, wenn man auch niemals von ihm hinweggefegt werden durfte.

Was also war geschehen, dass dieses Rauschen in allen Produktionsfirmen der Stadt ausgelöst hatte und einen Namen fast so bekannt gemacht hatte wie den des skandalfreien Lubitsch?

Um das zu erklären, muss ich zunächst etwas zurückspringen zu dem Tag, an dem Isi und Aldo heirateten. An diesem 1. Oktober 1920 wurde zeitgleich zur Hochzeit auf dem Jüdischen Friedhof in Weißensee eine Frau in aller Stille beerdigt, die eine knappe Woche zuvor unter höchst mysteriösen Umständen zu Tode gekommen war: Elisabeth Rosenthal. Dabei war es nicht das Opfer, das diesen Fall so brisant machte, sondern der mutmaßliche Täter: ihr Ehemann Fritz Lang. Der aufgehende Stern am Regiehimmel, der Mann, der mit *Die Spinnen* so großen Erfolg gehabt hatte, dass er *Das Cabinet des Dr. Caligari* Robert Wiene überlassen musste, weil er eine Fortsetzung zu drehen hatte.

Wie Elisabeth Rosenthal starb, wurde nie abschließend geklärt, aber selbstredend schossen die Geschichten und Geschichtchen nur so ins Kraut. Als gesichert konnte gelten: Elisabeth Rosenthal wurde mit der Waffe ihres Ehemannes, einem Browning-Revolver, erschossen. Und: Fritz Lang war zum Zeitpunkt ihres Todes mit ihr in ihrer gemeinsamen Wohnung in Wilmersdorf. Mutmaßungen über alles Weitere verbreiteten sich wie die Fontäne des größten Gerüchtegeysirs der Welt, der jeden Tag neue heiße Nebelwolken in sein Umfeld stieß.

Dennoch gab es von den vielen Versionen eines Vorganges, der immer mit dem Tod Elisabeth Rosenthals endete, eine, die sich unter uns durchsetzte. Sie stammte von der Ehefrau des Produzenten Hermann Millkowski, einer guten Freundin Elisabeth Rosenthals, und begann mit der chronischen Untreue Langs, der sich nicht einmal die Mühe gab, seine Liebschaften geheim zu halten, sondern seine Gespielinnen vollkommen unverfroren auch zu Premieren oder offiziellen Festivitäten mitnahm und sie somit der Öffentlichkeit präsentierte.

Das freute keine Ehefrau, und so war Frau Rosenthals Zorn sehr nachvollziehbar – nur nicht für Lang selbst, zu dessen Selbstverständnis es zu gehören schien, sich zu nehmen, wonach ihm der Sinn stand. Wie zum Beispiel auch Thea von Harbou, die bekannteste Drehbuchautorin des Reiches und zum Zeitpunkt ihrer Liaison mit Lang offiziell noch mit dem Schauspieler Rudolf Klein-Rogge verheiratet, dem Lang später, vielleicht auch als Wiedergutmachung, die eine oder andere Hauptrolle zukommen ließ.

In jedem Fall erwischte Frau Rosenthal am 25. September gegen neunzehn Uhr ihren Ehemann mit Thea von Harbou zu Hause in Wilmersdorf bei einer *Drehbuchbesprechung* in einem Zustand offensichtlicher Entkleidung. Alles, was dann folgte, hatte so deutliche Unschärfen, dass letztlich nur zwei, höchstens drei Menschen wussten, was wirklich passiert war: Fritz Lang und seine Frau Elisabeth. Und möglicherweise auch Thea von Harbou.

So notierte der protokollierende Arzt *Unglücksfall* auf den Totenschein.

Lang dagegen gab *Suizid* an.

Er wollte seine Frau in der Badewanne gefunden haben, die Pistole sei ihr nach dem Schuss aus der Hand gefallen. Absolut ungewöhnlich war in diesem Zusammenhang jedoch, dass Frau Rosenthal durch einen Schuss in die Brust gestorben war. Nicht in den Kopf oder Mund, wie man es bei einem Selbstmord hätte erwarten müssen.

Thea von Harbou jedenfalls bestätigte die Suizidversion Langs. Es war also anzunehmen, dass auch sie anwesend gewesen war, als Elisabeth Rosenthal starb.

Später erklärte Lang den Beamten, dass seine Frau schon seit einiger Zeit depressiver Stimmung gewesen wäre, was wiederum im Widerspruch zu der Aussage einer Freundin von Elisabeth Rosenthal stand, die sich unmittelbar vor deren Tod zu einem gemeinsamen ausgedehnten Einkaufsbummel mit ihr verabredet hatte.

Die Frage wäre berechtigt gewesen, ob eine schwer Depressive eine solche Tour auf sich genommen hätte, ob all die anderen Ungereimtheiten nicht besser hätten aufgeklärt werden müssen, aber offenbar hatte Erich Pommer seinen ganzen Einfluss eingesetzt, um eine Untersuchung zu unterbinden.

So wurde Elisabeth Rosenthal still beerdigt, und Fritz Lang heiratete Thea von Harbou.

Mit den Wochen und Monaten verblasste der Skandal und rückte doch näher an uns heran, denn wenn Davidson und Lubitsch wirklich ernst machten, würden Pommer und Lang vielleicht tatsächlich Teil des Konzerns werden. Was würde das für uns bedeuten? Natürlich wusste niemand irgendetwas, aber das Aufköcheln von Gerüchten machte Spaß, und es gab förmlich einen Wettbewerb, wer seine Informationen so glaubwürdig vortragen konnte, dass sie das Getuschel der anderen übertrumpften. Dann aber kam der Februar, und ausgerechnet ich war derjenige, der alle anderen Klatschköche ausstach.

Ich hatte in den Studios noch aufgeräumt und war somit einer der Letzten, der das Glashaus verließ. Lissi erwartete mich bereits draußen und gab mir einen Kuss.

Es lief gut zwischen uns, meine Gefühle für sie waren nicht vergleichbar mit dem Feuer, das Marlies oder Masha in mir entfacht hatten, aber unser Miteinander war harmonisch, und ich glaubte, sie tatsächlich zu lieben. Auf eine andere Art und Weise, aber Liebe war es doch.

Sie hatte irgendwann angefangen, mich über meine Arbeit auszufragen, und ich hatte ihr viel erzählen können von den täglichen Abenteuern im Glashaus, von der Negri, Liedtke und Lubitsch, und sie hatte immer mit großen Augen zugehört und gelacht, wenn ich ihr wieder etwas Verrücktes berichten konnte.

»Du hast so ein Glück, dort zu arbeiten, Carl! Du weißt ja gar nicht, wie aufregend das alles ist!«

Ich hatte mit den Schultern gezuckt und gesagt: »Man gewöhnt sich dran. Und letztlich sind die Leute da auch nicht anders als anderswo. Sie machen nur mehr Gewese um sich.«

»Du kannst gerne im Kolonialladen anfangen!«, antwortete sie. »Du würdest schnell feststellen, wie öde es da ist.«

Sie mochte recht haben, wenn ich mir auch sicher war, dass man in einem solchen Laden auch viele sehr seltsame Leute kennenlernen konnte. Wenn man denn ein Auge dafür hatte.

An diesem Abend hakte sie sich gerade bei mir ein, als eine Limousine vorfuhr und gleich neben uns hielt. Der Fahrer sprang heraus und öffnete die Fond-Tür: Fritz Lang stieg aus. Und hinter ihm Erich Pommer.

Da wusste ich, dass an den Gerüchten tatsächlich etwas Wahres sein musste, dass die UFA bereits sondierte, wie sie Lubitsch und Da-

»Du bist aber nicht in meiner Branche, Lissi!«

Sie grinste: »Aber vielleicht könnte ich es ja sein? So ein bisschen schauspielern kann ich sicher auch!«

Sie funkelte mich belustigt an, und endlich schien sie zu bemerken, wie es mir ging.

»Aber, Carl!«, rief sie erschrocken. »Bist du etwa eifersüchtig?«

Das war ich. Zu meiner eigenen Verwunderung.

»Jetzt sei doch nicht dumm, Carl! Ich liebe doch nur dich!«

Sie gab mir einen Kuss.

Dann gab sie mir Langs Visitenkarte: »Hier! Nimm sie! Ich will sie gar nicht!«

Sie drückte sie mir in die Hand.

»Kannst sie ruhig zerreißen, Carl! Ich will doch nicht, dass du unglücklich bist!«

Ich steckte die Karte in die Manteltasche.

»Na, siehst du! Sind wir jetzt wieder gut miteinander?«

Ich nickte.

Wir gingen nach Hause.

Schliefen miteinander.

Ungestüm.

Leidenschaftlich.

Wild.

Beide wie von Sinnen, aber doch nicht eins.

Als sie am Morgen dann zur Arbeit ging, nahm ich die Visitenkarte, auf der nur Name und Adresse standen, und zerriss sie in tausend Stücke.

78

Artur bekam seinen Kredit, und obwohl Isi und ich natürlich allergrößtes Zutrauen in seine Fähigkeiten hatten, fragten wir uns doch, was er Stinnes im Gegenzug angeboten hatte. Eines war uns beiden völlig klar: Irgendetwas musste es gewesen sein, denn Stinnes war dafür bekannt, sich auf nichts einzulassen, wenn er nicht selbst am meisten davon profitierte. Und die üblichen Vergnügungen, wie sie Artur anderen anbieten konnte, lockten Stinnes sicher nicht.

Auch im Glashaus ging es dieser Tage hoch her. Meine Beobachtung machte mächtig Eindruck, und nun war ich es, der die heißesten Nachrichten verbreiten konnte. Pommer und Lang standen wohl doch in direkter Verbindung zur UFA, obwohl die Direktion nicht müde wurde zu betonen, dass der Besuch lediglich informeller Natur gewesen sei. Niemand glaubte ihnen – erst recht nicht, als Davidson im Frühjahr verkündete, dass er die EFA, die Europäische Film-Allianz, gegründet hatte, im direkten Zusammenspiel mit den Amerikanern. Beiläufig wurde erwähnt, dass unter anderem auch eine gewisse E. L. Film GmbH für ihn Filme realisieren würde. Nach kurzer, geradezu alberner Geheimniskrämerei wurde die E. L. Film GmbH dann in die Ernst Lubitsch Film GmbH umbenannt. Offiziell sollte sich nichts ändern, die UFA und Lubitsch waren einander nicht gram, und man wollte weiter partnerschaftlich zusammenarbeiten. Aber ich denke, nur noch ein Idiot hätte da die Nachtigall *nicht* trapsen gehört.

Lissi hatte Lang nach unserer Begegnung nicht mehr erwähnt, sodass ich annahm, sie hätte tatsächlich nur ihrem lebhaften Charakter folgend mit ihm kokettiert, während ich wie erstarrt gewesen war. Jeder war der, der er nun mal war. Wie hätte ich ihr das zum Vorwurf machen können?

Von Aldo und Isi sah ich eine ganze Weile nichts, unser monatliches Treffen im *Arcasi* hatte Isi ausfallen lassen, und am Telefon gab sie nur knapp Auskunft, aber da ich auch nichts Gegenteiliges hörte, dachte ich, den beiden ginge es gut. Zumal Aldo am Morgen nach der Soiree zerknirscht vor meiner Haustür gestanden hatte, mit einem riesigen Strauß Blumen. Isi verzieh ihm huldvoll nach angemessen langem Geziere.

Am 8. März dann besetzten Franzosen und Belgier Düsseldorf, Duisburg und Ruhrort, nicht nur, um ihren Standpunkt in Fragen der Reparation zu unterstreichen, sondern auch, um den Zugriff auf strategisch wichtige Punkte zu erlangen, von denen aus sie den Abtransport der Waren und Güter, vor allem in den Häfen Duisburg-Ruhrorts, kontrollieren konnten. Dabei agierten sie nicht besonders zimperlich, auch weil sie täglich die zerstörten Städte und Dörfer in den Grenzregionen ansehen mussten, die Gräben und Bombentrichter, die findige Geschäftsleute zu Ausflugszielen gemacht hatten, um Neugierigen heilige Schauer der Furcht und des Entsetzens über die Rücken zu jagen, weil man immer wieder Schädel und Knochen darin fand. Dementsprechend kümmerte es beide Nationen wenig, wie diese Besetzung bei den Deutschen ankam. Und sie kam extrem schlecht an, denn nicht nur die Rechten waren empört.

Alle waren es.

Was aber niemand wahrnahm oder wahrnehmen wollte: So empört das ganze Land über diesen Einmarsch war, so wenig war man bereit anzuerkennen, dass *wir* es 1914 gewesen waren, die den Krieg in fremdes Territorium getragen hatten. Wir hatten sie zuerst verletzt, jetzt schlugen sie zurück. Letztlich war wohl allen klar: Die wechselseitigen heftigen Emotionen würden weder Verständigung noch Versöhnung erlauben.

Im Großen genauso wenig wie im Kleinen.

Keine zwei Wochen nach dem Einmarsch rief mich Isi an, wobei ich schon an ihrer Stimme hören konnte, dass etwas nicht stimmte.

»Was ist los?«, fragte ich sie, als nach minutenlangem lustlosem Geplänkel plötzlich eine solche Stille in der ewig rauschenden Leitung aufzog, dass das Fräulein vom Amt nachfragte, ob noch jemand am Apparat wäre. Telefonate waren nie privat, und so beeilte ich mich zu sagen: »Ja ja, alles in Ordnung. Wollen wir uns vielleicht treffen, Isi?«

Sie wollte.

Allerdings bestand sie darauf, dass Artur auch anwesend wäre, und so trafen wir uns tags drauf abends im *Arcasi* und bestellten Bier.

»Ich mache mir Sorgen!«, sagte Isi schließlich, nachdem sie das Glas in einem Zug zur Hälfte ausgetrunken hatte.

»Inwiefern?«, fragte ich.

»Aldo.«

»Was ist mit ihm?«

Sie zögerte mit der Antwort, dann aber sagte sie: »Er ist komisch.«

Artur und ich sahen uns an.

Dann fragte Artur: »Komisch?«

Sie nickte: »Er redet dauernd über Politik …« Sie sah erst mich, dann Artur an und hob dabei ratlos die Hände: »Versteht ihr? Aldo redet über Politik! Alles, was ihn bisher interessiert hat, war, wie er sich bestmöglich vergnügen und am sinnlosesten Geld ausgeben kann. Und jetzt redet er über Politik.«

»Was sagt er denn so?«, fragte ich.

»Dass alles schiefläuft. Dass sich das Reich unter den jetzigen Bedingungen niemals wird erholen können. Dass die Reparationen alle ruinieren. Dass die Politiker den Siegermächten nicht genügend entgegensetzen würden.«

»Was denn?«, fragte Artur.

»Das habe ich ihn auch gefragt. Das Land liegt so am Boden, dass wir gar nichts tun können, außer an die Vernunft der Entente zu appellieren.«

Artur nickte: »Bei den Engländern und Amerikanern ginge das vielleicht. Aber nicht bei den Franzosen.«

»Ja, und jetzt sind sie auch noch einmarschiert. Aldo hat getobt, dass man sich so was nicht bieten lassen dürfe.«

»Und wie stellt er sich das vor?«, fragte Artur.

Isi seufzte: »Ich weiß einfach nicht, was mit ihm ist. Plötzlich ist unser Heer von der Revolution verraten worden. Plötzlich hätten wir den Krieg gewinnen können, wenn Erzberger nicht einfach die Kapitulation unterschrieben hätte. Plötzlich hätte man weiterkämpfen und lieber sterben sollen, als sich einer solchen Schande zu unterwerfen.«

»Ist vielleicht nur eine Phase«, antwortete ich. »Weißt du noch, als die Waffenstillstandsbedingungen bekannt geworden sind? Da sind alle durchgedreht. Vor allem weil Deutschland ganz allein am Krieg schuld sein sollte.«

»Ja, mag sein. Aber für Aldo war das damals kein Thema. Aber jetzt hat er plötzlich mit all dem ein Problem.«

»Der beruhigt sich schon wieder!«, wehrte Artur ab.

Isi wurde plötzlich laut: »Seit dieser Soiree ist er anders. Seit er Stinnes und diese anderen getroffen hat, ist er nicht mehr derselbe!«

Artur zuckte mit den Schultern: »Das sind beeindruckende Leute, Isi. Ist es da ein Wunder, dass es ein bisschen auf ihn abgefärbt hat?«

»Was habt ihr miteinander besprochen?«, fauchte sie schon beinahe.

Artur machte eine beschwichtigende Geste: »Als Erstes möchte ich, dass du dich beruhigst. Es ist ganz sicher nicht meine Schuld, wenn Aldo sich komisch verhält.«

»Ach nein?!«

»Nein.«

Sie funkelte ihn böse an, doch dann wurde ihr Blick wieder weich, und sie trank einen Schluck: »Entschuldige bitte, Artur. Ja, du bist sicher nicht schuld, das weiß ich ja. Aber ich mache mir Sorgen. Aldo ist … wie soll ich sagen: Er ist kein starker Mensch. Nicht wie du.«

»Oder ich«, half ich säuerlich nach.

Isi grinste und gab mir einen Kuss auf die Wange: »Oder du, Carl Schneiderssohn.«

Unleidig brummelnd trank ich von meinem Bier.

Artur fuhr fort. »Und zweitens: Ich kenne die Männer nicht, die Aldo eingeladen hat. Ich war nur wegen Stinnes da.«

»Was sich ja auch ausgezahlt hat«, antwortete ich und fragte gleich hinterher: »Wie hast du das mit dem Kredit eigentlich geschafft?«

Artur schwieg und zuckte vielsagend mit den Schultern.

»Würde mich auch interessieren«, sagte Isi.

Artur schüttelte den Kopf: »Ist nicht so wichtig. Wichtig ist, ob Aldo nur ein bisschen rumspinnt, weil er den anderen imponieren will oder …«

»Oder?«, fragte ich.

Wieder schüttelte Artur den Kopf: »Kein Oder. Er spinnt nur rum.«

»Sicher?«, fragte Isi.

»Ja. Aldo ist leicht zu beeinflussen. Er will sich beweisen, will seinem Vater zeigen, dass er mehr sein kann als nur der Sohn eines schwerreichen ostelbischen Junkers. Sobald er eine Aufgabe gefunden hat, wird er sich wieder beruhigen.«

»Was für eine Aufgabe sollte das sein?«, fragte ich.

»Nun, er hat Zugang zum Hochadel. Nicht nur im Reich, sondern auch in England. Und ich glaube sogar in Russland – wenn die sich mit ihrer Revolution irgendwann mal wieder einbekommen. Und falls dann zufälligerweise noch ein Adliger leben sollte. Wenn Aldo seine Trümpfe geschickt einsetzt, kann er da viel Geld machen.«

»War das das Thema eures Gesprächs mit Stinnes?«, fragte Isi.

»Wir haben über viele Dinge gesprochen«, wich Artur aus. »Was ich eigentlich sagen will: Sobald er einen Handel eingefädelt und dafür viel Geld bekommen hat, wird er wieder der alte Hallodri sein.«

»Es sei denn, ich drücke ihm vorher im Schlaf ein Kissen auf das Gesicht«, antwortete Isi lakonisch. »Ich kann dieses nationalistische Gequatsche nicht ertragen.«

»Im Moment quatschen alle. Die Leute werden sich schon wieder beruhigen. Die haben sich 1919 auch wieder beruhigt.«

Isi schien nachzudenken.

Dann nickte sie: »Vielleicht hast du recht.«

Auch ich fand, dass das alles sehr wahrscheinlich klang, und so endete der Abend beschwingt.

Es war der letzte sorglose.

79

Artur verschwendete keine Zeit, begann, Haus um Haus und Grundstück um Grundstück zu kaufen, und agierte dabei genauso offensiv und geschickt wie damals mit unserem Fuhrunternehmen in Thorn. In dieser Zeit erlebte ich ihn wieder so, wie er immer schon gewesen war: mutig und unaufhaltsam einem Plan folgend. Einem legalen. Da war nichts mehr vom Ganoven zu spüren, er war nur noch ein Geschäftsmann, der die Zeichen der Zeit erkannt hatte und sich jetzt, in diesem günstigen Augenblick, einen Vorsprung herausarbeitete, den andere nie wieder aufholen würden.

Dagegen schienen Aldo und Isi in immer schwierigeres Fahrwasser zu geraten. Seine politischen *Spinnereien* verflogen nicht, ganz im Gegenteil. Er gab Abendgesellschaft um Abendgesellschaft, bei der Isi nicht erwünscht war. Natürlich hätte sie ohnehin nicht teilnehmen wollen: Stattdessen verbrachte sie diese Zeit lieber bei mir zu Hause oder im *Arcasi*. Letzteres hatte zur Folge, dass die Leute begannen, sich das Maul zu zerreißen, denn dass eine Frau ständig alleine in einer Diele war, war nicht nur ungewöhnlich, sie geriet dadurch blitzartig in Verruf, selbst in Lokalitäten wie dem *Arcasi* mit seinen vielen zwielichtigen Gestalten.

Mal hieß es, sie sei leicht zu haben, obwohl sie sich niemals mit jemandem einließ. Dann wieder, sie verdiene ihren Lebensunterhalt als Edelprostituierte, weil Artur sie höchstbietend an die Herrschaften des *Eden* verscherbele. Andere glaubten, dass sie ihr Büro, in dem sie vor allem in Not geratenen Frauen oder Puppenjungen half, als Erotikbörse missbrauchte. Und natürlich ließen ihre Séancen, die spiritistischen Anrufungen ins Jenseits und Spielereien an Hexenbrettern, die wildesten Blüten blühen, ironischerweise nur die eine nicht, nämlich dass diese Sitzungen nichts als ein frecher Schwindel waren.

Letztlich geschah das, was selbstbewussten jungen Frauen in jener Zeit immer geschah: Sie waren zu suspekt, als dass man sie einfach in Ruhe lassen konnte. Jemand, der so hervorstach, musste zurück in die Unsichtbarkeit oder vernichtet werden. Und weil Isi für sich in Anspruch nahm zu tun, was sie für richtig hielt, waren die Mienen ihr gegenüber skeptisch und die Gerüchte hässlich.

Selbstredend sprach das niemand offen uns gegenüber aus, und so erfuhr ich nur zufällig davon, als ich zwei Straßenjungs miteinander reden hörte, die ihr hinterhersahen. Einer der beiden meinte, sein Vater hätte ihm gesagt, Isi wäre die teuerste Nutte in Berlin.

Ich sprach mit ihr darüber und bat sie, nicht mehr alleine auszugehen, aber sie schüttelte nur den Kopf und antwortete: »Ich lasse mir mein Leben nicht verbieten!«

»Sei bitte nicht stur, Isi. Auch wenn du von Dummköpfen umgeben bist, solltest du nie unterschätzen, wie viele sie sind und was sie anrichten können.«

»Du und Artur wisst, wer ich bin. Das reicht mir.«

»Aber ich will nicht, dass die Leute solche Sachen sagen!«

Sie sah mich ruhig an, dann sagte sie mit einem Unterton der Ratlosigkeit: »Carl, ich habe gerade ganz andere Sorgen. Aldo trifft sich ständig mit diesen Kerlen, und ich sehe, wie sehr er dazugehören möchte. Er hatte nie echte Freunde – und jetzt scheint es, als holte er nach, was er sein ganzes Leben vermisst hat. Endlich Jungs, mit denen er saufen, schwadronieren und singen kann.«

»Sollen wir vielleicht mal mit ihm reden?«, fragte ich.

»Wir?«, fragte sie überrascht zurück.

»Artur und ich?«

»Was willst du ihm denn sagen?«, fragte sie interessiert.

»Dass er eine Ehefrau hat. Und dass er sich gefälligst um sie kümmern soll!«

Isi lächelte, während ihr gleichzeitig die Tränen in die Augen stiegen.

»Ach, Carle …«

»Wir reden mit ihm, ja?«

Zu meiner heimlichen Überraschung stimmte sie zu, was mir zeigte, wie verletzt sie sein musste. Oder wie ohnmächtig. Die üble Nachrede schien ihr viel weniger auszumachen als mir, aber dass ihre Ehe möglicherweise scheitern könnte, das wollte sie offenbar nicht so ohne Weiteres akzeptieren.

Mich überraschte ihr Kampfgeist in dieser Beziehung, weil ich wohl insgeheim doch gedacht hatte, dass die Verbindung mit Aldo nicht auf festem Boden stand und es nur eine Frage der Zeit wäre, wann sie sich wieder löste.

Ich musste mir eingestehen, dass ich Isis Bestreben, diese Ehe zu einem Erfolg zu machen, unterschätzt hatte. Sie wollte Aldo nicht beim ersten ernsthaften Missklang zum Teufel jagen, sondern war bereit, für ihr gemeinsames Glück zu kämpfen. Sie, die rebellische, hinreißende Hochstaplerin und Revolutionärin, hatte mit der Eheschließung nicht nur einen sehr bürgerlichen Entschluss gefasst, sondern verteidigte ihn jetzt auch.

Also rief ich Aldo an und bat um ein Treffen, was ein überraschend hartes Stück Arbeit war, denn er wollte nicht. Erst als sich Artur einschaltete, stimmte er zähneknirschend zu.

Als er dann im *Arcasi* auftauchte, sah man ihm die miserable Laune schon von Weitem an, und selbst die ersten Plaudereien mit ihm waren schwierig, seine Grundhaltung durch und durch abwehrend. Er schien bereit, jeden vorgebrachten Einwand zu widerlegen, wenn nicht mit Argumenten, dann mit Heftigkeit oder Lautstärke. Selbst vermeintlich unverfängliche Fragen nach seinen neuen Freunden schienen ihn aufzubringen, sodass er mit Misstrauen und Schärfe reagierte.

Irgendwann war es Artur, der die Strategie änderte und mir mit einem heimlichen Nicken zu verstehen gab, auf harmlosere Themen umzuschwenken. Aldo entspannte sich fast augenblicklich, und Artur nutzte die Gunst der Stunde, Aldos Bier mit Schnaps aufzuhübschen, was seine Wirkung nicht verfehlte. Bald schon lachten wir über Witze und gemeinsame Erlebnisse, lästerten über die alten Böcke im *Eden* und mieden das Politische.

»Ach!«, rief Aldo irgendwann vergnügt. »Ich hab euch beide wirklich vermisst!«

Mittlerweile hatte er schon mächtig geladen, was ihn zunehmend in sentimentale Stimmung zu versetzen schien.

»Wir dich auch!«, pflichtete ich bei. »Hast dich ziemlich rar gemacht in den letzten Wochen.«

Er nickte: »Hm.«

»Vielleicht sollten wir uns wieder regelmäßiger treffen? Du, Isi und wir beide?«, lockte ich.

»Hm.«

»Isi vermisst unsere Treffen. Und sie vermisst dich …«

Er schwieg und starrte in sein Bierglas.

Dann, zu unserer Überraschung, stiegen ihm unvermittelt die Tränen in die Augen, und er sagte mit gebrochener Stimme: »Ich vermisse sie auch.«

Artur stand auf und ließ uns allein, während ich näher an Aldo heranrückte: »Mensch, Aldo, ihr seid so ein schönes Paar! Was ist denn los?«

Er zuckte mit den Schultern.

»Ich würde sogar behaupten, dass es kein zweites Paar wie euch in ganz Berlin gibt.«

Da kullerten erste Tränen über seine Wangen.

»Liebst du sie denn nicht mehr?«, fragte ich leise.

Er schüttelte den Kopf: »Ich liebe sie wie verrückt!«

»Das ist gut, Aldo!«

Er zückte ein weißes Taschentuch, schnäuzte sich, dann lächelte er mit glasigem Blick: »Ich habe sie vor dem Feuer gerettet, weißt du?«

Ich nickte amüsiert – er war jetzt wirklich betrunken: »Ja, weiß ich.«

»Das war das Beste, was ich je in meinem Leben gemacht habe!«

»Da widerspreche ich nicht.«

»Als sie zu sich gekommen ist, wusste ich, dass ich sie heiraten wollte! Sie war ganz verschmiert mit Ruß, und ihr Haar war eine einzige Wirrnis.«

Er kicherte über die Erinnerung.

»Und dann diese Hochzeit!«, grinste er. »Schon mal von einer Braut gehört, die klatschnass vor dem Altar steht und der die Schminke in Streifen übers Gesicht läuft?«

»Bei Isi muss man immer auf Überraschungen gefasst sein.« Ich grinste.

»Ja«, antwortete er versonnen.

Artur kam zurück, an seiner Hand führte er Isi herein, die oben in seinem Büro darauf gehofft hatte, dass Artur mit guten Nachrichten zu ihr kommen würde.

Als Aldo sie sah, sprang er auf und nahm sie in die Arme.

Artur winkte Arnie zu sich und sagte: »Zum Anhalter Bahnhof. Der nächste Zug nach Wien. Keine Rückfahrkarte. Reicht, wenn sie im Herbst zurückkommen …«

Arnie grinste: »Na komm, Prinzessin. Flitterwochen! Besser spät als nie!«

Sie nahmen Aldo in ihre Mitte und wankten nach draußen.

80

Das Leben eines Kameramanns oder Fotografen ist beherrscht von der lebenslangen Selbstschulung, Dinge zu entdecken, die anderen verborgen bleiben, Perspektiven zu finden, die dem Bekannten das Unbekannte abringen, oder Kombinationen zu erschaffen, die einem Bild Originalität oder Bedeutung geben.

Man lernt zu erkennen, was andere übersehen.

Als Hans Chiara schwer verletzte, war das Urteil der anderen über ihn sofort gefällt, die Tat vermeintlich eindeutig und die Beweggründe offensichtlich. War der Junge nicht immer schon seltsam gewesen? Ein Einzelgänger ohne Freunde oder Anschluss an den Klassenverband? Einer, der wenig sprach und von dem man deswegen nie wusste, was er wirklich dachte? Dagegen dieses liebreizende Mädchen: hübsch, lebendig und klug. Eine gute Schülerin, vielleicht ein wenig zu extrovertiert, aber sonst nicht auffällig. Eine, die aufgrund ihres Witzes und ihrer Lebendigkeit Herzen gewinnen konnte. Genau wie ihre Mutter.

Beweisaufnahme abgeschlossen.

Einzig die Frage, warum eine wie sie sich mit einem wie ihm überhaupt angefreundet hatte, stand noch im Raum. Aber da hatten dem bezaubernden Mädchen offensichtlich Mitleid, Hilfsbereitschaft und Warmherzigkeit zum Nachteil gereicht, eine Mahnung an alle anderen, sich lieber nicht mit Außenseitern einzulassen.

Es war Juni, das Wetter schön, und die Zeitungen standen voll von einem ebenso rätselhaften wie feigen Mord an dem USPD-Politiker Karl Gareis, der in Bayern aus dem Hinterhalt erschossen worden war, als ein Fräulein mir am Filmset auf die Schulter tippte: »Die Schule deines Sohnes hat angerufen. Du sollst sofort kommen!«

Ich richtete gerade die Kamera für die Szene eines Films ein, an den ich mich heute nicht einmal mehr erinnern kann, weil er Standardware für zwischendurch war und man allgemein nur hoffte, er würde ein kleines Plus einspielen.

»Haben Sie gesagt, warum?«

»Nein, nur dass du sofort kommen sollst.«

Beunruhigt machte ich mich auf den Weg und dachte in der Straßenbahn darüber nach, was passiert sein könnte. Und ja: immer mit Hans als Opfer, nicht als Täter. Denn war es nicht offensichtlich, dass dieser Junge das geborene Opfer war?

Ich betrat also das Schulgebäude mit einem mulmigen Gefühl, klopfte an das Vorzimmer der Direktorin und atmete erleichtert durch, als ich dort Hans auf einer Holzbank sitzen sah. Unversehrt.

Frau Müller, die Direktorin, bat mich in ihr Büro und klärte mich dort über das auf, was vorgefallen war: Ein Mädchen lag im Krankenhaus, weil Hans ihr mit einem Backstein auf den Kopf geschlagen hatte.

»Wie bitte?!«, entfuhr es mir. »Hans soll das gewesen sein?«

»Ja, Herr Friedländer.«

»Kein Zweifel möglich?«

Sie schüttelte den Kopf: »Es war wohl während der großen Pause. Die anderen Kinder haben gesehen, wie Hans sich den Stein gepackt und Klara damit angegriffen hat.«

»Klara?«

»Klara Zillinski. Tochter der Wilhelmine Zillinski.«

Ich nickte: Offensichtlich hatte Lissi nicht nur für sich selbst eine klingendere Variante ihres Namens gewählt. Dabei war der Name Chiara so ungewöhnlich, dass Lissi schon einen Italiener hätte geheiratet haben müssen, um auf so was zu kommen. Das hatte sie aber nicht. Ihr Ehemann hieß Heinrich und war im Krieg gefallen. Jedenfalls hatte sie mir das so erzählt.

»Und warum hat er das getan?«, fragte ich. »Hatten die beiden denn Streit?«

»Niemand weiß es. Hans schweigt, und Klara war nach der Attacke bewusstlos. Wir hatten gehofft, dass Sie etwas zur Aufklärung beitragen können.«

Hätte ich Hans' Protesten mehr Beachtung schenken sollen?

In den letzten Wochen hatte er immer öfter davon gesprochen, nicht mehr mit Chiara spielen zu wollen. Ich hatte es als Laune abgetan, angenommen, das Ganze habe damit zu tun, dass er der einzige Junge in seiner Klasse war, der mit einem Mädchen spielte, und er sich deswegen Neckereien seiner Mitschüler anhören musste. Ich hatte versucht, ihm gut zuzureden, gesagt, dass einem die Meinung anderer nicht so wichtig sein sollte, wenn man an eine Sache oder einen anderen Menschen glaubte. Er hatte mich mit großen Augen angesehen und vorsichtig genickt, und ich hatte geglaubt, er hätte verstanden. Ein Irrtum, wie mir nun schien.

»Nein«, antwortete ich Frau Müller. »Ich weiß wirklich nicht, warum er das getan haben könnte.«

Das war sogar die Wahrheit.

»Sie sind mit Klaras Mutter … befreundet?«, fragte Frau Müller vorsichtig.

»Ja.«

»Dann sprechen Sie mit ihr. Die Schule wäre bereit, diesen Vorfall nicht den Behörden zu melden, weil Hans bisher ein ruhiger Schüler war, was natürlich nicht bedeutet, dass Frau Zillinski diesen Vorfall ebenfalls vergessen möchte. Bitte klären Sie das!«

Ich nickte, verließ dann ihr Zimmer, ging mit Hans nach Hause, gab ihn bei Frau Schulze nebenan ab und ließ mich von Arnie ins Städtische Krankenhaus in der Landsberger Allee fahren. Dort fand ich Lissi in einem Zimmer an Chiaras Bett. Sie streichelte die kleine Hand ihrer Tochter, während das Mädchen selbst zu schlafen schien.

Oder war sie immer noch bewusstlos?

Ich nahm meine Schiebermütze ab, während ich näher kam und Lissi vorgab, mich nicht zu bemerken.

»Wie geht es ihr?«, fragte ich tonlos.

Sie antwortete nicht, sondern blickte nur in das Gesicht ihrer Tochter, deren Kopf in einem Verband steckte.

»Lissi?«

»Hans hat das getan!«, fauchte sie, ohne mich anzusehen.

»Ja, ich weiß.«

Sie wandte sich mir zu, und ihre dunklen Augen glühten wie Kohle: »Mit dem Jungen stimmt was nicht. Ich habe das immer gewusst!«

»Er hatte es sehr schwer!«

»Er hat ihr beinahe den Schädel eingeschlagen!«, zischte sie wütend.

»Kommt sie denn wieder in Ordnung?«, fragte ich vorsichtig.

Sie wandte sich wieder Chiara zu. »Sie hat eine schwere Gehirnerschütterung und eine Schädelprellung … aber ja: Sie kommt wohl wieder in Ordnung.«

»Das tut mir alles sehr leid. Ich weiß nicht, was in Hans gefahren ist.«

Sie wirbelte wieder zu mir herum: »Was weißt du denn über Hans?!«
Ich sah sie irritiert an.

»Er ist nicht dein Sohn. Du hast keine Ahnung, wie sein Vater war. Du weißt nur, wer seine Mutter gewesen ist … eine Hure!«

Sie hatte es beinahe ausgespuckt, und obwohl mir klar war, dass sie wütend und in Sorge um ihre Tochter war, fühlte ich den Schmerz und dann die Wut über den tiefen Stich, den sie gesetzt hatte.

»Hans ist ein lieber Junge!«, antwortete ich heftig.

Sie fuhr hoch: »Ein lieber Junge?! Sieh dir an, was dein lieber Junge getan hat! Dein lieber Junge ist krank! Ein widerlicher kleiner Scheißkerl, den keiner mag!«

»Sprich nicht so über ihn!«

»Und ob ich so über ihn spreche! Mein kleines Mädchen ist halb tot wegen ihm!«

Ich war jetzt auch wütend und giftete zurück: »Irgendetwas muss sie getan haben, dass so etwas passiert ist!«

Wütend packte Lissi ihre Handtasche und warf sie nach mir: »Jetzt ist es also Chiaras Schuld, ja?!«

Sie verfehlte mich – die Tasche knallte gegen die Wand, ihr Inhalt verstreute sich auf dem Boden. Ihre Geldbörse, ein Lippenstift, mehrere ausgeschnittene Zeitungsartikel.

»Verschwinde! Ich will dich nie wiedersehen!«, schrie sie. »Es ist aus! Hörst du? Aus!«

Ich nickte beinahe schon teilnahmslos, dann wandte ich mich um, erreichte die Zimmertür und verließ das Krankenhaus wie in Trance.

Ich ging den ganzen Weg zu Fuß nach Hause, versuchte so, meine Emotionen wie ein außer Kontrolle geratenes Feuer auszutreten, um langsam wieder zu klaren Gedanken zu kommen. Hatte sie recht? War Hans krank? Hatte er ein psychisches Problem? Sosehr ich an ihn glauben wollte, so sehr musste ich mir eingestehen, dass ich nichts über seinen leiblichen Vater wusste. Hatte Marlies ihn geliebt? Oder er sie? War er ein umgänglicher, netter Mensch gewesen oder ein widerlicher kleiner Scheißkerl, dem Hans jetzt immer ähnlicher wurde?

Wieder sah ich sie am Bahnsteig stehen, wie sie kleiner und kleiner wurde und schließlich verschwand. Als Hure hatte sie jeden nehmen müssen, als Frau hatte sie mich gewählt.

Meine Schritte wurden langsamer, mein Atem ruhiger: Hans war der Sohn der Frau, die ich geliebt hatte, und nicht krank. Ich war es ihr schuldig, für ihn zu kämpfen. Und was immer sich zwischen den beiden Kindern abgespielt hatte, Chiara hatte irgendetwas gesagt oder getan, sonst wäre Hans nicht derart ausgerastet. Und je länger ich dadrüber nachdachte, desto sicherer war ich mir, dass Lissi die Gelegenheit genutzt hatte, um mit mir Schluss zu machen. In den letzten Wochen hatte sie mich immer wieder vertröstet: Mal war das Kind *krank*, dann sie selbst müde, weil die Arbeit im Laden so lange gedauert hatte. Unsere Gespräche waren oft uninspiriert und nahmen nur dann Fahrt auf, wenn ich aus dem Glashaus berichtete. Wenn wir nicht über uns, sondern über die Negri, über Liedtke, Lubitsch oder Davidson sprachen. Über meine Branche, die sie so bewunderte.

Zu Hause ging ich mit Hans ins Wohnzimmer und setzte ihn auf das Sofa.

»Also, pass auf, Hans. Ich muss wissen, was passiert ist. Ich verspreche dir, ich werde nicht böse mit dir sein, aber du darfst mich auch nicht anlügen. Alles, was ich will, ist, dass du mir ganz genau schilderst, was war. Du lässt nichts weg, du fügst nichts an. In Ordnung?«

Er nickte leicht.

»Warum hast du Chiara mit einem Stein gehauen?«

Ich konnte sehen, wie ihm die Tränen in die Augen stiegen, er schluckte, dann aber antwortete er: »Sie meinte, dass sie froh ist, weil sie jetzt nicht mehr mit mir spielen muss!«

»Sie *musste* mit dir spielen?«

Er nickte: »Ihre Mama wollte es.«

Ich war gelinde gesagt verwirrt: Lissi hatte ihrer Tochter aufgetragen, mit Hans zu spielen?

»Warum musste sie denn mit dir spielen?«

Er zuckte mit den Schultern.

»Und warum muss sie jetzt nicht mehr?«

»Sie hat gesagt, sie bekommt einen neuen Papa. Einen viel besseren als dich. Deswegen muss sie auch nicht mehr mit mir spielen.«

»Ein neuer Papa?«, fragte ich irritiert.

Er nickte: »Jemand ganz Berühmtes.«

Und endlich *verstand* ich.

All die Anzeichen, denen ich keine Bedeutung zugemessen hatte: das exzentrische Umbenennen, das übermäßige Interesse an meiner Branche, die nimmersatte Neugier am Leben der Schauspieler und Regisseure, die scheinbar so zufällige Begegnung vor der Schule.

Und schließlich das Treffen mit Fritz Lang.

Ich bin alles, was Sie wollen!

Wie kompliziert war es, sich eine Adresse auf einer Visitenkarte zu merken? Wie schwierig, einem Erotomanen schöne Augen zu machen?

Oder ein paar Artikel aus der Zeitung zu schneiden?

Denn das war Langs Manie: Er sammelte Artikel über sich oder seine Filme aus den Zeitungen. Das tat er mit einer solchen Besessenheit, dass man in unserer klatschverrückten Branche immer wieder Witze darüber machte. Jeder spottete darüber – selbst ich hatte das schon getan!

Ausgeschnittene Artikel.

Sie hatte sich ihm schon längst angeboten – und er hatte beherzt zugegriffen.

»Ist schon gut, Hans. Wir vergessen einfach Lissi und Chiara. Wusstest du übrigens, dass sie eigentlich Klara heißt?«

Er schüttelte den Kopf.

Ich nickte. »Menschen, die so mit uns umgehen, brauchen wir nicht in unserem Leben. In Ordnung?«

»In Ordnung.«

»Gut, wenn Klara wieder in die Schule zurückkommt, entschuldigst du dich bei ihr. Dann musst du nie wieder mit ihr sprechen, ja?«

Wieder nickte er.

Hans war kein widerwärtiger Scheißkerl.

Er hatte nur seinen Vater verteidigt.

Seinen wahren Vater.

81

Ich war überzeugt, von Wilhelmine nie wieder etwas zu hören, aber das Leben spielt allzu oft nicht ehrlich, und eigentlich hätte mir fast klar sein müssen, dass es nicht mit einem wütenden Gespräch im Krankenhaus enden würde.

Einstweilen erhielt ich ein Telegramm aus Wien.

Zu meiner größten Überraschung kündigte Isi darin ihre Rückkehr an und bat mich, sie am Anhalter Bahnhof abzuholen. Ich las daraus die Nachricht, dass die nachgeholten Flitterwochen nicht nur gescheitert waren, sondern Isi nicht mal mehr Lust hatte, in Aldos und ihre gemeinsame Bleibe zurückzukehren.

So wartete ich dann an einem herrlichen Tag im Juli auf dem Askanischen Platz, an dem ich, wie mir schien, vor einer Ewigkeit selbst in Berlin angekommen war, starrte auf den Eingang des riesigen Bahnhofs mit dem Tonnendach, während die Leute eilig hinein- und wieder hinaushuschten.

Endlich erschienen die beiden auf der Treppe, hinter ihnen Kofferträger, die auf Anweisung warteten, wo sie all das Gepäck hinschleppen sollten, dass die beiden offenbar in Wien zusammengekauft hatten. Isi winkte mir lebhaft zu, Aldo dagegen stand einfach nur da und starrte ins Leere.

Wir umarmten einander.

»Wir haben so bald gar nicht mit euch gerechnet«, sagte ich neugierig.

Aldo mied meinen Blick und zeigte stattdessen den Trägern, in welche Taxis sie die Koffer bringen sollten.

»Tja …«, antwortete Isi.

»Ich kann euch gerne nach Hause fahren. Artur hat mir seinen Wagen geliehen«, wandte ich mich an Aldo.

Der schüttelte nur den Kopf, dann nickte er mir zum Gruß zu und stieg langsam die Treppe hinab, den Helfern hinterher.

»Scheiße!«, murmelte ich. »Was ist passiert?«

Isi seufzte, dann hakte sie sich unter und antwortete: »Das wird schon wieder. Erst mal fahren wir zu dir, ja?«

Obwohl sie die Rückfahrt über schwieg, schien sie weder bedrückt noch aufgewühlt, sondern beobachtete nur interessiert Verkehr und Leute aus dem Seitenfenster des Beifahrersitzes, während ich ungelenk durch die Straßen kreuzte und versuchte, niemanden zu überfahren.

Zu Hause ließ sie mich, ganz Grande Dame, das Gepäck ausladen und ins Haus tragen. Sie selbst trat nur kurz ein, um Gläser und eine Flasche Wein zu holen, und ging dann wieder raus.

»Bringst du Stühle mit?«, rief sie.

»Ja, Madame!«, rief ich zurück.

Draußen nahmen wir auf dem Bürgersteig Platz und genossen das warme Wetter in der verhältnismäßig ruhigen Straße. Zwar ging der Ausblick nicht ins Grüne, war aber, wie ich zugeben musste, recht interessant, denn es gab immer etwas zu sehen, ganz gleich, ob es die Nachbarin beim Putzen, der Fahrer bei einer Lieferung oder eine Rotznase beim Spielen war.

»Also, was ist passiert?«, fragte ich erneut, nachdem ich uns beiden ein Glas eingeschüttet hatte.

»Hm«, machte Isi. »Das klingt vielleicht komisch, aber ehrlich gesagt: Es war herrlich in Wien!«

»Na, so toll kann es wohl nicht gewesen sein?«

»Doch. Wien ist wunderbar. Es gibt so viel zu sehen, und wir hatten fabelhaftes Wetter.«

»Isi …«

Sie nickte nachdenklich. »Aldo ist so aufgeblüht. Wir hatten nur uns, sind spät aufgestanden, haben die Nacht zum Tag gemacht. Theater. Musik. Restaurants. Ich glaube, wir waren noch nie so selbstvergessen, so sorglos. Keine komischen Kerle mehr. Keine Politik. Nur wir beide. Es war wie ein nicht enden wollender Rausch!«

»Und dann?«

»Dann kam die Rechnung. Und das meine ich durchaus wörtlich …«

Ich sah sie fragend an.

»Ich glaube, wir haben uns beide keine Gedanken darüber gemacht, was das alles kostet. Die neue Kleidung. Die abendlichen Vergnügungen. Das Hotel. Aldo war so glücklich – jeder Tag war ein Fest!«

»Ihm ist das Geld ausgegangen?«, fragte ich erstaunt.

Isi nickte.

»Aber er hat doch ein Vermögen von der Versicherung für das Haus bekommen …«

»Er hat seitdem auch ein Vermögen ausgegeben.«

Ich starrte sie an: »Und diese Abendgesellschaften? Ich dachte, er wollte da große Geschäfte machen?«

Isi zuckte mit den Schultern: »Von Geschäften, die ihm was gebracht hätten, weiß ich nichts. Und ganz offensichtlich gab es sie auch nicht. Es waren wohl in erster Linie große Besäufnisse auf seine Kosten.«

»Und was ist jetzt in Wien passiert?«, fragte ich.

»Als der Hoteldirektor mit einer Zwischenrechnung kam, wurde Aldo klar, dass wir bankrott waren. Er hatte noch nie einen Sinn für die Realitäten, aber in diesem Moment traf es ihn mit voller Wucht. Es blieb ihm nichts anderes übrig, als dem Direktor zu erklären, dass der sich mit der Rechnung gedulden müsse. Und obwohl ihm der Mann deswegen keine Szene machte, war Aldo so beschämt, dass er ganz grau im Gesicht wurde.«

»Und wie habt ihr bezahlt?«, fragte ich. »Oder …«, ich hielt inne und sah sie scharf an: »Ihr seid doch nicht wirklich getürmt, oder? Taucht hier gleich Oberkommissar Kennel auf und nimmt dich fest?«

Isi grinste: »Ich hätte wirklich zu gerne die Zeche geprellt, aber Aldo hat ihn ein paar Tage später bezahlt.«

»Und woher hatte er das Geld?«

»Hat er mir nicht gesagt. Er hat die letzten Tage ohnehin kaum gesprochen. Und möglicherweise habe ich es mit meinem Verhalten nur noch schlimmer gemacht …«

»Isi!«, mahnte ich.

»Nein, nicht mit Vorwürfen, ganz im Gegenteil: Ich habe versucht, ihm klarzumachen, dass ich so ein Leben gar nicht brauche. Und dass er sich das alles nicht so zu Herzen nehmen soll. Ich glaube aber, je mehr ich versucht habe, ihn zu trösten, desto tiefer hab ich den Stachel nur hineingetrieben.«

Ich nickte.

»In der Nacht, bevor wir abgereist sind, hab ich ihn leise weinen hören. Er hat mir so leidgetan, dass ich ihn in den Arm genommen habe. Er hat sofort aufgehört und seitdem kein Wort mehr gesagt.«

»Und jetzt?«

Sie seufzte: »Ich werde ihm ein bisschen Zeit geben. Vielleicht hat Artur auch eine Idee, wie Aldo zu Geld kommen kann. Er soll sich wieder als Mann und Versorger fühlen!«

»Mein Güte, dabei sah alles wieder so gut für euch aus«, seufzte ich.

Isi lächelte und tätschelte mir die Hand: »Mach dir keine Sorgen, ich krieg ihn schon wieder hin.«

Doch in einer Welt, in der Menschen einander auf unzählige Art und Weisen kränken konnten, gab es Verletzungen, die man nicht verwinden konnte. Bei denen es keine Hoffnung auf Heilung gab.

Nie mehr.

82

Isi kehrte am Abend in ein leeres Haus zurück.

Aldo war fort.

Und mit ihm auch fast alle Bediensteten, die er noch am Vormittag, gleich nach seiner Rückkehr, entlassen hatte. Nur ein Dienstmädchen war geblieben, das Isi mitteilte, dass der Herr des Hauses sie beauftragt habe, ihr zur Seite zu stehen und ihr eine Nachricht zu überbringen: Der Herzog sei verreist, wohin konnte sie nicht sagen, wohl aber, dass nicht so schnell mit einer Rückkehr zu rechnen sei.

Ich hatte Isi mal wieder die Koffer hinterhergetragen, sodass wir jetzt beide reichlich ratlos im Salon vor dem livrierten Mädchen standen und nichts zu sagen wussten.

»Und mein Mann hat wirklich keine Nachricht hinterlassen? Einen Brief vielleicht?«, fragte Isi.

»Nein, gnädige Frau. Nicht dass ich wüsste.«

Isi nickte und trug ihr auf, die Koffer auszupacken.

»Wo könnte er sein?«, fragte ich sie, nachdem das Mädchen mit dem ersten Koffer davongeeilt war.

Isi zuckte mit den Schultern: »Vielleicht bei einem seiner neuen Freunde?«

»Meinst du, die haben ihm auch in Wien aus der Klemme geholfen?«

Sie schüttelte den Kopf: »Viele von denen studieren oder wissen nicht so recht, was sie tun sollen – nach diesem Krieg. Die haben keine großartigen finanziellen Möglichkeiten. Und die Alten respektieren seinen Namen, aber … nein, ich kann mir nicht vorstellen, dass er bei denen vorgesprochen hat.«

»Wer dann?«

»Ich weiß es nicht. Stinnes vielleicht?«

»Puh, den um Geld zu bitten wäre aber wirklich eine Demütigung. Und würde der noch Geschäfte mit einem machen wollen, dessen Rechnungen er begleichen muss?«

Isi seufzte. »Nein. Natürlich nicht.«

»Er schreibt dir sicher«, sagte ich zum Trost.

»Der ist ein solches Kind!«, schimpfte Isi. »Kaum gibt es ein echtes Problem, läuft er davon. Als ob es davon besser würde.«

»Willst du eine Weile bei mir wohnen?«, fragte ich.

Sie schüttelte wieder den Kopf: »Nein, ich habe ihn geheiratet, ich gehöre hierhin. Und wenn er zurückkommt und ich ihm die Leviten gelesen habe, dann wird alles wieder gut.«

Ich verabschiedete mich und fuhr ins *Arcasi*.

Traf bei lebhaftem Betrieb Artur in einem der Separees mit Arnie und Harry und sprach mit ihnen über Isis Rückkehr und Aldos Abtauchen.

Sie hörten schweigend zu.

Dann, nach einer langen Pause, sah mich Arnie ernst an und fragte: »Meinst du, es ist noch zu früh, ihr einen Heiratsantrag zu machen?«

Die beiden anderen brachen in Gelächter aus.

»Blödmann!«, antwortete ich, konnte aber ein Lachen selbst nicht unterdrücken.

»Wo könnte er sein?«, fragte ich schließlich Artur.

Der zuckte mit den Schultern: »Keine Ahnung.«

»Jetzt komm, ihr habt ziemlich oft zusammengehockt seit dem letzten Jahr!«, mahnte ich.

»Nach dem, was du gesagt hast, kann ich mir eigentlich nur eines vorstellen …«

»Ja?«

»Er ist nach Hause.«

»Zu seinen Eltern?«, rief ich erstaunt.

»Fällt dir sonst noch jemand ein, der ihm Geld geben würde? Ich meine: sehr, sehr viel Geld geben würde?«

»Ich dachte, er wollte seine Kontakte zu Geld machen? Wieso hat das eigentlich nicht geklappt?«

Artur seufzte: »Weil Aldo kein Geschäftsmann ist. Weil er zu viel redet, vor allem wenn er getrunken hat. Und wenn er jedem erzählt, dass sein Vater Wendell ihn hasst und seine Mutter Victoria mit ihm abgeschlossen hat … wie viel sind dann seine Kontakte noch wert? Er kann froh sein, dass seine Eltern ihn noch nicht enterbt haben. So lange besteht wenigstens noch die Hoffnung, dass er einmal alles bekommt.«

»Der ist doch jetzt nicht nach Hause, um seinen Vater umzubringen, bevor der ihn enterben kann?!«, fragte ich ungläubig.

»Nein, keine Bange. Aldo bringt niemanden um. Nicht mal sich selbst.«

Vorne auf der Bühne hatte eine kleine Kapelle einen Tusch gespielt – Harry rückte aus der Bank heraus und sagte: »Ich muss auf die Bühne, ihr Helden!«

Scheinbar ohne jede Vorbereitung sprang er vor und heizte dem Publikum ein. Und das folgte ihm, die Menschen waren wie Marionetten in seinen Händen. Er war wirklich ein erstaunliches Schautalent. So wie alle, die Artur um sich versammelt hatte, erstaunlich waren. Noch erstaunlicher allerdings war, wie sehr sie ihm vertrauten, wie sie ihn als ihren Anführer respektierten, selbst Männer wie Arnie, die älter waren und ganz sicher selbst aus dem Holz geschnitzt, um anzuführen. Alle bauten sie auf Artur, genau wie er auf sie baute. Schon damals bei der Sache mit Silber-Kurt, als die Gefahr übermächtig war, war keiner von seiner Seite gerückt. Eine verschworene Truppe, die zusammen unterging oder triumphierte. Nur bei Anna hatte Arturs Instinkt versagt, vielleicht, überlegte ich jetzt, weil sie eine Frau war und damit nicht so leicht zu durchschauen wie ein Kerl?

»Carl?«, rief Artur in den Lärm der Diele hinein.

»Ja?«

»Arnie und ich haben noch etwas zu besprechen!«

Überrascht sah ich die beiden an. Eigentlich hatte Artur doch angekündigt, dass Schluss mit den krummen Geschäften sein sollte.

»Echt jetzt?!«, rief ich gereizt.

»Sei nicht gleich sauer!«, rief Artur zurück.

»Du wolltest doch damit aufhören!«

Artur nickte: »Das tue ich auch, nur …«

»Nur was?«

»Es gibt Gelegenheiten, die kann man nicht einfach so auslassen.«

»Artur, du hast so viel erreicht! Warum riskierst du das?«

»Du musst das nicht verstehen, Carl.«

»Tu ich auch nicht.«

Er schwieg, genau wie Arnie, der mich ausdruckslos ansah.

Also stand ich auf und ging.

Es war wahrscheinlich besser, wenn ich nicht alles wusste. Und ich musste vielleicht auch nicht alles nachvollziehen können, was Artur in Angriff nahm, nur Vertrauen zu ihm haben. So wie alle, die mit ihm zu tun hatten. Bisher war ich damit auch ganz gut gefahren.

Einigermaßen beschwingt spazierte ich den ganzen Weg durch eine laue Sommernacht nach Hause. Da sah ich sie schon von Weitem auf den Treppen vor dem Hauseingang sitzen.

Lissi ... Wilhelmine.

Als ich an sie herantrat, stand sie auf und lächelte mich an.

»Hallo, Carl. Lange nicht gesehen.«

83

Erstaunlich, welche Phasen meine Verwirrung in diesen ersten Sekunden des Wiedersehens durchlief, beginnend mit einem ersten Aufflammen von Neugier, vielleicht auch mit dem Wunsch nach Nähe, dann aber dem Einsetzen von Misstrauen und dem Willen zur Distanzierung. Warum war sie gekommen? Was wollte sie?

Ich ließ sie vor mir eintreten, folgte ihr ins Wohnzimmer, nahm den vertrauten Geruch wie die vertrauten Formen ihres Körpers wahr. Mit einer Geste bat ich sie, Platz zu nehmen, und öffnete eine Flasche Wein, ohne mich zu fragen, ob das überhaupt angemessen war. Mir war einfach danach, auch wenn wir uns nicht gerade als Freunde getrennt hatten. Sie nahm das Glas an und prostete mir freundlich zu, während ich mich auf das Sofa setzte.

»Wie gehts?«, fragte sie.

Ich zögerte mit der Antwort, dann entgegnete ich: »Was machst du hier?«

Sie nickte: »Hm. Keine Zeit für Plaudereien, was?«

»Ist etwas mit Klara?«

»Chiara.«

»Ist sie wieder ganz gesund?«, fragte ich.

Sie nickte: »Ja, sie hat sich erholt.«

»Das freut mich. Bist du deswegen hier?«

Sie nahm einen Schluck und antwortete dann: »Nein. Ich bin hier, um mich zu entschuldigen. Es tut mir leid, wie ich mich benommen habe.«

Sie wirkte weder nervös noch zerknirscht. Ganz die gut aussehende, selbstsichere Frau, die sie immer schon gewesen war. Zu meiner eigenen Überraschung verspürte ich plötzlich das innere Bedürfnis, ihr zu verzeihen. Unsere Beziehung hatte wohl nie eine reelle Chance gehabt. Die Trennung hatte zwar wehgetan, doch ich war sehr schnell über sie hinweggekommen – anders als bei Marlies oder auch Masha, die immer noch meine Träume beherrschten.

»In Ordnung. Ich nehme deine Entschuldigung an.«

Sie lächelte, trank aus und hielt mir das Glas erneut hin.

»Darauf trinken wir!«

Wir stießen an.

Dann setzte sie sich neben mich auf das Sofa.

»Ich hätte das mit Hans und seiner Mutter nicht sagen dürfen, aber ich war in solcher Sorge ...«

»Hm.«

Sie legte ihre Hand auf meinen Unterarm, wie sie es schon bei unserem Kennenlernen gemacht hatte: »Du hast dich immer sehr anständig mir gegenüber benommen. Man denkt ja immer, dass das eine Selbstverständlichkeit sein sollte, aber du musst dich nur umsehen: Jeder ist des anderen Feind. Jeder kämpft für sich allein. Du bist anders, und ich hab das nicht zu schätzen gewusst.«

Wandte sich der Mensch nicht immer dem Schillernden zu? Dem Lauten? Ich sah sie von der Seite an und fragte mich, worauf sie hinauswollte. Sie zog ihre Finger wieder zurück und rückte gleichzeitig etwas näher.

»Weißt du, ich bin nur eine einfache Frau. Leicht zu beeindrucken und ... und ...«

»Hast du deswegen mit Lang geschlafen? Weil er dich beeindruckt hat?«, fragte ich ruhig.

Sie schwieg, während ihr Tränen in die Augen stiegen.

»Ich bin so eine dumme Gans, Carl. Wie konnte ich nur glauben, dass er mich liebt?«

»Ich hätte es dir sagen können …«

Sie fasste meine Hand und wandte sich mir zu: »Bitte verzeih mir, Carl. Ich war blind!«

Ich nickte: »Dieses Geschäft kann einen schnell blind machen mit seinem Glitter und Glanz. Aber es ist trotzdem nur ein Geschäft.«

»Kannst du mich denn ein bisschen verstehen?«, fragte sie hoffnungsvoll.

»Ja.«

Da warf sie sich mir um den Hals und schluchzte: »Du bist so außergewöhnlich, Carl! Wie konnte ich das nur nicht sehen?«

Meine Haut wurde ganz nass von ihren Tränen, dann fühlte ich ihre Lippen, wie sie sich ihren Weg zu meinem Mund suchten: Sie küsste mich.

»Nimm mich, Carl! Du kannst alles haben! Ich will alles sein, was du willst!«

Erst nach ein paar Momenten bemerkte sie, dass ich immer noch kerzengerade auf dem Sofa saß und ihren Kuss nicht erwiderte.

Schließlich rückte sie von mir ab.

»Was ist denn?«

Ihr war nicht einmal aufgefallen, dass sie mir fast dasselbe wie Fritz Lang gesagt hatte.

»Ich denke, du gehst jetzt besser!«, antwortete ich knapp.

»Aber, Carl, ich schwöre dir: Das mit Fritz war ein Fehler. Ein schlimmer Irrtum. Ich weiß es doch!«

Ich nickte: »Ich auch.«

»Brauchst du Zeit, Carl? Ich will dir alle Zeit der Welt geben!«

Ich schüttelte den Kopf: »Ich brauche keine Zeit, Wilhelmine.«

Sie sah mehr als überrascht aus, als ich sie bei ihrem Geburtsnamen nannte.

Dann aber wurde ihr Blick kalt.

Sie stand auf, glättete ihr Kleid und sagte: »Du bist mir etwas schuldig, Carl.«

Stirnrunzelnd sah ich sie an: »Ich dir?«

»Hans hat meine Tochter krankenhausreif geschlagen!«

»Er hat um Entschuldigung gebeten. Und Klara geht es wieder gut.«

»Chiara!«, fauchte sie.

»Jedenfalls bin ich dir nichts schuldig.«

Ich erhob mich und wies sie mit einer Geste zur Tür.

Sie rührte sich nicht und sah mich fordernd an: »Besorg mir ein Vorsprechen bei Lubitsch. Dann sind wir quitt.«

Diesmal war ich es, der sie völlig überrascht anstarrte.

»Ist doch keine große Sache, Carl. Du bringst mich rein, den Rest mach ich selbst.«

»Glaubst du wirklich, es ist so leicht?«

»Ja.«

»So leicht wie bei Fritz Lang?«

Ihr Mund verschloss sich zu einem Strich, dann zischte sie: »Scheißkerl!«

»Du bist keine Schauspielerin, und du wirst auch nie eine sein. Es gibt zwar in unserem Gewerbe eine Menge größenwahnsinnige Leute, aber die meisten von ihnen haben Talent. Du nicht.«

»Ich kann das lernen! Ich brauche nur eine Chance!«

»Hattest du die nicht schon?«

Sie sah aus, als wollte sie mir an die Kehle springen.

Dann fauchte sie: »Du wirst mir ein Vorsprechen besorgen, oder ich zeige deinen Sohn bei der Polizei an!«

Kurz kehrte Stille ein, und ich konnte ihrem Gesicht ansehen, dass sie sich über den Treffer freute.

»Dann zeig ihn halt an!«, gab ich unruhig zurück. »Hans ist ein Kind. Was soll schon passieren?«

An ihrem boshaften Lächeln konnte ich bereits sehen, dass sie jetzt ihren letzten Trumpf zog. Sie hatte sich vorbehalten, diese Karte erst zu spielen, wenn nichts mehr ging. Wenn wir an einem Punkt angelangt waren, an dem es für uns beide keine Rückkehr mehr gab.

»Ich sage dir, was passiert: Ich werde zu Oberkommissar Kennel gehen. Weißt du noch? Der Polizist, dem du fast den Schädel eingeschlagen hast. Der Apfel fällt nicht weit vom Stamm, kann ich da nur sagen.«

Allein der Name ließ mir schon das Blut in den Adern gefrieren. Die Episode mit Kennel war in so weite Ferne gerückt, dass ich sie schon ganz verdrängt hatte. Aber jetzt stand er mit uns im Raum. Gleich neben uns, und ich konnte sein blasses, verbrämtes Gesicht neben meinem sehen, die kalten Augen, die frohlockten, weil sie endlich den Riss in der Mauer gefunden hatten.

»Ich werde ihm sagen, dass Hans gemeingefährlich ist. Und dass er nicht dein Sohn ist. Dass er niemandes Sohn ist. Was glaubst du, wird er mit ihm machen, Carl?«

Ich schluckte und schwieg.

»Du wirst mir dieses Vorsprechen besorgen, Carl! Ich habe gehört, Lubitsch dreht grad einen großen Film! Irgendwas Ägyptisches. Du wirst mich in diesen Film bringen.«

Tatsächlich steckten wir bereits tief in den Vorbereitungen für *Das Weib des Pharao*. In Steglitz, in den Sanddünen der Rauhen Berge, hatten wir eine Pharaonenstadt gebaut mit einer knapp dreißig Meter hohen Sphinx und einem Palast, der jede Vorstellungskraft übertraf: fast achtzig Meter hoch und knapp siebzig Meter breit. Produziert wurde der Film von Davidson und Lubitsch unter dem Dach der UFA, aber jeder wusste, dass es die Eintrittskarte der beiden nach Amerika sein würde. Lubitsch hatte mir eine der Kameras anvertraut. Wenn Sparkuhl auch Erster Kameramann blieb, war ich doch sehr stolz, dass ich Teil dieses Films sein durfte.

»Der Film ist bereits besetzt.«

»Ja, Jannings, Liedtke, was man so hört. Aber es gibt sicher noch kleinere Rollen. Bring mich da rein, dann bist du frei.«

Sollte ich Lubitsch und Davidson fragen? Sie hätten sicher Verständnis für meine Situation, aber was wäre ich dann in ihren Augen? Was wäre ich dann für mich?

Sie sah mich an, und ihre Stimme wurde weich: »Ich will doch nur eine Chance auf ein besseres Leben, Carl. So wie du eines hast! Oder deine Freunde! Das will ich auch für mich. Ist denn das so viel verlangt?«

Ihr Blick war flehentlich geworden, und doch wusste ich, dass nichts daran echt war. Lubitsch würde sie ablehnen, und sie würde immer wieder neue Chancen verlangen. Und am Schluss, wenn jeder sie abgelehnt hatte, würde sie mir dafür die Schuld geben. Denn alle hatten Schuld – nur sie selbst nicht.

»Geh jetzt!«

»Wirst du mir helfen?«

»Nein.«

Hass wich dem Flehen.

Sie hob das Kinn, trat an mich heran und zischte mir eines der hässlichsten Worte der deutschen Sprache ins Ohr.

Dann verließ sie den Raum.

Die Haustür fiel ins Schloss.

84

Sie musste auf direktem Weg ins Polizeirevier Fünfzig gegangen sein, denn keine zwei Stunden später hämmerten zwei Uniformierte an meine Haustür und befahlen mir, sie zu begleiten. Ich hatte gerade noch Zeit, Frau Schulze zu bitten, Hans bei sich schlafen zu lassen, und ihr zu versichern, später alles zu erklären, als sie schon die beiden Polizisten in meinem Rücken sah.

Mittlerweile ging es auf Mitternacht zu, und ich war wenig überrascht, dass Kennel noch Dienst tat, denn einer wie er war rund um die Uhr entweder im Namen des Herrn oder des Rechts unterwegs. Er sah nicht einmal hin, als man mich in sein Büro führte, bot mir auch keinen Platz an, sondern ließ mich vor seinem Schreibtisch stehen, während er mit wichtiger Miene eine Akte bearbeitete.

Endlich blickte er auf und nickte zu einem freien Stuhl, auf den ich mich setzen sollte. Dann hob er die Akte und fragte: »Wissen Sie, was das hier ist?«

Alles, was ich sehen konnte, war eine dünne Pappe, darin vielleicht drei oder vier weiße Blätter. Nicht sehr eindrucksvoll.

»Nein.«

»Das ist der Antrag, der Ihr Ziehkind in städtische Obhut bringt.«

Äußerlich war ich unbewegt, doch mein Herz raste, und ich spürte Übelkeit meine Kehle hinaufsteigen. Ich wollte keine Schwäche zeigen, aber Kennel schien nicht auf mein kleines Schauspiel hereinzufallen, sondern lächelte böse: Er war zu erfahren, um sich von denen, die da vor ihm saßen, etwas vormachen zu lassen.

»Was sagen Sie dazu, Friedländer?«

»Können wir nicht vernünftig miteinander reden?«, antwortete ich schließlich.

»Ich sehe es so: Da ist ein Kind mit psychischen Problemen und problematischer Herkunft. Dazu ein überforderter Ziehvater mit zweifelhaftem Umgang, dazu polizeilich bekannt. Wenn Sie da jetzt objektiv draufschauen: Würden Sie es nicht auch so einschätzen, dass hier das Kindeswohl ganz eindeutig gefährdet ist?«

»Hans hat keine psychischen Probleme. Dieser Vorfall war … Er wurde provoziert.«

»Mag sein. Aber normale Kinder versuchen nicht, anderen Kindern den Schädel einzuschlagen. Sie prügeln sich, schreien rum, heulen. Aber sie tun nicht das, was dieser Junge getan hat.«

Das Schlimme war: Er hatte recht. Und noch schlimmer war, dass selbst ein vollkommen unvoreingenommener Richter diesen Fall nicht anders bewerten würde. Unabhängig davon, dass Kennel sicher das Seinige täte, damit ein solcher Richter *nicht* unvoreingenommen sein würde. Somit stand ich auf völlig verlorenem Posten – wir wussten das beide.

»Was wollen Sie?«, fragte ich.

Kennel nickte, als hätte er meine Frage erwartet. Er lehnte sich zurück und kostete die Situation aus: »Ich sagte Ihnen ja bereits, dass Gottes Mühlen langsam mahlen. Aber am Ende siegt doch das Gute.«

Ich schwieg.

Kennel starrte mich lange an.

Dann lehnte er sich plötzlich vor und sagte: »Meine Verlobte hält Sie für einen anständigen Menschen. Und wissen Sie, was, Friedländer? Ich auch. Sie sind in schlechter Gesellschaft, aber im Grunde sind Sie einer von den Guten. Also werde ich Ihnen einen Vorschlag machen, wie wir diese Situation so lösen, dass alle etwas davon haben.«

»Und wie?«, fragte ich, wohl ahnend, was als Nächstes kommen würde.

»Sie liefern mir Ihren Freund Artur Burwitz. Und wenn Sie das tun …«, er hielt die schmale Akte wieder in die Höhe, »werde ich die hier vernichten. Sie können sich dann um den Jungen kümmern, ihn großziehen, vielleicht auch eine gute Frau finden. Und ihr Freund Burwitz kommt ins Kittchen. Da, wo er hingehört.«

»Ich …«, mir brach die Stimme.

Er machte eine beschwichtigende Geste: »Ich weiß, Sie empfinden allein schon den Gedanken daran als Verrat, aber das ist es nicht. Sie kehren nur ins Licht zurück. Ihr Freund dagegen hat sich für die Dunkelheit entschieden. Folgen Sie ihm nicht! Sehen Sie sich doch nur meine Verlobte an! Auch sie hat zurückgefunden in die Gemeinschaft der Gerechten. Und wie glücklich sie jetzt ist! Sie können das auch, Friedländer!«

Ich schwieg, suchte verzweifelt nach einem Ausweg, den es nicht gab.

»Gut, dann sind wir uns einig, ja? Das Leben Ihres Ziehsohnes für das Leben eines Schwerverbrechers. Ich glaube, Sie wissen längst, wie Sie sich entscheiden. Wie sich jeder gute Christ entscheiden würde. Oder jeder gute Jude. Nehme ich jedenfalls an. Weiß man bei euch ja nie so genau …«

Er erhob sich und gab mir zu verstehen, dass die Unterredung beendet war. Jovial legte er seine Hand auf meine Schulter und schob mich aus seinem Büro: »Also dann, Friedländer. Tun Sie das Richtige!«

Wie betäubt verließ ich das Polizeirevier, trat auf eine immer noch recht belebte Straße. Die Nacht war lau, Nachtschwärmer und Prostituierte schwirrten umher.

Wie lange war ich bei Kennel gewesen?

Fünfzehn Minuten?

Zwanzig?

Lang genug jedenfalls, um das Leben eines Menschen zu ruinieren. Nur: welches?

85

Männer neigen dazu, schwierige Entscheidungen mit sich selbst auszumachen, zu verstummen, wenn es besser wäre, Rat zu suchen, zu
handeln, wenn es besser wäre, die Folgen nicht nur aus der eigenen Position beleuchtet zu haben. Vielleicht hätte ich mich Artur und Isi anvertrauen sollen, aber zu diesem Zeitpunkt war ich überzeugt, ihre
Antworten auf mein Dilemma bereits zu kennen.

Für Isi hätte kein Zweifel bestanden, wessen Leben ich zu schützen
hatte, nämlich das Arturs, unabhängig davon, dass er selbst damit rechnete, eines Tages sowieso im Knast zu landen, weil ihm die Risiken
seiner Branche vollkommen klar waren. Für sie hätte es nicht einmal
der Überlegung bedurft, ob ich einen kleinen Jungen, dessen Vater ich
nicht war und mit dem ich genau genommen nicht einmal verwandt
war, opferte oder den Mann, der mir nicht nur ein Mal das Leben gerettet hatte, mit dem mich mehr verband als mit jedem anderen Menschen. Abgesehen vielleicht von ihr.

Und Artur? Er hätte mich verstanden, aber wie hätte er auf die Be-
drohung reagiert? Er war kein Freund überzogener Gewalt oder dras-
tischer Maßnahmen, aber er scheute sie auch nicht. Und hätte er eine
solche Situation nicht als absolut bedrohlich empfunden? Ich war mir
sicher, dass er Kennel für immer verschwinden lassen würde, wenn er
wüsste, welches Spiel der gerade spielte. Und in diesem Fall hätte Kennels Blut an meinen Händen geklebt. Es wäre so, als hätte ich es selbst
getan.

Ein neuer Tag kam, ein neuer Tag ging.

Eine neue Woche kam, eine neue Woche ging.

Meiner Arbeit im Glashaus kam ich nur noch mechanisch nach.
Und kehrte ich nach Hause zurück, sah ich Hans selbstvergessen mit
seinen Bauklötzchen spielen.

Ich fragte: »Hans?«

Und er wandte sich mir mit unschuldigem Blick zu: »Ja?«

»Ach nichts, mein Junge.«

Wie lange hatte er nicht gesprochen? Wie lange gebraucht, bis er nicht mehr schreiend und weinend in der Tür stand, wenn ich zur Arbeit musste? Wie lange, bis er endlich begriff, dass es sehr wohl schlimm wäre, tot zu sein?

Er hatte alles verloren und mich gewonnen.

Wie hätte ich ihn verraten können?

Ich begann, die Entscheidung vor mir herzuschieben, sie zu verdrängen, bis ich irgendwann nicht mehr jeden Tag daran dachte, nicht mal jeden zweiten Tag, schob sie immer weiter in den Hintergrund wie die miese Diagnose eines Arztes, der mir eine unheilbare Krankheit attestiert hatte, die ich nicht spürte und die mit jedem neuen Tag, an dem ich sie nicht spürte, unwirklicher wurde. Vielleicht hatte er sich ja geirrt? Vielleicht war sie von selbst weggegangen? Wie konnte man krank sein, wenn die Sonne schien und man sich gut fühlte?

Aber die Krankheit war nicht weg.

Genauso wenig wie Kennel.

Er kreuzte bei mir auf, als ich eines Tages gerade von der Arbeit nach Hause gekommen war, um Hans und mir etwas zu essen zu machen. Hinter ihm zwei Uniformierte.

»Guten Tag, Friedländer!«, grüßte er. »Mir scheint, als würden Sie versuchen, unseren Handel zu ignorieren?«

Ich schluckte: »Aber nein, Herr Oberkommissar …«

»Nein? Das ist gut: Was haben Sie für mich?«

»Ich … ich … bin noch nicht so weit!«

Kennel starrte mich kalt an: »Das ist bedauerlich, Friedländer …«
Er sah an mir vorbei und rief: »Hans? Kommst du mal?«

»Was soll das, Herr Oberkommissar?!«, rief ich erschrocken.

»Wir nehmen ihn jetzt mit.«

»Das können Sie nicht tun!«

»Sie haben versucht, mich zu betrügen. Niemand betrügt mich!«

Hans erschien an der Haustür und sah neugierig zu mir hoch: »Was gibts, Papa?«

Ich spürte einen harten Kloß im Hals, dann versuchte ich ein Lächeln, was mir nicht gelingen wollte: »Nichts, Hans. Warte doch noch im Haus, ja?«

Er nickte und lief zurück in den Flur.

»Das bringt doch nichts, Friedländer! Sie machen es für ihn nur noch schlimmer. Verabschieden Sie sich jetzt! Ich habe nicht den ganzen Tag Zeit.«

»Warten Sie!«, rief ich.

»Ja?«

»Ich ... ich helfe Ihnen.«

»Das haben Sie schon einmal gesagt.«

»Ich weiß von einem ... ich kann Ihnen ... ich ...«

Kennel sah mich verärgert an. »Herrgott, Friedländer, Sie klingen wie ein stotternder Schwachkopf!« Dann aber fügte er ruhiger an: »Ich gebe Ihnen noch heute. Wenn ich bis Mitternacht nicht erfahren habe, wie ich Burwitz hochnehmen kann, ist unser Handel geplatzt.«

Er wandte sich ab und nickte den Uniformierten zu.

Sie gingen zurück zu ihrem Wagen.

»Bis Mitternacht!«, rief Kennel, ohne sich umzudrehen. »Tick-tack, tick-tack!«

Am Abend trat ich ins *Arcasi*, wieder einmal erstaunt darüber, wie gut besucht es jeden Tag war: Armut, Kriegstraumata und Verzweiflung hielten die Berliner nicht davon ab, kräftig zu feiern. Ich fand Artur hinter der Bar und wusste immer noch nicht, was jetzt zu tun war.

Dort stand er, mein Freund, mit dem ich groß geworden war, der Mann, der im Krieg alles verloren hatte, dessen Gesicht in Stücke gesprengt wurde, der nicht daran zerbrochen war, sondern sich dank seines unbändigen Willens neu erfunden hatte.

Er stellte mir eine Molle hin und lächelte mich an.

»Artur?«

»Ja?«

»Hast du eigentlich immer noch diese Sache vor?«

Er sah mich irritiert an, dann winkte er mich zu einem der Separees, wo wir uns setzten.

»Was meinst du?«, fragte er.

»Na, du hast doch vor zwei Wochen angedeutet, Arnie und du, ihr hättet da was am Laufen. Ist das noch so?«

»Ja, warum?«

Ich schluckte: »Weil … Ich möchte nicht, dass dir etwas passiert.«

Artur zuckte mit den Schultern: »Mach dir keine Sorgen. Mir passiert nichts.«

»Wenn du damit nicht aufhörst, schon!«

»Dann ist es eben so. Ich lebe das Leben, das ich leben will. Und wenn ich mal dafür einsitzen sollte, ist das der Preis, den ich dafür zahlen muss.«

»Wirklich?«, fragte ich.

Ob es ihm wirklich nichts ausmachte? Würde er einen Rückschlag nicht sehr viel besser verkraften als Hans?

»Ja. Aber noch ist es nicht so weit.«

»Und wenn das jetzt schiefgeht?«

»Es ist wirklich keine große Sache. Niemand wird verletzt. Und das Haus, um das es geht, liegt so unglaublich gut – ich muss es einfach tun.«

Bei ihm klang immer alles leicht. Da war weder Angst noch Zögern. Alles war nur eine Abfolge von Entscheidungen, die er selbst getroffen hatte.

Nichts sonst.

Ich starrte in mein Bier und fragte, ohne aufzusehen: »Um welches Haus geht es denn?«

Ich spürte seine Blicke und hörte ihn fragen: »Warum interessierst du dich dafür?«

»Nur so.«

»Nur so?«

Immer noch blickte ich ihn nicht an – mir wurde bewusst, dass er wahrscheinlich längst begriffen hatte, dass ich log.

»Vielleicht kann ich ja helfen? Ich hab dir ja schon mal geholfen …«

Die Pause wurde so lang, dass ich schließlich aufblickte: Artur betrachtete mich ohne Regung, ein Eindruck, der sich durch die Gesichtsmaske nur noch verstärkte.

»Was ist los, Carl? Brauchst du Geld?«

Ich nahm die Vorlage dankbar an: »Braucht nicht jeder Geld?«

»Wofür?«

Ich zuckte mit den Schultern: »Ich wollte mir ein Automobil kaufen. Für die Arbeit.«

»Einer meiner Leute kann dich fahren.«

»Aber ich will was Eigenes. Außerdem bin ich kein Kind mehr, das man zur Schule fährt.«

»Ich kann dir Geld geben, Carl!«

»Ich will es mir lieber verdienen.«

»Mit so was?«

Ich schwieg – und wieder sagte lange niemand etwas.

Gerade als ich schon aufgeben wollte, nickte Artur. »Na gut. Meinetwegen. Nächste Woche gehts los. Donnerstag.«

»Und wohin geht es?«

»Friedrichstraße 14.«

Ich nickte: »Danke.«

Am liebsten hätte ich mich noch an Ort und Stelle übergeben, aber ich klammerte mich an mein Bier und war froh, dass ihn jemand rief, weil er sich um den Betrieb kümmern musste. Als er aus der Sichtweite war, schlich ich mich raus wie ein Dieb in der Nacht.

86

Während Artur und ich in die Katastrophe schlitterten, verbrachte Isi einsame Tage in dem Prachtbau in der Victoriastraße, der einst Aldos und ihr gemeinsames Zuhause hatte werden sollen und jetzt nur noch groß, leer und ohne Leben war. Allein das Dienstmädchen huschte durch die Räume, bereitete die Mahlzeiten und zog sich abends zurück in ihre kleine Dachkammer.

Jeden Morgen wartete Isi auf die Post, und wenn sie dann endlich kam, durchforstete sie in aller Eile die Briefe, um anschließend alles achtlos auf den Boden zu werfen, weil nie eine Nachricht von Aldo dabei war. Danach verbrachte sie die Tage in Langeweile, und auch abends hatte sie wenig Lust, sich auswärts zu vergnügen. Dennoch widerstand sie der Versuchung, in Ostpreußen anzurufen, auf dem Landgut der von Torstayns, weil sie sich weder vor Wendell noch vor Victoria die Blöße geben wollte, dass sie nicht wusste, wo ihr Ehemann war.

Dann erreichte sie Anfang August mit der morgendlichen Post ein Brief von Erwin Kern, an den sie sich noch gut erinnerte, weil er bei Aldos erster Soiree einer der wenigen jungen Männer und im ersten Moment recht sympathisch gewesen war. Er war an Aldo adressiert, und sie fragte sich, ob Kern vielleicht nicht doch wusste, wo Aldo sich aufhielt, sodass sie sich am Nachmittag auf den Weg zur Absenderadresse machte, einem kleinen Hotel in Charlottenburg. Bei ihrer Ankunft bemerkte sie rasch, dass das Hotel nicht nur eine Absteige war, sondern möglicherweise sogar stundenweise anmietbar.

Sie beschloss, auf der Straße zu warten.

Zwei Stunden später verließen Kern und sein Freund Hermann Fischer, ebenfalls damaliger Gast bei Aldo, das Haus und eilten so schnell Richtung Augsburger Straße, dass Isi nichts anderes übrig blieb, als laut auf beiden Fingern zu pfeifen – wie ein Straßenjunge. Die beiden drehten sich um, mehr als erstaunt, Isi auf der anderen Straßenseite winken zu sehen.

»Frau von Torstayn!«, sagte Fischer und lüftete kurz seinen Hut. »Das ist ja eine Überraschung!«

Auch Kern begrüßte Isi freundlich und sah sie neugierig an: »Sind Sie wegen uns hier?«

»Wegen meines Mannes.«

»Aldo?«, fragte Fischer. »Was ist mit ihm?«

»Das frage ich mich auch«, antwortete Isi.

»Wie meinen Sie das?«, fragte Kern.

»Ich dachte, das könnten Sie mir vielleicht sagen«, entgegnete Isi.

Die verblüfften Gesichter der beiden Männer verwandelten sich in misstrauische.

Mit einem Mal war Isi, als hätte sie etwas Falsches gesagt, eine Bemerkung in einer lustigen Runde fallen lassen, bei der plötzlich alle Gespräche verstummten.

»Ist Aldo denn nicht in Berlin?«, fragte Fischer.

»Ich weiß es nicht. Ich weiß nur, dass er nicht bei mir ist. Seit zwei Wochen schon nicht mehr.«

»Zwei Wochen?«, staunte Kern.

»Es gab ein paar Schwierigkeiten«, wich Isi aus. »Und jetzt frage ich mich, ob Sie vielleicht wissen, wo er sein könnte?«

Fischer schüttelte den Kopf: »Nein, tut mir leid. Wir sind selbst noch nicht lange in der Stadt und wollten Aldo heute oder morgen unsere Aufwartung machen.«

»Nun, Sie können sich die Mühe sparen. Er ist nicht da.«

Die beiden nickten vorsichtig.

Isi wandte sich mit einem kurzen Gruß wieder ab, als sie Kerns Stimme in ihrem Rücken hörte: »Frau von Torstayn? Ich habe Ihrem Mann einen Brief geschickt. Ist der schon angekommen?«

Isi drehte sich zu den beiden um, die sie lauernd ansahen. Was war denn so wichtig an diesem Brief, dass sie ihn extra erwähnten? Und konnten sie sich nicht denken, dass sie ihn entgegengenommen hatte? Sonst hätte sie ja wohl kaum hergefunden.

Sie lächelte die beiden nur unschuldig an und fragte: »Ein Brief? Was denn für ein Brief?«

Fischer schüttelte den Kopf und murmelte: »Nicht so wichtig.«

Isi nickte und antwortete: »Meine Herren …«

Sie stieg am Nollendorfplatz in eine Kraftdroschke und fuhr auf direktem Weg zurück in die Victoriastraße 5, wo sie den Brief zusammen mit anderen auf der Anrichte fand.

Sie nahm ihn an sich und öffnete ihn.

Darin drei Bogen weißes Papier, der erste überschrieben mit dem Kürzel: O. C.

Darunter eine ganze Reihe von Namen.

Schon der erste ließ sie erschaudern: Hermann Ehrhardt, Anführer der gleichnamigen Marine-Brigade, die während des Kapp-Putsches eine maßgebende Rolle gespielt hatte. Die nachfolgenden waren alphabetisch geordnet. Beim Buchstaben B gleich der nächste Schock: Boysen, Falk. Das konnte nichts Gutes bedeuten. Hektisch blätterte sie weiter zum Buchstaben T und fand dort zu ihrer Erleichterung keinen Torstayn.

Da steckte sie den Brief ein und verließ das Haus.

Suchte Artur im *Arcasi* und zeigte ihm den Brief.

»Weißt du, was O. C. bedeutet?«, fragte sie ihn.

»Nein.«

»Falk ist auf der Liste!«, zischte Isi.

Artur nickte nachdenklich: »Er lebt also immer noch. Eins muss man ihm lassen: Er ist schwer umzubringen.«

»Was hat Aldo mit diesen Kerlen zu tun?«, hakte Isi nach.

»Ich weiß es nicht. Aber eines weiß ich: Sie sind gefährlich.«

»Artur, ich schwöre dir: Wenn du meinen Mann diesen Typen zum Fraß vorgeworfen hast, dann brauchst du gleich 'ne neue Maske!«

»Ich habe gar nichts, Isi. Ich wollte nur einen Kontakt zu Stinnes. Mehr nicht.«

»So einfach ist das nicht! Ohne dich wäre Aldo in diese Kreise nicht reingeraten.«

»Aldo ist erwachsen, in Ordnung? Ich bin nicht verantwortlich für seine Taten!«

Isi packte Artur wütend am Revers seines Anzugs: »So nicht, Freundchen! Aldo ist mein Mann. Und wenn du Scheiße gebaut hast, Artur, dann holst du ihn da jetzt wieder raus. Haben wir uns verstanden?«

Artur atmete tief durch und löste dann Isis Hände von seinem Jackett: »Die beiden wissen, dass du den Brief angenommen hast?«

Isi nickte. »Davon gehe ich aus.«

»Dann kannst du nicht wieder zurück nach Hause.«

Isi sah ihn erst erstaunt, dann erbost an: »Was meinst du damit?«

»Zieh zu Carl.«

»Artur …«, warnte Isi.

Doch der fuhr ihr heftig über den Mund: »Du tust, was ich dir sage!«

Isi schwieg erschrocken – so ernst hatte sie Artur selten erlebt.

»Nimm dir ein paar meiner Leute und hol das Nötigste ab. Den Brief lässt du hier!«

Er stand auf und sprach mit Arnie, der ein paar Minuten später mit Isi und drei anderen zurück in die Victoriastraße fuhr, die wenigen Treppen zum Haus hinaufstieg und erstarrte: Die Tür stand einen Spalt auf.

Vorsichtig lugte Arnie hinein, lauschte.

Sie traten leise ein, stiegen in den ersten Stock hinauf, erreichten den Salon, öffneten auch hier die Tür.

Alles lag still da.

Systematisch durchkämmten Arnies Leute das Haus, aber es war niemand da.

Auch das Dienstmädchen nicht.

Isis Blick fiel auf die Anrichte, auf der die Briefe kreuz und quer lagen: Jemand hatte sie durchsucht.

Da wusste sie, dass sie kein Zuhause mehr hatte.

87

Ich schlafe kaum noch.

Fühle mich zerbrechlich, schreckhaft, gleichzeitig gereizt und unwirsch. Im Glashaus geht man mir aus dem Weg, wundert sich darüber, was dem sonst so ausgeglichenen, freundlichen Carl Friedländer wohl über die Leber gelaufen ist. In den Pausen suche ich die stillen Ecken, in die ich mich wie ein waidwundes Tier zurückziehe, und kehre ich abends nach Hause zurück, fragt mich Hans, was mit mir sei, ob er etwas falsch gemacht habe, obwohl ich mir die größte Mühe gebe, ihm gute Laune vorzuspielen. Aber Kindern kann man nichts vormachen, sie erspüren Stimmungen mit feinen Antennen.

Isi genauso wenig.

Sie fragt: »Carl, was ist denn los?«

Und ich antworte. »Nichts.«

Sie sagt: »Lass mich dir doch helfen!«

Und ich antworte: »Hast du nicht selbst genug Probleme?«

Sie reagiert beleidigt, und das zu Recht.

Dann kommt der Donnerstag, und mir ist so elend, dass ich mich krankmelde und erst aus dem Bett steige, als Hans wieder aus der Schule kommt. Schwerfällig verbringe ich den Tag im Park mit ihm. Er spielt, bis er genug hat und zu mir auf den Schoß klettert.

»Was ist denn mit dir, Papa?«, fragt er.

Ich will nicht darauf antworten, aber es geht mir über die Lippen, bevor ich es verhindern kann: »Ich habe etwas Schlimmes gemacht, Hans.«

»Du?«

»Ja, Hans.«

»Dann musst du es einfach wiedergutmachen!«

Ich nicke und versuche ein Lächeln: »Ja, Hans.«

»Siehst du? Es ist gar nicht so schlimm!«

Ich streichele ihm über den Kopf und denke, wie unglaublich es ist, dass es in seiner Welt, in der ihm so viel Schreckliches widerfahren ist, trotzdem nur Dinge gibt, die man wiedergutmachen kann. Weil Kinder vergessen können. Erwachsene nicht.

Am Abend bringe ich ihn früh zu Bett, dann setze ich mich ins Wohnzimmer und öffne eine Flasche Wein. Isi leistet mir Gesellschaft, obwohl ich wirklich keine will, aber ich sage es ihr nicht.

Wir trinken schweigend und hören Musik.

Es werden ziemlich viele Gläser.

Kurz vor ein Uhr in der Nacht, gerade als die Stimmung im *Arcasi* ihrem Höhepunkt entgegenstrebt, machen sich Artur und Arnie fertig für einen Ausflug, der sie in die Friedrichstraße führen wird, in ein leer stehendes Haus, dessen Besitzer zwar bankrott, dafür aber sehr gut versichert ist. Unter dem Vorwand, alle Wohnungen renovieren und das Dachgeschoss ausbauen zu wollen, hat er kurzerhand sämtliche Mieter vor die Tür gesetzt, sodass die Immobilie in Berlins Bestlage die einzige dort ist, die nicht genutzt wird.

Artur und Arnie fahren Richtung Innenstadt, halten in der Ferdinandstraße und beobachten die wenigen Passanten, die noch durch die Straßen stromern. Sie wollen über den Hinterhof in den Keller des zu sanierenden Hauses einsteigen und auf gleichem Weg wieder zurückkommen.

Bevor das Haus richtig Feuer fängt, sind sie wieder fort. Keine große Sache. Mittlerweile haben sie reichlich Übung darin, Brände so zu legen, dass man die Brandstiftung nicht nachweisen kann. Sie verzichten komplett auf Brandbeschleuniger und erzielen damit für alle Beteiligten perfekte Ergebnisse.

Kurz vor zwei Uhr ist es endlich ruhig genug.

Beide schmieren sich Schuhcreme ins Gesicht, dann suchen sie ein letztes Mal die Ferdinandstraße nach Passanten ab, steigen aus dem Wagen und im nächsten Moment schon über eine Mauer in den Hinterhof eines Hauses, von dem sie wissen, dass es einen gemeinsamen Keller mit der Friedrichstraße 14 hat.

Dort öffnen sie die Tür mit einem Dietrich, gehen die Treppen hinab in totale Finsternis. Tasten sich an den Wänden entlang, bis sie eine weitere Tür erreichen, die rüber in das andere Haus führt: Sie ist bereits offen.

Wie Schatten schweben sie durch den Bauch des Hauses, finden die Treppe in den Hausflur, huschen hinauf. Auch die nächste Tür ist nicht verschlossen, und nach einem kurzen Zögern schiebt Artur sie leise auf.

Blickt in den Flur.

Alles ist ruhig.

Niemand zu sehen.

Sie schleichen hinein in ein Treppenhaus voller Schatten.

Ich liege auf dem Sofa, starre an die Decke und spüre, wie der Alkohol mir die Gedanken so schnell dreht, dass sich die Schuld etwas weniger schwer anfühlt. Ich habe Artur gesagt, dass ich doch nicht helfen würde, dass ich Skrupel hätte und ein mieses Gefühl. Und gehofft, dass er seinen Plan vielleicht noch einmal überdenkt, aber wie nicht anders zu erwarten hält er daran fest. Offenkundig froh darüber, dass ich ihn nicht begleite.

»Das ist sowieso nichts für dich, Carl«, hat er gesagt und mir auf die Schulter geklopft.

Unwillkürlich fasse ich mir an die Stelle und glaube, dort einen Schmerz zu spüren, aber das ist natürlich Einbildung.

Wenn es doch nur alles Einbildung wäre!

Wenn ich einfach nur mit Hans und Artur und Isi in Frieden leben könnte, ohne Ränke, ohne Lügen, ohne Hinterhalt.

Ohne Verrat.

Ich sehe auf die Uhr: Es ist drei Uhr morgens.

Isi schläft längst.

Draußen ist alles still.

Drinnen ist alles still.

In mir ist alles tot.

Gegen halb vier höre ich benommen das Schlagen von Autotüren, dann hämmert jemand gegen die Tür. Schwerfällig rappele ich mich auf, mache Licht, öffne: Oberkommissar Kennel steht vor mir.

Hinter ihm fünf Uniformierte.

»AUS DEM WEG!«, schreit er wütend und stößt mich zur Seite.

Ich packe ihn an der Schulter, halte ihn fest, aber dann schon fühle ich, wie sich ein Arm um meinen Hals legt und zudrückt. Ich werde zu Boden gerissen, Knie in meinem Rücken.

Kennel trampelt die Stufen hoch.

Wenige Sekunden später höre ich Hans aufkreischen.

Kennel erscheint wieder auf der Treppe, Hans auf dem Arm, der in seinem Schlafanzug strampelt und schreit, was den Kommissar nur noch wütender macht.

»PAPA! PAPA!«

Isi ist gleich hinter ihm und brüllt, als sie die Polizisten auf mir sieht: »CARL! UM GOTTES WILLEN!«

Ich wehre mich mit aller Kraft, aber sie sind wenigstens zu dritt auf mir, sodass ich nur den Kopf heben kann: »HANS! HANS!«

Isi versucht, Kennel festzuhalten, aber der dreht sich zu ihr um und schubst sie auf die Treppen. Schmerzverzerrt greift sie sich in den Rücken: Die Stufen sind spitz und scharf.

Dann bleibt er vor mir stehen und zischt: »Sieh nur hin, Hans! Das ist der Mann, der dich verraten hat! Dem ein Schwerverbrecher wichtiger ist als der eigene Sohn!«

»PAPA! PAPA!«

Hans schreit und weint.

Ich schreie und weine.

»GLAUB IHM NICHT, HANS! GLAUB IHM NICHT!«

»Eines Tages wird er alt genug sein, um zu wissen, was Sie getan haben! Er wird alt genug sein, um zu wissen, wer für sein Schicksal verantwortlich ist!«

Er steigt über mich hinweg.

Eilt hinaus, während Hans wie verrückt schreit: »PAPA! PAPA!«

Die Polizisten drücken mich mitleidlos auf den Boden.

Ich winde mich, versuche, mich zu befreien, aber mir schwinden die Kräfte.

Isi hat sich mittlerweile aufgerappelt und stürzt sich auf die Polizisten. Zusammen kullern sie von mir runter: Endlich bin ich frei.

Aber es ist zu spät. Kennel ist weg.

Hans ist weg.

Ich starre in die Nacht.

88

Sie ließen uns nicht einmal eintreten.

Offenkundig hatten sie bereits mit Isi und mir gerechnet, denn als wir aufs Polizeirevier Fünfzig zustürmten, warteten dort bereits vier Beamte vor der Tür, die Schlagstöcke in den Händen. Da half weder Fluchen noch Schreien noch die wütende Aufforderung, Oberkommissar Kennel herauszuholen. Sie standen da wie eine blaue Mauer. Als der Morgen graute, wurden wir ein letztes Mal von ihnen zurück auf die Straße gestoßen und gaben auf.

Wir kehrten zurück in die Voigtstraße und klopften Artur aus dem Bett, der uns gleich ansah, dass etwas passiert sein musste, und hineinbat. Im Gegensatz zu unserer Bleibe oder der von Isi und Aldo wirkte Arturs Haus so, als wäre er gerade eingezogen oder machte sich bereit für einen bald anstehenden Auszug. Alles war provisorisch, spärlich eingerichtet. Keine Bilder, keine Vorhänge, weiße Wände, nackte Glühbirnen an der Decke. Eine Art Heimstatt, zweckdienlich, aber nicht gemacht, um zu einem Zuhause zu werden, einem Ort, an dem man Wurzeln schlagen könnte.

Bei einem sehr starken Kaffee erzählte ich alles, was ich besser nicht verschwiegen hätte, und ich nahm deutlich wahr, wie es dabei in Artur brodelte. Schließlich endete mein Bericht mit dem, was letztlich zu dem morgendlichen Überfall geführt hatte: Ich hatte Kennel eine falsche Adresse genannt, und er hatte ganz offensichtlich dort mit seinen Leuten auf Artur gewartet, bis ihn die Meldung erreichte, dass es in der Friedrichstraße brannte.

Artur seufzte.

Dann sagte er: »Warum hast du mir nichts gesagt?«

»Hätte es etwas an der Situation geändert?«, fragte ich zurück.

»Ja.«

Erneut begann ich zu weinen und sagte: »Klar, weil du Kennel umgebracht hättest. Aber damit wollte ich nicht leben!«

Artur sah mich ruhig an: »So schätzt du mich ein?«

Ich wischte mir die Tränen aus dem Gesicht: »Du würdest mir immer helfen. So wie ich dir immer helfen würde. Oder Isi. Egal, was ist!«

»Und du meinst, das schließt bei mir Mord mit ein?«

»Nicht?!«, fragte ich gereizt. »Seit wann so zimperlich?«

»Carl!«, warnte er.

Ich zog mir den Rotz hoch und antwortete: »Tut mir leid, Artur. Ich bin so … Ich kann einfach nicht mehr! Du und Isi seid alles für mich. Das wisst ihr hoffentlich.«

Isi nahm mich in den Arm und küsste meine Wangen: »Wir drei, Carl! Nur wir drei! So war es schon immer, so wird es immer sein!«

Artur nickte: »Wenn es sein müsste, würde ich auch jemanden für dich aus dem Weg räumen. Der Punkt ist nur: Bei Kennel wäre das gar nicht nötig gewesen!«

Ich runzelte verwundert die Stirn: »Nicht?«

»Nein. Wir hätten nur noch etwas Zeit schinden müssen. Jetzt ist die ganze Geschichte sehr viel schwieriger geworden.«

»Kannst du mir helfen, Artur? Hans kann am allerwenigsten dafür.«

Er stand auf und verlangte am Telefon, mit Anwalt Fromm verbunden zu werden. Eine halbe Ewigkeit später hatte der endlich den Anruf entgegengenommen, und obwohl ich Fromms Beschwerden über die unchristlich frühe Zeit durch den ganzen Raum hören konnte, wusste ich, dass er Arturs Bitte Folge leisten würde.

Und so war es auch.

Eine Stunde später stand er geschniegelt und gestriegelt vor uns und machte sich kurze Notizen zu dem, was ich ihm mitteilte.

Dann sagte er: »Als Erstes werde ich nachfragen, wo sie Hans hingebracht haben. Dann müssen wir über unsere Optionen nachdenken.«

»Ich könnte ihn adoptieren!«, rief ich. »Wollte ich sowieso!«

Fromm schüttelte den Kopf: »Das kannst du vergessen, Carl. Für eine Adoption musst du mindestens fünfzig Jahre alt sein. So will es das Gesetz.«

»Dann nehm ich ihn eben in Pflege!«, beharrte ich.

»Das könnte ein Problem werden. Kennel wird den Behörden gesagt haben, dass du polizeibekannt bist und der Junge psychisch auffällig. Die werden Hans nicht rausrücken. Nicht einfach so.«

»Aber irgendwas müssen wir doch tun?«, rief ich.

Anwalt Fromm lehnte sich zurück und ließ sein Monokel wirkungsvoll in die Hand plumpsen, wie so oft, wenn er entweder einen Trumpf zog oder etwas Illegales vorschlug.

»Also, Heime sind keine Gefängnisse. Da kommt es oft vor, dass Kinder verschwinden …«

»Eine Entführung?«, fragte ich.

476

»Ach, na ja, das klingt jetzt aber dramatisch. Sagen wir: ein Umzug in eine andere Stadt. Aus Erfahrung kann ich sagen, dass kein Hahn nach diesen Kindern kräht.«

»Du müsstest dann woanders neu anfangen, Carl«, sagte Artur. »Willst du das?«

Ich schluckte.

Nicht nur, weil ich dann Artur und Isi verlassen müsste, sondern auch meine Anstellung bei der UFA verlöre.

»Es muss doch noch eine andere Möglichkeit geben?«, wich ich aus.

»Vielleicht«, antwortete Artur. »Aber erst müssen wir wissen, wo Hans ist.«

Fromm nickte, erhob sich wie auf ein Stichwort, küsste Isi galant die Hand und empfahl sich. Die nächsten Tage verbrachte er am Telefon, auf dem Polizeirevier Fünfzig, bei diversen Behörden. Doch das Ergebnis war gelinde gesagt ernüchternd: Niemand konnte oder wollte Auskunft geben, wo Hans sich befand. Offenbar hatte Kennel bereits vorausgeahnt, dass wir Hans nicht so einfach aufgeben würden, und den Jungen nicht in Berlin untergebracht, denn auch diverses Nachforschen von Arturs Männern in den Kinderheimen der Stadt brachte kein Ergebnis.

Hans war wie vom Erdboden verschluckt, und entgegen Arturs Beteuerungen glaubte ich nicht daran, dass ich ihn noch einmal wiedersehen würde. Möglicherweise hatte Kennel bereits dafür gesorgt, dass er weit weg von Berlin in Pflege gegeben worden war. Wie könnte ich ihn da noch finden?

Dann, praktisch aus dem Nichts, kam Lubitsch.

Wir hatten gerade die Dreharbeiten zu *Das Weib des Pharaos* beendet, als er eines Mittags durch die Kulissen des Glashauses schlich und mich irgendwann hinter einer Tür entdeckte, wo ich mein Butterbrot aß und vor mich hin starrte.

»Hier bist du also!«, rief er verwundert.

Ich stand auf: »Herr Lubitsch?«

Er gab mir die Hand und antwortete: »Ernst.«

»Was kann ich denn für Sie … für dich tun?«, fragte ich.

»Nicht du für mich, sondern ich für dich!«

Er trat durch die Tür und schloss sie hinter sich. Jetzt standen wir nahe beieinander, hinter Kulissenwänden, zwischen Kabeln und Gerät, während man von draußen nichts als den Salon eines Herzogs sehen konnte.

»Sicher ist dir nicht entgangen, dass Paul und ich schon länger mit Hollywood liebäugeln …«

»Natürlich nicht.«

»Nun, wir werden im Dezember hinfahren und *Das Weib des Pharao* dort präsentieren. Und auch die Premiere soll in Amerika stattfinden.«

»Das ist doch toll, oder?«

»Ja, alles dort ist noch viel größer als hier. Und vor allem: Man erreicht die ganze Welt. Aber das ist noch nicht alles … Was ich dir jetzt sage, bleibt unter uns, ja?«

Ich nickte.

»Hast du je von United Artist gehört?«

Ich schüttelte den Kopf.

»Ist vor zwei Jahren von Douglas Fairbanks, Mary Pickford und Charlie Chaplin gegründet worden. Und was soll ich sagen: Mary Pickford will mich!«

Ich machte ein erstauntes Gesicht: »Das ist ja großartig!«

»Ja, ist es. Aber ich werde nicht alleine hingehen. Emil Jannings und Pola Negri werden mit nach Amerika kommen. Theodor Sparkuhl und Hanns Kräly auch. Paul Davidson eh. Und ich möchte, dass du uns begleitest.«

»Ich?!«

»Ja, Carl. Du hast Talent. Und alle mögen dich. Ich mag dich.«

»Vielen Dank.«

»Und? Was denkst du? Wäre Hollywood etwas für dich?«

Ich zögerte mit der Antwort.

»Was fürchtest du?«, fragte Lubitsch.

Da erzählte ich ihm, was vorgefallen war.

Und dass ich Hans nicht einfach aufgeben wollte, auch wenn ich fürchtete, ihn nie wiederzusehen.

Lubitsch hörte sich alles in Ruhe an und antwortete dann: »Siehst du, deswegen mag dich jeder, Carl. In einem Geschäft voller Windbeutel bist du ein guter Mensch. Pass auf, folgender Vorschlag: Such den Jungen! Und wenn es nichts wird, kommst du mit. Erst mal für ein paar Wochen. Na ja, vielleicht auch ein paar Monate. Wenn es sich falsch für dich anfühlt, kannst du immer noch zurück. Einverstanden?«

Ich nickte: »Einverstanden.«

Wieder schüttelten wir die Hände.

Lubitsch zündete sich eine seiner dicken Zigarren an und paffte mir fröhlich eine Wolke ins Gesicht: »Also dann: die Chance deines Lebens! Nicht mehr, nicht weniger!«

Dann trat er durch die Tür nach draußen und spazierte gut gelaunt qualmend durch den Salon des Herzogs.

89

Er hatte gewusst, dass er sterben würde, auch weil sie es im Januar 1920 schon einmal versucht hatten. Die Kugel, die ihn töten sollte, war schon lange vorher gegossen worden, genau genommen am 11. November 1918, als ihn Ludendorff, Hindenburg und all die anderen, die den Krieg zu verantworten hatten, auf diese Waldlichtung von Compiègne geschickt hatten, um dort den Waffenstillstand zu unterzeichnen. Seit diesem Moment war Matthias Erzberger derjenige, der die Bedingungen zu verantworten hatte. Der den vermeintlichen »Schandfrieden« beschlossen und ein ganzes Volk damit verraten und gedemütigt hatte.

Der Mann, der kein Recht hatte weiterzuleben.

Ich kannte mich aus mit der Macht der Lüge, denn ich hatte unzählige Falschmeldungen produziert während des Kriegs, aber keine meiner Lügen war auch nur annähernd so groß wie die, der Matthias Erzberger zum Opfer fiel.

Am 26. August 1921 setzten die ehemaligen Marineoffiziere Heinrich Tillessen und Heinrich Schulz dem Leben Erzbergers ein Ende, als dieser in Bad Griesbach spazieren ging. Schossen sechs Mal auf ihn, um ihm dann, dem Schwerverletzten, der eine Böschung herabgefallen war und sich zu retten suchte, nachzugehen und noch zwei weitere Male in den Kopf zu feuern. Seinen Parteifreund Carl Diez verletzten sie schwer, aber ihn ließen sie am Leben.

Obwohl die Nachricht niemanden wirklich überraschte, war sie doch ein Schock. Größer noch als zuletzt die Ermordung des bayerischen Ministerpräsidenten Kurt Eisner.

Denn plötzlich tauchte ein Gerücht auf: dass die Mörder keine rechtsnationalen Einzeltäter waren. Nicht wie bei Eisner. Plötzlich munkelte man von einer Organisation, die alle Rechten miteinander verband, die im Untergrund aufgebaut worden war, gegründet und geleitet von Hermann Ehrhardt, ein Geheimbund als Nachfolge seiner verbotenen Marine-Brigade. Benannt nach einem Namen aus einem der falschen Pässe, die ihm der Münchner Polizeipräsident höchstselbst hatte ausstellen lassen: Consul Hugo von Eschwege.

Organisation Consul.

O. C.

Nur *wer* alles Teil dieser Organisation war und wie groß sie war, das wusste man nicht.

Noch nicht.

Der Mord jedenfalls brachte alles in Bewegung.

Auch für Isi.

Die Attentäter hatten sich nicht gerade Mühe gegeben, ihre Identität zu verschleiern, sodass bald nach dem Mord namentlich und steckbrieflich nach ihnen gefahndet wurde, erfolglos, wie sich herausstellen sollte, denn der Anschlag wie auch die Flucht ins Ausland waren gut geplant gewesen.

Viel brisanter als die Identität der Mörder jedoch war die Liste, auf der sie standen und die Isi in ihren Besitz gebracht hatte. Hatte für die Mitglieder der Organisation Consul schon vorher ein großes Interesse bestanden, ihrer wieder habhaft zu werden, so fühlten sie nach dem

Mord an Erzberger die dringende Notwendigkeit, sie Isi wieder abzunehmen, denn keiner der anderen Männer auf der Liste hatte Lust, sich den Ermittlungen der Behörden auszusetzen.

So viel war uns allen klar.

Da erhielt Isi einen weiteren Brief.

Diesmal von Wendell von Torstayn.

Aldos Vater.

Erzberger lag noch nicht unter der Erde, als des Morgens ein Kurier an die Tür klopfte. Ich öffnete ihm, erstaunt darüber, einen Mann in Livree zu sehen. Wie sich später herausstellen sollte, war er ein Diener Wendells und hatte diesen nach Berlin begleitet. Und nicht nur ihn.

Der Mann bat um prompte Antwort, sodass Isi den Brief direkt öffnete und eine förmliche Einladung *in ihr eigenes Haus* darin fand, das Wendell offenbar bezogen hatte. Die von Torstayns waren wie die Boysens Gutsherrn alten Schlags, die niemals fragten, sondern sich einfach nahmen, was sie als das Ihrige ansahen.

Während also Wendells Diener vor der Haustür auf Antwort wartete und Isi fassungslos ob der Dreistigkeit auf die Einladung starrte, lief ich rüber zu Artur, denn in Fällen wie diesen wusste er am besten, was zu tun war. Er kam zu uns, studierte die Aufforderung, dachte eine Weile schweigend nach und nickte dann: »Nimm an!«

»Ich soll mich von denen in mein eigenes Haus zitieren lassen?«, fragte Isi.

»Keine Sorge, du gehst nicht allein.«

»Ich will die nicht sehen!«, zischte Isi.

»Wir sollten wissen, was sie wollen«, antwortete Artur.

»Ist das nicht offensichtlich? Sie wollen die Liste!«, warf ich ein.

»Die Torstayns stehen aber nicht drauf«, sagte Isi.

»Sie gehören irgendwie dazu. Vielleicht geben sie Geld. Wie dem auch sei: Willst du nicht wissen, was mit Aldo ist?«

Isi nickte.

»Dann sollten wir hören, was sie zu sagen haben.«

»Vielleicht steckt Aldo gar nicht mit drin«, gab Isi schwach zurück. Ihr war anzusehen, dass sie nicht einmal selbst daran glaubte.

»Wir haben die Liste. Vielleicht können wir einen Handel erzwingen.«

Sie nickte.

»Willst du Aldo überhaupt noch?«, fragte ich vorsichtig.

Sie schwieg vielsagend.

Am Abend kreuzten zuerst Arturs Männer in der Victoriastraße auf. In großer Besetzung.

Wendells Diener hatte ihnen die Tür geöffnet, verblüfft über ein Dutzend, das an ihm vorbeimarschierte und jedes Zimmer, jede Kammer, jeden Flur absuchte und auf jedem Stockwerk Position einnahm, während zwei von ihnen vor dem Hauseingang stehen blieben und die Tür bewachten.

Dann erst fuhren Artur, Isi und ich vor, stiegen hinauf in den ersten Stock und betraten den Salon.

Wendell und Victoria saßen in zwei bequemen Sesseln, nippten an einem Portwein und erhoben sich, als wir eintraten. Beide waren festlich gekleidet, Wendell im Frack, Victoria in einem strahlend weißen Seidenkleid, geschmückt mit Diamanten und mit einem rätselhaften Lächeln auf den Lippen.

»Luise!«, rief Wendell gut gelaunt. »Wie schön, dass Sie es einrichten konnten.«

Er kam ihr entgegen und küsste ihr formvollendet die Hand.

Victoria stand mittlerweile neben ihm und nickte huldvoll. Wendell begrüßte auch uns mit einem Handschlag und wies dann mit einer Geste zu der Sitzgruppe, aus der sie sich erhoben hatten.

»Lassen Sie uns doch einen Aperitif nehmen. Sie bleiben doch zum Essen?«

»Nicht, wenn es sich verhindern lässt«, pampte Isi.

Victorias Gesicht blieb völlig unbewegt, aber ihre Augen funkelten kalt. Wendell dagegen nahm die Unhöflichkeit sportlich und lächelte: »Warum so übellaunig? Kommen Sie, ein kleiner Port wird die Stimmung lockern.«

Er schenkte jedem von uns ein Glas ein und stellte es auf den Tisch – niemand von uns trank.

»Vielleicht kommen wir gleich zum Punkt!«, forderte Artur und lehnte sich zurück.

Victoria lächelte ihren Mann an: »Er hat recht, Liebster. Was nützt die Etikette, wenn man sie nicht kennt?«

»Sie wollen die Liste, nehme ich an?«, fragte Artur kühl.

»Welche Liste?«, fragte Wendell überrascht.

»Warum lassen wir nicht die Spielchen? Die Liste mit den Mitgliedern der Organisation Consul. Die Aldo geschickt bekommen hat.«

Wendell starrte ihn kalt an: »Ach das. Sehr bedauerlich. Aldo ist so beeinflussbar. Behalten Sie die Liste ruhig. Ich bin nicht daran interessiert.«

Ich denke, wir waren alle drei überrascht.

Jedenfalls blickten wir uns völlig verdattert an.

»Nicht dass ich die Ziele der Vereinigung nicht unterstützenswert fände«, fügte Wendell an, »aber ich habe Aldo geraten, sich da rauszuhalten. Das ist doch alles sehr primitiv. Jedenfalls für Menschen wie uns.«

Er wirkte nicht, als ob er ablenken wollte.

Er meinte jedes Wort davon, nur: Weswegen waren wir dann hier?

Wendell schlug die Beine übereinander und sagte: »Nun, Fräulein Beese …«

»Frau von Torstayn!«, korrigierte Isi, um mit einem boshaften Lächeln anzufügen: »So viel Etikette muss doch sein, lieber Schwiegerpapa!«

Wendell betrachtete seufzend seine Fingernägel und fuhr dann ungerührt fort: »Wie auch immer. Liebe Luise, Ihnen ist sicher nicht entgangen, dass Sie in meiner Familie nicht willkommen sind. Zu allem Unglück ist mein einziger Sohn ein großer Kindskopf und hat die ganze Angelegenheit ein wenig kompliziert gemacht, sodass wir gezwungen sind, eine einvernehmliche Lösung für alle zu finden.«

»Wo ist Aldo?«, fragte Isi.

Wendell hob abwehrend die Hand. »Später, Luise, später. Zunächst wollen wir versuchen, einen Ausweg zu finden.«

»Einen Ausweg für was?«, fragte Isi.

Wendell sah sie mitleidig an: »Luise … Sie gehören einfach nicht zu uns. Das muss Ihnen doch klar sein.«

»Ich gehöre nicht zu Ihnen. Oder zu Ihrer Frau«, gab Isi zurück. »Zu Aldo schon!«

»Machen wir uns doch nichts vor: Sie sind eine einfache Frau aus dem Volk. Ich kann mir denken, dass es Sie mit großem Stolz erfüllt, sich als eine von Torstayn zu geben, aber die Wahrheit ist: Sie sind keine. Sie werden auch nie eine sein. Warum also nicht beenden, was niemals hätte beginnen dürfen?«

»Ich denke, das entscheidest nicht du, Wendell«, gab Isi kühl zurück. »Du bist hier in Berlin, nicht auf deinem Gut in Ostpreußen. Hier gilt das Gesetz. Und das besagt, dass ich mit deinem Sohn Aldo rechtmäßig verheiratet bin.«

Wendell schwieg und gab sich äußerlich vollkommen unbewegt. Auch wenn ihm Isis provozierendes Duzen ganz sicher einen erhöhten Puls verursachte.

Dann aber schwenkte er um und fragte ebenso vertraut: »Was verlangst du?«

»Meinen Ehemann.«

»Das ist doch Unsinn. Eure Ehe ist am Ende. Und du weißt das auch!«

»Dann soll er mir das selbst sagen!«, fauchte Isi.

Wendell nickte: »Das wird er. Nichtsdestoweniger braucht er deine Zustimmung zu einer Annullierung. Und die wollen wir dir vergolden …«

Wenn er Isi gekannt hätte, hätte er gewusst, dass das Gespräch mit einer Bemerkung wie dieser ab jetzt keinen konstruktiven Verlauf mehr nehmen konnte.

»Du willst mich kaufen? Wie eine Hure?«, fragte Isi kalt.

Wendell öffnete den Mund, um zu antworten, aber Victoria kam ihm zuvor.

»Genau so, liebe Luise. Da du nur wenig von Etikette verstehst, halten wir uns doch alle nicht mehr mit Höflichkeiten auf, ja? Du hast meinen Sohn verführt, um an sein Geld zu kommen. Das kann man drehen und wenden, wie man will, aber es ist und bleibt: Prostitution. Und deswegen werden wir dich bezahlen, damit Aldo wieder der sein kann, der er immer war: ein von Torstayn. Nachfolger meines geliebten Ehemannes.«

Isi lächelte kalt: »Aber, Victoria, wie kannst gerade *du* über Prostitution urteilen, wenn deine einzige Lebensleistung die war, einen Gutsherrn zu heiraten, um für die Nachzucht zu sorgen? Das Einzige, was dich von einer gewöhnlichen Hure unterscheidet, ist der Preis.«

Victoria war blass geworden vor Hass, mühte sich, die Fassung zu wahren, warf dann aber doch ihr Portweinglas nach Isi. Sie verfehlte sie, obwohl sie ihr direkt gegenübersaß.

»Sie kriegt nichts, Wendell!«, schrie sie. »Eher töte ich uns alle, bevor sie auch nur einen Pfennig von uns bekommt!«

Wendell räusperte sich, ebenfalls um Haltung bemüht, dann antwortete er: »Luise, sei vernünftig. Wir haben die Möglichkeiten, diese Angelegenheit auch anders zu beenden …«

Die Warnung fuhr wie ein eisiger Luftzug durch den Raum.

Artur beugte sich vor und sagte: »Lassen Sie mich eines klarstellen, Wendell. Sollte Isi etwas geschehen, dann wird die Welt nicht groß genug sein, um sich vor mir zu verstecken. Ihre Frau, Ihr Sohn, Ihre Töchter und Ihre Enkel. Niemand entkommt mir. Die von Torstayns wird es danach nicht mehr geben. Habe ich mich da klar ausgedrückt?«

Bei jedem anderen hätte Wendell die Drohung weggelächelt, sie wahrscheinlich sogar amüsant gefunden, aber Artur setzte ihm sichtlich zu. Er betrachtete ihn mit seiner Maske wie einen Geist, einen Racheengel, der ihn auch noch in seinen Träumen finden würde.

»Es muss ja nicht so kommen«, beeilte er sich zu sagen. »Wir sind doch alle vernünftige Menschen.«

»Was bieten Sie?«, fragte Artur.

»Was möchtest du denn, Luise?«, fragte Wendell.

»Ich möchte meinen Mann zurück.«

Victoria lächelte kalt: »Aldo wird eine andere heiraten.«

»Was soll das heißen?«, fauchte Isi.

»Er hat die Zeit bei uns genutzt, um darüber nachzudenken, was das Beste für ihn ist. Und die ungeheure Peinlichkeit, in die du ihn in Wien gebracht hast, hat ihn schließlich erkennen lassen, wo er hingehört. Zu uns!«

»Die ungeheure Peinlichkeit?!«

»Nun, mit deinen überzogenen Forderungen, deinem aufwendigen Lebensstil und deinen vielen kostspieligen Ideen hast du Aldo in eine unmögliche Situation gebracht. Ausgerechnet du, die angebliche Revolutionärin! Aldo hat endlich erkannt, was für eine Lüge eure Ehe ist.«

Diesmal war es Isi, die blass geworden war. Der Angriff war so falsch, so verdreht, dass es ihr tatsächlich die Sprache verschlagen hatte.

»Der Einzige, der einen ausschweifenden Lebensstil pflegt, ist Ihr Sohn!«, gab ich sauer zurück. »Ihr Vorwurf ist geradezu grotesk!«

»Das spielt keine Rolle mehr«, gab Victoria kühl zurück. »Aldo hat seinen Fehler erkannt und ist in den Schoß der Familie zurückgekehrt. Nur das zählt!«

»Dann soll er mir das selbst sagen!«, sagte Isi wieder einigermaßen gefasst.

»Natürlich!«, antwortete Victoria und nickte einem Diener zu. »Er ist hier und wird dir auch gleich seine neue Verlobte vorstellen!«

»Seine Verlobte?!«, rief Isi empört.

»Eine Dame, die gut zu uns passt! Eine, die eine stolze Mitgift in die Ehe einbringt, anstatt sich wie du durchzuschnorren.«

Der Diener war aus dem Salon verschwunden. Nun öffnete er die Tür und ließ Aldo und seiner neuen Braut den Vortritt.

Wir fuhren fast gleichzeitig hoch und starrten sie an.

Ich konnte mich nicht erinnern, jemals in meinem Leben so überrascht, um nicht zu sagen geschockt, gewesen zu sein wie in diesem Moment: Die Braut an Aldos Arm war Helene Boysen.

Falks garstige kleine Schwester.

Die Verbindung war offensichtlich, allein, wir hatten sie nicht gesehen. Aldo hatte Kontakt zur Organisation Consul, deren Mitglied Falk war. Und dass sich die alten Familien in Ost- und Westpreußen kannten, war allgemein bekannt, auch wenn die Boysens nicht zum Hochadel gehörten. Aber sie waren fast so wohlhabend wie die von Torstayns. Zumindest gewesen, denn Westpreußen war ja jetzt Polen.

Helene jedenfalls genoss ihren Auftritt.

Sie präsentierte ein ähnliches Kleid wie Victoria, war üppig mit Schmuck behängt und trug noch dieselben Korkenzieherlocken, auf die sie schon in Thorn so furchtbar stolz gewesen war. Aldo sah daneben blass und krank aus und konnte den Blicken Isis kaum standhalten. Vielleicht wäre es Isi bei einer anderen Frau gelungen, Haltung zu bewahren, aber ausgerechnet Helene Boysen ... Eine Träne kullerte ihr über die Wange, noch bevor die beiden an uns herangetreten waren.

»Ich denke, ich muss niemanden vorstellen«, sagte Wendell genüsslich. »Wenn ich richtig informiert bin, kennen Sie sich schon lange.«

»Wie kannst du mir das antun, Aldo?«, fragte Isi mit rauer Stimme.

Aldo antwortete nicht, dafür sein Vater: »Du siehst, Luise, alles ist jetzt so, wie es von Anfang an hätte sein sollen. Wir jedenfalls freuen uns sehr über unsere neue Tochter und wünschen dem glücklichen Paar nur das Beste. Doch auch du, Luise, sollst nicht leer ausgehen. Wir dachten da an eine jährliche Apanage, die dir ein vernünftiges Leben sichern wird. Natürlich nicht annähernd so fürstlich wie das, das du mit Aldo hattest, aber das ware ja nun auch wirklich nicht angemessen. Dennoch wird es genügen, dass du dir, in gewissen Grenzen, keine Sorgen machen musst.«

Isi hatte offenkundig kaum zugehört, sondern fixierte ihren Ehemann.

»Aldo?«, fragte sie.

Der schluckte und antwortete nur: »Es ist besser so, Isi.«

»Ist das alles, was du zu sagen hast?«, fragte Isi.

Helene lächelte sie falsch an: »Jetzt sei nicht dumm, Isi. Nimm die Apanage!«

Isi sah sie kurz an, dann wieder Aldo: »Liebst du sie?«

Da Aldo mit der Antwort zögerte, sprang Helene ein: »Aber natürlich tut er das! Sieh uns doch nur an: Alle finden, dass wir ein Traumpaar sind. Wirklich alle!«

Schweigen fiel wie ein Leichentuch über unsere Köpfe.

Niemand rührte sich.

Isi sah nur Aldo an, während alle anderen die Blicke wandern ließen.

Schließlich reckte Isi das Kinn und sagte: »Ich werde mich weder scheiden lassen noch einer Annullierung zustimmen!«

Die von Torstayns und auch Helene schienen aufrichtig überrascht, Artur und ich dagegen nicht.

»Jetzt sei doch vernünftig!«, mahnte Wendell. »Es ist für jeden nur von Vorteil!«

Isi sah Aldo an und sagte: »Wenn du zu mir gekommen wärst und mich um die Scheidung gebeten hättest, wenn du zu mir gekommen wärst und mir gesagt hättest, dass du mich nicht mehr liebst, Aldo, dann hätten wir uns scheiden lassen können, und wir wären trotzdem Freunde geblieben. Aber jetzt …«

Sie machte eine Pause.

Sah erst ihn, dann Helene, dann Wendell und schließlich Victoria an.

Dann sagte sie kalt: »Ihr wollt Krieg? Ihr sollt ihn bekommen!«

»Isi, bitte!«, flehte Aldo.

»Genug!«

»Wie du willst«, schnappte da Helene. »Am Ende werde ich gewinnen. Weil wir Boysens immer gewinnen. Du solltest das eigentlich wissen.«

Isi nickte uns kurz zu und antwortete: »Leb wohl. Und ich gratuliere zu deiner Braut: Ihr habt einander verdient!«

Ohne weitere Worte folgten wir Isi nach draußen.

Setzten uns in den Wagen.

Fuhren los.

Dann erst brach sie weinend zusammen, und wir konnten nichts weiter tun, als sie zu trösten.

90

Es machte wenig Sinn, zu versuchen, Isi davon zu überzeugen, mit Aldo und den von Torstayns abzuschließen, die ganze Geschichte hinter sich zu lassen und nach vorne zu blicken. Oder gar die Apanage zu nehmen und sie in ihr Büro zu investieren, um damit Gutes zu tun. Aldos unsägliche Feigheit, Helenes dummdreiste Frechheit und die beispiellose Arroganz Wendells und Victorias hatten sie herausgefordert: Sie würde allen Beteiligten das Leben zur Hölle machen.

Sie begann damit, dass sie die geheime Liste der Staatsanwaltschaft übergab, die daraufhin Dutzende Mitglieder der Organisation Consul festnahm, jedenfalls die, derer sie habhaft werden konnte. Falk Boysen war nicht darunter, was uns vermuten ließ, dass er sich noch im Osten, möglicherweise in Polen, aufhielt. Auch dort hatte der Geheimbund diverse Aufstände angezettelt und war dauerhaft in Kämpfe verwickelt.

Bald schon jubilierten die Zeitungen, dass O. C. ausgehoben worden war, vernichtet, nicht mehr existent, übersahen aber, dass viele der Festgenommenen wieder freigelassen wurden: aus Mangel an Beweisen.

O. C. war nicht tot.

Denn die Versprengten fanden im Verborgenen wieder zueinander.

Und während die Rechten sich formierten, suchten wir weiter nach Hans.

Und fanden ihn nicht.

Der September verging, und ich hätte Kennel umbringen können. Leider war er für mich genauso unerreichbar wie Hans.

Dann aber stand Artur eines Tages vor meiner Tür.

Lächelte und sagte: »Komm, wir holen uns den Jungen.«

Erfreut rief ich: »Du weißt, wo Hans ist?«

Er schüttelte den Kopf: »Nein.«

»Und wo gehen wir dann hin?«

»Auf eine Hochzeit.«

Ich war ziemlich verwirrt, was Artur sichtlich amüsierte. Er zog mich am Arm und schubste mich in sein Auto. Es war ein strahlender Oktobertag, man hätte sich für eine Hochzeit keinen schöneren wünschen können. Die Sonne wärmte die Häuserwände, das Blau des Himmels spannte sich über die ganze Stadt und ließ alle, die den Blick nach oben wandten, vergessen, in welcher Misere sie steckten. Der Krieg war vor knapp drei Jahren zu Ende gegangen, doch nur, um von einem anderen Krieg abgelöst zu werden: ohne Front, ohne Waffen, ohne Schreie, aber mit Hunger, Krankheit und einem leisen Sterben der Hoffnung.

Zu meiner Überraschung querten wir die Schillingbrücke: Die St.-Thomas-Kirche erhob sich vor uns. Gerade einmal ein Jahr war es her, dass Isi und Aldo dort geheiratet hatten. Wie alles andere, was seit meiner Ankunft in Berlin passiert war, schien das unendlich lange her zu sein. Was mochte mit Phillip Curecken geschehen sein? Was mit seiner Mutter Elisabeth? Heimlich schielte ich zu Artur, der souverän den Wagen steuerte: Wer fragte, sollte auch die Antwort aushalten können. Schnell blickte ich wieder nach vorne und blieb still.

Wir umfuhren den Mariannenplatz und erreichten die Muskauer Straße, bogen links ein und hielten vor einem Lokal mit dem etwas seltsamen Namen *Lazarus*. Wir stiegen aus.

»Willst du mir nicht endlich sagen, was wir hier machen?«

»Dem Brautpaar gratulieren«, antwortete Artur knapp.

»Wer heiratet denn?«

Artur sah mich an und grinste: »Komm!«

Wir traten in ein spartanisch eingerichtetes Gasthaus, an dessen Tischen ein paar verstreute Besucher saßen, vor allem Familien mit Kindern, die nicht sehr appetitlich aussehendes Essen zu sich nahmen und Wasser tranken. Artur fragte nach der Hochzeit. Der Wirt nickte in Richtung des rückwärtigen Teils des Hauses, aus dem deutlich Stimmengewirr und Gelächter zu hören waren. Offenbar gab es dort einen Saal, den man vom übrigen Betrieb abgetrennt hatte. Aus einer Tür sah man Kellnerinnen mit leeren oder vollen Tellern hin und her huschen.

Wir näherten uns und konnten schließlich in den Raum blicken, der mit vielleicht hundert Gästen rappelvoll war. Gleich vorn an der Festtafel das Brautpaar: Oberkommissar Kennel und Anna. Daneben ein Bischof, ein Pfarrer sowie weitere Würdenträger der Gemeinde mit ihren Frauen. Im Saal einige mir bekannte Polizisten, natürlich ohne Uniform. Ich nahm an, dass Kennel mehr oder minder das ganze Polizeirevier Fünfzig zu seiner Hochzeit eingeladen hatte. Ich glaube, es war das *trockenste* Fest, das ich je gesehen habe, denn Alkohol wurde nicht ausgeschenkt, was den Gästen aber nichts auszumachen schien.

Artur suchte Kennels Blick, doch Anna entdeckte uns zuerst und stupste ihren Mann dezent an. Kennels Miene verfinsterte sich innerhalb eines Wimpernschlages – dann stand er auf und kam uns entgegen, gleich hinter ihm Anna. Niemand sonst schien uns zu bemerken, die Gäste konzentrierten sich auf ihr Essen, das deutlich besser aussah als jenes, was draußen serviert wurde.

Kennel drängte uns aus der Tür hinaus in den Gastraum des *Lazarus* und fauchte: »Sie sind hier nicht willkommen!«

»Aber, Herr Oberkommissar, wir wollten doch nur gratulieren!«, sagte Artur unschuldig.

»Verschwinden Sie!«

»Aber nicht, ohne Ihnen unsere Aufwartung gemacht zu haben.«

»Hauen Sie ab, Mann! Oder ich lasse Sie rauswerfen!«

Artur nickte: »Sie sind immer noch sauer wegen damals, oder? Wissen Sie, es ist nicht gut, Hass immer weiter mit sich zu tragen. Ich möchte daher mit Ihnen ein neues Kapitel aufschlagen: Lassen Sie uns Freunde sein!«

Kennel sah Artur giftig an: »Sagen Sie, Burwitz, sind Sie besoffen? Verschwinden Sie! Sofort! Oder ich hole meine Leute!«

Artur verzog abschätzig den Mund: »Also, das würde ich an Ihrer Stelle nicht tun …«

»Das reicht jetzt!«, fluchte Kennel und wandte sich ab, um seine Kollegen zu rufen.

Artur hielt ihn am Arm und sagte: »Ich möchte Ihnen etwas zeigen, Kennel.«

Kennel wandte sich wieder um.

Und dann tat Artur etwas, das mir den Mund aufklappen ließ.

Er nahm Annas Hand, zog seine ehemalige Nachtigall an sich und küsste sie.

Auf die unanständigste Weise, die ich je in meinem Leben gesehen habe.

Und Anna ließ es nicht nur zu, sie erwiderte den Kuss und drängte gleichzeitig ihr Becken gegen das Arturs. Ja, man konnte wirklich sagen, dass die frisch getraute Braut ziemlich in Hitze geriet.

Kennel hatte darüber jede Gesichtsfarbe verloren und starrte auf seine Frau, sah, wie ihre Zunge Arturs suchte, wie ihre Hand sich an seinem Körper herabschlängelte. Mit flatternden Lidern und einem Seufzer sagte sie: »Gott, Artur, hab ich das vermisst! Ich dreh gleich durch!«

Endlich ließ Artur von ihr ab, während sie weiter an ihn geschmiegt blieb. Kennel schien jede Körperspannung verloren zu haben. Alles an ihm schlackerte kraftlos herum.

»Und jetzt werde ich Ihnen unsere neue Partnerschaft erklären«, begann Artur ruhig. »Ab sofort gehören Sie mir, verstanden? Sie arbeiten für mich! Wenn ich ein Problem habe, lösen Sie es! Sie bigottes, hinterhältiges Dreckschwein!«

Kennel blinzelte verwirrt: »W-was?«

»Im Gegenzug behalten Sie Ihre schöne Frau, schließlich sind Sie ja jetzt mit Anna verheiratet. Haben vor Ihrer Gemeinde, dem Bischof und Ihren Kollegen das Ehegelöbnis abgelegt: *Denn was Gott verbunden hat, das darf der Mensch nicht trennen.* Wissen Sie noch?«

Kennel blickte ihn waidwund an.

»Also!«, sagte Artur und hielt zwei Finger hoch. »Zwei Optionen. Die erste: Wir beide werden Freunde. Ihre Karriere wird vorbildlich laufen mit einer Frau an Ihrer Seite, um die Sie jeder beneidet. Natürlich werden Sie ein paar Abstriche machen müssen, etwa auf den ehelichen Beischlaf verzichten. Und Anna wird wieder eine Arbeit aufnehmen. Ihr Ersatz im *Arcasi* ist gut, aber seien wir ehrlich: Anna ist die Nachtigall. Sie ist die Beste, und sie erhält ihre Stelle natürlich wieder zurück.«

Anna lächelte: »Ich danke dir, Artur. Für beides übrigens.«

»Aber Sie wird Ihnen bei allen privaten oder dienstlichen Anlässen zur Seite stehen, wird auch offiziell bei Ihnen wohnen. Und sonntags wird sie natürlich mit Ihnen in die Kirche gehen. Das klingt doch gut, oder?«

»Sie … Sie …!«, stammelte Kennel.

»Oder aber Option zwei …«, fuhr Artur ungerührt fort. »Alles kommt raus, die Blamage vor Ihrer Gemeinde wird unaussprechlich sein. Und dann werden sich die Kollegen natürlich fragen, wie die Razzia bei mir nur so schiefgehen konnte. Wieso Sie bei den Brandstiftungen nie da sind, wo Sie sein sollten. Wieso Sie mich nicht festnehmen, obwohl nun wirklich offenkundig ist, dass ich der Halbwelt angehöre. Und natürlich, wieso Sie eine Hure geheiratet haben, die mit sämtlichen Mitgliedern Ihrer Gemeinde und Ihres Polizeireviers schläft.«

»W-was?!«

Anna legte Kennel beruhigend die Hand auf den Arm: »Aber nicht doch, Liebling. Noch habe ich gar nichts gemacht. Aber wenn du nicht tust, was Artur sagt, lege ich los. Und mit dem Prädikanten fange ich an …« Sie zog mich ein wenig zur Seite und blickte mit mir in den Festsaal. »Der fette Typ. Widerlich. Zieht mich mit den Augen jedes Mal aus, wenn er mich nur sieht.«

Dann kehrten wir zu Kennel und Artur zurück.

»Also, Kennel, genug geplaudert. Sei froh, dass du einen Wert für mich hast, denn nachdem du Hans in unsere Auseinandersetzung gezogen hast, würde ich dich am liebsten ganz langsam auseinanderpflücken. Bis nichts mehr von dir und deiner verlogenen Frömmelei übrig ist.«

Kennel antwortete nicht.

Er war vollkommen zerstört.

Ein Bild des Jammers.

Wie ein Kind, das man beim Klauen erwischt hatte und das jetzt in Erwartung seiner Strafe vor seinen wütenden Eltern stand.

»Kennel?«, fragte Artur.

Er blickte zu ihm.

»Hör jetzt genau zu, denn ich frage das nur ein Mal, und wenn ich nicht die richtige Antwort bekomme, ist unser Handel null und nichtig. Dann lasse ich Anna von der Leine und werfe dich in ein Loch, aus dem du nie wieder rausfindest. Hast du mich verstanden?«

Er nickte schwach.

»Wo ist Hans?«

Einen Moment schien er zu zögern, dann sagte er: »Im Kinderheim in Potsdam.«

Artur nickte: »Gut, dann wirst du denen sagen, dass wir kommen und dass es keinerlei Bedenken mehr gibt, Carl den Jungen zu überlassen. Sag Ihnen, es war alles ein großes Missverständnis. Und jetzt …« Er wedelte mit den Händen. »Husch, husch, deine Gäste warten!«

Anna hakte sich bei ihrem Mann ein und lächelte uns beide an: »Es ist so schön, wieder zurück zu sein. Ihr glaubt ja nicht, wie sehr ich euch beide vermisst habe.« Sie blickte mich an: »Das mit Hans tut mir so leid, Carl. Glaub mir, wenn ich gewusst hätte, was mein lieber Mann vorhat, hätte ich es ihm ausgeredet. Oder euch rechtzeitig gewarnt.« Sie gab mir einen Kuss auf die Wange: »Und das mit Lissi tut mir auch leid. Hättest mich nehmen sollen!«

Sie lachte, dann führte sie ihren Mann zurück in den Saal.

»Du hast das die ganze Zeit geplant?«, fragte ich Artur fassungslos.

Der zuckte mit den Schultern: »Hast du nicht selbst gesagt, man könne einen Polizisten nicht einfach umbringen?«

Ich nickte.

Er klapste mir auf die Schulter: »Also los, wir fahren nach Potsdam.«

91

Der Plan, Kennel auf diese Weise zu disziplinieren, war früh entstanden und Annas Idee gewesen. Sie wusste natürlich, dass sie auf Männer mehr als attraktiv wirkte, aber vor allem wusste sie genau, wann sie sich einen Kerl untertan machen konnte, unabhängig davon, was er sagte oder nicht sagte, was für Tugenden er vor sich hertrug oder welche Sünden er verabscheute. Sie hatte ihn bereits im allerersten Moment durchschaut, als er im *Arcasi* beim Hinausgehen versehentlich in sie hineingelaufen war und seinen Hut lüftete, obwohl sie sich in einem Lokal befanden, das ihn offiziell anekelte. An einem Ort, wo man auf Kleinigkeiten achtete, denn alles zählte in einem Betrieb, der darauf ausgelegt war, den Leuten das Geld aus der Tasche zu ziehen. Man hatte Gefahren hier zu wittern, bevor sie offenkundig wurden. Diese kleine unterbewusste Geste hatte Kennel also schon verraten. Er hatte in ihr eine Dame gesehen, die hier nicht hineingehörte.

Alles, was es jetzt noch brauchte, war eine glaubwürdige Abkehr vom Pfad der Sünde, um dann die Umarmung eines mitfühlenden, aber gierigen Bekehrers zu suchen. Mit Arturs Wissen nahm Anna Geld aus der Kasse, was Phillip zufälligerweise beobachtete. Eingeplant als Zeuge war eigentlich jemand anderes, so oder so konnte Artur nun Anna öffentlich zur Rede stellen, was dann zu einem inszenierten lautstarken Rauswurf geführt hatte.

Annas Verwünschungen hatte jeder mitbekommen, und es brauchte wirklich nicht lange, bis man das Zerwürfnis Kennel zutrug. Er suchte Anna auf und entdeckte in ihr das Lamm, das er aus den Klauen eines Wolfes befreien wollte.

Der Rest war für eine wie sie dann geradezu beleidigend einfach.

Kennel war ihr bald verfallen, und sie so gottesfürchtig zu sehen ließ ihn sein Glück kaum fassen. Diese unfassbar erotische Frau könnte ihm gehören! Ihm allein! Denn sie liebte Gott! War auf der richtigen Seite. Er sprach mit dem Pfarrer und bat ihn um dessen Einverständnis, eine gefallene Frau wieder ehrbar zu machen. Der gab es unter der Voraussetzung, dass das Paar bis zur Hochzeit keusch blieb: Anna sollte damit Gottesfurcht beweisen.

Müßig zu erwähnen, dass Anna sich ihrem Zukünftigen mit diabolischer Freude so reizvoll präsentierte, dass sie zwischenzeitlich Angst hatte, er könnte vor ihren Augen explodieren. Immerhin erreichte sie damit, dass Kennel ihre Verlobungszeit von einem Jahr auf ein halbes verkürzte.

Das alles erzählte Artur mir auf unserem Weg nach Potsdam, und ich dachte voller Bewunderung, dass es scheinbar kein Problem gab, das Artur nicht lösen konnte. Und dass er traumhaft sicher die Menschen fand, die ihm gegenüber vollkommen loyal waren, während es bei mir eher andersrum lief.

Wir hielten vor einem großen, schmucklosen Backsteinhaus, das trotz der vielen Fenster abweisend und deprimierend aussah. Im Eingangsbereich gingen Ordensschwestern ein und aus, während in einem kleinen Wärterhaus ein älterer Herr mit Backenbart saß, der dort mit wichtiger Miene das einzige Telefon bediente und Notizen machte. Eines der Waisenkinder nahm sie entgegen und trug sie eilig zu ihrem Empfänger.

Er blickte nicht auf, als wir uns vor der Sprechscheibe aufbauten, kritzelte wichtig in einem Buch herum und rief abweisend: »Ja?«

Artur gab mir zu verstehen, nicht zu antworten, und so schwiegen wir, bis der Mann genervt aufblickte. Manchmal war es dann doch amüsant zu sehen, wie Menschen auf Artur reagierten: Der Alte schluckte erschrocken, während Artur ihn nur anstarrte.

»Ja?«, fragte er schon um einiges konzilianter. »Was kann ich für Sie tun, mein Herr?«

»Hans Wagner«, antwortete Artur.

»Oh … ja natürlich …«, sagte der Mann schnell, schrieb gleich einen neuen Zettel und reichte ihn unter der Scheibe durch. »Sprechen Sie mit Schwester Martha. Das hier ist ihre Zimmernummer.«

Artur nahm den Zettel.

Im ersten Stock fanden wir Schwester Martha, die uns in einen der Schlafsäle führte: »Eigentlich sind die Kinder um diese Zeit in der Schule, aber Hans geht es nicht so gut.«

Im Raum standen wenigstens dreißig Betten in Reih und Glied, und in einem entdeckte ich die zarte Silhouette eines schlafenden Kindes unter einer Decke.

Ich lief zu Hans und setzte mich zu ihm aufs Bett.

Weckte ihn vorsichtig.

Er schlug blinzelnd die Augen auf.

»Papa?«

Ich lächelte: »Ja, Hans.«

»Wo warst du?«

»Ich habe dich gesucht.«

»Ich dachte, du hättest mich weggegeben …«

Mein Hals wurde rau.

»Nein, Hans.«

Da drehte er sich zur Seite.

Zog die Decke über die Schulter und die Knie an.

Mir stiegen die Tränen in die Augen.

Hilflos blickte ich zu Artur und Schwester Martha, die neben ihm stand. Sie nahm meine Hand und führte mich ein wenig vom Bett fort.

»Er fühlt sich verraten, Herr Friedländer.«

»Aber, das wollte ich doch nicht … Ich …«

Sie nickte: »Geben Sie ihm ein wenig Zeit. Das Ganze war ein großer Schock. Er wird sicher wieder zu Ihnen finden.«

»Und wenn nicht?«

»Er ist ein Kind. Seien Sie geduldig.«

Ich wischte mir die Tränen aus dem Gesicht und fragte: »Ist er schlimm krank? Ich meine, kann ich ihn mitnehmen?«

Sie nickte. »Ich glaube, es ist eher etwas Seelisches. Fieber oder so etwas hat er nicht.«

So kehrte ich ans Bett zurück und berührte ihn an der Schulter: »Hans?«

Er antwortete nicht.

»Wir gehen nach Hause, ja?«

Er drehte sich nicht um.

»Sieh nur: Onkel Artur ist auch da! Er fährt uns!«

Wieder keine Reaktion.

Da nahm ich ihn auf die Arme und trug ihn hinaus.

92

Als wir uns am Abend in meinem Wohnzimmer trafen, mit Wein und Musik aus dem Grammofon, wie wir es schon so oft getan hatten, war es, als machte Schwermut alle Töne dumpf und das Licht matt. So wollte auch kein rechtes Gespräch aufkommen, weil wenigstens in Isis und meinem Kopf Ungelöstes wie Papierschiffchen im rauen Gewässer tanzte. Was war nur geschehen, dass die Dinge einen solchen Lauf nehmen konnten? Wo waren wir falsch abgebogen, und wo war die Ausfahrt ins Licht?

Allein Artur hatte wie immer alles aus dem Weg geräumt, was ihm bedrohlich schien, und ich fragte mich zum wiederholten Male, woher er all die Kraft nur nahm. Denn da war auch diese Dunkelheit, die ihm wie ein Schatten folgte, eine Trauer, die ihn nicht schlafen ließ, die er immer mit sich trug und nicht ablegen konnte. Artur, der Unbezwingbare, unser Fels in der Brandung. Er kämpfte allein gegen seine Dämonen, schwieg, weil er nicht über Riga sprechen konnte und alles, was im Krieg dort geschehen war.

So tranken wir, bis die Schiffchen versanken und die Erinnerung verblasste.

»Hast du etwas von Aldo gehört?«, fragte ich Isi.

Sie zuckte mit den Schultern: »Er lebt jetzt mit Helene in der Victoriastraße. Und gibt auch wieder fleißig Abendgesellschaften. Schließlich will seine neue Braut in Berlin vorgestellt sein.«

»Und es stört keinen, dass er noch verheiratet ist?«

»Die, die es stören würde, sind nicht reich oder radikal genug, um eingeladen zu werden«, gab Isi zurück.

»Ihr müsst hier ausziehen«, sagte Artur plötzlich.

Wir blickten ihn beide fragend an.

»O. C. ist nicht besiegt. Und die von Torstayns kennen genügend Leute, die für sie die Drecksarbeit machen können.«

»Du meinst, ich bin in Gefahr, richtig?«, fragte Isi.

»Ja, du bist in Gefahr, solange du der Annullierung deiner Ehe nicht zustimmst.«

»Das werden sie nicht wagen!«, antwortete Isi.

»Sie werden, wenn sie sich sicher sein können, dass ich sie nicht mehr aufhalten kann.«

»Du glaubst, sie haben es auch auf dich abgesehen?«, fragte ich.

Artur nickte. »Ich würde sogar sagen: Sie werden zuerst versuchen, mich zu kriegen. Oder dich, Carl.«

»Mich?«

»Wenn sie dich holen, dann könnten sie uns erpressen. Sie wissen genau, dass wir dich um jeden Preis beschützen würden.«

»Ihr müsst mich nicht beschützen«, gab ich sauertöpfisch zurück.

Isi lächelte: »Natürlich müssen wir dich beschützen, Carl Schneiderssohn.«

Seit unserer Jugend zog sie mich damit auf, wohl wissend, dass es mich vor allem deswegen ärgerte, weil sie wahrscheinlich auch noch recht damit hatte.

»Es gibt da noch etwas, das ihr wissen solltet ...«, begann ich zögerlich.

Sie sahen mich beide neugierig an.

»Ja?«, fragte Isi.

Ich erzählte ihnen von Lubitsch und seinem Angebot.

Sie hörten zu, und als ich geendet hatte, sagte lange Zeit niemand etwas.

»Und du würdest wirklich nach Amerika gehen?«, fragte Isi.

Ich verzog unschlüssig den Mund. »Vielleicht wäre es eine gute Sache – für Hans? Er könnte ganz neu anfangen. Unbelastet sein. Er ist ein Kind, und ich denke, wenn er erst mal da ist, wird er schnell alles vergessen, was ihm hier passiert ist.«

»Und du?«, fragte Isi.

»Ich glaube, dass die Zukunft des Films dort sein wird. Wer Hollywood erobert, der erobert die Welt.«

»Das habe ich nicht gemeint«, antwortete Isi.

»Ich weiß.«

Der Gedanke an das, worauf sie hinauswollte, versetzte mich in puren Schrecken: Es wäre ein Leben ohne Isi und Artur. Die Überfahrt mit dem Schiff, die Querung des Kontinents per Zug – das alles würde Wochen dauern. Einmal dort angekommen, würden wohl Jahre ins Land ziehen, bis ich wieder zurückkehren könnte. Wenn überhaupt, denn Hans würde dort wahrscheinlich Fuß fassen und heimisch werden.

Es wäre nicht nur eine Reise in die Neue Welt – es wäre der Abschied aus der Alten.

»Du solltest das Angebot annehmen, Carl!«, sagte Artur plötzlich und blickte mir fest in die Augen.

»Wirklich?«

»Ja, es ist wie Lubitsch sagt: Das ist die Chance deines Lebens. Tu es!«

Isi schwieg, aber ihre Mundwinkel zuckten.

»Aber …«, sagte ich und brach ab.

Mein Hals war zu rau, und die Sicht verschwamm mir.

Auch Isi brach in Tränen aus.

Dann stürzte sie mir in die Arme.

»Er hat recht, Carl! Geh!«, schluchzte sie. »Du musst!«

Wir weinten beide.

Im nächsten Moment spürten wir Artur, der uns in die Arme nahm.

»Ich will nicht!«, flüsterte ich.

»Geh, Carl!«, sagte Artur ruhig. »Es ist das Richtige!«

Isi küsste mich: »Amerika, Carl! Amerika! Wir sind so stolz auf dich! So stolz!«

Ich nickte, während mir der Rotz aus der Nase lief.

Sie hatten recht, so wie sie eigentlich immer recht hatten. Ich würde nicht nur O. C. aus dem Weg gehen, sondern auch dem immerwährenden Krieg, dem Elend und der erstickenden Enge. Ich könnte jemand anderes sein als Carl Friedländer, Sohn des Schneiders Friedländer aus Thorn, könnte die größten Sterne treffen und ein Haus am Strand haben.

In Amerika gab es keine Grenzen, und es schien immer die Sonne. Alle sagten das.

Und doch zerriss es mich im Innern.

An jenem Abend gingen wir weinend zu Bett und erwachten mit

blinden Augen, tauben Ohren und stummen Zungen. Wir lächelten in die totenbleichen Gesichter der anderen und flohen in den Tag.

Am Nachmittag war Isi ausgezogen, hatte sich ein Zimmer in der Stadt besorgt und mir in einem Brief erklärt, dass sie einen Abschied auf Raten nicht ertrug und einen klaren Schnitt brauchte. Es schmerzte höllisch, aber ich verstand sie gut.

Dachte ich zumindest.

Ich erklärte Hans, wie es dazu kommen konnte, dass Kennel ihn mir weggenommen hatte, ließ nichts aus, war so ehrlich, wie ich nur konnte, und versprach, nie wieder Versprechungen zu machen, die ich nicht einhalten konnte. Auf seine stille, zurückhaltende Weise schien er erneut Zutrauen zu fassen, vielleicht auch, weil ihm gar nichts anderes übrig blieb.

Heute würde ich sagen, dass dies wahrscheinlich der Augenblick war, in dem in ihm erwachte, was in Dunkelheit, Kälte und Angst neben dem Leichnam seiner Mutter begraben worden war. Er wurde jemand, der sich nicht mehr herumschubsen lassen wollte. Der hart sein wollte. Angreifen wollte, bevor er selbst angegriffen werden konnte. Und zugleich hatten all die erlebten Grausamkeiten das Fundament aufgelöst, das einen wahren starken Charakter ausmacht: Liebe, Vertrauen, Empathie.

Damals jedoch freute ich mich, dass er mir verzieh, dass er die Episode mit dem Heim beiseitewischte, als hätte es sie nie gegeben. Dass er begann, seine Wünsche und Ideen auszusprechen. Dass er mutiger wurde, seinen Willen ausprobierte und Ehrgeiz entwickelte. Plötzlich wollte er sich messen: an seinen Mitschülern, an mir, an allen. So verbesserten sich seine schulischen Leistungen in den folgenden Wochen rasant, was mich einerseits freute, mir andererseits aber fast schon leidtat, denn unsere Zeit in diesem Land lief ja ab. Nach all den Monaten des Stillstandes schien er plötzlich wild heranzuwachsen. Was machte es da schon, dass er mich von da an nie wieder *Papa,* sondern nur *Vater* nannte?

Ansonsten vergingen die Tage in Bedeutungslosigkeit und Schweigen.

Artur sah ich in dieser Zeit selten, Isi gar nicht. Lubitsch hatte ich inzwischen zugesagt. Und trotz der drohenden Trennung von meinen Freunden war ich neugierig auf Kalifornien, auf Hollywood, auf Charlie Chaplin, Douglas Fairbanks und Mary Pickford. Auf die Studios und die Stadt, die in der Märchenwelt des Glashauses das El Dorado war: Los Angeles.

Dann traf ich Artur eines Abends im *Arcasi*. Wir sprachen darüber, dass sich an der Situation um O. C. und Isi nichts zu ändern schien. Es war, als spielten die von Torstayns auf Zeit, als bauten sie darauf, dass Isis Wut irgendwann verrauchte und sie dem Angebot doch noch zustimmen würde.

»Glaubst du das?«, fragte ich Artur.

»Ich habe sie eine Weile nicht mehr gesehen«, wich er aus.

»Aber es geht ihr gut?«, fragte ich.

»Meine Leute lassen sie nicht aus den Augen.«

Erleichtert atmete ich durch.

Artur legte mir die Hand auf meinen Arm und lächelte: »Mach dir keine Gedanken, Carl. Es passiert ihr nichts.«

Ich nickte.

Dennoch war mir, als verschwiegen die beiden mir etwas. Und je näher der Tag meiner Abreise heranrückte, desto stärker wurde in mir das Gefühl, dass etwas nicht stimmte. Umso mehr, weil Isi mir tatsächlich aus dem Weg ging, mich am Telefon vertröstete, weil sie angeblich einfach keine Zeit hatte, mich zu treffen. War es wirklich nur aus dem Grund, dass ich unbeschwerten Herzens nach Amerika abreisen und mir dort ein neues Leben aufbauen sollte? Weil sie wieder einmal alles daransetzte, mich zu beschützen?

Am Morgen unserer Abfahrt, als ich mit Hans über die Moltkebrücke ging, in jeder Hand einen schweren Koffer, den Lehrter Bahnhof vor Augen, der sich prächtig, türmchenbewehrt und mit endlos vielen hohen Rundbögen vor uns aufbaute, wurde mir erst wirklich bewusst, dass ich diese Stadt mit all dem, was wir in ihr erlebt hatten, tatsächlich verlassen würde.

Vielleicht für immer.

Es war nicht kalt an diesem Tag, das Wetter grau in grau. Hans und ich trafen Artur und Isi vor dem Hauptportal. Im Hintergrund konnte ich Lubitsch sehen, der sich von seiner Familie verabschiedete, seinen weinenden Vater umarmte, all die anderen, die schluchzten und die er mit einem breiten Lächeln zu trösten versuchte.

Artur begrüßte mich mit einem Nicken, während Isis Lippen bereits zitterten und ihr erste Tränen über die Wangen kullerten. Sie war ungewöhnlich dick angezogen, als ob wir in einem Wintersturm stünden, und es schien mir, dass sie in den letzten Wochen zugenommen haben musste: Ihr Gesicht wirkte eine Spur voller als sonst.

»Wir verabschieden uns besser hier!«, sagte Artur mit brüchiger Stimme.

»Kommt doch mit?«, würgte ich hervor.

Artur schüttelte sanft den Kopf.

»Isi?«

»Ich kann nicht«, antwortete sie.

»Warum nicht?«, fragte ich.

Sie antwortete nicht.

So standen wir da, sahen uns an und wussten nichts mehr zu sagen.

Bis Isi mir dann doch in die Arme stürmte und mich küsste: »Pass auf dich auf, Carl Schneiderssohn! Hörst du? Pass auf dich auf!«

Für einen verwirrten Moment dachte ich, dass sie sich seltsam anfühlte, dann aber drückte Artur uns schon an sich. Wir lehnten die Köpfe gegeneinander, und Isi beschwor: »Wir drei! Nur wir drei!«

Als wir uns schließlich voneinander lösten, war Lubitsch bereits verschwunden. Endlich packte auch ich meine Koffer, nickte Hans zu und ging schweren Herzens und mit verschwommenem Blick los.

Doch dann hielt ich plötzlich inne.

Drehte mich um.

Blickte zu Isi.

Und ehe ich michs versah, lief ich zurück, stand vor ihr und riss ihren riesigen Wintermantel mit einem Ruck auf: Ein kleiner Spitzbauch wölbte sich unter ihrem Kleid hervor.

Sie hatte mich dabei die ganze Zeit einfach nur angeschaut, ohne irgendwelche Anstalten zu machen, ihre kleine Scharade aufrechtzuerhalten. Mir war sogar, als sähe ich Erleichterung in ihren Augen, das, was die beiden die ganze Zeit vor mir zu verbergen versucht hatten, preiszugeben.

Sie legte ihre Hand gegen meine Wange und sagte: »Es ist von Aldo.«

DANKE

All denen, die mir bei diesem Roman geholfen haben.

Auch dieses Mal erspare ich Ihnen und mir einen seitenlangen Quellennachweis und möchte mich stattdessen bei Stephan Graf von Bothmer, Robin Hermenau und Katharina Kurth bedanken, die mir bei Lubitsch und Lang eine große Hilfe waren. Und natürlich auch bei Jan Eik, der mir mit dem Berlinerischen half.

Dann bei Antonia Marker, meiner Lektorin, deren Einsatz und unermüdliches Mitdenken weit über das hinausgehen, was in der Buchbranche üblich ist.

Und natürlich bei meinen Erstleserinnen: Romy Fölck, Angélique Mundt, Martina Schmidt und Sibylle Spittler, deren Rat und Einschätzung immer hilfreich waren.

Last, not least: Sonni Schäfer!

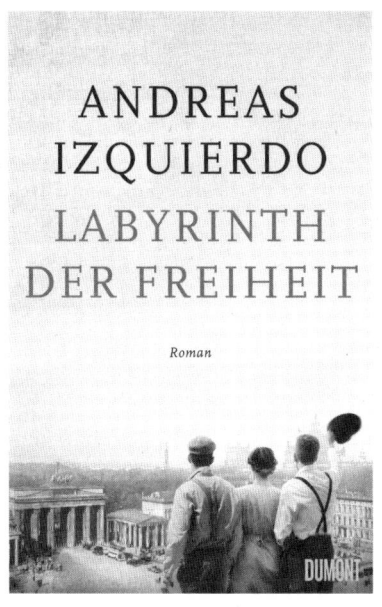

Der Anruf

Noch Sekunden vor dem Anruf ist es, als hätte die Welt aufgehört zu sein.

Alles ist schwarz, alles ist still. Draußen strecken sich die Straßen leer und verlassen der gefrorenen Stadt entgegen. Kein Mensch geht, kein Wind weht, und in ihrem Zimmer verdichtet sich die Stille zu einer Finsternis, die alles auflöst: Da ist weder Stuhl noch Schrank noch Boden noch Wand.

Es ist drei Uhr in der Früh, als das Böse ins Haus schleicht und sich in ihrem Traum langsam aufrichtet: Es sucht das Zimmer ohne Licht, das Bett, das ihr endlich Bahre werden soll.

Sie träumt.

Sie träumt nicht.

Silberfunkelnd streichen ihre Fingerkuppen über die Grenze zum Bewusstsein.

Im Krieg überlebten meist die, deren Sinne unentwegt auf den Tod ausgerichtet waren. Die, die es schafften, sich ihn zum Verbündeten zu machen, dessen verborgene Zeichen sie im entscheidenden Moment einen Schritt zur Seite treten ließen, damit er einen anderen statt ihrer mit sich reißen konnte. Der Preis für das Überleben war ein Gefühl der Schuld. Man entkam dem Tod und landete zur Belohnung im Fegefeuer des Seins.

Plötzlich das Telefon.

Eigentlich schnurrt es, aber das Haus, in dem Isi lebt, ist recht groß. Sie hat das Klingeln so oft überhört, dass Artur chromblitzende Schellen hat anbringen lassen. Ein hartes, schmetterndes Geräusch ertönt, so laut, dass es sogar noch in den Pausen die Luft erzittern lässt und die heimlichen Schritte auf spitzen Zehen unhörbar macht.

Sie aber fährt auf in ihrem Bett, aus dem Traum gefallen wie durch dünnes Eis. Ihr Herz pocht hart, leise keuchend stößt sie Atem aus, während sie mit aufgerissenen Augen versucht, ruhig zu bleiben, klar zu denken.

Sie sind da!

Wie naiv anzunehmen, dass sie sie, bei allem, was in den letzten Monaten passiert ist, einfach übersehen würden. Ausgerechnet Isi, die keiner Konfrontation aus dem Weg geht – nicht einmal, wenn ihre Gegner übermächtig und kaltblütig sind.

Was soll sie tun?

Sie ist allein.

Sie hat keine Waffen.

Und die Zimmertür lässt sich nicht verschließen.

Vorsichtig setzt sie die nackten Füße auf den Boden und spürt, wie ihr Nachthemd an den Fesseln ausschwingt. Es ist eiskalt, das Zimmer unbeheizt, irgendwo vor ihr muss die Tür sein. Sie könnte einen Stuhl unter die Klinke klemmen und hoffen, dass das, was draußen ist, nicht hineinkommt. Sie könnte zum Fenster eilen und in die eisige Dezembernacht hinausklettern, ein Gedanke, der sie unwillkürlich ihren Arm schützend über ihren schwangeren Bauch legen lässt.

Tastend findet sie den Lichtschalter am Eingang und drückt ihn mit einem sanften Klicken herab: kein Strom mehr.

Da weiß sie, dass es nur einen Weg gibt.

Es hat für sie immer nur einen Weg gegeben.

Sie wird kämpfen.

Lautlos drückt sie die Klinke nach unten, die Tür springt auf, ein schwacher Luftzug weht hinein.

Vor ihr liegt die Treppe.

Und unten schrillt der Tod.

Doch nicht überall herrscht nachtschwarze Stille.

Im *Arcasi* toben der Polizeistunde zum Trotz die Ruchlosen, deren Gejohle dumpf bis auf den Bürgersteig zu hören ist, wo wie zum Hohn die Leuchtreklame blinkt, während das restliche Viertel der Sparzwänge wegen im Dunkeln liegt. Strom gibt es nur für Gewinner. Hier am Schlesischen gibt es davon nur wenige, dafür aber unendlich viele Verlierer.

Das *Arcasi*.

Tempel der Spaßgesellschaft.

Palast der Glücksritter, deren Amüsiersucht kein Morgen kennt. Die zum wilden Rhythmus der Kapelle tanzen, sich in den Armen liegen, wohl wissend, dass sie alles Geld verprasst haben und ab Tagesanbruch hungern werden.

Vor dem *Arcasi* schleichen die Huren herum, picken auf, was die Nacht ihnen an Resten lässt, und steuern unter den scharfen Pfiffen ihrer Zuhälter mit den armseligen Gestalten ins nächste Stundenhotel: zu sehen, was noch übrig ist.

Drinnen dagegen verlangen sie nach mehr: mehr Musik, mehr Alkohol, mehr Vergnügen. Bald wird Weihnachten sein, das vierte nach dem großen Krieg, und nichts hat sich gebessert. 1922 naht, und alle ahnen, dass es nur noch schlimmer wird. Was also könnte man anderes tun, als dieses Elend zu feiern?

Artur steht mit verschränkten Armen an einer Ecke des Tresens, blickt wie der Kapitän eines verrückt gewordenen Piratenschiffs über das Deck derer, die ihn, den Zeremonienmeister mit der Gesichtsmaske, ebenso verehren wie fürchten.

Auf der Bühne stampft die Kapelle Gassenhauer und neuerdings auch den neusten Jazz aus Übersee, den die Musiker von importierten Schallplatten dem Gehör nach für ihre Instrumente transkribiert haben.

Von den Spiegeln rollt der Schweiß, Pärchen knutschen, und Harry, unermüdlicher Conférencier, nutzt die Pausen des Orchesters für lockere Sprüche und derbe Witze, was die, die eigentlich müde sind, wieder munter macht. Und durstig.

Plötzlich das Telefon.

Es ist das gleiche, das auch Isi besitzt, genauso umgebaut, nur dass in diesem Lärm der Anruf zunächst ins Leere geht. Niemand hört das metallische Geschepper der Klingel, bis Artur zufällig das Hämmerchen wild auf die Schellen trommeln sieht.

Er geht ran und ruft: »JA?!«

Das Fräulein vom Amt antwortet wie durch ein tiefes Rohr: »Anruf von einer Frau von Torstayn. Soll ich durchstellen?«

»JA!«, ruft Artur gegen den Lärm zurück.

Er lauscht, aber die Leitung bleibt still.

»ISI?«

Schweigen.

Einige Sekunden lauscht Artur noch, hält sich dabei einen Finger gegen das freie Ohr. Dann ruft er: »IST NOCH JEMAND IN DER LEITUNG?«

Das Fräulein vom Amt meldet sich wieder: »Die Leitung ist frei, mein Herr.«

»ISI?«, ruft Artur wieder.

Wieder nur Schweigen.

»HALLO? SIND SIE SICHER, DASS FRAU VON TORSTAYN ANGERUFEN HAT?«

»Ja, mein Herr. Obwohl …«

»OBWOHL WAS?«

»Nun, sie klang seltsam, mein Herr. Irgendwie schwach, würde ich meinen …«

Artur ist augenblicklich alarmiert: »WAS HEISST DAS?!«

»Als ob sie sehr krank wäre. Ich konnte sie kaum verstehen.«

Artur legt auf.

In seinem Kopf platzen die Gedanken wie Regentropfen auf einen See: Ist etwas mit dem Kind? Aber würde sie dann nicht einen Arzt rufen? Oder ist eingetreten, womit zu rechnen war? Haben sie das Feuer eröffnet? Die Boysens? Die von Torstayns? O. C.? Das ganze rechte Pack?

Alle wissen, wie hart Artur zurückschlagen kann, wenn er muss. Jeder kennt die Geschichten von Silber-Kurt oder der Garde-Kavallerie-Schützen-Division. Haben sie es trotzdem gewagt? Haben sie ihn wirklich dort angegriffen, wo er am verletzlichsten ist?

Artur sucht Arnies Blick, winkt ihn rasch zu sich und setzt ihn in Kenntnis.

Dann stürzt er nach draußen und springt in seinen Wagen.

Bitte nicht, fleht er in Gedanken.

Bitte nicht.

Kurz vor drei Uhr in der Früh erwache ich aus einem Traum.

Es ist immer derselbe Traum, und er verfolgt mich seit dem Tag, an dem ich Ernst Lubitsch am Lehrter Bahnhof habe stehen lassen. Ausgerechnet ihn, meinen Förderer, den Mann, der mir das Tor zur Welt aufstoßen wollte.

In diesem Traum stehe ich auf einem Schlachtfeld hinter einer Kamera und sehe auf die bizarren Bombentrichter, auf die windschiefen Stacheldrahtverhaue und schnurgeraden Gräben, das zerschossene Material, die Pferdekadaver und Soldaten. Jemand hat ein Strohfeuer entzündet, sodass Rauchschwaden geheimnisvoll über die aufgeworfene Erde treiben, und überall eilen Schauspieler und Komparsen herum, um die Kriegsszenerie möglichst akkurat nachzustellen. Alles vor mir ist nur Staffage: eine Bühne für einen Film. Nur die Pferdekadaver sind echt, eigens vom Schlachthof für diese Aufnahmen eingekauft.

Lubitsch läuft zwischen Schauspielern und Komparsen hin und her, wie immer eine Zigarre im Mundwinkel, eine lustige kleine Lokomotive, die Rauch in Wolken auspafft, während er erklärt, gestikuliert, ja dirigiert, als hätte er die Berliner Philharmoniker vor sich.

Dann winkt er mir zu.

Durch das Objektiv visiere ich die Szenerie an, drehe die Kurbel meiner Kamera, aber statt des vertrauten Surrens spüre ich plötzlich Maschinengewehrfeuer und sehe bereits im nächsten Moment die Geschosse in die Gruppe einschlagen. Ich will die Kurbel loslassen, aber ich kann nicht, drehe nur umso schneller, wobei Salve um Salve die Menschen vor mir bestreut und sie in absurden Todestänzen zu Boden gehen lässt.

Lubitsch steht ganz still da – die Zigarre kraftlos im Mund.

Seinem Gesicht, seinen Augen sehe ich an, dass er den Verrat begreift, dann schlagen die Kugeln auch in seinen Körper, und ich erwache mit einem Schrei.

Seit zwei Wochen quält mich dieser Traum.

Leise schleiche ich rüber zu Hans, der in dem Zimmer schläft, das früher einmal Isis war. Als alle dachten, ich würde Lubitsch nach Amerika folgen, war sie ausgezogen, auch um mir ihre Schwangerschaft zu verschweigen und mich mit den damit zu erwartenden Komplikationen zu verschonen. Da stehe ich nun am Bettchen von Hans, dessen Leid uns so zusammengeschweißt hat, und blicke auf ihn hinab, während ich weiß, dass ich die Chance meines Lebens nicht ergriffen habe. Gegen den Willen Isis und Arturs.

Plötzlich das Telefon.

Irritiert eile ich nach unten, hebe ab, beunruhigt von der Tatsache, dass jemand um diese Zeit anruft.

»Ja?«, flüstere ich, weil ich Hans nicht wecken will.

»Ein Herr *Arnie* will Sie sprechen!«, sagt das Fräulein vom Amt. Ihrer Stimme ist anzumerken, dass sie pikiert ist, weil Arnie ihr nicht seinen Nachnamen genannt hat. »Soll ich durchstellen?«

»Ja.«

Mir fällt auf, dass auch ich Arnies vollen Namen nicht kenne, genauso wenig wie die einiger anderer aus Arturs Truppe, dieser verschworenen Gemeinschaft von Heimlichtuern und Ganoven.

»Carl?«, ruft es aus der Ohrmuschel heraus, und ich höre im Hintergrund einen tobenden Mob im Rhythmus einer lauten Musikkapelle.

»Arnie?«, zische ich. »Weißt du, wie spät es ist?«

»Carl!«, ruft Arnie. Er klingt aufgebracht. Unwillkürlich spannt sich jeder Muskel in meinem Körper an. »Es stimmt was nicht mit Isi!«

»Was ist passiert?!«, erwidere ich erschrocken.

»Ich weiß es nicht! Artur ist auf dem Weg. Aber du wohnst nur drei Straßen von ihr entfernt. Kannst du rüber?«

»Natürlich!«

»Carl?«

»Ja?«

»Hast du eine Waffe im Haus?«

Ich schlucke: »Nein, warum?«

Arnie zögert, dann sagt er: »Vielleicht ist nichts, aber bitte sei vorsichtig!«

Aufgelegt.

Mein Herz hämmert wie wild, als ich die Treppe hinaufstürme, in meinen Anzug springe und meinen Hut aufsetze.

Das Telefon schrillt.

Es ist so laut, dass es in ihren Ohren schmerzt. Mit dem rechten Fuß sucht sie den Treppenabsatz. Zwar haben sich ihre Augen mittlerweile an die Dunkelheit gewöhnt, dennoch sieht sie so gut wie nichts: Das hier ist das Haus der Schatten. Das Einzige, was sie vage erkennen kann, ist das Geländer, das wie durch tiefe Schleier knochenweiß schimmert und sich kalt anfühlt, als sie ihre Hand danach ausstreckt. Leicht wie eine Feder schwebt sie die Stufen hinab, ihren Atem unterdrückend, die Augen tränend vor Anstrengung.

Sie hat das Erdgeschoss beinahe erreicht, als sie einen Lufthauch spürt.

Hat sich da jemand bewegt?

Sie sieht nichts, aber sie riecht etwas: Rasierwasser.

Ein schwacher Duft treibt zu ihr herüber, jemand steht nur knapp vor ihr. Sie duckt sich, lauscht nach einem verräterischen Atemzug, aber dieses elende Schmettern des Telefons zerschneidet alle drei Sekunden die Luft, macht jede Ortung unmöglich.

Er kann mich nicht sehen, denkt sie, *genau wie ich ihn nicht sehen kann.*

Vielleicht ist er unschlüssig, was gerade zu tun ist. Er weiß, dass das Telefon sie geweckt haben muss. Vielleicht wartet er, ob sie ahnungslos herabeilt, um den Hörer aufzunehmen, mit Sicherheit das Letzte, was sie in diesem Leben noch tun würde. Dort im Dunkeln versteckt er sich, ein Raubtier, das seinem Opfer am einzigen Wasserloch weit und breit auflauert. Wie lange kann sie hier noch stehen, bevor er Verdacht schöpft? Bevor er annimmt, dass sie möglicherweise übers Fenster geflohen ist? Bevor er hinaufstürmt und sie gleich hier zu packen kriegt?

Da!

Ein leises Rumpeln links von ihr: Das muss der Wohnzimmertisch gewesen sein.

Es sind zwei.

Jetzt gerät vor ihr die Luft in Bewegung, das Rasierwasser weht auf sie zu …

Mit beiden Händen umgreift sie das Treppengeländer, spürt ihre Füße auf dem nackten Holz, schnellt hoch und springt mit den Beinen voran ins Nichts: ein Satz wie von einer Klippe in ein schwarzes Loch. Für Bruchteile von Sekunden fliegt sie durch die Nacht.

Verfehlt sie ihn, ist alles verloren.

Schon spürt sie einen Körper und drückt instinktiv die Knie durch: Der unsichtbare Mann schreit überrascht auf, bevor er gegen die Wand hinter sich kracht, offenbar mit dem Kopf zuerst, denn er bleibt liegen, schreit nicht mehr, rührt sich nicht mehr.

Isi landet auf ihm, rappelt sich rasch wieder auf und stürzt der Haustür entgegen. Der Schlüssel steckt, sie muss ihn drehen, die Tür aufreißen, hinausspringen, bevor der andere sie erwischt.

Es sind nur vier oder fünf Meter.

Eine Unendlichkeit.

Auf dem Bürgersteig glitzert der Frost.

Mit drei schnellen Sätzen sitzt Artur hinterm Steuer und betätigt den neumodischen Starterknopf. Der Wagen springt an, ohne dass man ihn mit der Anlasserkurbel anschmeißen muss und damit auch ohne die Gefahr, dass der mitdrehende Stahl Arme bricht.

Der kürzeste Weg zu Isi führt über die Andreasstraße hinauf zur Frankfurter und von dort Richtung Bahnhof Frankfurter Allee. Doch schon auf der Kreuzung Paul-Singer- und Andreasstraße hat sich ein Lastkraftwagen auf der eisglatten Straße quergestellt, sodass

Artur rechts ab in Richtung Küstriner Platz fährt. Vor ihm schießen zwei Wagen rechts und links aus der Diestelmeyerstraße und versperren den Weg.

Eine Falle.

Artur sieht im Rückspiegel, dass der Lkw unterdessen die Paul-Singer-Straße blockiert hat.

Dann eröffnen sie das Feuer.

Die Windschutzscheibe zerbricht in große, scharfe Scherben, genau wie die Heckscheibe. Auf die Karosserie prasseln Geschosse und reißen mit metallenem *Tacktacktack* Löcher ins Blech. Mündungsfeuer blitzt in der dunklen Straße, Querschläger singen davon, die Reifen von Arturs Benz platzen und lassen den Wagen auf das Kopfsteinpflaster absinken.

Ein Inferno.

Nach einer gefühlten Ewigkeit stellen die Männer das Feuer ein.

Fünf Silhouetten mit langen Wintermänteln und dunklen Hüten schleichen dem Autowrack entgegen, die Pistolen immer noch in der Vorhalte, bereit, bei auch nur der kleinsten Bewegung erneut das Feuer zu eröffnen. Hier und da flammen Lichter in den Häusern auf, Neugierige spinksen hinter sanft wallenden Gardinen auf die Straße, aber ein paar Warnschüsse später ist keiner mehr der Meinung, dass das, was da unten passiert, etwas sein könnte, das ihn anginge.

»Siehst du ihn?«, ruft einer der Schatten.

Hände greifen nach der Fahrertür, reißen sie auf, aber zu ihrer Verblüffung ist da nur ein durchlöcherter Fahrersitz: Das Auto ist leer.

»Wie hat er das gemacht?!«, zischt ein anderer wütend.

Artur hätte es ihm sagen können.

Er hätte ihnen auch zu ihren wohldurchdachten Absichten gratulieren können, denn Artur weiß immer zu schätzen, wenn jemand seinen Verstand benutzt, bevor er zur Tat schreitet. Und ihn mit einem fingierten Anruf in Panik zu versetzen, ihn zu isolieren und alle Vorsichtsmaßnahmen vergessen zu lassen, war mehr als geschickt.

Ein perfekter Plan.

Eigentlich.

Denn jetzt sind sie es, die wie auf dem Präsentierteller dastehen, und Artur antwortet dem Unbekannten auf seine Art: Wieder blitzt Mündungsfeuer auf, wieder brechen Schüsse, diesmal allerdings aus einem stillen Gässchen, in das sich Artur geflüchtet hat, als das Trommelfeuer begann. Der halbe Kopf eines der Angreifer klatscht gegen das Seitenfenster der Karosse, wo Blut, Gehirn und Knochenstücke dampfend am Glas hinablaufen, noch ehe er zu Boden sinken kann.

Sie wirbeln alle herum, und während sie das tun, platzen drei weitere Treffer in die Brust eines Zweiten, bevor sich die anderen endlich links und rechts auf den Boden werfen und blindlings das Feuer erwidern. Kriechend suchen sie Schutz hinter Arturs Auto, dann springen sie davon, zwei zurück zum Lkw, einer zu einem der Autos, die Artur den Weg versperrt hatten.

Artur leert sein Magazin, aber er trifft keinen der Fliehenden.

Dann aber rennt er dem einen hinterher, der fast schon sein Auto erreicht hat. Er muss nur zwei Meter zurücksetzen, den ersten Gang einlegen und dann das Gaspedal voll durchtreten.

Schon reißt er die Fahrertür auf.

Legt einen Gang ein.

Kratzend und schnarrend drehen sich die Reifen wild auf der glatten Straße.

Ich schlittere über glattes Kopfsteinpflaster, stürme die Voigtstraße hinab Richtung Rigaer. Es sind nur ein paar Hundert Meter, aber die Sohlen meiner Schuhe sind glatt, und mehr als einmal gerate ich so ins Trudeln, dass ich einen Sturz nur mit größter Mühe verhindern kann. Die Luft ist eisig und trocken, trotzdem klebt mir mein Hemd auf der Haut, und ich denke kurz, dass ich mir eine Lungenentzündung holen werde, wenn ich stehen bleibe. Aber ich bleibe nicht stehen, und im Vergleich zu dem, was mich gleich erwartet, wäre mir jede Lungenentzündung höchst willkommen.

Endlich erreiche ich die Rigaer, steche rechts hinein und sehe schon das hübsche Gründerzeithaus, in dem Isi jetzt wohnt. Artur hat es gekauft und ihr geschenkt, genau wie er mir das Haus in der Voigtstraße geschenkt hat.

Artur, der Unglaubliche.

Es ist finster in der Straße, nur die Lichter der weit entfernten Innenstadt hellen das Firmament schwach auf. Schemenhaft sehe ich die drei Stufen zur Haustür, die sich unerwartet einen Spalt öffnet, um sofort wieder hart zugeschlagen zu werden.

Ich springe vor, werfe mich dagegen, aber das Türblatt ist massiv und die Tür von außen ohne Schlüssel nicht zu öffnen.

Drinnen höre ich Isi schreien.

»ISI!!«

Ich hämmere gegen die Tür.

»CARL!«, höre ich dumpf, dann wieder einen Schrei.

Rasch suche ich einen anderen Weg ins Haus, bin mit wenigen Schritten vor einer der Wohnzimmerscheiben, klettere auf das Fensterbrett, drehe mich mit dem Gesicht zur Straße, halte mich mit beiden Armen im Sturz fest und trete wie ein Muli mit dem Absatz gegen den hölzernen Rahmen.

Einmal, zweimal.

Es kracht laut, die Flügel schwingen auf, Glas geht klirrend zu Bruch.

Ich springe hinein ins Dunkel.

»ISI!«, schreie ich.

Das Telefon schrillt.

Ein Schatten fliegt mir entgegen und reißt mich zu Boden. Er ist über mir, sein Gesicht kann ich nicht sehen, die Klinge, die er in der rechten Hand führt, schon.

Mit aller Kraft stößt er zu.

Sie dreht den Schlüssel um, zieht die Haustür ein Stück auf, als sie schon dagegen geworfen wird und, nur weil sie stolpert, dem Messer entgeht, das knapp über ihrem Kopf in das Holz jagt.

Draußen schreit Carl, während der Mann über ihr im Begriff ist, die Klinge wieder aus dem Holz herauszuziehen. Schnell ballt sie eine Faust und boxt blind nach oben: Ein dumpfer Schmerzenslaut sagt ihr, dass sie ihn mit voller Wucht in die Weichteile getroffen hat. Er sackt vor der Tür zusammen, presst beide Hände in den Schritt. Sie muss zurück zur Treppe, weil er den Weg nach draußen blockiert.

Das Telefon schrillt ohrenbetäubend.

Mit ausgestreckten Händen wankt sie durch absolute Dunkelheit, hört sich selbst Carls Namen rufen, spürt aber an einem Luftzug, wie sie damit den, der im Wohnzimmer herumgeirrt war, wieder anlockt, wie seine Hände vor ihrem Gesicht herumwedeln, um sie endlich zu packen. Da erwischt er ihr Haar, reißt daran, bis sie schreit und ihrerseits wie wild um sich schlägt. Mit einem lauten Klatschen erwischt sie ihn im Gesicht, was ihn laut fluchen lässt.

Dann klirren Scheiben.

Der Mann lässt von ihr ab, eilt Carls Stimme entgegen, die sie im Wohnzimmer hört. Sie erreicht die Treppe, fühlt den Lauf des Geländers in ihren Händen und eilt nach oben, das schnelle Stapfen schwerer Schritte hinter sich, bevor der andere sie an den Fesseln zu fassen kriegt und von den Füßen zieht. Isi fällt, wird über die Stufen hinabgezogen, krümmt sich schützend über ihrem Bauch zusammen, tritt dann aber wütend zu und trifft den Mann am Kopf. Für einen kurzen Moment ist sie frei, springt erneut auf, doch schon sind seine Hände wieder an ihrer Hüfte. Er zieht sie unerbittlich zu sich.

Sie stehen jetzt Auge in Auge, aber sie sehen sich nicht.

Es ist so dunkel, dass sie nur seinen Atem im Gesicht spürt. Da hebt er seine rechte Hand zu ihrem Kopf, während sie instinktiv nach seinem Handgelenk schnappt. Die Klinge ist so nah, dass sie den kühlen Stahl auf der Haut spüren kann.

Für Sekunden halten die beiden sich dort fest im Arm, wie ein fieberndes, erschöpftes Tanzpaar. Dann jedoch führt der Mann die Klinge weiter gegen ihren Hals, und sosehr sich Isi auch gegen ihn wehrt: Er ist zu stark.

Schlitternd setzt das Auto zurück, krachend legt der Fahrer nun den Vorwärtsgang ein und gibt so stark Gas, dass sich der Wagen mit durchdrehenden Reifen kaum von der Stelle bewegt. Wer in Panik ist, trifft schlechte Entscheidungen, und Arturs Gegner ist so sehr in Panik, dass er das Pedal fast durchs Bodenblech tritt, verzweifelt, dass sein Auto nicht zu reagieren scheint.

Endlich gerät der Wagen in Bewegung, als etwas auf das Autodach prallt. Jetzt in den zweiten Gang. Merklich spürt er den Vortrieb. Vor sich sieht er bereits die langen Schatten des Küstriner Platzes, ein hübsches, mit ein paar Bäumen begrüntes Dreieck vor der ebenso hübschen klassizistischen Rückseite des Schlesischen Bahnhofs, die hier und dort schwach beleuchtet wird. Um diese Zeit und im gnädigen Dämmerlicht weniger Gaslaternen wirkt die Gegend weder verroht noch verarmt, die einsamen Passagiere, die jetzt noch in Berlin ankommen oder es verlassen wollen, werden zumeist am schmucklosen Haupteingang auf der gegenüberliegenden Seite von den Huren und Gaunern begrüßt.

Für einen Augenblick glaubt der Fahrer, ihm entkommen zu sein, er atmet erleichtert durch, doch dann rutscht Artur vom Dach auf die Kühlerhaube. Entsetzt starrt der Mann in diese Maske, die Arturs Gesicht so rätselhaft und unheimlich macht: das mit einem halben Männergesicht bemalte, dünne, anatomisch korrekt geformte Kupferblech, das die schrecklichen Kriegswunden, den weggesprengten Kieferknochen, das fehlende Jochbein und Auge, überdeckt.

Jetzt aber starrt das aufgemalte Auge der Maske den Mann reglos an, während das andere wütend funkelt. Dann sieht er nur noch, wie Artur ausholt und mit der Faust das dünne Windschutzglas zertrümmert, spürt erst die Splitter und dann eine eiserne Faust an seinem Hals.

Es ist das Letzte, was er fühlt.

Blitzschnell findet Artur seinen Kehlkopf und bohrt seine Eisenfinger so tief ins weiche Fleisch, dass er ihn vollständig umfasst. Er drückt zu, der Mann verliert sofort das Bewusstsein. Artur weiß, dass er gleich tot sein wird, aber er ist außer sich und ballt die Faust nur umso stärker.

Der Wagen schießt über den Bürgersteig in die Grünfläche, Artur wird wie von einem wilden Gaul abgeworfen und landet auf gefrorenem Rasen, während der Wagen selbst gegen einen Baum prallt.

Mit einem hässlichen Scheppern bleibt er dort stehen.

Heißer Dampf steigt friedlich aus dem Kühler in die Nachtluft.

Das Messer jagt hinab und bleibt gleich neben meinem Ohr im Boden stecken. Ich schlage in die Luft und treffe ein Gesicht, aber meine Faust streift daran vorbei. Mein Angreifer zieht das Messer aus dem Boden, während ich fast gleichzeitig sein Handgelenk zu fassen bekomme. Dennoch: Er ist im Vorteil, muss sich jetzt nur noch mit seinem ganzen Körper von oben in die Klinge stemmen, was er auch macht. Er ist zu stark, ich fühle es, ich kann ihn nicht halten, wir beide keuchen vor Anstrengung. Mit meiner Linken kriege ich eine Scherbe zu fassen, spüre, wie sie mir die Hand aufschneidet, und stoße ihm das Glas in den Oberarm.

Er schreit, der Druck auf der Klinge lässt sofort nach.

Endlich kann ich mich unter ihm wegrollen.

Scherben knirschen.

Isi spürt die Schneide, etwas Warmes läuft ihr am Hals entlang ins Nachthemd, als sie einen letzten, verzweifelten Versuch wagt: Sie schnellt vor und beißt dem Angreifer ins Gesicht. Erst schmeckt sie salzige Haut, dann quillt es ihr warm und metallisch in den Mund, während der Mann schreit und das Messer von ihrem Hals löst.

Sie nutzt die Sekunde, stößt ihn von sich, rennt zur Tür, verschwindet im Schlafzimmer und klemmt rasch einen Stuhl unter die Klinke. Das Türblatt erzittert, sie hört, wie er sich zornig von außen dagegen wirft. Die Scharniere krachen in der Zarge, die Türklinke klappert auf der Stuhllehne.

Sie wird ihn nicht aufhalten können.

Noch einmal, vielleicht zweimal, dann bricht er durch, und es ist vorbei.

Hinter ihr ist das Fenster.

Vielleicht fünf Schritte.

Dann passiert alles auf einmal: Sie hechtet von der Tür weg, die er gleichzeitig durchschlägt. Ein Messer jagt ihr durch die Dunkelheit nach, ritzt durch ihr Nachthemd, während sie auf das Fenster zurennt, er gleich dahinter, aber vom eigenen Schwung ins Taumeln geraten.

Zwei, eins …

Sie reißt die Arme vor das Gesicht und springt.

Ich rappele mich auf, irgendwo vor mir muss der Mann sein, ich sehe immer noch nichts, aber ich höre seine Schritte über die Scherben auf mich zukommen. Alles, was mir einfällt, ist die Hände vorzustrecken, ein lächerlicher Versuch, das Messer abzuwehren, das er sicher vor sich hält.

Dann spüre ich seine Hände, umgreife sie, verliere das Gleichgewicht, stolpere mit ihm rückwärts. Die Brüstung des Wohnzimmerfensters schlägt gegen meine Oberschenkel, und in der nächsten Sekunde schon sind meine Schuhe über mir, bevor ich hart auf dem Bürgersteig lande.

Die Luft bleibt mir weg.

Klirren.

Nur einen Augenblick später ist Isi über mir.

Sie schwebt.

Für einen unwirklichen Moment scheint sie in der Luft zu stehen, bevor sie über mich hinwegstürzt und mit einem lauten Krachen hinter mir einschlägt.

Scherben regnen auf mich herab.

Mühsam komme ich auf die Beine: Isi liegt auf dem Dach eines parkenden Autos.

Leblos.

Drinnen drehen sich die Schatten und verschwinden.

Und immer noch schrillt das Telefon.

Ein berührender Roman über wahre Werte

448 Seiten / Auch als eBook

Gabor Schoening ist erfolgreich und gut aussehend, aber zwischen-
menschlich eine ziemliche Null. Ausgerechnet fünf Sonderschüler,
denen Gabor Tango beibringen soll, machen ihm klar, was im Leben
wirklich zählt.

www.dumont-buchverlag.de

Eine ungewöhnlich charmante Liebesgeschichte

272 Seiten / Auch als eBook

Formulare sind Albert Glücks Welt: Er ist Sachbearbeiter im Amt für Verwaltungsangelegenheiten – und wohnt sogar da. Als er Anna trifft, Künstlerin und ein Wunder an Unordnung, steht seine Welt Kopf.

www.dumont-buchverlag.de **DUMONT**

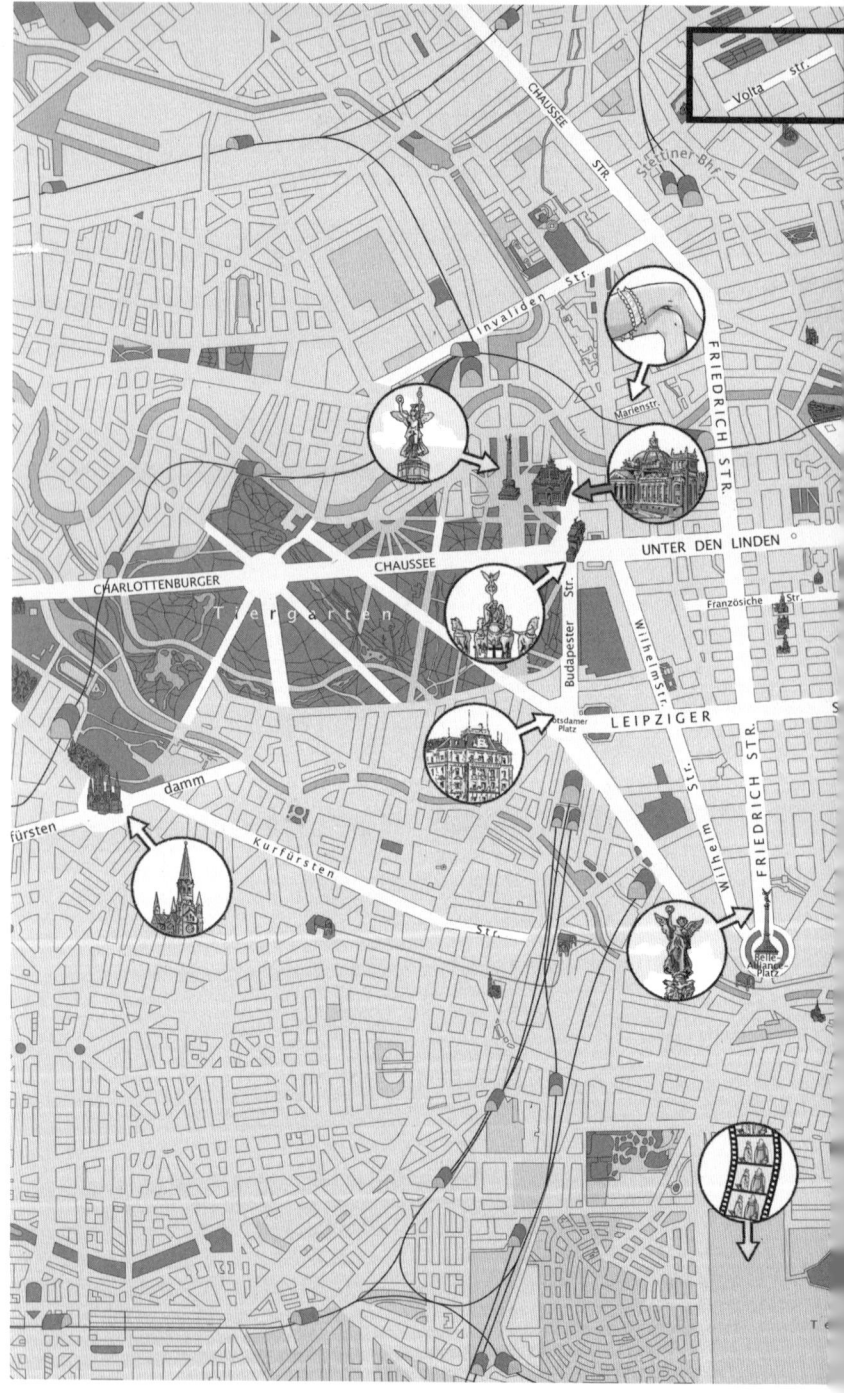